W0271084

BASTEI
LÜBBE
TASCHENBUCH

Weiterer Titel des Autors:

Die Frequenz

Über den Autor:

Christopher Ride ist Geschäftsführer einer australischen IT-Firma. Am liebsten schreibt Christopher Ride in seinem Haus am Strand, wo er vom Schreibtisch aus einen malerischen Blick aufs Meer hat. Dort arbeitet er derzeit an seinem nächsten Thriller. Noch wichtiger als das Schreiben ist ihm seine Familie, mit der er in Melbourne lebt.

Christopher Ride

Zeitriss

Thriller

Aus dem Englischen von
Angela Koonen

BASTEI
LÜBBE
TASCHENBUCH

BASTEI LÜBBE TASCHENBUCH
Band 16518

1. Auflage: Dezember 2010

Vollständige Taschenbuchausgabe

Bastei Lübbe Taschenbuch in der Bastei Lübbe GmbH & Co. KG

Deutsche Erstausgabe

Für die Originalausgabe:
Copyright © 2009 by Christopher L. Ride
Titel der Originalausgabe: »The Last Boxer«
Published by Arrangement with Christopher Ride

Dieses Werk wurde vermittelt durch die
Literarische Agentur Thomas Schlück GmbH, 30827 Garbsen

Für die deutschsprachige Ausgabe:
Copyright © 2010 by Bastei Lübbe GmbH & Co. KG, Köln
Lektorat: Anke Stockdreher/Jan F. Wielpütz

Titelillustration: © Artwork HildenDesign, München unter Verwendung von
Motiven von Ella's Design/Shutterstock und elwynn/Shutterstock
Umschlaggestaltung: HildenDesign, München
Satz: hanseatenSatz-bremen, Bremen
Gesetzt aus der Stempel Garamond
Druck und Verarbeitung: GGP Media GmbH, Pößneck
Printed in Germany
ISBN 978-3-404-16518-6

Sie finden uns im Internet unter
www.luebbe.de
Bitte beachten Sie auch: www.lesejury.de

Der Preis dieses Bandes versteht sich einschließlich
der gesetzlichen Mehrwertsteuer.

1.

PROVINZ SHANTUNG, CHINA
FESTUNGSRUINE
ORTSZEIT: 7.13 UHR
24. NOVEMBER 1898

Das weite Gelände war mit frischem, feinem Schnee überzogen, dem ersten dieses Winters. Die Morgensonne schien durch den kahlen Birkenwald auf die verfallene Ostmauer. Die Festung Shantung war seit über hundert Jahren von keiner Garnison mehr bemannt worden. Im reichen, blühenden China der Ming-Zeit war sie eines der äußeren Bollwerke gewesen, aber das lag Jahrhunderte zurück. Jetzt war sie eine Ruine, die mit ihren eingefallenen Dächern zum desolaten Zustand der nördlichen Provinzen passte. Dürren hatten das Land verwüstet, und die einstige Kornkammer Chinas lag brach.

In einem herrschaftlich goldenen Gewand, auf dem ein furchterregender fünfklauiger Drache prangte, ging Randall Chen auf die gut zweihundert barbrüstigen Männer zu, die sich zu Kampfübungen in den Gemäuern bereit machten. Ihrem Ritual gemäß trainierten sie sechs Tage in der Woche kurz nach Sonnenaufgang. Bauern, Landarbeiter und Arbeitslose waren sie und bildeten eine Bürgerwehr von beträchtlicher Wirksamkeit. Während Randall über den verschneiten Platz auf sie zuschritt, zogen einige Kämpfer das Schwert aus der Scheide, andere einen Pfeil aus dem Köcher, den Langbogen noch auf dem Rücken.

Randall war bewusst, dass das Drachengewand ihren Groll erregte. »Ihr habt den Mord an den zwei deutschen Missionaren begangen«, rief er ihnen zu. Sein Ton war ruhig, sein Mandarin fehlerfrei. »Welche Anmaßung!«

Seine Worte lösten Verwirrung, sogar Furcht aus, sodass nun auch die Übrigen zur Waffe griffen und Kampfhaltung einnahmen. Die Bogenschützen wichen zurück und legten einen Pfeil auf. In der Morgenstille hörte man sie Bogen und Sehne spannen. Mindestens fünf Männer hatten ein Gewehr, das sie beieinander kniend auf den Eindringling anlegten. Die Schwertkämpfer schwärmten zu einem weiten Halbkreis aus. Vier Kämpfer rannten zu der verfallenen Außenmauer, um nachzusehen, ob dies ein Hinterhalt war – nur ein Diplomat würde sich so furchtlos ihrer Kämpferschar nähern. Dieser Mann gehörte, nach seiner Kleidung zu urteilen, zur kaiserlichen Familie, und sein unverfrorener Auftritt bedeutete zweifellos, dass die kaiserlichen Soldaten nicht weit waren.

»Ihr seid also die gefürchteten Rebellen der Gesellschaft der Großen Schwerter«, rief Randall.

Schweigen.

Die Blicke von zweihundert Männern waren fest auf ihn gerichtet. Inzwischen war er so nah herangekommen, dass sie seine Augenfarbe erkennen konnten – ein fremdartiges Saphirblau, eine aufsehenerregende Farbe, die sie noch bei keinem Landsmann gesehen hatten. Randall spürte, dass sie Angst hatten, dass ihnen das Herz in der Brust hämmerte. Ihr warmer Atem kondensierte in der stillen, kalten Luft zu weißen Schwaden. Er selbst fand es erregend, dass er bei so vielen Männern solche Angst erzeugen konnte.

Wer ihre Furcht lenken kann, hat eine ernstzunehmende Streitmacht an der Hand, dachte er.

Randalls Schritte knirschten leise im Schnee, seine Hände hatte er locker in die weiten Ärmel des Drachengewands gesteckt. Er trug weder Waffe noch Rüstung. Was er trug, waren ein mit großen Smaragden und Rubinen besetzter roter Gürtel, schwarze Sandalen und auf dem Rücken eine Ledermappe.

In dieser Gegend würde schon allein für den Gürtel ein Mord begangen.

Die Provinz Shantung war in ganz China als Heimat des Konfutse berühmt, der zweieinhalbtausend Jahre zuvor gelebt hatte; seine Weisheit und sein ehrenvolles Vermächtnis jedoch waren hier längst vergessen. Seit zehn Sommern gab es Missernten, aber keine Nahrungsreserven. Der gewaltige Gelbe Fluss war im Vorjahr über die Ufer getreten und hatte tausend Dörfer zerstört. An einer Stelle hatten über zweihundertvierzig Hektar Land hüfttief unter Wasser gestanden. Aber auch das war kein Segen gewesen, da eine anschließende Heuschreckenplage vernichtete, was noch übrig geblieben war.

Erschwerend kam hinzu, dass China durch den Krieg mit Japan geschwächt war. Um die Eroberung der Mandschurei zu verhindern, fanden im Osten beständig Kämpfe statt, die Shantungs magere Ressourcen verzehrten. Die kleinen gelben Männer waren bereit, dem Reich der Mitte Mineral- und Eisenerze zu entreißen, um die eigenen Fabriken damit zu versorgen. Und was sie dem chinesischen Volk antun wollten, war noch viel schlimmer.

Randall war nun umringt von den verzweifelten Männern Shantungs, die kämpften, um ihre Familien zu ernähren. Nur durch solche Gruppen gab es noch einen Rest von Recht und Ordnung, nachdem in der Region infolge des Elends die Anarchie herrschte.

»Wo ist Li Tang?«, fragte Randall.

Nach einigem Zögern brummte einer, stach sein Schwert in den Boden und trat vor. Kurz schwenkten seine Augen zu denen, die auf der Außenmauer standen und ihm mit einer Geste anzeigten, dass keine Gefahr nahte. Voller Verachtung spuckte der Aufgerufene einen dicken Schleimklumpen aus, der zehn Schritte vor dem ungebetenen Gast auf dem Boden landete. »Ihr seid hier nicht willkommen, Fremder«, knurrte er.

»Ich will eure Gefolgschaft«, erwiderte Randall.

Li Tang lachte leise und schaute suchend über die verfallenen Gemäuer nach Anzeichen eines Hinterhalts. »Ich bin niemandes Gefolgsmann«, sagte er, während sein Blick endlich an den Edelsteinen am Gürtel des Fremden hängen blieb.

»Ich werde euer Meister sein«, erklärte Randall.

An Li Tangs Körper spannten sich die Muskeln. Plötzlich griff er an. Er würde es dem kaiserlichen Eindringling schon zeigen. Sein blauäugiger Kopf würde die Trophäe sein, und, noch besser, sein juwelenbesetzter Gürtel würde das ganze Dorf ein Jahr lang ernähren.

Randall Chen rührte kein Glied, als der Mann auf ihn zuflog. Li Tang war ein begabter Kämpfer; Randall wusste das. Aber sein Können würde nicht annähernd ausreichen. Im letzten Moment beugte Randall die Knie, senkte seinen Schwerpunkt, drehte die Schultern zur Seite – jede Bewegung war perfekt. Mit unglaublicher Schnelligkeit nahm er den linken Arm zurück, um die rechte Faust nach vorn zu stoßen. Kein tödlicher Stoß, doch er streckte den Anführer der Großen Schwerter mit hörbarem Knacken zu Boden.

»Du begreifst nicht, mit wem du es zu tun hast«, raunte Randall.

Li Tang, der annahm, das sei bloß ein Glückstreffer gewesen, sprang auf und wurde von einem gedrehten Rückwärtstritt umgestoßen.

Es war vollkommen still, als Randall den Kopf senkte und zwei Schritte zurücktrat. Er drückte die rechte Faust in die linke Handfläche, das Zeichen des Zen, und verbeugte sich respektvoll.

Li Tang kniete im Schnee. Seine Wut über diese hochmütige Zurschaustellung kämpferischer Überlegenheit war groß. Mit einem trotzigen Schrei befahl er den Bogenschützen zu schießen.

Sechs Pfeile verließen die Sehne und flogen auf den Eindringling zu.

Im Kampfstil der Gottesanbeterin streckte Randall den tödlichen Geschossen beide Handflächen entgegen. Wie in Zeitlupe sah er sie kommen.

Nach einer Drehung des Körpers flogen drei dicht an ihm vorbei. Ihr Luftzug bewegte ganz leicht die feine Seide seines Gewands. Nach einer leichten Neigung des Kopfs verfehlten zwei Pfeile knapp seine rechte Wange. Der sechste schoss mitten auf seine Brust zu. Mit einer schnellen Handbewegung, für das menschliche Auge nahezu unsichtbar, fing er den Pfeil dicht hinter der Spitze, hob ihn über den Kopf wie eine Trophäe und brach ihn zwischen den Fingern entzwei wie einen Zweig. Dann warf er ihn zu Boden.

»Das kann ich euch lehren«, rief Randall den verblüfften Kämpfern zu. »Der Drachengott hat mich in Besitz genommen! Eure Schwerter, Pfeile und Kugeln können mich nicht verwunden.« Er legte die Hände zengemäß ineinander und beugte respektvoll den Kopf. »Schließt euch mir an, dann zeige ich euch das Geheimnis der Unsterblichkeit.«

Li Tang stand auf. Auf seiner erhitzten Haut schmolz der haften gebliebene Schnee rasch. »Ich weiß nicht, wer Ihr seid, Fremder, aber Ihr gehört zur kaiserlichen Familie«, erwiderte er mit erhobenem Haupt. »Also seid Ihr korrupt und vergnügungssüchtig. Ihr gehört zu denen, die Shantung zehn Sommer lang im Stich gelassen haben. Seit meiner Knabenzeit schon vernichtet die Dürre unsere Ernten. Der Fluss ist viele Male über die Ufer getreten. Seuchen und Verbrechen herrschen in unseren Dörfern. Und Ihr habt nichts getan! Wir haben zusehen müssen, wie unsere Kinder und Frauen elend starben.«

»Die weißen Barbaren haben Schuld an den Leiden des Volkes«, sagte Randall.

Li Tang sah ihn hasserfüllt an. »Der Sohn des Himmels hat sie ins Land gelassen!«, höhnte er. »Und seit sie da sind, hat uns das Glück verlassen. Ihr hättet es wissen müssen! Die weißen Barbaren brachten uns Masern und Pocken. Ihr seid daran schuld! Ihr und Eure Schwäche für die abendländischen Teufel.«

Randall behielt die Zen-Haltung bei. »Du hast recht, Li Tang. Vollkommen. Die Abendländer und die japanischen Teufel sind schuld an den Übeln, die uns alle umgeben. Und darum bin ich hier. Ihr werdet mein Heer sein. Ihr alle.« Er deutete mit ausholender Geste auf die umstehenden Krieger. »Ihr habt zwei deutsche Missionare getötet. Das soll nur der Anfang sein. Ich bin nicht hier, um euch dafür zu maßregeln; ich bin hier, um euch zu danken. Und von nun an werden wir gemeinsam jeden weißen Mann und jeden Japaner in China töten. Jeden Missionar, jeden Geschäftsmann, jede Frau aus dem Abendland.«

Li Tang lachte unwillkürlich. »Das ist unmöglich.«

»Ich kann euch alle unverwundbar machen!«, rief Randall. »Schwerter werden euch nicht schneiden, Kugeln nicht durchdringen. Mit dieser geheimnisvollen, alten Macht können wir zusammen die Welt regieren!«

Zum Zeichen der Respektverweigerung kehrte Li Tang dem blauäugigen Chinesen den Rücken zu, fuhr dann aber heftig herum. »Warum kommt Ihr hierher?«, verlangte er zu wissen. »Warum zu uns? Ihr habt das kaiserliche Heer. Ein Heer, das nicht einmal die kleinen gelben Angreifer im Norden schlagen kann«, schloss er lachend.

Randall gab die Zen-Haltung auf. Der beißende Spott konnte ihn nicht beeindrucken, zumal er zu erwarten gewesen war. »Das ist nicht mein Heer«, erwiderte er mürrisch. »Die Generäle sind korrupt. Sie gehorchen nicht. Ihre Niederlage in der Mandschurei ist meine Art, ihnen eine Lehre zu erteilen. Ich gewähre dem kaiserlichen Heer keine Hilfe – nicht die geringste.«

Li Tang zeigte auf ihn. »Ihr tragt die kaiserlichen Gewänder, seid aber nicht Kuang Hsu, der Sohn des Himmels.«

Der fünfklauige Drache, das Zeichen kaiserlicher Macht, wurde nur vom Kaiser selbst oder von seiner Gemahlin getragen. Jedem anderen war dies bei Todesstrafe verboten.

»Über China herrscht nicht mehr Kuang Hsu, sondern ich.«

»Und wer seid Ihr?«, fragte Li Tang.

»Ich bin der Geliebte und Meister der Kaiserinwitwe Cixi, der Regentin von China und Göttin des Reichs der Mitte.« Er hob die Stimme. »Als ihr Meister biete ich euch Ruhm und ewigen Sieg über die abendländischen Invasoren! Ich biete jedem von euch die Schulung zur Unverwundbarkeit an. Gemeinsam können wir unser Volk von den fremden Teufeln befreien!«

»Einen Pfeil zu fangen ist eine Sache«, meinte Li Tang ärgerlich. »Wer Unverwundbarkeit anbietet, muss einen Beweis liefern.« Ohne den Blauäugigen aus den Augen zu lassen, wich er zurück und nahm einem seiner Leute ein Krag-Jørgensen-Gewehr aus der Hand. Er legte auf den Fremden an und zielte auf den Drachen.

Randall nahm Kampfhaltung an, bewegte rhythmisch-fließend die Hände und stieß langsam und lange den Atem aus.

Das Gewehr feuerte.

Die Kugel pfiff über den Platz.

Randall erfasste sie mühelos mit einem Blick und hob die rechte Hand. Die Kugel traf die Handfläche. Er spürte keinen Schmerz, nur das Abprallen auf der Haut. Dann fiel das heiße Bleigeschoss zu Boden, wo es zischend im Schnee landete.

Randall zeigte den Männern die Handfläche.

Die Haut war nicht einmal gerötet.

Die Kämpfer sperrten verwundert den Mund auf. Einer nach dem anderen fielen sie vor dem leibhaftigen Gott auf die Knie. Nur Li Tang blieb stehen und starrte ihn verblüfft an.

Randall sah ihn an und legte die Hände ineinander. »Du darfst knien, junger Krieger. Du hast dich gut geschlagen.«

Randall fühlte sich sehr an seine erste Begegnung mit Lord Elgin erinnert, die nun achtunddreißig Jahre zurücklag. Doch er fühlte sich so viel machtvoller als damals. Erheblich machtvoller. Er war in der Tat ein leibhaftiger Gott – ein Mann, der in fast vierzig Jahren keinen Tag gealtert war.

»Mit der richtigen Schulung«, rief er, »könnt ihr genauso unverwundbar sein! Gemeinsam können wir China von den fremden Teufeln und ihrem stinkenden Einfluss befreien. Ihr werdet alle von meiner Hand geführt. Ihr sollt nicht mehr Gesellschaft der Großen Schwerter heißen; von heute an werdet ihr als Yi Ho Tuan bekannt sein: in Rechtschaffenheit vereinigte Boxer. Für euch, meine Boxer, habe ich keinen Namen, sondern heiße nur der Meister. So werdet ihr mich nennen.«

In der Ruine der Festung Shantung war Randalls sanfter Schlummer endlich zu einem Ende gekommen. Er war aus seinem Leben ausufernden Vergnügens erwacht und hatte China in einem Albtraum vorgefunden. Es war Zeit, die Dinge in die Hand zu nehmen und Asien zu unterwerfen, zum Wohle des Reiches. Die Welt war sein, und er würde vor nichts haltmachen, bis er seine Ziele erreicht hätte. Die Geschichte würde neu geschrieben werden, und er allein würde den Verlauf bestimmen.

In der Festung Shantung konnte unmöglich jemand begreifen, dass er vor einem Mann stand, der hundertachtzig Jahre aus der Zukunft gekommen war. Doch die Zukunft war nicht der Ursprung von Randalls unglaublichen Kräften. Der Ursprung war ein Baum, ein alter Baum, der mehr als fünftausend Winter überstanden hatte und der mit der Seele des Planeten verbunden war. Sein Mark war es, das unvorstellbare Kräfte spendete: Unverwundbarkeit, Ausdauer, Schnelligkeit, sogar die Macht, die Auswirkungen der Zeit aufzuhalten.

»China wird Krieg führen«, sagte Randall zu sich. »Einen heiligen Krieg.« Und seine Feinde würden zahllos und entschlossen sein. Das Abendland hatte China lange genug ausgebeutet. Die Invasoren hatten das Volk mit Opium betäubt, das Land seiner Bodenschätze und Ernten beraubt. Es war Zeit, ihrer Gefräßigkeit Einhalt zu gebieten. Endlich war im Osten eine neue Streitmacht erwacht, eine magische Streitmacht, die machtvoller war als alle bisherigen.

Die Geschichte wird sich unwiderruflich ändern, dachte Randall.

Der Boxeraufstand hatte begonnen.

38 Jahre früher

2.

Peking, China
Verbotene Stadt
Palast der Irdischen Ruhe
14. Juni 1860
Ortszeit: 14.04 Uhr
Unternehmen Esra – Tag 103

Cixi stöhnte vor Wut. »Finde heraus, wer der Verräter ist!«, fauchte sie. »Er hat die Qing betrogen und muss bestraft werden! Seine Familie muss bestraft werden!«

Li Lien-ying, Großeunuch am Drachenthron, und seine beiden Gehilfen standen im 45-Grad-Winkel vornübergebeugt und hefteten ihren Blick auf den glänzenden Steinboden.

Die zornigen Schritte der kaiserlichen Gemahlin, die in ihrem Audienzraum auf und ab stürmte, klapperten durch die kühle Stille des Palastes. Sie konnte nicht glauben, dass die Qing bei Dalian so leicht besiegt worden waren. General Ling war allzu selbstsicher gewesen, stellte sie nun fest. Dennoch, er hatte immerhin eine Streitmacht befehligt, die fünfmal so stark war wie die der Briten und Franzosen. Sie kochte vor Wut. Er hatte versagt! Er hatte ihren Gemahl enttäuscht, den Sohn des Himmels, den siebten Kaiser der Qing-Dynastie. Er hatte das Reich der Mitte im Stich gelassen.

Nun war China einmal mehr der Gnade der böswilligen Fremden ausgeliefert, wie schon nach dem ersten Opiumkrieg. Der anschließende Vertrag von Nanking war ein Desaster gewesen. Die Briten hatten Hongkong an sich gerissen und zusammen mit den Franzosen und den Deutschen in den Hafenstädten Shanghai, Ningpo, Futschou, Kanton und Amoy diplomatische Vertretungen eingerichtet. Sie verlangten sogar Vertretungen im Herzen des Landes – innerhalb der Mauern Pekings! Das würde sie nicht dulden. Noch würde sie jemals dem Handel mit Opium zustimmen. Eher würde sie von eigener Hand sterben. Und jetzt schien es, als begehrten auch die Amerikaner, Italiener, Russen und Japaner ein Stück von China. Cixi reckte schnuppernd die Nase in die Luft und verzog angewidert das Gesicht. Ihr war, als könnte sie den Verwesungsgestank der fremden Teufel riechen, wie er über die hohen Mauern des Palastes wehte.

Sie verabscheute die abendländischen Völker mehr als alles andere auf der Welt. Sie betrieben den schimpflichen Opiumverkauf. Sie verlangten Rechte, die sie nicht verdienten. Sie wagten es, die Macht des Kaiserhofes herauszufordern. Wenn ihr Gemahl diesen Horden nicht mit strenger Haltung entgegentreten wollte, dann würde sie es selbst tun.

»Ihr müsst Euren Zorn fahren lassen, Edle Kaiserliche Gemahlin«, riet Li Lien.

Cixi näherte sich flink und fixierte ihn mit glühendem Blick. »Ist mein Zorn nicht schön?«, fragte sie ein wenig beißend.

Der Großeunuch war ein imposanter Mann von einsachtzig, der am Hof alle überragte. Die durchschnittliche Größe der Chinesen betrug nur einen Meter fünfzig. Die kaiserliche Gemahlin selbst maß einen Meter sechzig. Wie die meisten der fast dreitausend Eunuchen, die in der Verbotenen Stadt lebten und arbeiteten, war Li Lien als kleiner Junge kastriert worden; man hatte ihm sowohl den Hodensack als auch den Penis entfernt. Der einzige intakte Mann, der sich nach Einbruch der Dunkelheit noch in der Verbotenen Stadt aufhalten durfte, war der Kaiser. Um seinen enormen Harem zu bewachen, war die Beschäftigung von Eunuchen, der sogenannten Halbmänner, ein notwendiges Übel. Nur so war zu gewährleisten, dass ein Kind, das in dem riesigen Palastkomplex empfangen wurde, tatsächlich sein Abkömmling war. Die Eunuchen verrichteten jegliche

Arbeit, vom Kochen und Putzen bis zur Gartenpflege und Verwaltung; sie stellten sogar die Palastwache.

Cixi blickte zu ihrem Großeunuchen auf. An den Schläfen seines geschorenen Hauptes zeigte sich ein feines Adernetz, das einzige Anzeichen seiner heftig wachsenden Furcht. Mit Absicht schob sich Cixi vor sein Gesicht und füllte sein Blickfeld aus. »Findest du mich nicht mehr schön?«, fragte sie.

Es herrschte Stille in dem großen Saal, solange er über die Antwort nachdachte. »Ihr seid immer schön. Und ich bedarf Eurer wie der Morgenhimmel der Sonne.«

Seine helle Stimme brachte in Cixi eine Saite zum Klingen, und einen Moment lang war sie wieder ruhig.

»Ihr müsst Eure Möglichkeiten sorgfältig erwägen«, sagte er.

Die kaiserliche Gemahlin war in ein bodenlanges Seidengewand gehüllt. Der schwere, schimmernd schwarze Stoff lag um die Taille eng an und war mit naturgetreuen Sommerblumen in allen Farben bestickt. An den weiten Ärmeln und der Brust prangten in Gold die Symbole der Qing. Rock- und Ärmelsaum waren mit Nerz besetzt. Um die Schultern trug sie einen kurzen schwarz-goldenen Umhang, der scharlachrot gefüttert war. Das glänzende Haar war zu einem ordentlichen Doppelknoten gebunden. Perlenohrringe von feinster Handwerkskunst schmückten ihre Ohren. Zwei elegante rote Perlenschnüre kreuzten ihre Brust, und ein aufsehenerregendes Seil aus mattem Gold hing um ihren Hals. In der Hand hielt sie einen scharlachroten Fächer halb geöffnet, sodass der fünfklauige Drache – das nicht anzuzweifelnde Zeichen kaiserlicher Macht – stets zu sehen war.

Cixi war sehr anziehend, wenn auch nicht die schönste Frau im Palast. Es gab dreitausend Konkubinen und Dienerinnen, die dem Kaiser gehörten, und alle waren, sofern nicht aus Bündniserwägungen, allein wegen ihrer Schönheit ausgewählt worden. Cixi war mit sechzehn Jahren in die Verbotene Stadt gekommen und nach einiger Zeit zur Konkubine vierten

Ranges erhoben worden. Doch ihre Überlegenheit in der Liebeskunst, ihr überwältigender Charme, ihre Munterkeit und, so wurde geflüstert, ihr grenzenloses Glück sorgten dafür, dass sie die Lieblingsgefährtin des Kaisers wurde und ihm darüber hinaus als Einzige seines Harems einen Sohn und Erben schenkte, den Thronanwärter des Reiches.

Fünf Jahre hatte sie warten müssen, bis sie in das Schlafgemach des Kaisers Hsien Feng gerufen wurde. Für eine Frau in China, und besonders für eine in der Verbotenen Stadt, war das Bett des Mannes der einzige Weg zu Macht und Einfluss. Dies war eine Welt, wo Frauen gering geschätzt wurden und nur entweder als Gegenstand körperlicher Freuden oder als Gebärerin eines kaiserlichen Erben betrachtet wurden. In jener Nacht wurde Cixi dem Brauch gemäß nackt und in ein rotes Seidentuch gehüllt vor das Bett des Kaisers gelegt.

Von da an sollte ihr Einfluss auf den Herrscher die Geschicke Chinas ändern. Sie übte eine solche Faszination auf Hsien Feng aus, dass sie keine Nacht mehr getrennt von ihm verbringen durfte, solange der Kaiser sich in der Verbotenen Stadt aufhielt. Solch ein Arrangement hatte es in den zweitausend Jahren kaiserlicher Herrschaft noch nicht gegeben.

So ging es nun seit einigen Jahren.

Cixi bewegte sich mit außergewöhnlicher Anmut und Berechnung. Ihre Körperbeherrschung war vollendet. Es kam nie vor, dass sie stolperte, murmelte oder ratlos blickte. Ihre Entscheidungen teilte sie oft wortlos mit, und wenn sie sprach, dann knapp und präzise. Man hielt sie weithin für die beste Bettgespielin in ganz China. Angeblich konnte sie so immense Sinnesfreuden bereiten, dass ihr dafür jeder Wunsch erfüllt wurde – ein Gerücht, das sie gern nährte. Als ausgezeichnete Schülerin der Hofpolitik hatte sie unbezähmbare Machtgelüste entwickelt und besaß, was noch entscheidender war, das Talent, diese Macht zu erlangen.

Li Lien trug das traditionelle Gewand des Palasteunuchen

mit den überlangen Ärmeln. Die obere Hälfte war goldviolett gemustert, die untere Hälfte zierte ein Dreieck in Orange, Gelb, Grün und Blau. Das war ein ungewöhnliches Zusammenspiel von Farben und Formen und beinahe schmerzhaft anzusehen. Dazu hatte er einen runden, spitzen Hut aus Bambus auf dem Kopf und trug um die Taille einen schlichten Ledergürtel, an dem gleich neben der Schnalle die goldene Spange des Großeunuchen prangte.

In Peking kannte jeder die Kleidung der Eunuchen, und jeder wusste, dass sie im Palast beträchtlichen Einfluss hatten. Wegen ihrer hohen Stimme und ihres opportunistischen Verhaltens nannte man sie die Krähen.

Cixi schwieg seit einer Weile. Aus den Räucherschalen stiegen feine Weihrauchkringel in die reglose Luft auf. Schließlich sagte Li Lien in die Stille hinein: »Unsere Spione haben den Verräter an Lord Elgins Seite ausgemacht. Er ist kein alltäglicher Mann, sondern auf den ersten Blick zu erkennen.«

»Und woran?«, fragte Cixi und stellte sich ein narbiges oder entstelltes Gesicht vor.

»An den blauen Augen«, antwortete Li Lien.

Seine Gebieterin richtete ihren brennenden Blick auf ihn. »Sie sind blau?«

»So viel steht fest. Er ist ein Chinese mit blauen Augen.«

»Weißt du das gewiss?«

»Ja, Edle Kaiserliche Gemahlin. Vollkommen.«

Ein Chinese mit blauen Augen war eine unvorstellbare Erscheinung. »Ich habe dergleichen noch nie gehört«, sagte sie verwundert. Li Lien sagte zweifellos die Wahrheit – ein Irrtum bei solch einem bedeutenden Detail wäre ein Grund zur Enthauptung und für sie eine Peinlichkeit. »Ist er eine Art Albino?«

»Nein. Seine Hautfarbe ist normal und seine Statur kräftig.«

Cixi blickte an die kunstvolle Decke ihres Palastes. »An diesem blauäugigen Teufel verblüfft mich alles. Er ist wie aus dem

Nichts gekommen. Sein Wissen über unsere Streitkräfte und Strategie ist umfassend. Seine Einschätzung unserer ehrwürdigsten Generäle sogar noch besser. Es ist geradezu, als könnte er in die Zukunft blicken«, sagte sie bestimmt. »Er kann sehen, was wir als Nächstes tun. Dieser Mann, ich muss seinen Namen erfahren!«, rief sie. »Wir waren siegreich, bis er der Dunkelheit entstieg!«

Li Lien erwiderte ruhig: »Der Blauäugige ist bewandert und schwer zu fassen. Und ich habe weitere schlechte Nachrichten. Der erste Bericht über ihn kam vor fünf Monaten. Die Palastwache meldete einen Mann mit blauen Augen in Bettlerkleidung in der Verbotenen Stadt. Doch nachdem man ihn in die Enge getrieben hatte, verschwand er in die Dunkelheit wie ein Geist, indem er sich von der Mauer stürzte – ein Sprung in den Wassergraben, den man unmöglich überleben kann. Darum habe ich den Vorfall zunächst als ein täuschendes Spiel der Schatten abgetan. Doch Spione aus Dalian haben bestätigt, dass es den Blauäugigen gibt. Es heißt, dass die Briten und Franzosen ihn mit größter Achtung behandeln und dass er sich an Lord Elgins Seite aufhält.«

»An Elgins Seite?« Cixis Verwunderung wuchs. Seit dem vorigen Opiumkrieg war die Lage nicht mehr so ernst gewesen. Das waren Umstände, die die kaiserliche Herrschaft in den Grundfesten erschütterten.

Cixi dachte über die schwindende Stärke ihres Gemahls nach und wusste, dass es an ihr war, die richtige Entscheidung zu treffen. Mit seiner Gesundheit hatte der Sohn des Himmels auch seine Kühnheit verloren, und damit lag die Macht über die kommenden Entscheidungen bei seinen Ratgebern.

Sie sind allesamt korrupte Narren, entschied Cixi im Stillen.

Sie glitt wie ein Hai unter Beutetieren an den drei Halbmännern vorbei, die in starrer Verbeugung ausharrten.

Lord Elgin hegte eine wohl bekannte Abneigung gegen Chinesen, und Cixi schloss daraus, dass der Blauäugige viel zu bieten haben musste, um solche Voreingenommenheit beiseiteschieben zu können.

»Du wirst den Namen des Mannes aufdecken«, sagte Cixi in freundlichem Ton. »Ich muss meinen Gegner kennen. Und wenn er Familie oder eine Geliebte hat, können wir die als Hebel benutzen.« Kurz schwieg sie. »Mein Gemahl ist schwach, das weißt du. Seine Feigheit schmerzt mich.« Wieder schwieg sie für einen Moment. »Ich brauche Verbündete, um das Reich zu schützen. Die Briten haben Dalian an der Einfahrt zu diesem Küstenstrich eingenommen, und mit Hilfe ihrer Geheimwaffe – dem Blauäugigen – werden sie sicherlich bis Tientsin fahren. Wenn sie dort siegen, werden sie auf Peking marschieren und bald vor den Toren des Palastes stehen.« Sie rieb ihre glatten eleganten Hände. »Wie lautet dein Rat, Li Lien?«

Er überlegte, dann sagte er: »Wir müssen ausländische Geschütze erwerben, um unsere Festungen bei Taku zu verteidigen«, antwortete er.

»Und wie soll das möglich sein?«, fragte sie.

»Die Russen fordern seit Langem, dass wir ihnen das linke Ufer des Amurs überlassen. Sie suchen einen Hafen, der im Winter nicht zufriert. Ohne ihn haben sie keinen Zugang zum Pazifik, wenn sie ihn am meisten brauchen. Wir können dadurch zweierlei gewinnen. Erstens werden uns die Russen mit den 32-Pfündern versorgen, die wir so dringend benötigen. Es heißt, die Briten haben neue Kriegsschiffe mit einer dickeren Panzerung – darum brauchen wir die größeren Kanonen, wenn wir die Festungen halten sollen. Zweitens können wir damit die Russen aus dem Konflikt heraushalten. Wenn sie sich nämlich den Briten anschließen, wird unsere Lage noch ernster.«

Solch eine Entscheidung lag außerhalb ihrer Macht. »Ich brauche die Unterstützung von Prinz Kung«, sagte sie. Andernfalls würde ihre Einflussnahme von den übrigen Beratern untergraben werden. »Dann und nur dann werde ich mit meinem Gemahl über einen Handel mit den Russen sprechen.«

»Ein ausgezeichneter Plan«, sagte Li Lien. »Ich werde Prinz Kung sofort kommen lassen.«

»Doch selbst wenn wir die Kanonen haben«, überlegte Cixi, »bedeutet das noch nicht, dass wir die Briten schlagen. Unsere Generäle konnten bisher nichts gegen sie ausrichten, nicht einmal mit einer Übermacht.«

»Es ist, als würde der Blauäugige unsere Pläne ganz genau kennen, als hätte er einen Spion in der Führung unserer Streitkräfte.«

»Dann müssen wir das Spiel ändern«, sagte Cixi gedankenvoll. »Nach den Lehren Sunzis gibt es drei Mittel, einen Krieg zu gewinnen: erstens durch Stärke, zweitens durch Täuschung und drittens durch Verbündete.« Ein zynisches Lächeln stahl sich auf ihre Lippen. »Die Zeit ist gekommen, eine altes Bündnis zu erneuern. Gemäß dem mandschurischen Protokoll werde ich mich an Senggerinchin und das mongolische Heer um Schutz wenden.«

Ein ausgezeichneter Einfall, befand sie. Die Zukunft von vierhundert Millionen Chinesen würde von der Leidenschaft des Mongolenprinzen abhängen. Seine Heere waren während der letzten fünf Monate durch Westasien gezogen und hatten alles, was auf ihrem Weg lag, bezwungen; bis an die Grenzen Indiens, hieß es. Cixi war dem barbarischen Teufel erst einmal begegnet, bei einem Festmahl zu Ehren ihres Gemahls vor vier Jahren. Der Mann war ein ungehobeltes Scheusal, der sein Begehren ihr gegenüber unverhohlen geäußert hatte. Ein halsstarriges, eingebildetes Tier, das nur eine Leidenschaft kannte – Eroberung um jeden Preis.

Wenn es das war, was Senggerinchin wollte, dann würde sie selbst die Eroberung sein, die kaiserliche Gemahlin mit ihrer berühmten Sinnlichkeit. Sie und das mandschurische Protokoll sollten für ihn Grund genug sein, seine Heere zum Schutz des Reiches zu senden und das größte Bollwerk an der Südostküste, die Taku-Festungen, zu verteidigen. Die waren alles, was noch zwischen den Invasoren und Peking stand. Aber Senggerinchin und die schwere russische Artillerie würden Chinas Chancen auf einen Sieg erheblich verbessern. Und wenn es tatsächlich einen Spion im Kreis der Generäle gab, würde diese Bedrohung durch den Ruf des Mongolen sicherlich unterminiert.

Während die mongolischen Horden dem Reich der Mitte in seiner Not zu Hilfe eilten, würde Cixi die Stärke ihrer eigenen Truppen erhöhen. Denn ein starkes Militär würde vonnöten sein, um den mongolischen Prinzen zu besiegen, nachdem er für Rettung gesorgt hätte und darum nicht mehr von Nutzen wäre. Eines war gewiss: Die Qing-Generäle wussten, wie sie gegen die Mongolen zu kämpfen hatten. Es waren nur die Briten und dieser rätselhafte chinesische Verräter, an denen sie bisher gescheitert waren.

Der Plan war perfekt.

Die Briten würden eine solche Allianz nicht erwarten. Die mächtigen Mongolen hatten sich seit 1644, seit über zweihundert Jahren nicht mehr mit den Qing verbündet – zuletzt beim Umsturz der Ming-Herrschaft, als die ruhmreichen mandschurischen Heere aus den nördlichen Wäldern in die Ebenen Chinas ausgeschwärmt waren, um den Drachenthron an sich zu reißen.

So abstoßend Cixi den mongolischen Prinzen fand, er war ein entscheidender Faktor, um ihr Ziel zu erreichen. Und dazu würde sie ihren Teil beitragen – um jeden Preis.

Cixi drehte sich zu Li Lien um. »Bring mir Feder und Papier, sofort«, sagte sie eilig. »Stelle mir die schnellsten Boten bereit – fünf Pferde, vier Reiter. Dann geh zu den Konkubinen meines Gemahls und wähle die schönste und anmutigste aus. Sie soll zusammen mit meinem Brief als Geschenk an Senggerinchin geschickt werden, als Vorgeschmack auf die Freuden Chinas.«

»Wie Ihr wünscht, Edle Kaiserliche Gemahlin.«

»Dann lass ein Abkommen mit den Russen verfassen. Nenne

es den Vertrag von Aigun, nach meiner Großtante, die eine liebliche alte Dame war. Beeile dich, Li Lien, die Zeit ist kostbar. Wenn wir das Reich der Mitte vor den Invasoren retten wollen, müssen wir rasch und geschickt handeln.«

Der Großeunuch neigte kurz den Kopf, dann lief er gefolgt von seinen Gehilfen aus dem Saal.

3.

Gelbes Meer
40 Seemeilen westlich von Taku, China
31. Juli 1860
Ortszeit: 14.02 Uhr
Unternehmen Esra – Tag 150

Ein Geschwader von 173 Schiffen, darunter 100 mit britischer Flagge, war von Hongkong aus zu einem bestimmten Zweck in den Golf von Bohai gefahren: um die Taku-Festungen einzunehmen, die die Mündung des Haihe bewachten. Dort wollten die britischen und französischen Streitkräfte einen Brückenkopf bilden und die 130 Kilometer über Land auf Peking zumarschieren. Es war das größte Geschwader, das das Gelbe Meer je befahren hatte, und brachte über 11 000 britische und 6700 französische Soldaten mit.

Randall Chen stand im Bug des vordersten Kanonenbootes HMS *Furious*. Mit 30 Meter Länge und 240 Tonnen Verdrängung war es das größte unter den Schiffen. Es war ein dampfbetriebener Doppeldecker mit gepanzerten Wänden und einer Mannschaft aus 45 Leuten. Es hatte vier Haubitzen, 32-Pfünder, an Bord, zwei im Bug und je eine an den Seiten. Wegen des kolossalen Gewichts war es nicht schnell und hatte kein gefälliges Aussehen. Doch das verlangte Randall auch nicht. Die Chinesen besaßen keine nennenswerte Marine, und Schiffe wie dieses wirkten einschüchternd genug. Von Hongkong bis nach Japan und Korea machten sie die Gewässer unsicher, damit jedes Volk der Region begriff, dass Britannien die Weltmeere beherrschte.

Die 21 Kriegsschiffe wurden von 20 Raddampfern mit geringem Tiefgang begleitet, 65 Truppentransportern und darüber hinaus von Flottenversorgern und Kohletendern. Es war Nachmittag, und das Geschwader bot, wie es nach Osten in den Wind und auf die hügelige Küste in der Ferne zudampfte, einen spektakulären Anblick. Die Farbe des Wassers rund um China war smaragdgrün, im Gegensatz zum Pazifik, der leuchtend blau war, und zum dunkelblauen Atlantik. Heute, wo der Wind überall weiße Schaumkronen und Gischt hervorbrachte, war das Meer mit einer Kombination aus Smaragdgrün und Weiß besonders schön.

Randall drehte sich nach dem Geschwader um, das zum Dreieck ausgefächert hinter ihm herfuhr. Plötzlich wurde ihm das Herz schwer. Unter seiner Führung würden die 17 000 Soldaten Vernichtung über die Festungen bringen, wie sie es schon vor zwei Wochen bei Dalian getan hatten.

Henry Loch näherte sich dem chinesischen Passagier und blieb in dem stürmischen Wind kerzengerade, die Hände an den Seiten, vor ihm stehen. »Verzeihung, Sir.« Es war ihm deutlich anzuhören, wie sehr es ihm widerstrebte, einen Chinesen mit Sir anzureden.

Randall wandte sich dem übergewichtigen Sekretär zu. »Was gibt's?«, fragte er. Der Wind zerzauste ihm das Haar und wehte ihm Strähnen in die Augen.

»Lord Elgin bittet um Ihre Anwesenheit, Sir.« Wieder klang die Anrede erzwungen. Dass Elgin ihm befohlen hatte, Randall Chen wie einen Ebenbürtigen zu behandeln, passte dem Mann gar nicht. Und er konnte seinen Drang nicht bezwingen, Chen wegen der blauen Augen anzustarren, so sehr er sich auch bemühte.

»Richten Sie ihm aus, dass ich gleich komme«, gab Randall schroff zur Antwort. Mit seinem grauen Dreiteiler, der in Hongkong von Marks & Spencer geschneidert worden war, den glänzenden Schuhen und der goldenen Uhr, die in seiner Westentasche steckte, wirkte und fühlte er sich an Bord eines britischen Kanonenbootes völlig fehl am Platz.

Loch drehte sich auf dem Absatz um und ging über das schwankende Deck zur Brücke. Da Lord Elgin ihn erst kürzlich zu seinem Privatsekretär gemacht hatte, war er bestrebt, ihn zufriedenzustellen. Sein Vorgänger war noch vor dem Auslaufen in Shanghai von der Malaria aufs Krankenlager geworfen worden.

Randall drehte sich wieder dem Meer zu und ließ sich die salzige Luft um die Nase wehen. Jeder, mit dem er zu tun hatte, benahm sich höflich und ruhig gegen ihn, dennoch spürte er stets Abneigung. Keinem behagte seine Anwesenheit, nicht einmal Lord Elgin selbst.

Konzentriere dich auf das Wesentliche, sagte er sich. In knapp einem Monat ist alles vorbei.

Er war schon seit fünf Monaten in China. Seine molekulare Rekonstruktion hatte in der Verbotenen Stadt stattgefunden. Lästigerweise hatte er von dort erst einmal bis nach Hongkong reisen müssen, um Elgin zu begegnen. Doch anders wäre es nicht möglich gewesen, an den britischen Gesandten heranzukommen und sein Vertrauen zu gewinnen. Doch davon hing der Erfolg seines Unternehmens entscheidend ab. Und nun endlich war er wieder unterwegs zum Ort seiner Ankunft, der Hauptstadt Peking, die nur noch zweihundert Kilometer entfernt war.

Randall dachte an die Festungen, die sie einzunehmen hatten. Sie waren vor dreihundert Jahren von Kaiser Jiajing am Haihe gebaut worden, um Tientsin gegen Invasionen von See zu schützen. Es waren fünf, drei am Nordufer und zwei am Südufer. Dazu säumten zwanzig kleinere die Flussmündung, zumeist Geschützstellungen mit nur einer Kanone. Die fünf großen ragten eindrucksvoll über der morastigen Küste und den Salzsümpfen auf. Sie hatten zehn Meter hohe Außenmauern mit Zinnen und eine zentrale Wehrplatte, auf der bis zu vierzig Kanonen standen, im Allgemeinen Zwölfpfünder, die in alle Richtungen feuern konnten. Jede Festung war von zwei fünfzehn Meter breiten Gräben umgeben, die mit schmutzigem Seewasser und mit Tausenden aufrechter, spitzer Bambusstöcke gefüllt sowie mit Verhauen aus Zweigen und Dornbüschen umzäunt waren. Betreten konnte man die Festungen lediglich über eine schmale Holzbrücke, die hochgezogen wurde, wenn ein Angriff drohte. Besonders von der Seeseite aus waren sie furchterregende Verteidigungsanlagen.

Randall klappte seine Taschenuhr auf und las die Zeit ab. Es war kurz nach zwei. Die Sturmfront würde in drei Stunden hier sein. Bis dahin musste das Geschwader innerhalb der 10-Meilen-Zone liegen, wo das Wasser flach genug zum Ankern war. Er steckte die Uhr weg und ging nach achtern auf die Brücke zu.

Als er die Tür beiseiteschob, wurde er von Lord Elgin herzlich empfangen. Elgin war ein rundlicher Mann von eins achtundsiebzig, der aber größer erschien. Er trug einen dicken, schwarzen, zweireihigen Mantel mit schwarzem Pelz an Ärmelsaum und Kragen. An der Brust über dem Herzen präsentierte er stolz zwei kunstvolle Silbermedaillen in Blütenform. Die obere zeichnete ihn als den 8. Earl von Elgin aus, die untere als den 12. Earl von Kincardine. Es war viel zu heiß für diesen dicken Wollmantel, doch er trug ihn als stolzer Brite der Förmlichkeit halber. Infolgedessen bedeckte ein feiner Schweißfilm sein rötliches Gesicht. Er war geboren als James Bruce, ältester Sohn aus zweiter Ehe des 7. Earl von Elgin, und wirkte sehr Respekt einflößend. Sein Gesicht war glatt rasiert bis zu dem struppigen Backenbart, der die Kinnlinie zierte. Der Kopf war kahl, nur an den Seiten und am Hinterkopf war ein Streifen dichter, weißer Haare stehen geblieben, die ihm bis über die Ohren reichten. Er war eine markante Erscheinung, legendär und stets förmlich-korrekt. Dazu besaß er einen Charme, den er wirkungsvoll einsetzte, um seinen finsteren Charakter zu verbergen.

»Danke, dass Sie kommen, Mr. Chen«, sagte er höflich. »Sie

kennen Sir Hope Grant, Lieutenant-General des Pazifik-Geschwaders.«

Randall neigte grüßend den Kopf vor dem drahtigen Offizier, der eine große Nase, dunkle Haare und einen buschigen Schnurrbart und Koteletten hatte. Sir Hope beugte sich über den Kartentisch. Er war nicht herzlich und lächelte kaum, obwohl er dies zweifellos versuchte. Er trug die scharlachrote Jacke der King's Dragoon Guards sowie weiße Jodhpurs und schwarze Reitstiefel. Sein weißer Tropenhelm lag neben ihm auf den Karten. An seinem weißen Lederzeug hingen ein Holster mit einschüssiger Pistole und ein Säbel mit Lederscheide.

Außer ihm waren sechs weitere Männer anwesend: der Kapitän John Weatherall, Henry Loch und vier Seeleute, die still ihrer Arbeit nachgingen.

»Die Flotte muss mehr Fahrt machen«, sagte Randall ohne Umschweife. »Sonst sind unsere Pläne gefährdet.«

Lord Elgin führte Randall zum Kartentisch. »Ja, wir sprachen gerade darüber«, sagte er nachdenklich. »Sir Hope schlug ein anderes Vorgehen vor.«

Dieser riss sich räuspernd vom Anblick des blauäugigen Chinesen los und zeigte auf die Karte. »Das Glück ist auf unserer Seite, und wir müssen den Vollmond ausnutzen. Wir werden die drei Festungen am Nordufer von vorn angehen, indem wir morgen Mittag beim höchsten Stand der Flut in die Flussmündung einlaufen. Mit unseren vielen Geschützen werden wir die äußeren Verteidigungsanlagen dem Erdboden gleichmachen. Im Schutz der Dunkelheit greifen wir an.« Sein britisches Selbstvertrauen war unbeirrt. »Bis zum Morgen haben wir die Kerle in die Berge getrieben oder niedergemacht. Wenn die unser Geschwader sehen, werden sie sich in die Hosen pissen.«

Lord Elgin sah seinen chinesischen Ratgeber forschend an. »Was halten Sie von dem Plan?«, fragte er.

Randall schüttelte den Kopf. »Er ist katastrophal.«

Es herrschte angespanntes Schweigen, bis Sir Hope erneut

das Wort ergriff und bei aller Korrektheit seinen Zorn spüren ließ. »Wir haben die überlegene Feuerkraft. Das ist die umfassendste Streitmacht, die in dieser Ecke der Welt je mobilisiert wurde! Wir sind unaufhaltbar, unversenkbar, egal, was wir tun.«

»Sobald die Flut zurückgeht«, erwiderte Randall, »liegen unsere Schiffe jenseits des Schlickgürtels fest und werden eines nach dem anderen zusammengeschossen, ohne dass es eine Fluchtmöglichkeit gibt. Senggerinchin ist jetzt Kommandant der Festungen, General. Der Haihe ist flussaufwärts mit Sperrpfosten und Ketten blockiert. Der Mongole hat eine Falle für Sie aufgestellt, und Sie wollen direkt hineinfahren.«

»Trotzdem«, erwiderte Sir Hope. »Ihre Geschütze können ein gepanzertes Kriegsschiff wie dieses nicht versenken.«

»Inzwischen verfügen sie über russische 32-Pfünder, und damit werden sie Ihre Schiffe versenken, sogar dieses, und zwar mit Leichtigkeit.« Randall wusste, er sollte taktvoller sein, doch die Arroganz dieser Männer hatte seine Geduld aufgezehrt. Mit seinem Wissen über die Zukunft könnte diese anglo-französische Flotte in der Tat die unaufhaltsamste der Welt sein – sofern diese britischen Dummköpfe auf ihn hörten. »Seien Sie nicht hochmütig, Sir Hope. Der Preis könnte immens sein.«

Sir Hope schoss die Röte ins Gesicht. »Wie können Sie es wagen, mir zu widersprechen, Sie –« Das Wort Kuli lag ihm bereits auf der Zunge, als ihm Lord Elgin, Diplomat wie immer, ins Wort fiel.

»Beruhigen Sie sich, Sir Hope.« Und zu Randall gewandt: »Wie können Sie dessen so sicher sein, Mr. Chen?«

Randall blieb vollkommen gefasst. »Habe ich nicht in allem recht gehabt, Lord Elgin? Habe ich mich bei den Geschützstellungen und der Truppenzahl bei Dalian etwa geirrt?« Er stellte sich Elgins Blick und hielt ihm stand. »Ich bin hier, damit Sie keine Fehler begehen. Ihr Bruder Frederick Bruce und Admiral Jennings haben diese Festungen schon einmal unterschätzt.

Das stimmt doch, nicht wahr? Vor nicht mal einem Jahr und mit großen Verlusten für die britische Marine. Sie haben einen Frontalangriff probiert, und es gab auf Ihrer Seite 434 Tote, dazu vier versenkte Schiffe. Der Landungstrupp wurde bis zum letzten Mann niedergemacht. Hätten Commodore Tatnall und die amerikanische Marine nicht rechtzeitig eingegriffen, wären die Verluste noch größer gewesen.«

»Wir haben jetzt ein viel leistungsstärkeres Geschwader«, erwiderte Sir Hope herablassend, »mit besser gepanzerten Schiffen.«

»Ohne meine Führung wird es zahllose Verluste geben und weitere Schiffe werden sinken«, hielt Randall ihm entgegen. »Ich weiß, dass Sie und Ihre Streitkräfte schon einmal hier gewesen sind, Lord Elgin, vor vier Jahren. Die Qing werden aber diesmal nicht die britische Flagge hissen und sich ergeben. Sie werden kämpfen wie neulich, als Ihr Bruder ihre Stärke dummerweise unterschätzt hat. Die Qing haben den Sieg gekostet und Geschmack daran gefunden, unabhängig davon, wie groß Ihre Flotte ist.«

Lord Elgin verschränkte die Arme und musterte seinen unbeirrbaren chinesischen Ratgeber. Ihm war jeder zuwider, der schlecht über seinen jüngeren Bruder sprach, doch er schlug nicht zurück. Frederick war überheblich vorgegangen, und sein Ruf und seine Laufbahn würden die Narben seiner Niederlage auf ewig tragen.

»Ich verlange, dass wir das unter uns besprechen!«, sagte Sir Hope, der noch immer rot im Gesicht war.

Lord Elgins Blick blieb auf Chen gerichtet. »Was schlagen Sie also vor?«, fragte er und verbiss sich jeglichen aggressiven Unterton.

Randall ging an den Kartentisch und drängte Sir Hope mit einer Geste beiseite, nahm dessen Helm und reichte ihn an Loch weiter, ohne diesen auch nur anzusehen, dann tippte er mit dem Zeigefinger auf die Karte. »Wir fahren auf die Küste zu und gehen hier vor Anker, gegen halb fünf, und bleiben da über Nacht. Die Soldaten machen sich bereit, morgen früh von Bord zu gehen. Die Boote sollen Männer, Munition und Vorräte aufnehmen, so viel sie tragen können. Dann werden sie dreizehn Kilometer nördlich der Taku-Forts ans Ufer geschleppt. Dort werden sie nicht auf Gegenwehr stoßen. Sobald 3500 Mann auf festem Boden stehen, werden sie die kleine Festung Pei Tang überrennen. Dort werden Sie dann Ihr Hauptquartier aufschlagen. Sie werden Ihr Pionierkorps ausschicken, damit es die Hindernisse zwischen Pei Tang und Taku entfernt.«

»Was für Hindernisse?«, fragte Lord Elgin.

»Sie müssen wenigstens sechzig befestigte Kanäle und Gräben überbrücken. Es wird leichten Widerstand geben, und der Boden wird schlammig und schlecht begehbar sein. Doch diese Vorbereitung ist unerlässlich, damit die Truppen und der Nachschub gut durchkommen, und vor allem müssen Sie Ihre größten Geschütze transportieren.« Randall zeigte auf die Karte. »Das wird mindestens eine Woche dauern.«

Sir Hope, der im Hintergrund stand, warf die Arme hoch. »Ich kann die Forts innerhalb von zwei Tagen einnehmen!«, rief er aufgebracht.

Randall fuhr fort. »Sodann werden Sie die östlichste der großen Festungen mit der schweren Artillerie angreifen, von der Rückseite und mit voller Kraft. Die erste wird schwer einzunehmen sein. Wenn Sie Ihre Soldaten schließlich hineinschicken, werden die Qing kämpfen bis zum letzten Mann.«

»Müssen wir sie denn von hinten angreifen?«, fragte Lord Elgin zweifelnd. »Durch den ganzen Morast?«

Randall nickte. »Wenn Sie die Verluste gering halten wollen, ist das der einzige Weg. Ich weiß, Sie halten das für unsportlich, aber wir haben eine Schlacht zu gewinnen. Wenn die Qing sehen, wie leicht Sie die große Festung erobert haben, brauchen Sie nur noch ein paar höhere Abgesandte mit Dolmetschern hinzuschicken und die Kapitulation auszuhandeln. Auf diese Weise müssen Sie nur zwei Festungen mit Gewalt einnehmen. Die übrigen werden Ihnen völlig intakt in die Hände fallen.«

»Sein Plan ist lächerlich«, brummte Sir Hope. »Ich verlange, dass wir das unter uns erörtern. Dieser Mann könnte ein Spion sein. Wir laufen vielleicht in eine Falle.«

Lord Elgin zog eine Augenbraue hoch und sah Chen fragend an. »Warum müssen wir gegen halb fünf vor Anker gehen?« Für diesen Punkt des Plans fehlte ihm die Erklärung.

»Weil ein Sturm aufkommt und wir sonst Schiffe verlieren«, antwortete Randall völlig überzeugt.

Die acht Seeleute auf der Brücke schauten zum Horizont. Der Himmel war azurblau bis auf einige hohe Zirruswölkchen.

»Das ist doch lächerlich«, raunte Sir Hope durch die Zähne.

»Ich werde in meine Kabine gehen und etwas schlafen«, sagte Randall. »Denn heute Nacht wird das schwer möglich sein.« Er wandte sich an den Kapitän. »Ich schlage vor, dass Sie mehr Fahrt machen, Captain.« Und zu Lord Elgin: »Ihre Soldaten werden morgen bei schwerem Regen an Land gehen. Sehen Sie zu, dass sie vorbereitet sind.«

Ohne ein weiteres Wort verschwand er durch die Schiebetür. Kurz pfiff der Wind herein, dann war es wieder still.

»Von wegen Sturm!«, platzte Sir Hope heraus. »Sehen Sie sich den Himmel an! Dieser Kuli ist ein Hochstapler, es kann gar nicht anders sein. Und Sie gestatten ihm, dass er uns in eine Falle treibt.«

Elgin tippte sich mit dem Zeigefinger an die Unterlippe. »Bei Dalian hat er recht gehabt, nicht wahr?«

»Er muss einen Informanten gehabt haben, der ihm die Anordnung der Verteidigungsanlagen verraten hat. Aber das hier ... das ist absurd! Die Streitkräfte Ihrer Majestät werden von einem Chinesen geführt! Solch eine Beleidigung dürfen Sie nicht zulassen. Das Britische Empire regiert die Welt, Lord Elgin, und das wird es auch in tausend Jahren noch tun!«

Loch nahm ein Fernglas zur Hand und suchte den Horizont ab. »Sir Hope hat recht – wie soll er wissen, wie sich das Wetter entwickelt?«

Lord Elgin gab nicht nach. »Captain, erhöhen Sie die Geschwindigkeit des Geschwaders und laufen Sie flacheres Gewässer an. Wenn Mr. Chen recht hat, wird der Sturm bald hier sein. Wenn nicht, ist er ein Lügner und Aufschneider. Und sollte sich das herausstellen, wird ihn der volle Zorn Ihrer Majestät treffen. Doch bis dahin werden wir seinem Rat folgen. Verstanden? Und Sie alle werden ihn Mr. Chen und nicht den Chinesen nennen oder ihn gar als Kuli bezeichnen.«

Lord Elgin wusste aus eigener Erfahrung, dass Chen über außergewöhnliche Fähigkeiten verfügte. Der Blauäugige war in sein Büro in Hongkong gekommen und hatte ihm viele Details genannt, die nur Elgin selbst kennen konnte. Und wenn er nicht gewesen wäre, wären im März Tausende Menschen zu Tode gekommen, denn in Hongkong war den Bäckern befohlen worden, das Brot für die Ausländer mit Arsen zu vergiften. Aber Mr. Chen hatte ihn gewarnt, und so war Männern, Frauen und Kindern ein qualvoller Tod erspart geblieben. Solange dieser Fremde also gewillt war, sie im Kampf gegen die Qing zu unterstützen, würde er von Nutzen sein – danach freilich gab es für einen Mann mit solchem Wissen und solcher Voraussicht nur ein Schicksal: den raschen Tod. Wenn nötig, würde Elgin eigenhändig dafür sorgen. Denn solange er ihn nicht ein für alle Mal zum Schweigen gebracht hatte, war seine Ehre bedroht.

Er sah zum Horizont. Dort über den Yanshan-Bergen sammelten sich Sturmwolken mit rasender Geschwindigkeit. So unglaublich es war, die Geschichte schien sich genau nach Chens Vorhersage zu entwickeln.

4.

Gelbes Meer
3 Kilometer vor der Küste von Pei Tang, China
31. Juli 1860
Ortszeit: 17.00 Uhr
Unternehmen Esra – Tag 150

Der Himmel wurde dunkler, der Seegang stärker. Über der chinesischen Küste türmten sich in der feuchtwarmen Luft mächtige Quellwolken auf. Aus der Ferne hörte man Donner grollen. Blitze zuckten über den Himmel und kündigten die Gefahr an, die bald schon hereinbrechen sollte. Um fünf Uhr war der Himmel nachtschwarz, und schwerer Regen peitschte auf die Flotte nieder, die bei Pei Tang vor Anker lag. Die Windgeschwindigkeit betrug zuweilen sechzig Knoten, fast wie bei Orkanstärke. Eines der Versorgungsschiffe, HMS *Kishna*, riss sich los und kenterte. Es sank so schnell, dass 36 Mann mit ihm untergingen.

Lord Elgin und Sir Hope Grant blieben auf der Brücke der *Furious*, während Wassermassen gegen das schwerfällige Schiff schlugen. Sie verloren kein Wort über Chens Vorhersage, sondern versuchten bloß, auf dem heftig schwankenden Boden nicht das Gleichgewicht zu verlieren. Obgleich vertraut mit der See und ihrer Urgewalt, waren sie von dem plötzlichen Einsetzen des Sturms so überrascht, dass sie an nichts anderes dachten als ihre Angst. Wie aus dem Nichts war er gekommen, ungeheuer schnell, und machte ihnen nun klar, dass sie ihr Leben nicht mehr in der Hand hatten.

HMS *Furious* hatte beide Buganker in voller Länge ausgeworfen, und trotzdem driftete sie ab. Die Bootswände ächzten und knirschten, als würde sie gleich auseinanderbrechen. Der Kapitän wiederholte in einem fort: »Sie wird halten, sie wird halten.« Aber jeder fürchtete sich.

Der Sturm dauerte bis kurz vor Mitternacht. Dann ließ er innerhalb einer halben Stunde beträchtlich nach, und nur der Regen hielt an. Nachdem Lord Elgin seine Nerven mit einem dreifachen Cognac beruhigt hatte, gab er Befehl, die Landung vorzubereiten. Jetzt konnte er sicher sein, dass Chens Voraussagen mehr als Vermutungen waren. Chen war ein Superhirn, vielleicht sogar ein Weiser mit einem gewissen Maß an Magie.

Bis zum Morgengrauen waren zwanzig Beiboote beladen. Zwei Stunden später näherten sie sich der morastigen Küste. Wieder hatte Chen recht: Die Landung verlief bei schwerem Regen und ohne militärischen Widerstand. Das einzige Anzeichen für Leben war ein Bauernjunge, der beim Anblick der hundert Soldaten von Suttons 2. Regiment, das als erstes den Fuß auf den Strand setzte, davonrannte.

Sir Hope Grant landete mit der dritten Welle. Er war hocherfreut, dass nirgendwo Verteidigungsanlagen zu sehen waren. Und nahezu jeder in der Gegend war nach Süden zu den Taku-Forts geflohen, das hatte sein Spähtrupp gemeldet. Widerstrebend tat er, was Chen geraten hatte, und schickte seine Pioniere unter dem Schutz von General Napiers 2. Division aus.

Französische Truppen besetzten bald das verlassene Dorf Sihne, das auf allen Seiten von knietiefem Morast umgeben war. Mit der steigenden Hitze des Tages wurde auch der Gestank unerträglich.

Während der nächsten drei Tage wurden bei strömendem Regen über 340 Pferde von den Flottenversorgern HMS *Sirius* und HMS *Eastern Empire* gebracht, und auf der morastigen Ebene von Pei Tang entstand eine große Zeltstadt. Über zweitausend Soldaten waren auf dem provisorischen Landekopf postiert, und die Kavallerie war bereit.

Sir Hopes Zuversicht wuchs stündlich.

Randall Chen und Lord Elgin blieben an Bord der *Furious*. Jeden Morgen schrieb Randall einen Brief an Sir Hope, in dem er ihm die notwendigen Aufgaben im Einzelnen zuwies. Die Vorbereitungen gingen reibungslos vonstatten, und alles lief nach Plan.

5.

Mongolisches Feldlager
13 Kilometer südwestlich von Sihne, China
5. August 1860
Ortszeit: 23.30 Uhr
Unternehmen Esra – Tag 155

Senggerinchin hatte geduldig gewartet, bis die britischen Truppen gelandet waren, ehe er seinen ersten Zug machte. Als direkter Nachfahre von Dschingis Khan war er der geborene Krieger, der die Schwäche der Furcht kaum kannte. In der Überzeugung, dass der erste Eindruck, den er mit seinem Heer auf den Gegner machte, für den Erfolg entscheidend war, hatte er seine besten Männer um sich gesammelt und lauerte nun auf Elgins ersten Fehler.

Auf Cixis Bitte war er von Sayn Shanda in der südlichen Mongolei mit viertausend Horqin-Kriegern nach Süden geritten. Unter seinem Befehl standen zudem zehntausend Tataren mit Luntenschlossmusketen – einer außer auf kurze Entfernung unzuverlässigen Waffe. Der mongolische Prinz stützte sich lieber auf das Ehrgefühl geschickter Bogenschützen und die Schnelligkeit gut ausgebildeter Schwertkämpfer.

In seiner Brusttasche trug er den Brief der kaiserlichen Gemahlin, den sie eigenhändig geschrieben hatte. Sie versprach ihm darin unerschöpfliche Freuden, die seine Wünsche überstiegen. Es feuerte Senggerinchin ungemein an, dass sie ihren Leib zur Gänze und auf dem Bett des Kaisers Hsien Feng versprach, im Palast des Westens. Er musste lächeln, als er sich vorstellte, sie im Bett des Himmelssohns zu besitzen. Seinen Samen in die Lieblingsfrau des Kaisers zu spritzen – das wäre sein Augenblick des Triumphs. Auf ewig wollte sie sich seinen Wünschen beugen, und er würde auf der Einlösung des Versprechens bestehen.

In dem großen seidengefütterten Zelt stand sein Mittagessen vor ihm auf dem Tisch ausgebreitet. Er trug einen blauen Kavallerierock mit weiten Hosen. Die Brust war mit dem Schwarzen Horqin-Banner, dem Symbol der Inneren Mongolei, in roter Stickerei verziert. Sein Kopf war kahl und glänzend, die kleinen Ohren anliegend. Ein langer, dünner Schnurrbart, den er zwirbelte, wenn ihm langweilig war, hing bis zum Schlüsselbein herab. Er war stämmig und muskulös wie die meisten Mongolen, und sein Kinn kantiger als das seiner chinesischen Nachbarn. An den Füßen trug er schwarze Reitstiefel und um die Taille einen schwarzen Ledergürtel, an dem ein rasiermesserscharfer Säbel hing, der einst dem mächtigen Dschingis Khan gehört hatte.

Alle halbe Stunde eilten seine Ratgeber in das Zelt, um sich vor seinen Füßen niederzuwerfen und neue Einzelheiten über die Truppenbewegungen der Briten und Franzosen zu melden.

Senggerinchin sprang freudig von seinem Stuhl auf. »Endlich!«, sagte er. »Die roten Barbaren haben ihre Stärke überschätzt!« Soeben hatte er erfahren, dass Sir Hope Grant Napiers 2. Division mit einem Erkundungsauftrag ausschickte.

Mit diesem Sieg werde ich meinem Ziel einen Schritt näher kommen, dachte er schmunzelnd. Er griff in die Brusttasche und zog Cixis Brief hervor. Nachdem er das rosa Reispapier behutsam auseinandergefaltet hatte, hielt er es an die Nase und roch den verlockenden Duft, der sorgsam darin eingefangen war. Sie hatte ihm einen Vorgeschmack auf die Genüsse ihres Körpers gegeben; sie hatte das Papier über ihre Weiblichkeit gerieben, um dem Versprechen mit dem süßen Aroma ihrer Säfte Glanz zu verleihen. Die lockenden Worte ermutigten ihn, sich seine Hände auf ihrer Haut vorzustellen, ihre Lippen auf seinem Fleisch, ihre festen Brüste, die sich hoben, wenn sie rittlings auf seinen Lenden saß und eben jenen Duft ihrer Weiblichkeit darauf verteilte.

Senggerinchin faltete den Brief zusammen und steckte ihn in ein Lederetui, bevor er ihn seinem Konsul zur sicheren Aufbewahrung gab.

Draußen fiel ein gleichmäßiger Regen, als der Mongolenprinz seine acht Generäle zu sich rief. »Lasst die tatarische Reiterei antreten«, sagte er sofort. »Der Zeitpunkt ist gekommen, da wir diesem Krieg unser Siegel aufdrücken. Die feigen Briten wollen unsere Festungen von hinten angreifen. Sie haben kein Ehrgefühl. Aber gerade darum müssen wir noch mehr auf der Hut sein. Ich habe geglaubt, ihr Hochmut werde sie zu einem frontalen Angriff verleiten, doch sie gehen einen vorsichtigen Weg. Das ist sehr unbritisch.«

Keiner seiner Generäle sagte ein Wort, während er seinen Plan erläuterte.

»Heute haben die roten Barbaren einen Fehler begangen. Sie haben bei Regen ihre Infanterie und eine einzige Reiterschwadron in Marsch gesetzt.« Er tippte auf die große Karte, die an der Zeltwand hing. »Ihre Musketen werden bei der Nässe nicht schießen, sodass ihnen nur Säbel und Bajonette bleiben. Damit sind sie unseren Bogenschützen hoffnungslos unterlegen. Sie werden zum Rückzug gezwungen sein, und der Sieg ist unser. Heute müssen wir kühner denn je kämpfen. Am Ende des Tages werden sie begriffen haben, dass das Tatarenheer den Tod nicht fürchtet, sondern willkommen heißt, dass wir stark und entschlossen sind, das Reich der Mitte zu schützen. Sie sollen erfahren, dass der mächtige Prinz Senggerinchin der größte lebende Feldherr der Gegenwart ist.«

Er setzte sich einen dunkelblauen runden Hut mit einer hohen Pelzkrempe auf, von der hinten eine dreiäugige Pfauenfeder herabhing, die höchste militärische Auszeichnung im Qing-Reich. »Handelt rasch und zielstrebig, meine Generäle, denn wir müssen den Barbaren auf offenem Gelände, nämlich im

Schlickwatt, begegnen. So können sie die ganze Pracht unseres Heeres sehen.«

Er blickte sie der Reihe nach an. »Enttäuscht mich nicht, sonst werdet Ihr die Schärfe meines Schwertes spüren. Wir Mongolen dulden kein Versagen.« Darauf drehte er sich um und ging mit schnellem Schritt in den strömenden Regen hinaus.

8 Kilometer südwestlich von Pei Tang, China
Am Rand des Schlickwatts

Gegen den Befehl hatte Sir Hope die 2. Division und zwei Reiterschwadronen von Probyns Horse antreten lassen und marschierte mit ihnen, zu zehnt in einer Reihe, auf Taku zu, um selbst zu sehen, was sie dort erwarten würde. Der Regen strömte herab, schon seit mehreren Stunden, und floss nicht mehr ab, sodass sie eine weite Wasserfläche vor sich hatten, die sich unter den Tropfen beständig kräuselte. Trotz dieser trüben Umgebung bot die 2. Division in ihren scharlachroten Jacken, die freilich durchnässt waren, den weißen Hosen und den geschulterten Musketen einen beeindruckenden Anblick. Sie alle trugen flache Filzhüte mit einem weißen Nackentuch, welches verhinderte, dass ihnen das Wasser in den Kragen floss.

Sir Hope, der auf seinem Lieblingspferd, einem weißen Araber, vorantrabte und hinter sich das Patschen der Hufe hörte, hätte nicht zuversichtlicher sein können. Rechts neben ihm ritt Major Probyn auf einem braunen Wallach. Er war ein hartgesottener, erfahrener Offizier, der schon in Indien und Südafrika gekämpft hatte. Er hielt nichts von Politik, sondern nahm seine Befehle entgegen und kämpfte für Königin und Vaterland, wenn es sein musste bis zum Tod.

Auf Sir Hopes Befehl sollten die fünfhundert Männer auf

Taku marschieren und sehen, wie weit sie kämen, ohne auf Widerstand zu stoßen. Er hatte die Absicht, das Land nach Westen hin zu erkunden und zu sehen, wie weit sie gehen müssten, um dem morastigen Boden auszuweichen. Wegen des Regens hatten sie keine gute Sicht, doch sie marschierten weiter. Sir Hope hatte entschieden, dass es nicht nach seinem Geschmack war, auf dem Landekopf herumzusitzen und Befehle von einem Kuli entgegenzunehmen, der auf dem Kanonenboot im trockenen, warmen Quartier saß. Sir Hope war ein Mann der Tat, ein mehrfach ausgezeichneter Soldat, der auch im vorigen Opiumkrieg gekämpft hatte – ein Mann, der sich persönlich bei der Einnahme der befestigten Stadt Tschinkiang ausgezeichnet hatte. Dort war er auch verwundet worden, von einem Querschläger seiner eigenen Leute, sodass er nun ein Bein nachzog. Doch er war äußerst stolz darauf, wie er sich im Punjab-Feldzug hervorgetan hatte. Seine taktische Kühnheit hatte die ganze Routenplanung der Rebellentruppen bei Serai Ghat beeinträchtigt. Seiner Vorstellung nach war er ein tüchtiger Soldat, der Befehlshaber seiner Männer und nicht der Untergebene eines chinesischen Beraters.

Durch den Regendunst waren in der Ferne tatarische Reiter auszumachen. Sie schienen sich in dem morastigen Gelände gut auszukennen, und ihre Pferde versanken nicht im Schlamm, ganz im Gegensatz zu Probyns Tieren. Sir Hope zog den Säbel und zeigte auf die Reiter. »Ich sehe nicht mehr als zehn. Schicken Sie Ihre Kavallerie hin. Mal sehen, womit wir es zu tun haben.«

»Unsere Gewehre schießen bei dem Wetter nicht«, bemerkte Major Probyn. »Wir werden sie Mann gegen Mann besiegen müssen.«

»Dann tun Sie es!«, erwiderte Sir Hope mit einem Seitenblick.

Zwar bewegten sie sich durch freies Gelände, doch das Schilf des Schlickwatts bot auf beiden Seiten gute Deckung. Major Probyn befahl, zum Angriff zu blasen. Seine fünfzig Reiter kamen nur langsam voran, als sie mit gezogenem Säbel auf die Tataren zuhielten. Sir Hope verfolgte voller Stolz, wie seine Leute ins Gefecht ritten.

Es dauerte volle fünf Minuten, bis die Probyns, geführt von Captain Timms, festen Boden erreichten und Geschwindigkeit aufnehmen konnten. Und im selben Moment wandte sich die Lage zum Schlechten. Auf beiden Seiten erschienen über fünfhundert tatarische Reiter aus dem Marschland. Die 2. Division war umzingelt und hatte keine Kavallerie, um die Linien aufzubrechen.

Sir Hope begriff, dass er für dumm verkauft worden war. Major Probyn befahl dem Trompeter, die Reiter zurückzurufen, doch die waren zu weit entfernt. Sir Hope brüllte Befehle nach allen Seiten, und seine Soldaten formierten sich zu einem ordentlichen, dichten Kreis, bei dem sie das aufgepflanzte Bajonett nach außen richteten, sodass sie unangreifbar wie ein riesiger Igel aussahen.

Die tatarischen Reiter preschten von allen Seiten heran. Da sie die leichteren Pferde hatten, kamen sie müheloser durch den Morast als die Briten. Im vollen Galopp zogen sie einen Langbogen vom Rücken und schossen einen Pfeil ab, sobald sie auf hundert Meter an die 2. Division herangekommen waren.

Das Ergebnis war vernichtend. Pfeile drangen in Fleisch und Knochen, Männer schrien, und niemand konnte etwas tun, um es den Feinden zu vergelten.

Mitten in dem Blutbad versuchten einige verzweifelt, das Luntenschloss ihrer Muskete zu trocknen, doch das feuchte Pulver machte das Schießen unmöglich. Trotzdem legten viele Soldaten auf die Feinde an und drückten ab, hörten jedoch nur das entmutigende Klicken. Immer mehr Pfeile, die die Mongolen alle zwölf Meter von der Sehne ließen, fanden ihr Ziel.

Sir Hope hatte noch nie so tüchtige Reiter gesehen. Während er mit seinem Pferd im Zentrum der 2. Division kauerte, sah er die Mienen der tatarischen Krieger: Sie waren voller Hass. Und sie ließen nicht nach! Obwohl es sinnlos war, sprangen wenigstens fünfzig Reiter mit ihrem Pferd in den Bajonettwall.

Auf allen Seiten gab es schrille Schreie und Gewieher, dazu das schabende Klirren der Säbel und Bajonette. Männer wurden von aufgespießten Pferden erdrückt, die mit dumpfem Schlag niederfielen, als hätte sie die Faust eines Riesen getroffen.

Das Blut floss in Strömen, der Regen wusch es in die schlammigen Pfützen. Dennoch gaben die Soldaten alles, um ihre Formation gegen den pausenlosen Ansturm zu halten.

Dann plötzlich schallte ein Horn, und die Tataren zogen sich zurück.

Senggerinchins Ziel war die Erniedrigung der 2. Division gewesen, und das hatte er erreicht. Je mehr Männer am Leben waren, um über ihre Niederlage von der Hand der Tataren zu berichten, desto besser.

Seine Reiterei war innerhalb von zwei Minuten in der Marsch verschwunden wie Schatten in der Nacht. Das war sein bester Überfall gewesen – seine Geduld hatte sich weidlich ausgezahlt.

Sir Hope Grant bestieg sein Pferd und betrachtete das entsetzliche Blutbad. Über hundert Männer waren verwundet und weitere hundert würden ihre Familie niemals wiedersehen. Selbst sein Pferd hatte einen Streifschuss am Ansatz der Mähne abbekommen. Er blickte ringsum in die Gesichter; sie waren blass und mutlos. In diesem Augenblick kamen die Probyns über die Ebene herangesprengt. Ihren Pferden flog der Schaum vom Maul, doch sie kehrten unbeschadet zurück. Sie hatten den tatarischen Reitertrupp nicht einholen können, sodass dieser kampflos davongeritten war, was der Demütigung die Krone aufsetzte.

Abgesehen von den Reitern und Pferden, die in den Bajonettwall gesprungen waren, hatten die Briten ihren Gegnern keine Verluste zufügen können. Das war die schlimmste Niederlage, die sie sich denken konnten. Sie alle waren Zeuge von der Tapferkeit und Entschlossenheit der Qing geworden.

Sir Hope war in eine Falle gelaufen und ganz allein dafür verantwortlich. Er hatte Lord Elgin und die Königin enttäuscht. Wegen seiner Befehle war nun die Kampfmoral seiner Invasionstruppen gestört. Am Ende würde dieses Gefecht viel mehr Männer das Leben kosten, als an diesem Tag gefallen waren – die britische Überlegenheit schien dahin zu sein und mit ihr das Selbstbewusstsein der Soldaten.

6.

Küste bei Pei Tang, China
13 Kilometer nördlich der Taku-Festungen
7. August 1860
Ortszeit: 18.30 Uhr
Unternehmen Esra – Tag 157

Auch nach zwei Tagen war Randall Chen noch wütend, weil Sir Hope Grant gegen seinen ausdrücklichen Befehl mit der 2. Division Richtung Taku marschiert war. Natürlich war zu erwarten gewesen, dass Senggerinchin auf der Lauer lag. Die ganze Situation bewies nur die völlige Arroganz der Briten. Sie glaubten, an Ausbildung, Waffen und Taktik überlegen zu sein und selbstverständlich den Sieg davonzutragen. Doch sie hatten sich ganz erbärmlich geirrt. Senggerinchin war ein geborener Krieger und ein ausgekochter Feldherr. Kein Gegner unterschätzte ihn, ohne teuer dafür zu bezahlen. Er würde die Eigenschaften des Terrains und die Überzahl seiner Leute zu seinem Vorteil nutzen, und nach dem stattgefundenen Gefecht zu urteilen, kannte er Waffen und Taktik der Briten ebenso gut wie Sir Hope.

Dieser Sieg der Qing war in der Tat ein maßgebender Schlag. Denn er bedeutete, dass Randall von nun an alle Gefechtsvorbereitungen noch genauer zu überwachen hatte. Seine übergeordneten Pläne würden sich um wenigstens zehn Tage verzögern, bis der Himmel aufgeklart wäre. Für die Artillerie hatte die Ausgangslage perfekt zu sein. Noch ein taktischer Fehler oder eine Fehleinschätzung, und der Krieg würde sich Monate hinziehen. Jetzt hieß es, zurückhaltend sein und die Ereignisse wieder in die richtigen Bahnen lenken. Und er sollte zuversichtlich sein, trotz des Rückschlags.

An Bord der *Furious* hinkte Sir Hope durch Lord Elgins Kabine und goss sich noch einen Cognac ein. Der Wind hatte zwar nachgelassen und die smaragdgrüne See war flach wie ein Brett, doch der Regen klopfte nach wie vor gegen die Bullaugen.

»Ich wusste in dem Moment, als ich Probyns Horse hinter der Reiterkolonne hergeschickt hatte, dass das ein verflixter Fehler war«, jammerte Sir Hope. »Diese Tatarenbastarde!«

»Ihren größten Fehler begingen Sie in dem Moment, als Sie das Lager verließen«, erwiderte Randall.

Lord Elgin stemmte seinen schweren Körper aus dem Sessel und ging zu den beiden Kristallkaraffen. Sein Gesicht glänzte vor Schweiß. »Wir müssen daraus lernen«, sagte er nachdenklich. Unter dem leisen Klirren des Kristallglases füllte er seinen bayerischen Cognacschwenker zu zwei Dritteln und trank einen großen Schluck.

Um seine Frustration zu verbergen, knöpfte Randall sich die Nadelstreifenweste auf und zog die Uhr an ihrer Kette hervor, um sie aufzuklappen. Er blickte auf die Zeiger und schloss den Deckel. »Sie haben Glück gehabt, dass Senggerinchin Sie nicht bis zum letzten Mann niedergemacht hat«, sagte er rundheraus.

»Ich habe keine Angst, mit meinen Männern zu sterben!«, stieß Sir Hope hervor. Dann knallte er sein Glas auf den Mahagonitisch, dass der Stiel zerbrach. »Wenn diese Qing-Rüpel eine Schlacht wollen, sind sie bei mir an der richtigen Adresse! Ich werde ihnen selbst entgegentreten, mit dem Säbel in der Hand, in vorderster Reihe!«

»Niemand stellt Ihren Mut in Frage, Sir Hope«, versicherte Elgin.

»Königin Victoria wäre erfreut zu hören, dass Sie diesen draufgängerischen Mut haben«, sagte Randall. »Doch klare Überlegung wäre diesmal angebrachter, meine ich.«

Sir Hope erbleichte sichtlich gedemütigt. Noch nie hatte ein Chinese so herablassend mit ihm gesprochen. »Die Königin hat ihr Schwert auf meine Schulter gelegt, Sir, und mich zu einem

Ritter des Empire geschlagen! Nennen Sie nie wieder ihren Namen in meiner Gegenwart. Dazu haben Sie kein Recht.« Unwillkürlich griff er an seinen Säbel, als wollte er blankziehen und Randall in Stücke hauen.

»Wir werden am 21. August angreifen«, bestimmte Randall mit großer Autorität, ohne auf Sir Hopes offensichtliche Beleidigung einzugehen. »Ein morgendlicher Überfall auf die Festung Wei, das ist die größte. Sie liegt am Nordufer des Flusses, der Küste am nächsten. Sie werden Ihre Artillerie und Ihre Leute genau so in Stellung bringen, wie ich gesagt habe – Sie werden mindestens zwanzig Haubitzen brauchen. Die Mauer auf der Ostseite muss zwei Tage lang mit Kanonenkugeln und Granaten beschossen werden. So werden Ihre Leute hineingelangen – durch die Öffnungen, die die Geschütze geschaffen haben.«

»Aber die Wei-Festung ist von allen am besten gesichert«, wandte Elgin ein.

»Genau darum greifen wir sie an. Der Name bedeutet ›mächtig‹, und die Qing glauben daran. Unser Ziel ist, dass die anderen Forts kampflos aufgeben. Wir wollen nicht jede Geschützstellung der Qing mit Gewalt einnehmen müssen. Das würde Zeit und viele Menschenleben kosten. Wie schon der große Sunzi gesagt hat: Es ist besser, die Ressourcen des Gegners unzerstört zu übernehmen, als ihn Mann gegen Mann zu vernichten.«

»Mein Gott!«, rief Sir Hope aus. »Jetzt besitzen Sie auch noch die Frechheit, einen toten chinesischen General zu zitieren! Es waren Chinesen, die meine Männer im Schlickwatt niedergemetzelt haben, Mr. Chen!«

»Wenn Sie meinen Befehlen gehorcht hätten, wäre das nicht passiert!«, entgegnete Randall.

»Ich gehorche nicht Ihren Befehlen, Sir!«

»Verzeihung«, sagte Randall, dem sein Schnitzer bewusst wurde. »Lord Elgins Befehlen. Doch das ändert nichts an der

Tatsache, dass Sie das Lager nicht hätten verlassen dürfen. Senggerinchin hat nur darauf gewartet, dass Sie ihm in die Falle gehen. Wenn Sie gehorcht hätten, würden die hundertdreiundzwanzig Männer noch leben, und die anderen hundert hätten jetzt keine Wunden zu pflegen.«

Sir Hope griff nach einem neuen Glas und schenkte sich ein. »Unglaublich, dass ich mir das anhören muss!« Er trank den Cognac in einem Zug und goss sich den nächsten ein.

Randall fuhr fort: »Die 2. Division wird den Angriff auf die Wei-Festung führen. Die Männer werden ihre Niederlage auslöschen wollen. Es wird schwierig sein, aber sie werden siegen.« Randall blickte Sir Hope in die braunen Augen. »Und Sie werden derjenige sein, der sie überzeugt, dass sie das können. Sie werden für ihre Tapferkeit sorgen, Sir Hope.«

Da dieser vom Cognac schon benebelt und außerdem verblüfft war, weil Chen so unerwartet Vertrauen in seine Führungseigenschaften zeigte, konnte er seine Neugier nicht länger bezwingen. »Woher kommen Sie, Mr. Chen?«, fragte er mit dem leisen Tonfall des Zweifels.

»Ich bin mir nicht sicher, wie die Frage gemeint ist.«

»Sie kennen die Zukunft, Mr. Chen. Das haben Sie viele Male bewiesen. Wie können Sie das? Woher kommen Sie? Warum stehen Sie uns gegen Ihr eigenes Volk zur Seite? Denn Sie sind einer von ihnen, trotz Ihrer blauen Augen.«

Lord Elgin sah seinen chinesischen Ratgeber forschend an. Das waren Fragen, zu denen ihm bislang der Mut gefehlt hatte.

Randall blickte Sir Hope in die Augen. »Ich bin hier, damit Sie den Krieg gewinnen – mehr brauchen Sie nicht zu wissen. Sehen Sie es einfach so: Äußerlich bin ich Chinese, aber ich sehe die Welt mit abendländischen Augen.« Er wandte sich Lord Elgin zu. »Und es ist unerlässlich, dass Sie sich an unsere Abmachung halten. Ich werde Ihnen helfen, den Krieg zu gewinnen und den Vertrag von Tientsin durchzusetzen. Dann werden wir gemeinsam auf Peking marschieren. Und wie versprochen wird sich die Geschichte allein Ihrer fähigen, kühnen Führerschaft erinnern – als wäre ich gar nicht hier gewesen. Ihre Truppen werden Senggerinchin besiegen, und China wird offen vor Ihnen liegen wie eine nackte Frau mit gespreizten Beinen. Aber die Mauern der Verbotenen Stadt werden von Ihren Leuten nicht angetastet. Der Kaiser wird nicht geschwächt oder unterworfen. Wenn Sie den Vertrag von Tientsin durchsetzen wollen, in Ordnung. Aber Sie müssen versprechen, sich an unsere Abmachung zu halten, Lord Elgin. Das kann ich nicht klar genug sagen. Die Mauern der Verbotenen Stadt dürfen nicht angetastet werden.«

»Ja, ja, mein Freund«, versicherte Lord Elgin lächelnd und hob das Glas. »Die Mauern der Verbotenen Stadt werden nicht angetastet.« Sein Gesichtsausdruck war der eines Politikers und zeigte keinerlei Schwäche. »Sie haben mein Wort.«

7.

Im Schlickwatt
1,6 Kilometer nördlich der Wei-Festung, China
21. August 1860
Ortszeit: 5.23 Uhr
Unternehmen Esra – Tag 171

Die Dämmerung nahte, und der Himmel im Osten färbte sich rot. Der britische Artilleriebeschuss hielt seit zwei Tagen konstant an. Das unaufhörliche Donnern von dreiundzwanzig Haubitzen schallte über Taku und den Haihe, während die zwölf Pfund schweren Kanonenkugeln und die mit Schießpulver gefüllten Granaten, deren Lunte von Hand angezündet wurde, in die wehrhafte Festung flogen. Die Granaten erfüllten ihren Zweck erst, wenn die Lunte heruntergebrannt war und die Ladung explodierte. Bei Nacht war es ein erstaunliches Spektakel, wenn die Geschosse mit einem Funkenschweif ihrem Ziel entgegensausten, dann mit einem Lichtblitz zersprangen, und im nächsten Moment der Knall bei den Geschützen zu hören war.

Die Kanonen waren durch Schlick und Sumpfland und über Hunderte Wasserläufe, die in alle Richtungen flossen, herbeigeschafft worden – die Haubitzen von nicht weniger als sechs Pferden pro Stück, um die schwierigsten Stellen zu überwinden. Von See her feuerten sechs Kanonenboote auf die Festungsmauer, doch mehr aus Gründen psychologischer Kriegführung. Randall wollte Senggerinchins Männer denken lassen, sie seien eingekreist. In Wirklichkeit war es nicht möglich, die Mauer an der Seeseite zu durchbrechen, denn dort war sie zwölf Meter dick.

Die Qing feuerten von der Festung mit den russischen Geschützen zurück. Zwar hatten sie den Vorteil der größeren Höhe, doch Geschosse und Schießpulver waren unterlegen und erzielten keine Treffer.

Die Vorbereitungen der vergangenen Woche waren reibungslos verlaufen. Am 12. August war ein britisch-französischer Verband aus tausend Mann südwestlich entlang der Dammstraße nach Sin-Ho vorgerückt, während sich die 2. Division, geführt von Sir Hope, von Süden mit 340 Reitern genähert hatte. Sir Hopes Division stand erneut der tatarischen Kavallerie gegenüber, doch ein weiter Linksschwenk der britisch-französischen Truppen beschnitt die Rückzugsmöglichkeiten der Tataren beträchtlich, sodass diese kampflos zur Festung flohen. Die brillant abgestimmte Zangenbewegung der Verbündeten jagte sie aus dem Schlickwatt und dem Sumpfgebiet nach Norden, sodass der Transport der schweren Geschütze und Munitionswagen ungehindert beginnen konnte.

Am 14. August wurde das Dorf Tang Ku wie befohlen von der 2. Brigade überrannt. Durch diese Eroberung wurde Senggerinchins Kavallerie der Nachschub abgeschnitten und die Möglichkeit beseitigt, von Westen her überflügelt zu werden. Unter Randalls Führung töteten die Briten über hundert tatarische Krieger und nahmen das Dorf ein, ohne selbst einen Mann zu verlieren.

Randall blickte durchs Fernglas zu den beschädigten Mauern der Festung und suchte nach Löchern, die groß genug wären, um einen Mann durchzulassen. Er stand auf einer haushohen hölzernen Plattform, die die Pioniere gebaut hatten, knapp zwei Kilometer von den feindlichen Stellungen entfernt. Sie war der höchste und beste Beobachtungspunkt im Gelände. Bei Flut stand das Schlickwatt darunter dreißig Zentimeter unter Wasser.

Lord Elgin saß in seinem weich gepolsterten Lehnstuhl aus der Zeit Ludwigs XVI., der auf seinen Befehl hin aus der

Schiffskabine durch den Sumpf getragen worden war, damit er es bequemer hatte. Wie immer schwitzte er heftig.

Neben ihm in einem identischen Stuhl saß der britische Konsul von Hongkong, Harry Parkes. Er trug einen schwarzen Anzug und rauchte eine Castleford-Pfeife. Er war nach Gouverneur Bowering der ranghöchste Bewohner Hongkongs, sprach fließend Kantonesisch und Mandarin und war Lord Elgins Chefunterhändler. Randall war sehr wohl bekannt, dass Parkes einer der gerissensten Männer im Fernen Osten war. Er war es, der sich den Zwischenfall auf der *Arrow* zunutze gemacht hatte, eines unter britischer Flagge fahrenden Schiffes, das im Oktober 1856 von den Chinesen unbefugt beschlagnahmt worden war. Er hatte ihn zum Vorwand genommen, um China den Krieg zu erklären. Diese wohl berechnete Aktion hatte den alleinigen Zweck gehabt, die Handelsbedingungen für die Briten zu verbessern. Darum war Parkes bei den Militärführern und Beamten der Qing gleichermaßen verhasst.

Parkes war sechs Stunden zuvor mit einem Dampfer von Hongkong gekommen und auf direktem Wege zum Schlachtfeld geeilt. Ursprünglich hatte er abgelehnt, mit der britisch-französischen Flotte zu fahren, weil er abwarten wollte, ob es ihnen gelänge, bei Pei Tang ihr Lager aufzuschlagen. Er wollte nicht noch einmal mit einer Niederlage in Verbindung gebracht werden – wie vor einem Jahr, als er Frederick Bruce und Admiral Jennings bei ihrem törichten Versuch begleitete, die Taku-Forts einzunehmen. Die Erinnerung war noch frisch. Er hatte mit angesehen, wie Hunderte britischer Soldaten niedergemäht wurden und vier Schiffe Ihrer Majestät unter vernichtendem Feuer ihre letzte Reise zum Meeresgrund antraten. Als scharfsinniger Politiker würde er zu verhindern wissen, dass er noch einmal in die Nähe eines Versagers kam.

Parkes hielt die Pfeife an die Lippen. Wolken von Tabakrauch stiegen aus seinem Mund auf, während er unauffällig jede Bewegung Chens beobachtete. Der 32-jährige Konsul sah verhältnismäßig gut aus und war schmal gebaut. Sein Kopf war kahl, Gesicht und Nase schmal, die Mund- und Kinnpartie glatt rasiert. Doch bei dem Backenbart, der bestimmt zehn Zentimeter nach außen abstand, gewann man den Eindruck, als wollte er sein Gesicht um jeden Preis verbreitern.

Alle paar Sekunden wurde eine Kanonenkugel oder Granate auf die Festung abgefeuert. Es hörte nicht auf. Die Geschütze standen in weitem Halbkreis auf der Ebene, und ab und zu flüsterte Chen ein paar Worte in Elgins Ohr. Der brüllte sodann den entsprechenden Befehl Major-General Sir Robert Napier, Sir Hopes Stellvertreter, zu.

Wieder neigte sich Chen zu Lord Elgin. »Alle Geschütze sollen um ein Grad höher zielen«, flüsterte er.

»Alle Geschütze ein Grad höher!«, schrie Lord Elgin.

Parkes sagte kein Wort; er beobachtete nur und nahm jede Einzelheit in sich auf.

»Jetzt dauert es nicht mehr lange«, flüsterte Randall.

Elgin wischte sich mit einem bestickten Taschentuch den Schweiß von der Stirn. »Das hoffe ich. Es ist heiß hier, und die Mücken machen mich wahnsinnig.« Er wrang die angesammelte Nässe aus dem kleinen Tuch, und die Tropfen fielen auf den Holzboden des behelfsmäßigen Kommandostands.

Wieder blickte Chen durchs Fernglas. Es fielen noch zehn Schüsse, bevor die Granaten über die Außenmauer der Festung flogen. Drei Minuten später gab es eine ungeheure Explosion, die fünfhundertmal lauter war als der Knall einer Granate. Der Boden erzitterte. Randall spürte die Erschütterung im ganzen Körper, doch die Zerstörung fand anderthalb Kilometer entfernt statt. Ein paar Augenblicke später stieg eine vielsagende schwarze Rauchwolke über der Festung auf. Die Pulverkammer war getroffen worden.

Lord Elgin stand staunend von seinem Stuhl auf. »Mein Gott«, hauchte er.

Parkes ließ bei der Explosion die Pfeife fallen. Einen Moment lang verlor er seine kühle Haltung und taumelte ans Geländer. »Die armen Seelen«, sagte er. Die Bemerkung war jedoch mehr darauf gerichtet, Chen zu gefallen, als echtes Mitgefühl auszudrücken. Der Diplomat versuchte bereits, den chinesischen Berater zu umgarnen und dessen Vertrauen zu gewinnen.

Randall nickte beipflichtend, auch wenn sich alles wie geplant entwickelte. Eines war sicher: Er erfüllte seine Mission als Aufseher, und mit seiner kundigen Führung würden die Briten und Franzosen die Taku-Forts zweifellos einnehmen. Die Verluste würden sich auf ein Minimum beschränken. Die Geschichte würde im Einklang mit dem großen Plan festgeschrieben und das Gleichgewicht der Natur in alle Ewigkeit erhalten bleiben. Und obwohl Randall die Briten zutiefst verachtete, weil sie den Chinesen Opium verkauften, wusste er, dass dies der einzig gangbare Weg war.

In diesem Moment musste er an Wilson Dowling denken, der zweihundert Jahre entfernt in der Zukunft lebte. Sein Mentor hatte ihn auf unorthodoxe Weise, aber gut auf die Herausforderungen vorbereitet, mit denen er konfrontiert wäre, sobald er es mit Menschen zu tun hatte, die von seinem wahren Ziel nichts ahnten. Es war, wie Wilson sich ausgedrückt hatte, eine berauschende Bestimmung, die Randall da zuteil wurde. Das Unternehmen Esra leitete er allein, und alles lief genau nach Plan.

Randall holte tief Luft. »Der Augenblick ist gekommen; die Infanterie soll vorrücken«, sagte er.

8.

ARIZONA, NORDAMERIKA
NORTHERN RIDGE
20. JUNI 2084
ORTSZEIT: 8.05 UHR
64 TAGE VOR DEM ESRA-TRANSPORT

Die Hände in die Hüften gestemmt, stand Wilson Dowling in der gleißenden Sonne und überlegte noch einmal, ob das eine so gute Idee war. Sein Herz klopfte wie verrückt. Es war Angst, was er erlebte – genau das flüchtige Elixier, das er suchte.

Tu's einfach, sagte er sich.

Er leerte seinen Kopf so gut es ging, holte tief Luft und rannte auf den glatten Felsrand zu, den er sich zum Absprung ausgesucht hatte. Er musste eine Endgeschwindigkeit von mindestens 32 Stundenkilometern erreichen – wenn nicht, würde er auf die dreihundert Meter hohe Felsspitze nahe der Steilwand auftreffen und der Fallschirm würde sich nicht ordentlich öffnen, wenn überhaupt.

Und dann hätte er seinen letzten Atemzug getan.

Wilson rannte gegen seine Angst an und zwang sich über seine körperliche Leistungsfähigkeit hinaus. Unwillkürlich stieß er einen Schrei aus, dann warf er sich von der Felskante in die Luft. Nun hatte er einen 1.500 Meter tiefen Fall vor sich, vorausgesetzt er traf nicht die besagte Felsspitze, und dann einen senkrechten Fallschirmflug hinab zum Colorado.

Der Himmel war klar, hellblau. Oberhalb der Schlucht war es windstill, kein Lüftchen regte sich. Nirgends Wolken. Die Vormittagssonne sorgte bereits für eine Temperatur von dreißig Grad Celsius, eine schöne, trockene Hitze.

Plötzlich fegte Wilson ein Windstoß um die Ohren, als er über den Abgrund und einen Moment lang in die Höhe schnellte, bevor ihn die Schwerkraft unerbittlich wie die Hand Gottes nach unten zog.

Unter ihm klaffte der Grand Canyon, die größte Steilwandschlucht der Welt, fast 450 Kilometer lang und an manchen Stellen 28 Kilometer breit. Der Colorado hatte sie über einen Zeitraum von sechs Millionen Jahren durch Tausende Gesteinsschichten hindurch ausgewaschen und einen gefährlichen Ort von verblüffender Schönheit geschaffen.

Diese Stelle war die tiefste, über 1500 Meter waren es bis zum Boden, und darum hatte Wilson sie ausgesucht. Er war bereits in die tiefsten Schluchten der Welt gesprungen: in den Hell's Canyon in Oregon und die Cotahuasi-Schlucht in Peru. Darum war es ihm passend erschienen, auch den Grand Canyon auf seine Liste zu setzen. Von dieser Stelle hatte es vor ihm noch keiner probiert, und für ihn war das bisher praktisch der gefährlichste Versuch.

Es waren noch keine fünfzig Leute in den Grand Canyon gesprungen. Wegen der Gefährlichkeit, aber auch weil es organisatorisch schwierig war, den Springer hinterher aus der Schlucht herauszubringen, wussten die Hopi solche Absichten zumeist zu vereiteln. Wilson hatte mit dem Hopi-Häuptling zwei Jahre lang verhandelt. Dann waren sie übereingekommen, das Harvard-Stipendienprogramm der Enterprise Corporation ins Leben zu rufen, mit dem jährlich die zwei begabtesten Hopi-Studenten als Vollstipendiaten zur Universität geschickt werden sollten und das auf zwanzig Jahre angelegt war. Wilson war jetzt offiziell Mitglied des Stammes und durfte springen, wann immer er wollte.

Der Wind pfiff ihm um die Ohren, und Wilson breitete die Arme aus, schob das Kinn vor und streckte sich so weit er konnte, um jeden möglichen Vorteil zu nutzen. Er trug einen gelben Wingsuit aus leichter kevlarverstärkter Baumwolle. Von den Ellbogen spannten sich Flügel aus Fallschirmseide bis zur Hüfte, die für Auftrieb sorgten. Dazu trug er einen leichten Helm, Schuhe und einen Fallschirm – jedes zusätzliche Gramm Gewicht konnte den Unterschied zwischen Leben und Tod bedeuten. Die Augen schützte er mit einer ultraleichten gebogenen Sportbrille.

Schon im Augenblick nach dem Absprung wusste er, dass er es nicht schaffen würde. In der dünnen, trockenen Luft fiel er zu schnell. Die gezackte Spitze paläozoischen Gesteins war nur noch neunzig Meter entfernt und lag genau in der Falllinie. Er drehte sich, um vielleicht noch ausweichen zu können, und verlor dadurch noch mehr Luftwiderstand.

Ihm schossen völlig nutzlose Informationen durch den Kopf … Der Felsen, auf den er aufschlagen würde, war im Paläozoikum entstanden, also vor über fünfhundert Millionen Jahren. In dieser erdgeschichtlichen Periode hatte die gesamte Landmasse einen großen Superkontinent gebildet, Pannotia genannt. Die erste Eiszeit war gerade vorbei, und die tektonischen Platten brachen mit der Geschwindigkeit eines wachsenden Fingernagels auseinander, einige trieben voneinander weg, andere drängten gegeneinander. Ozeane öffneten sich, Gebirge wurden aufgefaltet, das Leben auf der Erde begann.

Wilson flog seitlich gegen die Felswand, mit dem Kopf und der linken Schulter prallte er gegen die lockere Schieferformation.

Augenblicklich von allen Gedanken befreit, kollerte er kopfüber an dem 80-Grad-Gefälle entlang, riss sich den Wingsuit auf, verfing sich mit den Fallschirmgurten an Felskanten und trudelte schließlich wie ein Derwisch, sodass er viele von den gnadenlosen Schlägen mit Helm und Schultern abfing. Das Blut hatte nicht einmal Zeit gehabt hervorzuquellen, als Wilsons Hals ein neuerlicher Stoß traf. Sein Vorwärtsschwung war nahezu verbraucht, als sein schlaffer Körper schließlich von der Felsschräge kollerte und den 1400 Meter tiefen Fall zum Grund der Schlucht antrat, wo der Colorado floss.

Die zunehmende Kraft des Windes spreizte ihm die Arme und Beine. Plötzlich sah er Helena Capriarty vollkommen klar vor seinem geistigen Auge. Es war gut, dass er mit ihr zusammen gewesen war, dachte er verträumt, dass er sie angefasst und geküsst hatte. Aber seitdem war sein Leben so leer gewesen, so bedeutungslos. Es war genau drei Jahre her, dass er aus der Vergangenheit zurückgekehrt war. Sie waren durch eine Barriere von über achtzig Jahren voneinander getrennt. Es war ein grausames Schicksal, ein Zeitreisender zu sein, der zu der Frau, die er liebte, niemals zurückkehren konnte.

Das war der Grund für diesen Sprung gewesen: der dritte Jahrestag seiner Rekonstruktion in der Transportkapsel. Der Abschluss einer Reise in die Vergangenheit und, was höchst wichtig war, der erfolgreiche Abschluss seines Auftrags.

Aber eben auch der Tag, an dem sein Leben leer wurde.

So unvorstellbar es war, Wilson besaß eine seltene genetische Eigenschaft, die ihm ermöglichte, sich durch die Zeit befördern zu lassen – departikelisiert von Energiewellen und transportiert durch das Magnetfeld der Erde. Doch der Glanz dieser Tage war für ihn inzwischen vorbei. Er war nur noch der Mentor anderer Zeitreisender, zum Beispiel von Randall Chen, der demnächst solch einen Zeitsprung machen würde.

Ein anderes Ergebnis seiner erfolgreichen Mission war sein enormer Reichtum. Er besaß drei Häuser, eines in Kalifornien, gleich neben der Enterprise Corporation im Del Norte State Park, eines bei Aspen in Colorado, seinem bevorzugten Skigebiet, und ein großes in Sydney, seiner Heimatstadt, das auf einer Anhöhe über dem Hafen stand. In Pacifica war er geboren, und er erzählte jedem stolz, er habe keinerlei Ausbildung, nur eine unabgeschlossene Doktorarbeit an der Universität in Sydney. Wenn er betrunken war, verkündete er jedoch, er habe einen Doktor in Überlebensfähigkeit.

Durch das Geld führte er ein bequemes Leben. Es verschaffte ihm Unabhängigkeit und Privilegien, machte ihn aber nicht glücklich. Freude wird geschenkt oder verdient, aber bestimmt nicht erkauft.

Inzwischen war Wilson gut neunhundert Meter in die schattige Schlucht gefallen. Er war benommen und ab und zu sogar bewusstlos. Der Wind pfiff ihm um die Ohren, Schichten präkambrischen Gesteins – Tausende roter und schwarzer Sedimentlinien – rauschten an ihm vorbei. Der blaue Himmel schrumpfte, während Wilson dem Grund entgegenstürzte.

Sein Höhenanzeiger wurde rot.

Es folgte ein lautes Piepen.

Es war Zeit, die Reißleine zu ziehen.

Normalerweise machte es ihm Spaß, bis zum letzten Moment zu warten, weshalb der Selbstauslösemechanismus abgeschaltet war. Heute war das eine Entscheidung, die er bereuen würde. Wenn ihm die mentale Klarheit fehlte, um rechtzeitig über die Brust zu greifen und den Griff zu ziehen, wäre das sein Tod.

Bei dieser Geschwindigkeit blieben ihm nur noch sechs Sekunden Zeit.

Nur sechs Sekunden.

Erinnerungen strömten in seinen Kopf wie Wasser in einen leeren Eimer … Bilder seiner Reise in die Vergangenheit, von Helena, von den Gefahren, die sie zusammen gemeistert hatten. Die Maya-Ruinen. Stonehenge. Die Blitzschläge und Erdbeben. Er sah sich im Innern der Transportkapsel, wo ihn die Angst übermannte, weil er nicht wusste, was passieren würde. Er hatte nur Bartons beruhigende Versprechungen gehabt. Dann das Gefühl, wie die Laserstrahlen seinen Körper durchdrangen. Der unbeschreibliche Schmerz beim Eindringen der Pistolenkugel, und die plötzliche Erleichterung nach dem Omega-Befehl, mit dem er immer seine Wunden heilte.

Omega-Befehl … Aktiviere Nachtigall, kam es über seine Lippen, und ein warmes Gefühl durchdrang seinen gesamten Körper, als würde heißes Wasser durch seine Adern gepumpt; von der Brust ausgehend strahlte es bis in die Zehen und Fingerspitzen. Augenblicklich bekam er einen klaren Kopf und griff über die Brust, um die Reißleine zu ziehen.

Es waren nur noch 45 Meter bis zum Grund der Schlucht.

Der Fallschirm kam aus dem Rucksack, es folgte der heftige Ruck durch das Straffen der Leinen. Der Gleitschirm sprang auf, als sich die Luftzellen mit einem Knall blähten. Wilsons Fallgeschwindigkeit wurde beträchtlich gebremst, und dennoch schlug er mit so großer Wucht auf, dass es ihm die Luft aus den Lungen trieb. Gezogen von dem ungesteuerten Gleitschirm, rollte er über den felsigen Boden und prallte mit dem Kopf gegen einen Felsblock, ehe er mit den Füßen voran in den zehn Meter breiten Colorado rutschte.

Beim Kontakt mit dem Wasser löste sich Wilsons Gurtzeug, und der Gleitschirm flog auf und davon.

Aufgrund des Nachtigall-Befehls hatte er keine Schmerzen; sein Kopf war klar, sein Denken präzise. Die starke Strömung erfasste ihn und drückte ihn unter Wasser. Er wusste nicht, wo oben und unten war. Vollkommen ruhig ließ er sich in dem braunen Wasser treiben und wartete. Langsam nahm er seinen Helm ab und ließ ihn los. Wenn er nicht bald an die Luft kam, würde er ertrinken, das stand fest. Er merkte, dass sein Herz allmählich langsamer schlug. Wo war oben?

Halte aus, sagte er sich. Keine Panik.

Dann stieß er mit dem Knie irgendwo an. Er musste am Grund des Flusses sein. Während er sich seine Umgebung vergegenwärtigte, atmete er das bisschen Luft aus, das er noch in der Lunge hatte, ließ sich ein Stückchen sinken, zog die Beine an und stieß sich kräftig vom Boden ab. Mit gestrecktem Körper schoss er dem Licht entgegen, bis er die Wasseroberfläche durchbrach und den ersten Atemzug seit einer guten Minute tat. Mit gefüllten Lungen tauchte er dicht unter der Oberfläche entlang bis zum schlammigen Ufer. Träge zog er seinen zerschlagenen Körper an Land, ließ sich, noch halb im Wasser, auf den Rücken sinken und seufzte laut.

Aus den vielen Platzwunden im Gesicht und am Hals sickerte Blut.

Es war Zeit, zur Enterprise Corporation zurückzukehren, befand er und schüttelte sogleich den Kopf.

Was für ein blöder Gedanke in solch einem Moment.

Sein Blick wanderte zu dem leuchtenden Streifen Wüstenhimmel. Es war das dritte Mal in diesem Monat, dass er sich fast umgebracht hätte.

»Was tue ich hier eigentlich?«, fragte er laut.

9.

Kalifornien, Nordamerika
Enterprise Corporation
Vorstandsauditorium
21. Juni 2084
Ortszeit: 10.55 Uhr
63 Tage vor dem Esra-Transport

»Ich habe auch besondere Kräfte«, sagte Professor Author.

Wilson fasste den kleinen Mann ins Auge, der neben ihm saß. »Ach, ja?«

»Ja, ich bin Hellseher«, flüsterte er. »Sie waren in Schwierigkeiten bei Ihrem Sprung gestern. Ich habe ja gesagt, es ist zu gefährlich.«

»Passen Sie lieber auf«, sagte Wilson und zeigte mit dem Daumen zum Podium. »Sie wissen, wie ernst diese Schmarotzer ihre Verlautbarungen nehmen.« Sie saßen ganz vorne rechts. Mit den gut 3.500 Angestellten waren die gestaffelten Sitzreihen voll besetzt. Für so eine große Menschenmenge war es erstaunlich leise im Saal; nur ein gedämpftes Gemurmel hing über den Köpfen.

Wilson sah gut aus. Vierundzwanzig Stunden nach seinem Sturz war schon keine einzige Schramme, kein blauer Fleck mehr an ihm zu sehen. Er trug eine schwarze dreiviertellange Jacke, schwarze Hosen und schwarze hochglänzende Schuhe. Die Jacke hatte einen steifen Stehkragen. Seine Kleidung war aus Neocotton gemacht, einem luftdurchlässigen, elastischen Stoff, der kein Wasser aufnahm, selbst wenn man in strömendem Regen stand, und der auch nicht schmutzig wurde, sondern weich und glatt blieb wie frisch gebügelt. Am Revers steckte das Emblem des Mercury-Lieutenants, das heißt eines Beraters des Mercury-Teams, und als solcher war er dem Mercury-Commander Davin Chang und seinem Stellvertreter, dem Mercury-Taktiker Andre Steinbeck, unterstellt.

Professor Author flüsterte weiter. »Wie ich hörte, haben Sie Ihren Schirm verloren und Ihren Helm. Ihr Anzug wurde zerrissen und hat Blutflecke bekommen. Es ging nicht gut, wie üblich, hm?«

Wilson neigte sich zu ihm hin. »Sehe ich aus, als wäre ich in Schwierigkeiten gewesen?«

Die Antwort kam in ebenso ernstem Ton. »Wie Sie aussehen, besagt gar nichts.« Der Professor kam noch ein Stückchen näher und meinte kaum hörbar: »Höchstwahrscheinlich haben Sie die Selbstheilung aktiviert.« Nachdem ein paar Sekunden lang keine Erwiderung kam, schnaubte er enttäuscht. »Neuerdings behalten Sie aber auch *alles* für sich.«

Wilson war besonders auf der Hut, wenn der Professor von seiner Omega-Programmierung anfing. Sie beide waren die einzigen Menschen, die von seinen ungewöhnlichen Fähigkeiten wussten, und wenn es nach Wilson ging, sollte es dabei bleiben.

Professor Author war Anfang fünfzig und sah nicht sonderlich gut aus. »Unschön« war der Ausdruck, den Wilson für ihn benutzte. Die krausen dunklen, von grauen Strähnen durchzogenen Haare des Professors standen nach allen Seiten ab, als wäre er mit den Fingern in die Steckdose geraten. Sein kurzer Oberkörper betonte den kugelrunden Bauch, und seine Hände waren klein, die Fingernägel gepflegt. Albert Einstein – dem Author unverkennbar ähnlich sah – war fraglos sein Idol. Und um ihn weiter zu kopieren, trug er die gleiche Kleidung: dunkelblaue Hosen, weißes Button-Down-Hemd und Nike-Sneaker, wobei er von allem sieben Exemplare hatte. Er zitierte sogar den Nobelpreisträger und gab an, die Kleiderfrage sei für ihn eine Entscheidung weniger, die er täglich zu leisten hätte, und so könnten aufs Leben gerechnet Millionen Gedankenprozesse für viel wichtigere Dinge verwendet werden.

Wilson und Author waren seit über zehn Jahren befreundet. Sie hatten sich an der Universität von Sydney kennengelernt. Author war Doktor der Neurologie und für Wilsons Omega-Programmierung verantwortlich. Bei der illegalen Operation war ein Teil des Gehirns, er nannte es die Gottesschatulle, aktiviert worden, indem es mit hochfrequenten Ultraschallwellen beschossen wurde. Der Professor war darauf gekommen, weil er von einem Angehörigen der Marine gelesen hatte, der durch eine Fehlfunktion des Radargeräts drei Monate lang auf See kodierten Ultraschallwellen ausgesetzt gewesen war. Danach entdeckte der Seemann, dass seine Wundheilung hundertmal schneller ablief als bei anderen Leuten. Die Marine gab eine einstweilige Untersuchung in Auftrag, doch die Weltgesundheitsorganisation schritt sehr rasch ein und verbot alle Untersuchungen an dem betreffenden Gehirnteil mit der Begründung, sie seien zu gefährlich.

Als selbsternanntes Genie griff der Professor die Forschungsarbeit auf, wo die Marine sie unterbrochen hatte – mit erstaunlichem Ergebnis. Wilson konnte nunmehr mit einem Sprachbefehl in sein Nervensystem eingreifen und sich zwei bedeutende Vorteile zunutze machen. Sein Gedächtnis wurde unfehlbar; und er konnte sich innerhalb von Stunden heilen, wo ein normaler Mensch mehrere Wochen brauchte.

Der Professor war in der Tat ein Genie, aber auch schrullig und unorthodox; sein lebhafter Verstand sprang ständig von einem Projekt zum nächsten und neigte zu Schlussfolgerungen, die mit seinen Verschwörungstheorien zusammenhingen. Aber er war lustig, das wollte Wilson ihm gern zugestehen. Mit ihm war es nie langweilig. Hin und wieder bewies er sogar unschätzbare Genialität, und auf diese Momente zu warten lohnte sich immer. Wie so häufig bei großen Freundschaften, waren die beiden in jeder Hinsicht verschieden, doch das war nicht das Problem, das ihre Beziehung derzeit auf die Probe stellte – es war Wilsons wachsende Unzufriedenheit mit seinem Platz in der Welt und seine Zukunftssorgen.

»Woher wissen Sie eigentlich, dass ich meinen Gleitschirm verloren habe?«, fragte Wilson.

Author lächelte. »Sie meinen immer, dass mich jeder verabscheut, aber das stimmt nicht. Ich habe meine Spione, die Sie beobachten.«

»Jetzt mal im Ernst: Wie haben Sie das erfahren?«

»Sie sagen mir die Wahrheit, dann sage ich Ihnen die Wahrheit. So läuft das.«

In dem Moment erschienen GM und Jasper Tredwell am Bühnenrand, und die Leute im Hörsaal erhoben sich zu spontanem Applaus. Die Tredwells waren auf die Minute pünktlich. Ihr Konterfei erschien über ihnen auf den beiden achtzehn Meter breiten Bildschirmen. Auch Wilson stand auf und zog den Professor mit hoch. Für Angestellte und ständige freie Mitarbeiter war es Pflicht, an den Firmenvorträgen teilzunehmen, doch Author wollte verdammt sein, wenn er im Wechselschritt nach einer so vorhersagbaren Melodie tanzte. Darum war er der Einzige, der nicht klatschte.

GM rollte auf einem roten Segway PT herein, einem elektrisch betriebenen, zweirädrigen, selbstbalancierenden Personentransporter. Die Initialen standen für Godfrey Martin, und er war der Vorstandschef und Hauptanteilseigner der Enterprise Corporation. Mit Ausnahme seiner Frau nannte ihn jeder nur GM. Er war über hundertzwanzig Jahre alt und seit mehr als sieben Jahrzehnten Kopf der Firma. Das waren allerdings erfolgreiche Jahre gewesen. GM war es, der Enterprise Corporation zu dem gemacht hatte, was es heute war: das größte und profitabelste Unternehmen der Welt.

Er sieht wirklich alt aus, dachte Wilson. Es schien, dass alles Geld und alle Wissenschaft den Alterungsprozess nicht aufhalten konnte. Hinter vorgehaltener Hand erzählte man sich, GM bekomme pro Tag zwei somatische Stammzellen-Bluttransfusionen, um seine Lebensqualität aufrechtzuerhalten. Doch die Wirkung sah man kaum. In den drei Jahren, seit Wilson ihn zum ersten Mal gesehen hatte, war er beträchtlich gealtert.

Hinter GM kam sein Enkel herein, Jasper Tredwell, der Geschäftsführer und zukünftige Erbe. Die beiden lagen über fünfzig Jahre auseinander, doch die Familienähnlichkeit war beträchtlich. Sie waren beide schlank gebaut und hatten die gleichen Gesichtszüge: eine scharfkantige, schmale Nase, dichte, dunkle Brauen und eine breite Stirn sowie tiefliegende, hellbraune Augen mit einem durchdringenden Blick, wenn sie jemanden ins Visier nahmen. Der Professor sagte immer: Sie sehen aus wie zwei Waschbären, die man in einen hübschen Anzug gesteckt hat. Der auffallendste Unterschied zwischen ihnen war die Haarfarbe; Jaspers waren braun und dicht, GMs dagegen schlohweiß und schütter. Sie trugen die gleichen grauen Anzüge mit feinen Nadelstreifen und passenden grauen Lederschuhen, was ihre Ähnlichkeit noch hervorhob. Ihre markanten Krawatten waren scharlachrot und weiß gepunktet.

Der Applaus hielt an, als GM seinen Motorroller an den Bühnenrand lenkte und genau auf der markierten Stelle anhielt, wo die Kameras ihn am besten erfassen konnten. Nachdem er vorsichtig abgestiegen war, füllte sein ruhiges, nachdenkliches Gesicht die Bildschirme nicht nur im Hörsaal, sondern an 2500 Orten in der ganzen Welt. Sein Vortrag würde in über zwanzig Sprachen übersetzt und zu drei Millionen Angestellten übertragen werden.

Der alte Mann hob eine greise Hand, und der Applaus erstarb, die Leute setzten sich. Seine hellbraunen Augen, die erfahren und verständnisvoll wirkten, blickten in die kleine, vor ihm schwebende Kamera.

»Jedes Jahr wird der Konkurrenzkampf härter«, sagte er mit tiefer Stimme und klang eigentümlich erhebend. »Und jedes Jahr müssen wir mehr leisten, manchmal mit geringeren Mitteln. Seit fünfzig Jahren sind wir das größte und profitabelste Unternehmen der Welt, das Unternehmen, an dem alle anderen gemessen werden. Die Zielvorgabe für jeden Konkurrenten. Eine Blaupause für jede Firma mit Ambitionen.« GM zeigte auf die Kamera. »Und jetzt verrate ich Ihnen etwas. Es ist nicht das Firmenzeichen, das uns groß macht, nicht die Bilanzaufstellung, die Vermögenswerte, die Verträge oder die vielen Patente. Es sind nicht einmal unsere Kunden.« Er machte eine bedeutungsvolle Pause. »Sondern Sie sind es.«

Jasper stand rechts hinter seinem Großvater, wie um ihn aufzufangen, sollte er umsinken. Groß, stark und imposant wirkte er und musterte die Gesichter der Zuhörer. Eines Tages würde er die Nachfolge antreten. Jeder wusste das. Es war perfekt eingefädelt, denn nur so würde sich die Machtübergabe zu keiner Zeit auf den Nettoprofit oder auf das Marktvertrauen auswirken.

»Sie alle bilden dieses Unternehmen«, sagte GM mitreißend.

Für die Zuhörer im Saal und in den anderen Teilen der Welt klang das vollkommen glaubhaft; nur für einen nicht. »Was für ein geistiger Dünnschiss«, zischte er Wilson ins Ohr und setzte sich wieder gerade, nur um sich gleich darauf erneut zu ihm herüberzubeugen. »Unglaublich, dass die Leute ihm diesen sentimentalen Mist abkaufen!«

»Mund halten«, raunte Wilson. Doch die abfällige Bemerkung des Professors ließ ihn ab sofort in Frage stellen, was er hörte.

»Ich habe vier Grundsätze, nach denen ich lebe«, fuhr GM fort. »Und ich möchte, dass sich die jeder von Ihnen zu eigen macht. Nummer eins: Halten Sie es einfach. Komplexität führt nur zu Gemeinkosten. Nach meiner Erfahrung befasst sich echtes Genie mit etwas Komplexem und vereinfacht es dann. Intelligente Menschen, die es eigens bei dem komplexen Zustand belassen, damit sie selbst ihre Macht behalten, sind keine Bereicherung für dieses Unternehmen.«

Wilson hatte ihn noch nie über seine vier Grundsätze reden hören.

»Nummer zwei: Nichts ist perfekt. Im Leben braucht es zwanzig Prozent Anstrengung, um achtzig Prozent des Ergebnisses zu erzielen. Folglich braucht es achtzig Prozent Anstrengung, um die restlichen zwanzig Prozent zu erreichen. Wir müssen also gut überlegen, wo wir unsere Kraft einsetzen. Perfektion um der Perfektion willen anzustreben kann ein gefährlicher Weg sein, der zu Misserfolg führt. Geben Sie immer Ihr Bestes, aber beachten Sie auch, dass das Warten auf den perfekten Zeitpunkt, auf die perfekte Marktsituation, den perfekten Kunden mehr Verlust bedeuten kann als rasches Handeln. Eine Gelegenheit muss man ergreifen, wenn sie sich bietet, ganz gleich ob sie perfekt ist oder nicht.

Nummer drei: Widrigkeiten sind Chancen. Das haben Sie schon in vielen Variationen gehört – jede Wolke hat einen Silberstreifen; eine Tür schließt sich, die andere öffnet sich; das Glas ist halb voll, nicht halb leer.« Er schwieg kurz. »Die größten Dinge im Leben entstehen aus Widrigkeiten. Sie verlangen von Ihnen, zu denken und umzurüsten. Sie verlangen von Ihnen, sich an Ihre Umgebung anzupassen. Nur der Arrogante glaubt, dass die Welt und die Konkurrenz sich an ihn anzupassen hat. Das ist der sichere Weg zum Misserfolg. Nach meiner Erfahrung schafft es eine unermessliche Befriedigung, nach einem Misserfolg durchzuhalten, bis sich der Erfolg einstellt. Diese Erfahrung wünsche ich jedem von Ihnen.«

Author beugte sich wieder zu Wilson. »Das ist mal eine Überraschung. Das klingt tatsächlich vernünftig.«

»Nummer vier: Wagen Sie zu träumen. Die Grenze Ihres Potenzials und die Grenze dieses Unternehmens wird beherrscht von der Größe Ihrer Träume. Sie können sich nicht hervortun, wenn Sie keine Vorstellungskraft besitzen. Ich bitte Sie alle, Ihr negatives Denken beiseitezuschieben und sich eine Welt grenzenloser Wunder vorzustellen. Sie können alles haben, was Sie wollen, wenn Sie den Mut aufbringen, es vor sich zu sehen. Jeder von Ihnen muss träumen.«

GM blickte unverwandt in die Kamera. Jeder im Saal schien von der unglaublichen Darbietung menschlicher Klugheit wie gelähmt zu sein. Das hatte nichts zu tun mit den kühl abwägenden vierteljährlichen Verlautbarungen, die GM normalerweise vortrug und bei denen es um Gewinne, Bruttoumsätze und Vertragsabschlüsse ging. Seine Zuhörer waren immer ein bisschen eingelullt, aber noch nie so wie jetzt.

Wilson verstand die vier Grundsätze sehr gut, wenn auch auf seine ganz persönliche Art. Er betrachtete Jaspers Gesicht. Da schien etwas bevorzustehen; das spürte er. Etwas Großes. Er sah GM an, und im selben Moment – es war verblüffend – blickte GM ihm direkt in die Augen. Von den dreieinhalbtausend Menschen im Hörsaal pickte er sich ausgerechnet Wilson heraus.

Seit fast zwei Jahren hatten sie nicht mehr miteinander gesprochen, seit GM ihn in sein Büro gerufen und informiert hatte, dass er entweder für das Mercury-Team arbeiten oder sein Vermögen verlieren werde, das er durch den Jesaja-Auftrag verdient hatte. Das stand mit einer obskuren Formulierung, der sogenannten »Aufseher-Klausel«, in seinem Vertrag. Wilson war aufgebracht gewesen und aus der Besprechung hinausgestürmt; auf dem Weg zur Tür hatte er Jasper an den Kopf geworfen, er werde das alles eines Tages ganz sicher noch bereuen.

Als GM den Blick von der Kamera abwandte, löste er im Saal und auch bei Jasper kurze Verwirrung aus, und jeder versuchte zu entdecken, wohin GM schaute.

»Wie so häufig im Leben müssen sich die Dinge ändern«, sagte GM, als spräche er nur zu Wilson. »Ich habe ein privilegiertes, ausgefülltes Leben gelebt. Ich habe dem Unternehmen über siebzig Jahre lang vorgestanden. In dieser Zeit habe ich viele Freunde gewonnen und verloren, darunter einige, die mir teuer waren.«

Wilson wusste, dass er auf Barton Ingerson anspielte.

Nach diesem Satz brach GM den Blickkontakt mit Wilson

ab und wandte sich wieder der Kamera zu. »Ich gebe hiermit bekannt, dass ich mich Ende des Jahres aus dem Unternehmen zurückziehe«, sagte er mit fester Stimme.

Nicht das, murmelte Wilson vor sich hin.

Ein Raunen ging durch den Hörsaal.

»Das fällt mir nicht leicht«, fuhr GM fort, »aber ich weiß, dass das Unternehmen in guten Händen sein wird. Jasper Tredwell wird im Januar, am ersten Tag des neuen Jahres meinen Posten übernehmen. Die Träume für diese großartige Firma sind dann ihm überlassen, und Ihnen allen. Sorgen Sie also bitte dafür, dass dies eine Arbeitsstätte bleibt, auf die ich immer stolz sein kann. Ich bin sicher, Sie werden mich nicht enttäuschen.«

GM stellte sich auf seinen Balanceroller und beugte sich ein wenig nach vorn. Die Neigungssensoren erfassten die Bewegung, und das Gerät fuhr geschmeidig nach rechts. GM fing noch einmal Wilsons Blick auf, wandte sich dann ab und fuhr zum Rand des Podiums. Wilson wollte einen stummen Zuruf mit den Lippen formen – *Sie machen einen Fehler* –, doch er hielt sich zurück.

Einige Leute begannen zu klatschen. Der Applaus steigerte sich und hielt noch eine Weile an, nachdem der alte Mann und Jasper das Podium verlassen hatten. Alle standen von den Sitzen auf, es herrschte rege Unterhaltung. Sogar Professor Author war aufgestanden und klatschte. Nur Wilson war sitzen geblieben. Er versuchte zu ergründen, was soeben zwischen ihm und dem großen Mann stattgefunden hatte.

»Mir scheint, Sie haben einen Bewunderer in der Chefetage«, bemerkte der Professor. »Haben Sie bemerkt, wie GM Sie angesehen hat? Zuerst habe ich befürchtet, sein Blick gelte mir!«

Und jetzt wird Jasper am Ruder sein, dachte Wilson. Es war ein Albtraum. Damit waren das Aufseher-Programm und das Mercury-Team ganz sicher gefährdet. Jasper hatte sein Widerstreben, die Zeit zu manipulieren, immer sehr deutlich bekundet. Das war gut und schlecht, fand Wilson. Wenn der Vorstand das Budget strich, würden sie ihn aus dem Vertrag entlassen müssen – und die Aufseher-Klausel wäre hinfällig. Er wäre wieder ein freier Mann. Auf der anderen Seite war die Esra-Mission gefährdet und damit auch vieles andere.

Nachdem sich der Hörsaal geleert hatte, ließ sich Author neben Wilson auf den Platz sinken. »Die Lage ändert sich, Kumpel«, meinte er mit stark australischem Einschlag. »Neues Management, neues Geschäft, neue Firmenideale. So läuft es immer.«

»Hauptsache, das Unternehmen Esra wird abgeschlossen«, sagte Wilson leise. »Sie wissen, wie viel auf dem Spiel steht.«

»GM hat noch fünf Monate, ehe er in den Ruhestand tritt. Bis dahin ist Esra längst abgeschlossen.« Der Professor stieß einen Seufzer aus. »Dann werde ich mir einen anderen Job suchen müssen.«

»Sie könnten für mich arbeiten«, schlug Wilson vor. »Wir machen etwas zusammen.«

»Ihre Lebenserwartung beträgt etwa sieben Tage, wenn Sie so weitermachen.« Author fuhr plötzlich hoch. »Moment mal, ich hab eine Idee! Wir können für Jasper arbeiten. Wenn ich mich recht entsinne, haben Sie ihm bei Ihrer letzten Begegnung gesagt, er sei ein hinterhältiger Parasit und der Abschaum der Erde. Sie können richtig gut mit Leuten.«

Wilson stand auf. »Schon gut, ich weiß es noch genau.«

Der Professor schüttelte den Kopf. »Jasper wird Sie bei erster Gelegenheit achtkantig rauswerfen.«

»Gut«, erwiderte Wilson. »Ich hab sowieso die Nase voll.« Er rieb sich das Kinn. »Aber ich habe das starke Gefühl, dass GM etwas vorhat. Er hat mich aus einem bestimmten Grund so angesehen.«

Der Professor lachte. »Er ist so alt, er hat Sie wahrscheinlich nicht mal erkennen können!«

»Warten Sie's nur ab«, meinte Wilson. »Er führt etwas im Schilde.«

10.

Kalifornien, Nordamerika
Enterprise Corporation
Mercury Building, 2. Etage
21. Juni 2084
Ortszeit: 12.50 Uhr
63 Tage vor dem Esra-Transport

Knapp zwei Stunden später stand Wilson im Sitzungsraum des Vorstands, um auf Andre und Randall zu warten. Andres Kontrollbesprechungen gingen ihm auf die Nerven – seiner Ansicht nach lief alles nach Plan, und die nächste halbe Stunde war mit Sicherheit pure Zeitverschwendung.

Die große Glaswand bot freie Aussicht auf dichten grünen Wald, der sich erstreckte, so weit das Auge reichte. Kalifornische Mammutbäume, einige bis über hundert Meter hoch, warfen kühlen Schatten über die Fichten und Tannen. Darunter gediehen Farne und andere Sträucher. Der Wald war berühmt als die letzte Heimat des Marmelalks, eines kleinen, hübschen Seevogels, der nur in den Mammutbäumen der Küste nistete. Wilson hatte noch nie einen gesehen, doch einige Kollegen behaupteten, hin und wieder einen entdeckt zu haben.

Der Raum war einmal das Büro von Barton Ingerson gewesen, aber nach seinem Tod komplett verändert worden. Der schwarze Granitboden war glänzendem weißen Marmor gewichen, der sechseckige Tisch einem langen viereckigen aus hellem Holz. Die bequemen blauen Zweisitzer waren durch beigefarbene lederne Dreisitzer ersetzt worden. Die vormals klaren Glastüren hatten jetzt Scheiben aus Milchglas. An der Wand fehlte das Firmenlogo, und Bartons Schreibtisch und Stuhl waren entfernt worden. Der Wunsch nach einem neuen

Anfang war verständlich, dachte Wilson, aber so sah es aus, als wäre Barton nie da gewesen – sein Andenken war wie ausgelöscht, spurlos beseitigt wie das Logo von der Wand.

Wilson blickte zur Tür des kleinen Waschraums. Da drinnen hatte er endlich erfahren, was man mit ihm plante, und hatte zum ersten Mal vom Unternehmen Jesaja gehört. Barton hatte ihn in den Waschraum gezogen, um ihm zu verraten, was für eine Reise er bald antreten sollte. Wirklich ein seltsamer Platz für eine derartige Eröffnung: neben einer Toilette aus schwarzem Porzellan. Im Nachhinein betrachtet eigentlich eine komische Situation, doch damals nahm Wilson es eher als Beweis dafür, wie absurd Bartons Behauptungen waren. Jetzt wusste er natürlich, dass alles wahr gewesen war. Das ... und vieles mehr.

Er hatte völlig fantastische Dinge bewirkt, war durch die Zeit gereist, hatte seinen Auftrag erfolgreich ausgeführt – er sollte sich eigentlich in dem Bewusstsein unvorstellbarer Leistungsfähigkeit sonnen. Doch das Gegenteil war der Fall. Er fühlte sich leer, hoffnungslos und allein. Ihm war, als hätte er etwas unwiederbringlich verloren. Was ihm früher Spaß gemacht hatte, kam ihm jetzt banal vor. Sein Gemüt war schwer wie nasser Zement, während sein Geist vollkommen klar war – eine in vielerlei Hinsicht tödliche Kombination. Er empfand die Dinge nicht mehr so wie früher, und das versuchte er auszugleichen, indem er sich dem Extremsport hingab.

Anfangs hatte er die finanzielle Belohnung seines Erfolges genossen. Er hatte sich seinem Vorsatz gemäß ein Segelboot gekauft, weil er damit um die Welt segeln wollte. Doch der Traum hielt nur ein paar Wochen lang, dann reichte es ihm mit der Einsamkeit. Er befasste sich mit Drogen und zahlreichen Frauen und füllte die Leere damit drei Monate lang aus. Inzwischen war er zu aufregenderen Ablenkungen übergegangen, wie zum Beispiel Gleitschirmspringen und Klettern und Flüge mit seiner restaurierten Tiger Moth, die auf seiner privaten Landepiste am

Rand der Wüste von Nevada stand. Doch zuletzt war gar nichts mehr nach Plan verlaufen; bei jeder Aktion war er in Schwierigkeiten geraten. Author hatte wohl recht, wenn er ihm ein sehr kurzes Leben voraussagte. Ohne die Omega-Programmierung hätte sein Bedürfnis, derartig an seine Grenzen zu gehen, längst tödliche Folgen gehabt.

Wilson fühlte sich jeden Tag ohnmächtiger und verbitterte zusehends. Nur eine Sache hielt ihn noch aufrecht: Randall Chens Reise in die Vergangenheit, das Unternehmen Esra. Es war der einzige leuchtende Stern an einem pechschwarzen Nachthimmel. Es hielt ihm vor Augen, dass die Zeit wahrhaftig dehnbar war … und nährte die Hoffnung, eines Tages vielleicht zurückzubekommen, was er verloren hatte. Ihm war klar, dass Barton nicht mehr wiederkehren konnte. Und ihm war klar, dass er Helena nie wiedersehen würde, so sehr er sich das auch wünschte. Trotzdem und gegen alle Vernunft hoffte er weiter. Barton hatte immer wieder geäußert, das Schicksal bestimme den Lauf der Dinge, denn davon war er völlig überzeugt gewesen. Wenn ein Mensch starb, sollte er sterben. Die Aufseher waren bloße Werkzeuge in der großen Werkstatt des Schicksals – sie lebten nur, um ihre Aufgabe zu erfüllen. Das Ergebnis hatten sie nicht in der Hand; sie sorgten nur für sein Stattfinden. Nach Bartons Ansicht konnte ein Mensch seine Bestimmung nicht selbst finden, sondern musste sich von seiner Bestimmung finden lassen; und vor allem musste er bereit sein, sie anzunehmen.

Wilsons Blick fiel auf sein Spiegelbild in der Fensterscheibe vor dem Waldpanorama, und der Anblick war ein Schock. In dieser neuen schwarzen Team-Uniform wirkte er so förmlich und korrekt – so war er nicht. So vieles hat sich geändert, dachte er. Da stand er in einem Anzug, der den intelligentesten und diszipliniertesten Menschen der Welt vorbehalten war – einfach lächerlich. Wie war es so weit gekommen? Wie hatte alles so aus dem Ruder laufen können? Als Barton das Team noch leitete, trugen sie alle weiße Kleidung, die viel legerer saß, und auch ein anderes Emblem am Revers. Anscheinend hatte sich hier restlos alles geändert – auch Wilson –, und es würde nie wieder so werden wie vorher.

Die Tür ging auf, und der junge Andre Steinbeck kam herein, in dem gleichen schwarzen Anzug. Der einzige Unterschied bestand in den Schildchen am Revers, die ihn als Taktiker und stellvertretenden Leiter auswiesen. »Welche Überraschung, Mr. Dowling. Sie sind schon wieder pünktlich«, bemerkte er.

Wilson täuschte ein Lächeln vor. »Ja, erstaunlich, nicht wahr?«

Andre war der jüngste Taktiker, den das Mercury-Team je gehabt hatte. Er hatte den Rang als Teenager von knapp fünfzehn Jahren erhalten und war beim Unternehmen Jesaja ein wichtiger Mitarbeiter gewesen. Er hatte einen IQ von 185, und sein technisches Genie und seine Erfahrung mit Transportsystemen waren unschätzbar. Wenn er eine Schwäche hatte, dann war es seine mangelnde Reife gepaart mit einem enormen Selbstvertrauen, die ihn zur Arroganz gegenüber den weniger Intelligenten verleitete. Inzwischen war er fast zwanzig, hatte Akne auf den zarten Wangen und kämmte sich die dunklen Haare mit Gel zu aufrechten Stacheln. Sein schmales, blasses Gesicht war im Verlauf des letzten Jahres fülliger geworden und grenzte allmählich an die Bantamgewichtsklasse. Wilson konnte ihn nicht sonderlich gut leiden, aber das war dem jungen Taktiker egal – ihm war nichts wichtig außer seiner Karriere.

»Nur aus Neugier: Wieso sind Sie neuerdings so pünktlich?«, fragte Andre.

»Das ist der letzte verbliebene Sinn in meinem Leben«, antwortete Wilson trocken.

Andre blickte ihn verständnislos an; er schien nicht zu wissen, was er von der Antwort halten sollte, machte sich aber nicht die Mühe zu fragen. »Ich verstehe«, sagte er und schritt energisch zum Konferenztisch.

Wilson war zu Besprechungen häufig zu spät gekommen, hatte es während des vergangenen Monats aber geschafft, sein Verhalten zu ändern. Vielleicht kam das, weil er im selben Zeitraum drei Mal dem Tod von der Schippe gesprungen war, sinnierte er. Einmal hatte er mit der Tiger Moth eine Bruchlandung hingelegt – der linke untere Flügel war abgebrochen, als er aus einer kopfüber geflogenen Schleife, die er zu dicht über dem Boden ausgeführt hatte, nicht wieder richtig hochkam. Zwei Wochen zuvor war ihm in einer Wand des Tafelbergs von Kapstadt ein Bohrhaken aus dem Felsen gerutscht. Wilson hatte sich zwei Tage lang in der neunhundert Meter hohen Steilwand abgeseilt, bevor alles schiefging. Er stürzte dreißig Meter tief auf einen Felsvorsprung und konnte nur aufgrund seiner Selbstheilungsfunktion unverletzt den Rückweg antreten. Und gestern noch war er im Grand Canyon gerade so mit dem Leben davongekommen.

Trotzdem würde er weiter das Schicksal herausfordern, das war ihm klar; als wollte er sich beweisen, dass ihn nichts umbringen konnte. Je gefährlicher ein sportliches Unternehmen, desto größer sein Drang, es zu versuchen. Früher oder später wäre es mit seinem Glück vorbei, egal wie unfehlbar seine Kräfte waren.

Ein paar Augenblicke später kam Randall Chen herein, der Esra-Aufseher. Er erschien in der Tür und schritt selbstsicher in den Raum. Seine Selbstsicherheit war so groß, dass man meinte, er könnte vor sich das Meer teilen. Er war ein gutaussehender Chinese, wohl proportioniert, gesund und kräftig und machte den Eindruck, als stünde er im Einklang mit dem Leben und seiner Rolle darin. Seine kurzen, glatten schwarzen Haare waren links gescheitelt, und er trug einen engen dunkelgrauen Trainingsanzug der Enterprise Corporation, der seine schlanke, muskulöse Figur betonte.

Wilson arbeitete seit Längerem mit ihm, und trotzdem war er noch jedes Mal verblüfft, wenn er das intensive Blau seiner Augen sah. Sie hatten die leuchtende Farbe tropischer Meere bei strahlendem Sonnenschein. Seine Gen-EP-Umwandlung, bei der der genetische Aufbau modifiziert wurde, war ein spektakulärer Erfolg gewesen, sodass es nunmehr möglich war, seine Moleküle in Quark-Gluonen-Plasma zu zerlegen, ein notwendiger Schritt beim Transport durch die Zeit. Nur ein Gen-EP besaß die molekulare Struktur, die den Transportprozess überstehen konnte. Die Änderung der Augenfarbe war eine Nebenwirkung der Modifikation.

Wilson dagegen war ein natürlicher Gen-EP und konnte daher ohne vorherigen Modifikationsprozess durch die Zeit transportiert werden. Ein Gen-EP war ein lebender Organismus mit einem DNA-Strang, der die Nukleotide Adenin, Guanin, Cytosin und Thymin in einem besonderen Muster aufwies. Von neun Millionen Menschen wurde nur einer mit dieser DNA-Struktur geboren, und jeder hatte diese verblüffend blauen Augen.

Randalls Umwandlung hatte ein Jahr peinlich genauer Planung erfordert. Aber nun war er bald so weit, dass man ihn in die Vergangenheit senden konnte – wo er den Verlauf des zweiten Opiumkrieges verändern und zugleich den Fortbestand der Geschichte sichern sollte.

»Wie geht es Ihnen beiden?«, fragte Randall höflich.

Wilson nickte ihm grüßend zu und ging mit ihm zum Konferenztisch. »Ganz gut, Randall, danke.«

Andre warf einen raschen Blick auf die Zeitanzeige seines Handheld. »Schön, dass Sie beide zur Abwechslung mal pünktlich sind.«

»Wir bemühen uns«, erwiderte Wilson.

Randall warf ihm ein verständnisvolles Lächeln zu, während sie sich hinsetzten.

»Gut, kommen wir zur Sache«, sagte Andre. Nach einem Knopfdruck auf sein Handheld erschien ein holografischer Bildschirm über dem Tisch, der bis unter die Decke reichte.

Egal aus welchem Winkel man sich dem Bild näherte, es entstand immer der Eindruck, als stünde man gerade davor, und wenn man den Blick auf die Gegenstände und Mitarbeiter dahinter verlagerte, wurde es transparent.

Von der Decke bis zur Tischplatte öffnete sich eine Liste von über zweihundert Aufgaben.

»Wir liegen hinter dem Plan zurück«, sagte Andre mit einer Spur Aggression. »Sind Sie schon mit dem Überblick über das Transportsystem durch?«

Wilson lehnte sich zurück. »Ich habe Randall gesagt, er soll sich damit nicht aufhalten. Das Informationsprogramm, das Sie ausgewählt haben, ist viel zu detailliert. Ich werde es ihm selbst erklären.«

»Das ist ungenügend!« Andre zeigte auf den Bildschirm. »Sehen Sie sich die vielen unerledigten Aufgaben an, Mr. Dowling. Dreiundzwanzig insgesamt.«

Wilson ließ sich einen Moment Zeit; er wollte gut überlegt darauf antworten. »Enterprise Corporation hat mich angestellt, damit ich Mr. Chen auf seine Aufgabe in der Vergangenheit vorbereite. Es geht hier um Höheres, Andre. Die Qumran-Rollen erteilen uns den Auftrag einer komplexen Veränderung der Geschichte – einen Auftrag, der fast unseren Verstand übersteigt. Wie ich mich entsinne, gehört dazu keine Liste kleinlicher Anordnungen wie diese. Der Auftrag wird uns von Gott selbst erteilt – oder wie man die Macht sonst nennen will, die die Informationen in die Schriftrollen hineinkodiert hat. Er muss erfüllt werden, oder die Konsequenzen werden fatal sein.«

»Davin ist ebenfalls der Ansicht, dass diese Liste erledigt werden muss!«, führte Andre ins Feld.

»Das ist kein Argument«, erwiderte Wilson.

»Die Liste muss erledigt werden!«, beharrte Andre.

»Das Projekt wurde gewürfelt«, sagte Wilson, ein Insiderausdruck des Teams für die Aufteilung in Einzelaufgaben. »Davin ist für die genetische Umwandlung verantwortlich, Sie für den Transport und ich für die Schulung.« Wilson sprach ruhig und überlegte sich jedes Wort. »Erinnern Sie sich bitte: Ich bin selbst in die Vergangenheit gereist. Ich weiß, was Randall dort erwartet. Das Wichtigste ist jetzt, ihn geistig und seelisch darauf vorzubereiten. Barton hat mir beigebracht, dass eine positive Einstellung der wichtigste Faktor ist. Sie ist das einzige, was man selbst in der Hand hat, was Randall dabei in der Hand hat, zu jeder Minute des Tages, ganz gleich was passiert. Wenn er sich im China der Qing-Herrschaft aufhält, also Mitte des 19. Jahrhunderts, kann er noch so viel über das Transportsystem wissen, es wird ihm überhaupt nichts nützen.«

Vor lauter Frustration zitterten Andre die Hände. »Ich werde eine so undisziplinierte Herangehensweise nicht dulden. Sie müssen diese Aufgaben erledigen, Mr. Dowling. Davin und ich haben einen Vorbereitungsplan erstellt, und solange der nicht abgearbeitet ist, gilt Mr. Chen als unvorbereitet.«

»Die Beschäftigung mit der Funktionsweise des Transportsystems vermittelt kein Verständnis dessen, was hier wirklich wesentlich ist«, erwiderte Wilson scharf. »Ich schlage vor, Sie halten sich aus Randalls Schulung von jetzt an raus.«

»Ich bin Taktiker und stellvertretender Leiter des Mercury-Teams!«, hielt Andre ihm aufgebracht entgegen. Er war ganz rot im Gesicht. Mit vorgereckter Brust zeigte er auf das Blitzemblem am Revers. »Ich bin Ihr Vorgesetzter!«

»Wir haben alles im Griff«, sagte Wilson ruhig. »Mr. Chen braucht nicht einmal die Hälfte von Ihrer Liste. Wir müssen die Dinge einfach halten, hat GM bei seiner Rede verlangt. Haben Sie zugehört?« Wilson überflog das Hologramm. »Grundlegende Methoden der Selbstverteidigung sind auch nicht erforderlich. Randall ist in fernöstlicher Kampfkunst ausgebildet. Vermutlich auch ein Grund, warum er ausgewählt wurde. Folglich sind die sportlichen Trainingsstunden Zeitverschwendung. Und er braucht sich auch die Qumran-Rollen nicht noch einmal anzusehen, das haben wir schon fünfmal miteinander getan – außer natürlich er möchte es gern.«

Der Witz war, dass ihm damals vor seinem Transport für eine derartige Vorbereitung überhaupt keine Zeit geblieben war. Im Vergleich dazu war Randall bereits mehr als vorbereitet. »Dagegen ist die detaillierte Kenntnis der chinesischen Geschichte fundamental wichtig«, fuhr er fort. »Er muss die Informationen zuverlässig parat haben. Darum habe ich ihm zusätzliche Geschichtsaufgaben aufgebürdet.«

»Ich denke, dass Wilson wahrscheinlich recht hat, Andre«, fügte Randall hinzu, um die Wogen zu glätten. »Ich mache mir Sorgen, dass ich nicht alles im Kopf habe, was nötig ist. Ich muss mehr lernen, besonders über den Schlachtverlauf bei den Taku-Forts und den Marsch auf Peking.«

»Randall darf sich keine Fehler erlauben«, bekräftigte Wilson. »Das Leben von Menschen hängt davon ab. Es geht hier um das Unternehmen Esra, nicht um Ihren Stundenplan. Randall darf sich nicht den Kopf mit Wissen vollstopfen, das er nicht braucht. Er muss sich auf das Wesentliche konzentrieren und sein Ziel im Blick behalten. Darum habe ich ihm zusätzliche Meditationszeit verordnet. Ich habe auch seinen Shaolin-Meister hergerufen, damit er für die körperliche Vorbereitung sorgt. Und schließlich und endlich habe ich eine Zweitagewanderung auf den Mount Whitney organisiert, nur Randall und ich.«

»Eine Wanderung auf den Mount Whitney?«, stotterte Andre. »Dafür ist keine Zeit! Es sind nur noch neun Wochen, bis Mr. Chen in die –«

»Neun Wochen sind beträchtlich mehr Zeit, als ich damals hatte.«

Andres Augen wurden schmal. »Nur weil Barton ohne Befugnis handelte.«

»Befugnis hin oder her, unser Unternehmen war von Erfolg gekrönt«, hielt Wilson ihm entgegen.

»Ich werde Davin über Ihr störendes Verhalten informieren«, sagte Andre trotzig. »Ich werde persönlich dafür sorgen, dass das Folgen hat.« Andre wandte sich Randall zu. »Es tut mir leid, Mr. Chen. Wir haben Ihnen wohl einen Mentor gegeben, der seiner Aufgabe nicht gewachsen ist. Diese unbefriedigende Situation werden wir schnellstmöglich ändern.« Andre tippte etwas in seinen Handheld, und der holografische Bildschirm verschwand. Dann stand er abrupt auf und verließ den Raum.

»Das haben Sie nicht gut hingekriegt«, meinte Randall.

»Andre hat keine Ahnung, was hier erforderlich ist.«

»Sehen Sie, er ist sehr intelligent, aber noch sehr jung. GM hat bei seiner Rede auch gesagt, dass nichts perfekt ist, Wilson. Und Sie haben soeben zu Ihrer persönlichen Befriedigung einen Sturm entfacht. Der ist das Letzte, was wir beide jetzt brauchen.«

Der Aufseher, den Wilson vor sich hatte, war ihm in allem überlegen, nur in einem nicht: Er besaß keine Omega-Programmierung, die außer der Selbstheilung auch ein außerordentliches Gedächtnis bescherte.

Zum Ausgleich war Randall jedoch durchtrainiert und ein guter Sportler. Er hatte gute Schulen besucht und ausgezeichnete Abschlüsse erreicht. Seine Kampfkunst war unvergleichlich, was einen zusätzlichen Bonus darstellte. Und was äußerst wichtig war: Randall besaß ein Maß an Klugheit, das seine neunundzwanzig Jahre weit überstieg. Wilson vermutete stark, dass er der nachrichtendienstlichen Abteilung von Enterprise Corporation entstammte. Es ging das Gerücht, wonach GM und Jasper über fünfhundert Bewerber geprüft und dabei eine höchst geheime Bewertung vorgenommen hatten. Da Randall Chinese war, würde er es leichter haben, sich im Reich der Mitte des 19. Jahrhunderts zu bewegen. Gleichzeitig zog das ganz eigene Herausforderungen nach sich, da er mit britischen Militärs umzugehen hatte, die ihn zweifellos äußerst herablassend behandeln würden. Umso wichtiger war seine Schulung in Geschichte. Er würde Lord Elgin konstant mit unanfechtbaren Informationen versorgen müssen.

»Ganz meine Meinung«, sagte Wilson. »Nichts ist perfekt. Mein Auftreten gegenüber Andre zeigt das deutlich.« Wilson überlegte, was Barton in dieser Lage getan hätte. »Sie werden von den Briten und Franzosen massiven Widerspruch ernten«, sagte Wilson. »Es wird schwierig sein, mit Lord Elgin und dem britischen Konsul Harry Parkes umzugehen. Sie müssen lernen, deren Vorurteile an sich abperlen zu lassen. Gerade haben Sie erlebt, wie ich vor Andre zusätzliche Hindernisse aufgebaut habe. Daraus müssen Sie lernen. Sie werden in der Vergangenheit noch größere Frustration erleben. Die Leute werden Ihnen mit Angst, Herablassung und Abscheu begegnen. Sie müssen dastehen wie ein Fels in der Brandung. Für persönliche Empfindlichkeiten ist bei diesem Unternehmen kein Platz. Es geht nur darum, das Ziel zu erreichen, ohne Rücksicht auf persönliche Belange.«

»Ich verstehe«, sagte Randall.

»Morgen werden wir uns das Transportsystem ansehen«, sagte Wilson in versöhnlichem Ton. »Ich werde mit Andre reden, mich entschuldigen und ihm eine Führung abschmeicheln. Das wird ihn glücklich machen und hoffentlich die Wirkung unseres Zusammenstoßes abmildern.«

»Das wäre gut.«

»Bis dahin müssen wir aber mit dem Geschichtsunterricht weitermachen«, sagte Wilson. »Ich möchte, dass Sie die Augen schließen und sich vorstellen, Sie stünden im Schlickwatt nördlich der Wei-Festung. Dreiundzwanzig britische Haubitzen haben die Mauern zwei Tage lang beschossen. Plötzlich geht die Pulverkammer in die Luft. Was tun Sie als Nächstes?«

Randall öffnete die Augen und ließ das verblüffende Blau sehen, das ihn von allen anderen Chinesen unterschied. »Die Briten und Franzosen müssen die Festung gleichzeitig angreifen«, sagte er. »Ich muss sie überzeugen, dass sie jetzt Konkurrenten sind und nur einer von beiden zum Zeichen des Sieges seine Flagge hissen kann. Denn wenn sie konkurrieren, werden sie keine Niederlage in Betracht ziehen.«

Die Antwort war genau richtig.

11.

Taku-Festungen
1.600 Meter östlich von Taku, China
21. August 1860
Ortszeit: 6.32 Uhr
Unternehmen Esra – Tag 171

Nachdem die Pulverkammer explodiert war, quoll ein dichter schwarzer Rauch aus dem Innern, der die Festung einhüllte. Bald war es unmöglich, vom britischen Beobachtungsposten aus auch nur ihre äußeren Umrisse zu erkennen. Der Wind hatte sich vollkommen gelegt, und es schien, als könnte der giftige Schleier noch für Stunden in der Luft hängen.

Auf Elgins Befehl hin stellten die Haubitzen und die Kanonenboote, die knapp außerhalb der Flussmündung ankerten, den Beschuss ein, und eine unheimliche Stille breitete sich über Taku aus.

Einen Moment lang dachte Randall an Cixi. Sie dürfte wütend sein, weil Senggerinchin das Fort verloren hatte. All ihre Pläne mit dem mongolischen Prinzen zerfielen, und bald würde er tot sein. Randall wusste, was ihr nachgesagt wurde. Angeblich konnte sie einem Mann solche Lust bereiten, dass er, sobald er einmal ihre Gunst erlangt hatte, nicht mehr ohne sie leben wollte. Randalls Neugier auf die kaiserliche Gemahlin war von Anfang an da gewesen – seit er zum ersten Mal über sie gelesen hatte. Was machte sie so mächtig? Wie sah sie aus? Im Data-Tran-System der Firma gab es von jeder relevanten Persönlichkeit dieser Zeit eine Fotografie, nur nicht von ihr. Wie war es ihr gelungen, aus ihrem Leben ein derartiges Geheimnis zu machen und zu verhindern, dass jemand ihre Erscheinung festhielt?

»Was nun?«, fragte Lord Elgin.

Randalls Gedankengang wurde unterbrochen. »Die britischen und französischen Verbände müssen gleichzeitig angreifen«, antwortete er schließlich. »Wer als Erstes auf der Festung seine Flagge hisst, trägt den Sieg davon.«

Parkes mischte sich ein. »Wir brauchen die Franzosen nicht hineinzuschicken. Das Innere der Festung ist zerstört. Wir sollten nur mit eigenen Truppen angreifen und dafür sorgen, dass der Sieg unser ist.«

»Ich verstehe Ihre Beweggründe für diesen Vorschlag«, erwiderte Randall und blickte auf seine Taschenuhr, um die genaue Zeit festzustellen. »Sie möchten gern die Niederlage Ihres Bruders vom vorigen Jahr rächen. Doch hier geht es um mehr als die Eroberung dieser einen Festung. Es sind ihrer zwanzig, die die Flussmündung bewachen, und viele Gefechte werden diesem folgen, wenn wir bis nach Peking ziehen und am Ende siegen wollen. Uns steht später noch ein Kavallerieangriff der Qing bevor, und wir müssen Probyns Horse und Fane's Horse auf der anderen Seite des Schlickwatts lassen, damit sie dem Ansturm begegnen können. Um Erfolg zu haben, müssen wir die Wei-Festung schnell einnehmen. Dazu ist uneingeschränkte Kooperation mit den Franzosen nötig. Die Qing-Soldaten werden dem Angriff von den übrigen Festungen aus zusehen. Senggerinchin wird zusehen. Sobald sich der Rauch verzogen hat, müssen wir mit allem, was wir haben, vorrücken. Sie werden also begreifen, dass wir Baron Gros und seinen Truppen die Gelegenheit zum Sieg geben müssen.«

Schon die Vorstellung, den Franzosen etwas zuzugestehen, war Lord Elgin zuwider. Seine Familie kämpfte schon seit ihrem Bestehen gegen sie. Er hatte seine beiden Lieblingsonkel in der Schlacht von Trafalgar verloren. Und Admiral Nelson persönlich war ein enger Freund seines Großvaters gewesen. Wenn er dann noch an die Niederlage seines Bruders an eben diesem

Ort dachte, zog er einen rein britischen Angriff ernstlich in Betracht. Hier ging es um die Ehre.

Randall las es ihm vom Gesicht ab und warnte ihn. »Begehen Sie nicht denselben Fehler wie Sir Hope: Die Qing sind nicht zu unterschätzen. Die Festung ist nicht so stark beschädigt, wie man glauben möchte. Wir brauchen die Franzosen. Sie sind für den Sieg unerlässlich.«

Elgin blickte in Randalls blaue Augen. Hinter ihm war der Horizont schwarz verhangen vom Rauch der Explosion. »Sie haben bisher in allem recht gehabt«, sagte er und zwang seinen Hängebacken ein Lächeln ab. »Wir werden gemeinsam angreifen. Wenn Sie sagen, die Festung ist nicht zu unterschätzen, dann glaube ich Ihnen.«

»Ich halte das für eine gute Entscheidung«, ließ Parkes sich vernehmen, doch er verfolgte damit rein politische Zwecke, wie immer.

»Mr. Chen, ich habe eine Frage«, sagte Lord Elgin ernst. Er wuchtete seine massige Gestalt über die Beobachtungsplattform, dass die Holzbohlen unter ihm knarrten. »Wer wird die Flagge als Erster hissen – wir oder die andern?«

Randall war gewarnt worden, keine konkreten Handlungsverläufe zu nennen. Solche Manipulation durch einen Zeitreisenden konnte das Gefüge des Schicksals schwächen und darum die Zukunft verändern. Wilson war in dieser Sache sehr empfindlich gewesen. Die Möglichkeit des Scheiterns musste bestehen bleiben. Nichts war sicher. Überdies wurzelte die Zähigkeit, die zum Erfolg nötig war, immer im Unbekannten.

Randall wählte seine Worte mit Bedacht. »Darüber entscheiden Ihre Soldaten. Ob Briten oder Franzosen, kann ich nicht sagen, sondern nur, dass der Sieg den Verbündeten gehört, wenn sie mit vereinten Kräften kämpfen. Ich kann Ihren Männern nur die Gelegenheit zum Sieg verschaffen, erlangen müssen sie ihn selbst.«

Lord Elgin nickte, dann rief er General Napier heran. »Sagen

Sie Baron Gros, dass wir zusammen angreifen. Aber bei Gott, unsere Leute müssen die Flagge vor den Franzosen hissen. Wir haben unsere Truppen so postiert, dass wir gewinnen können – und gewinnen müssen wir.«

Den weißen Tropenhelm unter dem Arm, stand General Napier vor ihm. Sein roter Rock und die weißen Hosen waren schlammbespritzt. »Wir haben mehr als zweieinhalbtausend Männer draußen im Schlickwatt, die Franzosen nur siebenhundert. Der Sieg ist unser, Lord Elgin.«

»Probyns und Fanes Horse müssen nördlich des Marschlandes warten«, fügte Elgin hinzu. »Sie sollen bereitstehen, um einen Gegenangriff der Tataren zurückzuschlagen.«

Randall neigte sich zu Elgin hinüber, damit niemand hören konnte, was er sagte. »Sie sollen erst angreifen, wenn der Rauch sich verzogen hat. Die Qing müssen die Grausamkeit Ihres Sieges mit ansehen können.«

Lord Elgin nickte. »Und erst angreifen, wenn der Rauch sich verzogen hat«, sagte er mit Nachdruck. »Nun, dann machen Sie weiter. Und viel Glück.« General Napier grüßte breit lächelnd und wandte sich ab. Doch Lord Elgin empfand keine Euphorie. Ihm brannte ein Gefühl im Magen, das er schwer ignorieren konnte. Dass er von diesem Chinesen ständig Befehle entgegennahm, wurde allmählich zu viel für seinen britischen Stolz. Er allein war Kommandeur der alliierten Truppen. Durch Gottes Wille war er der 8. Earl von Elgin und 12. Earl von Kincardine. Königin Victoria persönlich hatte ihn den bedeutendsten Feldherrn der letzten zwanzig Jahre genannt. Ein Chinese sollte es nicht wagen, ihn anzusprechen, geschweige denn, ihm Anweisungen zu geben.

In der seidenen Uniform der mongolischen Reiterei, das Schwarze Horqin-Banner auf der Brust, erstieg Senggerinchin den höchsten Punkt der Festung Zhen. Sie war eine kleinere Geschützstellung ein Stückchen weiter flussaufwärts. Im Schutz der Rauchwand war Senggerinchin mit einer Reiterkolonne von achthundert Mann zur Rückseite der Festung gezogen. Das war eine gute Position zum Gegenangriff. Doch es beunruhigte ihn, was er während der vergangenen Woche erlebt hatte. Seine Gegner hatten große Zurückhaltung bewiesen. Dabei war Vorsicht sonst gar nicht ihre Art, und das machte ihm Sorgen. Beinahe hätten sie seine Krieger im Marschland umgangen. Und abgesehen von dem törichten Angriff der 2. Division zwei Tage nach ihrer Ankunft hatten sich die alliierten Gegner keinen Fehler erlaubt. Als sie den Qing die Versorgungsroute abschnitten, indem sie Tang Ku einnahmen, war das eindeutig der Schachzug eines großen Generals. Dieses Vorgehen war kein Glückstreffer mehr. Senggerinchin durchlief ein eigenartiges Gefühl. Mit wem hatte er es hier zu tun?

»Das sind Feiglinge«, meinte ein Horqin-Leutnant. »Sie greifen von hinten an. Sie haben kein Ehrgefühl, diese kleinen Engländer und Franzosen. Sie feuern, ohne anzugreifen, wie eine Frau, die Steine in einen Fluss wirft.«

Senggerinchin drehte sich zu dem Offizier um. »Leutnant Ling, wer immer diese Barbaren anführt, beweist großes Können. Ein weiser General greift nur an, wenn er sicher sein kann, dass er siegt. Sie haben unsere Versorgungsroute gekappt und die Wei-Festung zerschossen. Sie wissen, dass wir nicht mit unseren Pferden hervorpreschen können – darum warten sie. Der morastige Boden schützt die Festungen, aber er schützt auch den Gegner vor unserer Kavallerie.«

»Ihr seid von ihren Taten beeindruckt?«

»Ja, Ling, ich bin beeindruckt und besorgt. Wenn sie diese Festung so leicht einnehmen, werden sie die anderen gewiss mit geringem Widerstand bekommen. Sie legen es darauf an, den Kampfgeist der Qing zu brechen, so viel steht fest. Hinter diesen Mauern stehen keine mongolischen Krieger. Das sind bloß Soldaten, die eingezogen wurden und für die Ehre ihrer Familie kämpfen, angeführt von Mandarinen, den Kleingeistern schlechthin.« Senggerinchin zog den Säbel des mächtigen Dschingis Khan aus der Scheide und zeigte damit auf die geisterhaften Umrisse der Wei-Festung, die aus dem dünner werdenden Rauch hervortraten. »Wir müssen sie um jeden Preis halten. Lasst von Nordwesten Verstärkung kommen. Unterrichtet General Dang, dass, wer seinen Posten verlässt, wie ein Hund gehetzt und zu Tode gefoltert wird – ihn eingeschlossen. Eine Kapitulation kommt nicht in Frage.«

»Entblößen wir uns nicht, wenn wir Männer und Waffen senden?«, fragte Ling.

»Die fremden Teufel wollen das Juwel der Verteidigungsanlagen an sich bringen. Sie haben keinen Krümel Schießpulver auf ein anderes Ziel verwendet. Die Schlacht um diese Festungen wird hier und jetzt gewonnen oder verloren. Wenn ihre Soldaten im Angriff stecken und von der Überquerung des Marschlands erschöpft sind, werden wir zurückschlagen. Ihre Haubitzen werden dann nutzlos sein, weil sie ihre eigenen Leute damit treffen könnten, und ihre Infanterie wird in den Gräben festsitzen, die eigens gemacht wurden, um diese Teufel fernzuhalten. Dann schicken wir die Reiterei. Wir werden siegen und das Land halten«, sagte er entschlossen. Senggerinchin setzte seinen Säbel mit der Spitze an das Mauerwerk. »Sagt General Dang, seine Verteidigung muss standhalten wie Stein gegen Stahl. Wir dürfen niemanden schonen. Sagt ihm, wenn alles hoffnungslos erscheint, kommen die Tataren.«

Als sich der Rauch verzogen hatte, rückten 2500 Briten und 700 Franzosen über das Marschland vor. Bei sich hatten sie 600 Kulis, die Leitern und Planken zum Bau von Brücken trugen. Im Nordwesten näherten sich im Dunst verborgen 1000 Infanteriesoldaten der Qing und fünfhundert Horqin-Mongolen, die besten Soldaten Senggerinchins, mitsamt der erforderlichen Munition und Ausrüstung dem flussseitigen Tor der Wei-Festung.

Als die britischen Kanonenboote die feindliche Verstärkung kommen sahen, begannen sie, wieder zu schießen. Obwohl sie im Laufe der nächsten Stunde über zweihundert Schuss abfeuern konnten, richteten sie geringen Schaden an und töteten nur hundert Qing-Soldaten, die sich auf dem festeren Boden auf der Flussseite schneller voranbewegen konnten.

Für die Briten und Franzosen war es viel schwieriger voranzukommen, da sie knietief durch Schlamm wateten. Weil das Pulvermagazin explodiert war und es an Munition mangelte, konnten die Qing ihre Gegner nicht unter schweren Beschuss nehmen. Bis der Nachschub sie erreicht hatte, waren die Alliierten bereits außer Reichweite der schweren Geschütze. In der Zwischenzeit beschossen die britischen Haubitzen die Außenmauer, um weitere Breschen zu schlagen.

Randall suchte den Horizont sorgfältig mit dem Fernglas ab, dann blickte er besorgt auf die Uhr. Er fürchtete, dass alles zu langsam vonstattenging. Die 2. Division, geführt von Sir Hope Grant, näherte sich direkt von Osten her. Die Franzosen, geführt von Général Collineau, schlugen einen Bogen und kamen von Süden. Obwohl General Napier den Franzosen mindestens einen knappen Kilometer mehr zu marschieren gegeben hatte, trafen ihre Soldaten gleichzeitig mit den seinen am äußersten Graben ein.

Jetzt kam es darauf an, wer als Erster in das Fort gelangte.

Von Randalls Position aus war die schiere Anzahl Männer, die durch den Schlamm darauf zuhielten, ein überwältigender Anblick. Die Briten in Rot und Weiß und die Franzosen in Blau schoben sich alle hüfttief durch den Schlamm der Gräben.

»Unglaublich, durch welchen Schmutz unsere Leute müssen«, bemerkte Elgin unglücklich. »Beschuss einstellen!«, rief er. Nach drei weiteren Kanonenschüssen wurde es still. Seine Männer waren jetzt in Reichweite der eigenen Artillerie.

Randall spähte zur Festung Zhen im Nordwesten. Oben auf der Mauer sah er einen kahlköpfigen Mann in der Uniform der mongolischen Kavallerie mit dem Fernglas zu ihm herüberblicken. Der Kavallerist hatte ein rotes Emblem auf der Brust, das auf diese Entfernung schlecht zu erkennen war. Randall suchte die Mauerbrüstung ab und entdeckte das Symbol des Schwarzen Horqin-Banners. Der Mann, den er musterte, war zweifellos Senggerinchin, der Mongolenprinz.

Senggerinchin ließ das Fernglas sinken und erwog sorgfältig, was er gesehen hatte. Er war sicher, dass oben auf der Beobachtungsplattform der Briten ein Chinese stand, der einen grauen, abendländischen Anzug trug. Der fette Mann neben ihm musste Lord Elgin sein, zu erkennen an den zwei Medaillen an der linken Brust. Offenbar war der Chinese der Verräter, vor dem Cixi ihn gewarnt hatte – der blauäugige Teufel. Es gab ihn also tatsächlich. Senggerinchin hob noch einmal das Fernglas, um sich zu vergewissern, dass er keiner optischen Täuschung aufgesessen war. Nein, er irrte sich nicht: Neben Elgin stand ein Chinese.

Er rief Ling zu sich, der an seine Seite hastete, gab ihm das Fernglas und zeigte auf den britischen Beobachtungsposten. »Was seht Ihr?«, fragte er.

Ling spähte angestrengt zu den vier Gestalten. Das Holzgerüst war mindestens anderthalb Kilometer entfernt. Als er endlich scharf sah, schlug sein Herz schneller. »Ich sehe einen Chinesen.«

Senggerinchin nahm das Fernglas an sich und schob es zusammen. »Es scheint, das Gerücht von einem Verräter ist wahr.« Während er seinen strähnigen Schnurrbart zwirbelte, erwog er seine Optionen. »Wir müssen die Festung Wei in die Hände der Feinde fallen lassen«, sagte er nachdenklich. »Wenn mich mein Urteil nicht trügt, bekommen sie sie sowieso. Sagt meinen Reitern, sie sollen sich zum Rückzug bereit machen. Wir werden der Festung nicht zu Hilfe kommen. Dieser chinesische Magier«, er deutete zu der Plattform hinüber, »ist der Grund, weshalb Lord Elgin jede unserer Bewegungen voraussieht.« Er fasste Ling beim Ärmel und zog ihn zu sich heran. »Wenn die Briten die Festung eingenommen haben, schicken wir unsere besten vier Männer in die Reihen ihrer chinesischen Lastenträger. Wer von ihnen dem Blauäugigen die Kehle durchschneidet, wird mit Gold überschüttet. Und wer von ihnen nicht zurückkehrt, dessen Familie untersteht meiner Fürsorge und meinem Schutz. Wir werden die Taku-Festungen fürs Erste aufgeben, doch dafür werden wir dem Verräter heute Nacht den Garaus machen. Sie mögen heute siegen, doch wir werden ihren Drachen töten – und sein Tod wird der Tod ihres Feldzuges sein.«

Er spuckte über die Mauer in Randalls Richtung. Schweren Herzens hatte er soeben fünfhundert seiner Männer und Tausende Chinesen geopfert für die Chance, dem Feind das Gehirn herauszuschneiden.

Zwei Hörner gaben Signal zum Angriff, und von den Mauern der Wei-Festung schallte das furchterregende Rattern von Gewehren, die die 2. Division beharkten. Ab und zu war auch der Knall eines Sechspfünders zu hören. Die erste Welle von Sir Hopes Soldaten schob sich mit dem Gewehr über dem Kopf durch den äußeren Graben, während Gewehrkugeln und Pfeile zu Tausenden ringsherum ins Wasser schlugen. Um eine Position an der blockierten Bresche zu sichern, machten sich die Lastenträger eilig daran, eine Behelfsbrücke zu bauen, und hieben sich durch die Bambusstöcke und Dornenzweiggeflechte. In einem fort fielen Soldaten in dem pausenlosen Beschuss, und die anderen drängten rasch voran, getrieben von Furcht und dem Willen, das Fort vor den Franzosen zu erreichen, die außerhalb ihrer Sicht an der Südmauer vordrangen. Innerhalb von Minuten gelangten achthundert britische Soldaten an die Bresche und schwammen sodann durch das faulige Wasser des zweiten Grabens. Die Qing hatten Tierkadaver hineingeworfen, und es stank so entsetzlich, dass man kaum Atem holen konnte, ohne vor Ekel würgen zu müssen. Die Kulis standen bis zum Hals im Wasser und hielten ein Plankengitter als Ponton bereit, von denen weitere herangetragen wurden.

Die Qing schossen durch die Mauerlöcher, die die Haubitzen geschlagen hatten. Zur Erwiderung bildeten die Briten Schützenreihen, zehn Mann breit und drei tief, die konstant schossen und luden und jeden Qing töteten, der seinen Lauf durch eine Maueröffnung schob. So rückten die Briten schrittweise vor, bis sie die Mauer mittels Leitern erklimmen oder durch die Lücken hindurchsteigen konnten. Major Anson von den 67th South Hampshires gelang es, sich einen Weg in die Festung zu erkämpfen und die Seile der Zugbrücke durchzuschneiden. Sie fiel über den inneren Graben, und unter großem Gebrüll von allen Seiten drängten die Soldaten ins Innere, nur um festzustellen, dass die Franzosen bereits da waren.

Bajonette stachen in Fleisch, Schwerter hieben Köpfe und Glieder ab, Kugeln zerschmetterten Schädel. Es wütete ein grausamer Kampf. Männer stiegen über Leichen und drängten zum höchsten Punkt des Forts.

Jeder hoffte, der Erste zu sein, der die Flagge der Qing einholte und die der eigenen Nation hisste. Die Briten sahen die Franzosen vorrücken und ihre Feinde zurückschlagen.

Nach über einer Stunde erbitterten Kampfes schaffte es ein französischer Soldat auf die Artillerieplattform und schnitt die Qing-Flagge herunter. Doch gerade als er die Trikolore hissen wollte, traf ihn eine Kugel – eine britische, wurde gemunkelt –, und er war auf der Stelle tot. Ab diesem Moment, als die Briten sahen, wie leicht ihnen der Sieg entrissen werden konnte, verdoppelten sie ihre Anstrengung und gewannen die Oberhand. Nach fünfzehn Minuten flatterte der Union Jack über der Wei-Festung, und der Sieg gehörte Lord Elgins Truppen.

Sir Hope Grant wischte seinen Säbel an der Qing-Flagge sauber und warf sie einem seiner Sergeants zu, damit er sie sorgfältig aufbewahrte. Sie sollte eine seiner vielen Schlachttrophäen werden. Das Blut, das jetzt daran klebte, ließ sie umso dramatischer wirken – und die jungen Damen, das wusste er, würden bei ihrem Anblick weich in den Knien.

»Damit ist der zweite Opiumkrieg vorbei«, meinte Sir Hope stolz.

Doch das war ein Irrtum. Er hatte gerade erst begonnen.

12.

Wei-Festung
1600 Meter östlich von Taku, China
21. August 1860
Ortszeit: 11.15 Uhr
Unternehmen Esra – Tag 171

Wie auf ein Stichwort setzte um Viertel nach elf ein starker Regen ein. Zu Hunderten schleppten die Kulis Leichen aus dem Fort und stapelten sie jenseits der Gräben zum eiligen Begräbnis auf. Bei dem feuchtheißen Wetter konnten sich Krankheiten rasend schnell ausbreiten, und je eher die Toten außerhalb der Mauern waren, desto besser. Es gab zweitausend tote Qing-Soldaten und etliche Hundert gefallene Mongolenkrieger des Schwarzen Horqin-Banners. Kein Soldat, der in der Festung postiert gewesen war, atmete noch. Die Beschützer des Reichs der Mitte hatten, wie befohlen, bis zum letzten Mann gekämpft.

In all den Jahren auf dem Schlachtfeld hatte Sir Hope noch keine solche Verbissenheit erlebt. Die Chinesen waren zumeist nicht berühmt für Tapferkeit, doch bei näherem Hinsehen zeigte sich der Grund, warum es diesmal anders gewesen war. Ihre Anführer hatten die eigenen Leute in den Mauern verbarrikadiert, und angesichts der vielen Enthaupteten unter den Feinden schloss Sir Hope, dass jeder, der Furcht zeigte oder versuchte, seinen Posten zu verlassen, zur »Ermutigung« der Übrigen getötet worden war.

Für die Verbündeten war das ein entscheidender Sieg. Die Festung Wei, die »Mächtige«, war mit dem Verlust von nur 201 britischen und 158 französischen Soldaten eingenommen worden. Der Feind hatte mindestens sechsmal so hohe Verluste.

Unter normalen Umständen hätte es sich umgekehrt verhalten. Die Qing waren in der überlegenen Position gewesen, ihre Verteidigungsanlagen stark und sie selbst in der Überzahl. Verloren hatten sie dennoch.

Lord Elgin hätte nicht glücklicher sein können. Ihn erfüllte ein solches Hochgefühl, dass er eine Stunde lang durch knietiefen Morast watete, um zum Eingang der Festung zu gelangen, die er für Königin Victoria erobert hatte. Nun saßen er und Harry Parkes in den Louis-Seize-Lehnstühlen unter einer Canvasplane auf der Zugbrücke. Vor ihnen knieten vier Kulis, die ihnen eifrig den Schmutz von den Stiefeln schabten und das Leder polierten, bis es glänzte. Lord Elgin schwitzte noch mehr als gewöhnlich und hatte den schwarzen Wollmantel ausgezogen. Sein weißes Rüschenhemd war schweißnass. Sobald er sich ausgeruht hätte, wollte er sich den Uniformrock mit den Orden überziehen und den großen Auftritt inszenieren.

Randall Chen hatte Herzklopfen. Zum ersten Mal seit seiner Ankunft in der Vergangenheit fühlte er sich völlig überfordert. Er wischte sich mit einem dunklen Lappen den Schmutz von den Schuhen und ging auf das Tor zu. Senggerinchin hätte mit seiner Kavallerie angreifen müssen, war jedoch mit seinen Leuten nach Tientsin geflohen. Es schien, als hätte der Mongolenprinz Gedanken lesen können und gewusst, dass er beim Angriff in eine Falle geraten wäre.

»Wir haben für Königin und Vaterland gesiegt«, sagte Lord Elgin lächelnd.

Randall schaute angewidert zu den Leichenhaufen, die keine hundert Schritte entfernt aufgetürmt wurden. Das Regenwasser, das an ihnen herunterlief, färbte sich rot vom Blut der Menschen, die die Festung verteidigt hatten. Fünfzig Kulis gruben mit Schaufeln in der nassen Erde, während zwei Sergeants der königlichen Pioniere ihnen Befehle zubrüllten, schneller zu arbeiten, da die Gräber sich unter der hereinkommenden Flut bereits mit Wasser füllten.

»Ein großartiger Sieg«, räumte Randall ein. Doch er war traurig angesichts der Gefallenen, und seine Nerven lagen blank, weil Senggerinchin nicht angegriffen hatte. Wäre alles nach Plan verlaufen, hätte er seine Tataren in den Kampf geschickt. Stattdessen hatte er sich zurückgezogen. Die Geschichte war von ihrem vorbestimmten Verlauf abgewichen. Eine neue Ordnung hatte sich durchgesetzt, und Randall konnte die Auswirkungen nicht erahnen. Senggerinchin hätte vor zwei Stunden in die Schlacht reiten und nunmehr tot bei den anderen armen Seelen liegen sollen, die darauf warteten, im Schlickwatt des Haihe begraben zu werden. Doch er war noch am Leben.

Randall dachte an Wilsons Rat: *Setzen Sie nie voraus, dass die Geschichte festgelegt ist.* So sehr er sich zu beruhigen versuchte, er lag mit sich im Streit wegen seines augenscheinlichen Versagens. Noch zwei Stunden zuvor war er Herr über die großen Ereignisse gewesen, die rings um ihn stattfanden, jetzt schien er nur noch Zuschauer zu sein. Statt seiner war es Senggerinchin, der den Lauf der Geschichte verändert und Randall dabei die Kontrolle über den zweiten Opiumkrieg entrissen hatte. Es war Zeit, sorgfältig nachzudenken, entschied Randall, und sich einen Plan zurechtzulegen, wie er das Heft wieder in die Hand bekäme. Als Sir Hope Grant mit seinen Soldaten in Senggerinchins Falle getappt war, hatte Randall den Fehler korrigieren und die Geschichte wieder in ihre Bahn lenken können. Dies würde er jetzt noch einmal tun müssen. Eines war sicher: Der Mongolenprinz musste während dieses Krieges fallen. Er war ein zu guter Feldherr. Er sei ein kritischer Charakter in der chinesischen Geschichte, hatte Wilson bemerkt – was sich nun auf besondere Weise bewahrheitete.

»Ihre Haubitzen müssen neu in Stellung gebracht und auf die Zhen-Festung gerichtet werden«, erklärte Randall selbstsicher, »aber ohne einen Schuss abzugeben. Die Qing sollen glauben, dass Sie es nicht nötig haben, Ihre Überlegenheit zu beweisen.«

Lord Elgins Hochgefühl überlagerte vorübergehend seine

Abneigung gegen den chinesischen Berater. »Gehen wir auf den Wehrturm und besprechen unsere Pläne«, sagte er liebenswürdig. Er genoss das Bewusstsein, die schmachvolle Niederlage seines Bruders und des Admirals endlich gerächt zu haben. Die Ehre und der Ruf der Bruces waren wiederhergestellt, und vor allem hatte er seinen eigenen Ruf als größter Stratege des Britischen Empires untermauert.

»Wann werden wir die anderen Forts angreifen?«, fragte Parkes, der gerade seine Schuhe inspiziert hatte und von seinem Stuhl aufstand.

»Sie werden in den nächsten Stunden kapitulieren«, antwortete Randall. In Wirklichkeit war er gar nicht sicher, was als Nächstes passieren würde, musste aber annehmen, dass sich die Ereignisse mehr oder weniger an den Plan der Geschichte halten würden.

»Sie glauben nicht, dass sie kämpfen werden?«, fragte Elgin.

»Ihr Kampfgeist ist gebrochen«, meinte Randall.

Parkes stieß mehrmals ein Streichholz gegen die Reibfläche der Schachtel, bis es aufflammte, und hielt es an die Pfeife. Langsam quoll Rauch von seinen schmalen Lippen, stieg unter der Plane auf und zog in den Regen hinaus. »Wenn Verhandlungen nötig sind, stehe ich zur Verfügung«, bot er stolz an.

Lord Elgin betrachtete seine Stiefel und deutete mit seinem dicken Zeigefinger auf einen Fleck an der Spitze, der seiner Ansicht nach noch Wachs und Politur benötigte. »Ein bisschen mehr Mühe!«, verlangte er ärgerlich, was von Parkes sogleich ins Kantonesische übersetzt wurde. Die beiden Kulis, die aus Hongkong stammten, rieben über die Stiefelspitzen, als hinge ihr Leben davon ab. Elgin lehnte sich derweil zurück und sah Randall lächelnd ins Gesicht. »Ich bin sehr zufrieden mit Ihrer Beratung, Mr. Chen. Durch diesen großartigen Sieg haben Sie meine hohen Erwartungen sogar noch übertroffen.«

»Es sind Ihre tapferen Soldaten, die den Sieg errungen haben«, erwiderte Randall.

Das waren genau die Worte, die Elgin hören wollte.

Sobald seine Stiefel zur Zufriedenheit geputzt waren, stand er auf, zog seinen schweren Mantel an, trank einen Schluck aus seiner silbernen Taschenflasche und stieg von der Zugbrücke in den knöcheltiefen Schlamm des Torwegs. »Kommen Sie ... lassen Sie uns sehen, was wir zusammen erreicht haben.« Unter den Regenschirmen ihrer Kulis und mit vorsichtigen Schritten begaben sich die drei Männer ins Innere der Festung.

Es bot sich ein grausiger Anblick. Überall lagen Leichen. Die Gebäude, die in der Mitte gestanden hatten, waren mit dem Pulvermagazin in die Luft gesprengt worden. Ringsherum führten Rampen in verschiedene Richtungen, einige zur Brüstung der Außenmauer – die von innen gar nicht so einschüchternd wirkte – und andere zur mittleren Geschützstellung, die auf dem wuchtigen Turm postiert war. Dort, hoch über dem Morast und den blutigen Rinnsalen, hing der Union Jack nass und schlaff im Regen und bewegte sich nur hin und wieder, wenn der Wind kurz auffrischte.

An der Ost- und der Südseite ragten fünfzig Leitern der Verbündeten über die Mauerkante. Die Franzosen waren in dieser Hinsicht sehr tüchtig gewesen, hatten dafür aber ein Fünftel ihrer Soldaten verloren. Obwohl sie besonderen Heldenmut an den Tag gelegt hatten, war Général Gros bereits auf dem Rückweg zu seinem Stützpunkt bei Pei Tang. Die Festung war nun in britischem Besitz, und Gros hatte hier nichts weiter zu schaffen.

Auf den hölzernen Wehrplatten der Festung scharte sich die Mehrheit der 2. Division und die von Gros zurückgelassenen Verwundeten, um sich um ihre Verletzungen zu kümmern. Einige standen, andere saßen angelehnt im Regen, und nur ihre Mützen und Kopftücher hielten die Nässe von ihnen ab. Sie sahen vollkommen erschöpft aus.

Obwohl Randall gewusst hatte, was ihn erwartete, überwältigte ihn der Gestank des Todes und der Anblick so vieler Leichen. Neben seinem Fuß ragte eine abgetrennte Hand aus dem Schlamm, als wollte sie nach einem Säbel greifen und weiterkämpfen. Ob sie einem Abendländer oder einem Asiaten gehört hatte, war nicht zu erkennen.

Lord Elgin stieg die Turmtreppe hinauf und blieb auf jedem Stockwerk kurz stehen, um mit jemandem zu sprechen und Atem zu holen, denn damit hatte er Mühe, sobald er sich körperlich anstrengte. So dauerte es fast fünf Minuten, bis Elgin, Parkes und Randall auf der Plattform ankamen. Sie wurden begeistert von Sir Hope begrüßt, dessen rechter Arm inzwischen dick bandagiert war.

»Willkommen in der Wei-Festung«, sagte er stolz.

Elgin schüttelte ihm herzlich die Hand. »Sir Hope, wenn wir Sie heute noch mal zum Ritter schlagen könnten, würden wir es tun!«

Sir Hope, der seinen schmerzenden Arm wieder an sich gezogen hatte, bedachte Parkes und Randall lediglich mit einem Nicken. »Ich würde diese Ehre gerne eintauschen, wenn ich jeden Einzelnen meiner Männer nur einmal zum Ritter schlagen könnte.«

»Sie sind der tapferste Soldat, den Königin Victoria hat«, meinte Parkes lächelnd.

Nachdem er den Wunsch, ihm beizupflichten, bezwungen hatte, erwiderte Grant: »Ich denke, wir haben eine sehr gute Vorstellung gegeben.«

Randall fand diesen Austausch von Nettigkeiten angesichts von Tod und Vernichtung widerwärtig.

»Doch eines ist sicher, Mylord«, fügte Sir Hope hinzu. »Ich werde einige meiner Leute für das Viktoriakreuz vorschlagen. Sie haben den Truppen Ihrer Majestät reichlich Ehre gemacht.«

Randall zog sich aus der Unterhaltung zurück und nahm sich Zeit, um von dem Aussichtspunkt seine Umgebung in Augenschein zu nehmen. Die Tore waren wie erwartet von innen verbarrikadiert. General Dang hatte den Befehl erhalten, jeden Mann zu töten, der versuchte, seinen Posten zu verlassen – darum hatten sie bis zum Tod gekämpft. In der Ferne jenseits des Haihe lag das Städtchen Taku. In der entgegengesetzten Richtung, draußen auf dem Meer, lagen über fünfzig Schiffe der königlichen Marine vor Anker, knapp außerhalb der Reichweite der Kanonen des südlichsten Forts. Als er über den Fluss schaute, war tatsächlich zu erkennen, dass dieser mit Bambussperren und Ketten blockiert war. Wäre die Flotte bei Flut in die Mündung hineingefahren, hätte sie festgesessen und ihr Schicksal wäre besiegelt gewesen. Die gut zwanzig Festungen, die am Ufer des Flussdeltas entlang lagen, machten einen gewaltigen Eindruck, besonders die größeren, die über das Schlickwatt aufragten. Man verstand sofort, warum die Qing glaubten, sie könnten jede Invasion von Seeseite vereiteln.

Lord Elgin klopfte Randall mit schwerer Hand auf den Rücken. »Mr. Chen hat uns mit seinem Rat zu diesem Sieg geführt. Doch eines muss ich sagen, Sir Hope. Er hat den Ruhm allein Ihnen und Ihren Männern zugeschrieben, als der Union Jack triumphierend über dieser Festung wehte.«

Grant sagte dazu nichts; er hielt nur seinen bandagierten Arm fest, damit das Pochen in seiner Wunde nicht zur Schulter hinaufwanderte. Um keinen Preis auf Gottes Erde würde er sich an dem Lob für einen Mann beteiligen, der sein eigenes Volk verriet, ob blaue Augen oder nicht.

Elgin blickte ebenfalls den Fluss hinunter, ohne die Hand von Randalls Schulter zu nehmen. »Sie hatten recht, was die Blockade angeht, und auch hinsichtlich der russischen Kanonen«, sagte er leise. »Ich kann mir vorstellen, dass wir in große Schwierigkeiten gekommen wären.«

»Aber die Kavallerieattacke ist ausgeblieben«, bemerkte Parkes, der in anderer Richtung über das Schlickwatt spähte. »Ich frage mich, wieso Sie sich hierin geirrt haben.«

Lord Elgin griff rasch ein. »Nun darauf bestehen zu wollen, dass Mr. Chen den Franzosen den Sieg zuschanzen wollte, ist doch lächerlich. Wir haben gesiegt und werden in die Geschichte eingehen.«

»Das ist wahr«, bestätigte Parkes, als wäre Randall gar nicht dabei. »Doch wird er hinsichtlich der übrigen Forts recht behalten?«

Randall hatte ein hohles Gefühl im Magen. Er konnte nicht mehr sicher sein, was passieren würde. »Sie werden kapitulieren«, behauptete er fest. Seine Gedanken wanderten zu Wilson. Was würde er in dieser Lage tun?

Er zog seine Uhr hervor und sah nach der Zeit. Inzwischen war das eher eine nervöse Angewohnheit geworden, doch sie diente dazu, den britischen Adel auf dem Wehrturm in Unruhe zu versetzen. Wie immer verfolgte Parkes alles, was Randall tat und sagte, mit größtem Interesse. Dieser Fremde war ihm ein Rätsel, und nicht nur ihm, sondern jedem, der ihm begegnete.

Und so war er auch nicht der Einzige, der den chinesischen Berater mit den blauen Augen genau beobachtete. Auf den unteren Ebenen des Forts, wo man immer noch damit beschäftigt war, die Gefallenen wegzuschaffen, befanden sich unter den Kulis, die zu zweit je einen Toten die Rampen hinuntertrugen, Senggerinchins Attentäter. Es waren die besten Männer, die er aufbieten konnte; sie hatten ein Leben lang gelernt, schnell und lautlos zu töten. Nachdem sie sich den Baumwollanzug toter Kulis übergezogen hatten, konnten sie sich frei unter den anderen Kulis bewegen und würden nicht so leicht erkannt werden. Ihr einziges Handicap war, dass sie nur Mandarin sprachen, während die Kulis aus Hongkong stammten und nur Kantonesisch konnten. Untereinander waren sich die vier Männer nur in einem einig: Sie würden im Freien und zu mehreren angreifen. Ihre Übermacht und das Überraschungsmoment waren ihr größter Vorteil. Der Erfolg war ihnen sicher.

Abwechselnd beobachteten sie den Blauäugigen, um sich einen Eindruck zu verschaffen und den rechten Moment für den Anschlag abzupassen.

13.

Peking, China
Verbotene Stadt
Palast der Himmlischen Reinheit
22. August 1860
Ortszeit: 14.25 Uhr
Unternehmen Esra – Tag 172

Erst am Mittag des folgenden Tages gelangte die Nachricht von der Niederlage nach Peking. Auf Cixis Beharren hin hatte Kaiser Hsien Feng den Kriegsrat in der Halle der Himmlischen Reinheit zusammengerufen, dem viertwichtigsten unter den vielen Palästen. Wie alle Angelegenheiten in der Verbotenen Stadt wurde auch diese mit großem Pomp und viel Zeremonie durchgeführt. Ein einfaches Treffen dieser zehn Männer verlangte es, dass über zweihundert Eunuchen sie bewachten und bedienten und über fünfhundert Soldaten aufgereiht im Hof standen.

Der goldene Thron des Himmelssohnes ruhte auf drei hohen Stufen und war mit blau-silbernen, fünfklauigen Drachen verziert. Das Podest stand in der Mitte zwischen den vier roten Säulen, die das ausladende, spitze Dach trugen. Der Paravent an der Rückseite des Thrones maß knapp fünf mal sechs Meter, und das Licht funkelte auf Hunderten von Drachen und anderen Figuren, die kunstvoll in das vergoldete Holz geschnitzt waren. Fünf Treppen führten zum Thron hinauf, von denen die mittlere vom Kaiser allein benutzt wurde. Zwischen den Treppen gab es vier Sockel mit azurblauen Weihrauchschalen aus feinstem Porzellan. Alles, was man sah, war atemberaubend, wie der gesamte Palast und die weiten Höfe, die ganze Verbotene Stadt. Und dieser war nicht einmal der eindrucksvollste der 9999 Räume. Die Chinesen glaubten, der Himmel werde von den Sternen des Nachthimmels repräsentiert, von denen es 10 000 gebe. Da allein der Himmel vollkommen sei, könne die Verbotene Stadt nur fast vollkommen sein.

Draußen im Hof standen die Soldaten der Tiger-Fußtruppen in zehn Reihen unter der sengenden Sonne vollkommen still. Sie trugen gelb-schwarze Seidengewänder und dazu das Schwert und den Bogen. Damit waren sie vor dem Hintergrund der dunkelgrauen Steinplatten prächtig anzusehen.

Drinnen in der Halle blieb der Thron leer, obwohl alle Mitglieder des Kriegsrats anwesend waren. Sie warteten schweigend auf den Sohn des Himmels, und kein einziges Flüstern war zu hören. Cixi saß am Ende der neun Stühle, die im Halbkreis vor dem Thron aufgestellt waren. Wie die anderen war sie im Hofgewand erschienen, dem förmlichsten Stück ihrer Garderobe. Es war ein goldenes Chaofu aus feiner Seide mit schwarz bestickter Bordüre, das bis zum Boden reichte. Aufgestickt waren zwölf fliegende Kraniche, ein Zeichen höchsten gesellschaftlichen Ranges. Um den Hals trug sie sechs Reihen roter und goldener Perlen. Ihre glänzenden schwarzen Haare waren am Hinterkopf zu einem festen Knoten gebunden, in dem kreuzweise zwei Jadestäbe steckten.

Cixis Schönheit war an die acht Männer zu ihrer Linken nicht verschwendet. Und wenn sie an ihnen vorüberging, duftete sie lieblich wie Honig. Die fortgesetzte Verliebtheit des Kaisers erforderte es, dass auch andere Männer sie begehrten. Sie war noch nicht mächtig genug, um deren Einfluss auf den Sohn des Himmels außer Acht lassen zu dürfen. Ein Wort hier, ein Wort da konnte entscheidend sein. Darum flirtete sie sehr subtil, sodass sich die Lenden der Bewunderer regten. Wie sie die dunklen Augen aufschlug und einem Blick begegnete oder wie sie ihre Brüste streifte, wenn einer zu ihr hinsah, verfehlte seine

Wirkung nicht, und sicher tat ihr schneller Witz und kraftvoller Verstand ein Übriges, jedenfalls wusste sie mit den Männern ihrer Umgebung umzugehen. Nur einer widersetzte sich beharrlich ihrem Zauber, und das war Su Shun, der Zweite Großsekretär. Er war zu ihr kalt wie Eis und zeigte unmissverständlich seine Ansicht, dass ihre Einflussnahme auf den Kaiser gegen die Tradition verstieß.

Der Kriegsrat bestand aus neun Mitgliedern, darunter die fünf Hohen Räte Su Shun, die Prinzen Kung, Yi und Cheng sowie Mu Yin, der den Vorsitz innehatte; die Übrigen waren drei beigeordnete Generäle des Tatarenheers – Männer, die Cixis Einfluss leicht unterlagen. Die Männer des Kriegsrats trugen schwarze Roben, die Prinzen das Symbol des vierklauigen Drachen, die übrigen Adligen den dreiklauigen Drachen, Cixi nur das Kranichsymbol, um sich bescheiden zu geben und andere nicht zu augenfällig im Rang zu übertreffen.

Aus den blauen Porzellanschalen stiegen dünne Rauchkringel in die stille Luft auf und sandten ihren besänftigenden Duft nach draußen in den heißen Vorhof. Unterdessen hatte Cixi beständig freien Blick auf ihren Großeunuchen, der im Hintergrund der Halle stand, und seine Augen ruhten ununterbrochen auf ihr. Wenn sie kaltes Wasser zu trinken wünschte, genügte ein bestimmter Blick von ihr, um eine Reihe hastiger Handlungen auszulösen: Li Lien flüsterte seinen Gehilfen etwas zu, worauf sie davoneilten und Li Lien kurz darauf ein Glas in der Hand hielt, mit dem er sich lautlos über den schwarz glänzenden Boden zu ihr begab.

Su Shun saß immer am weitesten von ihr entfernt, sodass sie ihn bestens sehen konnte. In ihrem Rücken stand sein Eunuch, in seinem Rücken der ihrige. Su Shun hatte am Hof beträchtliche Macht und war ein Mitglied des Gerahmten Blauen Banners, also der Familie des Kaisers. Seine Haut war haselnussbraun, sein Körper knochig, das Gesicht schmal und die Nase für einen Mandschu recht spitz. Mit seinen fast fünfzig Jahren hatte er seine körperliche Bestzeit hinter sich, doch in seinen wohlgesetzten Worten und seinem halsstarrigen Auftreten zeigte sich ein großer Ehrgeiz. Erst kürzlich hatte er seinen Vorgänger Po Sui aus dem Amt gedrängt, indem er ihm die Schuld an dem Vertrag von Tientsin gab – was schließlich zu dessen Hinrichtung führte. Cixi wollte Po Suis Tod noch verhindern, kam aber zu spät, und dieser Moment des Mitgefühls signalisierte dem ganzen Hof, dass sich eine tödliche Fehde zwischen ihr und Su Shun entspann. Da er enormen Reichtum besaß und ihn hauptsächlich durch Korruption und Erpressung erlangt hatte, wurde er von allen gefürchtet, und so blieb es Cixi überlassen, ihren Charme beim Kaiser einzusetzen, um den Zweiten Großsekretär und seinen unbändigen Ehrgeiz in Schach zu halten.

Nachdem sie über eine Stunde auf den Kaiser gewartet hatten, wurden die Mitglieder des Kriegsrats ungeduldig. Sie schwiegen, begannen aber, auf ihren Stühlen herumzurutschen. Nur Cixi und Su Shun bewiesen meditative Ruhe. Keiner wollte dem anderen das Vergnügen gönnen, ihn bei einer Schwäche zu ertappen. Stattdessen betrachteten sie einander wie zwei Katzen in der Nacht, die darauf warten, dass die andere sich zuerst bewegt.

Cixi war die einzige Frau, die jemals bei diesem Rat sitzen durfte, und wenngleich ihr keiner offenen Groll entgegenbrachte, so war ihr doch klar, dass alle vor ihr auf der Hut waren. Als Frau war sie ihnen unter keinen Umständen gleichgestellt, aber es machte sie in gewisser Weise unangreifbar, dass sie die Lieblingsfrau des Kaisers und die Mutter Tung Chis war, seines einzigen Sohnes, der ihm auf den Thron folgen würde und somit der nächste Himmelssohn war. Allerdings brachte ihr das noch nicht die Macht und den Respekt, die sie so dringend begehrte.

Beim Klang ferner Trommeln erhoben sich die Wartenden von ihren Plätzen. Der gleichmäßige Schlag bedeutete, dass der

Sohn des Himmels unterwegs war. Durch die roten Türen, die hinaus auf den Hof gingen, war bereits sein goldener Palankin zu sehen, der von sechzehn Eunuchen getragen wurde. An der weißen Marmorrampe, in die ein Drache gemeißelt war, blieben sie stehen. Die Vorhänge teilten sich, und zwei große Eunuchen halfen Hsien Feng behutsam aus dem Polstersitz. In den vergangenen vier Monaten war er schrecklich dünn geworden, und man erzählte sich, er sei durch die nächtlichen Begegnungen mit Cixi und den anderen Konkubinen, die sie in sein Schlafzimmer brachte, zunehmend erschöpft. Die Wahrheit war, dass der Neunundzwanzigjährige an einer Lebererkrankung litt, die bald sein Leben fordern würde.

Hsien Feng war zu keiner Zeit seiner Regierung als besonders klug oder weise angesehen worden, nur als kräftiger, geschickter Reiter war er bekannt gewesen. Nun jedoch hatten ihn sämtliche Kräfte verlassen, er war müde und teilnahmslos – und verließ sich mehr und mehr auf Cixi, die zum Vorteil des Reiches eine starke Haltung und einen listigen Verstand beweisen sollte. Dass er einer Frau das Befehlen überließ, wurde von vielen als Feigheit und als Mal der Schande für die ruhmreiche Qing-Dynastie betrachtet.

Hsien Feng ließ sich die Marmorrampe hinaufgeleiten. Er hatte Mühe, das Gleichgewicht zu halten. Nachdem er zwei Mal gestolpert war, wurde er von beiden Seiten gestützt, bis er auf dem ebenen Palastboden wieder sicheren Tritt gewann. Inzwischen lagen alle Eunuchen entlang der Wände bäuchlings auf dem Boden und streckten die Arme ehrerbietig dem Kaiser entgegen. Die Mitglieder des Kriegsrats beugten den Kopf, während er langsam seinem Thron zustrebte, die mittlere Treppe hinaufstieg und sich auf sein Kissen setzte. Dann erst verstummten die Trommeln.

Niemand der Anwesenden durfte ihn ansehen, solange er nicht ganz auf seinem Thron saß; darauf bestand er. Dennoch konnte Cixi beobachten, wie Su Shun, der alte Rabe, den

Gang des kränklichen Herrschers durch die Halle verfolgte. Sie wusste, dass er Kraft aus dieser Schwäche zog. Umso wichtiger war es, dass sie heute großes Geschick an den Tag legte, um ihre eigene Macht nicht zu schwächen. Denn sollte Hsien Feng sterben, solange sein Sohn noch ein Kind war, würden ihre zahlreichen Feinde sich auf sie stürzen und sie vernichten. Darum kümmerte sie sich sehr um die Gesundheit des Kaisers und ließ täglich ihre besten Ärzte für seine Behandlung sorgen, um sein Chi zu erhalten.

Er sah blass und ausgemergelt aus, wie er auf dem goldenen Thron saß. Zwei Eunuchen fächelten ihm kühle Luft zu. Auf den großen Fächern prangte der fünfklauige Drache, ebenso auf seinem fließenden goldenen Gewand auf Brust, Schultern und Rücken, damit das mystische Tier ihn von allen Seiten beschützte. Auf dem Kopf trug er eine Samtmütze, die sein schütter gewordenes Haar verbarg. Die Strähnen seines langen Bartes, der noch nie geschnitten worden war, hingen ihm auf die Brust herab. Der Gang von der Sänfte bis zum Thron hatte ihn derart angestrengt, dass er schwitzte. »Fahrt fort«, befahl er und drehte den Kopf zu Cixi. Der Anblick ihres Gesichts gab ihm sichtlich Kraft.

Mu Yin stand von seinem Platz auf und breitete die Arme aus. »Die Sitzung des Kriegsrats ist nunmehr eröffnet«, sagte er förmlich und legte eine Pause ein, die ewig zu dauern schien. »Ich habe ernste Neuigkeiten, werte Ratsmitglieder, sehr ernste Neuigkeiten. Die Festung Wei ist von den roten Teufeln eingenommen worden. Somit besitzen die Briten und Franzosen das Kleinod unserer Verteidigungsanlagen an der Küste.«

Darauf erhob sich General Lung, verneigte sich vor dem Kaiser und sagte: »Senggerinchin konnte die Festung nicht halten, weil die roten Teufel nicht vom Meer aus angegriffen haben. Wie Feiglinge sind sie nördlich von Taku an Land gegangen und durch den Morast marschiert, um von hinten anzugreifen.«

»Wo ist Senggerinchin jetzt?«, fragte Su Shun.

»Er hat sich mit seiner Reiterei in die Berge zurückgezogen, um sich neu zu sammeln und auf eine Schlacht in der Ebene zwischen Taku und Tientsin vorzubereiten«, antwortete General Lung. »Es geht das Gerücht, dass er im Laufe der nächsten Stunden die übrigen Festungen dem Feind in die Hände fallen lässt.«

Cixi stand auf, und alle Blicke richteten sich auf sie. »Wir müssen aus den südlichen Provinzen Verstärkung rufen.« Sie setzte sich wieder.

»Ich rate davon ab«, äußerte Su Shun. »Erst vor sechs Monaten haben die Taiping-Banditen die Herrschaft über Nanking an sich gerissen – und man hört, dass sie sich sammeln, um Shanghai anzugreifen. Wir sollten lieber vorsichtig sein und die Stadt nicht in Gefahr bringen, indem wir die Stärke unserer Truppen im Süden verringern, nur um zwanzigtausend weiße Geister aufzuhalten.«

»Die Feinde des Reiches sind zahlreich«, hielt Cixi ruhig dagegen, »doch die größte Gefahr für das Herrscherhaus kommt von einem Feind, der geradewegs auf diese Halle zumarschiert.«

»Die Taiping-Banditen sollten unsere größte Sorge sein«, widersprach Su Shun leidenschaftlich. »Ihre Kämpfer zählen mehr als eine Million, und der bevorstehende Angriff auf Shanghai sollte für uns Vorrang haben. Sich davon ablenken zu lassen könnte in eine Katastrophe münden.«

»Die roten Teufel stehen nur hundertfünfzig Kilometer von uns entfernt, und Ihr sprecht von Eurer Sorge wegen der Taiping?«, fragte Cixi. »Die Taiping bedrohen den Süden schon seit zehn Jahren. Die roten Teufel dagegen haben unsere furchterregendste Küstenfestung in nur zwei Tagen erobert. Ohne einen angemessenen Gegenschlag könnten sie innerhalb der nächsten Woche an die Tore dieses Palastes klopfen.«

Su Shun ließ ein leises Lachen hören. »Die Taiping-Rebellion ist ein Leiden des Körpers. Das Herz des Reiches ist durch ihren Verrat geschwächt. Der armselige Angriff der roten Teufel ist bloß ein Leiden der Glieder, und zwar ein geringes. Diese Fremden sind ein Nichts. Schon ihre Namen spiegeln ihre Torheit wider.«

Als rote Teufel wurden die Briten bezeichnet, seit Lord Macartney im Auftrag von König Georg III. 1793 China als erster britischer Gesandter besucht hatte. Macartney wurde eine Audienz bei Qianlong gewährt, und er kam mit einem so starken Sonnenbrand, dass dieser herabsetzende Ausdruck geprägt wurde.

»Sie haben nicht einmal zwanzigtausend Mann«, fuhr Su Shun fort. »Wie bedrohlich können die schon für uns sein? Sie haben die Taku-Festung schon einmal eingenommen, doch ihr Bedarf, mit uns Handel zu treiben, ist so groß, dass wir diese großnasigen Köter bei Verhandlungen stets besiegen konnten und sie damit vertrieben haben. Es sind die Taiping, vor denen wir uns in Acht nehmen müssen, denn die marschieren in unermesslicher Zahl auf Shanghai zu.«

»Der edle Su Shun spricht überzeugend, aber töricht«, sagte Cixi und stand erneut von ihrem Platz auf. »Po Sui wurde das seidene Seil übergeben, weil er die Bedingungen des Vertrages von Tientsin anerkannt hatte. Ihr behauptet, die roten Teufel bei Verhandlungen besiegt zu haben? Zeigt mir, wo. Wir haben sie vertrieben, sagt Ihr? Lord Elgin und seine Truppen kommen hierher, um uns zur Einhaltung des Vertrages zu zwingen, mit dem wir sie Eurer Ansicht nach besiegt haben! Sie kommen hierher mit überlegener Feuerkraft, mit neuen Schiffen und vor allem mit überlegener Klugheit. Senggerinchin ist der größte Feldherr Asiens und konnte doch die Festung Wei nicht halten. Und vielleicht sind auch die übrigen schon in der Hand des Feindes.« Sie setzte sich.

Prinz Yi stand auf. »Meine Spione melden mir, dass Senggerinchin die Festung nur aufgegeben hat, um einen anderen Zweck zu verfolgen. Ich schließe daraus, dass er die roten

Teufel weiter in die Ebene locken will. Er hat die Reiterei und die Fußsoldaten zurückgezogen, um sich ihm bei Tientsin zum Kampf zu stellen – also hat er die Lage soweit in der Hand.«

»Wie passend das wäre«, meinte Prinz Cheng. »Die roten Teufel könnten an eben dem Ort besiegt werden, wo sie ihren jämmerlichen Vertrag unterzeichnet haben.«

»Sie können uns nicht besiegen«, fügte Prinz Yi hinzu. »Sie haben kaum zwanzigtausend Mann. Sie sind weit von ihrer Heimat entfernt, ihre Versorgungslage ist angespannt – und das umso mehr, je weiter sie sich von der Küste entfernen. Außerdem versuchen sie das Unmögliche!« Er steigerte sich in Begeisterung. »Sie wollen die allmächtigen Qing überragen, gegen den Willen des Kaisers.«

Cixi sah, dass die Mitglieder des Kriegsrats nicht imstande waren, über die eigene Wichtigkeit hinauszublicken. Die fremden Teufel waren eine Gefahr für das Reich, dessen war sie sicher. Und Lord Elgins Berater, der Blauäugige, war zweifellos eine ihrer Stärken.

»Darf ich einen Kompromiss vorschlagen?«, bat sie in sanftmütigem Ton.

»Was schlagt Ihr vor?«, fragte Mu Yin.

»Wir setzen ein Kopfgeld auf die Invasoren aus«, antwortete sie. »Einhundert Tael für jeden weißen Barbaren, fünfzig Tael für einen schwarzen Barbaren.« Damit meinte sie die Sikhs, die die Briten aus Indien mitgebracht hatten. »Das gibt unseren Soldaten und Verbündeten einen zusätzlichen Grund zu kämpfen«, sagte sie. »Wir dürfen nicht selbstgefällig sein – wir sind wirklich in Gefahr.«

»Dann wird uns der Krieg zwei Millionen Tael kosten«, rechnete Su Shun scheinbar nüchtern vor. »Das ist ein Preis, den wir nicht zu zahlen brauchen.«

»Der Wert des Kaiserreiches ist grenzenlos. Zwei Millionen Tael, um unsere Feinde zu vernichten, ist wie eine Schale Wasser aus dem kaiserlichen Brunnen. Ihr Fehlen wäre gar nicht zu bemerken.«

»Ihr glaubt tatsächlich, dass die roten Teufel uns gefährlich werden können?«, fragte Su Shun arglistig.

»Allerdings«, antwortete Cixi.

»Dann halte ich es für das Beste, wenn der Kaiser die Stadt verlässt und in die sichere Heimat der Mandschu reist, nördlich der Großen Mauer. Wenn wir hier in Gefahr sind, wie Ihr behauptet, sollte der Himmlische Prinz seinen ehrwürdigen Vorfahren Respekt erweisen und um eine gute Zukunft beten.«

Es war klar, dass Cixis Macht ernsthaft eingeschränkt wäre, sobald Hsien Feng die Verbotene Stadt verließe. Die strikte Etikette machte es den Hofmitgliedern schwer, eine Audienz beim Kaiser zu bekommen, wohingegen Cixi fast uneingeschränkten Zugang zu ihm genoss. Allerdings galt es die Abmachung mit Senggerinchin zu beachten – sollte der mongolische Prinz siegen, würde sie sich im Bett des Kaisers zu ihm legen müssen. Falls er erführe, dass sie mit dem Kaiser in die Mandschurei gereist war, würde er dem Reich seinen Schutz möglicherweise aufkündigen. Dennoch erschien es ihr wenig wünschenswert, wenn Hsien Feng ohne sie nach Norden ginge – denn er wäre ihrem Einfluss entzogen und Su Shun könnte ihn gegen sie einnehmen.

»Der Sohn des Himmels flieht nicht vor seinen Gegnern«, erwiderte Cixi stolz. Sie heftete ihren Blick auf den kränklichen Geliebten, der oben auf dem Thron saß und sie mit müden Augen ansah. »Der Sohn des Himmels bezwingt seine Feinde mit dem Schwert oder mit List. Er weicht niemals zurück. Der Sohn des Himmels ist die Seele des Reiches, und dies ist die Stunde, da wir seiner am dringendsten bedürfen.«

Hsien Feng brachte für die Frau, die er liebte, nur ein halbes Lächeln zustande. Doch es genügte, um ihr zu zeigen, dass sie seine ganze Unterstützung hatte.

»Wenn das so ist«, verkündete Su Shun, »dann sollten wir den Invasoren keine weiteren Zugeständnisse machen. Wir müssen ihnen eine Lehre erteilen, und der Vertrag von Tientsin muss aufgehoben werden.« Su Shun wollte es Cixi so schwer machen wie möglich. »Ich bin vollkommen bereit, Euren Plan zu unterstützen, Edle Kaiserliche Gemahlin, doch nur unter diesen Bedingungen.«

»Der Mittelweg ist erforderlich«, erwiderte Cixi. »Wenn die roten Teufel bei den Taku-Festungen Erfolg haben, muss dieser Rat Gesandte zu ihnen schicken, die Elgins Vormarsch mit Schmeichelei, Drohungen und Ausflüchten verzögern. Unterdessen werden wir ein übermächtiges Heer aufstellen, das sie nicht besiegen können. Um jeden Preis müssen tatarische Reiter von Shanghai nach Norden gebracht werden, damit sie Lord Elgins Truppen im Südwesten von Tientsin aufhalten. Während wir verhandeln, ziehen wir zusätzliche mongolische und mandschurische Reiterei aus zwanzig Provinzen zusammen. Wir werden die zehnte der sechsunddreißig Strategien anwenden: einen Dolch im Lächeln und einen starken Willen unter dem Mantel entgegenkommenden Auftretens verbergen.«

»Und wenn wir bereit sind, werden wir angreifen«, ergänzte Prinz Kung unterstützend. »Erst dann sollte das Kopfgeld eingesetzt werden.«

»Das ist ein ausgezeichneter Plan. Ich bin einverstanden«, erklärte Su Shun.

»Er findet meine Zustimmung«, sagte General Lung.

»Befassen wir uns also zuerst mit den roten Teufeln«, pflichtete Mu Yin bei. »Dann kann unser Heer nach Süden ziehen und die Taiping-Rebellion niederschlagen.«

»Ein hervorragender Plan«, befand Prinz Yi.

»Ihr allein habt uns auf den siegreichen Weg gebracht«, sagte Su Shun an Cixi gewandt, als wollte er ihr schmeicheln. »Wenn der Sieg unser ist, sollt Ihr für Eure Klugheit und Gerissenheit belohnt werden.«

Cixi wusste genau, was er meinte. Wenn ihre Strategie fehlschlüge, würde man ihr in einem Rosenholzkasten ein rotes seidenes Seil schicken, das bereits zur Schlinge geknotet wäre. Mitglieder der kaiserlichen Familie wurden, wenn sie versagten, nicht geköpft wie gewöhnliche Verbrecher, sondern sie bekamen das Seil. Bis zum Einbruch der Dunkelheit desselben Tages mussten sie sich erhängen, sonst stand ihnen der Tod der tausend Stiche bevor.

Mu Yin fuhr fort, wie es der Brauch war. »Bitte erhebt Euch.« Alle standen von ihren Plätzen auf. »Die ehrwürdige Versammlung ist zu einer Entscheidung gekommen. Wir sind in der Halle der Himmlischen Reinheit, um dem Sohn des Himmels Hilfe zu gewähren. Dieses edle Bauwerk war einst die Wohnstätte des mächtigen Qianlong, des höchst verehrten Urgroßvaters des mächtigen Hsien Feng. Diese Halle hat für den Sohn des Himmels und seine Vorfahren eine besondere Bedeutung. Alle Entscheidungen, die hier getroffen werden, erhalten die Kraft und den Schutz von Qianlong und seines Großvaters Kangxi. Ihren Segen erbitten wir heute und den Euren, Sohn des Himmels.«

Alle blickten zu dem kränklichen Hsien Feng.

»Gewährt«, hauchte er kraftlos.

Cixi hob den Blick zu den vier Schriftzeichen über dem goldenen Thron. Zheng Da Guang Ming. Das hieß: Ehrenvoll und aufrichtig. Tief im Innern wusste sie, dass sie heute überlistet worden war und ihr Leben auf dem Spiel stand. Wenn der Plan fehlschlug, würde es sie nicht einmal retten, dass sie die Mutter des Thronfolgers war. Der stolze Wahlspruch der Qing erschien wie ein höhnischer Kommentar zu der Szene, die soeben stattgefunden hatte – denn nichts war ehrenvoll und aufrichtig, seit den Kaiser die Lebenskräfte verließen. Stattdessen gab es ein Gerangel der Ehrgeizigen mit Absichten auf den Thron, die alle wissen wollten, wer seinen Platz einnehmen würde. Und es gab zahllose Mauern hinter den Mauern, wie in der Verbotenen Stadt, und weil die Feinde des Reiches ebenso zahllos waren, gab es Gefechte hinter den Gefechten, einige außerhalb der Mauern, andere innerhalb.

14.

Britisches Feldlager
8 Kilometer südöstlich von Tientsin, China
28. August 1860
Ortszeit: 21.14 Uhr
Unternehmen Esra – Tag 178

Wie von Randall vorausgesagt, hisste die Zhen-Festung die weiße Flagge, ohne einen Kanonenschuss abgegeben zu haben. Auch die Festungen Hai, Men und Gao zogen kurz darauf ihre Flagge angesichts des Britischen Empires ein. Die Verteidigungsanlagen der Küste, der Stolz der Qing, waren nun restlos in britischer und französischer Hand. Wenn es auch nicht Elgins Absicht war, so ließen doch die Leichenhaufen, die in Sichtweite des Zhen-Forts begraben wurden, die Qing in ihrem Entschluss einbrechen, gegen eine Übermacht anzukämpfen. Und da sich der unbesiegbare Senggerinchin offenbar zurückgezogen hatte, sahen sie keinen Grund mehr, ihre Position zu halten.

Das machte den Sieg für Lord Elgin noch spektakulärer. Sie hatten Taku mit minimalen Verlusten gewonnen, und die Festungen waren unbeschädigt geblieben. Neben Vorräten an Lebensmitteln und Wasser war das Arsenal der Verbündeten um über vierhundert Kanonen samt Munition erweitert worden. Dazu hatten sie zweitausend Gefangene gemacht.

Im Verlauf der letzten vier Tage war das britische Feldlager auf Randalls Verlangen hin von Pei Tang acht Kilometer südlich der befestigten Stadt Tientsin ans Flussufer verlegt worden. Die Franzosen marschierten am Südufer entlang, die Briten am Nordufer. Die Flusslandschaft im Südwesten der Yanshan-Berge war angenehm und trockener als an der Küste. Die grünen Getreidefelder waren eine Erlösung nach den mückenverseuchten Sümpfen bei Taku. Der Sommermonsun ging zu Ende, das Wetter würde erträglicher werden und mehr Sonnenschein bringen, da die kühleren Herbstwinde von Sibirien her wehten. Zu Randalls Überraschung waren die Dörfer um Tientsin bereits verlassen. Auf dem Weg nach Nordwesten fanden die Soldaten manchmal halb gegessene Mahlzeiten auf den Tischen der Lehmhütten, die entlang der Straße standen. Auf dem Fluss lagen die verwaisten Dschunken und Lastkähne, von denen viele beiseitegezogen werden mussten, denn Lord Elgin fuhr an Bord des Kanonenbootes HMS *Grenada* stromaufwärts. Offenbar hatten die abziehenden Tataren die Bauern und Schiffer vor den anrückenden roten Teufel gewarnt und eine hastige Flucht ausgelöst.

Die mit Festungsmauern umgebene Stadt Tientsin war seit zwölfhundert Jahren strategisch bedeutsam für das chinesische Reich. Sie lag nur hundert Kilometer südöstlich von Peking, und hier flossen vier Wasserstraßen zusammen, der Haihe, der Peikiang, der Seiho-Kanal und der Kaiserkanal, auf dem die meisten Nahrungsgüter, Tee und Seide nach Peking sowie ins südlicher gelegene Taku gelangten.

Nun hielten die zehn höchsten Befehlshaber der britischen Streitkräfte nach militärischer Art ein Festessen ab. Sie saßen um ein Lagerfeuer, das mehr Licht als Wärme spenden sollte. Vor einer Stunde war die Sonne hinter den Bergen verschwunden, es war bereits nach neun Uhr. Das prasselnde Feuer wurde von aufgeschichteten weißen Steinen begrenzt. Durch die Nässe des Holzes ächzten und knackten die brennenden Scheite beträchtlich und manchmal fast so laut wie ein Pistolenschuss. Obwohl es ein warmer Abend war, hatte Lord Elgin auf dem Feuer bestanden, und so saßen alle ohne Jacke ein großes Stück davon entfernt. Die meisten rauchten Pfeife oder eine Zigarre. Der Cognac wurde freigebig ausgeschenkt und lockerte die Zungen mit jedem Glas mehr.

»Erfreulich, dass die Qing uns Tientsin übergeben wollen«,

bemerkte Lord Elgin überheblich. »Morgen wird noch einmal ein großer Tag sein.«

»Mein alter Freund Hangfu, der Generalgouverneur, wird höchst erfreut sein, mich zu sehen, da bin ich sicher«, meinte Parkes dazu. Die Stimmung war allgemein lebhaft, seit die Taku-Forts die Parlamentärflagge gehisst hatten.

»Wir sind die größte Macht in Asien«, sagte Sir Hope in Randalls Richtung, um diesen Punkt noch einmal hervorzuheben. »Wir hätten das Wei-Fort bekommen, egal wie wir es angegriffen hätten. Unsere Haubitzen sind schlichtweg besser. Die lausigen Qing hatten gegen unsere kampferprobten Soldaten gar keine Chance.«

Randall, der nachdenklich zugesehen hatte, wie die Flammen über die Holzscheite leckten, schaute auf. »Die Selbstüberschätzung ist Ihr einziger wirklicher Gegner«, sagte er, ohne zu überlegen.

»Sie haben uns geraten, den Mongolenprinzen zu fürchten, und nun hat er sich als Feigling erwiesen, Mr. Chen«, widersprach Sir Hope. »Können Sie uns seinen erbärmlichen Rückzug erklären?«

»Wer weiß, welche Pläne er verfolgt«, antwortete Randall. »Ich fürchte, er hat noch nicht alle seine Karten ausgespielt. Zwischen uns und Peking lagern viele Tausend tatarische Reiter. Ihr Anführer läuft nicht vor einem Gefecht davon. Er wartet aus einem bestimmten Grund ab. Und wenn er angreift, wird er das in größerer Zahl tun. Bedenken Sie bitte, dass dieser Feigling, wie Sie ihn nennen, Ihre Truppen in diesem Feldzug schon einmal geschlagen hat. Ich betone es nochmals: Er ist nicht zu unterschätzen.«

»Ach was, er hat Glück gehabt«, meinte Sir Hope spöttisch. »Seine verflixten Gäule kamen in dem grässlichen Matsch dieses gottverlassenen Landes besser zurecht! Er hat Glück gehabt, mehr nicht.« Seine Stimme klang angewidert.

»Sie wollen, dass wir vor Senggerinchin Angst haben, Mr.

Chen?«, fragte Elgin und blickte Grant schmunzelnd an, als wäre die Frage an sich schon albern.

»Ich empfehle keine Angst«, widersprach Randall, »lediglich Respekt.«

»Und respektieren werden wir ihn«, behauptete Parkes. »Doch dafür verlangen wir die Kapitulation der Qing. Welche Gegenmacht können sie schon zu bieten haben, wenn sie morgen offiziell verzichten, und das nicht nur auf die Festungen, sondern auch auf Tientsin? Sie haben begriffen, dass unsere Kanonen den ihren überlegen und unsere Männer erfahrener und besser ausgebildet sind. Und sie merken, dass der allmächtige Gott auf unserer Seite steht.«

Im Lager liefen chinesische Diener umher, räumten leere Teller fort und füllten Cognacgläser auf, von denen manche noch mehr als halb voll waren. Randall hob seinen Schwenker an die Lippen, um den Gestank des Todes aus der Nase und aus den Gedanken zu drängen. Doch der Alkohol bewirkte nur, dass sein Feingefühl nachließ.

»Wir sollen also diesen kümmerlichen Herrn fürchten, ja?«, schäumte Sir Hope unbesänftigt. »Ich fürchte mich vor keinem Menschen und schon gar nicht vor einem Chinesen!«

»Er ist Mongole«, hielt Randall ihm entgegen.

»Vielleicht hat er Sie gemeint«, warf Lord Elgin ein.

Es folgte kurzes Gelächter unter den Offizieren.

»Sie müssen verstehen, Mr. Chen«, sagte General Napier ernst, »dass es der Chinese ist, der uns zu fürchten hat. Wir sind hergekommen, um unsere Rechte – unsere britischen Rechte – auf fairen, ehrlichen Handel durchzusetzen. Wir wollen die Qing nicht unterwerfen. Wir wollen ihnen zeigen, wo's langgeht, damit alle davon profitieren.«

»Haben Sie schon einmal Opium geraucht?«, entfuhr es Randall, ehe er sich eines Besseren besinnen konnte.

Plötzlich war es still am Lagerfeuer. Selbst die chinesischen Diener hielten inne, als das Wort Opium fiel.

»Das ist ein verachtenswertes Rauschmittel«, fuhr Randall fort. »Königin Victoria hat den Verkauf im Commonwealth verboten, und dennoch verkaufen Sie es hier. Erzählen Sie mir nichts von fairem Handel. Fair wäre es, die Regeln, die man anderen vorschreibt, auch selbst zu beherzigen.«

Wie vom Donner gerührt blickte General Napier zu Elgin, damit der die Richtung vorgäbe. Das Thema hatte offensichtlich einen empfindlichen Nerv getroffen.

Parkes ergriff sofort das Wort, um den britischen Handel zu verteidigen. »Mr. Chen, Sie reden über etwas, von dem Sie offenbar nichts verstehen. Die chinesischen Bauern wollen das Rauschmittel. Die sind nicht wie Sie. Viele haben nichts zum Leben. Sie sind arm, in vieler Hinsicht nichtswürdige Sklaven, ungebildete Leute, die ein richtungsloses Leben führen. Darum will ich meinen, dass es Ihnen nicht zusteht zu beurteilen, wer Zugang zu Opium haben sollte und wer nicht.«

»Warum wird es denn nicht in Ihrem Königreich verkauft?«, fragte Randall.

»Weil wir ein zivilisiertes Land sind!«, schnauzte Lord Elgin. »Diese dummen chinesischen Bauern wissen gar nichts. Sie leben von einem Augenblick zum nächsten.«

»Opium tötet nur unschuldige Menschen«, sagte Randall verbittert. »Ihre Soldaten und Ihre Kulis haben in Pei Tang alle Frauen vergewaltigt, ob jung oder alt. Man hört, dass die Frauen sich und ihre Töchter mit Opium vergiftet haben, um der weiteren Quälerei durch Ihre Leute zu entgehen. Sie müssen dem Einhalt gebieten! Diese Frauen sind unschuldig und müssen geschützt werden. Es heißt, Sie seien ein Mann von Ehre, Lord Elgin.«

»Ehre!«, schnaubte Elgin angewidert. »Die Vergewaltigung der Frauen ist der Preis des Krieges, junger Mann! Die Qing haben das Empire gegen sich aufgebracht, und ihr Volk wird dafür bezahlen! Was den Gebrauch von Opium angeht, so sind sie mit dem Zeug in der Lunge besser dran, wenn sie sich unbedingt vor Entehrung bewahren wollen. Bei Gott, Mann! Halten Sie zu diesem Thema den Mund! Die Moral des Britischen Empires steht hier nicht zur Debatte. Dafür umso mehr der Vertrag von Tientsin!«

»Und der wurde einseitig gebrochen, Mr. Chen«, übernahm Parkes das Wort. »Die britischen Truppen werden gemeinsam mit den Franzosen das Abkommen durchsetzen, das die Qing mit uns unterzeichnet haben. Es ist erst zwei Jahre her, dass Lord Elgin und ich in Tientsin saßen und es mit dem Großsekretär des Kaisers aushandelten.« Er sprach ruhig, aber bestimmt. »Nach zwei Wochen einvernehmlicher Debatte kamen wir zu einer förmlichen Übereinkunft. Vertrag ist Vertrag – und der wurde nun schon unzählige Male gebrochen. Ihre Majestät, die Königin, und die Truppen des Commonwealth lassen in dieser Sache nicht mit sich spaßen. Andernfalls – da gibt es gar keinen Zweifel – hat das empfindliche Konsequenzen, wie die Qing bereits bemerkt haben.«

Es war dumm gewesen, den Opiumhandel und die Vergewaltigungen in Pei Tang anzusprechen, das war Randall klar. Er hätte sich beherrschen müssen, doch der Alkohol hatte seinen Verstand benebelt. Wilson hatte ihn bei der Vorbereitung auf seinen Auftrag immer wieder gewarnt, sich aus der Politik herauszuhalten, und dennoch stand er hier und kritisierte die ranghöchsten Kolonialherren Asiens. Sie waren alle mit einem silbernen Löffel im Mund zur Welt gekommen. Armut und Zwänge kannten sie nicht. Sie hielten es für ihr Recht, fremde Länder zu erobern. Sie richteten über China, wussten aber nichts über dessen viertausendjährige Geschichte. Und sie wussten nichts über die nähere Zukunft.

Halte dich aus der Politik heraus!, sagte sich Randall.

Er hatte bereits die Kontrolle über den Opiumkrieg verloren, und dieser Zank würde die Lage noch verschlimmern. Senggerinchin war am Leben, und Randall wusste nicht im Mindesten, wann und wo der Mongole zum Gegenschlag ansetzen würde.

Er musste schleunigst nachdenken, um die Ereignisse wieder in die Bahnen der Geschichte zu lenken. Eines stand fest: Er war gezwungen, bei Lord Elgin zu bleiben. Nur durch ihn gelangte er überhaupt an die Schalthebel. Denn es galt unbedingt zu verhindern, dass die Verbündeten die Qing entmachteten und die Verbotene Stadt stürmten.

»Sie haben recht, Lord Elgin«, räumte Randall ein. »Es ist nicht an mir, die Handelsmodalitäten des Britischen Empires in Frage zu stellen. Die Bauern wollen das Opium, sonst würden sie es nicht kaufen. Ich sehe es ein.«

»Das ist nur eine Sache von Angebot und Nachfrage«, sagte General Napier und zündete sich eine Zigarre an.

»Ich bin froh, dass Sie unseren Standpunkt verstehen«, schloss Elgin höflich lächelnd. »Wir wollen nur dem ausgehandelten Vertrag Geltung verschaffen, mehr nicht.«

Dann nahm er Blickkontakt mit Parkes auf und brauchte kein Wort zu sagen, damit dieser ihn genau verstand. Es war Zeit, Mr. Chen in Eisen zu legen und aus ihm herauszuholen, woher seine außergewöhnliche Voraussicht tatsächlich stammte.

Parkes trank seinen Cognac aus und stand aus dem Lehnstuhl auf. »Ich bin gleich wieder zurück, Freunde. Die Natur fordert ihr Recht«, erklärte er heiter. Er hatte vor, einen Trupp Soldaten zusammenzurufen und den chinesischen Gast festzunehmen.

»Jetzt!«, rief jemand plötzlich auf Mandarin, und aus der Dunkelheit näherten sich schnelle Schritte aus drei Richtungen gleichzeitig. Randall und Parkes war klar, dass sie angegriffen wurden, doch keiner hatte eine Waffe in Reichweite.

Randalls erster Gedanke war, Lord Elgin zu schützen, und so stieß er die Diener zu Boden, um sich den Weg freizumachen. Wenn der Anschlag auf den Briten gelänge, würde die Geschichte unwiderruflich einen anderen Verlauf nehmen. Da Randall eben noch ins Feuer gestarrt hatte, konnte er in der dunklen Umgebung zuerst keine Angreifer erkennen. Trotzdem reagierte er schnell. Er warf sein halb volles Cognacglas ins Feuer, das explosionsartig aufflammte.

In der plötzlichen Helligkeit sah er über Elgins Schulter hinweg einen Attentäter aus der Dunkelheit springen. Randall riss Napier das Tafelmesser aus der Hand und sprang damit auf Lord Elgin zu. Der war sichtlich überzeugt, Randall wolle ihn erstechen.

»Schützt Lord Elgin!«, schrie Randall, während er auf den Briten zuflog. Dann griff er den Attentäter frontal an. Während er springend einem Machetenhieb auswich, stieß er ihm die Messerklinge tief in den Hals, dass das Blut in einer Fontäne herausspritzte. Zusammen mit seinem Gegner fiel er ächzend auf Lord Elgin, unter dem der Louis-Seize-Stuhl zerbrach.

Zwei weitere, als Kulis verkleidete Attentäter stürzten mit einer Machete bewaffnet aus der Dunkelheit hervor.

Randall packte ein abgebrochenes Stuhlbein und schwang es der blitzenden Machete entgegen, die auf ihn niedersauste. Knackend traf es auf die Klinge und wurde gespalten. Die zweite Machete verfehlte nur knapp seinen Kopf. Lord Elgin kroch derweil auf allen vieren aus der Kampfzone. Inzwischen war klar, dass die Attentäter es auf den Blauäugigen abgesehen hatten.

Sich selbst zu verteidigen fand Randall viel leichter. Elegant und flink sprang er auf die Füße und wich zurück, um die Anzahl und das Können seiner Gegner einzuschätzen. Kurz sah er Parkes hinter seinem Stuhl kauern und General Napier sich ins Dunkle ducken. Sir Hope immerhin spähte mit schussbereiter Pistole in die Umgebung und wartete nur darauf, dass noch mehr Angreifer auftauchten.

Überzeugt, dass nur zwei übrig waren, vollführte Randall einen gedrehten Rückwärtstritt und brachte einen seiner Gegner mühelos zu Fall. Mit unfassbarer Schnelligkeit schlug er ihm die Faust in den Nacken und brach ihm das Genick. Dann packte er ihn bei den Fußgelenken und schleuderte ihn ins Feuer.

Einige der britischen Offiziere blieben auf ihren Plätzen sitzen und verfolgten gebannt den Kampf, der vor ihren Augen stattfand. Randall umkreiste langsam seinen verbliebenen Gegner und schaute dabei ins Dunkle, um nicht geblendet zu werden. Lord Elgin lag noch am Boden und schob sich rücklings weiter von dem Geschehen weg.

Randall duckte sich unter einem Machetenhieb weg und wich zurück, ehe die Klinge nachsetzte. Er entkam dem scharfen Stahl ohne Anstrengung, trat leichtfüßig hinter seinen Gegner und nahm ihn in den Schwitzkasten. Mit einer gewaltsamen Drehung des Kopfes brach er ihm das Genick, und der Mann fiel mausetot Lord Elgin vor die Füße.

Kein Brite hatte je solche kampftechnischen Leistungen gesehen.

Niemand rührte sich, nur das Feuer prasselte munter weiter. Drei Attentäter der Qing lagen tot mit dem Gesicht im Staub, einer verbrannte im Lagerfeuer; der Gestank davon stieg allen in die Nase.

Sir Hope schließlich rannte in sein Zelt und kam mit dem Säbel in der Hand wieder zum Vorschein.

Parkes begab sich nervös an Lord Elgins Seite, desgleichen General Napier, und gemeinsam halfen sie ihm auf die Beine und zu dem verbliebenen Lehnstuhl.

»Sind Sie wohlauf?«, fragte Randall, doch der schwergewichtige Mann blieb sprachlos.

Parkes sah sich unruhig nach allen Seiten um. »Wo zum Teufel haben Sie so kämpfen gelernt?«, fragte er.

»Ich habe nur versucht, Lord Elgin zu schützen«, antwortete Randall ausweichend.

»So etwas habe ich noch nie erlebt«, bekräftigte Napier.

»Danke, mein Junge«, sagte Elgin endlich, nachdem er sich den Staub aus der Kehle geräuspert hatte. »Sie sind mir zu Hilfe gekommen. Das ist mehr, als man von diesem Haufen sagen kann.« Er blickte Parkes an. »Hol mir einen Cognac, Harry.

Und Mr. Chen auch einen. Nach dieser Vorstellung verdient er mit Respekt behandelt zu werden.«

Ihm war sehr wohl bewusst, dass der Anschlag Chen gegolten hatte. Wie es schien, war er ein wertvoller Aktivposten – und die Qing wussten das. Parkes dachte das Gleiche: Wenn diese den Chinesen töten wollten, musste es von Vorteil sein, ihn am Leben zu lassen.

»Um was soll ich mich sonst noch kümmern?«, fragte er an Elgins Ohr.

»Nur um den Cognac, Harry«, flüsterte Elgin zurück.

Nun trabten Punjab-Soldaten mit Gewehren heran und bezogen mit dem Gesicht nach außen rings um das Lagerfeuer Posten.

Randall blickte auf die Leichen. Es war das erste Mal, dass er jemandem das Leben genommen hatte. Er hätte gern Reue empfunden, doch seltsamerweise fühlte er sich energiegeladen. Er war der Stärkere gewesen, und der Stärkere obsiegt. Die Attentäter waren bestimmt von Senggerinchin gekommen, wurde Randall klar. Sie mussten sich nach der Niederlage der Qing unter die Kulis gemischt haben. Anscheinend bewahrheiteten sich seine schlimmsten Befürchtungen: Senggerinchin wich nunmehr vom Lauf der Geschichte ab – der Überfall bewies das. Solange der Mongolenprinz lebte, war die Zukunft ungewiss.

»Die hat Senggerinchin geschickt«, sagte Randall. »Er macht sich über die Macht des Empires lustig. Er lacht der Königin ins Gesicht. Wenn der Vertrag von Tientsin durchgesetzt werden soll, muss er getötet werden. Vorher werden die Qing glauben, sie hätten eine Chance, Sie aus dem Land zu treiben.«

Für den Augenblick war Lord Elgin bereit, ihn zu unterstützen. »Das Empire wird sich vor keinem beugen – ob mongolischer Prinz oder chinesischer Kaiser«, sagte er stolz. »Wir werden siegen.« Er zeigte auf die beiden Toten. »Schafft sie hier weg. Und haut ihnen den Kopf ab, bevor ihr sie verscharrt. Grabt ein Loch für den Rumpf und eins für den Kopf.«

Der Befehl jagte Randall einen Schauder über den Rücken. Die Chinesen glaubten, dass die Seele nicht ins Jenseits gelangen konnte, wenn Kopf und Rumpf getrennt begraben wurden. Das war Lord Elgins Rache für den Überfall.

In der Dunkelheit verborgen, verfolgte Low Wu, was sich am Lagerfeuer abspielte. Nachdem seine Gelegenheit verstrichen war, verhielt er sich so still wie möglich. Es gab keinen Grund, den Blauäugigen jetzt noch anzugreifen, besonders nicht nachdem er gesehen hatte, wie seine Mitverschwörer umgekommen waren. Die roten Teufel würden nun bald feststellen, dass Low Wu keiner ihrer Kulis war. Am wichtigsten schien ihm jetzt zu sein, Senggerinchin von der Kampfkunst des Blauäugigen zu berichten – und wie verbissen er Lord Elgin beschützt hatte. Also war schnelle Flucht geboten, und so zog sich Low Wu weiter in die Dunkelheit zurück und hoffte, unentdeckt aus dem Lager der Feinde zu entkommen.

15.

Tientsin, China
100 Kilometer südöstlich von Peking
1. September 1860
Ortszeit: 17.23 Uhr
Unternehmen Esra – Tag 182

Seit vier Tagen saßen Harry Parkes und Géneral Gros bei den offiziellen Verhandlungen in Tientsin. Wie erwartet vertrat Generalgouverneur Hangfu die Qing, wie schon vor zwei Jahren. Er war ein würdevoller ältlicher Beamter mit zitternden Händen, der es gewohnt war, von Angesicht zu Angesicht mit den abendländischen Invasoren umzugehen.

Dagegen war Großsekretär Po Sui nirgends zu sehen, und anfänglich wurde sein Tod mit keinem Wort erwähnt. Erst am dritten Tag informierte Hangfu seine Verhandlungsgegner, dass Po Sui den Seidenstrang bekommen habe, weil er so dumm gewesen sei, dem Vertrag von Tientsin zuzustimmen.

Diese Mitteilung wurde ausgesprochen, um bei den Gegnern Bestürzung hervorzurufen, doch die Wirkung blieb aus. Parkes wiederholte, was Elgin einmal gesagt hatte: »Er hätte nicht zustimmen dürfen, wenn er dazu nicht ermächtigt war.« Und das Gespräch ging weiter. Briten und Franzosen übten größtmöglichen Druck aus, um zusätzliche Reparationsleistungen zu erzielen.

Wenn Parkes täglich die Stadt betrat, war er ungewöhnlich nervös. Nirgendwo waren Stadtwachen zu sehen, und das machte ihn besonders misstrauisch. Hinter jeder Ecke erwartete er einen blutigen Hinterhalt, konnte jedoch nach außen Ruhe und Selbstvertrauen bewahren. Die britischen Forderungen waren eindeutig: Die Taku-Festungen und Tientsin waren offiziell zu übergeben; die Zölle auf britische und französische Waren waren abzuschaffen; der Sohn des Himmels musste Opium wieder genehmigen. Höchst wichtig war auch, den britischen und französischen Botschafter in Peking residieren zu lassen. Zusätzlich verlangte Parkes eine Audienz für Lord Elgin bei Kaiser Hsien Feng in der Verbotenen Stadt, was jedoch viel schwieriger zu erlangen war als jeder andere Punkt des Forderungskatalogs.

Am frühen Abend kehrten Parkes und seine Diplomaten zu Pferd ins britische Feldlager zurück, und er berichtete auf der HMS *Grenada* von den Tagesereignissen. Die Verhandlungen verliefen freundlich. Die Qing behandelten das Empire mit augenscheinlichem Respekt, doch die ausgedehnten Formalitäten bei jeder Sitzung rochen mehr nach Verzögerungstaktik als nach ernster Verhandlungsbereitschaft. Elgins Frustration wuchs zusehends. Es war komisch: Der Union Jack flatterte längst auf sämtlichen Festungen, und dennoch wankten die Qing-Vertreter bei jedem Detail der offiziellen Übergabe. Dabei waren sie zu den Einzelheiten hinsichtlich Tientsin noch gar nicht gekommen. Und um die Lage noch undurchsichtiger zu machen, war Senggerinchin mit seiner Reiterei wie vom Erdboden verschwunden. Die Qing-Vertreter lehnten es glatt ab, über ihn zu reden, und bemerkten bloß, er sei ein mongolischer Verräter.

Parkes war wegen seiner Verwicklung in die *Arrow*-Affäre in der gesamten Regierungshierarchie eine wohlbekannte Figur, erst recht da er die Gelegenheit genutzt hatte, um einen zweiten Krieg um das Opium anzufangen, nachdem Ye Mingchen, der Kaiserliche Kommissar Kantons, seinen Soldaten befohlen hatte, an Bord der *Arrow* zu gehen und die Mannschaft festzunehmen. Seine Soldaten hatten auch die Opiumladung ins Wasser geworfen, und das war es eigentlich, was die Räder des Krieges in Gang gesetzt hatte.

Bei solch einer unrühmlichen Reputation genoss Parkes auf

Seiten der chinesischen Würdenträger weder Vertrauen noch Sympathie, und infolgedessen bereitete es diesen großes Vergnügen, ihm gegenüber einen übertriebenen Respekt an den Tag zu legen, während sie ihn hinter verschlossenen Türen unverfroren verleumdeten.

Bei seiner täglichen Rückkehr zur *Grenada* erstattete er eingehend Bericht über die Anträge und Gegenanträge der Sitzung. Dabei legte er zusammen mit dem Diplomaten Thomas Wade die Absichten der Mandarine offen wie das Innere einer fauligen Zwiebel, wie er sich ausdrückte.

Randall Chen dagegen machte sich nur Sorgen um den Verbleib und die Absichten Senggerinchins. Seit dem Anschlag auf sein Leben hielt sich Randall im Zeltlager der Briten in Deckung. Auf Elgins Vorschlag verließ er tagsüber nicht einmal sein Quartier, und abends wurde er im Schutz der Dunkelheit jedes Mal zu einem anderen Zelt gebracht – unter den Umständen eine umsichtige Entscheidung, wie er fand. In den Offiziersquartieren war ein ganzes Bataillon Ludhiana Sikhs eingesetzt worden, die auf dem Gelände rund um die Uhr mit geschultertem Gewehr und aufgepflanztem Bajonett patrouillierten.

Es war Herbst geworden. Jeden Nachmittag gegen vier Uhr setzte ein sintflutartiger Regen ein, der den Zeltplatz gut zwei Stunden lang überschwemmte und in einen Sumpf verwandelte. Ein weiterer Tag war ohne nennenswerte Ergebnisse vergangen. Lord Elgins Geduld mit den zeremoniellen Gepflogenheiten der Mandarine erschöpfte sich allmählich. »Um weiterzukommen sind wir auf Tientsin nicht angewiesen!«, sagte er jedes Mal. »Die Qing nutzen die Zeit, um ein großes Heer zusammenzuziehen. Wir müssen eingreifen!«

Wahrscheinlich hatte er recht, doch Randall brachte ihn davon ab. Es wäre unklug, an Tientsin vorbeizuziehen, ohne die Formalitäten der Kapitulation abgeschlossen zu haben und vor allem ohne dort geeignete Truppen zu stationieren, die die Stadt im Falle eines Großangriffs halten könnten. Er fürchtete, Senggerinchin würde die Stadt wieder einnehmen und als Operationsbasis benutzen. Die Verbündeten, die gegen Peking marschierten, wären dann geschwächt, und der Mongole könnte ihnen den Nachschub an Nahrungsmitteln und Munition abschneiden.

Für Elgin war das eine frustrierende Zeit. Er saß in seiner Kabine auf der *Grenada*, trank Scotch und las Byron, während er darauf wartete, dass die Diplomaten ihre Aufgabe erledigten. Die Dichtung konnte ihn jedoch nicht beruhigen. Er wollte seine Truppen um Tientsin herumleiten und Tongzhou überrennen. Aber jeden Tag redete Randall ihm das aus.

»Es könnte eine Falle sein«, sagte er immer wieder. »Wir haben nicht genügend Leute, um unsere Nachschublinien zu halten, wenn Tientsin zurückerobert wird. Sie müssen meinem Urteil vertrauen.« Doch in Wirklichkeit war das nur eine Vermutung. Er wusste nicht im Mindesten, ob Senggerinchin es auf die Stadt abgesehen hatte.

SENGGERINCHINS FELDLAGER
40 KILOMETER NÖRDLICH VON TIENTSIN, CHINA

Der Mongolenprinz stand im Eingang seines Zeltes und blickte in den Regen hinaus. Der Nachmittagshimmel war dunkelgrau, und es regnete seit über einer Stunde. Die dicken Wolken, die über seinem Lager hingen, waren von kalten sibirischen Winden gegen die Yanshan-Berge getrieben worden. Dort gaben sie Millionen Liter Wasser ab, um höher steigen und weiterziehen zu können.

»Warum ziehen sie nicht an Tientsin vorbei?«, fragte er ärgerlich. Er drehte sich um und sah seine sechs Generäle herausfordernd an. »Sie warten schon zehn volle Tage, seit sie die Taku-Festungen eingenommen haben. Das ist sehr unbritisch.«

»Weil sie Feiglinge sind?«, schlug General Mu vor.

»Falsch! Dummkopf!«, schrie Senggerinchin. »Sie wissen, dass wir hinter den Bergen warten, um ihnen eine Falle zu stellen! Das ist der einzige Grund, weshalb sie sich so zurückhalten. Das Tor nach Peking steht offen. Die Stadt ist wie ein alleingelassenes Kind, auf das draußen ein Rudel Wölfe lauert. Aber sie marschieren nicht weiter.«

Die Generäle trugen die militärische Uniform des Kaiserhofes mit dem Quadrat des Mandarin auf Brust und Rücken. Das kunstvoll gestickte Tier darin gab den militärischen Rang an, einen von neun. General Mu trug ein chinesisches Einhorn, was ihn als den Höchstrangigen auszeichnete. Der ranghöchste General nach ihm trug einen Löwen, die übrigen vier einen Leoparden, einen Tiger, einen Bären und einen Panther.

»Wir müssen einen Spion in unseren Reihen haben«, beharrte der mit dem Leoparden.

»Das kann nicht sein«, widersprach General Mu. »Seit wir hier sind, wurde jeder einzelne Mann überprüft. Dafür habe ich persönlich gesorgt.«

Nachdenklich zwirbelte Senggerinchin seine strähnigen Bartenden zwischen den Fingern, während die schweren Regentropfen auf das Zeltdach trommelten. Langsam ging er zu seinem vergoldeten Stuhl und ließ sich schwer darauf niedersinken. Das unerwartete Verhalten der Briten hieß, dass der Blauäugige sie noch führte. Die Attentäter mussten versagt haben.

Gerade war er zu dieser Schussfolgerung gekommen, als zwei Soldaten ins Zelt kamen, zwischen sich einen hageren Mann, der die zerrissenen grauen Kleider eines Lastenträgers der Briten trug. Er war offensichtlich hart geschlagen worden und hatte wohl mehrere Tage nichts gegessen. Die Soldaten waren Offiziere des Schwarzen Horqin-Banners und die Leibwächter Senggerinchins.

»Wir bitten um Euer Gehör«, sagte Leutnant Ling und stieß den Kuli zu Boden, damit er vor dem Prinzen kniete.

Der zeigte auf seine Generäle und befahl: »Alle raus.«

Diese senkten den Blick und eilten aus dem Zelt.

»Ich darf vermuten, dass der Blauäugige tot ist?«, fragte Senggerinchin mit halbem Lächeln. Das folgende Schweigen machte daraus ein Stirnrunzeln. Dann brüllte er den Knienden an. »Wenn nicht, warum bist du dann nicht tot, Attentäter?«

Low Wu warf sich vollends zu Boden. »Ich habe wichtige Neuigkeiten«, krächzte er, erschöpft von der Rückkehr und den vielen Schlägen. »Der Blauäugige ist ein Kung-Fu-Meister, höchstwahrscheinlich der Shaolin. Drei von uns haben ihn im Freien angegriffen. Sie hatten Macheten und das Moment der Überraschung auf ihrer Seite. Und dennoch hat er sie, selbst unbewaffnet, mit seiner tödlichen Kunst bezwungen. Ich habe noch niemanden so kämpfen sehen.«

Senggerinchin wurde um einiges ruhiger. Das war allerdings wichtig zu wissen. »Wie hast du uns gefunden?«, fragte er.

»Ich bin drei Tage lang durchs Gebirge gewandert auf der Suche nach Euch, hoher Herr, und habe getan, was ich konnte, um den Barbaren auszuweichen. Sie waren überall. Ich habe mich in Gräben versteckt, im Sumpf und in den Feldern. Eure Späher haben mich gestern Nacht entdeckt. Ich glaubte mich gerettet … und dann haben sie mich geprügelt.« Sein Gesicht war zerschlagen, das linke Auge zugeschwollen, die Vorderzähne ausgebrochen. »Ich habe beteuert, dass ich Euch sprechen muss, dass ich in Eurem Auftrag fort gewesen bin –«

»Halt's Maul!«, fuhr Senggerinchin ihn barsch an.

Zur Bekräftigung trat Leutnant Ling dem Geschundenen in die Seite, dass diesem die Luft wegblieb.

»Ist das alles, was du mir berichten kannst?«, fragte der Mongole.

Low Wu japste mühsam nach Atem. »Als … die anderen … ihn angriffen … war sein erster Gedanke, den fetten Teufel Elgin zu schützen.« Er bekam weiterhin schlecht Luft, beherrschte sich aber nach Kräften. Jede gezeigte Schwäche würde sicherlich neue Misshandlungen auslösen.

Seinen Blick auf den am Boden liegenden Attentäter geheftet, drehte Senggerinchin an den Schnurrbartenden. »Es war dir befohlen, den Blauäugigen zu töten, nicht die Barbaren zu meinem Lager zu führen.« Er sah Leutnant Ling an. »Wurde er verfolgt?«

»Nein.«

»Ich allein hätte den Blauäugigen nicht mehr töten können«, krächzte Low Wu. »Nicht mit tausend Pfeilen und freier Schussbahn. Er ist zu gut. Aber ich habe mein Leben gewagt, um Euch diese Neuigkeiten zu bringen, hoher Herr. Bitte seid gnädig.«

»Wie haben die Barbaren ihn genannt? Wie lautet sein Name?«

»Sie nennen ihn Randall Chen«, antwortete Low Wu.

Senggerinchin prägte sich den Namen ein. »Ist er es, der das feindliche Heer lenkt?«

»Ja, hoher Herr. Er berät die roten Teufel.«

»Was haben sie vor? Haben sie davon gesprochen, an Tientsin vorbeizuziehen?«

»Lasst mich nachdenken …« Low Wu war inzwischen klar, dass sein Leben davon abhing, was für Nachrichten er weitergeben konnte. »Wenn ich vielleicht ein wenig schlafen könnte«, meinte er schwach, »und etwas zu essen bekäme, würde ich mich sicher besser erinnern.«

»Wem hast du von dem Blauäugigen und seinen Fähigkeiten erzählt?«

»Nur Euch, hoher Herr.«

Mit dem Zeigefinger winkte Senggerinchin Leutnant Ling zu sich, der dicht an ihn herantrat. »Bringt den dreckigen Hund nach draußen und schlagt ihm den Kopf ab. Ich will sein stinkendes Blut nicht auf meinem Teppich. Tut es schnell. Für seine Art von Furcht ist kein Platz.«

Ling nickte, dann trat er zurück.

»Du hast mir wertvolle Nachrichten gebracht, Attentäter«,

sagte Senggerinchin und stand von seinem Stuhl auf. »Es war richtig, dass du hergekommen bist. Meine Soldaten werden sich um dich kümmern. Nun geh.«

Die beiden Leibwächter zogen Low Wu vom Boden hoch und geleiteten ihn hinaus. Senggerinchin setzte sich wieder und dachte über das Gehörte nach. Offenbar war der Blauäugige wirklich so einflussreich wie vermutet. Und er war im Shaolin-Kloster ausgebildet worden, verstand sich also aufs Kämpfen. Doch das erklärte noch nicht sein unglaubliches Verständnis des Kriegsgeschehens. Man konnte fast glauben, der Verräter würde von Sunzi persönlich beraten. Woher konnte ein Mann solchen Kalibers so plötzlich kommen? Und warum war er den roten Teufeln gegenüber so unglaublich loyal? Elgins Hass auf die Qing und ihr Volk war allseits bekannt. Der Blauäugige musste ein gewiefter Diplomat sein, um solcher Abneigung zu entgehen und am Leben zu bleiben.

Er will den Thron für sich!, schloss Senggerinchin plötzlich.

Das war die einzig lohnenswerte Beute für solch einen Mann.

Es schien tatsächlich, dass er mit dem Verräter etwas gemein hatte – sie wollten beide dasselbe.

Durch das Prasseln der Regentropfen hörte er den Säbelhieb und den klatschenden Aufprall erst des Kopfes, dann des Rumpfes.

Jetzt war es also ein Kampf um das Reich, schloss Senggerinchin weiter, zwischen zwei würdigen Gegnern, die dasselbe Ziel hatten: den Thron des Kaisers und seinen grenzenlosen Reichtum, Cixi und ihre Freuden eingeschlossen.

Sein Puls raste. Endlich ein Kampf, den es zu gewinnen lohnte, und es erfüllte ihn mit Glück, dass er einem so fähigen Mann gegenüberstand. Dschingis Khan hatte bei seinem Tod nur eines bedauert: dass er nie einem Mann von gleichem Format gegenübergestanden hatte. Wie es schien, würde er dieses Schicksal nicht teilen. Keine fünfzig Kilometer entfernt atmete sein edler Gegner. Davon hatte er immer geträumt.

»Bringt die Generäle her!«, brüllte er.

Die Tataren mussten unbedingt gefechtsbereit sein, wenn der Zeitpunkt gekommen war. Inzwischen war ihr Heer auf über zehntausend Reiter angestiegen, und die Zahl der Fußsoldaten hatte sich verdoppelt. Cixi und der Kriegsrat hielten bislang Wort hinsichtlich der Truppen. Und wenn das so weiterging, kämen im Lauf der nächsten Woche noch zwanzigtausend Mann dazu. Dann wäre er bereit. Die Tataren würden den erbärmlichen Briten und Franzosen mehr als nur gewachsen sein, erst recht sobald deren Nachschublinie überdehnt war.

Jetzt wünschte er sich nicht mehr, dass die roten Teufel einen Fehler machten. Jetzt konnten sie Tientsin haben, ganz ohne List, entschied er. Auf den Hirsefeldern östlich vor Peking würden sich die beiden Heere begegnen. Es würde ein persönlicher Zweikampf werden – ein legendärer General gegen den anderen. Der Blauäugige hatte die überlegene Artillerie, doch er selbst besaß die größere Zahl Soldaten, die Entschlossenheit des Volkes und das Blut Dschingis Khans, das in seinen Adern floss.

Diesen Kampf würde nur einer von beiden überleben. Und für den Sieger wäre der Gewinn unermesslich: Der Thron und die Schätze des Reiches wären sein.

16.

Kalifornien, Nordamerika
Enterprise Corporation
Mercury-Labor, Untergeschoss A 5
22. Juni 2084
Ortszeit: 10.20 Uhr
62 Tage vor dem Esra-Transport

Jeder, der das Mercury-Labor zum ersten Mal sah, war sprachlos, und Randall erging es nicht anders. Egal wie detailliert die Technik vorher erklärt worden war, man konnte unmöglich darauf vorbereitet sein.

Dieses Labor war die fortschrittlichste wissenschaftliche Anlage der Welt. Die Halle war hell erleuchtet und halb so groß wie ein Hallenfußballfeld. Die schwarze Kuppeldecke war am Rand drei Stockwerke und in der Mitte sechs Stockwerke hoch. Im Falle eines katastrophalen Fehlers – einer Explosion etwa – würde der Raum hydraulisch in sich zusammenstürzen, sodass das Gebäude imstande wäre, eine Druckwelle zu absorbieren, wie sie bei einer nuklearen Explosion entstand.

Aus Sicherheitsgründen befand sich das Labor fünf Stockwerke unter der Erde und hatte ein isoliertes Belüftungssystem. Es bezog seine Energie aus einer Reihe hydroelektrischer Generatoren, die im Süden des berühmten Del Norte State Parks an der Mündung des Klamath standen. Die immense Wasserbewegung der Gezeiten erzeugte mehr als genug Energie, um den gesamten Firmenkomplex zu versorgen.

Die Westwand des Labors bestand aus bombensicherem Glas, dahinter lagen die verschiedenen Kontrollbereiche und Beobachtungsstände. Das war zweifellos das technisch ausgeklügeltste Testgebiet, das je gebaut worden war. Aber noch beeindruckender als die Halle selbst waren die Geräte darin, die nach den Plänen der Qumran-Rollen gebauten Komponenten der Zeitmaschine.

Andre Steinbeck und Wilson Dowling führten Randall und Professor Author durch die Anlage. Andre war ein Bild jugendlicher Ordentlichkeit, wogegen Wilson ein bisschen ungepflegt wirkte; der oberste Jackenknopf stand offen, seine Haare hatten länger keinen Friseur gesehen, und unrasiert war er auch.

Seit sie das Labor betreten hatten, konnte Randall sich nicht vom Anblick der glänzenden Transportkapsel losreißen, die, vom hellsten Scheinwerfer angestrahlt, in der Mitte knapp über dem Boden schwebte. Die glasklare, doppelt mannshohe Kugel war umgeben von drei Titanringen, die wie Hula-Hoop-Reifen aussahen und beim Startvorgang auf komplizierte Weise um deren Oberfläche kreisten. Rings um die Transportkapsel waren fünfundsechzig Laserkanonen – Fünf-Terawatt-Partikelzerstäuber – in unterschiedlichem Winkel montiert, sodass sie alle zur Mitte zeigten. Hoch oben an der fernen Nordwand befand sich das rautenförmige Titangerüst des Inflators.

»Das ist die Imploderkugel«, erklärte Andre und zeigte auf das Gebilde, das Randall so fasziniert betrachtete. »Sie besteht aus einem natürlich gewachsenen Kristall. Da drin werden Ihre Moleküle durch Beschuss aus diesen Laserkanonen auf 297 000 Stundenkilometer beschleunigt.« Andre legte die Hand an einen Laser. »Sie zerlegen die Moleküle mittels einer Kombination aus Schall- und Energiewellen. Die geordnete Sequenz des Beschusses sorgt dafür, dass der Zerlegungsprozess nicht tödlich ist.«

»Sie haben Glück, dass wir das schon an Wilson getestet haben«, bemerkte Author.

Andre bedachte ihn mit einem missbilligenden Blick. »Die Titanringe um die Transportkapsel heißen Inflatorspulen. Wenn sie genau 2,397 Petawatt erreicht haben, rotieren sie in entgegengesetzter Richtung und bilden ein schwaches Magnetfeld, das die Elektronenmaterie in der Kapsel hält und dabei verhindert, dass sie auseinanderbricht.« Andre kniff die Augen zusammen, als ob er in die Sonne linste. »Durch einen plötzlichen Anstieg der Energie bei den Spulen und den Partikellasern beginnt das sogenannte Z-Pinching.« Er ballte veranschaulichend die Faust. »Die Materie in der Kapsel wird stark verdichtet, damit sie plancksche Temperatur erreicht, die Kerne gegeneinanderprallen und ihre Protonen und Neutronen in Teile zerlegt werden, die als Quark-Gluonen-Plasma bekannt sind. Daraufhin steigt die Temperatur auf über zehn Billionen Grad Celsius. Übrigens sind das die gleichen Bedingungen, die eine Mikrosekunde vor dem Urknall geherrscht haben.«

»Und in Ihrem Gehirn gibt's auch einen Urknall, wenn die Sache schiefgeht«, sagte Author.

»Die Bemerkung ist nicht hilfreich«, erwiderte Andre scharf.

Randall wandte sich an Wilson. »Sie waren sehr mutig, dass Sie da hineingestiegen sind, ohne wirklich zu wissen, ob es funktioniert.«

»Ich habe dem Mann vertraut, der mich hineingesetzt hat«, erklärte Wilson.

»Er hat es für Geld getan«, korrigierte Author augenzwinkernd. »Jeder weiß das.«

»Sie müssen mir erzählen, warum Sie sich dazu bereit erklärt haben, Wilson«, fuhr Randall fort. »Es widerstrebt meinem Instinkt, in diese Kapsel zu steigen, obwohl ich mit Wohlwollen sehe, dass Sie die Reise überstanden haben.«

»Wenn Sie Barton Ingerson gekannt hätten, den ehemaligen Leiter unseres Teams, wäre Ihnen klar, warum ich es getan habe.«

»Nur wegen des Geldes«, raunte der Professor hinter Randall.

»Darf ich fortfahren?«, fragte Andre gereizt. Er deutete auf die Transportkapsel. »Legen Sie bitte die Hand darauf.« Randall ging zu der funkelnden Kristallkugel und fasste sie behutsam an. »Was spüren Sie?«, fragte Andre.

»Wärme«, antwortete Randall.

»Auch die Vibration?«

Randall schüttelte den Kopf.

Wilson drückte ebenfalls die Handfläche darauf und spürte es sofort.

»Sie fühlt sich warm an«, wiederholte Randall.

Wilson runzelte die Stirn. Wieso nahm Randall die Schwingungen nicht wahr?

»Wenn die Temperatur darin steigt«, erklärte Andre weiter, »oszilliert die Kohlenstoffverbindung. Das ist ein Schlüsselelement beim Zeitreiseprozess. Mit der Temperatur des Behälters können wir die Frequenz der Energie im Innern ändern und so die Zeit bestimmen, in die wir Sie schicken. Je höher die Frequenz, desto weiter reisen Sie in die Vergangenheit. Also je heißer der Transportbehälter, desto weiter reisen Sie zurück.«

Andre legte die hohlen Handflächen aneinander. Genauso hatte Barton es vor drei Jahren erklärt, dachte Wilson. »Die Erde ist von einem elektromagnetischen Feld umgeben. Der Zeitreiseprozess findet statt, indem man Energie durch das Magnetfeld schickt. Der Transportbehälter erlaubt uns, Materie in reine Energie umzuwandeln und diese in das Magnetfeld der Erde zu schießen – und zwar dadurch.« Andre zeigte auf das rautenförmige Gerüst, das am Ende der Halle in der Luft hing. Dutzende dicker Stromkabel führten von dort zu einer Reihe Konduktoren. »Diese vier Titanrohre sind stark geladene Magnetpole, die in entgegengesetzter Richtung angeordnet sind. Wenn wir sie mit genügend Energie aufladen –«

»Ungefähr zwanzig Petawatt«, warf Author ein.

»20,491 – um genau zu sein«, fuhr Andre fort, »dann öffnen die gegensätzlich wirkenden Kräfte einen Spalt im Magnetfeld der Erde. Theoretisch ergibt sich ein Wurmlocheffekt. Abhängig von der Frequenz der Energie, die hineingeht – das ist der Zeitpunkt der Rekonstruktion.« Andre drehte sich zu Randall um. »Der Vorgang ist wirklich sehr simpel. Der Collider und der Imploder zerlegen Ihre Materie. Der Inflator und der Differentiator transportieren Ihre Energie mit genau der richtigen Frequenz in das Magnetfeld der Erde.«

»Wie geht die Rekonstruktion vonstatten?«, wollte Randall wissen.

»Dieser Vorgang erklärt sich nicht ganz so exakt«, antwortete Andre hastig. »Aber ich kann Ihnen sagen, was ich weiß. Der Rekonstruktionsprozess scheint auf Gegenstände mit einer signifikanten magnetischen Signatur gerichtet zu sein. Wilson wurde auf dem Dach eines Hochhauses rekonstruiert. Als er in die Gegenwart zurückkehrte, wurde er im Transportportal rekonstruiert. Warum das so war, ist immer noch recht rätselhaft, aber wir vermuten, dass die Energiefrequenz zu ihrem Ursprungspunkt gezogen wird. Zu jeder Aktion gehört eine entgegengesetzte und ebenso starke Reaktion – darum hebt die Rekonstruktion an genau derselben Stelle die Quantenfehlpaarung auf.«

»Es gibt da noch etwas viel Wichtigeres«, sagte Wilson und rieb sich die zwei Tage alten Bartstoppeln. Sein Tonfall erregte Randalls Aufmerksamkeit. »Diese Maschine, auf die Sie blicken, ist mehr als nur Konduktorenbänke, Magnetfelder, Laserkanonen und wissenschaftliche Formeln. Diese Maschine«, er fasste an die Kristallkugel und spürte die Vibration, »ist ein Tor durch Zeit und Raum. Ein Tor, das zu jedem Ereignis und jedem Platz der Geschichte führt. Das Transportsystem funktioniert fehlerfrei – das ist erwiesen –, und ich ermutige Sie, sich allein auf die Aufgabe zu konzentrieren, die Sie zu erfüllen haben. Sie haben jetzt einen Überblick erhalten und hoffentlich ein wenig begriffen, womit Sie es zu tun haben, aber mehr brauchen Sie nicht zu wissen. Die Baupläne für die Zeitmaschine stammen aus dem Buch Esther der Qumran-Rollen, einer Schrift, die über 2300 Jahre alt ist und vielleicht sogar von der Hand Gottes geschrieben wurde. Eine bessere Versicherung gibt es nicht.« Wilson hatte gerade Barton zitiert. »Das Unternehmen Esra gibt erschöpfende Auskunft über die Frequenzen, die für Ihren Transport nötig sind, und über die genetische Struktur des Menschen, der sie benutzen kann. Was Sie, Randall, zuverlässig leisten müssen, ist der erfolgreiche Abschluss Ihres Auftrags. Das ist alles, was zählt. Und der Auftragstext verrät Ihnen alles, was Sie wissen müssen. Andre, Davin und das ganze Team werden dafür sorgen, dass Sie an Ihren Zielort gelangen. Sie sind zweifellos die intelligentesten Leute der Welt, es kann also nichts schiefgehen.«

Es folgte ein längeres Schweigen, während die vier Männer vor der Transportkapsel standen und sich durch den Kopf gehen ließen, was Wilson gerade gesagt hatte.

»Wo werde ich denn rekonstruiert?«, fragte Randall schließlich.

»In Peking«, antwortete Wilson. »Innerhalb der Verbotenen Stadt. An derselben Stelle werden Sie auch den Rücktransport antreten.«

»Wir haben Einzelheiten über ein Transportportal in Peking«, fuhr Andre fort. »In den nächsten Tagen werden Sie Simulationen zu seiner Bedienung erhalten.«

Wilson hatte die Hand an der Kristallkapsel gelassen, und plötzlich wurde ihm schwer ums Herz. Seit seiner Rückkehr hatte es zahllose Gelegenheiten gegeben, bei denen er sich gewünscht hatte, einfach einzusteigen und für immer verschwinden zu können. Seine Tagträume hatten ihn ins Jahr 2012 zurückgeführt, zu der Frau, die er liebte. Doch der Zeitkanal zu ihr war für immer verschlossen, so hatte man ihm gesagt. Und es gab auch zahllose Sicherheitsvorkehrungen, die den Zugang zum Labor Tag und Nacht bewachten. Wilson wusste genau, dass GM und Jasper eine unglaubliche Angst hatten, das Portal könnte benutzt werden, um die Sicherheit der Firma zu untergraben. Und das zu Recht. Das Gefüge des Universums war ein Rätsel und würde es auch immer bleiben. Zeit existierte höchstwahrscheinlich in einer nichtlinearen Dimension. Die Vergangenheit wirkte sich auf die Zukunft aus und darum auch die Zukunft auf die Vergangenheit – durch das Transportportal. Welche Rolle das Schicksal in dem komplexen Geschehen spielte, war noch schwieriger zu definieren.

»Woher werde ich wissen, ob ich das Richtige tue?«, fragte Randall. »Ich werde so viele Entscheidungen ohne Anleitung treffen müssen, und wenn ich etwas falsch mache, können die Auswirkungen entsetzlich sein.«

Wilson fuhr sich durch die Haare. Er hatte vor seinem Transport genau dieselbe Überlegung angestellt. »Es gibt eine weitverbreitete Ansicht, wonach alles im Leben Zufall ist«, sagte er. »Meiner Ansicht nach stimmt das nicht. Alles passiert aus einem bestimmten Grund. Für einen Aufseher gibt es keine Fehler. Was immer Sie in der Vergangenheit tun, wird richtig sein – vorausgesetzt Sie halten sich an die Auftragstexte.«

»Die sind das Allerwichtigste«, bestätigte Professor Author.

»Aber nach welchem Wertesystem soll ich mich richten?« Randall wirkte ein wenig ratlos. »Die Chinesen haben ganz andere Ansichten als wir in Amerika. Ganz zu schweigen von denen der damaligen Zeit. Wenn meine Handlungen meinen Überzeugungen zuwiderlaufen, was dann?«

»Es gibt eine inhärente Ordnung im Universum«, erklärte Wilson. »Ich glaube, dass diese aufrechterhalten bleibt, egal was Sie tun. Manche Dinge werden trotz Ihrer Handlungen eintreten. Wenn ein Mensch sterben soll, wird er sterben. Wenn eine Armee siegen soll, wird sie siegen. Darum können Sie nur tun, was das Universum zulässt.«

»Das Gefüge des Schicksals ist sehr komplex«, fügte der Professor in einer seltenen Anwandlung von Ernst hinzu. »Sie werden wissen, was Sie tun müssen, wenn der Augenblick da ist.«

»Er hat vollkommen recht«, bekräftigte Wilson. »Sie haben das Ergebnis nicht in der Hand, Randall; Sie können nur ermöglichen, dass es eintritt. Barton war davon überzeugt – und er hat in allem anderen recht gehabt.«

17.

Kalifornien, Nordamerika
Enterprise Corporation
Mercury Building, 2. Etage
28. Juni 2084
Ortszeit: 13.59 Uhr
56 Tage vor dem Esra-Transport

Schon bevor Wilson den Segway PT in seinem Büro stehen sah, hatte er mit leisem Argwohn gespürt, dass ihn jemand erwartete. Seines Wissens benutzte in der Firma nur einer so einen roten Personentransporter, nämlich GM, und das vergrößerte sein Misstrauen.

Der Schreibtischsessel stand nach hinten gedreht, aber Wilson war sicher, wer darin saß. »Sehr erfreut, GM«, grüßte er.

Der alte Mann drehte sich langsam mit dem beigefarbenen Ledersessel herum, indem er die Elfenbeinspitze seines Gehstocks gegen den Fußboden stemmte. »Normalerweise würde ich Sie zu mir rufen lassen«, war seine Antwort. »Mein Büro ist viel schöner als Ihres.« Er hatte immer schon eine gewisse Arroganz gezeigt. »Mein Besuch überrascht Sie also, nehme ich an?«

Wilson lächelte. »Nicht mehr als andere Dinge. Die Welt verändert sich ständig, GM.« Er drehte sich einmal um seine Achse, weil er überzeugt war, Jasper in einer Ecke lauern zu sehen, doch dieser war nicht da, und das war zweifellos eine Überraschung. »Wo ist Ihr Schatten?«, fragte Wilson. Es war das erste Mal, dass er Großvater und Enkel nicht zusammen sah.

»Jasper muss sich um wichtige Geschäfte kümmern«, antwortete GM. Dann musterte er Wilsons unrasiertes Gesicht und die langen Haare. »Wenn das kein interessanter Anblick ist.«

»Die Nachlässigkeit gefällt mir«, meinte Wilson. »Das nimmt diesem albernen Anzug ein bisschen die Strenge. Aber lassen Sie mich raten: Jasper lässt ein Porträt von sich machen, damit er es in die Kantine hängen oder der Belegschaft zu Weihnachten mailen kann.«

»Sie haben ihn noch nie sonderlich gemocht«, sagte GM nachdenklich. Er trug einen Dreiteiler von Brioni, dunkelgrau mit Webstreifen. Die Krawatte war cremefarben, ebenso das Einstecktuch in der Brusttasche. Seine schwarzen Schnürschuhe mochten aus Krokodil- oder Schlangenleder sein; das war schwer zu sagen.

»Ich bin mit meinen Bekannten sehr wählerisch«, erwiderte Wilson.

»Er ist ein sehr mächtiger Mann. Und seine Aufgabe ist es nicht, sich überall beliebt zu machen.«

»Ich schätze, beliebt zu sein ist ihm nicht so wichtig.«

GM senkte den Ton. »Mr. Dowling, mir ist völlig klar, dass Sie seit über einem Jahr versuchen, gefeuert zu werden. Sie brauchen mich also nicht weiter zu provozieren. Sie sind nur noch hier, weil es in Ihrem Vertrag die Aufseher-Klausel gibt, und wenn dieses Unternehmen abgeschlossen ist, können Sie wie vereinbart mit Ihrem ganzen Geld gehen.«

»Ich kann es kaum erwarten.«

GM sah blass und zerknittert aus, noch mehr als auf dem Podium im Hörsaal vor einer Woche. Vielleicht lag es an der Bürobeleuchtung, doch Wilson konnte spüren, dass sich die Gesundheit des alten Mannes noch weiter verschlechtert hatte. Er war im Gesicht schmaler geworden, und die Haut an Hals und Händen sah dünn und durchsichtig aus wie Reispapier. Seine Augen waren gelblich, was angesichts seiner ständigen Bluttransfusionen ungewöhnlich war. Trotzdem war Wilson in seiner Gegenwart wie immer nervös und auf der Hut; es war so ein Gefühl in den Eingeweiden, als könnte der Alte ein Gemetzel lostreten … oder auch für ein Wunder sorgen. Von ihm ging ein unberechenbarer Tatendrang aus, den man spüren konnte. Wilson hatte sein Leben lang Leute beobachtet und war zu dem Schluss gekommen, dass GM ein außergewöhnlicher Charakter war. Es war nicht sein Reichtum oder seine Macht, was ihn aus der Masse heraushob, auch nicht seine Kleidung. Es war der Mann selbst und diese eigentümliche Energie – und diese wissenden Augen voller Zielstrebigkeit, Konzentration und Leidenschaft für das Leben.

»Ich wäre Ihnen dankbar, wenn Sie mich nicht so eingehend mustern würden«, sagte GM und zeigte mit dem Stock auf seinen Mitarbeiter.

Wilson fühlte sich ertappt. »Sie sehen gut aus.«

»Lügen Sie mich nicht an, Mr. Dowling«, entgegnete GM. »Alberne Schmeicheleien kann ich nicht leiden.«

»Es ist komisch, aber manchmal sage ich das Gegenteil von dem, was ich denke«, entgegnete Wilson. Im Nachhinein wirkte selbst diese Bemerkung wie ein alberner Fauxpas. Wilson hob kapitulierend die Hände. »Bitte, bringen Sie mich zum Schweigen. Es ist nicht meine Absicht, respektlos zu sein.«

»Sie sind ein sehr interessanter Mann«, meinte GM darauf. »Bald wird Jasper das Unternehmen leiten. Bei ihm müssen Sie vorsichtiger sein – er ist nicht so nachsichtig wie ich.«

»Esra wird bis dahin vorbei sein, GM, und dann bin ich nicht mehr hier.«

»Ganz recht«, sagte GM, als hätte er das nicht bedacht. »Und wie laufen die Vorbereitungen?«

»Das müssen Sie Davin fragen.«

GM legte seinen Stock quer über die Armlehnen des Schreibtischsessels. »Ich frage aber Sie.«

Wilson überlegte sich seine Antwort gut. »Die Dinge laufen nach Plan. Randall Chen wird am 23. August transportiert.«

»Wie kommt der junge Mann mit dem Druck zurecht?«

Wilson holte tief Luft. »Die Aufgabe ist sehr komplex.«

»Was soll das heißen?«

»Sie ist anders als meine damals. Da ging es um ein technisches Problem. Etwas war kaputt, und ich musste hin und es reparieren. Diesmal geht es um Menschen und ihre Ambitionen beim Zusammenstoß von drei mächtigen Kulturen: Da wäre der chinesische Adel, also die wohl dekadentesten, privilegiertesten Leute des 19. Jahrhunderts, dann das britische Militär, die fraglos selbstgerechtesten Eroberer aller Zeiten, und drittens das stolze Kriegervolk aus dem Norden, die Mongolen, bei denen hinsichtlich ihrer Tapferkeit und Aufgeblasenheit so schnell keiner mithält.« Wilson zögerte. »Alle drei muss Mr. Chen manipulieren. Er muss eine alliierte Streitmacht lenken, damit sie nacheinander die Verteidigungsanlagen der Qing erobert, bis sie vor den Mauern Pekings steht. Und dabei muss er die Kontrolle behalten, um zu verhindern, dass die Verbündeten zum tödlichen Schlag ansetzen und die Verbotene Stadt einnehmen.« Wieder zögerte er. »Das ist eine schwierige Aufgabe. Auf Menschen einzuwirken ist heikel.«

»Und welche Folgen hat es, wenn er versagt?«, fragte GM.

Nur sieben Menschen wussten von diesem Unternehmen – und man konnte mit Recht behaupten, dass die Meinungen zu dieser Frage weit auseinandergingen. Der Esra-Text äußerte sich hinsichtlich der Lebenskraft von Mutter Natur und des Quellorts ihrer Energie sehr vage. »Das kann ich nicht mit Sicherheit sagen, GM. Ich kann nur vermuten, dass Versagen negative Auswirkungen auf den Betrieb des Planeten hätte. Sie haben den Auftragstext sicherlich ebenso gelesen wie ich. Er ist da äußerst ungenau.«

»Das ist wahr.« In Wirklichkeit war GM vollkommen im Bilde. Mit Andres Hilfe hatte er den Dekodierungsprozess manipuliert und wusste genau, was diese Lebenskraft war und wo sie sich befand. »Ich hätte trotzdem gern Ihre Einschätzung«, sagte er.

Professor Author hatte ein Jahr lang darüber spekuliert, und Wilson konnte mühelos antworten. »Dürren, extreme Temperaturschwankungen, Stürme. Missernten, Heuschreckenplagen, Erdbeben. Ozonprobleme, Treibhauseffekt, Erderwärmung. Alles ist denkbar. Aber wenn es richtig melodramatisch klingen soll, könnte man vorhersagen, dass die vier Jahreszeiten in ein wahlloses Durcheinander übergehen – möglicherweise ausgelöst von einer Veränderung der Erdbahnschwankungen. Innerhalb eines kurzen Zeitraums würde alles pflanzliche Leben sterben und somit auch alles tierische.«

»Eine interessante Interpretation«, meinte GM, offenbar sorgfältig auf seine Wortwahl bedacht. »Und was glauben Sie, worin diese Lebenskraft besteht?«

»Sie hat mit der Verbotenen Stadt zu tun«, antwortete Wilson. »Mehr weiß ich nicht. Die Chinesen sind anscheinend ihre Bewahrer. Solange sie die Verbotene Stadt regieren, ist Mutter Natur wohl geschützt. Aber das wissen Sie ja. Warum fragen Sie mich?«

»Ihre Gedanken interessieren mich. Die Chinesen und ihre mandschurischen Vettern haben zweifellos die höchstentwickelte Kultur ihrer Zeit gehabt«, sagte GM, als wäre dies das entscheidende Thema.

»Zweifellos«, bestätigte Wilson. »Chinesische Weisheit und chinesische Medizin sind selbst heute noch in der ganzen Welt hoch angesehen. Doch nach allem, was ich weiß, gehören die Chinesen auch zu den grausamsten und korruptesten Völkern der Geschichte.«

»Das mag richtig sein, aber wenn mein Akupunkteur nicht wäre, hätte ich seit zwanzig Jahren keinen Sex mehr«, sagte GM. »Sie wissen offensichtlich, was sie tun.«

Wilson grinste. »Dann hoffe ich, dass Sie noch weitere 120 Jahre Sex haben.«

»Das wäre schön.«

Wilson sah an seinem Blick, dass das nicht der Fall sein würde. Darum wartete er ab, was passierte, damit er endlich erfuhr, warum der mächtigste Mann der Welt unangekündigt und ohne

Begleitung in seinem Büro aufgekreuzt war. Eine Minute lang herrschte gespanntes Schweigen, während sich die Männer ansahen und dachten, der andere würde als Erster das Wort ergreifen.

Nachdem Wilsons Unbehagen immer größer wurde, lenkte er ein. »Sie müssen mir sagen, warum Sie hier sind.«

»Ich brauche Ihre Hilfe.« GM trommelte mit dem Daumen auf dem Griff des Gehstocks, der die Form eines Flamingos hatte. »Ich will nur aus einem Grund noch bis zum Ende des Jahres durchhalten – damit Esra zu Ende geführt wird.«

»Freut mich zu hören, aber warum kommen Sie damit zu mir? Esra ist Davins und Andres Aufgabe. Ich helfe nur ein bisschen.«

»Die sind Wissenschaftler, Mr. Dowling. Sie werden dafür sorgen, dass die Systeme fehlerfrei arbeiten. Woran ich wirklich interessiert bin, ist Erfolg.«

»Randall Chen ist Ihr Aufseher«, sagte Wilson möglichst überzeugend. »Ich denke, er wird seine Sache ausgezeichnet machen.«

»Hier geht es um mehr, als man auf den ersten Blick meint«, bekannte GM.

Wilson lag ein Scherz auf der Zunge, um die Spannung zu brechen, doch das wagte er nicht. »Was heißt das?«

»Sind Sie vertrauenswürdig?«, fragte GM.

»Der Zugang zu geheimen Dingen ist mir verwehrt, falls Sie das meinen. Aber ich kann Ihnen sagen, was ich gesehen habe. Zuerst waren Sie und Jasper gegen Esra. Sie dachten, eine Zeitreise würde die Firma in Gefahr bringen. Dann haben Sie sich verblüffenderweise doch noch mit allem einverstanden erklärt. Nach Jaspers damaligem Gesichtsausdruck zu urteilen, hat er nur gezwungenermaßen zugestimmt. Was sagt mir das? So wie ich Sie kenne, ist das soziale Gewissen nicht Ihre stärkste Antriebskraft. Sie haben sich die Zeit genommen, den Auftragstext zu lesen, und dabei ist Ihnen etwas ins Auge gesprungen. Es kann nicht anders sein.«

Der alte Mann schmunzelte zum ersten Mal. »Ich verstehe, warum Barton Sie gut leiden konnte.«

»Warum unterstützen Sie diese Mission?«, fragte Wilson.

GM zögerte, dann sagte er: »Ich sterbe, Mr. Dowling. Meine Ärzte haben mir mitgeteilt, dass ich keine sechs Monate mehr zu leben habe. Ich habe eine seltene Blutkrankheit, die man nicht heilen kann. Selbst mein Akupunkteur sagte mir gestern, dass niemand ewig lebt.«

»Das tut mir leid. Das ist keine gute Neuigkeit.«

»Ich bin kein Mann, der gern verliert«, sagte GM sofort. »Doch das Spiel um meine Sterblichkeit scheine ich nicht gewinnen zu können. Das habe ich jedenfalls geglaubt, bis ich den Auftragstext gelesen habe.«

Wilson konnte sich das Lachen nicht verkneifen. »Diese Aufträge sind sehr wichtig, GM. Nein, das trifft es nicht annähernd. Sie regeln den Betrieb unseres Planeten. Das habe ich mit eigenen Augen gesehen. Die Schumann-Resonanz wirkt und hat schon Menschen den Tod gebracht. Ich habe keine Ahnung, was Sie vorhaben, aber ich rate Ihnen, es zu vergessen, die Dinge so zu lassen, wie sie sind, und Ihre ganze Kraft in das Gelingen dieser Mission zu stecken.«

»Das kann ich nicht«, sagte GM. »Es steht zu viel auf dem Spiel … mein Leben.« Er sah Wilson traurig an. »Wenn der Auftrag erledigt ist, möchte ich, dass Mr. Chen mir etwas aus der Vergangenheit mitbringt. Nichts Schwieriges.«

»Was soll er Ihnen mitbringen?«

»Nur eine Phiole mit Flüssigkeit.«

»Was für Flüssigkeit?«

»Ein Lebenselixier.«

Wilson lief es kalt über den Rücken. »Woher kommt es?«

GM war nicht bereit, diese Informationen so einfach preiszugeben. »Darum muss ich wissen, ob Sie vertrauenswürdig sind.«

»Das bin ich«, sagte Wilson ganz entschieden. »Wenn Sie mir

sagen, woher es stammt, kann ich Ihnen verraten, ob es transportiert werden kann.«

»Es kann transportiert werden«, behauptete GM zuversichtlich. »Darüber brauchen Sie sich keine Gedanken zu machen.«

»Mit diesem Elixier wollen Sie am Leben bleiben?«

»Sicher weiß ich das nicht. Aber ohne bin ich ein toter Mann. Und ohne mich wird es kein Unternehmen Esra mehr geben. Sehen Sie es so, Mr. Dowling: Sie helfen mir, ich helfe Ihnen. Eine simple Abmachung mit gutem Ausgang. Jasper will Esra nicht fortsetzen, aber ich. Scheinbar sind wir beide in unserer Beziehung an einen Scheideweg gelangt. Und kann man es ihm verübeln? Er will nicht, dass ich meine Krankheit überlebe. Er hat auf den rechten Augenblick gewartet und meint, der Tag sei endlich gekommen.«

Eine Ironie mit Poesie. In der Vergangenheit löste der Tod des Kaisers Hsien Feng in der Verbotenen Stadt ein Chaos aus, ein Machtgerangel mit Cixi auf der einen und Su Shun auf der anderen Seite. Und hier bei Enterprise Corporation war die Situation nun nicht anders. Jasper stand auf der einen, GM auf der anderen Seite, und GM klammerte sich an die Hoffnung, seine schwindende Gesundheit wiederherzustellen und bis in alle Ewigkeit weiterzumachen. In beiden Situationen, der vergangenen und der gegenwärtigen, hatte die Schwäche des Anführers ein Machtvakuum geschaffen, das andere verführte, alles zu tun, um ihr Ziel zu erreichen: den Titel des unbestrittenen Führers und die Vorteile, die damit verbunden waren.

»Ich brauche Ihre Hilfe«, sagte GM. »Sind Sie dazu bereit?«

Es folgte ein langes Schweigen, bis Wilson schließlich antwortete: »Ja, ich werde Ihnen helfen.« Innerhalb weniger Augenblicke hatte Wilson begriffen, dass ihm nichts anderes übrig blieb. »Doch als Ihr Verbündeter verlange ich Ihre uneingeschränkte Zusage, dass die Esra-Mission immer Vorrang hat.«

»Darauf haben Sie mein Wort«, versicherte der alte Mann. »Ich wende mich wieder an Sie, wenn meine Pläne konkreter werden. In der Zwischenzeit machen Sie weiter wie bisher. Mr. Chen muss gut vorbereitet sein. Er muss Erfolg haben, damit ich Erfolg haben kann. Nur so können wir beide gewinnen.«

Sowie GM mit seinem Segway hinausgerollt war, ging Wilson ans Fenster und schaute zum Wald hinüber.

Das kompliziert alles, dachte er.

Die Nachmittagssonne schien durch die Mammutbäume auf die Sträucher und Farne und spielte auf zahllosen Blättern, bevor sich das Licht in der zufriedenen Dunkelheit des Waldes verlor. Die Rinde der Mammutbäume war knorrig und alt; sie hatten schon viele Hundert Winter gesehen. Dagegen waren die jungen Bäumchen und Büsche am Boden hellgrün und strebten leben- und kraftstrotzend aufwärts, dem Licht entgegen. Das war die Natur in ihrer ganzen Schönheit, vielfältig und blühend, direkt vor dem Fenster von Enterprise Corporation. Einen Moment lang hielt er staunend die Luft an. »Mutter Natur« war ein Ausdruck, unter den man *alles* Leben zusammenfasste, doch der Wald repräsentierte ihn sicherlich am besten.

Es war eben jene Kraft, die das Unternehmen Esra schützen sollte. Es war schwierig zu verstehen, dass alles jenseits des Fensters von einer einzigen Quelle beherrscht oder reguliert wurde, und doch schien es so zu sein. Und das alles war an die Verbotene Stadt und die Chinesen als Bewahrer gekoppelt. Wie das möglich sein sollte, war ihm ein Rätsel, zumindest mit den mageren Informationen, die er gegenwärtig hatte. Eines war jedoch sicher: Das Unternehmen Esra war kein Hirngespinst, Zeitreise war kein Hirngespinst. Die Zukunft hatte eine Verpflichtung gegenüber der Vergangenheit und umgekehrt.

Wilson konnte nicht anders: Er war verärgert über GM, der Randalls Auftrag für seine persönlichen Zwecke ausnutzen wollte. Aber das Gefühl kannte er längst. Die Menschen handelten generell erst einmal aufgrund von Eigeninteressen. Sie handelten, um ihre Lebenslage zu verbessern. Selten taten sie etwas darüber hinaus. GM war in dieser Hinsicht genauso. Es gab also eigentlich keinen Grund, auf ihn sauer zu sein. Und in der gleichen Situation mit der gleichen Macht würde Wilson vielleicht ebenso handeln. Er wollte sich gern einreden, er sei reifer – wenn seine Zeit zu sterben käme, würde er das als natürlichen Kreislauf ansehen und zufrieden und in dem Wissen gehen, dass er ein ehrliches Leben geführt und sein Vermögen durch harte Arbeit und Überzeugung gewonnen hatte.

Er richtete den Blick auf die Scheibe und sah sein Spiegelbild. Da stand er in einer schwarzen Uniform des Mercury-Teams. Ein Anblick, der die meisten Menschen stolz gemacht hätte, doch er fand ihn ernüchternd. Eigeninteresse war die Triebkraft von allem, erkannte er. Wem wollte er etwas vormachen? Würde man ihm die Möglichkeit geben, würde auch er alles tun, um zurückzubekommen, was er verloren hatte. Denn es gefiel ihm ganz bestimmt nicht, was aus ihm geworden war, und jeder andere Platz auf der Welt erschien ihm besser. Vielleicht war es aber auch nur so, dass er Helena vermisste. Doch das wollte er sich im Grunde nicht eingestehen, denn es verdeutlichte nur, wie verkorkst seine Lage tatsächlich war. Er konnte sie nicht wiedersehen – das Zeitreisen gab es nur zu einem einzigen Zweck: für die Erfüllung der Aufträge aus dem Alten Testament.

Du kannst nicht zurück, sagte er sich.

Aus dem Blätterdach des Waldes kam ein kleiner Vogel direkt auf das Fenster zugeflogen. Das braun-weiße Geschöpf war fünfzehn Zentimeter groß und bewegte sich schnell und wendig. Kopf, Schwanz und Flügelränder waren dunkelbraun, die Kehle und Bauchpartie weiß. Das Tier flatterte vor der Scheibe auf der Stelle und sah aus, als ob es sein Spiegelbild betrachtete.

Es war ein Marmelalk, der vom Aussterben bedrohte Seevogel, der in den Mammutbäumen Nordkaliforniens nistete. Er vollführte rasende Flügelschläge. Wilson musste lächeln. Dann drehte das kleine Tier zum Wald hin ab und verschwand.

Wilson hatte soeben ein seltenes Schauspiel der Natur erlebt. Es gab vermutlich nur noch knapp fünfhundert Exemplare weltweit, und eines war gerade auf ihn zugeflogen und vor ihm auf der Stelle geflattert. War das ein Zeichen? Wenn ja, hieß das sicher, dass sich alles wie geplant entwickelte. Jedenfalls wollte er das gern glauben. Aber natürlich konnte es auch das Gegenteil bedeuten.

18.

Peking, China
Verbotene Stadt
Palast der Gesammelten Eleganz
9. September 1860
Ortszeit: 9.15 Uhr
Unternehmen Esra – Tag 190

Cixi war fünfundzwanzig Jahre alt. Als Tochter eines mandschurischen Offiziers war sie für Hsien Feng als Konkubine dritten Grades ausgewählt worden. Ganz sicher hatte sie sich nicht gewünscht, ihr Leben in der Verbotenen Stadt zuzubringen. Denn das war ein stumpfsinniges Dasein, bei dem man hoffte, für den Sohn des Himmels irgendwann etwas Besonderes zu werden. Doch genau dieses Leben führte sie. Bei der ersten Begegnung mit dem Kaiser hatte sie einen Eindruck hinterlassen, von dem er sich nicht mehr freimachen konnte.

Sie gehörte zu den Glücklichen. Für Tausende anderer war die Internierung hinter diesen Mauern eine lebenslängliche Strafe ohne Begnadigung. Im Lauf der Jahre waren viele junge hübsche Mädchen aus Cixis Dorf weggebracht und nie wieder gesehen worden. Im Reich der Mandschu war Schönheit ein Fluch, und die Konkubinen des Kaisers wurden so ausgesucht, dass alle seine Nachkommen reines Mandschu-Blut in sich trugen.

Cixis Schönheit war außerordentlich, doch das war nicht die Eigenschaft, die sie von den anderen dreitausend Frauen unterschied, die ebenfalls dem Sohn des Himmels ihre Treue verpfändet hatten. Drei Attribute zeichneten sie aus: Das erste war ihre Art, sich zu bewegen – elegant, biegsam und weiblich. Ihr zuzusehen, selbst bei den einfachsten Verrichtungen, bedeutete außergewöhnlicher Anmut beizuwohnen. Darin war ihr keine gleich, und diese Begabung kam auch im Schlafzimmer zur Geltung, wo sie sie mit großer Sicherheit einsetzte, um Lust zu bereiten. Das zweite waren ihre Augen. Sie waren braun und ebenmäßig wie bei vielen anderen, doch bei ihr blickte man in eine unendliche Tiefe. Allein von ihr angesehen zu werden, war ein Genuss – das empfanden auch im Kriegsrat viele. Das dritte waren ihr scharfer Verstand und ihre Klugheit. Es gab keine zweite Frau, die so mit Männern auf Augenhöhe verkehren konnte, ohne ihre Weiblichkeit einzubüßen. Es stimmte, dass jeder im Palast sie fürchtete, selbst die Verwandten des Kaisers, und sie versuchte nicht, ihr Verlangen nach Macht zu bemänteln. Sie trug ihren Ehrgeiz ebenso stolz zur Schau wie ihre feinen Perlenohrringe.

Hsien Feng bewunderte ihr freimütiges Wesen, doch seine Tage waren gezählt und somit auch die Cixis. Ihre Macht war unweigerlich an ihn gebunden, erstens durch seine Liebe zu ihr und zweitens durch die Bande des Blutes, denn sie war die einzige, die ihm einen Sohn und Erben geschenkt hatte. Der kleine Tung Chi war jetzt fünf Jahre alt und Anwärter auf den Thron des Reiches, aber noch zu jung, um die Führerschaft von seinem Vater zu übernehmen, sollte der Kaiser bald sterben. Tung Chi würde dann zwar den Thron besteigen, aber ein Regent würde ernannt werden, der sich um ihn – und das Volk – kümmerte, bis der Knabe erwachsen war. Noch nie war eine Frau dazu ernannt worden, aber Cixi hatte bereits den Blick auf ihr Ziel geheftet. Nur als Regentin konnte sie den Thron für ihren Sohn sichern – und damit ihr Überleben.

Sie saß auf einem Stuhl aus Rosenholz, den Rücken kerzengerade, das Kinn erhoben, im Palast der Gesammelten Eleganz, ihrem Lieblingsplatz unter den tausend Hallen der Verbotenen Stadt. Er war ihre Residenz. Von Westen stieß er an den kaiserlichen Garten und blickte an der Rückseite auf die eindrucksvolle Halle des Kaiserlichen Friedens. Es war bekannt, dass sie ihn gewählt hatte, weil sie den Namen mochte, aber er gewährte auch einen spektakulären Blick auf die zwei alten Zypressen in dem abgeschiedenen Garten und war während des Tages bis in den Nachmittag hinein beleuchtet. Die Haupthalle war karg bestückt mit dunklen Möbeln aus Rosenholz, die gemessen an der Größe des Raumes schlank und zerbrechlich wirkten. Die Decke ruhte auf sechs roten Säulen, und an der Rückwand stand mit schwarzen Schriftzeichen auf gelbem Reispapier: Schönheit und Stärke. Entlang der Ostseite hing ein dicker weißer Vorhang, dahinter lagen ihre Wohnräume, Umkleidekammern und etliche Vorzimmer.

»Das Schicksal von vierhundert Millionen Seelen ruht auf meinen Schultern«, erklärte Cixi vor ihren Zuhörern. Sie trug ein schwarzes Chang Pao aus feinster Seide, das jede Rundung ihres Körpers abbildete.

Vor ihr auf dem Schieferboden standen der zweiundzwanzig Jahre alte Prinz Kung, der jüngere Bruder des Kaisers, und Mu Yin, der zweiundfünfzig Jahre alte Vorstand des Kriegsrats. Mu Yin war ein kluger Mann, und seine Loyalität galt nach Cixis Ansicht zuerst dem Sohn des Himmels. Der knabenhaft wirkende Prinz Kung war höchstwahrscheinlich ihr größter Unterstützer, denn sie bewahrte sein dunkles Geheimnis vor den anderen Familienmitgliedern.

Beide Männer trugen die für sie angemessene blaue Hofkleidung: eine dicke, eng sitzende Weste über einem langen Rock. Der Prinz hatte den vierklauigen Drachen an der Brust, der ihn als Prinzen von Geblüt auswies, Mu Yin den goldenen Fasan, die zweithöchste zivile Auszeichnung.

Cixi hatte ihren Großeunuchen Li Lien wie immer im Blick, der im farbenfrohen Eunuchengewand mit seinen zwei Gehilfen im Hintergrund stand und jede ihrer Bewegungen verfolgte.

»Ihr seid in eine Falle geraten«, sagte Prinz Kung.

»Die Verhandlungen haben die roten Teufel bei Tientsin

nicht aufhalten können«, fügte Mu Yin hinzu. »Senggerinchin zieht unser ehrenwertes Heer nah an Peking heran; gefährlich nah sogar. Ihr seid vor dem Kriegsrat zu stark aufgetreten, und infolgedessen hat Su Shun eine Falle aufgestellt.«

Damit enthüllte er ihr kein Geheimnis.

Fast zwei Wochen lang hatten Generalgouverneur Hangfu und zwei Bevollmächtigte die Briten und Franzosen bei Tientsin hingehalten. Die Sache flog schließlich auf, nachdem alle Verhandlungspunkte abgeschlossen und der Zeitpunkt gekommen war, den neuen Vertrag zu unterzeichnen. Da erst erkannte Harry Parkes, dass Hangfu das kaiserliche Siegel gar nicht bei sich hatte. Ohne dieses war der Vertrag das Papier nicht wert, auf dem er stand. Wütend über den Betrug marschierte Lord Elgin in die ungeschützte Stadt ein und erklärte sie zum Eigentum seiner Königin. Damit hatte er auch die Kontrolle über den Haihe und konnte somit die Reislieferungen an die Hauptstadt behindern, die alle mit Schiffen aus den südlichen Provinzen kamen. Nach der Eroberung der Festungen waren die Soldaten ausgeruht und in Kampflaune. Am 6. September brachen sie dann ihre Zelte ab und marschierten nach Nordwesten auf Tongzhou zu, das zwanzig Kilometer von Peking entfernt lag.

»Wenn wir die roten Teufel nicht aufhalten, werden sie in ein paar Tagen hier sein!«, folgerte Prinz Kung in einem ängstlichen Ton, der von seiner zarten Statur noch unterstrichen wurde. »Der Sohn des Himmels wünscht, aus der Stadt zu fliehen und sich nach Norden zurückzuziehen. Su Shun hat ihm geraten, dass Jehol jenseits der Großen Mauer vorübergehend seine Hauptstadt werden solle, bis die Barbaren in die Schranken gewiesen sind.«

»Habt keine Furcht. Wir haben die Sache in der Gewalt«, sagte Cixi, die zusah, wie zwei Rauchfäden von den Weihrauchschalen aufstiegen. Wie ihre Gedanken drifteten sie aufwärts, verwirbelten bald und vermischten sich zu einem tanzenden weißen Gebilde. »Der Sohn des Himmels wird nicht aus der Stadt fliehen«, versicherte sie und dachte an die Wirkung, die das auf die Kampfentschlossenheit der Tataren hätte. »Senggerinchin lenkt die Barbaren zu uns. Unsere Kavallerie allein hat eine Stärke von zwanzigtausend Mann erreicht, und der Mongole hat westlich von Tongzhou sein Lager aufgeschlagen. Er wartet, dass die Barbaren heranrücken, damit er sie auf der Ebene besiegen kann. Da steht nichts zu befürchten.«

Obwohl Cixi nicht so ganz verstand, warum der mongolische Feldherr sich entschlossen hatte, so nah bei Peking die Schlacht zu suchen, sah sie wohl, welche Vorteile das hatte. Vorausgesetzt der Sohn des Himmels blieb, würden die Soldaten für Heim und Herd kämpfen – und die Nachschublinie der roten Teufel wäre aufs Äußerste geschwächt. Aber sie machte sich Sorgen, dass Senggerinchin finstere Motive haben könnte. Wenn die Kaiserfamilie den Palast im Stich ließe, könnte er in die Verbotene Stadt einziehen und sich zum Kaiser ernennen. Da wäre kein Heer, um ihn aufzuhalten; im Gegenteil, das Heer unterstand seinem Befehl. Wenn sie nicht umsichtig vorging, konnten die Qing zu einem Stück Fleisch zwischen zwei Hunden werden, und ihre über zweihundert Jahre währende Herrschaft wäre im Nu zu Ende.

»Unsere Verzögerungstaktik ist ein durchschlagender Erfolg«, fuhr sie zuversichtlich fort. »Und wir müssen weiter verhandeln. Jeden Tag werden unsere Streitkräfte größer. Wir dürfen Elgin nicht zum Zuge kommen lassen. Ihr beide müsst die Verhandlungen in die Hand nehmen. Ihr müsst dieses Ungeheuer besänftigen, damit es glaubt, dass wir wirklich eine Schlichtung anstreben. Ihr müsst ihnen sagen, dass wir den Handel fortzusetzen wünschen, aber dass die Bedingungen des alten Vertrages zu gelten haben. Sie sollen keine zusätzlichen Forderungen an uns stellen, außer sie wollen den Zorn des Qing-Drachen reizen.«

»Sie werden misstrauisch sein, Edle Kaiserliche Gemahlin«, gab Mu Yin zu bedenken. »Ich meine, uns bleibt nichts anderes übrig als die Schlacht. Sie marschieren zu Tausenden über unser Land mit nur einem Ziel: den Kaiser zu stürzen und seine Reichtümer an sich zu reißen. Wenn sie unserer Herrschaft den Kopf abschlagen, wird der Rumpf alsbald sterben. Wir müssen den Sohn des Himmels um jeden Preis schützen.«

Cixi stand auf. In ruhigem Ton, als wollte sie ein Kind in den Schlaf lullen, sagte sie: »Ich pflichte Euch bei, dass es zur Schlacht kommen wird, aber wir dürfen nicht vergessen, dass wir die Situation in der Hand haben. Diese ausländischen Hochstapler sind in unser Land eingedrungen, und doch bin ich sicher, dass es sie nicht nach unserem Thron gelüstet. Das sind dumme Männer, die unseren Tee kaufen und dafür ihr Opium verkaufen wollen, die ihre Prediger durchs Land schicken, damit sie die Seelen des Volkes retten. Ganz offensichtlich haben sie nicht erkannt, dass sie den Mandschu, die das Reich regieren, unterlegen sind. Bei den himmlischen Göttern, wir sind das erwählte Volk.« Cixi hielt inne, um tief durchzuatmen. »Wir müssen sie weiter hinhalten, weil täglich mehr Soldaten zu unserem Heer stoßen. Am Ende werden wir die roten Teufel vernichtet haben, noch ehe die erste Schneeflocke fällt.« Sie setzte sich wieder hin. »Ihr sollt beschwichtigende Briefe an Lord Elgin schreiben und für das Debakel von Tientsin um Verzeihung bitten. Ihr werdet ihm schreiben, dass Ihr die Vollmacht des Kaisers habt, auf seine Forderungen einzugehen, und dass es keine Winkelzüge mehr geben wird. Doch im Gegenzug muss er seinen Vormarsch auf Tongzhou aufgeben, bis die Vereinbarungen geschlossen sind.«

»Aber wir haben diese Vollmacht nicht«, wandte Prinz Kung ein.

»Ganz recht«, bestätigte Cixi. »Darum könnt Ihr aushandeln, was Ihr wollt. Die Verhandlungen werden im Krieg enden, aber erst, wenn wir bereit sind, nicht wenn Elgin seinen Vormarsch beendet hat. Die Qing werden den Ort und den Zeitpunkt der Schlacht bestimmen.«

Die weitere Verzögerung gäbe ihr auch Gelegenheit, zu Senggerinchin zu gehen und sein wahres Ziel herauszufinden. Sollte sie bemerken, dass er Absichten auf den Thron hegte, würde sie ihn ins Bett locken und ihn im Augenblick der Wehrlosigkeit – beim Höhepunkt – eigenhändig töten.

»Habt Ihr verstanden, worum ich Euch bitte?«, fragte sie. »Ihr sollt mir Zeit verschaffen, damit ich unsere Verteidigungsstärke sichern kann.«

Prinz Kung und Mu Yin neigten den Kopf vor der mächtigsten Frau Asiens. Sie waren gezwungen zu tun, was sie befahl. Ihre Stärke und Selbstsicherheit waren mitreißend. Dennoch würden sie sich von ihr abwenden, wenn ihr Leben davon abhinge. So war es am Hofe der Qing; unter dem Sohn des Himmels floss die Macht hin und her wie das Meer unter den Gezeiten. Die Wetten gleichmäßig zu verteilen war der Schlüssel zum Überleben, sodass Verhandlungen immer möglich blieben.

Draußen hörte man eine Glocke schlagen.

Das hieß, dass sich ein Besucher dem Palast näherte. Mu Yin und Prinz Kung versteiften sich sichtlich, da sie nicht bei dieser Audienz gesehen werden wollten. Doch es war zu spät, um sich mit Würde zurückzuziehen, darum blieb ihnen nichts anderes übrig, als zu bleiben und zu sehen, wer da käme.

Li Lien war zur Tür hinausgelaufen, um den Besucher in Empfang zu nehmen. Augenblicke später stieg er mit einem Eunuchen auf den Fersen die Stufen herauf. Cixi rührte sich nicht, ihr Rücken blieb kerzengerade, die Hände ruhten auf den Knien.

Li Lien ließ seine heisere Stimme vernehmen. »Ich bringe Yang, den Diener Su Shuns. Er hat eine dringende Nachricht, die er nur selbst an Euer Ohr bringen darf.« Li Lien trat beiseite und winkte den molligen Eunuchen vorwärts.

»Ich komme mit Grüßen von meinem Gebieter Su Shun«, sagte Yang mit der zittrigen Stimme einer alten Frau.

Cixi gebot ihm knurrend Einhalt. »Ich entscheide, was an mein Ohr dringt … nicht dein Gebieter. Von heute an wird Su Shun sich nur noch schriftlich an mich wenden. Beim Klang deiner Stimme wird mir übel. Verlass diesen Raum sofort! Und draußen wirst du Li Lien deine Nachricht mitteilen oder den Rest deiner Tage im Verlies verbringen.«

Yang begriff, dass ihn nicht einmal Su Shuns Einfluss retten würde, wenn er jetzt widerspräche. Sie war die Herrin des Palastes und Su Shuns überhebliche Forderung hatte seinen Diener bereits in die Gefahr von Stockhieben gebracht. Er hatte also gar keine Wahl. Darum breitete er respektvoll die Hände aus, verbeugte sich, drehte sich um und ging eilig hinaus.

»War das klug?«, fragte Prinz Kung leise.

»Und wenn die Nachricht noch so wichtig ist, ich will nicht, dass Su Shuns verräterischer Diener ihm berichten kann, wie Ihr oder ich sie aufgenommen haben.«

Mu Yin rieb sich nervös die Hände. »Als die Barbaren näher rückten, suchte der Sohn des Himmels Rat bei ihm. Er benutzt unser taktisches Versagen, um einen Keil zwischen Euch und den Kaiser zu treiben. Und er hat Erfolg damit.«

»Er wird keinen Erfolg haben«, behauptete Cixi mit sturer Gelassenheit.

»Dennoch beunruhigt es mich sehr, dass der Diener uns hier gesehen hat«, beharrte Prinz Kung.

»Ihr seid von kaiserlichem Geblüt, Ihr habt nichts zu befürchten«, meinte Mu Yin.

Li Lien huschte von der Tür heran und verbeugte sich vor seiner Gebieterin. »Ich bringe Euch die Nachricht von Su Shun. Er teilt mit, dass Senggerinchin bestraft werden muss, weil er Tientsin und die Festungen verloren hat. Der Sohn des Himmels hat verkündet, dass der Mongole die dreiäugige Pfauenfeder zurückgeben muss.«

Cixi lachte leise, um zu zeigen, wie sehr sie Su Shuns Anstrengungen, den Heerführer zu unterminieren, verachtete. Die

Pfauenfeder wurde vom Kaiserhof für größte militärische Verdienste verliehen, und ihre Aberkennung sollte Senggerinchin blamieren. In Wirklichkeit erschrak Cixi über dieses Vorgehen. Es würde Senggerinchins Zorn erregen und ihn zum Treuebruch ermutigen. Jetzt war es unerlässlich, dass der Kaiser in der Verbotenen Stadt blieb. Eine Flucht gäbe dem Heerführer nur Gelegenheit, sie zu besetzen.

Su Shuns Taktik war finster. Er versuchte, den Mongolenprinzen zu schwächen, indem er seinen Stolz angriff und weil er wusste, dass Cixi diejenige wäre, die ihn zu beschwichtigen hätte. Doch dabei hatte Su Shun nicht berücksichtigt, wie groß die Gefahr vonseiten der roten Teufel tatsächlich war. Ihr blauäugiger Berater war nicht zu unterschätzen. Zur Schlacht käme es so oder so. Su Shun betrieb ein gefährliches Spiel. Er spielte um die Stellung des Regenten und riskierte dadurch die Sicherheit der Dynastie.

19.

Feldlager der Tataren
1600 Meter westlich von Tongzhou, China
15. September 1860
Ortszeit: 16.55 Uhr
Unternehmen Esra – Tag 196

Die seidenen Zeltklappen teilten sich, und aus dem Sonnenschein des Nachmittags trat Cixi, umgeben von drei Soldaten des Yehonala-Banners, in Senggerinchins Quartier. Bei dem unerwarteten Erscheinen der Lieblingsfrau des Kaisers mitsamt Gefolge zogen seine Leibwächter den Säbel und sprangen auf. Cixis Leibwächter, die nichts weniger erwartet hatten, ließen jedoch auf Anordnung ihrer Gebieterin die Waffen stecken.

Der Heerführer saß auf seinem goldenen Thron und verzehrte ein Mahl aus Schlangenfleisch und Salat. Von der Kobra hieß es, sie steigere die Manneskraft, und daher ließ er sich dieses Essen fast täglich zubereiten. Es schien ihn nicht zu verblüffen, Cixi vor sich zu sehen. Er aß ruhig weiter und zog mit den Zähnen das Fleisch von der Schlangenhaut, um sie dann auf den Boden zu werfen. Seine gelassene Reaktion stand in krassem Widerspruch zu seinem wahren Empfinden; die Frau, die er am meisten begehrte, stand keine drei Schritte von ihm entfernt.

Die Leibwächter beider Seiten blieben reglos stehen, während sie mit unruhigen Blicken zu erfassen versuchten, ob ein Angriff drohte. Keiner würde eine Bewegung wagen, ehe es ihm befohlen wurde.

Senggerinchin wischte sich den Mund mit einem bestickten Tuch ab und warf es zu der Schlangenhaut auf den Teppich.

»Was bringt Euch in mein Lager, Edle Kaiserliche Gemahlin«?, fragte er.

»Befehlt Euren Leibwächtern, die Waffe zu senken«, verlangte sie.

Er lächelte. »Sie sind Krieger des Schwarzen Horqin-Banners. Überraschungen nehmen sie nicht freundlich auf.«

»Ihr seid offensichtlich nicht überrascht«, erwiderte sie raffiniert. »Als erfahrener Feldherr habt Ihr gewusst, dass ich kommen würde, um mit Euch zu sprechen.« Damit blieb ihm nichts anderes übrig, als seine Männer wegtreten zu lassen.

»Ihr habt recht. Ich habe mit Eurem Kommen gerechnet. Steckt die Säbel weg und verlasst das Zelt«, befahl er. »Zweifellos werden auch Eure Soldaten hinausgehen, Edle Kaiserliche Gemahlin.«

»Nur mein Eunuch wird bleiben«, sagte Cixi.

Mit gebeugtem Kopf huschte Li Lien ins Zelt und stellte sich hinter seine Gebieterin.

»Auf meiner Seite wird Leutnant Ling bleiben«, verkündete Senggerinchin und zeigte auf einen der sechs Männer. »Doch zuerst wird er die Konkubine wegschaffen, die in meinem Schlafgemach liegt«, er gab ein Zeichen, »wir wollen doch nicht, dass sie uns belauscht.«

Mit vollkommen gleichmütiger Miene sagte Cixi: »Ich schlage vor, dass Ihr sie dort lasst. Ihr werdet sie vielleicht brauchen, nachdem ich gegangen bin.«

»Mandschurische Frauen langweilen mich«, erklärte er, gab Ling aber das Zeichen, sich hinter seinen Thron zu stellen. »Sie haben kein Feuer in den Lenden. Sie wissen nichts von Leidenschaft.«

»Vielleicht werde ich Euch eines Tages das Geheimnis lehren, wie man den Tiger entfesselt, der in allen Frauen steckt«, erwiderte Cixi. »Man braucht nur den rechten Schlüssel dazu.«

Er betrachtete die außergewöhnliche Frau, die vor ihm stand. Sie war noch viel erstaunlicher, als er sie in Erinnerung gehabt hatte. Bekleidet war sie mit dem traditionellen mehrlagigen Jifu in Safrangelb und einer eng anliegenden Weste mit dem fünfklauigen Drachen darauf. An den Füßen hatte sie passende Stiefel mit eckiger Zehenkappe zum Zeichen ihrer hohen Stellung. Auf dem Kopf trug sie eine schwarze Samtkappe mit aufgeschlagener Pelzkrempe, unter der die Haare versteckt waren.

Es war über drei Jahre her, seit er die geheimnisvolle Cixi in Fleisch und Blut gesehen hatte – und ihr Anblick enttäuschte ihn nicht. Sein Herz klopfte heftig vor Begierde, aber auch aus Neugier, was den Grund ihres Besuches anging. War sie hier, um ihr Bündnis zu festigen – oder sollte dies das Ende ihres geheimen Abkommens sein? Wenn Loyalität ihr Ziel war und er seine Karten richtig ausspielte, könnte er sie gleich hier ins Bett bekommen. Eine einfache Geste mandschurischer Gunst, befand er. Das würde ihn bestimmt anspornen, den Blauäugigen und die roten Teufel zu besiegen, die zur Stunde keine vier Tagesmärsche entfernt waren. Falls es ihr Ziel war, das Abkommen zu lösen, würde er sie mit Gewalt nehmen, beschloss er. Wer unangekündigt das Zelt eines Mongolen betrat, lieferte sich seiner Gnade aus. So oder so käme er zu seinem Vergnügen.

»Vielleicht könnt Ihr mir den Schlüssel jetzt zeigen«, sagte er mit einer anschaulichen Handbewegung.

»Verdient habt Ihr noch gar nichts«, erwiderte Cixi scharf. »Ihr seid eine Enttäuschung. Eure Unfähigkeit bei Tientsin und den Festungen hat große Traurigkeit und Sorge über das Reich gebracht.«

Ein heißer Zorn durchfuhr ihn. Eine Frau schalt ihn? Er glaubte, vor Wut platzen zu müssen.

»Unsere Abmachung ist dahin«, fuhr Cixi fort. »Die Horden der roten Teufel marschieren über unser Land, und Ihr tut nichts. Ihr sitzt in Eurem Zelt und wartet, dass sie zu Euch kommen. Warum habt Ihr nicht wenigstens die Felder verbrannt?«

Li Lien, dem klar war, dass die Situation sich schnell verschärfen konnte, löste den kleinen Dolch, den er in den weiten Ärmeln seines Gewands trug. Er machte sich auf das Schlimmste gefasst und würde wenn nötig für seine Gebieterin sterben.

Senggerinchin stand auf, die Hand am Säbelheft. Er trug die hellblaue Seide des Schwarzen Horqin-Banners und hatte die Ärmel aufgekrempelt. Seine muskulösen Arme waren angespannt, noch mehr als seine Miene. Auch er wusste nicht so recht, wie sich die Lage entwickeln würde. »Die Herrschaft der Qing hängt am seidenen Faden«, erwiderte er und bezwang sich, nicht laut zu werden. »Die Äcker und die Häuser der Chinesen anzuzünden würde das Heranrücken der Feinde nur verzögern, nicht aufhalten.« Er kam von seinem Thronpodest herab und näherte sich seiner Besucherin. »Damit würdet Ihr viel Schlimmeres erreichen«, erklärte er. »Die Bauern würden sich gegen Euch wenden. Schon jetzt verabscheuen sie die Herrschaft der Mandschu. Sie hassen die Gesetze, die Eure Beamten ihnen aufgezwungen haben. Ihr werdet eine weitere Rebellion auslösen, wenn Ihr nicht vorsichtig seid. Bedenkt, dass auf jeden Mandschu im Reich hundert Chinesen kommen. Zur Zeit habt Ihr nur einen Vorteil: Die Bauern fürchten und verachten die roten Teufel noch mehr als die Mandschu. Nicht wir sind der Feind, der die Bauern aus den Hütten treibt – die roten Teufel sind es.«

Cixi nahm seine Worte mit unbeteiligter Miene auf, doch innerlich lächelte sie befriedigt. Er hatte die erhoffte Erwiderung gegeben. »Ihr habt recht«, sagte sie kleinlaut. »Ich ahnte nichts von den weiteren Gefahren. Ich bin zerknirscht wegen meines Ausbruchs. Bitte nehmt meine Entschuldigung an.«

Der Mongole umkreiste sie und sog den betörenden Duft ihres Parfüms ein, dann kehrte er zu seinem Thron zurück. Er hätte nicht glücklicher sein können. Die begehrteste Frau der Welt stand vor ihm und brauchte seine militärische Erfahrung und Klugheit. Dafür würde er sie zu seinem Vergnügen haben und brutal gefügig machen. Doch noch anregender war das

Wissen, dass ein ebenso fähiger Krieger die roten Teufel nach Tongzhou führte. Endlich würde er auf einen ebenbürtigen Gegner treffen. Die Schlacht, die unausweichlich stattfinden würde, wäre der Höhepunkt seines bemerkenswerten Lebens. Körperliche Begierde und Krieg waren die beiden Dinge, die ihm am meisten bedeuteten. Vor ihm lag die Chance auf unsterblichen Ruhm, und er würde ihn bekommen, indem er beides frontal und rücksichtslos anging.

»Ihr habt den Feind dicht an den Sohn des Himmels herangeführt«, sagte Cixi.

»Dadurch sind wir stärker«, meinte er selbstbewusst.

»Sind wir stärker als bei den Festungen?«

Er zwirbelte seine Schnurrbartenden. »Trotz Eurer Warnung war ich nicht sicher, was die Fähigkeiten des Blauäugigen anging, und daher hat er uns besiegen können. Ich habe ihn mit eigenen Augen gesehen, wie er auf der Mauer der Festung Zhen stand. Er geht an Elgins Seite. Er wendet die Lehren Sunzis an, als wäre er sein persönlicher Schüler. Er taktiert entschlossen und bezwingend. Die Festungen haben wir nicht verloren aufgrund meines Versagens, sondern aufgrund seines Scharfsinns. Er begeht nicht die üblichen Fehler der Invasoren. Ganz im Gegenteil. Er zeigt Weisheit und Zurückhaltung und greift uns nur bei unseren Schwachstellen an.«

»Wenn dieser Mann so machtvoll ist, lasst ihn doch umbringen«, empfahl Cixi. »Dann verschwinden unsere Schwierigkeiten mit seinem Blut in der Erde.«

»Wie könnt Ihr solch eine Tat vorschlagen!«, schnauzte er ganz im Widerspruch zu seinem einstigen Befehl. »Dieser Mann ist ein Meister vieler Disziplinen! Er ist nicht dazu bestimmt, einen so unrühmlichen Tod zu sterben! Er ist nicht nur ein meisterlicher Heerführer, er wurde auch von den Shaolin ausgebildet.« Er zog seinen Säbel und prüfte die Schärfe mit dem Daumen. »Er wird von meiner Hand in der Schlacht sterben. Das ist sein Schicksal.«

Cixi hörte das verblüfft. Offenbar hatte der Blauäugige einen beträchtlichen Eindruck gemacht. »Nur Ihr könnt ihn besiegen«, entgegnete sie schlau. »Darum habe ich Euch zu Hilfe gerufen.«

»Er ist wie aus dem Nichts gekommen ...«, sinnierte Senggerinchin, »der Mann, den sie Randall Chen nennen. Er kennt unsere Verteidigungsanlagen, unsere Taktik und vor allem unsere Schwächen. Doch von heute an werden wir das Kriegsglück wenden. Ich werde ihn in meine Falle locken. Ich werde ihn verleiten, Tongzhou anzugreifen, und im Hinterhalt auf der Lauer liegen. Wenn seine Soldaten mit einem Großangriff auf die Stadtmauern beschäftigt sind, werden unsere Reiter von allen Seiten auf sie zustürmen und sie überraschen.«

Cixi prägte sich den Namen Randall Chen ein. »Warum wird das den Sieg bringen?«, fragte sie.

»Weil nur ein Narr Tongzhou nicht verteidigen würde. Er wird nicht damit rechnen. Ich werde seine Denkweise gegen ihn kehren. Erst wenn es zu spät ist, wird er seinen Irrtum erkennen. Ich spüre Hochmut in seinem Handeln, so als glaubte er zu wissen, was als Nächstes geschieht. Ich werde dieses Land in einer Weise verteidigen, auf die selbst er nicht gefasst ist.«

Cixi sah ihm an den Augen an, dass sein höchstes Ziel der Sieg über den Blauäugigen war, nicht der Thron des Reiches. »Und woher wollt Ihr wissen, dass die roten Teufel nicht an Tongzhou vorbeiziehen?«, fragte sie. »Sie könnten ohne weiteres auf Peking marschieren.«

»Dann riskieren sie, in der Ebene schutzlos eingeengt zu sein, das werden sie nicht tun.« Er stieß die Säbelspitze vor sich in den Boden. »Doch genug von der Kriegskunst, Edle Kaiserliche Gemahlin. Ihr seid aus einem bestimmten Grund gekommen, und es wird Zeit, ihn mir zu nennen.«

Sie trat vor, kniete am Fuß seines Thrones nieder und beugte den Kopf bis zum Boden. »Ich habe ein Geschenk für Euch. Und einen Befehl, den Ihr befolgen müsst.«

Die Vertiefung ihres Bündnisses war zweifellos ihr Ziel, urteilte Senggerinchin. Er würde sie sich noch heute zu Willen machen, dessen war er nun sicher. »Was für ein Befehl ist das?«, fragte er mürrisch.

»Ich habe ernste Nachrichten vom Sohn des Himmels und seinen Räten. Er hat befohlen, Euch die dreiäugige Pfauenfeder abzunehmen.«

»Ihr bringt Nichtachtung in dieses Zelt«, sagte er leise. »Meine Männer sind auf dem Schlachtfeld in seinem Dienst gefallen, und das ist sein Lohn?«

An seiner feierlichen Antwort sah sie, dass er zutiefst beleidigt war. Sie hob den Kopf und blickte ihm forschend in die düsteren Augen. Sein Säbel steckte noch im Boden, doch seine Fingerknöchel waren weiß, so heftig ballte er die Faust um das Heft.

»Ihr und der Kaiser habt das Vertrauen in mich verloren«, stellte er fest.

»Dies ist das Werk Su Shuns und seiner Kriecher«, erklärte sie. »Sie wollen uns beide entehren. Sie wollen unser Bündnis schwächen und das Reich vor den Feinden bloßlegen.«

»Mit dem, was wir wussten, konnten wir die Festungen nicht halten. Wir waren nicht auf die meisterliche Taktik des Blauäugigen vorbereitet.«

»Ihr müsst mir die Pfauenfeder aushändigen«, sagte Cixi. »Zum Ausgleich dafür gebe ich Euch etwas von gleichem Wert.«

»Was wollt Ihr mir geben?«

»Zuerst die Feder«, verlangte sie.

Senggerinchin machte eine mutlose Handbewegung, und Leutnant Ling eilte in den Hintergrund des Zeltes, wo er einen schweren Vorhang teilte. Kurz sah Cixi eine junge schöne Frau dort liegen, die nackt an ein schlichtes Bett gefesselt war. Angesichts ihrer Hilflosigkeit stockte Cixi für einen Moment der Atem.

Die Mongolen waren ein widerwärtiges, grobschlächtiges Volk, befand sie. Sie kannten nur eine Art, eine Frau zu besitzen, und zwar mit Gewalt. Dass er sich eine Mandschu ausgesucht hatte, konnte nur eines bedeuten: Das arme Ding diente als Ersatz. Er wollte seine Gelüste stillen, die eigentlich Cixi galten.

Kurz darauf kehrte Ling mit der schwarzen Samtkappe zurück, an der die kostbare Feder mit zwei roten Quasten befestigt war. Er reichte sie dem Mongolen, der sie aber nicht nahm.

»Die Aberkennung der dreiäugigen Pfauenfeder ist das Schlimmste, was der Sohn des Himmels einem Heerführer antun kann«, bemerkte Senggerinchin. »Euer Geschenk muss kostbar sein, um diese Schmach wettmachen zu können.«

»Die Aberkennung ist mein Fehler«, räumte Cixi ein. »Der Kriegsrat begreift nicht, dass Ihr der Einzige seid, der die roten Teufel aufhalten kann. Darum mache ich Euch ein sehr seltenes Geschenk.« Sie wartete kurz, dann sagte sie: »Ich werde Euch den Schlüssel der Lust zeigen.«

Senggerinchins Blut rauschte mit neuer Kraft durch seine Adern. Das war sein größter Wunsch. Er würde die Lieblingsfrau des Kaisers besitzen. Bereitwillig würde sie sich ihm hingeben, doch er würde seinen grenzenlosen Zorn an ihr auslassen.

Cixi erhob sich anmutig vom Boden. »Mein Diener und Euer Leibwächter werden uns nun allein lassen«, sagte sie. »Dann werde ich Euch etwas über Leidenschaft lehren.«

Nachdem die Genannten das Zelt verlassen hatten, knöpfte sie langsam ihre Weste auf und ließ sie fallen. »Doch es gibt Regeln, die Ihr befolgen müsst.« Sie zeigte auf das Symbol des fünfklauigen Drachen, der nun zu ihren Füßen lag. »Ich bin das Eigentum des Kaisers. Und bei der Ehre der Götter, Ihr dürft mich nicht berühren, bis Ihr unsere Abmachung erfüllt und die roten Teufel aus dem Land getrieben habt.« Sie schwieg kurz. »Erst dann werde ich Euer sein, und Ihr dürft mit mir tun, was Euch gefällt.«

Er stieß einen frustrierten Schrei aus. In seinem Zorn zog er den Säbel aus dem Boden und hieb nach einem der schweren Zeltpfosten. »Was nützt mir dann Euer Besuch?«, schrie er und schlug ein zweites Mal in das Holz.

Als wäre nichts geschehen, knöpfte Cixi ihr Jifu auf und ließ es fallen, sodass ihre makellosen Brüste entblößt waren. Einen Moment lang stand sie vollkommen still. Dann setzte sie ihren Samthut ab, worauf ihr die dunklen Haare über die Schultern fielen.

Mahnend hob sie den Zeigefinger. »Ihr habt Euren Teil der Abmachung noch nicht erfüllt. Ihr verdient es nicht, mich zu besitzen. Doch wenn Ihr heute meinen Anweisungen folgt, werdet Ihr etwas Unschätzbares über die Frauen lernen.«

Senggerinchin war von ihrem Anblick wie gebannt. Sein Verstand war überflutet mit Bildern, wie er sie auf den Boden warf, sie so fest am Hals packte, dass sie nicht schreien konnte, und in sie hineinstieß, bis sich sein mongolischer Same entlud. Gleichzeitig fühlte er sich von ihrem überlegenen Benehmen gebremst.

Cixi stieg aus ihren Hosen und stand splitternackt vor dem gewaltbereiten, unberechenbaren Mann. Sie griff sich zwischen die Beine, führte sich den Finger ein und hob ihn anschließend an den Mund, um den Geschmack zu kosten. Dass sie so vor diesem Tier stand und es dennoch fügsam hielt, ließ ihre Säfte steigen.

Sie ging an den Vorhang zum Schlafgemach und zog ihn beiseite. Da lag die junge Frau auf dem Rücken, mit Händen und Füßen an die Bettpfosten gefesselt.

Mit lang erprobter Anmut ging Cixi auf sie zu. »Weißt du, wer ich bin?«, fragte sie.

Die junge Frau hatte glatte zarte Haut; kein Makel war an ihr zu sehen. Die glänzenden schwarzen Haare lagen ausgebreitet auf dem Laken.

»Nein, Herrin«, antwortete sie ängstlich.

»Ich bin Cixi, die Gemahlin des Himmlischen Prinzen«, gab sie Auskunft. »Du wirst dich mir fügen.« Cixi wandte sich zu Senggerinchin um, der hinter ihr stand und mit seinem Verlangen kämpfte. »Ich werde sie für Euer Vergnügen vorbereiten«, kündigte sie an. »Sie wird willig und bereit sein, wie ein Tal das Wasser eines Stroms in sich aufnimmt. Wenn Ihr in sie eindringt, wird sie überströmen vor Dankbarkeit. Und Ihr werdet Lust empfinden wie noch nie in Eurem Leben.«

Sein Blick war auf Cixis schönen Rücken geheftet gewesen, und als sie sich zu ihm umdrehte, wanderte er hinab zu ihrer haarlosen Weiblichkeit. Er konnte sehen, dass sie nass war, und das beflügelte sein Verlangen noch mehr. Cixi trat hinter den Mongolen und zog ihm das hellblaue Hemd über den Kopf, sodass sein kräftiger, muskulöser Oberkörper zum Vorschein kam. Er war mit Narben übersät. Mit flinker Bewegung zog sie ihm die Hose aus, doch ohne ihn in einer Weise zu berühren, die ihm einen Vorwand gäbe, seine Beherrschung fahren zu lassen, die er sich so mühsam auferlegte.

»Ich sehe, dass Ihr Eure Frauen anzubinden pflegt, um sie gegen ihren Willen zu besitzen. Heute aber wird sie Euch wollen, sich nach Euch verzehren, an nichts anderes denken können. Aber vergesst nicht: Mich dürft Ihr nur mit den Augen besitzen. Ihr dürft schauen, aber nicht berühren. Unser Tag wird kommen«, flüsterte sie. »Dann werde ich Euch gehören.« An der Schwellung seiner Lenden und den Speicheltropfen in seinen Mundwinkeln sah sie, dass sie seine volle Aufmerksamkeit hatte.

Sie schob ihn auf sein Bett, dann kroch sie über ihn hinweg zu der nackten jungen Frau, um ihr ins Ohr zu flüstern. »Entspanne dich und atme tief. Wenn ich auf deinen Bauch presse, drücke dich nach unten. Dann wirst du in den Himmel gehoben.«

Die beste Gespielin der Welt machte sich ans Werk. Es war ein Ritual, das sie schon hundert Mal vollführt hatte, mal zum

Vergnügen des Kaisers, mal zu ihrem eigenen, und in ihrer frühen Zeit, um den weiblichen Körper zu erforschen. Unter Ausnutzung der Meridiane hatte sie eine Reihe von Praktiken erfunden, die unfehlbar große Erregung und plötzliche Orgasmen auslösten.

Cixi fand am weiblichen Körper ebenso viel Gefallen wie am männlichen. Es ging nur um die Lust und ihre Steuerung. Während sie den Geruch der Frau in sich aufnahm, fuhr sie mit der Zunge über deren warme Haut und schwebte schließlich auf Händen und Knien über ihr. Ihre Brustspitzen berührten sich beim Kuss. Das würde allzu leicht werden, fand sie, doch sie hatte keine Zeit für großartige Dinge. Sie musste bis Sonnenuntergang in die Verbotene Stadt und zum Sohn des Himmels zurückkehren. Denn abends erfreute sie ihn und seine Konkubinen, jeden Abend ohne Ausnahme.

Zwanzig Minuten lang lockte und erregte sie die junge Frau, die immer lauter stöhnte. Dann schwebte sie mit dem Mund über ihren süßen Lenden. Mit größter Geschicklichkeit drückte sie die Zunge auf sie, nass und fest, und ließ sie langsam kreisen. Als sie spürte, dass ihre Gefangene nicht mehr ertragen konnte, presste sie zwei Finger gegen die Sehnen am Oberschenkelansatz und drückte mit der flachen Hand auf ihren Bauch.

Darauf stieß die junge Frau einen hemmungslosen Lustschrei aus, den sie noch nicht gekannt hatte. »Weiter, bitte!«, rief sie. »Bitte, nicht aufhören …!«

Cixi bewegte sich stets langsam und anmutig, so auch jetzt. Sie schob sich von der jungen Mandschu weg und gab dem Mongolen ein Zeichen, sich sein Vergnügen zu nehmen. »Dringt rasch ein.«

Wie ein Rasender stürzte er sich auf seine Beute.

Ohne das Weitere abzuwarten, entfernte sich Cixi von dem Bett, wischte sich die Säfte von ihren Oberschenkeln und leckte sich die Finger sauber. Sie hörte die ungestümen Stöße des Mongolen und seiner Gefangenen und hatte nicht mal ein Lächeln übrig. Stattdessen rief sie nach Li Lien, der von draußen hereinkam, den Vorhang zum Schlafgemach schloss und sich wortlos und ohne Aufhebens daran machte, seine Gebieterin anzukleiden.

Von dem dicken Vorhang gedämpft, drangen die Lustgeräusche herüber, die dem Höhepunkt entgegengingen und in einen doppelten Schrei mündeten. Dann herrschte Stille.

Als der letzte Knopf ihrer safrangelben Weste geschlossen war, streckte Cixi die Hand aus, und Li Lien legte das Dokument hinein. Sie legte ihre sauber geschriebenen Anweisungen auf Senggerinchins Thron, dann zog sie die Pfauenfeder von der Samtkappe.

Ihre Arbeit war getan. Nach wie vor gebot sie über den Willen des Mongolen. Doch ein neuer Gedanke hatte in ihr Gestalt angenommen. Wenn Senggerinchin und sein Heer bei Tongzhou unterliegen sollten, wäre bewiesen, dass der Blauäugige, dieser rätselhafte Verräter, wirklich machtvoll war. Wenn sich die Dinge zum Schlimmsten entwickelten, wäre vielleicht er der Verbündete, den sie brauchte.

Nachdem sie in die warme Sonne getreten war, ahnte sie, dass sich eine neue, unerwartete Kraft gegen das Reich erhob. Eine Kraft, die so stetig wuchs, wie die Macht des Himmelssohnes schwand. Die Zeit würde zeigen, ob sie mit diesem Gefühl recht hatte. Wenn die Streitkräfte der Invasoren schwach waren, würden sie von Senggerinchins riesigem Heer in den Hirsefeldern bei Tongzhou mühelos geschlagen. Wenn sie aber doch stark waren, wie Cixi fürchtete, blieb ihr nichts anderes übrig, als sich mit diesem neuen Anführer zu verbünden. Die Bewunderung, die der Mongole für diesen Randall Chen hegte, sagte ihr, dass mit ihm große Dinge zu vollbringen wären.

Im Reich der Mitte knüpfte man seine Loyalität ans Überleben – das war die Art der Qing.

20.

MONGOLISCHES FELDLAGER
1.600 METER WESTLICH VON TONGZHOU, CHINA
18. SEPTEMBER 1860
ORTSZEIT: 11.30 UHR
UNTERNEHMEN ESRA – TAG 199

Cixis Anweisungen an Senggerinchin enthielten alles, was er wissen musste. Auf ihren Befehl hin hatten Mu Yin und Prinz Kung mehrere Briefe an Lord Elgin geschrieben, in denen sie verlangten, er möge seinen Vormarsch nach Peking stoppen. Sie versprachen, alle Reparationen zu leisten, wenn er allein mit einer Ehrengarde von tausend Mann nach Tongzhou käme, um darüber zu verhandeln. Sie versprachen die Kooperation und den Schutz des Kaisers einschließlich einer offiziellen Audienz in Peking gegen Ende des Monats.

Doch das war bloß ein Trick, um die Truppen der roten Teufel zu teilen und weiter in die Ebene zu locken. Erklärten sich diese dazu bereit, so lautete Cixis Befehl, Lord Elgin samt der jämmerlichen Eskorte niederzumetzeln, sobald sie so weit herangekommen waren, dass ihnen ein Rückzug nicht mehr gelingen konnte.

Senggerinchin ahnte schon, dass Randall Chen nicht auf einen so offensichtlichen Betrug hereinfallen würde. Nach allem, was er bisher erlebt hatte, würde sein Gegenspieler den Plan mühelos durchschauen. Doch er bereitete seine Männer nicht ungern auf diese höchst unelegante Taktik vor, denn wenn sie dennoch aufginge, wäre der Blauäugige nicht der Mann, für den er ihn gehalten hatte. In ihren Anweisungen an ihn verlangte Cixi auch weitere Auskunft über den Blauäugigen und seine

Rolle in der britischen Führung, unabhängig davon, ob ihr Plan gelang oder fehlschlug. Senggerinchin gedachte auch herauszufinden, wie und warum Randall Chen seinen bemerkenswerten Willen gegen sein eigenes Volk gekehrt hatte.

Sehr zu seiner Überraschung war der britische Gesandte Parkes mit einem kleinen Kontingent britischer und französischer Soldaten, nicht einmal fünfzig Mann, am Vorabend nach Tongzhou hineingeritten und hatte verlangt, zu Mu Yin und Prinz Kung gebracht zu werden, als Vorhut für Lord Elgins Erscheinen. Senggerinchin konnte nicht glauben, dass dieser Parkes so waghalsig vorging. Ganz offensichtlich verstand er nichts von Kriegstaktik, wenn er sich in eine so gefährliche Lage brachte. Doch das erfüllte den Mongolen mit freudiger Erregung, denn er hatte zweitausend Horqin-Krieger innerhalb der Mauern postiert, was zu der Illusion einer stark verteidigten Stadt beitrug; genau die Täuschung, die er zu erzielen hoffte.

Nachdem Cixi erfahren hatte, dass Parkes in Tongzhou war, schickte sie Mu Yin und Prinz Kung zu einem offiziellen Treffen mit dem Konsul. Zwei Stunden lang dauerte das Gespräch, dann standen Parkes und seine Begleiter abrupt auf, sammelten ihre Papiere ein und ritten aus der Stadt nach Süden auf Chang Chia-wan zu. Das war der Augenblick, als Senggerinchins Vorbereitungen zur Täuschung aufflogen.

Als die Ausländer unerwartet nach Süden ritten anstatt nach Osten über den Haihe, bemerkten Parkes und sein Gefolge, dass in den Hirsefeldern Geschützbatterien versteckt waren. Bei näherem Hinsehen entdeckten sie die Soldaten der mandschurischen Banner und die große Anzahl chinesischer Infanteristen im Nordwesten.

Nun war offenbar, dass die Felder zum Schlachtfeld werden sollten.

Der Kriegsverstand versagte plötzlich. Wegen ihrer Verwirrung über das Heranrücken des Feindes von Norden – also aus

Richtung Tongzhou – versuchten die chinesischen Offiziere nicht, Parkes und seine Männer aufzuhalten.

Daraufhin band Parkes eine weiße Flagge an die Lanze eines Sikhs, und mit seiner Vierzig-Mann-Eskorte – ohne Colonel Walker und drei Sikhs, die er nach Süden schickte, damit sie die finstere Entwicklung Lord Elgin meldeten – ritt er durch die tatarischen Linien in dem lächerlich tapferen Versuch, dem Kommandeur, der es wagte, sich dem Vormarsch entgegenzustellen, die Sache auszureden. Ein chinesischer Offizier brachte sie in Senggerinchins Lager westlich von Tongzhou. Schließlich standen sich die beiden Männer gegenüber.

Hinter Parkes war eine ungewöhnliche Gruppe versammelt: Henry Loch, der Sekretär von Lord Elgin, Thomas Bowlby, der Korrespondent der Londoner Times, Pater Duluc, ein französischer Priester, und Comte d'Escáyrac, ein französischer Wissenschaftler, sechs Captains und Colonels, zwanzig Sikhs und ein halbes Dutzend Dragoner in Paradeuniform. Nachdem man ihnen die Gewehre abgenommen hatte, wirkten die Soldaten eingeschüchtert, zumal sie, umringt von zweihundert Tataren mit gezogenem Säbel, dicht zusammengedrängt in der Mitte des Lagers standen.

Ironischerweise war es Parkes, der die Brüllerei übernahm und in fließendem Mandarin schrie, man habe sie betrogen und die dumme Aktion werde Folgen haben. Er schritt wie ein aufgeregtes Huhn vor Senggerinchins Zelt auf und ab, in völliger Missachtung der vierzigtausend Kavalleristen und Infanteristen, deren Lager sich in alle Richtungen erstreckten, so weit das Auge reichte.

Gute fünf Minuten hörte Senggerinchin unbewegt zu, er drehte nur die dünnen Schnurrbartenden zwischen Daumen und Zeigefinger. Die andere Hand ruhte am Heft seines Säbels.

»Unsere Streitkräfte, die auf Peking marschieren, sind enorm stark«, schrie Parkes, rot vor Anstrengung. »Euer Hinterhalt ist völlig zwecklos!«

»Randall Chen hat Euch gut beraten«, erwiderte Senggerinchin schließlich. Der leere Gesichtsausdruck, den sein Gegenüber plötzlich an den Tag legte, war ihm Beweis genug, dass dieser die Klugheit des Blauäugigen aus eigener Anschauung kannte.

»Ich weiß nicht, wovon Ihr redet«, erwiderte Parkes. Seine anschließende Wortkargheit war nur ein weiterer Beweis seiner Mitwisserschaft.

»Ihr werdet mir alles über den Verräter erzählen!«, brüllte nun Senggerinchin.

»Ihr müsst kapitulieren!«, brüllte Parkes zurück. »Dann wird man Euch verschonen.«

Senggerinchin lachte laut heraus. Die Dreistigkeit dieses aufgeblasenen Wichtigtuers war unbegreiflich. Da standen sie auf chinesischem Boden, umzingelt von dem größten Tatarenheer seit zweihundert Jahren.

»Auf jeden Fall wurde Eure Falle entdeckt«, fügte Parkes hinzu. »Ich habe Colonel Walker und drei meiner besten Sikhs zu Lord Elgin geschickt, um ihn zu informieren.« Er machte eine effekthascherische Pause. »Unsere Truppen sind näher, als Ihr denkt. Sobald sie von Eurem Betrug hören, werden sie angreifen ohne Rücksicht auf die Verhandlungen, die wir gerade mit Mu Yin und Prinz Kung erfolgreich abgeschlossen haben. Man wird Euch dafür mit Schimpf entlassen.«

»Ihr habt es hier nicht mit chinesischen Höflingen zu tun, Harry Parkes. Ich bin ein mongolischer Krieger! Nachfahre Dschingis Khans! Anführer meines Volkes! Eure Drohungen sind nicht einmal Staub in meinen Augen, doch Ihr haltet sie für tödliche Pfeile.« Er schwieg einen Moment, dann fuhr er fort. »Ich will von Euch alles über den blauäugigen Randall Chen wissen. Ihr werdet mir sagen, woher er kommt und woher er sein Wissen hat.«

»Ich weiß nichts über diesen angeblichen –«

»Lügner!«, brüllte Senggerinchin, riss den Säbel aus der Scheide und schlug dem Sikh an Parkes' Seite den Kopf ab.

»Erzählt mir von dem Blauäugigen!«, wiederholte er.

»Wir sind unter der Parlamentärflagge hier!«, schrie Parkes entsetzt.

Der Mongole hob den Säbel und köpfte den Dragoner links von Parkes.

»Erzählt mir von dem Blauäugigen!«

Parkes starrte ungläubig auf die kopflosen Leichen.

Die Blutspritzer auf der Brust des Mongolen ließen ihn noch bedrohlicher wirken. In gebrochenem Englisch sagte dieser: »Sie werden mir von dem Mann erzählen, oder ich köpfe einen nach dem anderen, bis niemand mehr lügen kann!« Er holte mit dem Säbel aus, um einen dritten aus Parkes' Entourage zu töten.

Von hinten schrie der Korrespondent der Times: »Um Himmels willen, Mann! Sagen Sie ihm, was er wissen will. Der bringt uns alle um, ohne mit der Wimper zu zucken.«

Parkes war es so sehr gewohnt, umfassende Stärke und britische Allmacht an den Tag zu legen, dass ihm die Gefährlichkeit der Lage völlig entgangen war. Jetzt nahm er seine fünf Sinne zusammen und begann, in höchst eloquentem Mandarin bedachtsam zu sprechen. »Ich bin hier aufgrund ausdrücklicher Vereinbarung mit den Kaiserlichen Kommissaren, um ein Bündnis mit dem Sohn des Himmels in feste Form zu bringen.« Sein Ton war jetzt freundlicher, sein Benehmen ruhiger. »Eure Kooperation ist gefragt, Prinz.«

Senggerinchin gab seinen Säbel an einen seiner Leute, um das Blut abwischen zu lassen. »Jetzt möchtet Ihr mir also Respekt erweisen?« Mit einer Handbewegung befahl er zwei Männer zu Parkes. »Kotau!«, schnauzte er.

Ehe Parkes wusste, wie ihm geschah, trat man ihm die Beine weg, worauf er mit Knien und Gesicht am Boden lag und mit der Stirn gewaltsam in den Dreck gedrückt wurde.

»Erzählt mir von dem Blauäugigen!«, verlangte Senggerinchin. Nachdem er keine Antwort erhielt, sagte er: »Vor Euch stehen keine Männer mit Manieren. Hier gibt es keine Kaiserlichen Kommissare, die Euch retten könnten.«

»Ihr müsst mit dieser Erniedrigung aufhören!«, schrie Pater Duluc in fließendem Mandarin. »Der Mann ist ein Gesandter der britischen Königin! Ihm muss gestattet werden, seine Ehre zu wahren!« Eine Sekunde später kniete auch er am Boden mit der Stirn im Staub.

»Ich werde Euch nicht länger täuschen«, brachte Parkes mit blutender Nase hervor. »Der Blauäugige gehört zu uns.« Doch Senggerinchins Männer ließen sich von dem Geständnis nicht abhalten, ihn immer wieder mit der Nase in den Dreck zu stoßen. »Ich kenne ihn gut. Er gehört zu uns«, versicherte Parkes verzweifelt.

Schließlich gab Senggerinchin ein Zeichen, und Parkes und Duluc durften ihr blutendes Gesicht heben. »Begreift Ihr also doch noch, dass Ihr keine Wahl habt«, stellte er barsch fest. »Ihr werdet mir alles verraten. Ihr braucht Euch nur zu fragen, wie viel Schmerzen ertragen werden müssen, bis der Prinz der Mongolen erfahren hat, was ihm zu wissen zusteht. Bindet ihnen die Hände!«

Parkes und seinem Gefolge wurden die Hand und Fußgelenke mit nasser Kordel zusammengebunden. Niemand von ihnen ahnte, dass gerade die Nässe größte Schmerzen verursachen würde. Beim Trocknen würde sich die Kordel zusammenziehen und ihnen in die Haut schneiden und die Glieder abschnüren. Innerhalb weniger Stunden würden Hände und Füße dick anschwellen und schließlich absterben. Sie würden unvergleichliche Schmerzen zu ertragen haben und wie viele vor ihnen vielleicht sogar wahnsinnig werden und sterben.

Unter Senggerinchins beharrlichen Fragen und von den Schmerzen durch die trocknenden Fesseln angespornt, enthüllte Parkes über Chen, so viel er wagte. Zugleich bemühte er sich, mit seinen Worten Lord Elgins Lage in taktischer Hinsicht zu verbessern und warf einen glaubhaften Schleier der Unwahrheit über seine Ausführungen, den sein Befrager kaum zu durchdringen fand. Er bestritt jedoch weder den Mordanschlag auf Chen noch dessen unglaubliche Selbstverteidigung, womit er seine Glaubwürdigkeit weiter erhärtete.

Senggerinchin erfuhr, dass der Blauäugige in Hongkong aufgetaucht und offenbar nicht chinesischer Abstammung war, was seinen leicht fremdartigen Akzent und die ungewöhnlichen Augen erklärte. Es freute ihn zu hören, dass Chen viel von seinem militärischen Können hielt und bei jedem Vorgehen zu Umsicht geraten hatte. Doch Parkes versicherte eilig, dass Lord Elgin den Rat des Fremden zwar berücksichtige, aber doch selbst der führende Kopf sei, der den Sieg über die Festungen herbeigeführt habe. Danach ließ er sich eingehend über die überlegene Artillerie und die umfassende Ausbildung der Soldaten aus.

Senggerinchin war weder enttäuscht noch begeistert. Letztlich traute er Parkes nicht, und das zu Recht. Dieses Gespräch war ein Spiel der Täuschungen, und beide Männer wussten das. Die Frage war jetzt, wie der Mongole seine Gefangenen am besten zur Erreichung seiner Ziele nutzen könnte.

Da er nun wusste, dass Elgins Truppen näher waren als vermutet, beschloss er, die neununddreißig verbliebenen Barbaren in vier Gruppen aufzuteilen und eine davon in das befestigte Tongzhou zu schicken, als Käse für die hungrigen britisch-französischen Mäuse. Sobald diese hören würden, dass ihre Leute mit absterbenden Händen und Füßen und vor Schmerzen schreiend hinter der Stadtmauer saßen, bliebe ihnen nichts anderes übrig, als sie mit einem Großangriff zu befreien. Nichts würde Elgin mehr in Rage bringen als die Nachricht, dass sie unter der Parlamentärflagge gefangen genommen und dann gefoltert worden waren.

Die zweite Gruppe – mit den kümmerlichsten Leuten – würde er in den Sommerpalast schicken, um sie dem Adel vorzuführen. Das würde ihnen die Jämmerlichkeit der Invasoren vor Augen führen und die Angst in Peking verringern. Die dritte Gruppe sollte im Feldlager bleiben als Verhandlungsmasse, falls die Schlacht unerwartet schwierig werden sollte, und die vierte Gruppe mit Harry Parkes und diesem fetten Schmutzfinken Henry Loch wollte er nach Peking bringen lassen, um sie ins Gefängnis des gefürchteten Strafgerichts sperren zu lassen.

Parkes stockte der Atem vor Angst, als er das alles hörte. Und doch war sein und Lochs Schicksal weit besser als das der anderen Gefangenen. Ohne seine zur Schau getragene Zuversicht und sein selbstherrliches Auftreten als Schutz – große Töne wirkten bei den Chinesen immer – sahen sie einem schmerzhaften und erniedrigenden Tod entgegen. Thomas Bowlby hatte sich am Nachmittag noch glücklich geschätzt, dass man nicht ihm den Kopf abgeschlagen hatte, doch dieser Tod wäre leichter gewesen. Stattdessen würde ihm nun wie vielen anderen die Haut an Händen und Füßen aufplatzen, Schmeißfliegen würden sich zu Dutzenden darauf niederlassen, und er würde halb wahnsinnig an Blutvergiftung sterben.

Der Kampf um das Reich der Mitte war nun ernsthaft im Gange, und keine Streitmacht würde sich zurückziehen. Bei seinem Versuch, die Feinde noch tiefer in seine Falle zu locken, hatte Senggerinchin sie unerwartet erzürnt – was die Beziehung zwischen Ost und West auf ewig vergiften würde. Die Chinesen kämpften um Heim und Herd, ein starker Vorteil; auf der gegnerischen Seite gab es jedoch einen viel wirksameren Ansporn: die Überzeugung, die Welt zu beherrschen.

Am späten Nachmittag kamen Meldungen, dass nur sechzehn Kilometer entfernt die ersten Scharmützel stattfanden. Anscheinend waren Lord Elgin und der Blauäugige tatsächlich näher, als Senggerinchin geglaubt hatte. Doch er war bereit. Die

Hirsefelder waren geschnitten worden, um leichten Zugang zur Stadt zu gewähren; und soeben wurden zwei Gefangene übers freie Feld auf die Stadtmauer zugetrieben, hinter der sie als Köder fungieren würden.

Die Falle war aufgeklappt, die Feder zurückgezogen.

21.

1600 Meter südwestlich von Tongzhou, China
19. September 1860
Ortszeit: 8.07 Uhr
Unternehmen Esra – Tag 200

Die Aufstellung seiner Horqin-Reiter für die Schlacht unternahm Senggerinchin persönlich und in seiner besten Lederrüstung. Über fünftausend Reiter standen in dichten Reihen zwischen den Bäumen, wo sie von den Feldern aus nicht zu erkennen waren. Die Herbstsonne stand niedrig am Himmel und sorgte für lange schwarze Schatten. Das Schnauben und Trampeln der Pferde und das Knarren des Lederzeugs hallte durch den Wald wie ein leises Vorspiel des Schlachtgetöses, das sich bald entfesseln würde.

Wie erwartet war Lord Elgin mit seinen Truppen auf die Hirsefelder östlich der hohen Stadtmauer gezogen, wo er seinerseits die Geschütze bereit machte und Reiter und Fußsoldaten zum Angriff aufstellte.

Senggerinchin wusste, dass er äußerst zuversichtlich sein konnte, was seine eigene Aufstellung anging. Er befehligte nunmehr fast fünfzigtausend Mann zwischen dem Wald und Peking. Der Gegner war hoffnungslos in der Unterzahl. In den nördlich gelegenen Tälern verbargen sich Tausende mandschurische Reiter; nur tausend Schritte nach Süden hin versteckten sich Tiger-Soldaten mit ihrer schwarz-gelben Uniform im hohen Getreide. Musketiere und Kanoniere bemannten ihre Geschütze in den angrenzenden Hügeln und in getarnten Batterien in Maisfeldern. Die Truppen der Qing bildeten eine überwältigende Übermacht, und dennoch verspürte er ein nagendes Gefühl des Unbehagens, als beginge er einen Fehler. Seine ganze Erfahrung als General sagte ihm, die Chancen würden nie besser stehen als jetzt, doch das änderte nichts an seiner inneren Unruhe – die freilich eine Empfindung war, die ein mongolischer Krieger niemals akzeptierte.

Durchs Fernglas konnte er die gesamte feindliche Streitmacht sehen, die in perfekter Aufstellung vor ihm ausgebreitet war, insgesamt viertausend Soldaten höchstens – also mehr als die Tausend-Mann-Eskorte, die er erwartet hatte. Doch er war immer noch in der günstigeren Situation. Die roten Teufel hatten keine Möglichkeit, mehr Leute oder Munition zu beschaffen oder zu fliehen, sobald sie eingekreist waren. Sie wären isoliert vom Hauptkontingent ihrer Truppen, das damit beschäftigt war, das neunzig Kilometer entfernte Tientsin um jeden Preis zu halten.

In den Tataren brannte das Verlangen, Elgins Soldaten zu zermalmen, das konnte Senggerinchin ihnen von den Augen ablesen. Und er wusste, er hatte getan, was er konnte, um sie auf die kommende Schlacht vorzubereiten. Bis auf den letzten Mann empfanden sie einen grenzenlosen Hass auf die arroganten abendländischen Invasoren und lechzten nach der Gelegenheit, die bisherige Blamage des Kaisers in einen großartigen Sieg zu verwandeln. Die Barbaren hatten den Sohn des Himmels beleidigt, indem sie es wagten, sich einen Weg in die heilige Stadt zu erzwingen. Darum würde es kein Pardon geben. Die Tataren hatten Befehl, keine Gefangenen zu machen, sondern das Blut ihrer Feinde mit solcher Brutalität zu vergießen, dass kein ausländisches Heer je wieder die Macht des Reiches herausfordern würde.

Die Lederrüstungen glänzten, die Bögen waren bespannt, die Pfeile steckten im Köcher. Die Zündschlossmusketen waren gereinigt und geladen, die Säbel aufs Äußerste geschärft. Die Drachenbanner waren eingerollt, um sich im Augenblick des Angriffs zu entfalten. Dies war ein Hinterhalt, wie es ihn noch nicht gegeben hatte, und kein Plan, der nur eine Richtung kannte. Senggerinchin war auf jede Eventualität vorbereitet, falls der rätselhafte Blauäugige seine anfängliche Absicht durchschaute. An der Acht-Li-Brücke hatte er eine Rückzugsposition für den Fall, dass die roten Teufel ihren Angriff nach Peking lenkten. Sheng Pao, sein fähigster, vertrauenswürdigster General, stand dort mit fünftausend Mann der Kaiserlichen Garde. Sie waren von Cixi persönlich gesandt worden, um zu gewährleisten, dass die Barbaren nicht durchbrachen.

Zwischen dem Bauerndorf Chang Chia-wan und dem Ufer des Peiho, der nur an der Acht-Li-Brücke überquert werden konnte, waren auf einer Länge von fünf Kilometern fünfzehntausend Reiter postiert. Um den Fluss an einer anderen Stelle zu überqueren, wäre ein Umweg von mindestens acht Kilometern nötig. Nördlich des Bauerndorfes waren die Hirsefelder bis auf kniehohe, rasiermesserscharfe Halme abgemäht worden, die für die Fesseln anrückender Kavalleriepferde mörderisch wären und ein schnelles Umgehen des Dorfes unmöglich machten. Außerdem schützten gut siebzig Steinkugelkanonen die Brücke von der anderen Seite her und dienten auch als Flankenbatterie nach Norden.

Senggerinchin saß auf seinem stämmigen mongolischen Pony, Leutnant Ling war wie immer an seiner Seite.

»Ihre Formation ist eng«, bemerkte Ling beim Blick durchs Fernglas. »Sie halten direkt auf Tongzhou zu. Sie haben uns noch nicht gesehen, sonst würden sie die Linie aufweiten.«

Senggerinchin nickte. »Offenbar sind sie von ihrem Wunsch geblendet, die Gefangenen vor der Hinrichtung zu bewahren.«

»Sie gefangen zu nehmen war ein ausgezeichneter Einfall.«

Senggerinchin nickte und sah gleichfalls durchs Fernglas. Die Feinde positionierten ihre Artillerie an den Flanken und richteten die Geschütze auf die Stadt. Er musste grinsen. Innerhalb der Mauern befand sich nur noch ein Rest Tataren, und die roten Teufel würden reichlich Kraft vergeuden, wenn sie eine

Festung angriffen, die bloß eine leere Hülle war – und würden dennoch glauben, sie sei das Herz der tatarischen Verteidigung.

»Wenn wir angreifen, müssen wir uns bewegen wie Wasser«, erklärte er seinen Soldaten. »Unsere Übermacht kann erst richtig zur Geltung kommen, wenn wir sie einkreisen und von allen Seiten gleichzeitig angreifen. Das müssen wir rasch und entschlossen tun. Wir müssen sie überschwemmen. Dann werden wir die eiserne Kraft unserer Kavallerie in ihr Herz treiben wie eine Faust und ihnen die Seele herausreißen.« Er sah es schon vor sich, wie das Schwert Dschingis Khans den Hals des Blauäugigen traf und ihm den verräterischen Kopf vom Rumpf trennte.

»Bevor die Sonne untergeht«, rief er von seinem Pony, »ist die Ehre des Reiches wiederhergestellt! Jeder kämpfe für sein Land, seine Familie und den Sohn des Himmels. Die Barbaren sind gekommen, um unser Land und unsere Frauen zu schänden. Sie verhöhnen die Götter und den Drachenthron. Eure Verteidigung muss gnadenlos sein, unnachgiebig. Das Blut der roten Teufel muss die Erde tränken, dann werden der Sieg und die Ehre unser sein.«

Er neigte sich zu Ling. »Gebt Befehl, dass die Gefangenen getötet werden. Dann schickt unter weißer Flagge einen Boten zu Lord Elgin, sie sollen sich sofort zurückziehen, sonst werden noch mehr Gefangene sterben.« Damit spielte er eine weitere Karte der Täuschung aus. Er würde dem Blauäugigen keine Chance geben, seine Absichten zu durchschauen.

Lord Elgins Kolonne
1600 Meter östlich von Tongzhou

Die befestigte Stadt Tongzhou lag vor ihnen, die goldenen Spitzen einer prachtvollen buddhistischen Pagode ragten in den Herbsthimmel auf. Randall Chen ritt auf einem braunen Araber neben Lord Elgin, der auf einem umwerfend schönen Rappen saß. An Randalls linker Seite ritt Sir Hope Grant in der roten Uniform der King's Dragoon Guards auf einem gleichfalls prachtvollen Schimmel.

Ihre Soldaten waren ausgeruht, ihr forscher Schritt, die straffen Reihen ein Bild der Disziplin. Links standen die Briten. Die Hauptmasse ihrer Streitkräfte bildete die 2. Division mit den typischen roten Jacken, daneben die Punjabis mit khakifarbenen Uniformen und Turbanen, dann das Surrey Regiment, das Hampshire Regiment, die Royal Scots und die King's Royal Rifles. Probyns Horse und Fanes Horse waren zwischen ihnen aufgeteilt. An der rechten Flanke sah man die hellblauen Uniformen der französischen Infanterie und Kavallerie und ein Kontingent nordafrikanischer Spahis, Reiter in weißen arabischen Gewändern mit verhüllten Gesichtern.

Jeder einzelne Soldat war mit einem Enfield-Gewehr bewaffnet, einer Neuheit. Randall hatte schon bei Taku auf der Anschaffung bestanden, doch es hatte über zwei Monate gedauert, bis die Gewehre eintrafen und verteilt werden konnten. Das Enfield war ein technisches Wunder und hatte kein Luntenschloss, sondern einen Steinschlossmechanismus, der auch bei Regen und Wind funktionierte. Doch das Sensationellste daran waren das Minié-Geschoss und der gezogene Lauf. Das Geschoss weitete sich beim Schuss und dichtete nach hinten ab, woraus eine viel größere Reichweite und Treffgenauigkeit resultierten.

Randall war klar, wie wichtig diese Waffe für ihre Erfolgschancen war. Die Chinesen besaßen im Vergleich dazu ineffektive Musketen, die sich in der Bauweise und Genauigkeit seit dem 16. Jahrhundert nicht mehr verändert hatten.

Elgin zog die Zügel an, fuhr sein Fernglas aus und betrachtete eingehend das Gelände von links nach rechts und wieder zurück. Dann verharrte sein Blick auf den Mauern von Tongzhou. »Wir werden das Haupttor mit Armstrong-Granaten beschießen«, sagte er ausgelassen. »Es sieht nicht allzu stabil aus. Dann können wir unsere Infanterie direkt in die Stadtmitte schicken.«

Auch Randall und Sir Hope schauten zur Stadtmauer. Die Patrouillen waren ungewöhnlich dicht und bestanden aus wenigstens zweihundert Mann. Sie sahen beide dasselbe, zogen jedoch völlig andere Schlüsse. Während Sir Hope ein Zeichen von Stärke erkannte, fand Randall den Anblick überraschend und war sofort misstrauisch.

»Wir werden sicherlich in der Unterzahl sein«, meinte Sir Hope. »Wir müssen vorsichtig vorgehen.«

»Was die Vorsicht angeht, stimme ich Ihnen zu«, sagte Randall. Er spähte über die Hirsefelder und fernen Hügel. »Doch ich fürchte, es ist alles anders, als es scheint.«

»Was soll das heißen?«, fragte Lord Elgin.

»Nach der Anzahl von Männern auf der Stadtmauer zu urteilen, wollen die Tataren Stärke zeigen. Ich schlage vor, wir schicken einen Spähtrupp aus, um festzustellen, ob wir nicht in eine Falle laufen. Senggerinchin ist berüchtigt für seine Täuschungsmanöver.«

»Er zeigt vielleicht Stärke, weil er stark ist«, warf Sir Hope ein. »Haben Sie das einmal bedacht? Er will, dass wir von Tongzhou wegbleiben, weil er weiß, dass wir Peking nicht angreifen können, solange Tongzhou in seiner Hand ist. Sonst wären unser Nachschub und der Rückzug gefährdet.«

»Ich will meine Männer zurückhaben, alles andere ist mir egal!«, schnauzte Lord Elgin. »Senggerinchin hat Harry Parkes, den Repräsentanten der Königin, und seine Ehrengarde gefangen genommen! Unter der Parlamentärflagge, mein Gott! Meine Spione melden, dass sie in Tongzhou sind. Darum will ich dort angreifen. Wir werden die Stadt einnehmen wie die Taku-Festungen. Wir werden angreifen und siegen!«

Randalls Gedanken überschlugen sich. Es gab keine Möglichkeit vorherzusehen, was passieren würde. Die Zukunft war nur noch eine grässliche Abweichung von der Geschichte, die er studiert hatte. Diese Schlacht sollte überhaupt nicht stattfinden. Senggerinchin sollte tot sein und Tongzhou von den Invasoren links liegen gelassen werden. Randall musste sich jetzt darauf verlassen, was er über Strategie und Taktik gelernt hatte, und einbeziehen, was er über den mongolischen General wusste. Seiner Ansicht nach war der reif aussehende Apfel innen faul.

Tongzhou war eine Falle.

»Wenn die Tataren die Stadt wirklich schützen wollten«, erklärte er, »würden sie uns davon wegzulenken versuchen, indem sie sie zum Beispiel mit Kavallerie flankieren. Ich kann nirgends Soldaten entdecken außer auf den Mauern. Das erscheint mir sinnlos.«

Dort oben wurden soeben zwei Männer ins Freie gezerrt. Grant, Elgin und Randall hoben das Fernglas. Zur selben Zeit öffnete sich das Stadttor und entließ einen einzelnen Reiter, der mit weißer Flagge über das Feld auf die alliierten Truppen zuritt.

»Sehen Sie?«, meinte Elgin zuversichtlich. »Sie wollen über ihre Kapitulation verhandeln.«

Randall und Sir Hope konzentrierten sich auf das Geschehen auf der Stadtmauer. Pater Duluc und Captain Brabazon wurden mit auf dem Rücken gefesselten Händen an den Haaren zur nächsten Wehrplatte geschleift. Man trat ihnen die Beine weg, sodass sie auf die Knie fielen.

Elgin hielt sein Fernglas auf den chinesischen Reiter gerichtet, der schnell näher kam. »Am Ende sind die Chinesen doch Feiglinge«, meinte er selbstsicher.

»Sehen Sie zur Stadtmauer«, erwiderte Randall. »Ich fürchte, wir erhalten gerade ein Ultimatum.«

Elgin schwenkte das Glas herum und sah im nächsten Augenblick, wie Pater Duluc der Kopf abgeschlagen wurde und der Rumpf mit wehender Kutte über die Mauer fiel. Dann wandte sich der Henker in gleicher Weise Brabazon zu und stieß den Geköpften in die Tiefe.

»Diese Schweinehunde«, hauchte Lord Elgin.

Trotz der Schrecken, die Randall nun schon erlebt hatte, wurde ihm schlecht beim Anblick dieses unbekümmerten Mordens. Er atmete tief durch, um konzentriert zu bleiben. Nie würde er den Gesichtsausdruck Brabazons vergessen, wie er hilflos zu seinen Soldaten hinüberschaute, in der Gewissheit zu sterben, ehe sie zu seiner Befreiung einen Finger rühren könnten.

In dem Moment sprengte der chinesische Bote auf Lord Elgin zu. Sein kleines, zottiges Pony schnaubte von dem schnellen Ritt. Der Reiter, ein mongolischer Leutnant mit dem Symbol des Schwarzen Horqin-Banners auf der Brust, zügelte es abrupt. Mit ernster Miene knöpfte er seine Weste auf und zog ein dickes, gefaltetes Papier heraus, das er Lord Elgin hinhielt.

Dieser tat sein Bestes, um seinen Zorn zu verbergen, als er einem Dragoner befahl, abzusitzen und den Brief des Boten entgegenzunehmen.

Der Mongole überließ ihm das Schreiben, zeigte aber auf Randall. »Für Euch ist der Brief«, sagte er in fließendem Mandarin.

»Was hat er gesagt?«, fragte Lord Elgin innerlich schäumend.

»Dass ich die Botschaft für Sie übersetzen soll«, antwortete Randall. Der Korporal übergab sie dennoch Lord Elgin, der sie an Randall weiterreichte.

Den Blick auf den blauäugigen Chinesen gerichtet, sagte der Bote mit einem Nicken: »Ihr müsst die roten Teufel bewegen, sich zurückzuziehen.« Damit wendete er sein Pony und galoppierte zurück zur Stadt.

»Was steht drin?«, fragte Elgin ungeduldig.

Randall faltete das Schreiben auseinander und sah die Handschrift eines Gebildeten. Die Schriftzeichen waren makellos. »Wenn wir angreifen, wird alle fünf Minuten ein Gefangener hingerichtet.«

»Nichts wird mich abhalten, Harry und seine Leute zu befreien«, sagte Elgin resolut.

»Wenn wir sie retten sollen, müssen wir schnell sein«, drängte Sir Hope, das Bild der beiden Geköpften noch vor Augen. »Ich schlage einen Frontalangriff auf das Haupttor vor. Wir werden unsere Kanonen nahe heranbringen müssen, um Wirkung zu erzielen. Bei einem Abstand von sechzig Metern könnten wir es nach etwa zwanzig Minuten geschafft haben.«

»Wir müssen Tongzhou links liegen lassen«, hielt Randall dagegen.

»Sind Sie verrückt?«, schnauzte Lord Elgin. »Sie halten dort unsere Leute gefangen! Ich werde sie befreien und die Schuldigen festnehmen, um sie vor aller Augen zu bestrafen!«

»Dann tun Sie genau das, was Senggerinchin will«, erwiderte Randall, zog sein Fernglas aus und suchte die scheinbar einsame Gegend ab. »Ich bin sicher, seine Truppen verbergen sich in den Feldern und warten nur darauf. Ebenso im Wald dort drüben.«

Lord Elgin war krebsrot und schwitzte. »Haben Sie nicht gesehen, was sie da auf der Mauer getan haben? Sie verhöhnen uns! Ich will Vergeltung! Leiten Sie den Angriff auf Tongzhou ein!«

Randall riss Elgin an dem schwarzen Wollmantel zu sich herum, dass der Mann im Sattel schwankte. »Das ist eine Falle!«, schrie er ihn an. »Colonel Walker hat uns gewarnt, dass in den Hirsefeldern Tiger-Soldaten auf der Lauer liegen.«

»Wir greifen trotzdem an und –«

»Sie reagieren unbesonnen!«, fiel Randall ihm ins Wort. »Gerade darauf hofft der Mongole! Überlegen Sie doch, was hier vorgeht. Wir müssen Senggerinchin den ersten Zug überlassen.«

»Den hat er gehabt!«, brüllte Lord Elgin. »Er hat zwei unserer Verbündeten vor meinen Augen umbringen lassen!«

Randall drehte sich appellierend zu Sir Hope um. »Ich habe mich mit allen seinen Gefechten befasst. Er hat seine Gegner immer mit Täuschungsmanövern geschlagen. Darum ist er der erfolgreichste Feldherr der Qing. Darum trägt er die dreiäugige Pfauenfeder. Mit der öffentlichen Hinrichtung hat er seine Verzweiflung bewiesen. Wenn er wirklich stark wäre, würde er Sie nicht so provozieren müssen. Darum müssen wir das Gegenteil von dem tun, was er erwartet. Wir müssen das Chaos mit Disziplin schlagen. Schicken Sie in alle Richtungen Spähtrupps aus – in zehn Minuten werden wir wissen, ob die Dinge sind, wie sie erscheinen.«

Sir Hope zog die Stirn kraus. »Mr. Chen könnte recht haben«, bemerkte er. »Wir sollten vielleicht wirklich erst nachgucken, bevor wir einen vollen Angriff wagen. Colonel Walker meinte schließlich auch, es könnte eine Falle sein.«

Lord Elgin lenkte sein Pferd von einer Seite zur anderen und fuchtelte wütend mit der Pistole. Seine grauen Koteletten waren lang und struppig, seine Haut von Sonne und Wind gerötet. Schließlich sagte er: »Wenn Ihre Taktik auch nur einen meiner Männer das Leben kostet, Mr. Chen, werde ich von Ihnen Vergeltung fordern. Es gibt keinen Spielraum für Irrtümer, solange das Leben der Geiseln am seidenen Faden hängt.«

»Wenn ich recht behalte, haben Sie durch Ihre Vorsicht wesentlich mehr Männern das Leben gerettet«, erwiderte Randall.

Es war ihm selbst ein Rätsel, wieso er seiner Sache plötzlich so sicher war; er konnte nicht wissen, was in den Feldern und Wäldern um Tongzhou los war, und doch überkam ihn nun eine Ruhe, die er schon seit seiner Ankunft vor sechs Monaten nicht mehr empfunden hatte.

Die Befehle wurden erteilt, Späher zu zweit in acht Richtungen ausgesandt, auch zur Stadt, um festzustellen, ob der Anmarsch sicher wäre.

Im Wald südwestlich von Tongzhou

Sobald Senggerinchin die Späher sah, war klar, dass sein Plan, die roten Teufel zu einem Frontalangriff auf die Stadt zu verführen, fehlgeschlagen war. Es war Zeit, sich auf offenem Feld Mann gegen Mann zu begegnen, denn die Übermacht der Tataren und das Überraschungsmoment waren seine größten Vorteile.

»Es ist an der Zeit, euer Land zu verteidigen!«, rief er. »Eure Familien zu beschützen!« Er zog den Säbel und zeigte damit in die Richtung, wo die Invasoren lagen. »Wir werden sie überschwemmen wie ein reißender Strom, dass sie auf der Stelle untergehen. Der Wille des Himmelssohnes möge euch begleiten!« Damit trat er seinem Pony in die Seiten und preschte unter dem Donnern Tausender Hufe aus dem Wald heraus.

Plötzlich tauchten die Tataren aus dem Tal hinter Tongzhou auf. Ein Meer von Farben fegte auf die Invasoren zu. Über fünfzigtausend Mann waren innerhalb von Sekunden auf den Beinen und erweckten den Anschein, als wäre das Land selbst zum Leben erwacht und hätte tödliche Gestalt angenommen. Die Schlacht um die Acht-Li-Brücke hatte begonnen.

Lord Elgins Kolonne
1600 Meter östlich von Tongzhou

Keiner hätte damit gerechnet, wie viele Reiter aus der Landschaft hervorquollen. In halsbrecherischem Tempo ritten sie auf die Verbündeten zu. Die Felder wogten von den Farben der Tiger-Soldaten, tatarischen Reitern und vieler Tausend Horqin-Mongolen. Flaggen aller Farben flatterten heftig gegen die Marschrichtung der Pferde und Männer, die sie trugen.

Randall holte tief Luft, bevor er Lord Elgin und Sir Hope ansah, die beim Anblick der Übermacht wie gelähmt wirkten – ihren Soldaten ging es nicht anders.

»Wir müssen Gefechtsformation einnehmen!«, brüllte Randall.

Sir Hope besann sich schleunigst. »Gefechtsformation einnehmen!«, brüllte er. »Flankenbatterien nach außen! Vier Geschützbatterien an beide Enden! Gefechtsformation einnehmen!«

Hörner und Dudelsackpfeifen schallten über die Köpfe hinweg.

Das schnelle Anrücken der Tataren brachte die englisch-französischen Truppen für kurze Zeit in Unordnung, doch dann fassten sie sich, als das Reiterheer über das gemähte Feld herandonnerte. Die Infanterie bildete Schützenformationen zu fünfzig Mann mit genügend Raum dazwischen, dass die verschiedenen Einheiten der Kavallerie sich bewegen und vorrücken konnten. Das erste Ziel der Verbündeten war es, genügend Deckungsfeuer zu erzeugen, dass der erste Ansturm gebremst wurde. Sie waren zwanzig zu eins unterlegen, doch aus den eigenen Reihen heraus sah es aus wie tausend zu eins.

»Fertig machen zum Feuern!«, brüllte der Sergeant. »Fertig … zielen …«

Zehntausende Tataren stürmten zu Fuß und zu Pferde auf die Invasoren zu. Musketen schossen; Steinschrot flog durch die Luft. Doch Sir Hopes Soldaten waren noch außer Reichweite.

»Feuer!«, brüllte der Sergeant.

Die erste Salve aus den Enfield-Gewehren war unterwegs. Ein Hagelsturm von Projektilen sauste weiter und zielgenauer als jeder andere in der Geschichte Chinas, und mit verheerender Wirkung. In der doppelten Entfernung wie noch vor ein paar Tagen wurden die Tataren niedergemäht. Das rief unter den Truppen der Qing sofortige Verwirrung hervor, mancher machte kehrt und rannte davon, bevor die Schlacht richtig begonnen hatte.

Sir Hope und Randall blieben Seite an Seite im Sattel, in der dreißigsten Reihe, um den besten Blick auf die Streitmacht zu haben, die sich auf sie stürzte. Lord Elgin war einen Moment lang nirgends zu sehen.

Die Schützen der vordersten Reihe feuerten kniend ihre Gewehre ab, luden nach, solange die zweite Reihe über sie hinwegschoss, die sich ihrerseits hinkniete, solange die hintere Reihe feuerte. Dann begann die vorderste erneut.

»Konzentriert das Feuer auf die Flanken!«, befahl Randall immer wieder und schrie gegen das ohrenbetäubende Knallen der Gewehre und Kanonen an, das ringsherum wütete. Nach all seinen Studien wusste er, dass die größte Siegeschance der Qing darin bestand, ihre Feinde einzuschließen und ihre unglaubliche Überzahl zum Tragen zu bringen. Tataren und Mongolen ritten im großen Bogen herum, um genau dieses Ziel zu erreichen. Randall zeigte drängend zu den Seiten. »Schicken Sie Ihre Kavallerie, damit sie ihnen den Weg abschneidet! Wir wollen sie nicht im Rücken haben!«

Sir Hope dachte keine Sekunde an Widerspruch. Völlig eingenommen von dem Gefecht, das sich vor ihm abspielte, hatte er es versäumt, die feindlichen Reiter im Hintergrund zu beobachten. »Schicken Sie ihnen die Probyns und die Spahis entgegen!«, rief er Major-General Napier zu. »Sie dürfen uns nicht in den Rücken fallen!«

Innerhalb von Sekunden sprengten die britischen Reiter davon, um dem Versuch des Feindes, nach hinten durchzubrechen, einen Riegel vorzuschieben.

Bis zu diesem Moment waren die Verluste auf der Seite der Tataren gewesen. Bei tausend Metern Entfernung konnten sie selbst nichts ausrichten; ihre Musketen und Bögen waren erst von Nutzen, wenn die Gegner auf knapp dreihundert Meter herangekommen wären. Trotzdem stürmten sie durch den Kugelhagel auf ihre Feinde zu. Tausende fielen mit entsetzlichen Wunden, die ihnen die 530-Grains-Geschosse der Enfields und die Granaten zufügten. Doch wo tausend fielen, liefen noch mehrere Tausend voran.

Senggerinchin trieb seine Horqin-Reiter direkt ins Herz des feindlichen Heeres. Sie bewegten sich behände durch die Reihen der Fußsoldaten und übertönten den gedämpften Lärm der Artillerie mit donnernden Hufen. Überall lagen die Leichen von Tiger-Soldaten, doch der Mongolenprinz behielt seine Geschwindigkeit bei; sein Ziel war es, an den blauäugigen Verräter heranzukommen und ihm den Kopf abzuschlagen, auch wenn er selbst dabei den Tod fand. Ringsherum fielen seine Männer, doch das spornte ihn umso mehr an.

Die Horqins stürmten voran ohne laute Befehle oder Hornsignale, sondern richteten sich nach Flaggenzeichen. Bis sie die feindlichen Linien erreichten, war ihre Zahl beträchtlich dezimiert, ging aber noch immer in die Tausende.

Endlich waren sie nahe genug herangekommen, dass ihre Bögen und Musketen der Formation der roten Teufel schaden konnten.

Unter dem Geklirre Tausender Säbel prallten die beiden Heere aufeinander – Säbel gegen Bajonett, Muskete gegen Gewehr. Senggerinchin führte zwangsläufig von vorn und preschte zwischen die Feinde, während er mit dem Säbel jeden Soldaten zerhieb, der sich ihm in den Weg stellte. Randall Chen konnte er über das Getümmel hinweg auf dem Pferd sitzen sehen, keine fünfzig Schritte weit weg. Hastig nahm er seinen Bogen, während ringsherum das Gemetzel tobte und Verwundete von rechts und links gegen sein Pferd stürzten. Er zog die Sehne mit dem Pfeil zurück und ließ los. Er hatte genau gezielt. Der Pfeil schoss auf das Herz des Blauäugigen zu.

Im selben Augenblick traf ihn eine Kugel an der linken Schulter. Der Schmerz schüttelte ihn, als er vom Aufprall nach hinten geworfen wurde. Nur sein kräftiger Griff am Zügel bewahrte ihn vor dem Sturz aus dem Sattel. Bis er sich aufgerichtet hatte, war er bereits blutüberströmt und der Blauäugige war verschwunden.

War es ihm gelungen, den Verräter niederzustrecken?

Er stieß die Bajonette, die nach ihm stachen, mit dem Säbel beiseite und schlug einem Soldaten den Arm ab. Dann wendete er sein Pferd mit einem heftigen Schwenk des linken Armes, dass ihm die Blutstropfen von den Fingern spritzten, und befahl den Rückzug. Dies war der Moment, um den Feind zum Vormarsch zu bewegen und seine gefürchtete Verteidigung aufzubrechen, indem man sie überdehnte, und so der eigenen Infanterie das Herankämpfen zu ermöglichen. Die Schlacht im Rücken galoppierten Senggerinchin und seine Männer davon. Er drehte sich nicht um, um zu sehen, ob die roten Teufel vorrückten. Er hatte gelernt, dass man beim Rückzug nicht nach hinten schaute.

Randall Chen ist tot, beteuerte er sich selbst. Das Kriegsglück wird sich wenden. Und er bekäme seinen Lohn. Die Lieblingsfrau des Kaisers würde sein werden, und die Reichtümer und der Glanz des Reichs lägen wieder in den Händen der Mongolen.

Randall Chen erhob sich hastig vom Boden und stieg aufs Pferd. Den Pfeil hatte er erst im letzten Moment gesehen, sodass ihm nichts anderes übrig geblieben war, als sich rückwärts aus dem Sattel zu werfen. So hatte der Pfeil ihn um Haaresbreite verfehlt und dafür ein Pferd in den Hals getroffen. Dem steigenden Tier musste nun eine Kugel in den Kopf geschossen werden. Randall ahnte nicht, dass dieser Pfeil das Kriegsglück hatte wenden sollen.

Wieder im Sattel, blickte er über das Schlachtfeld.

»Sie ziehen sich zurück!«, rief Sir Hope. »Jagen wir ihnen nach?«

»Bleiben Sie auf Ihrem Posten!«, rief Randall zurück. »Sie versuchen, uns dahin zu ziehen, wo sie am stärksten sind!« Soeben drängten die Punjabis schreiend mit aufgepflanztem Bajonett in die entstandene Lücke. »Halten Sie die Linie!«, forderte Randall noch einmal. »Sir Hope, rufen Sie die Männer zurück!«

Die Schlacht um die Acht-Li-Brücke dauerte noch sieben Stunden – die Tataren zogen sich immer wieder zurück, um dann erneut einen Angriff in die Mitte der feindlichen Linien zu führen. Zu Senggerinchins großer Enttäuschung brach die Formation der Infanterie nicht auf und rückte vor, sondern entschied sich, die Stellung zu halten und jeden Frontalangriff fortgesetzt zu vereiteln. Die Veteraneneinheiten der tatarischen Kavallerie versuchten alles, um die Feinde einzukreisen, aber ohne Erfolg. Auf dem festen Boden der Felder waren die Engländer und Franzosen mit ihren größeren Pferden im Vorteil.

Stunde um Stunde verringerte sich die Anzahl der Qing, die mannhaft versuchten, die Invasoren zu überwältigen. Doch die Gewehre der Verbündeten trafen auf eine Entfernung, bei der sich die chinesischen Generäle bisher sicher geglaubt hatten, und führten zur langsamen Zermürbung der Kampfmoral.

»Der Blauäugige hat das Land verflucht«, flüsterte Senggerinchin zu sich selbst. Die Kugel in seiner Schulter saß tief im Knochen, und der starke Blutverlust machte ihn benommen. In einen dunkelblauen Umhang gehüllt saß er auf seinem verletzten Pony, bleich im Gesicht und mit hängenden Schultern. Er hatte sich auf die Hügel zurückgezogen, wo er die elende Lage seines Heeres sehen konnte.

Die roten Teufel waren schließlich von ihrer Ausgangsposition über Tausende Gefallene hinweg zur Acht-Li-Brücke vorgerückt. Unter ihrem konzentrierten Angriff durchstießen sie die Qing-Linien in Richtung Chang Chia-wan. Die Tataren begannen, sich zusammenzudrängen, und hielten mit ihren Musketen und Bögen eine stümperhafte Verteidigung aufrecht, kamen aber gegen die Treffsicherheit der Enfields nicht an. Die verschanzten Reserven waren plötzlich in völliger Unordnung, als ein Bataillon Punjabis die Flankenbatterie der Qing überrannte. Mit jeder Minute zeigten sich mehr Lücken in den tatarischen Linien. Die gesamte Verteidigung der Qing wich zurück und drehte sich wie um eine Angel von Chang Chia-wan weg zum Fluss. Da erreichte Senggerinchin die Meldung, dass General Sheng Pao an der Acht-Li-Brücke gefallen und die Reste der Kaiserlichen Garde nach Peking geflohen seien.

»Alles ist verloren«, sagte er.

Nachdem er den blutigen Säbel seines großen Vorfahren aus der Scheide gezogen hatte, stieß er die Klinge vor sich in den Boden. »Gebt Befehl zum Rückzug«, sagte er schwer atmend und wandte sich beschämt mit seinem Pony von der Schlacht ab. Seine Aussicht auf Ruhm war zerstoben. Nach dem disziplinierten Kampf des Feindes zu urteilen, hatte sein Pfeil den Blauäugigen verfehlt. So sicher, wie er die Schlacht verloren hatte, war der Verräter noch am Leben. Senggerinchin beschloss, sich mit seinen verbliebenen Männern in die Berge der Mongolei zurückzuziehen, wo sie ihre Wunden pflegen und die Rache planen konnten – so unwahrscheinlich sie ihm jetzt vorkommen mochte.

Inzwischen waren die Chinesen auf dem Rückzug.

Trotzdem setzten die Verbündeten ihnen noch gut drei Kilometer weit nach und machten so viele wie möglich von ihnen nieder. Dann senkte sich plötzlich Stille über das Schlachtfeld, als der letzte Schuss gefallen und der Sieg für Elgin sicher war. Der Weg nach Peking war jetzt frei. In knapp zwanzig Kilometer Entfernung konnten sie das Juwel des Reiches liegen sehen.

Lord Elgin ritt zu Sir Hope und Chen hinüber, die noch immer die Gegend mit dem Fernglas absuchten. »Der Sieg ist unser!«, dröhnte er.

»Der größte Sieg in unseren Kolonien!«, ergänzte Sir Hope und wandte sich dann an Randall. »Wir haben heute ein großartiges Paar abgegeben, Mr. Chen.«

»Die Ehre gebührt allein Ihnen«, erwiderte Randall. »Ich

bitte nur um eines.« Er heftete seinen Blick auf Elgin. »Die Verbotene Stadt darf unter keinen Umständen eingenommen werden. Mir ist klar, dass Sie Peking überrennen könnten, wenn Sie es wollten. Aber wir haben eine Abmachung, und ich erwarte, dass Sie sie einhalten.«

Lord Elgin zog lächelnd einen Mundwinkel hoch. »Kaiser Hsien Feng wird sich vor mir verbeugen. Und wenn ich es wünsche, wird ganz China unsere Kolonie. Das werden wir sehen.«

»Das haben wir nicht abgemacht«, erwiderte Randall und versuchte, seine Wut zu unterdrücken. »Die Stadt muss unter chinesischer Verwaltung bleiben.«

Elgin sah ihn ablehnend an. »Bis Harry Parkes zu mir zurückgekehrt ist, schließe ich gar nichts aus. Finden Sie ihn, und dann erörtern wir die Bedingungen.«

Randall hatte ihm einen eindeutigen Sieg beschert und sich zugleich ein Ungeheuer herangezogen, das die Macht hatte, alles zu zerstören, das zu schützen er hergekommen war. »Sie werden meine Forderungen erfüllen«, sagte Randall bezwingend. »Denn so sicher, wie ich Ihnen beigestanden habe, kann ich auch der Gegenseite helfen.« Die fassungslosen Gesichter der beiden Briten bezeugten, dass seine Drohung verfing.

»Wie können Sie es wagen?«, schnaubte Elgin

»Wie können *Sie* es wagen!«, entgegnete Randall. »Sehen Sie die unzähligen Toten auf dem Schlachtfeld? Sie waren stolze Männer, die für ihr Land gekämpft haben. Sie waren Väter, Brüder, Söhne und Ehemänner. Und jetzt sind sie tot. Sie werden nicht zu ihren Familien zurückkehren. Da gibt es keine Schonung, keine zweite Chance. Sehen Sie, was Sie erobert haben … nur fünfzehn Kilometer blutgetränkter Erde. Wenn Sie es zu weit treiben, werden Sie und Ihre Männer hier liegen. Sie brauchen Verbündete, Lord Elgin. Und ich bin einer davon.«

Es herrschte Schweigen. Elgin starrte entgeistert in die leuchtend blauen Augen seines Gegenübers.

»Wenn Sie mich jetzt entschuldigen wollen«, sagte Randall und bestieg seinen braunen Araber. »Als Ihr tüchtigster Dolmetscher werde ich Mr. Parkes und sein Gefolge finden und, so Gott will, lebend zu Ihnen zurückbringen.«

Randall zog die Zügel zur Seite und ritt über das Schlachtfeld auf Tongzhou zu.

22.

PEKING, CHINA
VERBOTENE STADT
PALAST DER HÖCHSTEN HARMONIE
20. SEPTEMBER 1860
ORTSZEIT: 17.38 UHR
UNTERNEHMEN ESRA – TAG 201

Die zehn Meter hohe Außenmauer der Verbotenen Stadt war leuchtend orangefarben durch das mineralische Farbpigment Zinnober. Zinnober wurde auch als die Königsfarbe bezeichnet, denn seine Verwendung war noch kostspieliger, als hätte man die Mauern mit Blattgold überzogen. An jeder Ecke der Palastfestung stand ein mächtiger Wachturm von außergewöhnlicher Schönheit. Rings um die Außenmauer verlief ein fünfzig Meter breiter Graben, über den vier schwer bewachte Brücken führten. Im Norden lag das Tor des Göttlichen Kriegers, im Süden das Mittagstor und im Osten und Westen die Blütentore. An diesen vier Stellen erreichte die schützende Mauer über zwanzig Meter an Höhe und war zwanzig Meter dick.

Die Verbotene Stadt wurde auch die Innere Stadt genannt, weil sie innerhalb der Mauern der Kaiserstadt lag, welche wiederum innerhalb der Tatarenstadt und innerhalb der Stadtmauer Pekings lag. Im ganzen Reich war man sich darüber einig, dass die Verbotene Stadt der heiligste Platz auf Erden sei, da dort der Sohn des Himmels wohnte. Nach den Worten des Konfutse gab es kein Land, das nicht dem Himmlischen Fürsten gehörte, noch gab es Menschen innerhalb seiner Grenzen, die nicht seine Untertanen waren. Und die Verbotene Stadt war die Mitte seines Universums, ein Palast von unbeschreiblicher

Schönheit, geschaffen von den besten Handwerkern und Denkern mit dem vereinten Wissen des Universums.

In der Gestaltung dominierten die fünf Grundfarben, wie sie die chinesische Philosophie benannte. Die Marmorterrassen waren weiß, das Pflaster in den Höfen schwarz, die Säulen und Türen leuchtend rot, die Ziegel der Dächer gelb und die Mauern zinnoberfarben. Die Anlage der rechteckigen Festung bildete den menschlichen Körper nach: im Norden der Kopf, im Süden die Beine, an den Seiten die Arme, in der Mitte die Brust, vertreten durch die sechs großen Paläste und Höfe, von denen der wichtigste, die Halle der Höchsten Harmonie, an der Stelle des Herzens lag.

Eine Million Arbeiter und hunderttausend Kunsthandwerker hatten sich vierzehn Jahre lang abgeplagt, um einen Palast ohnegleichen zu erschaffen. Die Verbotene Stadt war gebaut als Verkörperung einer Welt der Feierlichkeit, Herrschaft, Harmonie und Stärke. In Stein, Holz, kostbaren Metallen und Mörtel stellte sie alles Großartige und Mächtige dar.

Und doch war an diesem Tag, als die Sonne im Westen unterging, die Atmosphäre in dieser würdevollen Welt von Würde weit entfernt. Es war die Nachricht vom Schlachtfeld gekommen, Senggerinchin und das kaiserliche Heer seien an der Acht-Li-Brücke besiegt worden. Das rief nicht weniger als blanke Furcht hervor. Eunuchen und Konkubinen sah man offen weinen, und viele der Wachsoldaten wirkten nervös und verunsichert. Es ging das Gerücht, dass Angehörige der Kaiserfamilie stahlen, was sie konnten, um es heimlich in Verstecke außerhalb der Mauern zu bringen, als Notnagel, falls es zum Schlimmsten käme.

Cixi war wütend über die so eklatant gezeigte Schwäche. Darum hatte sie Hsien Feng gedrängt, in der Halle der Höchsten Harmonie mit ihr zusammenzutreffen und die Handlungsmöglichkeiten zu erörtern. Wie alles, was um den Himmelssohn vorging, blieb auch das nicht lange ein Geheimnis, und

Cixi überraschte es nicht, Su Shun und die kaiserlichen Minister bereits vorzufinden, als sie eintraf.

Mit ausgestrecktem Finger zeigte sie quer durch die Halle. »Aufgrund Eurer Treulosigkeiten blicken wir jetzt der Niederlage ins Auge, Großsekretär.«

»Wie könnt Ihr es wagen, so mit mir zu sprechen?«, erwiderte er und riss sich die Samtkappe vom kahlen Kopf. »Es war Euer Plan, gegen die roten Teufel zu kämpfen, Edle Kaiserliche Gemahlin! Und Euer Plan ist fehlgeschlagen. Das kann jeder sehen.«

Cixi ging mit beschleunigtem Schritt auf die Gruppe der fünf Minister zu. Großeunuch Li Lien blieb dicht hinter ihr, musste sich mit seinen Trippelschritten jedoch sehr beeilen, um mitzuhalten.

»Schlagt Ihr etwa vor, wir sollen uns ergeben?«, fragte sie zornig nach. »Besser nicht, Großsekretär! Und doch habt Ihr gegen militärischen Widerstand geraten!«

»Ihr beleidigt mich mit Euren giftigen Worten, Edle Kaiserliche Gemahlin«, gab Su Shun zur Antwort.

»Euer Widerspruch und der Eurer Anhänger hat zu unserem Versagen beigetragen. Um einen Krieg zu gewinnen, müssen alle Regierungsbeamten an einem Strang ziehen – alle! Wie beim Wasser jeder Tropfen in dieselbe Richtung fließen muss. Ihr habt nachdrücklich geraten, man möge Senggerinchin die dreiäugige Pfauenfeder abnehmen. Euer Ratschlag wurde befolgt, doch zu welchem Preis? Euer kleinlicher Akt der Vergeltung für seine Niederlage bei den Taku-Festungen hat sicherlich auch zu den Verlusten auf dem Schlachtfeld geführt. Unser Heer hat das Selbstvertrauen verloren, und Ihr seid es, der es vernichtet hat. Der Kriegsrat und der Sohn des Himmels müssen über Euch zu Gericht sitzen, Großsekretär.«

Die Schnelligkeit und Wildheit ihres Angriffs brachte Su Shun ins Taumeln. Er wusste nicht, wohin er blicken sollte. Sein einziger Vorteil war, dass der Sohn des Himmels noch nicht zugegen war und seine kleinlaute Erwiderung nicht hören konnte.

»Ich habe Euch auf dem ganzen Weg unterstützt«, beteuerte er und war vor lauter Bestürzung blass geworden. »Ich schlage vor, in dieser unheilvollen Stunde nicht nach einem Prügelknaben zu suchen. Um den Sohn des Himmels zu schützen, müssen wir jetzt mehr denn je zusammenhalten. Ihr hattet recht damit, dem Vormarsch der roten Teufel auf Peking Widerstand zu bieten. Die Qing sind die rechtmäßigen Herren des Universums – dem pflichte ich von ganzem Herzen bei –, und wir müssen uns als solche verhalten.«

»Versucht nicht, Euch von Eurer Treulosigkeit zu distanzieren, Su Shun. Mit Eurem schlechten Ratschlag habt Ihr dem Drachenthron geschadet, und ich werde dafür sorgen, dass Ihr zur Rechenschaft gezogen werdet.«

Gemessen an den Gesichtern der Minister hatte Cixi sich deutlich genug ausgedrückt. Mu Yin rang nervös die molligen Hände. »Wir müssen für die schwierige Lage eine Lösung finden«, sagte er ehrerbietig. »Wir müssen uns auf ein Vorgehen einigen und es zum größtmöglichen Schutz des Drachenthrons ausführen.«

Von weitem hörte man Trommelschläge hallen. Der Sohn des Himmels war auf dem Weg zu ihnen. Gegen alle Tradition stand der Hof nicht voll Tiger-Soldaten mit bunten Bannern. Das Treffen war erst eine halbe Stunde zuvor einberufen worden, und so war keine Zeit geblieben, um eine nennenswerte Anzahl Prozessionssoldaten zu versammeln, zumal viele mit der Kaiserlichen Garde zur Acht-Li-Brücke gezogen waren. An ihrer Stelle hatte sich ein kleines Regiment von sechzig Eunuchenkriegern in smaragdgrünen Uniformen draußen aufgestellt.

Dies war die formloseste Ratsversammlung, die je in der Halle der Höchsten Harmonie abgehalten worden war. Sie zeugte davon, dass für das Reich der Mitte schwere Zeiten angebrochen waren. Nur fünfzehn Kilometer entfernt rückte ein Heer heran, das durch bloße Überzahl nicht aufzuhalten war. Jedermann stand die Angst ins Gesicht geschrieben, und Cixi fragte sich, was sie wohl sehen würde, wenn sie in die Augen des Kaisers blickte. Am Abend, als sie bei ihm gewesen war, hatte er dem Sieg entgegengeschaut. Doch heute dürfte der Schleier der Zuversicht zerrissen sein und sein Rückgrat bloßliegen. Dies war der Augenblick für Hsien Feng, die Schultern zu straffen und seine Zeit als Sohn des Himmels in Glanz zu tauchen.

Draußen näherte sich die goldene Sänfte, getragen von sechzehn Eunuchen. Doch anstatt an der Marmorrampe anzuhalten, trugen sie sie die drei Terrassenstufen hinauf und bis zum mittleren Eingang der Halle. Während ihrer ganzen Zeit im Palast hatte Cixi noch keinen solchen Bruch der Gepflogenheiten erlebt.

Langsam wurden die goldenen Vorhänge zur Seite gezogen und Hsien Feng erschien. Bei seinem Gesichtsausdruck sank Cixi das Herz: Es war der verängstigte Blick eines sechsjährigen Kindes, nicht die entschlossene Miene eines Kaisers. Schwächer und ausgezehrter denn je erschien er, als ihm zwei große Eunuchen behutsam aus dem Polstersitz halfen. Seine Krankheit verschlimmerte sich zusehends; seine Haut war sichtlich gelb geworden, das Zeichen der einsetzenden Gelbsucht. Auf dem Weg zu seinem Thron, dem größten und prächtigsten im Reich, achtete er allein auf seine Füße.

Wie immer lagen die Eunuchen in heiliger Ehrerbietung vor dem Kaiser am Boden. Cixi und die Minister fielen auf die Knie, als er die Halle quälend langsam durchquerte. Mit großer Mühe erklomm er die mittlere Treppe und hielt sich nicht damit auf, die goldene Pracht zu würdigen. Auf beiden Seiten der gepolsterten Sitzfläche stand ein Bronzeelefant auf einem Podest, auf dessen Rücken in einer weiten Schale Räucherstäbchen brannten, sodass sich Hunderte weißer Rauchfäden in die Luft kringelten. Neben dem kunstvoll verzierten Podest bewachten zwei mannshohe, goldene Ibisse den Thron und blickten um Führung und Inspiration heischend zum Kaiser hin.

Die scharlachrote Robe des Kaisers wurde gerichtet, ehe man ihm eine purpurne Decke über den Schoß legte. Die zwei Eunuchen huschten vom Thron weg, um links vom Altar auf Knien zu warten. Dann erst setzten die Trommeln im Hof aus.

Cixi sprach als Erste. »Ihr erweist uns allen die Gunst Eurer Anwesenheit, Sohn des Himmels. Es ist an der Zeit, dass Eure Weisheit und Stärke den Weg erhellen.«

»Durch Eure Gegenwart gewinnen wir Ehre und Kraft, Himmlischer Prinz«, sagte Mu Yin mit zitternder Stimme. »Denn dies ist ein dunkler Tag. Ernste Nachrichten erreichen uns vom Schlachtfeld, wo die roten Teufel unser Heer an der Acht-Li-Brücke besiegt haben. Sie haben überlegene Waffen und Taktiken gegen uns eingesetzt. Und trotz der Tapferkeit unserer Streitkräfte haben wir viele Männer verloren und sahen keine andere Möglichkeit als einen gestaffelten Rückzug. Unsere Soldaten ziehen nach Westen in den Schutz der Yanshan-Berge. Zur Stunde bedrohen die roten Teufel unsere Hauptstadt. Sie lagern etwa fünfzehn Kilometer von diesen geheiligten Mauern entfernt. Und darum ist es Zeit, dass wir handeln.«

Hsien Fengs nervöser Blick schweifte durch die Halle. Seine gelblichen Augen waren voller Furcht und Ratlosigkeit. Ehe er zum Sprechen ansetzte, kam Cixi ihm zuvor, denn sie spürte instinktiv, dass seine Worte anders ausfallen würden, als es in diesem kritischen Moment erforderlich war.

»Der Sohn des Himmels muss in seiner Weisheit einer Audienz mit den roten Teufeln zustimmen«, sagte Cixi in bezwingendem Ton. »Auf dem Schlachtfeld haben sie uns mit ihren Waffen überlistet, doch wir werden sie am Verhandlungstisch besiegen. Dort werden sie uns hoffnungslos unterlegen sein.« Darauf tat der Sohn des Himmels – ihr Geliebter und Gefährte – das Schlimmste, das er tun konnte. Er blickte Rat suchend zu seinem Großsekretär.

Su Shun ergriff die Gelegenheit sofort. »Cixi hat ihre Meinung geändert«, sagte er schlau. »Sie hat zum Krieg geraten, und ihr Rat hat zum Scheitern geführt.«

»Euer Rat dagegen lautete, unser Heer gegen die Taiping-Rebellen zu führen, anstatt Peking zu beschützen«, erwiderte sie so ruhig sie konnte.

»Und dabei Verhandlungen mit den roten Teufeln zu führen«, ergänzte Su Shun. »Ich habe immer befürchtet, dass dies ein Krieg ist, den wir nicht gewinnen können. Unsere Truppen sind weit über das Land verteilt. Sie kämpfen in allen Ecken des Reiches, häufig gegen Aufständische.« Er heftete seinen Blick auf den Kaiser. »Ihr müsst auf mich hören, Sohn des Himmels. Es ist Zeit, dass Ihr die Stadt verlasst. Ihr dürft in diesem Zustand nicht vor die roten Teufel treten. Eure Gesundheit steht für die Gesundheit des Reiches. Ihr seid krank, weil das Reich krank ist. Wir müssen die Sicherheit des Nordens aufsuchen.«

»Ihr ratet dem Sohn des Himmels, aus seinem Haus zu fliehen?«, fragte Cixi.

»Der Sohn des Himmels muss gesunden, ehe er sich der giftigen Gegenwart der roten Teufel aussetzt. Zu diesem Zweck muss er in das Haus seiner Väter gebracht werden, wo er sein Leiden behandeln lassen kann.«

»Um zu gesunden, muss der Kaiser sein Reich gesund machen«, erwiderte Cixi. »Das kann er nicht von jenseits der Großen Mauer tun. Seine Macht wird mit der Entfernung schwächer. Er muss bleiben und verhandeln. Er ist die Schar am Pflug, ohne den die Erde nicht gewendet werden kann.«

Hsien Feng hob eine gebrechliche Hand. »Ich habe entschieden«, sagte er atemlos. Ein Schweißfilm glänzte auf seiner gelblichen Stirn. »Ich werde das Land meiner Vorväter aufsuchen, um zu genesen. So lautet meine Entscheidung.«

Su Shun verbeugte sich. »Wir müssen sofort zum Palast von

Jehol aufbrechen. Schnelligkeit ist unser größter Verbündeter bei Eurer Genesung, Himmlischer Prinz.«

»Und was werden wir den Männern und Frauen Pekings sagen?«, fragte Cixi gequält. »Dass wir sie in der schwersten Stunde verlassen haben? Dass die Hauptstadt nicht mehr sicher ist? Die roten Teufel werden Peking plündern, wenn sie erfahren, dass Ihr aus Furcht geflohen seid. Ohne Euren Schutz werden sie das Land und seine Menschen schänden.«

Mitgefühl für das Volk war das zwingendste Argument, das sie ins Feld führen konnte. Doch nach seiner Miene zu urteilen war der Himmlische Prinz von ihren Worten nicht beeindruckt. Er war mehr damit befasst, sich den Schweiß von der Stirn zu wischen.

»Wenn wir die Verbotene Stadt unbewacht lassen, werden die roten Teufel ihre Krallen hineinschlagen wie der Falke in einen jungen Hasen«, gab Prinz Kung zu bedenken. »Wir müssen bleiben, Sohn des Himmels. Wir müssen bleiben und unser Volk beschützen.« Mit einem schnellen Blick suchte er Cixis Anerkennung; er hatte genau das gesagt, was sie ihm aufgetragen hatte.

Su Shun bereitete sogleich den nächsten Schachzug vor. »Wer hierbleibt, um mit den roten Teufeln zu verhandeln, muss der kaiserlichen Familie angehören, damit der Eindruck entsteht, dass ihm die Verhandlungsvollmacht vom Sohn des Himmels verliehen wurde. So werden wir die Stadt und das Volk schützen und zugleich dem Kaiser ermöglichen, im Palast von Jehol zu gesunden. Ich schlage vor, dass Ihr mit den Barbaren verhandelt, Prinz Kung. Ihr seid der leibliche Bruder des Kaisers. Sein Blut fließt in Euren Adern.«

Der Ausdruck des Schreckens, der über das junge Gesicht glitt, entging niemandem. »Mir fehlt die Weisheit, um an Eure Stelle zu treten, Himmlischer Prinz. Ich bin Euer Bruder, aber Ihr allein seid der Sohn des Himmels.«

»Ihr werdet guten Rat nötig haben«, pflichtete Su Shun bei.

»Ich schlage vor, dass die Edle Kaiserliche Gemahlin Euch leitet. Es wird allseits erzählt, sie sei der tapferste Mann in ganz China.« Seine Worte brannten in allen Ohren. »Mit ihrer großen Stärke kann sie Euch den besten Weg weisen, um die roten Teufel in den Verhandlungen zu besiegen. Wie Ihr sagtet, Edle Kaiserliche Gemahlin: Sie werden hoffnungslos unterlegen sein.«

Cixi forschte im Gesicht Hsien Fengs nach einem Anzeichen, dass er nicht von ihr getrennt sein wollte. Was sie jedoch sah, war der verängstigte Blick eines todkranken jungen Mannes. Es schien, dass Su Shun ihren Einfluss auf ihn doch noch gebrochen und sich erfolgreich an ihre Stelle gesetzt hatte.

Es war eine schwierige Entscheidung, doch wenn sie Prinz Kung die Verhandlungen allein überließe, würde er unter dem Druck schwanken. Dann wäre das Reich und alles, wofür sie kämpfte, für immer verloren.

»Ihr habt eine Aufgabe erteilt, die des Prinzen würdig ist«, sagte Cixi. »Und eine Aufgabe, die der Kaiserlichen Gemahlin würdig ist. Während Ihr den Sohn des Himmels gesund pflegt, werden wir die roten Teufel überlisten und das Land zurückgewinnen. Ihr übernehmt die Fürsorge, wir die Führung. Für einen Mann von Euren Fähigkeiten habt Ihr eine passende Entscheidung getroffen.« Sie verbeugte sich vor dem Sohn des Himmels. »Himmlischer Prinz … das Vertrauen, das Ihr in uns setzt, wird uns Kraft verleihen.«

Hsien Feng lächelte zum ersten Mal. »Ihr werdet mir beide gut dienen«, sagte er atemlos. »Wenn es Euch gelingt, das Land von den Barbaren zu befreien, wird meine Dankbarkeit grenzenlos sein.«

Su Shun lächelte grimmig. Es konnte zwar sein, dass Cixi die Dinge genau so geplant hatte, dennoch hatte er das Gefühl, einen großen Sieg errungen zu haben. Wenn sie und Prinz Kung in Peking blieben, unterstünde der Kaiser allein seinem Einfluss. Und mit der Zeit würde ihm auch der Titel des Regenten zugesprochen werden.

»Ich schlage nun vor, dass Eure Reise nach Jehol mit peinlicher Ordnung und Ruhe erfolgt«, sagte Cixi.

»Der gesamte Hof wird mit ihm reisen, Edle Kaiserliche Gemahlin«, erklärte Su Shun. »Der Himmlische Prinz wird von allen seinen Konkubinen, den Prinzen, Ministern und Herzögen begleitet.«

»Ihr dürft keine Furcht wecken«, beharrte Cixi. »Ich rate zu einem kleineren Gefolge. Eure Reise nach Jehol sollte als Jagdausflug angekündigt werden.«

»Ein ausgezeichneter Vorschlag«, meinte Su Shun ein wenig lauter. »Ein Jagdausflug soll es werden, aber der ganze Hof wird daran teilnehmen. Wenn der Sohn des Himmels schnell genesen soll, muss er alle Freuden und Hilfen des Reiches bekommen.«

Die Entscheidung des Kaisers, mit dem gesamten Hof zu fliehen, erfüllte Cixi mit Scham und dunkler Vorahnung. Und Zorn stieg in ihr auf, als sie sich ausmalte, wie der gehässige Su Shun in ihrer Abwesenheit beim Kaiser über sie herziehen würde.

»Ich werde meinen Sohn bei mir behalten«, verkündete Cixi. »Der Erbe des Reiches soll in dieser schlimmen Zeit bei seiner Mutter sein.« Sie empfand zwar keine mütterliche Verbundenheit, hielt es aber für geboten, Tung Chi in der Nähe zu haben – denn wenn ihm etwas zustieße, wäre ihre verbliebene Macht bei Hofe dahin.

»So soll es sein«, sagte Hsien Feng freundlich.

»Und Ihr werdet diesen Harry Parkes und seine Leute an mich übergeben«, verlangte sie. »Sie sollen das Unterpfand der Qing sein, bevor wir uns an den Verhandlungstisch setzen.«

»Viele von ihnen sind schon tot«, wandte Su Shun kaltherzig ein. »Bedauerlich, aber unvermeidlich. Die roten Teufel sind körperlich schwach. Harry Parkes ist wohl noch am Leben, höre ich. Ich lasse ihn sofort zu Euch schicken.«

Cixi wollte ihn nur aus einem Grund: um diesen Randall Chen herzulocken. Der Instinkt sagte ihr, dass der Blauäugige jetzt der mächtigste Mann im Reich der Mitte war – mächtiger noch als der Sohn des Himmels. Das kaiserliche Heer war sicherlich seinetwegen so leicht besiegt worden. Durch seine Nähe könnte sie ihre geschwächte Position in eine Position der Stärke verwandeln. Sie würde ihre ganze weibliche List einsetzen, um sich die Geißel des Reiches zunutze zu machen. Der Gewinn wäre ein doppelter – Lord Elgin würde seinen besten General verlieren und sie einen Verbündeten gewinnen. Und wenn sich der Blauäugige nicht bewegen ließ, die Seite zu wechseln, würde Elgin dennoch seinen besten General verlieren, denn sie würde ihn töten, wenn nötig mit eigenen Händen.

Sie breitete die Arme aus. »Himmlischer Prinz, Eure Gesundheit und somit die Gesundheit des Reiches ist von größter Wichtigkeit. Daher überlasse ich Euch meinen Eunuchen Li Lien-ying, einen Meister der Akupressur, als Geschenk.« Sie wies auf ihren unauffällig anwesenden Diener. »Seine Heilkünste sind im ganzen Land berühmt, und nun übergebe ich Euch sein wirkungsvolles Können.«

Der Kaiser nickte dankbar. »Ihr seid sehr großzügig, meine Gemahlin. Li Lien-ying wird mir gut dienen.«

Cixi verbeugte sich. »Das ist das Wenigste, was ich tun kann. Ich lebe nur für Euch, mein Gemahl.«

23.

Tongzhou, China
19 Kilometer östlich von Peking
24. September 1860
Ortszeit: 7.05 Uhr
Unternehmen Esra – Tag 205

Wie vereinbart ritt Randall Chen in das befestigte Tongzhou, um den Gouverneur Yu zu sprechen. Der war zugegen gewesen, als Harry Parkes vor seiner Gefangennahme bei Chang Chia-wan mit den Kaiserlichen Kommissaren Mu Yin und Prinz Yi zusammentraf. Inzwischen hatte Randall erfahren, dass man nur Pater Duluc und Captain Brabazon nach Tongzhou ins Gefängnis gebracht hatte. Die Übrigen waren offenbar nach Peking geschafft worden. Randall handelte mit dem Gouverneur von Tongzhou aus, seine Stadt vor Angriff und Plünderung zu bewahren, wenn er ihm dafür half, die Abgesandten zurückzubekommen.

Widerstrebend willigte Lord Elgin in den Handel ein und ließ bei Chang Chia-wan das Lager aufschlagen, von wo er stündlich Reiter nach Peking schickte, damit sie die Stärke etwaig verbliebener Tatarenschwadronen feststellten. Während des vergangenen Tages war es immer wieder zu Scharmützeln gekommen, die sich aber nicht ausgeweitet hatten – der Weg nach Peking war nach wie vor frei. Lord Elgins größte Sorge war es, Parkes und sein Gefolge zurückzuholen. Er nahm eine vorsichtige Haltung ein, was einen Angriff auf Peking betraf, da er fürchtete, dass jeder Übereifer von seiner Seite zu drastischen Handlungen gegen Harry führen könnte.

Wie am Vortag ritt Randall durch das offene Stadttor an den

britischen Wächtern vorbei und die staubige Hauptstraße entlang. Die zahlreichen engen Gassen und Lehmziegelhäuser wirkten verlassen. Als er an einer großen Kreuzung ankam und keine Menschenseele sah, lief ihm ein Schauder über den Rücken. Gestern noch war es hier recht belebt gewesen.

Randall trug einen schwarzen Ledermantel und hatte sich einen Schal um Mund und Nase gebunden. Den zog er jetzt herunter und lauschte. Während er sich nach allen Seiten umdrehte, sah er vier Soldaten der King's Dragoons zu Pferde, das Enfield-Gewehr auf dem Rücken, knapp zwanzig Kilometer entfernt; Elgin hatte sie zweifellos hinter ihm her geschickt, damit sie auf ihn aufpassten. Randall schaute sich noch einmal suchend um. Außer den Soldaten war niemand zu entdecken. Eigentlich sollte das Leben in der Stadt mehr oder weniger normal weitergehen, nachdem er die Schonung ausgehandelt hatte.

Mit einem Stoß der Absätze trieb er sein Pferd an und ritt die Straße hinunter zum Haus des Gouverneurs. Äußerst wachsam spähte er an jeder Ecke in die Seitenstraße, ob sich dort etwas regte, aber alles war still. Er hörte nur die Hufe seines Reittiers und das leise Schnauben der Nüstern. Der Atem des Pferdes kondensierte in der kalten Morgenluft.

Dann kam von irgendwoher ein Wimmern. Randall zog die Zügel zur Seite und lenkte sein Pferd auf das Geräusch zu, das ihm Grauen einflößte. Nachdem er das Haus ausgemacht hatte, aus dem das Wimmern kam, ließ er sich aus dem Sattel gleiten und trat lautlos auf die schlichte hölzerne Treppe vor der Tür. Er blickte zur Straßeneinmündung. Die Dragoner waren nicht zu sehen. Das Wimmern hielt an. Es klang so unglücklich und rührte tief in ihm an ein latentes Gefühl der Verzweiflung, von dem er nichts geahnt hatte. Er war unbewaffnet. Er stieß die Tür mit dem Fuß auf und schaute ins Dämmerlicht, bis er etwas erkennen konnte.

Auf dem Boden dieses schlichten Heims lagen die Leichen von mindestens dreißig Frauen und Mädchen, die älteste mochte fünfzig sein, das jüngste Kind erst zwei. Die Möbel waren auf eine Zimmerseite geschoben worden. Der üble Gestank von rohem Opium und Erbrochenem hing in der Luft. Dutzende halb geleerter Opiumbüchsen lagen zwischen den Leichen, deren Münder von dem schwarzen klebrigen Zeug verschmiert waren.

Wer da wimmerte, war eine junge Frau von kaum zwanzig Jahren, die in einer Ecke lehnte. Ihr Mund war schwarz verklebt, die Augen aufgerissen, als hätte sie einen Geist gesehen. Sie halluzinierte an der Schwelle des Todes und wimmerte lauter, sowie sie den fremden Mann bemerkte.

Randall eilte an ihre Seite und versuchte hektisch, so viel wie möglich von dem Opium aus ihrer Mundhöhle herauszuholen. Doch sie wehrte sich weinend, schlug mit aller Kraft und biss ihm in die Finger wie ein tollwütiges Tier.

»Nicht!«, schrie sie halb im Wahn und schlug sich dann selbst heftig gegen die Brust. »Lasst uns sterben! Wir wollen nicht mehr leben!«

»Warum habt ihr das getan?«, fragte Randall fassungslos. »Warum?«

»Lasst das Opium sein übles Werk verrichten!«, antwortete sie. »Lasst uns in Würde sterben!«

Mit Tränen in den Augen wollte er erneut das Opium hervorklauben, doch sie wehrte ihn ab bis zum letzten Atemzug, bis sie bewusstlos wurde und ihr beschleunigter Puls verebbte.

Randall stand vom Boden auf und ließ seinen Blick durch das Zimmer schweifen. Die Frauen hatten sich gemeinsam umgebracht. So groß war ihre Angst gewesen, dass sie lieber sterben wollten, als erleben zu müssen, was ihnen bevorstand. Er musterte ihre Gesichter. Ihr erstarrter Ausdruck verriet ihm, dass dies keine leichte Art zu sterben war.

Kraftlos vor Kummer wandte er sich der Straße zu und sog tief die frische Luft ein. Als er die Zügel nahm, sah er die Dragoner am Ende der Straße warten. Sie sahen nicht aus, als wären sie sonderlich überrascht, dass die Stadt so verlassen dalag oder dass Randall kurz entschlossen dieses gewöhnliche Haus betreten hatte. Während Randall in den Sattel stieg, verwandelte sich sein Kummer in Wut, denn ihm dämmerte, was sich in der Nacht abgespielt haben musste.

Er trieb sein Pferd zum Galopp an und ritt auf die Soldaten zu. »Was ist hier passiert?«, rief er schon, bevor er bei ihnen war, und brüllte schließlich, da er keine Antwort erhielt. »Raus mit der Sprache!«

Sergeant Stevens zog an den Zügeln und wendete sein Pferd. »Diese hinterhältigen Kulis haben gestern Nacht die Stadt durchstreift«, sagte er. »Die Mistkerle. Wir haben es erst heute Morgen gemerkt. Sie sind wohl einfach über die Mauer, die kleinen Teufel.«

»Ich habe dem Gouverneur mein Wort gegeben!«, brüllte Randall. »Die Stadt sollte verschont werden!« Doch dem Sergeant war anzusehen, dass er einen Überfall von Kulis auf chinesische Landarbeiter nicht der Rede wert fand. »In dem Haus da liegen Dutzende toter Frauen«, sagte Randall empört. »Sie haben Selbstmord begangen, um sich vor der Entehrung zu schützen.«

»Davon haben wir bis jetzt auch nichts gewusst«, verteidigte sich Stevens. »Wir haben die ganze Zeit das Haupttor bewacht, jawohl.«

Randall stieß ihm den bebenden Zeigefinger gegen die Brust. »Dafür werden Sie –« Er stockte und verkniff sich den Wutausbruch.

»Gerade vorhin haben wir noch ein paar Kulis gesehen«, bekannte Stevens und zeigte mit dem Daumen über die Schulter.

»Ich will, dass die Stadt vor ihnen geschützt wird!«, schrie Randall, dass ihm der Speichel vom Mund flog.

Der Sergeant sah seine Kameraden ohne großen Eifer an. »Es kann Stunden dauern, bis wir sie alle zusammengetrieben und weggeschafft haben.«

»Sie werden tun, was ich sage!«, herrschte Randall ihn an. »Dieser Vertrauensbruch kann Parkes und seine Männer das Leben kosten. Und wenn es so weit kommt, werden Sie am Galgen verfaulen. Ich will eine Schwadron Dragoner in der Stadt haben, sofort! Jeder Kuli und jeder Soldat, der sich ohne Befehl hier aufhält, wird sofort festgenommen.«

Den Sergeant kam es hart an, sich von einem Chinesen anschreien zu lassen, ob blaue Augen oder nicht. Doch er wusste, dass Chen ein Berater Lord Elgins war und seinem Befehl gehorcht werden musste. »Sofort, Mr. Chen«, sagte er und biss sich auf die Zunge. Die vier Soldaten galoppierten in Richtung Stadttor davon.

Das Schlimmste befürchtend, ritt Randall im gestreckten Galopp zum Anwesen des Gouverneurs. Es war das größte und repräsentativste Haus am Platze, mit Ausnahme der goldenen Pagode, die daneben stand. Wenn es in der Nacht Überfälle gegeben hatte, dann ganz sicher auch auf die Gouverneursresidenz. Als Randall sich dem Tor näherte, konnte er schon sehen, dass die Haustür eingeschlagen war. Er sprang vom Pferd, rannte ins Haus und blieb abrupt stehen. Die Möbel waren umgeworfen, der Wandschmuck zersplittert, die Vasen zerbrochen. Zwei Wachposten und ein Diener lagen tot in ihrem Blut.

Dann bewegte sich etwas zwischen den zertrümmerten Möbeln, und Randall fand den Gouverneur mit übel zugerichtetem Gesicht. Hände und Füße hatte man ihm hinter dem Rücken zusammengeschnürt. Er wollte ihn eben losbinden, als er aus der Küche betrunkene Stimmen hörte. Den Finger an die Lippen gelegt, bedeutete er Yu, sich still zu verhalten. Dann zog er sich den Schal von den Schultern und ließ seinen Mantel zu Boden gleiten. Ruhig schlich er in die Küche und sah als Erstes die verstümmelten Leichen dreier Frauen. Am Tisch saßen sechs Chinesen in verschiedenen Stadien der Entkleidung. Ihre abgelegten Kulihemden lagen verstreut herum, dazwischen die Scherben von Gläsern und leere Weinflaschen, und auf dem

Tisch ihre blutigen Messer. Der durchdringende Gestank des Todes war überwältigend. Die Männer, der Boden, die Wände, alles war blutbespritzt, nur die Decke hatte nichts abbekommen. Und inmitten der grausigen Szene saßen sie und tranken lachend weiter.

Schnell und geschmeidig packte Randall den Nächsten an der Nase und riss ihm den Kopf zur Seite, sodass das Genick brach, schnappte sich ein Messer vom Tisch, um es dem Nachbarn in die Schläfe zu stoßen, während er zugleich dem Dritten einen Zeigefinger in die Augenhöhle rammte. Auch dieser war auf der Stelle tot. Randalls Vernunft ging im Zorn unter. Diese kantonesischen Plünderer waren der Abschaum der Welt, Kleinkriminelle und Frauenschänder, die die Briten aus den Gefängnissen Hongkongs rekrutiert und denen sie versprochen hatten, sie irgendwann für gute Dienste freizulassen. Dementsprechend wurden sie bei erster Gelegenheit machtbesessen. Städte wie Taku, Tongzhou und Chang Chia-wan bekamen ihre grausamste Seite zu spüren. Frauen und Kinder waren ihnen meist schutzlos ausgeliefert, da die Männer im Heer dienten und die wenigen Daheimgebliebenen niedergemacht waren.

Innerhalb von Sekunden tötete Randall alle sechs Kulis mit mitleidloser Präzision.

Dann betrachtete er die verstümmelten Frauenleichen – ein entsetzlicher Anblick. Er hob einen Kleidungsfetzen auf und wischte sich das Blut von den Händen.

Darauf hat Wilson mich nicht vorbereitet, dachte er.

Im Krieg bekamen die Generäle den Ruhm, die Soldaten töteten für König und Vaterland, und die Unschuldigen ertrugen die Ausbrüche ihres Hasses. Randall sah sich um. Die Geschichte war außer Kontrolle, so viel stand fest. Aber Rache war dennoch süß, fand er.

Seine Tötungsorgie hatte ihm eine gewisse Ruhe verschafft, und so ging er zurück in den Wohnraum, kniete sich neben den Gouverneur und zerschnitt ihm die Fesseln.

»Meine Tochter? Wo ist meine Tochter?«, fragte Yu.

Randall dachte an die Verstümmelten. »Sie ist in das Haus Eurer Väter gegangen«, antwortete er. »Und die Täter haben dafür mit dem Leben bezahlt.«

Zornige Verzweiflung malte sich auf Yus Gesicht ab, die Tränen strömten ihm aus den blutunterlaufenen Augen. »Ihr seid genauso schlimm wie die!«, rief er. »Ihr seid ein blutrünstiger Mörder. Nichts anderes. Ihr habt die Stadt nicht bewacht, und nun wollt Ihr hier als Held auftreten. Ihr seid gar nichts!« Der Gouverneur versuchte aufzustehen, doch seine Beine waren noch taub, sodass er zur Seite fiel. Randall wollte ihm aufhelfen, doch der alte Mann stieß ihn weg. »Fasst mich nicht an! Ihr seid Chinese, aber nicht mein Freund!«

»Geht nicht dort hinein«, flehte Randall.

Doch Yu schleppte sich bis zu der Türöffnung und blickte in den Nachbarraum. Er sagte kein Wort, während er das Geschehene in sich aufnahm. Dann sank er nieder und schlug sich die Hände vors Gesicht. »Ihr habt mir das angetan!«, weinte er. »Ihr habt mich im Stich gelassen!«

»Was wisst Ihr über den Verbleib von Harry Parkes?«, fragte Randall nüchtern.

»Wie könnt Ihr es wagen?«, schrie Yu. »Wie könnt Ihr es wagen?«

»Um das zu erfahren, bin ich hergekommen, und Ihr werdet es mir sagen«, insistierte Randall. Es hätte den alten Mann kaum trösten können, wenn er ihm erklärte, warum die Stadt angegriffen worden war. »Wo ist Parkes?«

»Ich verfluche Euch und Eure Familie!«, rief Yu.

»Ich bin schon verflucht!«, erwiderte Randall ärgerlich. »Kann das nicht jeder sehen?«

Der Gouverneur war sprachlos, als er die Kälte in Randalls Augen sah. »Ihr seid der Teufel«, flüsterte er. »Der Teufel.«

»Ihr werdet mir jetzt sagen, was ich wissen muss«, wiederholte Randall und griff Yu an die Kehle. »Nur so kann ich alldem ein Ende machen!« Randall drückte auf den Kehlkopf. »Heraus damit, oder Ihr werdet sterben.«

»Er ist verlegt worden«, keuchte Yu schließlich. Randall ließ ein wenig locker, um ihn zum Reden zu ermuntern. »Gestern Nachmittag kam eine Brieftaube mit einer Nachricht. Man hat ihn in den Kaomio-Tempel gebracht ... Er ist Gast der Edlen Kaiserlichen Gemahlin. Der Sohn des Himmels verlässt die Stadt ... reist heute nach Norden. Prinz Kung ist mit allen Aufgaben betraut.«

Randall ließ den Gouverneur unzeremoniös auf den Boden fallen.

»Mögt Ihr tausend Tode sterben, weil Ihr uns im Stich gelassen habt!«, rief der alte Mann, der seinen Mut wiederfand.

»Bleibt ganz ruhig, Gouverneur, ich habe keine Angst vor dem Sterben«, meinte Randall. »Ich fürchte mich viel mehr davor, mit meinen Taten leben zu müssen.«

Als Randall durch das Stadttor ritt, begegnete er einem Regiment Dragoner, die sich jetzt in der Stadt verteilten. Zu spät, dachte Randall. Sie hätten achtzehn Stunden früher kommen sollen, dann wären nicht Tausende Unschuldiger den grausamen Ausschweifungen der Kulis zum Opfer gefallen. Randall wusste, er hätte damit rechnen müssen. Schließlich hatte er vor seinem Transport zwei Monate lang die Geschichte studiert. Doch so etwas mit eigenen Augen zu sehen, das viele Blut, die starren Augen der toten Kinder, der Gestank des Todes, das war etwas ganz anderes. Das war unvorstellbar. Wilson hatte ihn gerade vor dieser Schwäche gewarnt: die Zukunft kennen und begreifen, zu welchen Schandtaten der Mensch fähig ist, das sei etwas, was man intellektueller Betrachtung unterziehen müsse, sonst könne der Schock über den rohen Hass und die Ungerechtigkeit in den Wahnsinn führen.

Wie es schien, hatte Wilson damit recht gehabt. Nachdem Randall die Kulis umgebracht hatte, war er eigentümlich befriedigt gewesen. Und wie ein Hai, der Blut wittert, würde ihn das Verlangen, den Blutdurst von Neuem zu stillen, nicht mehr loslassen. Wilson wäre enttäuscht, das war ihm klar. Bei seiner gesamten Vorbereitung war es um Disziplin und Selbstbeherrschung gegangen, damit er den Blick auf das Ziel richten und alles andere beiseiteschieben konnte.

»Sie sind nicht dort, um den Lauf der Geschichte zu verändern«, hatte Wilson gesagt, »so sehr Sie das vielleicht wollen möchten. Ihre Aufgabe ist der Schutz der Verbotenen Stadt und der Lebenskraft, die in ihren Mauern liegt – sonst nichts. Wenn der Weg nach Peking frei ist, haben Sie das Schwierigste erst noch vor sich. Die Verbündeten dürfen auf keinen Fall die Macht übernehmen oder gar die Verbotene Stadt zerstören. Das müssen Sie verhindern, und dazu brauchen Sie Ihre ganze Selbstbeherrschung und Gerissenheit. Alles andere, die Vorurteile, den Hass, die Ungerechtigkeit, müssen Sie an sich abperlen lassen.«

Randall konnte darüber nur spotten. Wilson hatte so etwas noch nicht erlebt. Um die Schumann-Frequenz zu regulieren, brauchte er sich damals in keiner so grausamen Gesellschaft zurechtzufinden. China in der Mitte des 19. Jahrhunderts hatte mehr Ähnlichkeit mit der Hölle als mit irgendetwas anderem. Es war unmöglich, sich darin zu bewegen und unbeeindruckt zu bleiben.

Nachdem er einen Plan gefasst hatte, ritt Randall zum Lager zurück. Sergeant Stevens hatte ihn inzwischen wieder aufgespürt und folgte ihm mit seinen Männern.

Das Lager war ein Bild der Ordentlichkeit. Die eckigen Canvaszelte standen in makellosen Reihen da, die Wege waren mit weißen Steinen markiert. Britische und französische Flaggen wehten im kühlen Wind, und an jeder Ecke stand ein Soldat aus dem Punjab mit Turban und langem dunklem Schnurrbart.

Randall hatte das Gefühl, dass ihn jeder anstarrte.

Er nahm sich fünf Minuten Zeit, um sein Pferd an einem

der Tröge zu tränken, dann saß er auf und verließ das Lager in westlicher Richtung. Jenseits der Hirsefelder war am Horizont ein schwarzer Fleck zu sehen. Das waren die Befestigungsanlagen Pekings.

Sergeant Stevens holte ihn ein. »Wohin wollen Sie denn, Junge?«

»Ich werde mit Harry Parkes zurückkommen«, antwortete Randall.

»Und wie wollen Sie das anstellen?«

»Ich weiß, wo er gefangen gehalten wird.«

»Sie können nicht einfach nach Peking reiten und ihn abholen!«

»Das kann ich, und das werde ich.«

»Ich habe Befehl, bei Ihnen zu bleiben!«, wandte Stevens ziemlich aufgebracht ein.

»Sie werden hier warten«, bestimmte Randall. »Ich könnte mir denken, dass weder Ihre Aufmachung noch Ihre Hautfarbe dort auf Sympathie treffen.«

»Ich sollte Ihr Vorhaben mit Lord Elgin besprechen.«

»Dazu ist keine Zeit«, erwiderte Randall hastig. »Mr. Parkes ist in Gefahr, und ich muss ihn befreien.« Mit einem Schrei trieb er sein Pferd zum Galopp an und ritt aus dem Lager.

24.

HIRSEFELDER
13 KILOMETER VOR PEKING, CHINA
24. SEPTEMBER 1860
ORTSZEIT: 7.43 UHR
UNTERNEHMEN ESRA – TAG 205

Randall wehte ein scharfer sibirischer Wind um die Ohren. Der Himmel war grau, die Wolken zogen dicht über ihm dahin. Ringsherum erstreckten sich Hirsefelder, so weit das Auge reichte. Nur die Silhouette Pekings vor ihm und das Städtchen Chang Chia-wan hinter ihm unterbrachen das einheitliche Bild. Randall ritt in stetigem Galopp, damit ihn Elgins Männer nicht einholen konnten, falls sie es versuchten. Er blickte über die Schulter, doch niemand folgte ihm.

Dass man Parkes in den Kaomio-Tempel gebracht hatte, war sicher ein gutes Zeichen. Der Tempel war ein taoistisches Heiligtum, ein Symbol universellen Friedens. Cixi musste diesen Ort gewählt haben, um Randall hinsichtlich ihrer Absichten zu beruhigen. Wäre sie auf Konfrontation aus, hätte sie den Verbleib des Briten geheim gehalten. Nach allem, was Randall über sie gelesen hatte, würde sie es nicht wagen, ihm in einem taoistischen Tempel eine Falle zu stellen.

Endlich kehrte er an den Ort zurück, wo er vor fast sieben Monaten angekommen war. Nach seinem Transport aus der Zukunft war er in der Verbotenen Stadt rekonstruiert worden, im Palast Friedvoller Langlebigkeit. Und von eben der Stelle würde er zurück in die Zukunft reisen.

Randall hielt auf dem Feldweg an und zog sein Fernglas hervor, um zu der fernen Hauptstadt zu blicken. Nachdem er sich in der Nacht seiner Ankunft davongestohlen hatte, war seine einzige Sorge gewesen, ob er unbemerkt durch die Dunkelheit zum Peiho gelangen würde und sich eine Koje auf einer Handelsdschunke sichern könnte, die in Richtung Meer ablegen würde. Die Lehmziegelmauern um Peking waren stark, über zwanzig Meter Fuß hoch und genauso dick. An jeder Ecke stand ein mächtiger Wachturm mit Schießscharten.

Im Nordwesten der Stadt hinter den niedrigen Wolken lagen die Yanshan-Berge mit ihren steilen bewaldeten Hängen, deren höchste Gipfel den Verlauf der Großen Mauer bestimmten, die siebzig Kilometer entfernt an Peking vorbeiführte. Von der Ebene aus wirkte die Stadt unzerstörbar, doch Randall wusste, dass diese beeindruckende Festung schon zweimal seit ihrer Erbauung vor fünfhundert Jahren erobert worden war. Denn wie es bei Sunzi hieß, es waren nicht die Mauern, die eine Stadt schützten, sondern das Können der Männer, die darauf standen.

Als er bis auf zwei Kilometer herangekommen war, brach die Wolkendecke auf und die Sonne drang hindurch. Über den Yanshan-Bergen drängten sie sich aber zusammen, und es schien dort zu regnen. Während die Silhouette der Stadt größer wurde, wuchs Randalls Angst. Er zählte darauf, dass Cixi ihn erwartete. Wenn er sich irrte, würden ihn die Wächter auf der Mauer bei erster Gelegenheit erschießen.

In der Ferne öffnete sich das mächtige Yungtingmen-Tor. Ein Streifen weißes Licht drang heraus, als die zehn Meter hohen Flügel vier Reiter hinausließen. Mit bunten Tiger-Bannern ritten sie ihm entgegen.

Der vorderste war sicherlich der Ranghöchste, und das bestätigte sich, als Randall das Mandarin-Rechteck mit dem schwarzen Bären auf der Brust sah, das den fünfthöchsten militärischen Dienstgrad bezeichnete.

Randall trabte weiter und zügelte sein Pferd erst, als er auf Armeslänge an sein Empfangskomitee herangekommen war. Die Stadtkulisse im Rücken, blieben die vier tatarischen Reiter respektvoll nebeneinander stehen und ließen den Säbel in der Scheide.

»Wir haben Euch erwartet, höchst ehrwürdiger Randall Chen«, sagte der Offizier. »Ich bin Rittmeister Po. Ich soll Euch in die Tatarenstadt bringen.« Die Augenfarbe seines Gegenübers schien ihn nicht im Mindesten zu verblüffen.

Randall nickte. »Ich danke Euch, Rittmeister Po.«

Ohne ein weiteres Wort wendeten die vier Reiter und ritten dem Stadttor entgegen. Indem sie ihm ihren ungeschützten Rücken zukehrten, zeigten sie, dass sie Randall nicht als Bedrohung ansahen. In langsamem Galopp näherten sie sich der Mauer und überquerten eine Steinbrücke, die über einen breiten Graben führte. Randall spähte in das grüne Wasser und sah, dass es faulig war; das war sicherlich Absicht, damit ein Dummkopf, der es wagte hindurchzuschwimmen, sich die Ruhr holte oder Schlimmeres. Die Cholera war in dieser Gegend weit verbreitet.

Durch dieses Tor hatte Randall damals als Bettler verkleidet die Stadt verlassen. Es war eine kalte Winternacht gewesen, fast so kalt wie an diesem Morgen.

Hinter den Torflügeln begann ein dunkler Gang, der wie ein klaffender Schlund tief in die Festung hineinführte. Randall wurde von Dunkelheit verschluckt, und so betrat er eine der größten Städte der Welt. Peking hatte über 750 000 Einwohner und stellte die Führungsschicht für das 400-Millionen-Volk in den zahllosen Provinzen. 1860 war dies die Hauptstadt der Hauptstädte.

Der Hufschlag hallte durch den finsteren Torweg, und Randall überlegte für einen Augenblick, ob er vielleicht doch in eine Falle ritt. Er spannte alle Sinne an und machte sich auf alles gefasst.

Ihm fiel ein, dass die Slums dieser Stadt selbst unter den Chinesen als höchst abscheulich galten. Es gab keine Kanäle, und die Abwässer wurden in Gruben am Straßenrand gesammelt;

es hieß, der Gestank sei für nicht daran gewöhnte Nasen unerträglich.

Als sie wieder ans Tageslicht kamen, war Randall angenehm überrascht. Hinter dem Yungtingmen-Tor lag ein riesiger, geschäftiger Marktplatz, auf dem es zuzugehen schien wie immer, obwohl die gefürchteten roten Barbaren in der Ebene ihr Feldlager aufgeschlagen hatten. Über den Platz schallten die rauen Rufe der Händler, schrille Trompetenstöße und das Geklapper hölzerner Kastagnetten. Masseure, Akupunkteure, Kurpfuscher und Fußpfleger boten im Freien ihre Dienste an zwischen den Ständen mit Obst, Seide, Reiswein, Brot und anderen Esswaren. Barbiere schoren Köpfe kahl oder schnitten die Haare nach Mandschu-Art: oben kahl bis zum Pferdeschwanz. Es gab Akrobaten und Geschichtenerzähler, sogar einen Puppenspieler. In dem Gedränge rannten die Hühner frei umher, Kamele wurden mit allen möglichen Gütern beladen durch die Straßen geführt.

Randall und seine Eskorte trotteten in nördlicher Richtung auf das drei Kilometer entfernte Chienmen-Tor und die Mauer der Tatarenstadt zu. Zu Randalls Verwunderung schien sich der Marktplatz unendlich fortzusetzen. Die schiere Größe verblüffte ihn. Es schien, als wäre die gesamte Menschheit hier zusammengepfercht und gezwungen mitzumachen. Dass das Leben so unbeeinträchtigt weiterlief, war ein Wunder für sich.

Interessanterweise hatte kaum jemand einen zweiten Blick für ihn übrig, sondern man bestaunte vielmehr den kurzhaarigen braunen Araber, den er ritt. Das Tier war mindestens vier Handbreit höher als die stämmigen mongolischen Ponys, die Rittmeister Po und seine Männer lenkten.

Schon von weitem sah er die Mauer der Tatarenstadt aufragen. Sie war noch höher und dicker als die äußere Stadtmauer. Das Chienmen-Tor war ein dreistöckiger Wachturm mit dreistufigem Dach, der vom Sockel bis zum First vierzig Meter maß.

Randall mutmaßte, dass das Gros des Qing-Heeres in der Tatarenstadt stationiert war. Bei einem Angriff auf Peking würden die Mandschu den chinesischen Stadtgürtel sich selbst überlassen und die Verteidigung auf den Schutz der Reichen und vor allem der Verbotenen Stadt konzentrieren.

Die hohen, goldverzierten Torflügel des Chienmen-Tores öffneten sich, und hundert kaiserliche Soldaten in leuchtend gelber Uniform schwärmten aus, um sich drei Reihen tief mit dem Schwert in der Hand, den Blick zum Boden gerichtet, aufzustellen, während Randall und seine Eskorte über die Brücke ritten. Diese spannte sich über einen weiteren Graben mit abgestandenem Wasser und führte ebenfalls in einen finsteren Torweg. Erst nach sechzig Metern gelangten sie wieder ans Tageslicht. Randall kam sich vor, als beträte er eine Welt, aus der es kein Entkommen gab. Dies war in der Tat eine Stadt, die sich hinter zahlreichen Mauern verschanzte.

Hinter dem Torweg erstreckte sich eine Wohngegend mit Tausenden rot gedeckter Häuser, zwischen denen gelegentlich ein Baum stand. Die Luft roch frisch und sauber, die Straßen waren mit großen Granitplatten gepflastert. Hier lebte Chinas gehobene Mittelklasse. Es gab ein verzweigtes Abwassersystem, das den Unrat in die Gräben vor der Stadt leitete. Es herrschte kein Gedränge, im Gegenteil: Nur wenige Leute und Sänften waren unterwegs. Die Nachricht, dass die roten Teufel näher rückten, hatte vermutlich viele überzeugt, nach Norden zu ihren Sommerresidenzen zu flüchten oder sich in ihrem Haus einzuschließen.

»Wo ist der Kaomio-Tempel?«, fragte Randall.

Der Rittmeister drehte den Kopf. »Ich soll Euch in die Verbotene Stadt bringen«, antwortete er. »Dort werdet Ihr erwartet.«

Die Straßen wurden breiter und die Häuser prächtiger, darunter viele verschachtelte Terrassenbauten mit verschlungenen Gässchen dazwischen. Es waren mehr und mehr Soldaten zu sehen, obwohl die Seitenstraßen verlassen wirkten. Man bereitete die Verteidigung der Stadt vor; Kanonen wurden auf behelfsmäßige Plattformen gerollt, Kugeln und Schießpulver in angrenzenden Häusern und Ställen untergebracht.

Nach einem kurzen Ritt mündete die Straße auf den Tiananmen-Platz, und Randall blickte schließlich auf die zinnoberroten Mauern der Kaiserstadt. Die Farbe leuchtete in der Sonne, als wären die Mauern nass. Fünf Tore waren geöffnet, und Randall atmete schneller bei dem Gedanken, dass dahinter die Verbotene Stadt auf ihn wartete.

Unmittelbar vor dem mittleren Tor hielt Rittmeister Po an. »Ab hier müsst Ihr allein reiten«, sagte er ruhig und zeigte auf den Torweg.

Randall trieb sein Pferd zum kurzen Galopp an und ritt hinein. Das Hufgetrappel hallte in der menschenleeren Stille des weißen, makellos glatten Gewölbes.

Als er auf einem freien Hof von der Größe von achtzig Hirsefeldern auskam, wurde ihm flau im Magen. Vor ihm ragte das berühmte Mittagstor auf, der erhabene Eingang zur Mitte des Universums.

Seine zinnoberroten Mauern machten jeden zum Zwerg, der sich näherte. Auf der zwanzig Meter hohen Mauer standen drei Pavillons. Sie waren mit grün-goldenen Drachen und anderen Fabeltieren verziert. Rings um die Dachfirste wehten Hunderte Drachenwimpel aller Farben an hohen weißen Masten. Der Graben, der die Verbotene Stadt umgab, verlief unter dem Hof und dem Mittagstor hindurch.

Die goldenen Dächer der Pavillons waren an den Ecken mit fein gearbeiteten Skulpturen der Schutztiere besetzt: Drache, Phönix, Einhorn, Himmelspferd und Seepferd. In der rückwärtigen Mauer gab es drei große Eingänge, jeder bewacht von einer mächtigen roten Tür mit einundachtzig goldglänzenden Pollern, neun in neun Reihen.

In dem Hof rührte sich nichts, es war vollkommen still.

Randall ritt langsam weiter und hielt in der Mitte an. Innerhalb von Augenblicken erschienen auf den Mauern gelb gekleidete Soldaten mit dem Bogen in der Hand, die einen Pfeil auflegten und die Sehne spannten. So standen sie Schulter an Schulter. Randall wagte nicht, sich zu bewegen.

Dann öffnete sich knarrend das mittlere Tor, das kaiserliche. Randall wusste daher, dass jemand Bedeutendes kam. Um seinen Respekt zu zeigen, stieg er vom Pferd.

Ein wenig steif von dem langen Ritt schritt er über den Granitboden dem Tor entgegen. Dort erschien eine einzelne Gestalt; es war die Silhouette einer Frau.

Cixi trat aus dem Schatten heraus, und ihre Schönheit wurde mit jedem Schritt deutlicher. Sie trug eine scharlachrote Weste mit einem goldenen fünfklauigen Drachen auf der Brust und einen scharlachroten Umhang, der über der rechten Schulter zurückgeschlagen war, dazu kniehohe Stiefel mit eckiger Kappe. Ihre langen, schwarzglänzenden Haare waren über die linke Schulter nach vorn geschlungen.

Es fiel kein Wort, bis sie zwei Schritte entfernt voreinander standen.

»Willkommen in der Verbotenen Stadt«, sagte Cixi. »Eure Augen sind tatsächlich so bemerkenswert, wie man mich glauben machen wollte.«

»Ich hatte auf einen freundlicheren Empfang gehofft«, erwiderte Randall.

Ihr Blick schweifte zu den Bogenschützen, die auf den Besucher angelegt hatten. »Der Empfang ist erst unfreundlich, wenn sie ihren Pfeil loslassen«, entgegnete sie. »Ihr müsst bedenken, Randall Chen, dass sie Euch anlasten, unser Heer bei den Taku-Festungen und an der Acht-Li-Brücke niedergemetzelt zu haben.«

»Euer Heer bediente sich schlechter Taktik«, hielt Randall ihr entgegen. »Senggerinchin glaubte, dass eine bloße Übermacht das rechte Mittel gegen die roten Teufel sei.«

»Was ist stattdessen das rechte Mittel?«, fragte sie.

»Es gibt viele Mittel, um einen überheblichen Gegner zu besiegen«, meinte Randall. »Der erste Schritt ist das Erkennen seiner Schwäche. Nur so kann ein Sieg errungen werden.«

»Auch gegen diesen Gegner?«

»Er hat viele Schwächen«, antwortete Randall.

Er war völlig gefangen von ihrer Anmut und Schönheit. Nach allem, was er gelesen hatte, hätte es ihn nicht überraschen sollen, dennoch ... sie war so elegant, so anziehend.

Auch Cixi war beeindruckt von dem gut aussehenden jungen Mann, der vor ihr stand. Für einen Chinesen war er groß und wohlproportioniert, auch muskulös, wie sie sah. Ihr kam der Gedanke, dass es schade wäre, sollte sie ihn am Ende töten müssen. »Ihr seid sehr mutig, dass Ihr allein nach Peking reitet«, sagte sie.

»Ihr habt mich gerufen, und hier bin ich.«

Cixi tat überrascht. »Ich habe nichts dergleichen getan!«

Randall lächelte. »Ihr wäret jetzt nicht hier in diesem Hof, wenn es anders wäre. Ihr wäret bei Eurem Gemahl in Jehol.«

Cixi zeigte ein Lächeln. »So ist es«, räumte sie ein. »Der Sohn des Himmels und sein Hofstaat sind geflohen wie die Mäuse vor der Katze. Und ich bin geblieben, um zu schützen, was leichtfertig zurückgelassen wurde. Im Namen des Himmlischen Prinzen werde ich tun, was nötig ist, um diese Stadt und die Herrschaft der Qing zu wahren.«

»Wenn das so ist, müsst Ihr Harry Parkes und sein Gefolge für die Rückkehr zu Lord Elgin bereit machen lassen. Aus ihrer Gefangenschaft erwächst Euch eine größere Bedrohung, als Euch bewusst ist.«

»So seid Ihr also gekommen, um Euren Freund zu befreien?«

»Parkes ist nicht mein Freund«, widersprach Randall.

»Dann seid Ihr gekommen, um Euren Feind zu befreien?«

»Er ist nicht mein Feind, er ist Euer Feind«, stellte Randall richtig.

»Warum sollte er dann freikommen?«

»Weil seine Gefangenschaft dem Reich mehr schadet, als Ihr begreift. Ohne ihn wird Lord Elgin sprunghaft und unberechenbar, was weder Euch noch Prinz Kung derzeit gelegen kommt. Es heißt, dass Harry Parkes unter der Parlamentärflagge gefangen genommen wurde. Das hat bei den Briten einen empfindlichen Nerv getroffen, da sie sich als ehrbare Gentlemen betrachten.« Ehe Cixi ihrem Spott Ausdruck geben konnte, sagte Randall: »Doch Ihr und ich stimmen überein, dass die Briten und Franzosen weder ehrbar noch vertrauenswürdig sind.«

»Die Worte fließen von Euren Lippen wie überschüssiger Honig aus dem Bienenstock. Ist es möglich, dass Ihr hier seid, um mich zu täuschen und mir zu schmeicheln?«

»Die Sache verhält sich folgendermaßen«, erklärte Randall ohne Umschweife. »Lord Elgin wird in den nächsten Tagen mit seinem Heer auf Peking marschieren, wenn Ihr nicht klug vorgeht – und dann wird Zerstörung sein einziges Ziel sein. Wenn Ihr Zeit gewinnen wollt, um die Verteidigung der Stadt vorzubereiten, müssen Parkes und sein Gefolge sofort freigelassen werden.«

»Und welche Verteidigung könnten wir auf die Beine stellen? Der Großteil unseres Heeres wurde vernichtet.«

»Es gibt viele Arten zu kämpfen«, antwortete Randall. »Und viele Wege führen zum Sieg.« Er zeigte auf die Bogenschützen auf dem Mittagstor. »Eure Schützen sollen die Sehne lockern, dann verrate ich Euch, was Ihr tun müsst.«

Cixi sah in die blauen Augen des Fremden und versuchte, seine Gedanken zu lesen. Er fühlte sich zu ihr hingezogen, das konnte sie immerhin feststellen. Doch seine wahren Absichten blieben verborgen. Warum sollte der beste Stratege der roten Teufel so leicht zur anderen Seite überwechseln? Hatte sie einen Fehler begangen, indem sie ihn hierher lockte? Seine Taten – und die Siege – hatten gezeigt, dass er ein fähiger Mann war. »Wisst Ihr überhaupt, mit wem Ihr es zu tun habt?«

»Ich will Euch nicht mit geistloser Schmeichelei langweilen, Edle Kaiserliche Gemahlin. Es ist Zeit, dass Ihr handelt. Euch bleibt nichts anderes übrig, als mir zu vertrauen. Eure Hoffnung liegt in einem Bündnis mit mir, und solch ein Bündnis schlage ich vor.«

Cixi gelang es, sich ihre Verblüffung nicht anmerken zu lassen. Schließlich sagte sie. »Nur Harry Parkes und Henry Loch sind in Peking. Die anderen wurden zum Sommerpalast gebracht, und es heißt, dass sie gefoltert wurden. Über zehn sind tot und die restlichen in schlechtem Zustand.«

»Wo sind die Toten?«, fragte Randall.

»Sie liegen im Innenhof des Sommerpalasts.«

Randall blickte ihr in die Augen. »Sie müssen eingekalkt werden, um ihre Haut fortzuätzen. Das wird das Werk Eurer Folterknechte unkenntlich machen.« Randall rieb sich das Kinn wie Wilson Dowling, wenn er nachdachte. »Das ist eine unglückliche Entwicklung, doch wir müssen uns jetzt um die Überlebenden bemühen. Jeder, der wieder geheilt werden kann, wird Eurem Reich Millionen Tael an Reparationen ersparen. Ich kann es nicht genug betonen: Man muss sie gesund pflegen. Darum müssen wir Zeit schinden, ehe wir sie zu Lord Elgin zurückschicken. Wir müssen möglichst schnell und überzeugend zeigen, dass Prinz Kungs Führung auf Mitgefühl, Vertrauen und Entgegenkommen beruht.«

»Warum wollt Ihr mir helfen?«, fragte Cixi.

»Ich muss die Qing-Dynastie erhalten«, antwortete Randall. »Euer Sohn wird eines Tages Kaiser sein. Damit es dazu kommen kann, müsst Ihr Eure Gegner in Diplomatie schlagen. Es wird ein hoher Preis zu zahlen sein, weil Ihr einige ihrer Gesandten getötet habt. Doch da sich das nicht rückgängig machen lässt, lohnt es sich, diesen Preis zu entrichten. Unterdessen müsst Ihr den Einfluss Su Shuns auf den Sohn des Himmels unterbinden, bevor er den Thronanspruch Eures Sohnes untergräbt. Nur dann wird die Zukunft des Qing-Reiches gesichert sein.«

Auch diesmal konnte Cixi ihre Verblüffung über die Unverblümtheit des blauäugigen Fremden verbergen. Wie konnte er das alles wissen? Und in solchen Einzelheiten? Sie war sehr von ihm angetan, und zum Glück schienen seine Absichten in dieselbe Richtung zu gehen wie ihre.

»Ich bin froh, dass Ihr dem Reich zu Hilfe kommt«, sagte sie in dankbarem Ton. »Es wird mir eine Freude sein, Euch meine ganze Dankbarkeit zu zeigen, wenn Eure Vorhersagen wahr werden.« Sie drehte sich zum höchsten Punkt der Mauer um und beschrieb mit dem Zeigefinger einen Kreis. Darauf senkten die Schützen ihren Bogen und nahmen Habtachtstellung ein.

Cixi fühlte neue Zuversicht durch ihre Adern rinnen, die sie seit Monaten schmerzlich vermisst hatte. Im Glanz dieser zinnoberroten Mauern hatte sie einen unerwarteten Freund gefunden, der die Macht zu haben schien, das Schicksal Chinas zu wenden.

Randall blickte in ihre Augen und rang darum, sich nicht in ihren Bann schlagen zu lassen. Sie war schön, so viel hatte er erwartet; doch was ihn völlig fesselte, war ihre Anmut und der berauschende Klang ihrer Stimme. Er würde Abstand halten, versicherte er sich. Doch nach nur zehn Minuten in ihrer Gesellschaft musste er zugeben, dass sie die anziehendste Frau war, die er je getroffen hatte.

•

25.

Kalifornien, Nordamerika
Enterprise Corporation
Garten des Mercury Building
12. Juli 2084
Ortszeit: 5.14 Uhr
42 Tage vor dem Esra-Transport

Es war noch dunkel, als Wilson über den Hof ging und den Pfad hinaufstieg, der auf den Hügel hinter dem Mercury Building führte. Er war mit Randall und Le Dan verabredet, dem Shaolin-Meister der 35. Generation, von dem Randall seit seinem fünften Lebensjahr ausgebildet wurde. Randall hatte ihn als neunzigjährigen Chinesen beschrieben, der den Körper eines Dreißigjährigen habe. Und er besitze unermessliche Weisheit, die von einem Meister auf den nächsten übergegangen sei, seit dem Anbeginn der Zeit. Es hieß, ein Shaolin-Meister habe nur drei Schüler, die lebenslang von ihm lernten. Nach seinem Tod werde nur einer der drei den Titel des Meisters erhalten und seinerseits drei Schüler annehmen. Wilson vermutete, dass Randall einer von dreien war, wusste es aber nicht. Jedenfalls würde dieses Treffen zusätzliches Licht darauf werfen, warum Randall als Aufseher des Unternehmens Esra ausgewählt worden war.

Seit zwei Wochen hielt sich Le Dan in der Firma auf und sorgte für Randalls körperliches und geistiges Training. Die Einzelheiten von Randalls Auftrag unterlagen strikter Geheimhaltung, doch dem Shaolin-Meister war sicher klar, dass sein Schüler vor einer großen Aufgabe stand. Wilson sah dem Treffen erwartungsvoll entgegen. Er hoffte auf eine Inspiration, wenngleich er sich immer wieder sagte, er dürfe nicht zu viel erwarten.

Er wusste über die Shaolin-Mönche, dass sie sehr zurückhaltend und für ihre unglaublichen Kampfkünste weltberühmt waren. Ihr Kloster befand sich in der Provinz Henan am Fuß des Shaoshi. Ihr Orden wurde 527 von dem Mönch Bodhidharma gegründet, nachdem er den Hof des Kaisers Wu der Liang-Dynastie verlassen hatte und entwickelte sich zu einem wichtigen Zentrum buddhistischen Lebens. Es hieß, der Mönch sei nach Henan gekommen und neun Jahre lang stumm gewesen, ehe er seine Kampffertigkeiten ausbildete und die taoistischen Schriften über Weisheit und Erleuchtung studierte. Dies waren die bescheidenen Anfänge des Kung Fu, was so viel hieß wie »Ergebnis harter, geduldiger Arbeit«.

Wilson war vor Jahren bei einer Vorführung gewesen und hatte Unvergleichliches gesehen. Wie gut Randall war, wusste er nicht, doch beim Gesundheitscheck waren seine Reaktionen die schnellsten gewesen, die je bei Angestellten der Firma gemessen worden waren.

Als er auf der Hügelkuppe ankam, sah er zwei Gestalten, eine große und eine kleinere, in der Dunkelheit auf dem Grasplatz warten. Le Dan verbrachte seine Zeit nicht gern in klimatisierten Räumen und hatte vorgeschlagen, sich bei Sonnenaufgang am höchsten Punkt des Firmengeländes zu treffen, um miteinander zu reden, zu trainieren und zu meditieren.

Mit jedem Schritt hoben sich die beiden Männer deutlicher aus der Dunkelheit ab. Sie trugen beide einen weißen Trainingsanzug und Sandalen. Schon auf den ersten Blick war Le Dan ein außergewöhnlicher Mann – seine glatte Haut war makellos, seine Gesichtszüge ebenmäßig und ausgeglichen. Wilson staunte innerlich, dass ein Shaolin-Meister vor ihm stand, dessen Lehren und Lebensführung in direkter Linie auf Bodhidharma zurückging und somit fünfzehnhundert Jahre alt waren. Le Dan lächelte nicht, und dennoch fühlte Wilson sich willkommen. Den Mann umgab eine Ruhe, die schwer zu beschreiben, aber klar zu spüren war.

»Wilson Dowling«, sagte Randall, »ich möchte Ihnen Meister Le Dan vorstellen.«

Le Dan nickte grüßend, ohne Wilson auch nur einen Moment aus den Augen zu lassen. »Ich freue mich, Sie kennenzulernen«, sagte Le Dan mit wohlklingender Stimme.

»Ganz meinerseits«, erwiderte Wilson.

»Randall hat mir erzählt, dass Sie ein guter Mann sind«, sagte Le Dan. »Und ich sehe Ihnen an, dass Sie schon vieles erlebt haben.«

Wilson lächelte. »Von Ihnen hätte ich kein Kompliment erwartet, Meister Le Dan.«

»Verwechseln Sie nicht Tatsache und Kompliment«, erwiderte der alte Mann. »Ich sehe bei Ihnen etwas, was mir neu ist. Sobald ich es begriffen habe, werde ich Ihnen sagen, was es ist.« Er forschte in Wilsons Gesicht. »Ich verstehe, dass das Vorhaben geheim bleiben muss. Fürchten Sie also nicht, dass ich es aufdecken möchte.« Er schmunzelte. »Ihre Miene verrät mir, dass Sie überlegen, ob Randall mir etwas verraten hat. Ich versichere Ihnen, er hat sich an die Abmachung gehalten. Bevor ich herkam, hat er mir klar gesagt, dass er mir den Zweck nicht enthüllen darf. Sie verstehen also, dass ich von meinem Schüler sehr enttäuscht wäre, wenn er die Abmachung gebrochen hätte.«

»Randall kann ich trauen«, bekräftigte Wilson. »Daran habe ich nie gezweifelt.«

Der Blick des alten Mannes änderte sich ein klein wenig, als ob er vermutete, dass Wilson sich doch nicht so sicher war. »Randall sagt, Sie möchten heute Morgen an unseren Übungen teilnehmen.«

»Es wäre mir eine Ehre, Meister«, antwortete Wilson.

»So soll es sein.« Der alte Mann schaute zum heller werdenden Himmel. Ein Vogel stieg zwitschernd aus den Bäumen auf und flog nach Westen. »Die Sonne wird uns bald mit einem neuen Tag beehren.« Le Dan deutete auf die drei orangefarbenen Matten, die einander zugewandt im kurzen Gras lagen. »Setzen wir uns.«

Randall wirkte vollkommen gesammelt, als er sich im Lotossitz auf der gepolsterten Matte niederließ. Wilson setzte sich in derselben Haltung, mit geradem Rücken, die rechte Faust in die offene Handfläche gedrückt.

So saßen sie alle drei da. Le Dan tat einige tiefe Atemzüge, Randall und Wilson machten es ihm nach. Wilson nutzte die Gelegenheit, um den Shaolin-Meister zu mustern. Seine Haut hatte kaum Falten, die Muskeln waren gespannt und geschmeidig, der Kopf am Scheitel kahl, die Haare an den Seiten weiß und recht lang, die hellbraunen Augen blickten gelassen. Der alte Mann sah nicht besonders gefährlich aus, doch für erfahren hielt man ihn sofort.

»Um Harmonie zu erlangen«, begann er mit sanfter, aber tieferer Stimme, »müssen wir den fünf Grundsätzen des Lebens gehorchen. Der erste heißt Tao, das bedeutet Weg. Die Richtung deines Lebens, dein wahrer Zweck muss bestimmt werden – es darf keine Verwirrung über die Aufgabe geben. Der zweite heißt Tien, das bedeutet Himmel. Das Ziel deiner Handlungen muss leicht zu unterscheiden und Erfolg leicht zu messen sein. Der dritte heißt Dee, das bedeutet Erde. Alle Dinge müssen harmonieren, sonst geraten sie in Widerspruch zur Erde und ihren Kräften. Der vierte heißt Gian, das bedeutet Führung. Ohne sie kann kein Erfolg erlangt werden. Und der fünfte heißt Far, das bedeutet Recht. Um in Harmonie zu sein, müssen wir jederzeit mit Achtung und Würde handeln.«

Er atmete tief durch. »Sprecht mir nach. Tao.«

Randall und Wilson taten es und wiederholten auch die folgenden Begriffe. »Tien. Dee. Gian. Far.«

»Das sind die fünf Grundsätze: Tao, Tien, Dee, Gian, Far«, sagte Le Dan und atmete nach jedem Satz tief ein und aus.

»Weg, Himmel, Erde, Führung, Recht. Um eine Herausforderung zu meistern, muss ein Mann eine Einschätzung treffen. Jeder Kämpfer, der sich in einen Kampf begibt, wird das zuvor tun. Der Mann, der besiegt wird, ist der, der nicht alles bedacht hat. Die vollständige Einschätzung bringt den Sieg. Die unvollständige die Niederlage.« Le Dan legte die Hände auf die Knie. »Schaut nach Osten.«

Inzwischen hatte die aufgehende Sonne den Himmel hellgrau übermalt.

»Tao ... Tien ... Dee ... Gian ... Far«, wiederholte Le Dan. »Bei allen Planungen müssen die fünf Grundsätze beachtet werden, wenn Erfolg das Ziel ist.« Er wandte seinen ruhigen Blick vom Himmel ab und richtete ihn auf Wilson. »Ja, Sie sind ein Mann, der vieles gesehen hat. Daher wissen Sie vieles.«

»Lassen Sie sich nicht durch meine Kleidung täuschen«, meinte Wilson, der seine schwarze Mercury-Uniform trug. »Ich bin kein großer Gelehrter.«

Le Dan sah weg. »Ich bitte um Verzeihung, Mr. Dowling. Es war unhöflich, Sie anzustarren.«

»Warum glauben Sie, ich wüsste so viel?«, fragte Wilson.

»Ich sehe es in Ihren Augen, Mr. Dowling. Das Wesen eines Mannes, der außergewöhnliche Dinge gesehen hat, verrät sich immer durch eine gewisse Ruhe im Blick – mancher mag das mit Langeweile verwechseln, doch ich erkenne den Unterschied. Das gegenteilige Phänomen ist die entzückte Verwunderung im Blick eines kleinen Kindes, das etwas zum ersten Mal sieht. Und ich spüre auch Ihren Kummer, Mr. Dowling.«

Bei dieser Bemerkung schlug Wilsons Herz schneller.

»Wir wollen meditieren«, sagte Le Dan und setzte sich mit dem Gesicht nach Osten. »Meditation ist wesentlich zur Aufrechterhaltung des Chi. Schauen Sie zum Horizont, und lösen Sie sich von allen Gedanken. Staunen Sie über die Geburt eines neuen Tages.«

Der heller werdende Himmel war wirklich schön. Doch neben dieser simplen Feststellung kamen Wilson lauter Fragen in den Sinn, und dazu die Konsequenzen der möglichen Antworten. Randall brauchte Wilsons Führung nicht, um erfolgreich zu sein. Le Dan hatte mehr Führungsweisheit im kleinen Finger, als Wilson je haben würde. Seine Gedanken wanderten zu GMs Forderung, das Lebenselixier aus der Verbotenen Stadt mitzubringen. Sie verstieß gegen jeden Grundsatz, für den die Aufseher standen. Und doch blieb Wilson nichts anderes übrig, als auf Nummer sicher zu gehen und GMs Vorhaben zu unterstützen. Andernfalls würde das Unternehmen Esra nicht stattfinden. Dann musste Wilson an Helena Capriarty denken. Wenn es in dieser Welt Gerechtigkeit gab, würde ihm gestattet werden, zu ihr zurückzukehren. Es schien nicht richtig zu sein, dass sie in so kurzer Zeit so vieles zusammen durchmachen mussten, um dann für immer getrennt zu werden.

Le Dans Stimme unterbrach die Stille. »Mr. Dowling, Ihre Gedanken plappern so laut, dass ich es bis hierher höre. Ich schlage vor, Sie konzentrieren sich auf den Sonnenschein, der bald über den Horizont aufsteigt. Die goldenen Strahlen haben den weiten Weg von der Sonne zurückgelegt, damit Sie diesen Augenblick erleben können. Verschwenden Sie ihn nicht, indem Sie sich woanders aufhalten.«

Wilson atmete tief durch und starrte in den rasch heller werdenden Himmel. In dem Moment strahlte ein goldenes Licht auf und beschien die Hügel und Täler Kaliforniens. Das ging so schnell, wie Wilson es noch nie gesehen hatte. Der warme Schein berührte sein Gesicht, und Wilson war sich der acht Minuten bewusst, die die Strahlen gebraucht hatten, um von dem nahen Zwergstern zu seiner Haut zu gelangen. Plötzlich fühlte er sich ruhig und so leer wie ein weißes Blatt Papier.

Le Dan lächelte und schwieg.

Nach zehn Minuten stand er von seiner Matte auf und reckte den Kopf von einer Seite zur andern. »Mr. Dowling, Sie dürfen gern das körperliche Training mit uns beginnen, aber die Aufgaben werden nach und nach zu schwierig für Sie werden. Tun Sie Ihr Bestes, und verlassen Sie uns, wann Sie möchten. Ich danke Ihnen für Ihre Zeit. Es war mir ein Vergnügen.«

Er nahm die Zenhaltung ein und verbeugte sich aus der Hüfte. Wilson verbeugte sich vor ihm, dann vor Randall, der die Geste erwiderte.

Der Sonne zugewandt, begann Le Dan mit einer Reihe langsamer Bewegungen, die Wilson ohne Schwierigkeit nachmachen konnte. Es war ein gutes Gefühl, die ruhige Geschmeidigkeit des Shaolin-Meisters und seines Schülers zu kopieren, die nun die hundertacht Bewegungen der Holzpuppe ausführen würden.

Nach den ersten Posen begann Le Dan zu sprechen. »Sammle alle Kraft.« Er drehte sich langsam mit geballter Faust zur Seite. »Dann dreh dich, versuche, dir vorzustellen, dass du schnell und kraftvoll bist wie ein heulender Sturm, der die Sterne vom Himmel reißen kann.« Er öffnete langsam die Hände und breitete die Arme aus. »Dein Griff sei wie Wolken, die den Mond umfangen.« Er glitt in die nächste Pose. »Steh fest auf den Beinen wie ein Berg. Das ist der Pferdestand, die grundlegende Haltung beim Kung-Fu.«

Nach dreißig Posen und ihren aufschlussreichen Beschreibungen wurden die Bewegungen komplizierter und Le Dans Stimme leiser. Die Biegsamkeit und Stärke, die er und Randall bewiesen, hatte Wilson noch nie an jemandem gesehen. Er wusste, dass er ihnen nicht mehr folgen konnte, und trat zurück. Ein paar Minuten lang sah er ihnen noch beim Training zu. Ganz offensichtlich war Randall ein Meister der Kampfkunst. Er zwang seinen Körper in einen langsamen Handstand, ging dann in den Kopfstand über und nahm die Hände vom Boden weg – wie Le Dan es vormachte. Sie standen tatsächlich ungestützt auf dem Kopf.

Wilson entfernte sich still. Jetzt war ihm klar, warum man Randall zum Esra-Aufseher bestimmt hatte. Er war geistig stabil, von einem Shaolin-Meister geschult, hatte einen perfekten Körper, und seine Kampfkunst war enorm. Zog man dazu seine chinesische Abstammung in Betracht, war die Entscheidung leicht. Blieb nur die Frage, ob er außer der Esra-Mission auch noch die dreiste Forderung erfüllen konnte, die GM ihm bald aufladen würde.

Wilson drehte sich noch einmal um, als Randall und Le Dan sich vollkommen synchron aufrichteten, die Beine zum Spagat spreizten und ihr ganzes Gewicht auf die Fingerspitzen stellten. Randall musste sich sein Leben lang in Disziplin geübt haben. Wilson seufzte unwillkürlich und dachte an seine eigene Kindheit. Bis zu seiner Jesaja-Mission hatte er sich nie einer besonderen Sache verpflichtet. Und ohne seine Omega-Programmierung hätte er auch die nicht bewältigt.

26.

PEKING, CHINA
VERBOTENE STADT
PALAST DER GESAMMELTEN ELEGANZ
25. SEPTEMBER 1860
ORTSZEIT: 16.45 UHR
UNTERNEHMEN ESRA – TAG 206

»Ihr hättet den Blauäugigen nicht herbringen sollen«, sagte Prinz Kung leise. »Wenn der Sohn des Himmels davon erfährt, wird Euch das als Verrat ausgelegt werden.«

»Der mächtige Hsien Feng ahnt nicht einmal, wer er ist«, entgegnete Cixi zuversichtlich. »Der Sohn des Himmels wird mit seinem Hofstaat in Jehol aufgehalten – unwissend und abgeschieden von allem, was hier vorgeht.« Sie warf ihre Haare über die rechte Schulter. »Darum muss ich das Risiko auf mich nehmen. Wir sind in einer verzweifelten Lage. Der Blauäugige ist gewiss die Ursache für die bisherigen Siege der roten Teufel.« Sie ging einen Schritt rückwärts und sah durch die Säulenhalle, wo die Sonne durch die Fenster schien. »Ich brauche ihn aus einem bestimmten Grund in meiner Nähe, mein Bruder.«

»Aber wenn wir ertappt werden?«, flüsterte Prinz Kung nervös.

Cixi betrachtete den jungen Prinzen. Sein längliches Gesicht war weich, seine Haut dunkler als die seines Bruders. Er hatte den kahlen Scheitel und den langen Zopf der Mandschu und trug ein schwarzes kaiserliches Gewand mit einer schwarzen Perlenkette. Sie sah die Angst in seinen Augen und wollte ihn am liebsten ohrfeigen, ihn zum Starksein zwingen, so sehr frustrierte sie seine Schwäche. Doch sie beherrschte sich vollkommen.

»Ihr habt recht, vorsichtig zu sein«, sagte sie sanft. »Doch es gibt Zeiten, da man gegen die Regeln verstoßen muss. Das Überleben der Qing-Dynastie hängt von unserer Entscheidung ab – und vor allem von Eurer Unterstützung. Die roten Teufel stehen mit ihrem Heer bei Tongzhou und bereiten einen Angriff auf Peking vor. Seht Euch um. Wer wird uns vor dem Einmarsch schützen?« Sie zeigte auf die vier Eunuchen, die an der Wand standen. »Diese?«

»Der Blauäugige sollte nicht in der Verbotenen Stadt sein«, wiederholte Prinz Kung ängstlich.

»Er wird als mein Gast in den Westlichen Palästen bleiben.«

»Aber nach Einbruch der Dunkelheit darf sich kein Mann außer dem Sohn des Himmels dort aufhalten«, flüsterte er.

»Nur dort kann seine Anwesenheit geheim gehalten werden«, erklärte Cixi. »Er wurde in die Liste der Eunuchenkrieger aufgenommen. Und er wurde zu meinem Leibwächter ernannt, sein Quartier grenzt an diesen Palast.«

»Das ist zu gefährlich«, beharrte Prinz Kung und sah sich hektisch um, als erwartete er Spione in jeder Ecke.

Cixi legte die Hand an seine Wange. »Ihr müsst mir vertrauen, mein Bruder. Der Sohn des Himmels und der Kriegsrat werden es nicht erfahren.« Sie schoss ihren vier Eunuchen einen durchdringenden Blick zu, unter dem sie erbebten. »Wer sich einfallen lässt, mich zu hintergehen, wird ein Schicksal erleiden, das schlimmer ist als der Tod. Das schwöre ich bei meinen Vorfahren.« Sie wandte sich wieder Prinz Kung zu und strich ihm über die Wange. »Ihr müsst stark sein. Haltet Euch vor Augen, dass das Schicksal der Qing-Dynastie von der Hilfe des Blauäugigen abhängt, der keine fünfhundert Schritte von uns entfernt wartet. Er verfügt über Wissen, das uns aus dieser Lage befreien kann – das spüre ich.«

»Bitte, seid vorsichtig«, flehte der Prinz. »Wenn wir versagen, bringt man uns die seidene Schnur.«

»Wenn wir versagen, verlieren wir unseren Kopf an die Barbaren.«

Prinz Kung schaute zu Boden und nestelte nervös mit den Händen in seinen weiten Ärmeln. »Ihr habt meine Unterstützung«, sagte er schließlich. »Ich bin Euer treuer Diener, Edle Kaiserliche Gemahlin.«

»Ich werde Euch heute Abend jemanden zur Aufheiterung schicken«, sagte sie lächelnd. »Und Ihr werdet augenblicklich die Nöte unseres Reiches vergessen. Morgen, wenn wir uns beraten, werdet Ihr Euch gestärkt fühlen und meinen Plan zuversichtlich anhören.«

»Dafür danke ich Euch.«

Nach Cixis Erfahrung konnte der Schwache in unheilvollen Zeiten zum Starken werden, in diesem Fall Prinz Kung. Einen homosexuellen Mann fand sie leichter zu manipulieren als einen, der nach ihren körperlichen Genüssen verlangte; das erforderte wesentlich mehr Vorausschau und Planung. Bei einem Mann wie Prinz Kung war das Risiko geringer, und sie war nicht so sehr auf Diskretion angewiesen wie bei einem Mann, bei dem sie ihren eigenen Körper als Lohn einsetzte. Ein homosexueller Prinz war verwundbar, denn das Bekanntwerden seiner Neigung wäre mit einem Gesichtsverlust des Kaisers verbunden. Cixi zog seit drei Jahren ihren Vorteil daraus, da sie Prinz Kungs Geheimnis wahrte – und seiner Neigung Nahrung gab, um sie am Leben zu erhalten. So kam es nur noch darauf an, außerhalb der Verbotenen Stadt Männer und Knaben zu finden, die sich mit Gold bewegen ließen, sich zu ihm zu legen. Wenn einer zu gierig wurde, ließ sie ihn so beiläufig töten, wie sie eine Haarnadel aus ihrem Knoten zog. Auf diese Weise war Prinz Kung zu ihrem loyalsten Unterstützer geworden. Wie ein Löwenbändiger fütterte sie das Raubtier mit Fleisch und richtete sein Geheimnis als Waffe gegen ihn. Er war ein Verbündeter, auf den sie sich verlassen konnte.

»Ihr müsst ruhig bleiben, mein Bruder. Wenn auch nur ein

Wort über den Blauäugigen nach Jehol dringt, werden wir es als Erste erfahren. Mein Diener Li Lien-ying hält die Stellung in den Gemächern Hsien Fengs. Auf mein Betreiben wurde er zu seinem Masseur ernannt. Seine Gabe, Schmerzen zu lindern, ist für den Himmlischen Prinzen eine Wohltat, besonders da sich seine Krankheit in der kalten Luft der Berge verschlimmern wird.«

»Ich werde Vertrauen haben«, versprach Prinz Kung.

»Das Blatt hat sich bereits zu unseren Gunsten gewendet«, fügte sie hinzu. »Jetzt brauchen wir nur noch zu nutzen, was wir in der Hand halten. Begebt Euch auf den Weg, mein Bruder, und bleibt zuversichtlich.«

Nachdem Prinz Kung hinausgegangen war, plante sie die Verführung des Blauäugigen. Der Gedanke beschleunigte ein wenig ihren Atem, denn sie konnte nicht sicher sein, welche Art Mann er war. Es schien, als würde er sie kennen, sie verstehen und ihr beipflichten, noch ehe sie den Mund aufmachte ... oder ihre Beine spreizte. Er war ihr ein Rätsel, und sie freute sich darauf, ihn zu ergründen. Er wirkte nicht einmal nervös, stellte sie fest. Er benahm sich, als wäre es ihm bestimmt, sich in der Verbotenen Stadt aufzuhalten, sich gar darin niederzulassen. Als sie ihn über den Hof der Höchsten Harmonie führte – den größten und eindrucksvollsten –, hatte er nicht die Pracht der Bauwerke bestaunt, und sie wollte wissen, warum.

Sie würde ihre weiblichen Listen einsetzen, und das durfte sie diesmal nicht langsam tun, obwohl ihr das eigentlich lieber wäre. Bei langsamer Verführung entwickelten die Männer eine unbeherrschte Leidenschaft, die, einmal entzündet, nicht so leicht zu löschen war. Doch für solche Feinheiten war keine Zeit. Sie musste das Geheimnis des Blauäugigen aufdecken, und zwar schnell. Die roten Teufel standen vor den Toren. Der Kaiser und die Herrschaft der Qing waren in Gefahr und somit auch die Thronnachfolge ihres Sohnes. Alles, was sie bisher erreicht hatte, konnte innerhalb eines Augenblicks zunichte werden, wenn sie keine Eile an den Tag legte.

Während sie vor dem Spiegel stand und zwei Eunuchen sie frisierten und ankleideten, dachte sie über den kommenden Abend nach. Noch vor Mitternacht würde sie die Männlichkeit des Blauäugigen in sich spüren, beschloss sie. Sie griff unter ihre Kleider und zwischen ihre Beine. Die Nässe war erstaunlich. Sie zog die Finger hervor, um das Sekret genau zu betrachten. Ihre Säfte waren wässrig und süß – sie war nicht in der fruchtbaren Phase.

Nachdem sie ein Bad genommen hatte, das mit Honig und Limonen parfümiert gewesen war, verließ sie den Palast der Gesammelten Eleganz bekleidet mit einer Ao-Jacke und einem Qun-Rock. Die scharlachrote Jacke war oben nicht zugeknöpft. So konnte sie die Rundung ihrer Brust zeigen, wenn sie sich bückte. An den Füßen trug sie schlichte rote Sandalen. Sie hatte keine Unterwäsche an, und ihre nackten Waden schauten unter dem Rock hervor. Um den Hals trug sie zwei Ketten, eine mit goldenen, eine mit Muschelperlen. Die Haare waren zu einem lockeren Knoten aufgesteckt und mit drei Jadestäbchen befestigt.

Es war ein schöner Herbstnachmittag, und die untergehende Sonne warf ihre Strahlen auf die Mauern der Verbotenen Stadt, in die vielen Höfe und Gärten der Westlichen Paläste. Die Luft war kühl, aber der Sonnenschein wärmte noch. Bis auf den Eunuchen, der hinter ihr ging, war keine Menschenseele zu sehen. Hsien Feng hatte fast alle mitgenommen, und auf Cixis Anordnung befanden sich die verbliebenen Konkubinen, Eunuchen und Dienerinnen an diesem Abend im Östlichen Palast.

Als sie den Fuß auf die unterste Stufe des Gästehauses setzte, schickte sie Lo Min voraus, damit er sie ankündigte.

Mit einem Hämmerchen schlug er an die Kupferglocke neben der Tür und rief: »Die Edle Kaiserliche Gemahlin nähert sich.« Seine Stimme war hell und heiser. Lo Min schlug die Glocke ein zweites Mal, und sie klang ein Weilchen nach.

Die rote Tür des Gästehauses öffnete sich, und zwei Eunuchenkrieger in grüner Seide traten hastig auf den Treppenabsatz. Das Schwert in der Hand kreuzten sie die Arme vor der Brust und neigten den Kopf.

Cixi wartete am Fuß der Treppe. Die Nachmittagssonne warf ihren Schatten an die Mauer. Der Gedanke an die von ihr inszenierte Begegnung erfüllte sie mit Vorfreude. Ohne den Sohn des Himmels regierte sie allein in den Westlichen Palästen – und der Mann, der gleich in die Tür treten würde, war ihr Spielzeug.

Randall zog sich die Jacke zurecht und ging zur Tür. Die Sonne schien herein, und er war froh, endlich das kleine Gästehaus verlassen zu können. Er hatte die ganze Nacht kein Auge zugetan, da diese zwei Eunuchenkrieger bei ihm wachten. Obwohl er wusste, dass Cixi seine Anwesenheit schätzte, schloss er nicht aus, dass sie seine Ermordung anordnen könnte.

Trotzdem freute er sich, sie wiederzusehen, das ließ sich nicht leugnen. In Ihrer Gegenwart fühlte er sich seltsam berauscht. Und schon der Gedanke an sie beschleunigte seinen Atem und machte ihm Gänsehaut. Es war schwer zu sagen, wieweit das an ihrer Schönheit lag und wieweit es daher rührte, dass er sich schon vor seinem Transport so viel mit ihr beschäftigt hatte. Sie war wie ein Traum, der zum Leben erwacht war. Unglaublich, dass er nun mit einer der begehrtesten und mächtigsten Frauen der Geschichte zusammen agierte, und er ermahnte sich beständig, sich davon nicht überwältigen zu lassen. Wilson hatte ihn eindringlich gewarnt, wozu diese Frau fähig war und welche Risiken aus der Begegnung mit ihr erwachsen würden.

Als er vor die Tür trat, stand sie drei Stufen unter ihm auf der Treppe. Mit raschem Luftholen überspielte er seine plötzliche Erregung. Mit einem Blick nahm er in sich auf, wie das satte Rot der Seide neben ihrer makellosen Haut leuchtete, wie ihre schwarzen Haare in der Sonne schimmerten, wie die grünen Jadestäbchen hinter ihrem Kopf hervorlugten.

Er genoss diese Momente, in denen er nichts weiter als ein Mann sein und eine schöne Frau betrachten konnte. Als wüsste Cixi genau, wie er sich fühlte, blieb sie ruhig stehen und lächelte ihn offen an.

»Ihr seid wirklich eine Augenweide«, sagte er schließlich.

»Ihr ebenfalls«, erwiderte sie, gab einen knappen Wink, und die drei Eunuchen verschwanden eilig um die Ecke. »Ich nehme an, dass Euch ein Spaziergang durch den Garten Freude machen würde?«, sagte sie.

»Er soll außergewöhnlich schön sein.«

»Der Palast bietet viel Erstaunliches.«

»Daran zweifle ich nicht.« Randall stand nun vor ihr auf der untersten Treppenstufe. »Soll ich den Weg bestimmen?«

Seine Selbstsicherheit rief bei ihr ein Lächeln hervor, das sie nicht zu spielen brauchte. »Ja, das wäre schön.«

Sie war nicht überrascht, als er sie zu der richtigen Tür in der Mauer führte. Randall zog den Riegel beiseite und drückte sie auf.

»Nach Euch«, sagte er.

Cixi war es nicht gewohnt, in Gegenwart eines Mannes den Vortritt zu haben. Ihr Platz war hinter dem Mann, auch wenn sie zur kaiserlichen Gemahlin erhoben war. »Mir scheint, Ihr kennt Euch hier aus«, bemerkte sie neugierig.

»Ich kenne mich mit vielem aus.«

»Mir ist bekannt, dass Ihr vor sechs Monaten schon einmal hier gewesen seid, Randall Chen. Euer Eindringen ist mir nicht verborgen geblieben.«

»Einer Eurer Wachen hat mein Gesicht gesehen, und ich war gezwungen, in den Graben zu tauchen.«

»Warum wart Ihr hier?«

»Das darf ich Euch nicht sagen.«

»Ihr seid wahrhaftig ein Rätsel«, gab sie zu. »Ein Mann mit geheimnisvollem Wissen, der beträchtliche Macht entfaltet, wenn Heere aufeinanderprallen. Es herrscht Krieg, während wir miteinander plaudern. Die Verbotene Stadt wird von Barbaren bedroht. Der Sohn des Himmels hat Schwäche gezeigt, als er hätte aufstehen und kämpfen sollen. Die Politik des Kriegsrates droht alles zu vernichten, was sich in zweitausend Jahren fest gefügt hat. Und so hängt die Welt der Qing am seidenen Faden und mein Leben ebenfalls.« Sie schaute zu dem gut aussehenden Mann auf. »Wer wird mich vor dem Wüten der Barbaren schützen?«

»Eure Worte malen ein düsteres Bild, Edle Kaiserliche Gemahlin. Doch es gibt nichts zu fürchten. Mit meiner Hilfe werden die Mauern der Verbotenen Stadt nicht fallen. Euer Gemahl wird seinen Thron behalten, und Euer Sohn Tung Chi wird ihm als der achte Qing-Herrscher nachfolgen.«

Sie traten durch eine weitere scharlachrote Tür in den nächsten Garten. Vor ihnen lag die Halle der Pflege des Geistes, die zu den bedeutenderen zählte. Beete mit gelben Magnolien säumten den Spazierweg und bildeten einen leuchtenden Kontrast zu dem dunkleren Zinnober der Mauern.

Cixi blickte ihn fragend an. »Und welches ist der Preis für Euren Schutz?« Sie bückte sich, um eine Blüte von den unteren Zweigen zu pflücken. Dabei war ihre linke Brust zu sehen.

Als Randall ihre Haut und die helle Brustwarze hervorblitzen sah, schoss ihm das Blut in die Lenden. Seit Hongkong war er nicht mehr mit einer Frau zusammen gewesen, und ihm wurde bewusst, dass er von Cixi verlangen konnte, was er wollte.

Sie beobachtete seine blauen Augen. »Bitte, seht mich nicht auf diese Weise an. Ich bin nur eine bescheidene Dienerin des Himmlischen Prinzen. Ich muss ihn um jeden Preis beschützen. Ich bete nur, dass Ihr nicht zu viel verlangt.«

Randall hatte große Lust, sie auf der Stelle zu nehmen. Das Verlangen durchdrang ihn wie ein schwerer Sommerregen die Erde. Egal, was er forderte, in diesem Augenblick würde sie es ihm geben. Er sah sich um – niemand war zu sehen. Er konnte sie sofort haben, wenn er wollte.

»Ich möchte nur eines«, sagte er und zog sie am Ärmel zu sich heran.

Cixi sank gegen ihn, als wäre sie eine Gliederpuppe, deren Fäden er zog. »Bitte, fordert nicht zu viel von mir«, sagte sie sanft und drängte sich gleichzeitig gegen ihn.

Randall schaute in ihre verführerischen Augen. »Ich möchte die kaiserlichen Gärten sehen«, sagte er. »Dann besprechen wir, wie wir die Verbotene Stadt vor der Invasion bewahren können.« Er fasste sie am Oberarm und schob sie von sich.

Cixi traf es wie ein Schlag, und das machte sie wütend. Sie war noch nie von einem Mann, ob jung oder alt, zurückgewiesen worden – sie war es, die zurückwies. Es schien, dass der geheimnisvolle Blauäugige mehr über sie wusste, als er in den zwei Tagen von ihr gesehen hatte.

»Ich werde Euch hinbringen«, sagte sie und verneigte sich anmutig. »Es freut mich, dass Ihr nicht mehr verlangt. Doch ich warne Euch auch: Glaubt nicht, dass Ihr mich beherrschen könnt. Meine Treue gilt dem Himmlischen Prinzen, meinem geliebten Gemahl. Ich bitte, das stets zu beachten.«

27.

Kalifornien, Nordamerika
Enterprise Corporation
Stammhaus, Vorstandsetage
19. Juli 2084
Ortszeit: 11.14 Uhr
35 Tage vor dem Esra-Transport

Wilson stieg in den Aufzug und drückte auf den Knopf für die zwölfte Etage. Er schaute nicht auf die verspiegelten Wände, weil er seinen mürrischen Gesichtsausdruck nicht sehen wollte. Aus den Lautsprechern an der Decke klang Unheil verkündend Beethovens Fünfte und vertiefte seine Angst, während die Kabine zur dünnen Luft der Vorstandsetage aufstieg.

Jasper hatte ihn bestellt, um mit ihm über das Esra-Unternehmen zu sprechen. Der künftige Firmenchef hatte immer offen dagegen opponiert. Es schien, dass seine Geduld und sein Appetit auf Risiko seit der Jesaja-Mission restlos erschöpft waren. Und kaum war Wilson damals aus der Vergangenheit zurückgekehrt, ergaben sich die Einzelheiten des nächsten Auftrags. Anfangs war die Durchhaltekraft der Mitarbeiter auf eine harte Probe gestellt. Selbst Wilson hatte wenig Verlangen gehabt, sich darauf einzulassen. Die seelischen Schrammen durch seinen vorigen Auftrag waren lähmender als jede seiner körperlichen Verletzungen, und nicht nur er brauchte Zeit, um neue Motivation aufzubauen und sich auch nur an ein zweites Projekt heranzuwagen.

In diesem Zusammenhang hätte sich sein Groll gegen Jasper eigentlich auflösen müssen, doch Wilson empfand ihn nach wie vor. Jasper war ein Mann, der seine Mitarbeiter durch Angst motivierte. Wenn es nicht so lief, wie er wollte, begann er zu drohen und pochte auf seine Bedeutung als Firmennachfolger, um seine Absichten durchzusetzen. Dieses Verhalten war Wilson zuwider, und er sah es als seine Aufgabe an, dagegenzuhalten, weil andere zu viel Angst hatten, um das zu tun. Dabei hatte sich seine Opposition zu Verachtung gesteigert. Er konnte Jasper nicht leiden; er musste und wollte ihm keine Sympathie entgegenbringen und hatte das seiner Meinung nach auch nicht nötig. Ihm konnte es egal sein, ob Jasper nun zu den mächtigsten Männern der Welt gehörte. Wenn dieser ihn rauswerfen wollte, konnte ihm das nur recht sein.

Die Aufzugtüren öffneten sich, und wie erwartet stand draußen eine aufsehenerregende Brünette, die ihn ins Allerheiligste führen sollte. Sie war Anfang zwanzig, sehr groß, breitschultrig und sonnengebräunt. Ihr fülliges braunes Haar war zu einem scharfkantigen Bob geschnitten, und ihre Wangen waren wie gemeißelt. Wilsons Staunen hatte sich längst abgenutzt. Die Vorstandsetage war bekannt als die Zentrale der schönsten Frauen des amerikanischen Kontinents. Geld und Macht zog diese Amazonen in den zwölften Stock, wie Blütennektar die Bienen anzog.

»Mr. Dowling, ich darf Sie wieder einmal willkommen heißen«, sagte sie. »Ich heiße Minerva Hathaway.« Sie war ganz geschäftliche Nüchternheit: kein Lächeln, keine einladende Körpersprache.

»Es ist wunderbar, wieder hier zu sein«, erwiderte Wilson trocken. Er schaute über den Marmorboden und auf die weite Glaskuppel. Die Vormittagssonne schien herein, und die Helligkeit war im ersten Augenblick geradezu schmerzhaft.

»Sie kommen fünfzehn Minuten zu spät«, sagte Minerva, dann drehte sie sich um und glitt mit offensichtlicher Hast durch das luxuriöse Foyer. Sie trug einen blau-grün karierten Faltenrock und eine schlichte weiße Bluse mit passend karierten Manschetten.

»Das Karomuster Ihres Rockes heißt Forbes Tartan«, bemerkte Wilson, der das mal in einem Buch gesehen hatte. »Es kommt aus Aberdeen an der Nordostküste Schottlands.«

Ihre Absätze knallten auf dem Marmor. »Das ist sehr interessant, Mr. Dowling, aber wir liegen in der Zeit zurück, und ich muss Sie zum Besprechungszimmer bringen. Jasper Tredwell wartet nicht gern.«

»Er wird damit rechnen, dass ich zu spät komme.«

»Er rechnet damit, dass *ich* Sie pünktlich zu ihm bringe«, erwiderte sie. »Er hat eine Viertelstunde für die Besprechung mit Ihnen veranschlagt. Bitte beantworten Sie seine Fragen so direkt wie möglich. Und bitte schütteln Sie ihm nicht die Hand – er hält nichts von dieser Sitte.«

»Ja, ja«, sagte Wilson. Das wusste er alles.

»Beeilen Sie sich bitte«, fügte sie noch hinzu.

Doch Wilson bremste darauf seinen Schritt. »Sind Sie sicher, dass ich Ihnen nichts über Ihr Rockmuster erzählen soll?«

»Bitte gehen Sie schneller, Mr. Dowling.«

Doch Wilson ließ sich vom Anblick der zahllosen Frauen ablenken, die auf dieser Etage arbeiteten und die alle jung und umwerfend waren. Manche Dinge ändern sich nie, dachte er. So wenig wie die großen Blumensträuße auf den Tischen und die berühmten Van Goghs und Renoirs an den Wänden. Wilson blieb sogar stehen, um ein Kunstwerk von unschätzbarem Wert zu betrachten, bis Minerva ihn weiterzog. Er schnupperte. Da lag ein Geruch in der Luft, an den er sich noch erinnerte: das Aroma der Macht mit einem Hauch Parfüm schöner Frauen.

Frustriert von Wilsons mangelnder Einsicht zog Minerva die schwere Eichentür des Sitzungssaals auf und deutete hinein. »Ich wünsche Ihnen eine produktive Besprechung.«

»Dann werde ich Ihnen wohl auf dem Rückweg etwas über das Stoffmuster erzählen müssen.« Er holte tief Luft und ging hinein. »Tut mir leid, dass ich zu spät komme, aber der Verkehr war die Hölle.«

Vor der Glaswand, hinter der sich kalifornischer Wald bis zum Horizont hinzog, sah er die Silhouette zweier Männer, die am Besprechungstisch saßen. An der Wand gegenüber prangte das Firmenlogo aus Aluminium.

Jasper machte ein strenges Gesicht und stand nicht auf, um ihn zu begrüßen. Andre erhob sich, obwohl er sichtlich unsicher war, ob er sollte oder nicht.

Wilson ging mit großen Schritten auf den Tisch zu und fasste Jasper ins Auge, der einen grauen Anzug mit roter Krawatte und passendem Einstecktuch trug. Er blickte plötzlich gequält, als Wilson den Arm ausstreckte und um den Tisch herumkam, um ihm die Hand zu geben. Jasper wollte sich auf seinem Stuhl abwenden, doch Wilson war schneller und ergriff seine Hand.

Sie war trocken und knochig, dass es Wilson eiskalt über den Rücken lief. Es war nicht klar, wer zuerst die Hand wegzog, doch Wilson war froh, als der unangenehme Kontakt abbrach.

»Scheren Sie sich auf die andere Tischseite!«, blaffte Jasper.

Andre wirkte gleichfalls beleidigt. »Hat Minerva Ihnen nicht gesagt, dass Händeschütteln nicht erwünscht ist?«, fragte er empört.

»Doch, hat sie«, antwortete Wilson. »Ich möchte hier bloß etwas deutlich machen.«

»Und das wäre?«, fragte Jasper ärgerlich, während er sich die Hände mit einem Desinfektionstuch abwischte, das er aus der Jackentasche hervorgeholt hatte.

»Dass ich aus rein vertraglichen Gründen hier bin. Es wäre viel einfacher, Sie würden mich auszahlen und gehen lassen. Ich kann sehr unangenehm werden, wenn ich will.«

»Als ich Sie kennenlernte, Mr. Dowling, sind Sie den Menschen Ihrer Umgebung wenigstens höflich begegnet. Wie es scheint, ist seit Ihrer Rückkehr nicht einmal dies geblieben.«

»Ich habe viel erlebt«, erwiderte Wilson. »Und ich mache keinen Hehl daraus, dass ich nicht mehr derselbe bin.«

»Das ist offensichtlich«, bemerkte Jasper und warf das benutzte Tuch auf den Boden, als wäre es giftig. »Es war eindeutig Ihre Absicht, hierherzukommen und mich zu verärgern, und das ist Ihnen auch gelungen.«

»Ich möchte Sie nicht verärgern«, widersprach Wilson, »ich möchte, dass Sie mich aus meinem Vertrag entlassen. Wenn Sie das tun, werde ich ganz ungeahnt höflich sein.«

Jasper bedeutete Andre, sich neben ihn zu setzen. »Sie haben Ihren Standpunkt klargemacht, Mr. Dowling, und ich habe ihn zur Kenntnis genommen. Jetzt werde ich meinen Standpunkt deutlich machen.« Er zeigte auf den Stuhl ihm gegenüber. »Nehmen Sie bitte Platz.«

Wilson setzte sich. Wenn Jasper bereit war, solche Beleidigungen zu ertragen, bedrängte ihn scheinbar etwas viel Wichtigeres.

»Ihnen ist klar, dass ich keine weitere Zeitreise unterstützen möchte«, sagte Jasper. »Was mich angeht, so sind sie eine Gefahr für die Firma. Meiner Ansicht nach ist der Mensch nicht dazu bestimmt, durch die Zeit zu reisen, um seine Existenz zu sichern. Wir leben im Jetzt, und das sollte genug sein. Wie denken Sie über meine Haltung in dieser Sache?«

Wilson zuckte die Achseln. »Um das zu diskutieren, gibt es Bessere als mich. Selbst Andre wäre dazu besser geeignet.«

Jaspers Augen wurden eng. »Ich möchte Ihre Meinung hören, Mr. Dowling.«

Wilson ließ sich einen Moment Zeit, ehe er antwortete. »Ich weiß nur eines. Die Vergangenheit ist auf dieselbe Weise mit der Zukunft verbunden wie die Zukunft mit der Vergangenheit. Das habe ich mit eigenen Augen gesehen. Etwas anderes anzunehmen heißt, sich etwas vorzumachen. Wenn Sie sich also entschließen, bei dieser Mission nicht mitzumachen, ist das gut und schön, aber zum Glück ist Ihr Großvater entschlossen, sie zu unterstützen.«

Jasper holte tief Luft. »GM glaubt, dass er das Richtige tut.«

»Wie ich schon sagte: Diese Mission darf nicht ignoriert werden – so gern ich auch von hier verschwinden würde.«

»Sie haben sich auf ein gefährliches Spiel eingelassen«, stellte Jasper fest.

»Was für ein Spiel?«, fragte Wilson.

»Ich weiß, dass Sie eine Abmachung mit GM haben. Und damit gefährden Sie alles, was Sie zu schützen behaupten.«

»Zwischen GM und mir gibt es keine förmliche Vereinbarung.«

Jasper lehnte sich nach vorn und zeigte nach links, als wüsste er genau, wo sich sein Großvater gerade aufhielt. »GM hat Sie um Hilfe gebeten. Und solch eine Allianz bringt *alles* in Gefahr.«

»Wie wär's, wenn wir ihn herbitten?«, sagte Wilson und zeigte in dieselbe Richtung. »Er wird Ihnen bestätigen, dass ich nichts zu verbergen habe.«

Jasper lachte leise. »Am 28. Juni ist GM in Ihr Büro gekommen und hat Sie um Hilfe gebeten. Und Sie haben sich dazu bereit erklärt.«

»GM kam in mein Büro, und trotz meiner Versuche, bei Enterprise Corporation rauszufliegen, hat er mich um meine volle Unterstützung für das Projekt gebeten, weiter nichts.« Er hielt es für klüger, GMs Forderung für sich zu behalten, solange Jaspers Motive unklar waren. »Und jetzt mal im Ernst«, fügte er hinzu, »ich bin doch bloß ein Bauer in diesem komplizierten Schachspiel. Sie und GM haben Randall Chen als Aufseher für die Mission ausgewählt. Offen gestanden weiß ich gar nicht, warum ich hier bin.«

»Sie sind hier, weil Sie enormen Einfluss auf Mr. Chen haben«, sagte Jasper. »Er vertraut Ihnen, weil Sie bereits in der Vergangenheit gewesen sind. Das ist der Grund, weshalb GM um Ihre Unterstützung wirbt.«

»Das verstehe ich, aber mein Einfluss ist unbedeutend.«

»Ich weiß von dem Lebenselixier«, sagte Jasper.

»Wir haben den Subtext entschlüsselt«, merkte Andre selbstgefällig an.

»Wie Sie wissen, ist mein Großvater todkrank«, fuhr Jasper fort, »und er wird alles tun, um sich zu retten.«

»Also, Sie beide sind doch kluge Männer«, sagte Wilson herablassend, »und nach der stimmigen Vorstellung hier zu urteilen, arbeiten Sie gut zusammen. Da werden Sie wohl beide begreifen, dass ich nicht die Verfälschung eines alttestamentarischen Auftrags unterstütze. Ich weiß aus eigener Erfahrung, wie gefährlich das sein kann. Da sind Kräfte am Werk, mit denen nicht zu spaßen ist. Die Auftragsanweisungen müssen buchstabengetreu befolgt werden, wenn die Sache Erfolg haben soll. Von allen Menschen weiß ich das am besten.«

»Und darum will ich Ihre Hilfe«, sagte Jasper.

»Sie können mir nicht mal die Hand schütteln, ohne dass Sie plötzlich krank aussehen«, gab Wilson zu bedenken.

Jasper blickte ihm in die Augen. »Ich bin bereit, alles Nötige zu tun, um die Sicherheit von Enterprise Corporation zu gewährleisten.«

»Selbst wenn das den Tod Ihres Großvaters bedeutet?«

»Er ist ein alter Mann und hatte ein prachtvolles Leben. Nicht einmal er kann ewig leben – und sollte es auch nicht. Seine Zeit ist gekommen. Und sein Versuch, unsterblich zu werden, bringt uns alle in Gefahr; das ist eine Tatsache.«

»Wo befindet sich eigentlich dieses Elixier?«, fragte Wilson, um zu testen, wie entgegenkommend Jasper sein würde.

»Es kommt aus dem Saft eines Baumes.«

»Eines Baumes?«

»Ja«, bestätigte Andre. »Die Lebenskraft liegt in der Verbotenen Stadt in einer fünftausend Jahre alten Zypresse. Der Subtext bei Esra besagt, dass ihr Saft geheimnisvolle Kräfte enthält, die unter anderem ewiges Leben spenden.«

»Steht der Baum in den kaiserlichen Gärten?«, fragte Wilson.

Jasper nickte. »GM will eine Phiole voll Saft von diesem angeblichen Baum des Lebens, damit er sich von seiner Krankheit heilen kann. Darum lässt er die Esra-Mission fortsetzen.«

»Woher wollen Sie wissen, ob das Elixier transportiert werden kann? Das ist schließlich nicht bei allem möglich«, fragte Wilson.

»So oder so dürfen wir das Risiko nicht eingehen«, meinte Jasper. »Solange im Auftragstext nicht ausdrücklich steht, dass dieser Lebenssaft transportiert werden soll, sollte das auch nicht getan werden. Ein abweichendes Vorgehen könnte sehr gefährlich werden.«

»Da stimme ich vollkommen mit Ihnen überein«, sagte Wilson.

»Wenn die Umstände anders wären und es nach mir ginge, gäbe es überhaupt kein Unternehmen Esra – das möchte ich noch einmal klarstellen«, sagte Jasper.

»Das wäre sehr dumm«, erwiderte Wilson ruhig. »Der Auftragstext besagt, dass die Qing-Dynastie vor einem Umsturz durch die Mongolen und die Kolonialmächte geschützt werden muss. Ich nehme an, dass der Baum eingeht, wenn kein Aufseher dorthin geschickt wird, und dann hätten wir noch größere Probleme. Das zieht eine Katastrophe nach sich, deren Ausmaß unmöglich vorherzusehen ist.«

»Ganz recht. Und gerade darum habe ich keine andere Wahl, als mich dieser Mission zu widmen«, sagte Jasper. »Randall muss vor GMs Absichten abgeschirmt werden … und Sie bitte ich, dabei zu helfen. Sie sehen, Mr. Dowling, Andres Forschung hat zu einem schlüssigen Ergebnis geführt: Der Baum des Lebens wird im Auftragstext nicht erwähnt, weil der Aufseher davon nichts wissen *soll*.«

»Die Kräfte des Baumes wären zu verlockend«, fügte Andre hinzu.

»Randall Chen darf davon nichts erfahren«, fuhr Jasper fort. »Die Versuchung wäre zu groß. Es heißt, der Saft kann jede

Wunde, jede Krankheit heilen. Er kann sogar unverwundbar machen.«

Wilson schaute über den Wald in die Ferne. »Gibt es den Baum heute noch?«

Andre nickte. »Augenscheinlich ja, doch er hat nicht mehr die Kräfte wie früher. Soweit ich die Sache verstehe – das ist meine Interpretation des Subtextes –, stellt sich die Lebenskraft alle fünftausend Jahre an einem anderen Ort wieder her. Von 3000 vor Christus bis 2000 nach Christus, lag sie in diesem chinesischen Baum. Wo sie heute liegt, ist ungewiss.«

»Mayanischer Großzyklus Nummer fünf«, murmelte Wilson.

Andre nickte. »Ja, es scheint mit diesen Daten zu korrelieren. Der Baum des Lebens ist der Grund, warum die Verbotene Stadt dort steht, wo sie steht – der Palast wurde gebaut, um den Baum zu schützen.«

Jetzt ergab alles einen Sinn. Doch das machte Wilson nur noch größere Sorgen. Er stand plötzlich zwischen GM und Jasper, die früher eiserne Verbündete gewesen waren und jetzt jeder etwas anderes wollten – und das Unternehmen Esra war der Schauplatz ihrer Auseinandersetzung.

»Wie halten wir die Informationen über den Baum vor Randall zurück?«, fragte Wilson.

»Wir starten die Mission früher als geplant«, antwortete Jasper.

Wilson griff um die Tischkante. »Können wir nicht einfach mit GM reden und ihm erklären, wie gefährlich das alles ist?«

Jasper schüttelte den Kopf. »Ich kenne ihn schon mein Leben lang. Wir werden es ihm nicht ausreden können. Er sieht seinen Tod vor sich und kann nur mit dem Elixier sein Leben retten. Er glaubt nicht an Gott oder sonst eine höhere Macht. Ihm ist egal, welche Konsequenzen es hat, wenn die Sache nicht funktioniert. Wenn er das Mittel nicht bekommt, stirbt er, mehr nicht.«

»Ich brauche etwas Zeit, um darüber nachzudenken«, sagte Wilson, der die Folgen noch nicht ganz überblickte.

Jasper schüttelte den Kopf. »Zeit ist ein Luxus, den wir uns nicht leisten können, Mr. Dowling.«

28.

PEKING, CHINA
VERBOTENE STADT
KAISERLICHE GÄRTEN
25. SEPTEMBER 1860
ORTSZEIT: 17.27 UHR
UNTERNEHMEN ESRA – TAG 206

Nachdem sie über eine Stunde durch die Gärten spaziert waren, führte Cixi ihren Gast zum Palast der Gesammelten Eleganz zurück. Die Sonne ging bereits unter, und es war beträchtlich kälter geworden. Sie hatte vor, bei ihrer Ankunft Feuer zu machen, dem Mann eine Mahlzeit zu bereiten und ihn dann für ihre Zwecke gefügig zu machen.

Ihre Unterhaltung war von erotischen Gefühlen überlagert gewesen. Und je mehr Zeit sie miteinander verbrachten, desto größer wurde ihr Bestreben, ihn zu beherrschen. Über den Schutz des Reiches hatten sie noch nicht gesprochen, und Cixi hatte große Charakterstärke bewiesen, indem sie weder Angst noch Unsicherheit zeigte. Beim Spazierengehen hatten sie nur über die verschlungenen Pinien geplaudert, die in ganz China als Hochzeitsbäume berühmt waren, und über die alten Zypressen, von denen es hieß, manche seien über tausend Jahre alt. Die Hochzeitsbäume waren erstaunlich: zwei hohe Pinien, eine mit heller, eine mit dunkler Rinde, die dank der tüchtigen Gärtner im Verlauf von hundert Jahren umeinandergewachsen waren.

Doch es waren die Zypressen gewesen, die Randalls Aufmerksamkeit fesselten. Um viele war er herumgegangen und hatte ihre knotigen Stämme befühlt, um dann aufmerksam zu den dichten grünen Kronen hinaufzublicken, die sich dunkel gegen den klaren Nachmittagshimmel abhoben.

»Im Schatten dieser Bäume wurde ich mit dem Sohn des Himmels vermählt«, erzählte sie, als wäre es eine glückliche Erinnerung. »Das war die größte Ehre, die mir in meinem Leben zuteil wurde. Zu denken, dass eine niedere Konkubine das Herz des mächtigsten Mannes auf Erden gewinnen konnte – wirklich erstaunlich.« Sie musterte Randall aus den Augenwinkeln. »Das ist ein wunderbarer Ort, der es wert ist, geschützt zu werden.«

»Ich bezweifle, dass es nur sein Herz war, das Ihr gewonnen habt«, erwiderte Randall.

Cixi verkniff sich ein Lächeln. »Ich habe viele Talente. Unter anderem meinen Gesang – den er sehr liebt – und meine Unterhaltungskunst, bei der ich mein großes Wissen einbringen kann.« Mit unvermittelter Lebendigkeit sprang sie und drehte sich graziös zur einen, dann zur anderen Seite und bewegte dazu lustvoll die Arme. »Es gefällt ihm auch, wenn ich tanze.«

Randall musste lächeln angesichts ihrer Darbietung und merkte, dass sie viel leichter als erwartet seine Abwehr umging. Es war wichtig, einen klaren Kopf zu behalten, sagte er sich noch einmal. Doch ihre Lebendigkeit und Eleganz fesselten ihn immer mehr.

Cixi vollführte geschmeidige Drehungen, bis sie an seine Seite zurückkehrte. »Und er schätzt meinen Rat«, fuhr sie in ernstem Ton fort.

»Ihr seid sehr vielseitig.«

Die Sonne war gerade hinter den Mauern verschwunden, und der Hof lag in kühlem Dunst. »Ich werde heute Abend für Euch kochen«, sagte Cixi. »Wir sind allein im Palast – das ist nötig, um Eure Anwesenheit geheim zu halten. Das Kochen gehört nicht zu meinen größten Talenten, aber das Mahl wird unserem Bündnis sicher angemessen sein.«

»Die Gefangenen müssen zu Elgins Lager gebracht werden, sobald ihre Wunden verheilt sind«, sagte Randall.

»Die überlebt haben, wurden bereits in eine angemessenere Unterkunft gebracht«, erklärte sie. »Und sie werden von unseren besten Ärzten versorgt. Man hat mir berichtet, dass ihnen die Hände mit nasser Schnur gefesselt wurden, die sich zusammenzieht, wenn sie trocknet. Dadurch sind vielen Finger und Zehen abgestorben. Andere Männer sind an Entzündungen gestorben.«

»Ihr hättet klüger sein und die Gefangenen nicht so behandeln sollen, und das sage ich nicht etwa, weil ich seit meiner Ankunft hier schon so viele Scheußlichkeiten gesehen habe.«

»Mir war davon nichts bekannt«, entgegnete sie ruhig. »Doch wir befinden uns im Krieg, und ein fremdes Heer ist bis zur Hauptstadt vorgedrungen. Da sind solche Dinge zu erwarten.« Sie schwieg für einen Moment, dann sagte sie: »Wenn Ihr nicht gewesen wärt, hätte Senggerinchin die roten Teufel besiegt und das Schicksal der Gefangenen wäre ohne Folgen geblieben.«

Randall blickte in den dämmrigen Himmel auf. »Hätte ich ihm erlaubt zu siegen, wären für Euch und das Reich noch größere Probleme entstanden.«

»Welches könnte größer sein als das, vor dem wir heute stehen?«

»Die Verwaltung des Reiches muss in der Hand der Qing bleiben«, sagte Randall. »Euer Sohn muss Hsien Feng nachfolgen. Wenn Senggerinchin die Schlacht an der Acht-Li-Brücke gewonnen hätte, würde er jetzt zweifellos das Machtvakuum füllen wollen, das die Schwäche Eures Gemahls erzeugt, und den Thron an sich reißen. Und Euch dazu.«

Cixi blieb vor dem Palast stehen und musterte Randall von der Seite. »Woher wisst Ihr das?«

»Auch ich habe viele Talente.«

»Könnt Ihr in die Zukunft sehen?«

»Nein, aber ich kann vieles deuten, das auf sie hinweist. Und eines weiß ich ganz bestimmt: Die Gefangenen müssen möglichst schnell genesen und jede Annehmlichkeit erhalten, damit ihr Hass besänftigt ist, bis sie wieder bei Lord Elgin sind.«

»Das habe ich bereits angeordnet«, sagte Cixi. »Doch wie beschwichtigen wir derweil die roten Teufel und halten sie von einem Angriff ab?«

»Prinz Kung muss ein offizielles Treffen mit Lord Elgin herbeiführen, bei dem die Bedingungen für einen Waffenstillstand ausgehandelt werden. Es darf jedoch nicht nach einer Kapitulation aussehen. Bei der kleinsten Schwäche von seiner Seite werden sie gnadenlos über ihn herfallen, und das Schicksal der Qing-Herrschaft ist besiegelt.«

»Er ist nicht reif für solch eine Aufgabe.«

»Das ist mir bewusst«, bestätigte Randall. »Er ist wie ein Knabe. Darum müsst Ihr hinter einem Vorhang sitzen, den Verhandlungen zuhören und sein Verhalten lenken.«

»Wie viel wisst Ihr über den Prinzen?«

»Ich weiß, dass sich seine Lust auf Männer und Knaben richtet und dass Ihr das geheim haltet.«

»Ihr wisst offenbar vieles«, sagte Cixi und gab sich Mühe, nicht überrascht zu klingen. »Und daher werdet Ihr mir sicher auch sagen können, wie lange es noch dauert, bis Lord Elgin sich zum Angriff entschließt?«

Randall seufzte. »Solange wir die Gefangenen haben – und er überzeugt ist, dass sie gut behandelt werden –, wird er nicht angreifen. Der Zeitrahmen für ihre Rückkehr wird meiner Schätzung nach aber von Eurem Gemahl in Jehol bestimmt. Er wird enttäuscht und nervös werden, weil Ihr den Konflikt mit dem Feind nicht zügig löst. Früher oder später wird er auf Su Shuns Drängen hin verlangen, dass die Gefangenen hingerichtet werden. Darum müssen wir sie vorher an Elgin überstellen.«

Cixi schauderte angesichts seiner Voraussicht, tat aber, als käme dieses Gefühl von der Abendkühle.

Als Randall sie zittern sah, deutete er auf die Treppe des Palastes. »Wir sollten ins Warme gehen.«

»Es scheint, als wüsstet Ihr stets genau, was zu tun ist«, bemerkte sie kleinlaut, drehte sich um und drückte die hohe Tür auf. Mit langen, anmutigen Schritten lief sie über den schwarzen Marmorboden zum Kamin. Dort entzündete sie ein langes Streichholz und hielt es an das aufgeschichtete Holz.

Knackend wuchs das Feuer. Mit einer langsamen, fließenden Bewegung drehte sie sich zu Randall um, hielt das brennende Hölzchen vor die Lippen und blies es aus.

»Kann ich bei irgendetwas helfen?«, fragte Randall.

»Ich bin hier, um Euch zu bedienen«, sagte sie. »Nehmt Platz.« Sie wies auf das Polstersofa vor dem Kamin. »Ich bereite Euch grünen Tee, dann ein Abendessen.« Sie spürte die Wärme des flackernden Feuers im Rücken, während sie langsam ihre Jacke aufknöpfte. Randalls Augen waren auf sie geheftet, und er war wie erstarrt, als sie ganz langsam das scharlachrote Kleidungsstück auszog. Darunter trug sie eine elfenbeinfarbene, ärmellose Weste, die sie über den Brüsten zuhielt, als sie die Jacke zu Boden gleiten ließ.

Randall betrachtete Cixis Silhouette vor den Flammen, die hinter ihr loderten. Das flackernde Licht betonte ihre Kurven und steigerte ihre Schönheit, dass nur Venus es noch mit ihr aufnehmen konnte. Das war ein Moment, auf den sich Randall unzählige Male vorbereitet hatte: die Verführung durch die beste Geliebte aller Zeiten.

»Wie kann ich mich je für Eure Führung dankbar erweisen?«, sagte sie und ließ die Hände sinken. Die verschlusslose Weste aus hauchdünner Seide öffnete sich ein wenig und ließ den Ansatz ihres Busens und den flachen Bauch sehen.

Randall holte tief Luft und tat sein Bestes, um die Schwellung seiner Lenden zu ignorieren. »Unsere Beziehung muss ehrbar bleiben«, antwortete er. »Wenn ich Euch kompromittiere, untergrabe ich vielleicht Euer Verhältnis zum Sohn des Himmels. Das darf nicht passieren – besonders jetzt nicht.«

Cixi gab sich schüchtern, als sie langsam die Jadestäbchen

aus dem Knoten zog, eines nach dem anderen, bis ihr die Haare schwer über die Schultern fielen. »Ich bin nur Eure Dienerin«, erwiderte sie. »Ihr seid mit großem Rat und Wissen in die Verbotene Stadt gekommen. Was kann ich Euch dafür geben?«

»Ihr braucht mir gar nichts zu geben«, sagte Randall und zwang sich, in die tanzenden Flammen zu blicken. Doch umsonst. Es konnte seine Gedanken nicht von ihr lösen.

Cixi wandte sich dem Feuer zu. »Wenn es nichts gibt, das Ihr begehrt, habe ich Glück«, meinte sie. »Aber bitte erlaubt mir, dass ich Euch eine Geschichte erzähle …«

Randall konnte kaum atmen, solange er in ihrem Anblick schwelgte. Er betrachtete die Linien ihrer eckigen Schultern, die Kurven ihres Rückens und den festen Hintern, der sich ihm entgegenzurecken schien.

»Ich würde alles tun, um den Thron zu schützen«, gab sie zu. »Schon in der Vergangenheit habe ich alles dafür getan. Der Sohn des Himmels ist mein Gemahl, doch der Thron ist mein oberster Gebieter. Das gehört zu den Dingen, die eine kaiserliche Gemahlin lernen muss, wenn sie eine treue Dienerin sein will.« Sie schwieg einen Moment. »Zuerst habe ich gebetet, Ihr mögt diesen Körper nicht als Belohnung für Eure Hilfe haben wollen – aber wenn Ihr es tätet, würde ich als Dienerin der Qing mich Euch pflichtschuldig hingeben, so dachte ich.« Sie drehte sich zur Seite in dem Wissen, dass sich ihr Körper vor dem Feuer auf das Schönste abzeichnete. »Nun wurde daraus im Laufe der Zeit weniger eine Pflicht als vielmehr eine Sache zwischen Euch und mir. Bitte vergebt mir meine Worte, wenn sie als Schmeichelei erscheinen, doch ich bin noch nie einem Mann wie Euch begegnet – einem Mann, der die Verbotene Stadt durchschreiten kann, ohne sich zu fürchten oder zu staunen. Solche Stärke und Selbstsicherheit wurde innerhalb dieser Mauern seit dem Tod des mächtigen Qianlong nicht mehr gesehen, und er war zweifellos der größte aller Mandschu-Kaiser. Vergebt mir meine Worte, aber Eure Stärke berührt mich, weil dieser Palast nur noch Schwäche und Angst kennt. Ich gestehe, dass ich mich viele Jahre nach solcher Stärke gesehnt habe. Und da seid Ihr, der rätselhafte Blauäugige, der von hier entkommen ist, indem er über die Mauer sprang, als ihn die Palastwache schon umstellt hatte.«

»Sonst hätte ich sie auf der Stelle töten müssen«, sagte Randall. »Und damit hätte ich im Adel der Qing große Unruhe ausgelöst.«

»Der Tod von Wachen hat keine Bedeutung. Ihr seid ein Mann von beachtlicher Macht, der nun zurückgekehrt ist, um seine Ziele zu verfolgen. Das sehe ich in Euren blauen Augen. Bleibt nur die Frage, welche.«

Ehe Randall etwas dazu sagen konnte, fuhr Cixi fort. »Ihr kommt mit Rat und Führung, dafür bin ich dankbar. Wie kann ich aber sicher sein, dass Ihr Eure Absichten ehrlich bekennt? Wie kann ich sicher sein, dass Ihr wirklich helfen wollt und kein Spion seid, der geschickt wurde, um die Herrschaft der Qing von innen zu vernichten?«

»Ich bin hier, um zu helfen, andernfalls wäre ich jetzt bei Lord Elgin und würde ihm raten, Peking rücksichtslos anzugreifen und die magere Verteidigung niederzuwalzen.«

»So sagt Ihr. Und wenn es nun Euer Ziel wäre, das Reich einzunehmen, ohne Peking zu zerstören?«

Randall lächelte sie an. »Ich will Euch wirklich helfen, Edle Kaiserliche Gemahlin. Darüber könnt Ihr beruhigt sein.«

»Und Ihr verlangt nichts dafür?«

»Gar nichts.«

»Meiner Erfahrung nach kann man einem Mann, der nichts verlangt, nicht vertrauen. Wir alle müssen einem höheren Antrieb folgen. Und bis ich Euren Antrieb kenne, kann ich Euch nicht vertrauen, Randall Chen. Ich habe eine gute Menschenkenntnis. Darum habe ich in diesen zinnoberroten Mauern Erfolg und bin überhaupt noch am Leben, obwohl ich von berechnenden, hinterlistigen Adligen und Ministern umgeben bin. Ganz zu schweigen von den hinterhältigen Absichten der Halbmänner und Konkubinen, die alle aufsteigen wollen, auch um den Preis der Vernichtung anderer. Für einen Fremden mag die Verbotene Stadt ein Ort unbeschreiblicher Schönheit sein. Für ihre Bewohner ist sie ein täglicher Kampfplatz, wo sich die Machtverhältnisse mit den Launen eines einzelnen Mannes ändern, der seinerseits von denen beeinflusst wird, die ihn umgeben.«

»Ich verstehe sehr wohl, wie es hier zugeht. Doch ich bin kein Teil dieser Welt.«

»Oh doch«, widersprach sie mit einem Hauch Mutlosigkeit in der Stimme. »Und darauf muss sich mein Vertrauen gründen.«

Randall war überrascht, dass sie sich so verwundbar zeigte. Doch eingedenk seiner Studien begriff er, dass sie ihm nichts vormachte. Vielleicht hatten er und Wilson ihre Stärke überschätzt, und sie war viel leichter zu zerbrechen, als sie gedacht hätten.

»Es ist für mich wichtig, dass Ihr stark seid«, sagte er leise. »So vieles hängt daran.«

Das flackernde Feuer im Rücken, zeigte sie mit dem Finger auf ihn. »Dann müsst Ihr mich überzeugen, dass ich Euch trauen kann. Nur so kommen wir voran.«

»Das kann ich nicht.«

»Aber ich brauche mehr von Euch«, beharrte sie.

»Dann befinden wir uns in einer Sackgasse, Edle Kaiserliche Gemahlin. Ihr wollt etwas von mir, das ich nicht geben kann. Meine wahren Handlungsgründe hängen mit einem Geheimnis zusammen, das bis zum Anbeginn der Zeit zurückreicht. Aber genug davon – Ihr wisst, dass ich Euch helfen will.«

»Wenn das wahr ist, so gebt mir nach.«

»Worin soll ich Euch nachgeben?«

»Ihr müsst mich Euch berühren lassen«, antwortete sie. »Wenn ich Eure Haut berühre, werde ich den Grund Eurer Absichten entdecken.«

»Ihr werdet nichts weiter entdecken, als dass ich Euch begehre«, erwiderte er. »Mehr kann Euch die Berührung nicht sagen.«

Cixi lachte in sich hinein. »Dann wisst Ihr nichts über den menschlichen Körper. Durch eine einzige Berührung erfahre ich mehr über Euch als durch unsere vielen Gespräche. Der Verstand kann mühelos lügen, der Körper ist immer ehrlich.«

Randalls Herz schlug schneller, als sie wie aus dem Feuer auf ihn zueilte. Dabei wehten die Seiten ihrer Weste auseinander und enthüllten ihren makellosen Körper. Randall wusste, das einzig Richtige wäre jetzt, sie mit einem barschen Wort oder einer heftigen Geste zu bremsen, doch er war machtlos.

Dann stand sie zwischen seinen geöffneten Beinen.

Die Sekunden kamen ihm vor wie Minuten, als sie die Weste von den Schultern gleiten ließ. Mit einer anmutigen Drehung wickelte sie sich aus dem scharlachroten Rock. Der schwere Stoff fiel ihr bauschig um die Knöchel.

Endlich konnte er im Anblick ihres nackten Körpers schwelgen. Davon hatte er schon geträumt, bevor er ihr zum ersten Mal begegnet war, und hatte es sich immer wieder verboten. Doch das hatte seinen Wunsch nur verstärkt.

Sie beugte sich zu ihm und berührte mit dem Zeigefinger seine Stirn. Die Fingerspitze war merklich warm. Sie zog sie über sein Gesicht, dann am Hals entlang. Nachdem sie den Krawattenknoten gelöst hatte, knöpfte sie sein Hemd auf und schob es auseinander. Eine tiefe Angst durchrieselte ihn, die ihm völlig neu war, selbst nach all den Erfahrungen seines ungewöhnlichen Lebens. Cixi nahm sein Gesicht in beide Hände und sah ihm in die Augen.

»Woher kommt Ihr?«, fragte sie sanft.

Randalls Herz schlug so heftig, dass er kaum denken konnte. Er wollte sich von ihr losreißen und dem Drängen seiner Lust entkommen – und konnte doch nichts anderes tun, als sich zurückzulehnen und sich berühren zu lassen. Trotz allen Trainings, aller Vorbereitung konnte er die Gedanken nicht zurückhalten, die jetzt durch seinen Kopf strömten wie ein reißender Fluss.

Ihre Hände bewegten sich über die Brust und seinen Bauch immer tiefer; jeder Moment war quälend und beglückend zugleich.

»Wer seid Ihr?«, fragte sie. Ihr süßer Atem streichelte sein Gesicht. Sie drückte sich an ihn, und er spürte ihr Gewicht, ihre Haut. »Ich muss Eure wahren Absichten erfahren«, flüsterte sie.

Unfähig, noch länger an sich zu halten, griff Randall um ihre Taille und zog sie an sich. Er wollte ihr volles Gewicht in seinem Schoß haben, ihren Körper streicheln. Er sah ihren lieblichen Mund und stellte sich vor, sie zu küssen. Er hörte sein Herz schlagen und sein Blut in den Ohren rauschen wie einen Sturmwind.

Cixi wich kaum merklich zurück, sowie er nach ihr griff, und als er nachfasste, entzog sie sich ihm ganz. Die Zurückweisung traf ihn empfindlich.

»Ich kann mich Euch nur hingeben, wenn Ihr mir verratet, warum Ihr hier seid«, sagte sie und entfernte sich so geschmeidig, wie sie gekommen war.

Randall wollte aufschreien, doch er schaffte es, sich zusammenzureißen. Er neigte sich nach vorn, um ihr ein wenig näher zu sein. Doch sie wich nur umso weiter zurück, bis sie wieder vor dem lodernden Feuer stand.

»Ein Mann ohne Beweggrund ist nicht vertrauenswürdig«, flüsterte sie, und ihr sonst kühler Blick war angsterfüllt.

Randall stand auf und näherte sich ihr. Seine Verwirrung war qualvoll. Sie hatte ihn zu sich herangezogen, und jetzt stieß sie ihn weg? Er war berauscht vor Verlangen. Sie wollte ihn auch, das wusste er, doch sie entzog sich ihm.

»Ihr habt gesagt, Ihr würdet alles tun, um Eure Dankbarkeit zu zeigen«, sagte er grob. Er hörte sich das sagen und wusste gar nicht, woher diese Gedanken plötzlich kamen. »Es ist Zeit, das zu beweisen.«

»Erst wenn ich habe, was ich will«, erwiderte sie. »Ihr seid stark genug, um mich mit Gewalt zu nehmen, falls es Euch danach verlangt. Doch ich gebe mich Euch erst ganz hin, wenn Ihr Eure wahren Absichten enthüllt habt.«

Mit jedem Schritt, den er sich näherte, spürte er die Hitze des Feuers stärker. »Lauft nicht vor mir weg«, flüsterte er.

Mit leicht geöffneten Lippen stand sie vor ihm, nackt und verwundbar. »Ihr könnt Euch diesen Körper nehmen«, hauchte sie durch ihre feuchten Lippen. »Doch er wird nur eine schale Eroberung sein.«

29.

Kalifornien, Nordamerika
Enterprise Corporation
Mercury Building, 2. Etage
20. Juli 2084
Ortszeit: 19.50 Uhr
34 Tage vor dem Esra-Transport

Sowie Professor Author durch die Tür schlenderte, roch es in Wilsons Büro nach Eau de Cologne. »Was haben Sie benutzt?«, fragte Wilson.

Der Professor roch an seiner Achselhöhle. »Riecht gut, hm? Jean Paul Gaultier.«

Wilson sah ihn prüfend an. »Sie haben mal gesagt, sich mit Aftershave einzuschmieren, wäre so ähnlich, als würde man sich mit Urin bespritzen, und nur geistlose Tiere täten dies.«

»Ich habe es geschenkt bekommen«, erklärte er mit zuckenden Mundwinkeln.

»Von wem?«

»Von einem Mädchen, das ich kennengelernt habe.«

»Wirklich?« Für einen Moment konnte Wilson seine Sorgen wegen des vorgezogenen Transports beiseiteschieben. »Klingt interessant. Erzählen Sie mal.«

Der Professor schob die Handhelds zur Seite und setzte sich auf die Schreibtischkante. Wilson hatte sich über den mythischen Baum des Lebens informieren wollen und alles gelesen, was er finden konnte.

»Sie ist erstaunlich, Wilson. Ein scharfer Anblick! Eine Brünette, umwerfend schön. Sie müssten sie sogar kennen – sie heißt Minerva; sie arbeitet auf der Vorstandsetage.«

»*Die* Minerva?« Wilson sah ihn ungläubig an.

»Ja, hat mir erzählt, dass sie Sie kennt. Ist sie nicht die schönste Frau, die Sie je gesehen haben? Ich bin ihr gestern Nachmittag in der Cafeteria begegnet. Sie fand mich auf der Stelle sympathisch. Kann man ihr das verdenken?«, meinte er händereibend.

»Minerva von der Vorstandsetage?«, fragte Wilson, dessen Misstrauen sich sekündlich steigerte.

Der Professor drohte ihm mit dem Finger. »Ich weiß, was Sie denken. Sie ist kein Spion von Jasper und seinen Drohnen. Sie mag mich wirklich – das weiß ich genau.«

»Und woher, wenn ich fragen darf?«

»Sie hat es mir gesagt. Und heute hat sie mir dieses Aftershave geschickt.« Author schnupperte wieder an sich. »Sie finden doch nicht, dass ich zu viel genommen habe?«

Wilson beugte sich vor. »Professor, das Projekt ist in einem sehr heiklen Stadium. Ich hatte noch keine Gelegenheit, mit Ihnen über alles zu sprechen. Das Letzte, was wir jetzt brauchen, sind Außenstehende, die alles durcheinanderbringen. Die Sie durcheinanderbringen.«

»Ich bin nicht durcheinander. Wir fühlen uns verbunden, Minerva und ich. Sie schätzt an Männern eher den Verstand als den Bizeps. Wir haben über die Pheromone in Parfüms geplaudert. Ein faszinierendes Thema, bei dem ich mich natürlich auskenne. Sie roch sehr gut, wissen Sie. Und sah auch sehr gut aus, muss ich sagen. Und ehe ich mich versah, war sie von mir verzaubert, und wir haben den Nachmittag zusammen verbracht.«

Wilson stützte den Kopf in die Hände und atmete tief durch, dann sah er den Professor an. »Und Sie finden nicht, dass das ein seltsamer Zufall ist?«

»Klar ist das ein seltsamer Zufall! Aber wen interessiert's? Diese langbeinige Schönheit geht heute Abend mit mir aus. Und eines weiß ich sicher: Wenn ich mit keiner ausgehe, kann ich auch mit keiner schlafen. Ich werde sie mit meiner unglaublichen Intelligenz und meinem vortrefflichen Humor ins Bett locken. Ich habe ein Hirn so groß wie ein Planet, müssen Sie wissen. Und ich bin Ausländer ... der Akzent!« Er nickte. »Sie hat überhaupt keine andere Wahl.«

»Professor, die Esra-Mission ist nicht mehr nur durch Jasper, sondern auch durch GM gefährdet. Ich konnte Ihnen bisher noch nicht davon erzählen, aber die Lage ist, na ja, kompliziert.«

Der kleine Mann warf die Arme hoch. »Ach, diese Kerle müssen immerzu Probleme machen! Erzählen Sie mir was Neues.«

»Sie haben recht«, sagte Wilson, der sah, dass das nicht der rechte Moment für diese Diskussion war. »Ich bin sicher, das wird sich einrenken. Wie dem auch sei ... Sie meinen also, Ihr Akzent und Ihr Humor reichen, damit Minerva sich in Sie verliebt?«

»Wenn die Unterhaltung ins Stocken kommt, können wir ja das Spiel spielen, bei dem mir einer ein Datum nennt und ich ihm sage, welcher Wochentag das ist.«

Wilson schmunzelte. »Das kann keiner besser als Sie. Wow ... Minerva von der Vorstandsetage.« Einen Moment lang schwiegen sie. »Professor, können Sie mir wenigstens einen Gefallen tun? Denken Sie einfach daran, dass sie für Jasper Tredwell arbeitet und dass Jasper Probleme mit der Esra-Mission hat.«

»Natürlich, natürlich. Aber wenn sie mit Sex winkt, werde ich schwach und tue bestimmt alles, um ihn zu kriegen.«

»Wirklich eigenartig«, brummte Wilson. »Vergessen Sie nur nicht, dass jeder Bruch der Vertraulichkeit alles gefährden kann. Das wäre für Jasper der bequemste Weg, um das Projekt ohne weitere Begründung stillzulegen.«

»Mensch, Sie sind neuerdings aber ernst!« Author schlug ihm auf die Schulter. »Ich werde kein Wort verraten! Darauf können Sie sich verlassen. Und wenn Sie sichergehen wollen, kommen

Sie doch mit. Minerva meinte, Sie sind willkommen. Sie bringt sogar eine Freundin für Sie mit.«

Wilson schüttelte den Kopf. »Lieber bringe ich mich um, als zu viert mit Ihnen auszugehen.«

»Wir sind nicht zu viert, sondern zu sechst. Randall geht auch mit.«

»Das kann nicht Ihr Ernst sein.«

»In einer halben Stunde geht's los. Warum gehen Sie nicht nach Hause, steigen aus diesem albernen Anzug, rasieren sich und machen mit uns die Stadt unsicher? Sie können mir zusehen, wie ich die wehrlose Schönheit umgarne.« Author stand von Wilsons Schreibtisch auf und betrachtete sich in der verspiegelten Wand. »Mein Gott, sehe ich gut aus.«

»Nur mal aus Neugier: Was glaubt sie, womit Sie Ihr Geld verdienen?«

Der Professor zog eine lustige Grimasse. »Sie weiß nur, dass ich intelligent, allein und gut aussehend bin.«

»Ich will Ihnen ja nicht die Hoffnung rauben, aber es ist stark anzunehmen, dass sie das auf Anweisung von Jasper tut.«

»Das nehme ich locker! Also, kommen Sie nun mit oder nicht?« Author zupfte sich ein besonders langes Haar aus seinen buschigen Augenbrauen und fing an zu singen: *»My head is spinning and I'm lost in a trance. What do you want? What do you want?«* Er machte eine Tanzfigur vor dem Spiegel. *»You mad young woman, what do you want?«* Er schwenkte die Hüften, seine Hingabe an den Song richtete in seinem Gesicht Übles an. *»So if you really want to get some loving tonight, you had better be brave, and be prepared for a fight. TLC!«* Er tanzte gedankenverloren durch Wilsons Büro und schob mit kreisendem Becken übers Parkett.

Kalifornien, Nordamerika
Saloon Bar in der Enterprise-Corporation-Siedlung

Der Club war aufgemacht wie ein waschechter Westernsaloon. Es gab eine lange Theke aus glänzendem Nussbaum und dahinter einen riesigen Spiegel mit Kirschbaumrahmen, Kartentische und Wagenräder und Gemälde mit Viehherden. Sogar den befremdlichen Spucknapf. Eine Wand hatte man für ein interaktives Hologramm geopfert, wo Büffelherden in der weiten Prärie grasten. Rings um die Theke tranken Hunderte Gäste ihr Bier aus großen Henkelgläsern und kippten Whiskeys. Unter dem kostümierten Personal sah man jeden Typ, vom Revolverhelden bis zum Falschspieler und jede Menge Saloonmädchen.

In den meisten Clubräumen wurde zeitgenössische Musik gespielt, doch es gab auch stille Bereiche, wo man dem stampfenden Rhythmus entkommen und sich unterhalten konnte. Möglich war das durch einen Audioprojektor, der Schallwellen nur an bestimmte Plätze warf. Es war ziemlich seltsam, zwei Schritte von Leuten entfernt zu stehen, die wegen der lauten Musik ihr eigenes Wort nicht verstehen konnten, während man selbst eine ruhige Unterhaltung führte.

»Ich werde den Simulator noch mal probieren«, sagte Author, kippte seinen Drink hinunter und hielt auf die Spielkabine zu. »Ich glaube, ich weiß, was ich falsch gemacht habe.«

Mit einem Fingerschnippen aktivierte er seine Kreditkarte, wählte ein Spiellevel und ging in die Kabine – worauf sein Bild auf Dutzenden holografischer Bildschirme im Club erschien. Anstelle seiner eigentlichen Kleidung schneiderte ihm der Computer einen weißen Cowboyanzug auf den Leib, zu dem ein Revolver am Oberschenkel und ein großer weißer Hut gehörten. Am Ende der Straße stand Black Bart, ein harter Gangster in schwarzen Klamotten. Die Sonne schien in die staubige Straße. Ringsherum lugten die Stadtbewohner um Ecken und aus Fenstern, um das Duell zu verfolgen.

Professor Author wackelte mit dem Finger, dann griff er zur Waffe. Doch ehe er seinen Colt aus dem Holster ziehen konnte, hatte Black Bart ihm schon ins Bein geschossen.

Die Zuschauer in der Bar stießen einen Seufzer aus.

Auf dem Bildschirm kippte der Professor vor Schmerzen um.

»Darin ist er nicht sehr gut«, meinte Wilson zu Randall.

»Das kann man wohl sagen«, bekräftigte dieser. Der Simulator schaltete in das Ausgangsbild zurück, und der Professor stand erneut vor Black Bart. »Er wirkt gequält, finden Sie nicht?«, meinte Randall.

»Könnte an dem Stromstoß liegen.«

Author griff zum zweiten Mal zur Waffe – und löste allgemeines Seufzen aus. Er lag im Staub, diesmal mit einem Loch in der Brust.

Kurz dachte Wilson daran, Randall zu erzählen, dass der Esra-Transport früher starten würde, doch ihm war klar, dass dies nicht der rechte Ort dafür war. Das Letzte, was er wollte, war ein fassungsloser Randall – erst recht, wenn Minerva und ihre Freundin gleich antanzten.

Ein paar Augenblicke später taumelte Author aus der Kabine und rieb sich die Brust. »Mensch, das verdammte Ding tut richtig weh!«

»Wir lieben Sie, Professor!«, rief eine Kellnerin, und ein paar Leute klatschten aufmunternd.

»Typisch, dass Sie das schwierigste Level wählen«, bemerkte Randall.

Der Professor schnupperte an seinem Hemd. »Mann! Es riecht glatt verbrannt von dem elektrischen Schlag. Aber ich hätte den Kerl fast erwischt. War ganz nah dran.«

»Warum nehmen Sie kein leichteres Level, bis Sie etwas besser geworden sind?«, schlug Randall vor.

Author tat entsetzt. »Ich gewinne auf dem obersten oder gar nicht! Beleidigen Sie mich nicht mit Ihren albernen Ratschlägen.«

Wilson holte seinen Handheld hervor und sah nach, wie spät es war. »Wie wär's, wenn wir uns auf die Socken machen, Leute? Minerva und ihre Freundin hätten schon vor einer Stunde hier sein sollen.«

Author kippte einen weiteren Scotch. »Seit wann sind Sie empfindlich, was Pünktlichkeit angeht? Wir haben massenhaft Zeit.«

Bei dieser Feststellung musste Wilson an den Baum des Lebens denken. Den Mythos gab es in vielen Kulturen, von den alten Assyrern bis in die Gegenwart. Es gab ihn auch in der Bibel, im Buch Genesis, wo er Adam und Eva hätte Unsterblichkeit schenken können. Doch die beiden aßen den Apfel vom Baum der Erkenntnis, der ihnen die Fähigkeit verlieh, Gut und Böse zu unterscheiden. Danach wurden sie aus dem Garten Eden verbannt, damit sie nicht auch noch vom Baum des Lebens essen und in ihrer Sündhaftigkeit ewig leben konnten.

Nach der chinesischen Mythologie wohnten Phönix und Drache in den Ästen des Baumes und gaben ihm Schutz und Kraft. Interessanterweise repräsentierte der chinesische Phönix das weibliche Prinzip, der Drache das männliche Prinzip, und von beiden hieß es, sie seien unsterblich.

Wilson hatte auch eine taoistische Geschichte über einen Baum aufgestöbert, der alle dreitausend Jahre eine einzige Frucht hervorbrachte, und wer die aß, lebte ewig.

Anhand der verschiedenen Mythen war ihm eines klar geworden: Der Baum des Lebens enthielt offensichtlich enorme Kräfte, und das war ein Grund mehr zu verhindern, dass GM die Mission für seine Zwecke benutzte.

»Lassen Sie uns ein bisschen an die frische Luft gehen, Randall«, sagte Wilson. »Es gibt etwas Wichtiges, worüber wir reden müssen.«

»Das können Sie doch hier tun!«, mischte Author sich ein und bestellte sich den nächsten Drink. »Sie wollen sich doch die Mädchen nicht entgehen lassen.«

»Wahrscheinlich tauchen sie gar nicht mehr auf«, erwiderte Wilson. »Und ehrlich gesagt, kann ich gut darauf verzichten, den ganzen Abend Whiskey zu trinken und Ihnen zuzusehen, wie Sie von Black Bart erschossen werden.« Er wandte sich Randall zu. »Kommen Sie.«

Ehe Randall sich dazu äußern konnte, erschien Minerva in der Schwingtür, dicht gefolgt von zwei anderen jungen Frauen. Die Thekensteher hielten für einen Moment inne und hefteten ihren Blick auf die Firmenelite, die durch den ganzen Raum auf Authors ausgestreckte Arme zuglitt.

Minerva ließ ein strahlendes Lächeln sehen. »Es tut mir leid, dass wir so spät kommen.«

»Das macht doch nichts, mein Täubchen«, erwiderte Author und spitzte die Lippen, um Minerva einen allzu vertraulichen Kuss auf die Wange zu geben. »Riechen Sie mal«, sagte er.

Wilson konnte bloß die Augen verdrehen.

»Sie duften wundervoll!«, sagte sie begeistert. »Sie werden der Casanova des Abends.« Dann drehte sich Minerva zu ihren Begleiterinnen um. »Das sind meine Freundinnen. Sie arbeiten mit mir zusammen auf der Vorstandsetage.«

Das sah man eindeutig.

»Hallo, ich heiße Lara«, sagte die große Blonde zu Author und Randall.

»Und ich bin Claudia«, sagte die kleinere Blonde und schüttelte Wilson kurz die Hand.

Der Professor gab Lara und Claudia einen Wangenkuss. »Ich bin Professor Author – ein selbst ernanntes Genie«, fügte er kichernd hinzu. »Dieser gut aussehende Bursche neben mir ist Randall Chen; auch sehr intelligent. Und der angetrunkene Kerl dort ist Wilson Dowling. Er meinte, Sie kämen gar nicht mehr, aber ich habe ihm erklärt, dass es schick ist, später zu kommen.«

Minerva sah Wilson ins Gesicht. »Das beweist nur, dass er nichts von Frauen versteht. Hab ich recht?«

»Vermutlich«, antwortete er.

»Ich will es mir gleich von der Seele reden, damit es mir nicht den Abend verdirbt«, meinte sie zu ihm. »Sie haben mir ganz schönen Ärger eingebracht, weil Sie Jasper die Hand geben wollten. Diese Nummer wäre fast meine Entlassung gewesen.«

»Dabei wollte ich nur selbst gefeuert werden«, erklärte Wilson.

»Sie lenken ab, Wilson. *Mein* Job stand auf der Kippe. Ich hatte auf eine Entschuldigung gehofft. Aber ich hätte es eigentlich wissen sollen.«

»Die Sache hatte gar nichts mit Ihnen zu tun, und Jasper wusste das ganz genau.«

»Und woher sollte ich das wissen?«

»Soll ich ihn anrufen und darauf hinweisen?«

»Oh, eine hervorragende Idee!«, platzte Minerva heraus. »Erinnern wir ihn ruhig noch mal an diesen unangenehmen Moment.« Sie wandte sich dem Professor zu. »Da haben Sie ja einen schönen Freund – typisch Mercury-Team: arrogant und ichbezogen. Aber genug davon. Wie wär's, wenn wir tanzen?«

»Tanzen, Süße! Da haben Sie mein größtes Talent erwischt!« Er nahm sie bei der Hand und lenkte sie elegant zur Tanzfläche hin.

Randall begann sofort eine entspannte Unterhaltung mit Claudia. Lara hielt Wilson die Hand hin.

»Hallo, Wilson. Ich bin Lara. Ihr Freund, der Professor, ist lustig«, flötete sie.

Wilson schüttelte ihr knapp die Hand und gab sich Mühe, zu lächeln. »Er hat was, das steht fest. Und was bringt Sie heute hierher, Lara?«

»Minerva meinte, der Professor sei sehr nett, und wir hätten bestimmt eine Menge Spaß heute Abend. Also bin ich froh, dass ich mitgegangen bin.«

Inzwischen war Author voll in Fahrt, hüpfte und drehte sich schwungvoll. Er tanzte sogar sehr gut, nachdem er über die

Jahre viele Tanzstunden genommen hatte. Und er machte seine Sache bei Minerva ausgezeichnet, denn sie schien sich bei ihm auf der Tanzfläche sehr wohlzufühlen.

»Wie ich sehe, ist Ihr Freund richtig unterhaltsam«, meinte Lara und zeigte auf Author, der Minerva herumwirbelte und sie dann fest um die Hüfte fasste, um sie erst zur einen, dann zur anderen Seite zu schwenken. Sie war einen ganzen Kopf größer als er und mindestens zwanzig Jahre jünger. Sie war schlank, er pummelig, sodass sie ein seltsames Paar abgaben. Trotzdem sah es aus, als hätten sie Spaß miteinander.

Wilson begann, die drei Freundinnen zu mustern. Minerva trug einen grauen Rock zu grauen Cowboystiefeln und eine kurzärmelige schwarze Jacke. Sie wirkte wachsam und konzentriert – beinahe berechnend. Doch Wilson versuchte, sich mit seinem Urteil zurückzuhalten. Lara war groß, langhaarig und vollbusig. Sie trug blauen Lidschatten, der ein bisschen zu dick aufgetragen war – Wilson mochte so viel Schminke nicht –, enge Bluejeans, Cowboystiefel und ein rotes Westernhemd. Claudia hatte schulterlange Haare und sah durchtrainiert aus. Sie hatte sich nicht auf die Cowboyschiene eingelassen, sondern trug ein orangefarbenes Tanktop, Cargohosen und Sneaker. Die drei waren wirklich attraktiv, und je mehr Wilson hinsah, desto schöner fand er sie.

»Tanzen Sie?«, fragte Lara.

»Nur mit vorgehaltener Waffe«, antwortete er.

»Ich tanze ausgezeichnet. Wollen Sie es nicht doch mit mir versuchen?«

»Nein, aber ich habe eine großartige Idee.« Wilson reckte den Arm und zog den Professor aus der Tanzzone. »Tanzen Sie doch mal mit Lara. Die ist ganz begeistert von Ihrem Können.«

»Das sind sie alle!«, bekräftigte Author schnaufend. »Kommen Sie, Lara – schwingen wir das Tanzbein!«

Minerva verließ die Tanzfläche und stellte sich zu Wilson. »Kein Tänzer, hm?«

Er schüttelte den Kopf, dann sagte er: »Bei allem Respekt, Minerva, aber er sieht nicht aus, als wäre er Ihr Typ.«

»Das mag ich so an Ihnen, Wilson. Sie sagen immer so aufmunternde Dinge.« Sie holte einen Lippenstift aus der Tasche und zog ihn über ihre Unterlippe, dann presste sie die Lippen aufeinander und schaute an ihm vorbei auf einen unbestimmten Punkt. »Ich nehme an, Sie haben schon gemerkt, dass ich mich mehr zu Ihnen hingezogen fühle als zu ihm.«

Diese Antwort hatte er nun gar nicht erwartet. »Ich habe eine Idee, Minerva. Da Sie so geheimnisvoll sind und ich so dämlich, tun Sie mir den Gefallen und heben Sie die linke Hand, wenn Sie sarkastisch sind. Wenn Sie es ernst meinen, heben Sie die rechte Hand, als würden Sie auf die Bibel schwören. Dann verstehe ich wenigstens, was Sie meinen.«

»Ach so«, erwiderte sie. »Sie wollen, dass ich Ihnen helfe zu entschlüsseln, was ich sage. Okay, passen Sie auf … Ich fühle mich mehr zu Ihnen hingezogen als zu ihm.« Sie hob die linke Hand. »Sarkasmus, Wilson, nichts weiter.«

»Ich glaube Ihnen alles.« Er hob die linke Hand.

»Und ich Ihnen nicht«, erwiderte sie mit erhobener Rechter.

»Wenigstens verstehen wir beide, wie dieses Handspiel geht.«

»Ich finde es sehr effektiv.«

Ab und zu schaute Author in Wilsons Richtung, um zu sehen, wie es bei ihnen lief. Schließlich zeigte er Wilson zwei aufgerichtete Daumen. »Jetzt mal im Ernst, Minerva: Mir ist klar, dass Jasper Sie hergeschickt hat. Das ist die einzige Erklärung.«

»Und wieso?«, fragte sie mit ausdruckslosem Gesicht.

Wilson lächelte. »Wenn ich das wüsste, hätte ich mir nicht die Mühe gemacht zu kommen.«

Minerva schüttelte den Kopf. »Sie haben wirklich ein ernsthaftes Problem.«

Wilson fuhr sich mit den Händen durch die Haare und sah ihr ins Gesicht. »Sie sollen nur wissen, dass ich Sie beobachte.«

»Das erwarte ich von einem Mann.«

In dem Moment kurvte Author mit Lara am Arm aus der Tanzzone. Sie schwitzten ein bisschen. »Sie können mein Mädchen nicht in Ruhe lassen, wie?«, meinte er grinsend.

»Sie gehört ganz Ihnen«, versicherte Wilson.

Als Reaktion gab Minerva dem kleinen Mann einen Kuss auf den Mund. »Junge, bin ich froh, dass Sie kommen. Die Unterhaltung hier vorn war kreuzlangweilig!«

»Das ist Wilson, wie er leibt und lebt«, meinte Author. »Er ist bei allem so ernst. Das war aber nicht immer so. Früher war er ein ziemlich lustiger Kerl – auch wenn's schwerfällt, das zu glauben.« Er kam mit Minerva und Lara am Arm an die Theke. »Jetzt trinken wir erst mal ein Glas. Kommen Sie Randall, es wird Zeit, dass wir die Party aufs nächste Level bringen!« Er rieb sich freudig erregt die Hände. »Dann werde ich noch mal gegen Black Bart antreten – ihr Mädchen könnt mich anfeuern. Ich stehe kurz davor, den Kerl zu schlagen.«

Wilson hielt sich zurück und sah dem fröhlichen Treiben der fünf Kollegen zu. Auch die anderen Gäste des Clubs beobachteten sie, hauptsächlich die jungen Frauen, aber auch die Männer. Da stimmte etwas nicht – Wilson spürte es. Er stellte sich zwischen Randall und Author und legte ihnen die Arme um die Schultern. »Denken Sie dran: Es ist erst Donnerstag, und wir müssen morgen wieder arbeiten.« Er nahm einen der Whiskeys von der Theke und trank ihn in einem Zug, knallte das Glas wieder hin und verkündete: »Wie ich immer sage: Ich habe lieber eine Flasche als eine Stirnlappenentfernung vor mir.«

Unter dem Jubel der anderen fünf stießen sie zusammen an und leerten ihre Gläser.

30.

Kalifornien, Nordamerika
Del Norte State Park
Huntingdale Pass
21. Juli 2084
Ortszeit: 9.30 Uhr
13 Tage vor dem Esra-Transport

Das schrille Klingeln des Telefons unterbrach die Stille des Schlafzimmers. Widerstrebend drehte Wilson sich im Dunkeln um und drückte auf einen Knopf neben dem Bett. Der Apparat klingelte weiter, sogar noch ein bisschen lauter, während drei Glaswände langsam ihre Undurchsichtigkeit verloren und von dem einsamen Berghang aus einen Panoramablick auf den Pazifik gewährten. Es war ein klarer, windiger Morgen, das Wasser strahlend blau, und die Sonne glitzerte auf Millionen weißer Schaumkronen, so weit das Auge reichte.

Nachdem Wilson einen Schluck getrunken hatte, befahl er: »Anrufer nennen.«

»Randall Chen«, antwortete eine Computerstimme.

Die Sonne flutete in den Raum, und Wilson spürte ihre Wärme auf der Haut. »Annehmen, Bildschirm aus«, befahl er, und der Kontakt war hergestellt. »Morgen, Randall, was gibt's?«

»Le Dan wurde aufgefordert, Enterprise Corporation zu verlassen«, berichtete dieser hastig. »Nach dem Training heute früh kam ein Firmenmarshal zu uns und teilte mit, dass Le Dan bis Mittag das Gelände zu verlassen habe. Angeblich sei er ein Sicherheitsrisiko.«

Wilson war noch groggy vom vergangenen Abend. Er sah auf die Nachttischuhr. Er hatte nur fünf Stunden geschlafen.

»Lassen Sie nicht zu, dass er abreist«, sagte Randall ernst. »Ich brauche ihn jetzt mehr denn je.«

»Haben Sie schon mit Davin gesprochen?«

»Ich komme nicht an ihn heran.«

Wilson überlegte kurz, dann sagte er: »Ich werde mit Jasper reden. Ich bin sicher, das ist nur ein Missverständnis.« GM wollte er nicht anrufen, weil er ihm damit vielleicht einen Vorwand lieferte, an Randall heranzutreten. Blieb also nur Jasper. »Wann sind Sie gestern Abend gegangen?«, fragte er.

Kurz blieb es still am anderen Ende der Leitung. »Tja, um ehrlich zu sein, ich war noch gar nicht im Bett.«

»Sie haben überhaupt nicht geschlafen?«

»Ich war mit Claudia zusammen, bis mein Training anfing.«

»Ich hatte gehofft, Sie würden das nicht sagen.«

»Mir ist klar, was in den nächsten Wochen von mir verlangt wird«, erwiderte Randall. »Sie brauchen also nicht ärgerlich zu werden – ich weiß, ich hätte gestern vernünftiger sein sollen.«

»Ihr Transport soll bald stattfinden.« Früher als Sie denken, dachte Wilson. »Es ist wirklich wichtig, dass Sie auf sich Acht geben. Sie müssen körperlich in guter Verfassung und geistig ausgeglichen sein. Wenn Sie wieder zurück sind, können Sie so viel feiern, wie Sie wollen.«

»So wie Sie?«, fragte Randall. »Es hat mich überrascht, wie Sie sich gestern Nacht gehen ließen. Sie haben mehr getrunken, als ich zählen konnte.«

»Das war eine Ausnahme«, erklärte Wilson, der an dem dumpfen Hämmern in den Schläfen merkte, dass er es übertrieben hatte. »Dafür bin ich als Erster gegangen.«

»Der Professor gleich nach Ihnen«, erzählte Randall. »Minerva hat ihn begleitet. Lara ging dann auch. Sie machte ein unglückliches Gesicht, als Sie plötzlich weg waren.«

Der Name Minerva versetzte Wilson einen Stich. Ihm war nicht ganz klar, warum, doch das hatte etwas zu bedeuten. »Na dann hoffen wir mal, dass der Professor Glück hatte«, zwang sich Wilson zu sagen.

»Ich möchte nicht zynisch klingen«, fuhr Randall fort, »aber ich hatte den starken Verdacht, die Mädchen haben sich sehr angestrengt, um nett zu uns zu sein. Meiner begrenzten Erfahrung nach sind schöne Frauen normalerweise nicht so entgegenkommend.«

»Ich weiß, was Sie meinen.«

»Claudia hat mich nicht einmal gefragt, was ich beruflich mache. Ich war noch nie mit einer aus, die das nicht wissen wollte. Sie wollen immer einschätzen, ob ich ihren Ansprüchen gerecht werden kann – Claudia nicht.« Er schwieg einen Moment lang. »Entweder wusste sie schon alles, oder man hat ihr gesagt, sie soll nicht fragen. Das ist meiner Ansicht nach die einzige Erklärung.«

Wilson setzte sich in seinen Kissen auf und trank noch einen Schluck Wasser. »Jasper könnte sie geschickt haben, damit sie uns im Auge behalten. Schließlich arbeiten sie alle drei für ihn.«

»Meinen Sie, Claudia könnte etwas damit zu tun haben, dass Le Dan aufgefordert wurde, abzureisen?«

»Haben Sie ihr erzählt, dass Sie zum Training zu ihm gehen?«

»Seinen Namen habe ich nicht erwähnt, nur dass ich trainieren gehe.«

»Und dann sind Sie gegangen?«

»Ja.«

»Und wo haben Sie sich von ihr verabschiedet?«

»Na ja …« Randall wirkte plötzlich sehr zaghaft. »In ihrer Wohnung in der Stadt, nackt auf dem Sofa.« Er lachte verlegen.

»Sie haben sie nackt auf dem Sofa zurückgelassen?«

»Ich hatte Le Dan versprochen zu kommen!«, erklärte Randall. »Darum habe ich gestern nicht viel getrunken. Um die Wahrheit zu sagen, sie war bestimmt nicht sehr glücklich, dass ich die ganze Nacht lang auf die Uhr gesehen habe.«

»Kann ich mir auch nicht vorstellen.«

»Wissen Sie, bei näherer Überlegung war das alles viel zu einfach. Ich hatte den Verdacht, dass sie mich manipulieren wollte, schob mein Gefühl aber beiseite, weil ich so viel Spaß hatte. Aber eines kann ich sagen: Die Dynamik war anders als bei allen Frauen, mit denen ich vorher zusammen gewesen bin.«

»Darum heißt es ›man-ipulieren‹. Es scheint nur bei Männern zu funktionieren. Na jedenfalls sollten wir auch bei den Mädchen die Unschuldsvermutung gelten lassen. Wir können nicht beweisen, dass sie an einer Verschwörung beteiligt sind – und es ist immerhin möglich, dass wir ein bisschen paranoid sind.«

»Ich will nicht anmaßend klingen, aber Minerva und der Professor passen eigentlich nicht zusammen«, gab Randall zu bedenken. »Ich meine, er ist ein großartiger Kerl, aber wohl kaum ihr Typ. Eine Weile dachte ich, sie hätte etwas für Sie übrig – nach der Art, wie sie Sie angesehen hat –, aber dann haben Sie beide den ganzen Abend nur gestritten.«

»Ich denke, am besten geben wir uns mit den Mädchen erst wieder ab, wenn Sie von Ihrer Reise zurück sind. Unabhängig davon, was ihre wahren Absichten sind, ist es besser, erst mal einen weiten Bogen um sie zu machen.«

»Da haben Sie recht«, sagte Randall. »Wissen Sie, wenn ich auch nur einen Augenblick dächte, dass meine Nacht mit Claudia etwas mit Le Dans Rauswurf zu tun hat, wäre ich wirklich wütend.«

»Halten wir uns an das Positive«, schlug Wilson vor. »Ich werde Jasper anrufen und die Sache mit ihm besprechen.«

»Danke, Wilson. Ich bin Ihnen wirklich dankbar.«

»Ich melde mich sofort, wenn ich weiß, was los ist. Und Randall, ich möchte, dass Sie sich eines überlegen: Es könnte eine wichtige Lehre in dem stecken, was gestern Abend passiert ist. Es ist nicht leicht, eine Manipulation zu erkennen, wenn man selbst das Ziel ist. Ich meine, Sie sollten sehr sorgfältig darüber nachdenken, was sich abgespielt hat und warum. Wir werden später noch darüber sprechen, inwieweit Ihnen das bei dem Bevorstehenden helfen könnte.«

Er hatte mit Randall vereinbart, die Zeitreise oder den Esra-Auftrag niemals am Telefon zu erwähnen. Nur persönlich und nur im Mercury Building durfte darüber gesprochen werden.

»Ich werde mir ein paar Gedanken machen«, versprach Randall. »Sie haben recht, die Sache könnte nützlich sein.«

»Ich rufe Sie an«, sagte Wilson und legte auf.

Er stieg aus dem Bett und ging ans Fenster, um das Bild des wolkenlosen Morgens in sich aufzunehmen. Von seinem Haus aus hatte er freien Blick auf den Wald und den sauberen Strand der nordkalifornischen Küste. Kurz kehrten seine Gedanken zu Minerva zurück. Ob er sie leiden konnte oder nicht, er musste an sie denken und überlegte, ob sie an diesem Spiel der Täuschungen, das sich nach dem gestrigen Abend als Verdacht aufdrängte, beteiligt war. Er hoffte, dass sie hinterher nicht mit zu Author gegangen war, und wollte es auch nicht annehmen. Allerdings nicht, weil er seinen Freund schützen wollte, sondern aus ganz egoistischen Gründen. Minerva hatte etwas an sich, das er attraktiv fand. Natürlich war sie schön, aber das war es nicht, was ihn anzog. Sie strahlte eine unabhängige Stärke aus, die ihn an Helena erinnerte, und sie war ihr auch geistig ähnlich. Er schüttelte den Kopf, wie um den Gedanken abzuschütteln.

Er ging ins Ankleidezimmer, zog sich eine Trainingshose und ein weißes T-Shirt über, dann Socken und Joggingschuhe. Er wollte angezogen sein, wenn er mit Jasper telefonierte. Bei einem Blick in den Spiegel stellte er fest, dass er wie ein absolutes Wrack aussah: zerzaust, unrasiert, mit Augenringen.

»Verbindung zu Jasper Tredwell, Vorstand«, rief er. »Bildschirm aus.«

»Dic Verbindung wird hergestellt«, sagte die Computerstimme.

Nach zwei Sekunden meldete sich eine Frau. »Was kann ich für Sie tun, Wilson?«

»Minerva. Sie hätte ich ja gar nicht erwartet.« Er gab sich Mühe, gelassen zu klingen.

»Ich bin Jaspers Assistentin«, erwiderte sie. »Was haben Sie geglaubt, wer abnimmt?«

»Ich möchte sofort mit ihm sprechen«, sagte Wilson. »Ist er verfügbar?«

»Tut mir leid, er hat Besprechungen bis heute Nachmittag. Kann ich Ihnen anders weiterhelfen?«

»Es ist dringend. Sehen Sie zu, dass er mich so bald wie möglich anruft.«

»Das geht nicht vor drei. Ist das für Sie in Ordnung?«

»Ich muss bis Mittag mit ihm gesprochen haben.«

»Tut mir leid, Wilson. Vor drei ist er nicht verfügbar.«

»Hören Sie, bringen Sie ihn einfach dazu, mich anzurufen, Minerva«, forderte er scharf.

Einen Moment lang war es still. »Habe ich Ihnen etwas getan?«, fragte sie.

Wilson machte drei große Schritte über den Schieferboden seines Schlafzimmers, ehe er antwortete. »Nicht im Geringsten. Es gibt nur eine dringende Angelegenheit, die ich nur mit ihm besprechen kann, das ist alles.« Er hatte schon für sich beschlossen, Le Dan in seine Wohnung umzusiedeln. Dort würde er zusammen mit Randall warten, bis die Sache geklärt war.

»Wilson, darf ich Ihnen einen Rat geben?«, fragte Minerva.

»Nur, wenn Sie glauben, dass er mir hilft«, antwortete er abweisend.

»Wenn Sie mit Jasper etwas Wichtiges zu bereden haben, sollten Sie das persönlich tun. Meiner Erfahrung nach ist er sonst viel mehr geneigt, Ihr Anliegen abzulehnen. Das habe ich in den zwei Jahren, die ich für ihn arbeite, beobachten können.«

»Sollten Sie mir das wirklich raten?«, fragte Wilson.

»Es ist meine Aufgabe, Ihnen zu helfen«, antwortete sie. »Also, soll ich Sie für drei Uhr zur Besprechung eintragen, oder soll ich einen Anruf arrangieren?« Dann fügte sie hinzu: »Ich werde nicht hier sein, Sie brauchen also keine Angst zu haben, Wilson.«

»Angst wovor?«, wollte er fragen, doch das würde bloß ausweichend klingen. Darum sagte er: »In dem Fall bin ich für die persönliche Besprechung.«

Ehe er auflegen konnte, sagte sie: »Nur noch zwei Dinge, Wilson. Bitte versuchen Sie, diesmal pünktlich sein. Und *bitte* geben Sie ihm nicht die Hand.«

»Wird gemacht«, sagte er und legte auf.

Er ging zum Bett und ließ sich auf das zerdrückte Laken sinken. Die Situation war anscheinend nicht so leicht zu begreifen. Was hätte Barton mit diesem Schlamassel getan?, überlegte er. Doch er kannte die Antwort schon. Barton würde das Projekt noch schneller vorantreiben. Das beseitigte viele Unbekannte, und das war das Wichtigste. Wilson gab es nur ungern zu, aber Jaspers Plan, den Start vorzuverlegen, schien goldrichtig sein.

Wilson drehte den Kopf und betrachtete das große abstrakte Ölgemälde, das über seinem Bett hing. Es war düster, viel Dunkelgrau und schweres Braun, nur wenige Lichtpunkte in der Mitte. Er hatte es in einer New Yorker Kunstgalerie entdeckt und sofort an sein Transporterlebnis denken müssen, an die Farben und Bilder, die im Augenblick seiner Reise aus der Zukunft in die Vergangenheit seine Gedanken überschwemmt hatten. Er kaufte das Gemälde damals, um niemals das geistige Chaos zu vergessen oder das Gefühl, wie die fünf Terawatt-Partikelzerstäuber auf ihn feuerten, während er in der Transportkapsel stand. Er dachte an den unerträglichen Schmerz kurz bevor er in einen bodenlosen Abgrund stürzte; Sekunden erschienen wie Stunden oder vielleicht auch umgekehrt, da war er sich nicht so sicher. Sein Bewusstsein wurde auseinandergerissen und über die Zeit verteilt wie Butter auf einem Brot, bevor alles von einer wirbelnden Energie wieder aufgesammelt wurde und er bei Rauch und Feuer rekonstruiert wurde.

Es war die Erfahrung seines Lebens gewesen. Und die würde Randall ebenfalls machen.

31.

KALIFORNIEN, NORDAMERIKA
ENTERPRISE CORPORATION
MERCURY BUILDING, 2. ETAGE
21. JULI 2084
ORTSZEIT: 13.28 UHR
13 TAGE VOR DEM ESRA-TRANSPORT

Wilson saß in seinem Büro und starrte seit fünf Minuten aus dem Fenster. Er nutzte die Gelegenheit und beruhigte seinen Gedankenstrom, indem er in den Wald schaute. Er hoffte, noch einmal einen Marmelalk zu entdecken, doch leider ließ sich keiner blicken. Um nicht ungepflegt und unprofessionell zu erscheinen, hatte er sich rasiert und gekämmt, sogar ein Rasierwasser benutzt.

Als Randall hereinkam, musterte er ihn mit seltsamem Gesichtsausdruck. »Aus irgendeinem Grund sehen Sie jünger aus als sonst.«

»Normalerweise hat eine Nacht wie gestern den gegenteiligen Effekt«, bemerkte Wilson. Er wies auf einen Stuhl. »Nehmen Sie Platz, Randall. Wir haben ein paar wichtige Dinge zu besprechen. Erstens: Ist Le Dan gut angekommen?«

»Ja, er ist jetzt da«, antwortete Randall. »Er findet, Sie haben eine schöne Wohnung. Jedenfalls eine schöne Aussicht.«

»Das freut mich.«

»Ich bin Ihnen wirklich dankbar, dass Sie ihn aufnehmen«, sagte Randall.

»Nicht der Rede wert. Ganz bestimmt ist das bloß ein Missverständnis, das sich bald aufklärt.« Er fuhr sich nervös durch die Haare, da er beschlossen hatte, Randall mitzuteilen, dass der

Esra-Transport vorgezogen würde. »Ich möchte Ihnen über Barton Ingerson erzählen, den ehemaligen Teamleiter, der mich damals für den Jesaja-Auftrag ausgewählt hat.«

Randall lächelte höflich. »Ein bisschen weiß ich schon über ihn.«

»Er war ein erstaunlicher Mann«, begann Wilson. »Er ist es, der den verborgenen Text in den alttestamentarischen Schriften entdeckt hat. Ganz allein hat er die Entschlüsselung bewerkstelligt, ohne Hilfe des Data-Tran-Computers, um die Sache geheim halten zu können. Wichtig daran ist, dass Barton alles getan hat, um das Projekt voranzutreiben. Vom ersten Tag an, da er erkannte, dass es den verschlüsselten Auftrag gibt, verfolgte er nur ein Ziel: ihn auszuführen. Zwei Jahre lang hat er allein daran gearbeitet und die Zeitreiseapparate gebaut, während er vorgab, die Relativitätstheorie beweisen zu wollen.«

»Wie man hört, ist er ein Querdenker gewesen«, sagte Randall.

»Er war der ehrbarste Mensch, dem ich je begegnet bin«, erklärte Wilson. »Wussten Sie, dass ich ihn erst zwei Wochen vor meinem Transport kennengelernt habe?«

»Ich hatte keine Ahnung, dass die Zeit so kurz war.«

»Ja, nur zwei Wochen. Das kam, weil uns die Zeit davonlief, denn die Versuche zur Relativitätstheorie sollten eingestellt werden, und Barton musste ein paar schnelle Entscheidungen treffen, sonst wäre es mit der Jesaja-Mission vorbei gewesen.«

»Und da hat er Sie ausgewählt?«, fragte Randall.

Wilson nickte. »Ich hatte die natürlichen genetischen Voraussetzungen. Und Barton entschied, dass ich der Aufseher sein sollte. Als ich departikelisiert wurde, wusste niemand, dass ich diesen speziellen Auftrag hatte. Nur Barton und ich kannten die Wahrheit.«

Randall lehnte sich zurück. »Unglaublich, dass alles so gekommen ist.«

»Das beweist eines«, schloss Wilson, »nämlich dass Vorbereitung nicht alles ist. Die innere Einstellung und Konzentration sind viel wichtiger. Das habe ich von Barton gelernt. Und ich kann Ihnen versichern, dass seine Weisheit mir durch den ganzen Stress des Unternehmens geholfen hat, bei jedem Schritt. Ich kam in der Vergangenheit an und fand das totale Chaos vor – so kam es mir jedenfalls vor. Und ich hatte niemanden, dem ich vertrauen konnte.«

»Trotzdem waren Sie erfolgreich.«

»Durch meine innere Einstellung und Konzentration«, erklärte Wilson. »Und das wird sich auch bei Ihrer Mission bewähren. Haltung und Konzentration. Wir haben es nicht mit normalen Umständen oder mit einem Spiellevel zu tun. Die Chancen stehen immer gegen den Aufseher, doch zum Ausgleich hat er die nötige Information, um seine Umgebung zu lenken.«

»Wieso habe ich das Gefühl, dass Sie eine schlechte Neuigkeit für mich haben?«

»Ob sie schlecht ist, hängt von Ihrer inneren Einstellung ab.« Wilson holte tief Luft. »Um den Erfolg Ihrer Mission zu gewährleisten, muss der Transport schon am 28. Juli erfolgen. In sieben Tagen also.«

Randall saß bloß da.

»Wir haben keine andere Wahl.«

»Warum muss er vorgezogen werden?«

»GM will den Auftrag ändern«, antwortete Wilson vorsichtig. »Er glaubt, es gibt andere Projekte, die wichtiger sind.« Näher wollte Wilson darauf nicht eingehen. »Darum müssen wir vorsichtig sein. Aus eigener Erfahrung weiß ich, dass Erfolg oder Katastrophe allein davon abhängen, ob man sich ohne abzuweichen an den Auftragstext hält.«

Randall schwenkte seinen Drehstuhl zum Fenster hin und schaute nach draußen in den schattigen Wald. »Ich bin mir nicht einmal sicher, ob ich überhaupt so eine Reise antreten will«, sagte er leise. »Klar, Sie haben es getan. Aber wie kann ich wirklich sicher sein, dass ich der Mensch bin, der diesen Auftrag ausführen soll? Hier sind so viele Faktoren im Spiel. Leute müssen manipuliert werden … und der Lauf der Geschichte muss gelenkt werden.« Er wurde lauter. »Ich meine, um Himmels willen, Wilson! Der Aufseher wird Armeen – viele Tausend Männer – in die Schlacht führen. Da wird Geschichte gemacht. Können Sie sich die Konsequenzen vorstellen, wenn ich versage? Ich weiß nicht, ob ich dem wirklich gewachsen bin.« Randall sah plötzlich sehr müde aus. »Vielleicht sollte man Sie schicken. Sie haben es schon einmal geschafft. Sie wissen, was auf Sie zukommt.«

»Bleiben Sie optimistisch«, riet Wilson. »Sie sind ausgewählt worden. Und offen gestanden, Sie sind tausendmal besser geeignet, als ich es damals war, und hundertmal besser vorbereitet.« Wilson dachte an die Instruktionen, die Le Dan seinem Schüler gegeben hatte, und an das jahrzehntelange Training. Randall Chen war in jeder Hinsicht außergewöhnlich. In vielem fühlte Wilson sich ihm mächtig unterlegen. Schließlich war es nur seine Omega-Programmierung, die ihn von anderen Menschen unterschied – und die hatte er nur aufgrund einer illegalen Operation.

»Ich versuche es ja«, sagte Randall, der sichtlich mit seinen Zweifeln rang. »Aber manchmal fällt mir das schwer, muss ich gestehen.«

Darauf sagte Wilson genau das, was Barton ihm entgegengehalten hatte: »Ich bin überzeugt, dass Sie der Mann für diesen Auftrag sind. Das würde ich nicht sagen, wenn es mir nicht ernst wäre.«

Randall fing unvermittelt an zu lachen. »Wissen Sie, es ist wirklich komisch, wie wir beide darüber reden, in eine andere Zeit und ein völlig anderes Land zu reisen. Ich soll Cixi und Lord Elgin treffen, ihnen meinen Willen aufzwingen. Wenn ich es nicht besser wüsste, würde ich sagen, das ist alles ein schlechter Scherz.«

Wilson erinnerte sich lächelnd, wie es ihm gegangen war, als er versuchte, sich mit seinem Auftrag abzufinden. »Ich war überzeugt, diese Partikelzerstäuber nehmen mich auseinander und aus dem Zusammensetzen würde dann nichts werden. Können Sie sich das vorstellen? Und ich hatte wirklich Angst vor Schmerzen. Ich weiß noch, wie ich Barton gefragt habe, ob es wehtun wird, wenn der Zeitreiseprozess beginnt. Und er meinte: Nein, das tut nicht weh. Aber wie hätte er das überhaupt wissen sollen?«

Randall und Wilson fingen an zu kichern.

Randall bezwang seine Heiterkeit. »Und? Hat es wehgetan?«

»Es waren die schlimmsten Schmerzen, die ich je ertragen musste!«, antwortete Wilson und brach in ungehemmtes Lachen aus. Schließlich seufzte er. »Aber davon mal abgesehen sind Sie in einer viel besseren Position, als ich es war.«

»Das kommt mir allmählich auch so vor«, sagte Randall bloß noch grinsend.

»Um ehrlich zu sein, mein Leben war festgefahren, und ich fand, ich hatte nichts mehr zu verlieren«, gestand Wilson.

Plötzlich war Randall wieder ernst. »Bei allem Respekt, Wilson, so verhalten Sie sich ständig. Dabei haben Sie so viel erreicht.«

Wilson schaute zum Wald. »Es ist wohl ein Stück von mir in der Vergangenheit geblieben, als ich hierher zurücktransportiert wurde. Und seitdem habe ich Geschmack daran gefunden, meine Grenzen auszutesten. Aber wie gesagt, Sie sind der bessere Aufseher. Sie haben alle Fähigkeiten und die Ausbildung, um den Auftrag zu einem erfolgreichen Ende zu bringen. Ich glaube sogar, dass Ihre Vorbereitung gar nicht besser sein könnte.«

»Ich hatte viel mehr als zwei Wochen«, bestätigte Randall nachdenklich. »Also gut. Wer vom Team weiß, dass der Start vorgezogen wird?«

»Andre weiß es. Und Davin wird es bald herausfinden. Ich

bin mir nicht sicher, wer noch einbezogen wird, wichtig ist aber, dass wir Jaspers volle Unterstützung haben.«

»Sie und Jasper stimmen überein?«, hakte Randall erstaunt nach. »Das ist wohl eine echte Premiere, nach allem, was ich höre.«

»Das zeigt, dass wir offenbar das Richtige tun.«

Randall wirkte nun schon ruhiger, und Wilson schwieg eine ganze Weile, ehe er ein anderes Thema anschnitt. »Ihnen ist klar, dass Cixi vielleicht versuchen wird, Sie zu verführen?«

Randall tauchte aus seinen Gedanken auf. »So steht es im Auftragstext.«

»Sie müssen aus Ihrer Erfahrung von gestern Nacht lernen, Randall. Wie die Geschichte zeigt, war es eine ihrer großen Fähigkeiten, Männer anzuziehen, wenn sie etwas von ihnen wollte. Ich stelle nur das Offensichtliche fest. Sie müssen jederzeit einen klaren Kopf behalten. Besonders in ihrer Gegenwart. Nach allem, was ich über sie gelesen habe, ist sie eine außergewöhnliche Frau mit außergewöhnlichem Ehrgeiz. Sie müssen gegen ihre Offerten gewappnet sein und sich auf die vorliegende Aufgabe konzentrieren. Wenn Sie ihr begegnen, wird Ihre Mission fast erfüllt sein. Richten Sie den Blick auf das Licht am Ende des Tunnels, und lassen Sie sich nicht ablenken.«

Randall biss sich auf die Unterlippe. »Ich verstehe.«

»Sie müssen alles anwenden, was Sie gelernt haben, alles über Machtentfaltung und Selbstbeherrschung. Der Umgang mit Cixi ist der schwierigste Teil der Aufgabe.«

Randall atmete tief durch. »Keine Sorge, Wilson. Ich werde schon mit ihr fertig. Und ich habe aus dem gestrigen Abend tatsächlich etwas gelernt. Es ist seltsam, aber offenbar ist die Sache mit Claudia aus einem bestimmten Grund passiert.«

»Solche Zufälle sind eine gute Sache«, sagte Wilson. »Sie bedeuten im Allgemeinen, dass Sie auf dem richtigen Weg sind.« Nach einem Blick auf seinen Handheld sagte er: »Kommen Sie, gehen wir etwas essen.«

»Ich habe eigentlich keinen Hunger«, sagte Randall.

Wilson zog ihn aus seinem Stuhl. »Sie müssen bei Kräften bleiben, das hat oberste Priorität. Gesundes Essen, gesunder Körper.«

»Gestatten Sie eine neugierige Frage, Wilson. Warum haben Sie Lara nicht mit zu sich genommen? Sie hätte es sichtlich gern getan.«

Sofort sah er Minerva vor sich und tat sein Bestes, um das Bild zu verscheuchen. »Ehrlich gesagt, ist sie nicht mein Typ.«

»Wie kann sie nicht Ihr Typ sein? Sie ist verlockend und war bereit, alles zu tun, um Sie glücklich zu machen.«

Wilson drückte auf den Fahrstuhlknopf. »Nennen Sie es verrückt, aber es kam mir nicht richtig vor. Die Mädchen handelten im Auftrag; wie der aussah, weiß ich nicht. Aber ich wollte auf keinen Fall dabei mitmachen.« Um von dem Thema wegzukommen, fragte er: »Wenn Le Dan wüsste, was Ihnen bevorsteht – und wenn Sie ihm die Wahrheit sagen dürften –, was meinen Sie, wie sein Rat lauten würde?«

Sie betraten den Aufzug.

»Das habe ich mich auch schon gefragt«, sagte Randall und starrte geradeaus. »Vermutlich so etwas wie: Das Wesen deiner Reise ist wie ein Pfad, auf dem du wandelst. Bei jedem Schritt wird der Pfad beschwerlicher werden, doch betrachte das nicht als gemeine Auflehnung gegen dein Ziel. Der Pfad trägt nur seinen Teil bei.«

Wilson fühlte sich plötzlich wie im freien Fall. Ob das von dem ruckartigen Anfahren des Aufzugs kam oder von dem gerade gehörten Satz, war ihm nicht ganz klar. Doch so oder so, die Esra-Mission war in sehr guten Händen.

32.

Peking, China
Verbotene Stadt
Palast der Gesammelten Eleganz
26. September 1860
Ortszeit: 7.27 Uhr
Unternehmen Esra – Tag 207

Das große Feuer war bis auf die Glut heruntergebrannt. Daher war es in dem großen Saal recht kalt. Während der langen Nachtstunden kühlte die Luft bereits beträchtlich ab.

Sowie Randall wach wurde, quälten ihn Schuldgefühle. Erschrocken richtete er sich auf und spähte durch den leeren Raum. Dann sah er auf das zerknitterte Laken, wo Cixi gelegen hatte.

Seltsam, dass ihn Angst durchfuhr, als er sah, dass er allein war. Er dachte sofort daran, was er getan hatte. Ihm war so eng in der Brust, dass er kaum atmen konnte. Er hatte fast gegen alle Regeln verstoßen, die er mit Wilson zusammen aufgestellt hatte. Die Erinnerung an den Abend war wie ein schlechter Traum, was ihn betraf, ein totales Versagen, und kurz betete er, er möge erwachen und feststellen, dass seine Torheiten nicht Wirklichkeit waren. Aber natürlich war ihm klar, dass er mit seinen Verstößen würde leben müssen.

Als er die Decke zurückschlug, spürte er die schneidende Kälte auf der nackten Haut. Dann roch er den Duft von Cixis Säften, der mit seiner Körperwärme aufstieg. Sein Albtraum war mit verlockenden fleischlichen Genüssen gepolstert, und trotz seiner augenblicklichen Angst verlangte es ihn nach mehr. Während er seine Kleider in sämtlichen Ecken suchte, dämmerte ihm, dass Cixi sie mitgenommen haben musste. Stattdessen fand er eine grüne Uniform, wie sie die Eunuchen der Palastwache trugen. Da ihm einleuchtete, dass er sich tarnen musste, solange er sich in der Verbotenen Stadt aufhielt, zog er die weiten Baumwollhosen an und band sie an der Hüfte zu. Die Sandalen hatten an der Ferse zwei lange Schnüre aus schwarzem Segeltuch. Die schlang er sich um die Waden und verknotete sie unter dem Knie. Da lag auch ein weißes Unterhemd, das ihm kaum passte. Darüber zog er das grüne Baumwollhemd mit den weiten Ärmeln und dem Stehkragen. Die Knöpfe verliefen an der rechten Schulter entlang und die Seite hinab.

Nachdem er die schwarze Samtkappe aufgesetzt hatte, ging er auf die rote Tür des Palastes zu, und dabei kam ihm der Gedanke, dass er außer dem Kaiser der erste intakte Mann war, der hier eine Nacht verbracht hatte. Und er hatte mit der Gemahlin des Kaisers geschlafen. Dann korrigierte er sich: Er hatte sie mit Gewalt genommen.

Sowie er in den Hof trat, der an den Garten grenzte, ging er in zügigem Tempo auf das Rückgrat der Stadt zu, den Palast der Himmlischen Reinheit. Seine Chancen, Cixi dort zu finden, standen gut, da sie dort jeden Morgen meditierte.

Der Himmel war wolkenlos blau; auch die Nacht war klar und darum kalt gewesen. Im Garten hingen Nebelschwaden zwischen den Bäumen, die sich während der nächsten Stunde auflösen würden, sobald die Sonne über die hohen Mauern stieg und die Verbotene Stadt mit ihrem spätherbstlichen Glanz streifte.

Es tat gut, die frische Morgenluft in der Nase zu haben, und Randall lief auf die mittlere Tür zu, um sich dann vom Blumengarten weg nach Süden zu wenden. Ringsherum lagen unermessliche Schätze: massiv goldene Statuen flankierten die Tore, Tausende kostbarer Teppiche lagen in den Palästen, Hunderttausende Vasen schmückten Sockel und Bänke. Schnitzwerk aus Jade gab es tausendfach, manche Stücke zweihundert Pfund schwer, desgleichen kalligrafischen Wandschmuck. Und dann die Uhren – es gab so viele Uhren. Randall erinnerte sich, dass Kaiser Qianlong vom Messen der Zeit fasziniert gewesen war und darum diese Präzisionsinstrumente aus aller Welt gesammelt hatte.

Und es gab zahllose Dokumente – das Wissen aus viertausend Jahren chinesischer Geschichte lag in den Bibliotheken. Dies war in der Tat eine Stadt von sagenhaftem Reichtum, der in den zehntausend prachtvollsten Gebäuden der Welt untergebracht war.

Auf seinem Weg sah Randall keine Menschenseele, genau wie am Abend zuvor. Lautlos, dank der weichen Sohlen, sprang er die weißen Stufen des Palastes hinauf. Erleichtert sah er Cixi im Lotossitz mit dem Gesicht zur Sonne dasitzen. Sie hielt den Rücken gerade, die Augen geschlossen.

»Ihr hättet mir sagen sollen, dass Ihr mich allein lasst«, sagte Randall und glaubte, sie würde zusammenzucken.

Doch Cixi rührte keinen Muskel – ihre Augen blieben geschlossen, das Gesicht entspannt. »Eure Unverforenheit ist groß, wenn Ihr durch die Verbotene Stadt lauft, als wäre sie Euer Eigentum.«

»Ihr hättet mir sagen sollen, dass Ihr mich allein lasst«, wiederholte Randall.

»Ein Gefangener sagt seinem Wärter nicht, wann er zu fliehen beabsichtigt. Warum sollte ich es also tun?«

»Ihr seid nicht meine Gefangene«, widersprach Randall grimmig lächelnd. »Es verhält sich wohl eher andersherum.«

Cixi machte die Augen auf, ihr Blick war bereits auf ihn gerichtet. »Ihr habt meinen Körper mit Gewalt genommen, Randall Chen. Beleidigt mich nicht mit Euren Ängsten. Ihr seid ein Mann, der sich nimmt, was er begehrt, ungeachtet der Folgen.«

Ihr wolltet mich!, dachte er spontan, doch er verkniff es sich zu sagen, denn dafür würde sie ihn verspotten. Stattdessen schlug er den Blick nieder und erwiderte: »Ich bin ein Mann.«

Cixi schloss die Augen. »Und alle Männer sind schlecht, mit Ausnahme des Himmlischen Prinzen. Er stellt sein Land und sein Volk über alles andere, auch über sein eigenes Wohlergehen.«

»Wie Ihr, Edle Kaiserliche Gemahlin«, sagte Randall. Eine Träne rollte über ihre rechte Wange, und Randall verließ die Kraft. »Ich bereue, was ich getan habe«, flüsterte er.

»Ihr habt meinem Körper und meiner Seele Gewalt angetan«, sagte sie leise.

Randalls Schuldgefühl breitete sich in ihm aus wie ein Krebsgeschwür, bis keine Selbstachtung mehr übrig war.

»Und die ganze Zeit habt Ihr gewusst, dass der Vormarsch unserer Feinde weitergeht.«

»Hat Elgin einen Angriff eingeleitet?«, fragte er ungläubig.

Cixi riss die Augen auf und sah ihn hasserfüllt und verächtlich an. »Ihr habt mich auf die schlimmste Weise betrogen«, fauchte sie. »Während Ihr meinen Körper nahmt, ist Euer Verbündeter, Lord Elgin, mit seinen Truppen bis auf drei Kilometer an diese Mauern herangekommen. General Palu hat tausend Männer geschickt, um zu verhindern, dass die Franzosen und Briten Geschützstellungen einrichten. Doch seine Tataren wurden mit Gewehren großer Reichweite angegriffen. Wer nicht getötet wurde, floh zur Stadt zurück.«

»Ihr müsst eingreifen«, drängte Randall. »Wenn die Alliierten wirklich bis auf die Reichweite ihrer Kanonen herangekommen sind, dann ist die Lage ernster, als ich dachte.«

»Ihr habt behauptet zu wissen, wie wir sie besiegen können!«, erinnerte sie ihn zähneknirschend. »Doch mir scheint, Ihr versteht Euch am besten darauf, meine Position zu schwächen und die des Qing-Reiches.«

Randall nahm vor ihr die Zenhaltung ein. »Ich bin hier, um Euch zu dienen, Edle Kaiserliche Gemahlin. Das schwöre ich bei meinen Vorfahren. Ich habe Euch gestern Nacht Unrecht getan und werde Euch nie wieder verärgern.« Er begann mit den hundertacht Bewegungen der Holzpuppe und deklamierte die Worte seines Meisters Le Dan. »Tao … Tien … Dee … Gian … Far.« Dazwischen atmete er tief durch.

Weg … Himmel … Erde … Führung … Recht.

»Das sind die Grundsätze, nach denen ich lebe«, deklamierte er weiter und brachte jedes Wort zum Schwingen.

Cixi verfolgte staunend die meisterliche Ausführung. Solche Präzision hatte sie noch nicht gesehen, obwohl sie schon ihr Leben lang mit der Kampfkunst vertraut war. Der Kaiser hatte viele Eunuchenkrieger ausgebildet, die nur für drei Zwecke lebten: dem Kaiser zu gehorchen, in seinem Namen zu töten und die Konkubinen vor intakten Männern zu schützen. Sie widmeten also ihre ganze Zeit der Kampfkunst. Doch selbst bei ihnen hatte Cixi noch nie solche Kraft und Schönheit gesehen wie hier.

Während der nächsten fünfzehn Minuten absolvierte Randall seine Übungen, dann verbeugte er sich vor ihr. »Meine Fähigkeiten stehen Euch sämtlich zur Verfügung«, sagte er. »Ich stehe an Eurer Seite und werde Euch helfen, die Verbotene Stadt zu schützen. Ich werde dafür sorgen, dass Tung Chi den Drachenthron besteigt.«

Cixi erhob sich. Die Sonne schien ihr ins Gesicht. Ihr schwarzes Haar bildete einen starken Kontrast zu dem leuchtenden Zinnober der Wand hinter ihr. Schließlich sagte sie: »Wir befinden uns in einer düsteren Lage, Randall Chen. Welcher sollte unser nächster Zug sein?«

»Ihr müsst Prinz Kung anweisen, eine weiße Flagge zu Lord Elgin zu schicken, und mit der weißen Flagge einen eigenhändigen Brief von Euch. Darin solltet Ihr Lord Elgin Folgendes androhen: Wenn auch nur ein Geschoss in die Stadtmauer Pekings einschlägt, werden, ehe das zweite trifft, Harry Parkes und sein Gefolge einen qualvollen Tod sterben. Ferner muss da stehen, dass der Sohn des Himmels zu einem Waffenstillstand bereit ist, wenn Franzosen und Briten die Taku-Festungen sofort zurückgeben und China verlassen.«

»Das ist eine lächerliche Forderung«, sagte Cixi. »Das werden sie niemals tun.«

»Das ist eine gute Taktik«, widersprach Randall. »Solch ein Ultimatum wird ihn erst einmal lähmen.«

»Es könnte auch seine Geduld überspannen, sodass sie reißt wie ein morscher Faden. Dann greift er die Stadt sofort an«, gab sie zu bedenken.

Randall näherte sich ihr auf leisen Sohlen. »Ein Anführer muss alles abwägen, bevor er in die Schlacht zieht. Und vor allem muss er die Position des Feindes berücksichtigen, indem er sich vorstellt, was er in dessen Lage tun würde. Dagegen wird er dann handeln. Wenn wir völliges Selbstvertrauen an den Tag legen, wird Lord Elgin unsere Position im Nachhinein anzweifeln, und ohne mich an seiner Seite wird er verdutzt und handlungsunfähig sein. Er kann nicht wissen, wie stark oder schwach die Abwehr der Stadt ist. Er hat keine Ahnung. Und er wird fürchten, dass ich bei Euch bin und im Gegenzug *seine* Schwäche vorführe.«

Cixi nickte kaum merklich. »Ich verstehe Euren Plan. Aber wenn wir so stark sind, warum teilen wir ihm dann mit, dass Harry Parkes im Falle eines Angriffs getötet wird?«

»Das ist unsere Versicherungspolice«, erklärte Randall. »Und vor allem verschafft das unserem Anschein von Stärke Glaubwürdigkeit. Denn genau das würde Lord Elgin an unserer Stelle tun.«

»Wenn dieser Plan so hervorragend ist, warum haben wir ihn dann nicht gestern in die Tat umgesetzt, bevor sich die Barbaren der Stadtmauer so weit näherten, dass sie dagegenspucken können?«

»Ich habe nicht geglaubt, dass sie so weit gehen würden«, gab Randall zu. »Es ist sein Tun, das unseres vorantreibt. Wäre er noch weiter weg, würde uns der Plan als Schwäche ausgelegt werden. Aber dass wir ihn so dicht haben herankommen lassen, ehe wir unsere Karten aufdecken, ist für uns von Vorteil. Bitte bedenkt dabei, Edle Kaiserliche Gemahlin, dieser Plan wird uns nicht den Sieg bringen – er verschafft uns nur Zeit, damit die Gefangenen gesund werden können, ehe wir sie zu Elgin zurückschicken. Erst dann können die Verhandlungen beginnen und ein erfreuliches Ergebnis für Euch und das Reich erzielt werden.«

»Woher weiß ich, dass ich Euch trauen kann?«, fragte sie.

»Ihr habt gesagt, ein Mann, der nichts will, ist nicht vertrauenswürdig.« Randall nickte. »Ich habe Euch gestern Nacht viel über mein Verlangen verraten. Doch ich bin noch aus anderen Gründen hier. Ich muss die Herrschaft der Qing erhalten, als Krieger und Taktiker, der auf Euer Geheiß handelt. Ihr müsst mir dabei vertrauen. Ich muss mein Ziel erreichen, eher kann ich nicht von hier fort.«

Cixis Gesicht blieb unbewegt.

»Ihr habt gespürt, was gestern Nacht zwischen uns war«, sagte Randall. »Ihr habt mehr gespürt als einen dominanten Mann. Uns verbindet etwas, was ich selbst nicht ganz verstehe – ich will es Loyalität nennen. Ihr wisst, ich bin nicht hier, um Euch zu verletzen oder zu betrügen – das wisst Ihr jetzt mehr denn je. Und darum werdet Ihr Prinz Kung die Anweisung geben, die ich genannt habe. In der Zwischenzeit werde ich Harry Parkes besuchen und ihm erklären, was er tun muss, wenn er am Leben bleiben will.«

»Mir bleibt nichts anderes übrig, nicht wahr?«, stellte Cixi fest. »Ihr seid im Augenblick unserer größten Schutzlosigkeit hierhergekommen. Ich bin in Eurer Hand und offenbar auch die Stadt.«

»Und ich werde Euch nicht im Stich lassen.«

Cixi verbeugte sich vor ihm. »Ehe wir die bevorzugte Halle des mächtigen Kangxi, Großvater des mächtigen Qianlong, verlassen, habe ich noch etwas zu sagen. Eure Herrschaft über mich in der vergangenen Nacht war Kraftvergeudung. Ich weiß, dass ein Mann sich nimmt, was er kann, wenn er die Macht dazu hat. Wie wir beide wissen, ist es die Aufgabe einer kaiserlichen Gemahlin, in erster Linie dem Drachenthron zu dienen. Aber merkt Euch eines, Blauäugiger: Ihr werdet von jetzt an Abstand wahren. Ihr könnt mich nicht nehmen, wie es Euch beliebt, ganz gleich, wie Ihr darüber denkt. Ich werde Euch bis zum letzten Atemzug abwehren und verhindern, dass Ihr mich je wieder berührt.«

33.

Peking, China
Verbotene Stadt
Garten Qianlongs
26. September 1860
Ortszeit: 22.27 Uhr
Unternehmen Esra – Tag 207

Ihn zu verführen war leichter gewesen, als Cixi sich vorgestellt hatte. Jetzt war er Wachs in ihren Händen; so groß waren seine Gewissensbisse. Sie hatte ihre Rolle perfekt gespielt, doch es blieb noch viel zu tun. Warum dieser Mann ihr half, war nach wie vor ein Rätsel. Doch mit der Zeit, wenn sie ihre erotischen Listen weiter anwandte, würde sie die Geheimnisse seiner Vergangenheit aufdecken und seine wahren Motive enthüllen.

Nicht eine Sekunde lang schloss sie aus, dass er auch ein Spion der Briten sein könnte. Doch mit dem fortschreitenden Zusammenspiel fand sie es immer unwahrscheinlicher, dass Lord Elgin Gewalt über den Blauäugigen hatte. Der war ein gut aussehender Mann, ein ausgebildeter Kämpfer und ein begabter Taktiker. Und er schien Skrupel zu haben – wenn sie auch gebrochen werden konnten durch ihr erotisches Entgegenkommen. Wenn sie dazu noch seine erstaunliche Kenntnis der Zukunft betrachtete, war es noch unwahrscheinlicher, dass der hochmütige, dumme Lord Elgin die Fähigkeit oder Gerissenheit haben sollte, ihn zu lenken.

Sich selbst dagegen gestand sie das Talent zu, dieses schöne, gefährliche Geschöpf für ihre eigenen Ziele einzuspannen. Sie hatte die Macht der Frau auf ihrer Seite – und die war wirksamer als vieles andere. Cixi war der lebende Beweis dafür, eine

Konkubine, die sich zur einflussreichsten Frau der Welt entwickelt hatte.

Und doch ermahnte sie sich, nicht zu selbstsicher zu handeln. Sie sollte auf Verrat vorbereitet sein, wie immer, und sich absichern, wo es möglich war, für den Fall, dass die Dinge nicht waren, wie sie schienen.

Auf ihrem Weg zur Halle der Friedvollen Langlebigkeit überquerte sie den gewundenen Graben auf der mittleren Brücke. Die gekrümmte Brücke war aus weißem Marmor gebaut, und zwei Einhornköpfe bildeten die dicken Pfeiler an den Enden. Cixi hatte es nicht eilig. Sie nahm sich einen Moment Zeit und blieb auf dem höchsten Punkt der Brücke stehen, um ihr Spiegelbild auf dem Wasser zu betrachten. Um elf Uhr wollte sie Prinz Kung treffen, und wie immer war sie frühzeitig unterwegs. Zeit zum Nachdenken war wichtig, wenn sie unter Druck stand. Darin versagten die meisten, wenn unter ihnen das Feuer angefacht wurde. In ihrem hastigen Bemühen, die Lage zu verbessern, versäumten sie das Nachdenken.

Der Westliche Palast war für die Eunuchen wieder geöffnet worden, damit sie darin ihren Pflichten nachgehen konnten. Cixi hatte Randall eingeschärft, mit niemandem zu sprechen, damit ihn seine tiefe Stimme nicht verraten konnte. Ihm war der Zugang zu fast jedem Bereich gestattet, außer zu den drei Hallen der Harmonie, den höchstrangigen Gebäuden der Verbotenen Stadt. Seine Anwesenheit könnte ungewollte Aufmerksamkeit erregen, da Palastwachen nur ganz selten dort anzutreffen waren. Sie hatte ihm auch das entsprechende Kurzschwert gegeben, das er am Rücken tragen sollte. Es war ihr nichts anderes übrig geblieben, als ihm die Waffe zu geben, doch sie hielt ihn auch ohne Schwert für einen tödlichen Kämpfer. Das Risiko hatte sich also nicht wesentlich vergrößert.

Als sie den Garten Friedvoller Langlebigkeit betrat, wurde ihr Blick von dem schimmernden See angezogen, der zwischen den Bäumen und Herbstblumen hindurch zu sehen war. Er lockte ein Lächeln auf ihre Lippen. Jedes Jahr am Neujahrstag bewirtete der Kaiser die Adligen, Minister und Konkubinen in diesem Garten, wie der mächtige Qianlong es bestimmt hatte. Hunderte Schalen wurden mit Wein gefüllt und aufs Wasser gesetzt. Wenn die treibende Schale vor einem Halt machte, war man aufgefordert, daraus zu trinken und dann ein Gedicht aufzusagen. Bei einem dieser Feste war der Sohn des Himmels zum ersten Mal auf sie aufmerksam geworden. Ihr Gedicht war so schön gewesen – ein Qing-Klassiker – und ihr Vortrag so leidenschaftlich, dass sie alle Zuhörer sprachlos machte.

Ihr Gedankengang wurde unterbrochen, als Prinz Kung aus der großen Halle kam. Sein Gesicht war blass vor Angst, sein Drachengewand flatterte bei seinen eiligen Schritten. »Ist die Nachricht vom Angriff der roten Teufel schon zu Euch gedrungen, Edle Kaiserliche Gemahlin?«

Cixi verzog keine Miene. »Ja, ich hörte davon.«

»Wir müssen schleunigst fliehen!«, drängte der Prinz.

»Wir gehen nirgendwohin«, widersprach sie resolut. »Ihr müsst das einsehen: Wenn wir fliehen, werden die roten Teufel einmarschieren und die Leere füllen, die wir hinterlassen. Das Reich ist dann verloren. Aber habt keine Angst, mein Bruder. Ich habe einen Plan, der den barbarischen Angriff lange genug hinauszögert, dass wir die verbliebenen Gefangenen bei guter Gesundheit zurückgeben können.«

»Aber das sollten wir nicht tun!«, riet Prinz Kung heftig. »Ihre Gefangenschaft ist das Einzige, was die ausländischen Horden abhalten wird, über die Stadt herzufallen.«

Sie legte ihm sanft die Hand auf die Schulter. »Beruhigt Euch, mein Bruder. Ihr werdet tun, was ich Euch sage, und alles wird gut.« Während der folgenden zehn Minuten erging sich Cixi in allen Einzelheiten über den Brief, der an Lord Elgin zu schreiben sei, und über das Ultimatum, das sie darin stellen wollte.

Genau wie sie gegenüber Randall, betrachtete auch Prinz Kung die Taktik mit Misstrauen, doch Cixi redete auf ihn ein und zerstreute seine Bedenken.

»Bedenkt, dass dieser Krieg nicht gewonnen werden kann, indem man den Feind aufhält, doch mit jedem Augenblick, den wir ihnen abringen, wächst unsere Verhandlungsstärke.«

»Aber wer wird mit den weißen Blutegeln verhandeln wollen?«, fragte Prinz Kung besorgt. »Ich habe nicht den Mut oder die Überzeugung, um sie bei dem zwangsläufigen Kampf um Reparationen zu schlagen.«

»Ich werde bei Euch sein, mein Bruder. Wir werden sie gemeinsam schlagen.«

Der Prinz schaute verwirrt. »Wie soll das möglich sein? Keine Frau, auch keine kaiserliche Gemahlin, darf einem so schmählichen Ereignis beiwohnen.«

»Ich werde da sein. Bleibt ruhig.«

Der Prinz rang ängstlich die schweißnassen Hände. »Die Wölfe ziehen den Kreis um uns enger. Ich kann sie spüren. Die Nacht war kalt und finster, und ich glaube, das war sie, weil der Blauäugige die Nacht in diesen geheiligten Mauern verbracht hat.« Er fing an zu flüstern. »Ihr müsst seine Anwesenheit überdenken, bevor wir erwischt werden oder er uns verrät.«

Cixi hob den Blick zu der prächtigen Fassade des Palastes. Seine schiere Größe und Erhabenheit bewirkte, dass sie sich ihres Tuns noch sicherer war. »Ich habe ihn in meinen Bann geschlagen. Der Mann ist mächtig, doch seine Überlegenheit wurde so sicher gebrochen, wie ich mit scharfer Klinge einen Knoten zerschneide, sodass ich ihn nun lenke.«

»Wie könnt Ihr dessen sicher sein?«, fragte der Prinz.

Cixis Gesichtsausdruck zeigte eine Spur von Arroganz, als sie die flache Hand ausstreckte, dann die Finger zur Faust schloss. »Ich habe weggenommen, was er wollte, und gegen ihn gewendet. Jetzt habe ich ihn in der Hand – er gehört nicht mehr Lord Elgin. Das ist der Grund, weshalb wir an diesem schicksalhaften Tag zuversichtlich sein sollten. Ihr werdet tun, was ich sage, und alles wird gut.«

Die hohe, nach Süden gewandte Tür des Palastes öffnete sich einen Spalt breit. Ein Knabe kam herausgelaufen, sprang die Stufen hinab und über den Hof. Es war Tung Chi, Prinz der Qing und Erbe des Reiches. Er trug einen dicken goldgelben einteiligen Anzug aus Baumwolle und einen Samthut auf dem Kopf. An den Füßen hatte er weiße Lammlederstiefel. Zwei Dienerinnen eilten aus der Tür ihm nach.

»Mutter!«, rief Tung Chi. »Mutter!« Mit strahlendem Gesicht und ausgestreckten Armen rannte er auf sie zu.

Cixi zeigte nicht solche Gefühle. Sie wich bloß einen Schritt zurück, um den Ansturm des Fünfjährigen und seiner Umarmung abzufangen. Sie nahm ihn bei den Schultern und schob ihn ein Stückchen von sich. »Wie oft habe ich dir schon gesagt, dass junge Prinzen nicht herumrennen wie kopflose Hühner im Pferch? Du musst würdevoller sein, mein Sohn.«

Tung Chi sah verwundert zu ihr auf. »Verzeiht, Mutter. Ich freue mich nur so sehr, Euch zu sehen«, plapperte er.

Prinz Kung zog den Jungen an sich, wie um ihn zu beschützen. »Deine Mutter ist hier, um wichtige Neuigkeiten mit mir zu besprechen. Für das Reich ist eine schwere Zeit angebrochen, und deine Mutter ist die Einzige, die uns vor einem furchtbaren Schicksal bewahren kann.«

»Und der Sohn des Himmels?«, fragte Tung Chi seinen Onkel.

»Er beschützt uns alle«, antwortete dieser.

»Der Sohn des Himmels ist zur Zeit nicht hier«, erklärte Cixi. »Aber ich als seine Gemahlin werde meine Pflicht tun.«

Inzwischen hatten die Dienerinnen den Kleinen eingeholt. Sie zogen ihn von Prinz Kung fort und machten sich eilig daran, die Kleider und Haare ihres Schützlings zu richten.

Cixi entlud ihren Zorn. »Ich habe euch hundert Mal gesagt, er muss strenger erzogen werden! Er darf nicht über den

Hof rennen wie ein gewöhnliches Kind! Dieser Knabe ist der nächste Sohn des Himmels, und ich übertrage euch die Pflicht, ihn zu lehren und zu versorgen. Enttäuscht mich nicht noch einmal, sonst könnt ihr für den Rest eurer Tage die Spucknäpfe reinigen.«

»Wir bitten um Vergebung, Edle Kaiserliche Gemahlin«, sagten sie im Chor.

»Tut das nicht noch einmal!«, wiederholte Cixi. »Nehmt meinen Sohn und sorgt dafür, dass er seine Übungen absolviert, wie ich es verlangt habe. Seine Schreibkunst entspricht nicht den Anforderungen. Und sein Lesen auch nicht. Enttäuscht nicht den Knaben, der eines Tages ein Gott sein wird.«

Die Dienerinnen scheuchten den kleinen Prinzen zurück zum Palast, damit er das Lernen fortsetzte. Tung Chi sah sehr traurig aus; er hatte noch nie elterliche Liebe von seiner Mutter erfahren. Vom Augenblick seiner Geburt an war er wie alle Kinder der Konkubinen von Ammen versorgt und nach den Lehren des Hofes erzogen worden. Die Aufgabe der Konkubine nach der Geburt war es, ihren Körper wieder in den Zustand zu bringen, in dem sie den Sohn des Himmels erfreuen konnte.

»Ihr müsst liebevoller mit dem Kind umgehen«, bemerkte Prinz Kung.

Cixis Gesicht nahm einen düsteren Ausdruck an. »Belehrt mich nicht, was das Beste für ihn ist. Ich habe ihn geboren, und ich habe ihm einen Vater gegeben, der ihm ein Leben mit Privilegien und Macht sichert. Darum wird Tung Chi lernen und seine Familie stolz machen. Als der nächste Sohn des Himmels muss er lernen, nichts und niemanden zu sehr zu lieben – nicht einmal mich. Sonst entwickelt er eine Schwäche, die die Seele unserer Nation angreifen kann.«

Prinz Kung seufzte tief. »Aber er ist noch ein Knabe.«

Cixi stand da mit hoch gerecktem Kinn und ernstem Gesicht. »Sprecht nicht noch einmal über meine Mutterschaft, sonst wird sich das zwischen uns stellen.« Sie blickte in die Ferne. »Ihr habt Wichtiges zu tun, mein Bruder. Geht und schreibt den Brief an Lord Elgin, sonst sind die Folgen unabsehbar.«

Unsicher, ob sich ihre Drohung auf die roten Teufel bezog oder auf ihn, falls er versagte, nickte er kapitulierend und eilte davon, um ihrer Forderung nachzukommen.

34.

Peking, China
Tatarenstadt
Kaomio-Tempel
29. September 1860
Ortszeit: 12.24 Uhr
Unternehmen Esra – Tag 210

Randall Chen betrat die großzügigen Räume des Kaomio-Tempels, wo der britische Konsul gefangen gehalten wurde. Parkes stand an dem hohen Fenster, das aus dem zweiten Stock über den Hof blickte, und rauchte lustlos eine Pfeife. In dem lichtdurchfluteten Zimmer standen in einer Ecke ein bequemes Bett und in der anderen eine große Badewanne. Am Fenster befand sich ein Schreibtisch aus Rosenholz, und in der Mitte war ein kunstvoller Esstisch mit allen möglichen Speisen gedeckt. Abendländische Kleidung hing in einem offenen Schrank, und auf dem Fensterbrett lag eine Auswahl an Tabaksorten.

»Ich hab doch gesagt, ich will nichts mehr!«, sagte Parkes ungeduldig, ohne sich umzudrehen. »Also gehen Sie, bevor ich ärgerlich werde!«

Schweigend legte Randall einen Stoß Papier, Feder und Tinte auf den Schreibtisch. Dann sagte er: »Es muss eine sehr angenehme Gefangenschaft sein, wenn Sie hinsichtlich Ihrer Zellenbesucher so furchtlos bleiben.«

Bei der vertrauten Stimme fuhr Parkes herum. Er konnte nicht anders, er musste lächeln, als er Randall in der grünen Kluft der Eunuchengarde sah. »Ich dachte mir schon, dass ich Sie bald wiedersehe. Sind Sie hier, um mich zu retten oder um mich ins Jenseits zu befördern?«

»Weder noch«, antwortete Randall.

Parkes klopfte den überschüssigen Tabak aus der Pfeife und legte sie aufs Fensterbrett. »Ob Verräter oder nicht, ich bin erfreut, Sie zu sehen, alter Freund.«

»Ich freue mich ebenfalls.«

»Seit zehn Tagen halten sie mich schon gefangen«, bemerkte Parkes, »und meine Unterbringung war nicht immer so hübsch wie diese. Ich nehme an, das hat etwas mit Ihnen zu tun?« Er wirkte abgezehrt und erschöpft, daran änderte auch seine ordentliche, saubere Erscheinung nichts.

»Wie kommen Sie darauf?«

Parkes zog sich einen Stuhl ans Fenster und ließ sich müde darauf nieder. »Seit meiner Gefangennahme hatte ich viel Zeit, über alles nachzudenken, Mr. Chen. Und ich muss zugeben, dass meine Gedanken immer wieder bei Ihnen und Ihrem erstaunlichen Weitblick auskamen. Darum stelle ich mir vor, dass das Ihr Werk ist.«

»Nicht ich habe Sie aus dem Gefängnis geholt. Prinz Kung und die Edle Kaiserliche Gemahlin Cixi haben Sie hierher bringen lassen.«

»Sind die anderen am Leben?«, fragte Parkes.

»Leider sind einige der Brutalität der Folter erlegen, aber den meisten geht es gut.«

Bei der Auskunft sah Parkes tieftraurig aus. »Ist Henry Loch am Leben?«

»Auch ihm geht es erfreulicherweise gut.«

»Es war eine abscheuliche Erfahrung im Gefängnis«, sagte Parkes mit düsterer Miene. »Da ist das hier schon ganz etwas anderes, hm?«

»Es gibt einiges, wofür Sie dankbar sein können. Der Kriegsrat empfahl dem Kaiser, Sie und Ihre Leute bis zum Hals einzugraben und den streunenden Hunden zu überlassen, damit sie Ihnen das Gesicht wegfressen.«

»Die Chinesen können sehr grausam sein, wenn sie wollen«,

befand Parkes. »Aber auch mitfühlend. Bitte, danken Sie dem Prinzen und der kaiserlichen Gemahlin für ihre Intervention. Wie es scheint, bin ich nun ihrer Gnade ausgeliefert. Wie alle Qing werden Sie sicher etwas für ihr Mitgefühl verlangen.« Er deutete auf das Schreibzeug.

»Sie verlangen Ihre Hilfe, mehr nicht.«

»Einen Brief an die Königin zweifellos.« Parkes lachte leise. »Mir scheint, Sie sind zur anderen Seite übergelaufen, als es nicht mehr glattlief, Mr. Chen. Was Sie sagen, bestätigt meine schlimmsten Befürchtungen – Lord Elgins Truppen wurden auf dem Schlachtfeld besiegt. Ich habe die Anzahl der Tataren bei Chang Chia-wan gesehen, und die Falle, die für uns aufgestellt war. War die Falle Ihre Idee, Mr. Chen?«

»Ganz im Gegenteil«, erwiderte Randall. »Lord Elgin und Sir Hope haben den umfassendsten Sieg der britischen Geschichte errungen. Senggerinchin und seine Tataren haben auf freiem Feld frontal angegriffen. Sie zählten über fünfzigtausend, die Alliierten hatten nur ein Zehntel davon. Es war eine blutige Begegnung, aber dank überlegener Taktik und Feuerkraft hat Lord Elgin gesiegt.«

Parkes war bass erstaunt. Er konnte nicht glauben, was er hörte. Er stand von seinem Stuhl auf. »Wir haben gesiegt?«

»Es war der größte Sieg aller Zeiten.«

Parkes drehte sich zum Fenster um und schaute in den Hof, wo gut zwanzig Wachen standen. »Wir haben gesiegt«, flüsterte er verwundert. Dann lachte er, bis ihm die Vernunft sagte, dass er seine Freude nicht so deutlich zeigen sollte. Er wandte sich Randall wieder zu. Seine Augen sprühten vor Leben, als wäre seine Seele von den Toten erweckt worden. »Wie war das möglich?«

Randall ging nun auch ans Fenster und sah nach draußen. »Weil ich Lord Elgin und Sir Hope gesagt habe, was zum Sieg nötig ist.«

»Sie waren während der Schlacht bei ihnen?«

»Sir Hope und ich Seite an Seite.«

»Ich kann es immer noch nicht glauben!«, rief Parkes aus und schlug sich an die Stirn. »Ich bin ja so froh«, fügte er seufzend hinzu. »Ich hatte befürchtet, wir seien mühelos besiegt worden, und man werde mich jetzt gesund pflegen, damit ich zu meiner Hinrichtung gehen kann. Ich weiß, dass es den Chinesen lieber ist, wenn ihre Gegner kräftig sind, weil sie dann die Folter länger überleben, bevor man sie schließlich umbringt.«

»Dass die Alliierten die Schlacht gewonnen haben, garantiert nicht Ihre Sicherheit«, klärte Randall ihn auf. »Ganz im Gegenteil.«

»Welche Rolle spielen Sie denn nun in diesem Stück, Mr. Chen?«, verlangt Parkes barsch zu wissen. »Sie scheinen seit dem großen Ereignis ja weit herumgekommen zu sein.«

»Mein Bündnis mit Lord Elgin ist beendet«, erklärte Randall. »Ich hatte ihm versprochen, seine Verbände unter geringen Verlusten bis an die Stadtmauer Pekings zu führen und dafür von ihm verlangt, die Verbotene Stadt nicht anzutasten und die Qing nicht zu stürzen. Das waren meine Bedingungen, und die müssen Sie und Lord Elgin halten.«

»Ich weiß«, sagte Parkes. »Und Sie nehmen an, das tun wir nicht?«

»Ich kann das Risiko jedenfalls nicht eingehen.«

Parkes wirkte ein bisschen durcheinander. »Wir haben diesen Krieg gewonnen?«, fragte er noch einmal.

»Ja. Der zweite Opiumkrieg ist vorbei«, bestätigte Randall. »Lord Elgin lagert vor der Stadt, zuversichtlicher denn je.«

»Werden Sie mich freilassen?«

Randall schüttelte den Kopf. »Das kann ich nicht entscheiden, das obliegt Prinz Kung und dem Kaiser. Aber machen Sie sich eines klar: Ich bin jetzt gezwungen, die Qing vor derselben Armee zu schützen, die ich im Triumph bis zur Hauptstadt geführt habe. Ich stehe jetzt im Dienst des Kaisers als sein Beschützer. Habe ich mich klar ausgedrückt?«

Parkes deutete auf Randalls Aufzug. »War Kastration dafür Voraussetzung?«

Randall schmunzelte. »Das ist nur die nötige Tarnung, damit ich mich am Hof frei bewegen kann.«

»Ich verstehe. Und ich nehme an, ich soll nun einen Brief an Lord Elgin schreiben und ihn warnen, dass Sie den Qing dienen?«

Randall nickte. »Wenn Sie so freundlich sein wollen.«

Parkes überlegte einen Moment. »Ich war immer Ihr größter Unterstützer, Mr. Chen. Es gibt keinen Grund, das jetzt zu ändern.«

»Wenn Sie kooperieren, werden Sie und Lord Elgin als große Eroberer in die Geschichte eingehen. Sie werden den Vertrag von Tientsin durchsetzen, und das Empire wird weiterhin die bedeutendste Weltmacht sein.« Randall nahm den Federkiel und reichte ihn dem Konsul. »Wenn Sie nicht kooperieren, werde ich persönlich dafür sorgen, dass Sie und Ihre Truppen vom Erdboden weggefegt werden.«

Parkes hielt die Feder zwischen den Fingern, blickte Randall überrascht an und öffnete ein wenig die Lippen angesichts dieser schweren Drohung. »Wie schon gesagt, ich war immer Ihr größter Unterstützer.«

Randall schraubte den Deckel vom Tintenfass und legte ihn behutsam auf den Tisch. »Sie wissen, wozu ich fähig bin«, bemerkte er in einem Ton, als redete er über das Wetter. »Ich weiß immer, was passieren wird und warum. Nur damit das klar ist: Ich weiß, dass Sie und Lord Elgin mich vor Tientsin verhaften und foltern lassen wollten.«

»Das war nie unsere Absicht«, brummte Parkes. »Wir Briten betrügen unsere Freunde nicht.«

»Mein Herz schlägt höher bei diesen Worten, aber Sie und ich wissen es besser.« Dann zeigte er auf das Blatt Reispapier. »Informieren Sie Lord Elgin, dass er Peking unter keinen Umständen angreifen darf. Schreiben Sie, Sie würden gut behandelt und könnten mit den anderen Gefangenen zurückkehren, wenn ein Waffenstillstand vereinbart würde.«

»Was ist mit den Getöteten?«

»Sie werden nicht verschweigen, dass es Verluste gegeben hat, unglücklicherweise aufgrund der Härte der Gefangenschaft und der Dummheit der Wärter. Sie werden betonen, dass das nur wenige aus ihrer Gruppe betrifft, die allesamt als Helden anzusehen seien und den größten Preis gezahlt hätten.« Randall sah ihm in die Augen. »Wählen Sie Ihre Worte gut, Harry. Und natürlich werden Sie Lord Elgin auch unterrichten, dass ich jetzt im Dienst des Kaisers stehe. Machen Sie deutlich, dass der Vorteil, den er genossen hat, jetzt auf der Seite des Feindes liegt. Die Zukunft kann für ihn angenehm werden oder unangenehm – das liegt bei ihm.«

Parkes setzte sich, richtete das Blatt Papier aus und tauchte die Feder ein. »Sehr geehrter Lord Elgin«, schrieb er mit elegantem Schwung. »Die gute Nachricht lautet, dass ich am Leben bin und mich in Peking befinde.«

»Ach, Harry«, bemerkte Randall, als fiele es ihm gerade erst ein, »falls doch ein Geschoss die Stadtmauer trifft, ist Ihr Leben verwirkt. Machen Sie ihm das klar. Noch bevor der Staub sich gesenkt hat, wird man Ihnen die Kehle durchschneiden.«

35.

Kalifornien, Nordamerika
Enterprise Corporation
Vorstandsbüro
21. Juli 2084
Ortszeit: 14.55 Uhr
7 Tage vor dem Esra-Transport

Wilson fühlte sich beklommen, als der Aufzug nach oben fuhr. Diesmal kam er pünktlich zu der Besprechung mit Jasper, und trotzdem hatte er ein hohles Gefühl im Magen und weiche Knie. Angesichts der Umstände eine ziemliche Überreaktion, fand er, ahnte aber, dass die Symptome mit Minerva zu tun hatten. Er beschloss, seine Gefühle entschieden im Zaum zu halten.

Aus den Lautsprechern kam Tschaikowsky, die Nussknackersuite. Wilson musste grinsen. Wie passend, murmelte er.

Er richtete seine Gedanken auf Le Dans Rauswurf. Was ihn ratlos machte, war der Grund dafür. Ihm fiel einfach keiner ein. Die Entscheidung musste von höherer Stelle gekommen sein. Eine Beteiligung Davins konnte er ausschließen, blieben also nur Jasper und GM übrig. Doch warum das einer von ihnen getan haben sollte, war ihm schleierhaft. Sie hatten beide ein Interesse, Randall möglichst gut vorbereitet auf die Reise zu schicken. Vielleicht war doch jemand bei der Security übereifrig gewesen, und wenn das der Fall war, würde sich die Situation leicht beheben lassen.

Der Aufzug stoppte, und Wilson wappnete sich für die Begrüßung durch eine der Vorstandsschönheiten. Die Türen glitten auf, und seiner Erwartung wurde voll entsprochen – nur dass die Frau, die geduldig wartend mit den Händen auf dem Rücken auf dem Flur stand, Minerva Hathaway war.

»Willkommen auf der Vorstandsetage«, sagte sie höflich lächelnd. »Sie sind früh dran. Ich bin beeindruckt.«

»Sie hatten doch gesagt, Sie würden nicht da sein.«

»Sind Sie enttäuscht?«

»Immerhin habe ich der Besprechung nur deswegen zugestimmt. Sie werden also entschuldigen, dass ich ein wenig überrascht bin.« Sie gingen nebeneinander durch das Foyer. Aus irgendeinem Grund war ihm der Duft ihres Parfüms sehr bewusst.

»Sie *sind* enttäuscht«, stellte Minerva leise fest.

»Bei allem Respekt«, sagte Wilson, ohne sie anzusehen, »ich bin ein wenig ratlos, was Ihre Motive betrifft. Sie und Ihre Freundinnen waren gestern Nacht nicht ehrlich. Sie waren auf Anweisung da. Also lassen Sie mich in Ruhe, ja?« Er verkniff es sich, sie anzusehen, obwohl er es gerne getan hätte. Von weitem sah er Claudia und Lara, die ihm freundschaftlich zuwinkten. Er lächelte zu ihnen hinüber.

»Sie sollten mich nicht so leichtfertig beurteilen«, erwiderte Minerva leise.

»Ich weiß, worauf Sie aus sind«, erklärte Wilson, der spürte, dass er den Druck nur zu erhöhen brauchte, dann bräche ihre Fassade zusammen. Doch es war das Bewusstsein, wie stark sie ihn anzog, und eine Spur Eifersucht auf den Professor, was ihn am meisten beschäftigte. »Also bitte, lassen wir das Theater.« Inzwischen waren sie am Ende des Foyers angelangt und standen vor der Tür des Sitzungsraums.

»Ich weiß nicht, was ich sagen soll«, bekannte Minerva nach einer Weile.

»Wie wär's damit? ›Jasper hat eine Viertelstunde für die Besprechung mit Ihnen veranschlagt. Bitte beantworten Sie seine Fragen so direkt wie möglich. Und bitte schütteln Sie ihm nicht die Hand.‹«

Minerva verzog keine Miene, als sie die Tür aufzog und Wilson hineingehen ließ. Zu seiner Überraschung war Jasper gar nicht da. Dafür folgte Minerva ihm in den Raum und zog die Tür hinter sich zu.

»Ich muss mit Ihnen reden«, sagte sie.

»Lassen Sie mich eines klarstellen.« Wilson drehte sich zu ihr um. »Ich traue Ihnen nicht und –«

Sie hob den Zeigefinger, und ihr Ton war drängend. »Vorsicht, Wilson! Sie haben keine Ahnung, warum ich hier bin. Bleiben Sie ruhig, damit Sie nicht etwas sagen, was Sie später bereuen.«

»Interessant, dass Sie in die Offensive gehen.«

»Um Himmels willen!«, stöhnte sie. »Sie sind bestimmt der frustrierendste Mensch, dem ich je begegnet bin!«

»Sagen Sie einfach, was Sie zu sagen haben, damit wir es hinter uns bringen.«

»Ich muss Ihnen etwas gestehen.« Sie verschränkte die Arme vor der Brust. »Ich weiß genau, wer Sie sind. Sie sind der Aufseher beim Unternehmen Jesaja gewesen. Sie sind in der Zeit hin- und hergereist. Das ist kaum zu glauben, aber ich weiß, dass es wahr ist.«

Dass jemand außerhalb des Mercury-Teams davon wusste, war ein Schock für ihn, doch er konnte seine Verblüffung verbergen.

»Dadurch wird mir vieles an Ihnen klar«, fuhr Minerva fort. »Ich weiß jetzt, warum Sie so sind.«

»Ich habe keine Ahnung, wovon Sie reden.«

»Diese Antwort habe ich erwartet, aber sparen wir uns die Einzelheiten. Ich weiß, dass Sie das nicht zugeben dürfen.« Sie blickte ihm tief in die Augen. »Es stimmt, dass ich Lara und Claudia gebeten habe mitzukommen, aber aus persönlichen Gründen.« Plötzlich schien es ihr sehr schwerzufallen weiterzusprechen.

»Hören Sie jetzt nicht auf«, sagte Wilson. »Es fängt gerade an, interessant zu werden.«

Minerva stieß frustriert den Atem aus. »Gestern Nacht ist alles schiefgegangen. Ich gebe es zu. Ich hätte Sie nicht in diese Situation bringen sollen. Das war allen gegenüber unfair.«

»Meiner Ansicht nach hat Claudia ihre Rolle perfekt gespielt«, sagte Wilson. »Randall hatte mächtig Spaß. Und ich wette, der Professor hat mit Ihnen auch seinen Spaß gehabt.« Er zwang sich, sie von oben bis unten zu mustern, besonders ihre Kurven, und blickte sie dann vielsagend an. Doch als er sah, dass ihre Augen in Tränen schwammen, war er verblüfft.

»Warum sind Sie so gemein zu mir?«, flüsterte sie.

»Oh bitte, Minerva! Lassen wir die Spielchen. Verraten Sie mir einfach, warum, dann kann jeder seiner Wege gehen.«

»Sie wollen die Wahrheit wissen?«, fragte sie vehement. »Die Wahrheit ist, dass ich Sie sehen wollte!«

Es dauerte eine Weile, bis Wilson das verdaut hatte. Und dann wünschte er sich stark, es wäre wahr. Doch das konnte gar nicht sein. »Mit meinem Freund ins Bett zu steigen ist eine interessante Art, meine Aufmerksamkeit zu erregen.«

»Hat er das etwa behauptet?«, fragte sie empört.

»Na, was macht das schon?«, meinte Wilson achselzuckend. »Aber jetzt gehen Sie einfach und holen Jasper her, ja?«

»Ich werde gleich aus Ihrem Leben verschwunden sein, Wilson. Aber vorher hören Sie mich an. Ich mochte Sie gleich, als wir uns zum ersten Mal gesehen haben. Fragen Sie mich nicht, warum, denn, glauben Sie mir, ich sehe sehr wohl Ihre zahllosen ärgerlichen Charakterzüge. Aber ich mochte Sie, trotz Ihrer Grobheiten und Ihrer dummen Sprüche über meinen Schottenrock. Am nächsten Tag traf ich zufällig Professor Author in der Cafeteria, und er versuchte, mich anzumachen. Als ich erfuhr, dass er Ihr Assistent ist, dachte ich, das könnte Schicksal sein. Also beschloss ich, mit ihm auszugehen in der Hoffnung, Sie würden mitkommen.« Sie strich ihren dunklen Pony zur Seite. »Ich habe meine Freundinnen gebeten, mir zuliebe mitzugehen, und habe dem Professor vorgeschlagen, Sie und Randall einzuladen.«

Wilson wollte ihr zu gerne glauben, doch das kam gar nicht in Frage. Der Esra-Transport stand in einer Woche bevor und hatte absoluten Vorrang. »Minerva, ich werde es Ihnen ganz einfach machen. Mit Ihnen kann man bestimmt Spaß haben, wirklich. Aber Sie sind nicht mein Typ. Ich mag Blondinen ohne Verstand. Wie es so schön heißt: Wenn man geistige Anregung will, kann man in die Bibliothek gehen.«

Interessanterweise fing Minerva an zu lächeln. »Und Sie erwarten, dass ich Ihnen das abkaufe?«

»Äh ... ja, klar.«

Sie schürzte die Lippen und fuhr sich mit der Zunge über die oberen Schneidezähne. »Sie haben Gefühle für mich, Wilson, das weiß ich jetzt.«

»Das ist lächerlich.«

Sie lächelte noch breiter. »Oh doch, die haben Sie.«

»Sie sind mit meinem Freund liiert.«

»Zwischen uns ist nichts passiert.«

»Was soll diese Unterhaltung eigentlich?«, stöhnte Wilson. Er zog sein Handheld hervor und sah nach der Uhrzeit. »Und wo bleibt Jasper?«

»Gar nichts ist passiert zwischen dem Professor und mir, und das wird es auch nie«, wiederholte Minerva. »Nennen Sie es albern, aber ich bin an Ihnen interessiert, Wilson, trotz Ihrer Vergangenheit. Ja, ich weiß, dass Sie seit Jahren keine ernsthafte Beziehung gehabt haben. Und ich weiß Bescheid über Ihre Fallschirmsprünge und die Kletterpartien – in Ihrem psychologischen Profil steht, dass Sie ein Problem mit Autorität haben und sich in gefährliche Situationen flüchten. Ich bin bereit, damit umzugehen.«

»Sie kennen mein psychologisches Profil? Wie nützlich.«

»Ich weiß alles über Sie«, fuhr sie fort. »Das sind die Privilegien, wenn man auf der Vorstandsetage arbeitet.« Sie holte tief Luft. »Es ist zwar nicht logisch, Wilson, überhaupt nicht. Aber Sie sind der Typ Mann, der niemanden braucht. Sie hätten niemals den ersten Schritt getan, und darum musste ich ihn tun.« Sie hob die rechte Hand. »Das ist die Wahrheit und nichts als die Wahrheit.«

»Also, das ist wirklich fantastisch!«, meinte Wilson ironisch. »Eine wundervolle Darbietung. Das werde ich bestimmt mein Leben lang –«

Minerva packte seine Hand, zog ihn an sich und drückte die Lippen auf seinen Mund. Wilson tat nichts, um sie davon abzuhalten. Er wollte einfach nicht. Und ehe er sich's versah, hatte er ihre Zunge im Mund und fühlte sich wie zu Hause angekommen. Ihr süßer Atem und ihr Parfüm waren berauschend. Ebenso die Festigkeit ihrer Haut und Muskeln. Er fuhr mit den Händen ihren Rücken entlang und schwelgte in den Rundungen. Es war wie ein freier Fall im Dunkeln, ohne zu wissen, wann er aufschlagen würde.

Als er endlich zu Verstand kam, schob er sie zentimeterweise von sich. »Sie hören das wahrscheinlich zum ersten Mal, aber könnten Sie bitte aufhören?«

»Behaupten Sie nicht, es sei nichts zwischen uns«, sagte sie und fuhr sich mit der Zunge über die Lippen. »Denn da ist etwas, ob Sie wollen oder nicht.«

Wilson zog seine Jacke zurecht. »Was zwischen uns ist, ist das Ding in meiner Hose, das Jasper hoffentlich nicht bemerken wird, wenn er reinkommt.«

Minerva zog sich lächelnd einen Schritt zurück. »Ich verstehe«, sagte sie und rauschte zur Tür, während sie ihre Kleidung glattstrich. Dann drückte sie auf das Mikrofon an ihrem Aufschlag. »Ist Jasper unterwegs?« Sie hob den Finger an den Ohrhörer und sagte zu Wilson. »Er wird in einer Minute hier sein.«

»Ich traue Ihnen trotzdem nicht«, meinte er.

»Eine Beziehung, die auf Misstrauen basiert, ist so gut wie jede andere«, erwiderte sie. »Wenigstens wissen wir, wo wir stehen. Noch fünfzehn Sekunden. Wollen Sie mir sonst noch etwas sagen, bevor er kommt?«

Wilson sah sie ernst an. »Das ist genau der Grund, warum ich nie zu früh zu Besprechungen komme. Sonst passiert so was ständig.«

Schmunzelnd drückte Minerva die Tür auf, als hörte sie Jasper bereits, und fünf Sekunden später schritt er auf seine unnachahmlich ungelenke Art in den Raum. Ohne ihn zu grüßen, glitt Minerva hinaus und schloss lautlos die Tür.

»Ich schlage vor, Sie versuchen heute nicht, mir die Hand zu geben, Mr. Dowling«, sagte Jasper, ging sogleich auf die andere Seite des Tisches und zog sich einen Stuhl heran. »Das wäre ein Problem für mich.«

»Ein Fehler, den ich nie wieder machen werde«, versicherte Wilson und versuchte, sich zu sammeln.

Schon ein wenig gelöster, nahm Jasper seinen Platz ein. »Ich höre, es gibt ein Problem?«

»Da die Lage sehr heikel ist«, begann Wilson und setzte sich, »hielt ich es für das Beste, gleich zu Ihnen zu kommen. Mr. Chen wird von einem Shaolin-Meister trainiert, er heißt Le Dan. Heute Morgen erhielt er von einem ECTU-Marshal den Bescheid, er solle das Firmengelände aus Sicherheitsgründen bis Mittag verlassen haben, sonst würde man ihn holen kommen. Wissen Sie etwas darüber?«

»Nicht das Geringste«, sagte Jasper.

»Sein Rauswurf ist ein Problem, denn er hat erheblichen Einfluss auf seinen Schüler und seine Anwesenheit ist wesentlich für Randalls mentale Verfassung.«

»Sie möchten, dass dieser Le Dan wieder Zutrittserlaubnis bekommt?«

»Unter diesen Umständen ist das unumgänglich«, antwortete Wilson.

»Und warum wurde sie ihm entzogen?«

»Ich hatte gehofft, dass Sie das wissen. Aber wenn nicht, kann ich nur vermuten, dass GM dahintersteckt.«

Jasper beugte sich vor. »Halten Sie das für möglich?«

»Da wir den Start vorziehen, ist es meiner Ansicht nach ratsam, kein Risiko einzugehen.«

»Ja, natürlich«, sagte Jasper. Mit düsterem Blick legte er die Fingerspitzen aneinander. Dann sah er Wilson an. »Und wie laufen die Vorbereitungen?«

»Andre könnte am besten darauf antworten ... aber in sieben Tagen geht's los. Randall weiß Bescheid und hat es gut aufgenommen. Der Transport findet also drei Wochen eher statt, darum stehen alle unter Druck.«

»Wir haben keine andere Wahl«, sagte Jasper. »Mr. Chen muss weg sein, ehe GM die Chance hat, mit ihm über den Baum des Lebens zu sprechen.«

»Der Meinung bin ich auch. Das dürfen wir nicht zulassen.«

Jasper hielt gelassen Blickkontakt. »Brauchen wir diesen Le Dan wirklich? Ich würde meinen, je weniger Leute involviert sind, desto besser.«

»Wie gesagt, Meister Le Dan ist für Mr. Chens mentale Verfassung sehr förderlich. Und nichts ist wichtiger als das – besonders angesichts der Planänderung.«

»Und Sie können bestätigen, dass dieser Meister von der Esra-Mission nichts weiß?«

»Er weiß nichts. Er ist ein aufrichtiger, spiritueller Mensch. Die Ziele von Enterprise Corporation interessieren ihn nicht, nur der körperliche und geistige Zustand seines Schülers. Er handelt nach den Shaolin-Lehren, da geht es nur um Gleichgewicht und Einklang.«

»Dass er ein spiritueller Mensch ist, bedeutet nicht automatisch, dass er das Projekt nicht behindern kann«, wandte Jasper ein. »Ich habe schon etliche gute Menschen schlechte Entscheidungen treffen sehen.«

»Ich bin ihm nur einmal begegnet«, räumte Wilson ein. »Aber nach meinem Eindruck ist er keine Bedrohung. Wie gesagt, er ist nur an Randalls Schulung interessiert.«

»Ich lasse ihn überprüfen«, kündigte Jasper an und versuchte, optimistisch zu klingen. »Wenn er sauber ist, erhält er seine Zugangsberechtigung zurück. Machen Sie sich keine Gedanken. Konzentrieren Sie sich nur darauf, das Projekt abzuschließen, bevor GM merkt, dass der Start vorgezogen wird.«

36.

Kalifornien, Nordamerika
Enterprise Corporation
Mercury-Labor – Untergeschoss A 5
23. Juli 2084
Ortszeit: 17.00 Uhr
5 Tage vor dem Esra-Transport

Wie von Wilson befürchtet, hatte Minervas Verhalten einige Stoßwellen ausgelöst. Author war ziemlich aufgebracht, seit er feststellen musste, dass sie nicht mehr mit ihm ausgehen wollte. Als er sie bedrängte, ihm zu sagen, warum, gab sie zu, sich für Wilson zu interessieren.

»Mit mir ist sie ausgegangen!«, sagte der Professor hinter seinem holografischen Bildschirm hervor. »Es gibt Tausende andere Mädchen … Warum ausgerechnet sie?«

»Ich kann nichts dafür, wenn sie sich nicht mehr mit Ihnen treffen will«, hielt Wilson ihm entgegen.

Interessanterweise rückte Minerva, wenn auch durch unerfreuliche Anlässe, immer wieder in sein Blickfeld und beschäftigte ihn mehr, als ihm lieb war. Es war, als hinge ein Bild von ihr vor seinem Gesicht und er müsste sich ständig ermahnen, es zu ignorieren. Keine erfolgreiche Strategie, das wusste er aus Erfahrung. Erst als er dem Professor drohte, ihn aus dem Projekt auszuschließen und nach Pacifica zurückzuschicken, war das Thema beendet. Seitdem schmollte der kleine Mann in übelster Weise, redete kaum und verhielt sich insgesamt ablehnend. Für ein selbst ernanntes Genie war das ziemlich kindisch, doch nach allem, was Wilson im Mercury-Team bisher erlebt hatte, war das ein generelles Merkmal der Hochbegabten.

Offenbar war es einer Frau, ob ihre Motive nun lauter waren oder nicht, relativ leicht gelungen, einen Keil zwischen Wilson und den Professor zu treiben. Aber war die Situation, in der sich Wilson jetzt befand, durch Minervas Manipulation entstanden oder hatte er das Desaster selbst zu verantworten? Handelte sie auf Anweisung oder aus eigenem Antrieb? Da er gerade stark unter Druck stand und zur Geheimhaltung gezwungen war, würde es schwerfallen, der Wahrheit auf die Spur zu kommen.

Davin wandte sich von seinem Computer ab und sah zu Andre hinüber. »Wie sieht die Testsequenz aus?«

Andre nickte. »Perfekt.«

»Okay, Leute, das wäre geschafft«, sagte Davin, die Finger auf der Hauptkonsole. »Alles abschalten und noch mal von vorn.«

Oben auf dem Beobachtungsstand blickten alle zwölf Teammitglieder vor sich auf den Bildschirm. Nur Wilson verfolgte nicht den detaillierten Informationsfluss, er beobachtete den Esra-Aufseher.

Randall starrte in das Labor hinab auf die Transportkapsel. Dort stand die große Kristallkugel umgeben von fünfundsechzig Partikelzerstäubern. Der Anblick machte Wilson noch immer nervös, und Randall ging es wahrscheinlich genauso. Als die Systeme herunterfuhren, wurden die glänzenden Titanringe um die Transportkapsel sichtbar und kamen langsam zum Stillstand.

Wilson dachte daran, wie er sich in der Kristallkugel gefühlt hatte, als die Laser auf ihn zu feuern begannen – ringsherum gelbrote Lichtblitze – und den Beschuss nach und nach verstärkten. Die Schmerzen waren so schlimm gewesen und die Dunkelheit so schwarz. Dann hatte das unvergleichliche Gefühl eingesetzt, als würde er mental mit Lichtgeschwindigkeit in den Kosmos fliegen.

»Die Sache sieht gut aus«, meinte er und näherte sich Randall.

Der starrte weiter auf die Transportkapsel. »Das hoffe ich doch.«

»Und wie geht es Ihnen?«, fragte Wilson.

»Ich habe in den letzten paar Tagen viel über mich erfahren«, sagte Randall gedankenvoll. »Mir ist bewusst geworden, dass ich unter steigendem Druck geistig umso klarer werde, wenn ich mich zwinge durchzuhalten.«

Wilson nickte. »Das ist gut.«

Randall sah ihn von der Seite an. »Danke, dass Sie für Le Dans Zugangsberechtigung gesorgt haben. Es bedeutet mir viel, ihn jeden Tag um mich zu haben.«

»Das hatte die ECTU verbockt«, erklärte Wilson. »Jasper brauchte nur einen Anruf zu tätigen, dann war das erledigt.«

»Nun, ich bin jedenfalls froh darüber«, sagte Randall und atmete hörbar aus. Hinter ihm saßen die Wissenschaftler an ihren Geräten und boten ein Bild der Konzentration. »Wenn Sie mir vor zwei Jahren gesagt hätten, dass ich mal hier in diesem Labor vor Ihnen stehe und darauf warte, zweihundert Jahre in die Vergangenheit zu reisen, ich hätte Sie für verrückt erklärt.«

»Schließen wir das mal noch nicht aus«, erwiderte Wilson.

Randall grinste. »Ich darf nicht einmal meinem Vater sagen, womit ich mein Geld verdiene. Er ist Systemprogrammierer, wissen Sie? Er würde sich für das Labor begeistern.« Er wurde ernst. »Und wenn ich sterbe, wird er nicht erfahren, was passiert ist. Die Firma würde es als Unfall deklarieren.«

»Sie werden nicht sterben«, versicherte Wilson.

»Aber wenn, dann sollten Sie meinem Vater die Wahrheit sagen. Würden Sie das für mich tun?«

»Hören Sie auf, so negativ zu denken.«

Randall schüttelte den Kopf. »Sie haben recht – es tut mir leid.« Er holte tief Luft. »Wissen Sie, es will mir nicht so richtig in den Kopf, dass ich durch die Zeit reise und dass Zukunft und Vergangenheit nebeneinander existieren. Ich habe in einer einfachen Welt gelebt, wo die Vergangenheit die Zukunft bestimmt, mehr nicht. Und jetzt stelle ich fest, dass die Zukunft auch Einfluss auf die Vergangenheit nehmen kann.« Plötzlich wirkte er gequält. »Das bringt mich ein bisschen durcheinander.«

Wilson legte ihm die Hand auf die Schulter und lenkte ihn zum Fenster. »Das ist ganz verständlich. Sie versuchen, verstandesmäßig zu betrachten, was passiert – aber das nützt Ihnen nichts; es wird Sie nur vom Wesentlichen ablenken.

Ich will Ihnen eine kleine Geschichte erzählen, die Ihnen vielleicht hilft. Während meines Lebens habe ich Leuten, die ich für erfolgreich hielt, immer große Aufmerksamkeit geschenkt und bin zu folgendem Schluss gekommen. Sie alle haben drei Dinge gemeinsam: Erstens blicken sie immer mit großer Leidenschaft nach vorn; sie bleiben nicht mit ihren Gedanken in der Vergangenheit stehen. Zweitens verspüren sie eine ungeheure Neugier auf das Leben, begreifen jeden Tag als Gelegenheit, etwas zu lernen oder zu erleben, ganz gleich, wie viel sie bereits wissen. Und drittens befassen sie sich nur mit Dingen, auf die sie Einfluss haben, niemals mit etwas anderem.« Wilson wartete einen Moment, um seine Worte wirken zu lassen.

»Das Geniale daran ist, dass in dieser Logik kein Raum für Angst bleibt. Sie müssen nach vorn blicken, Randall, und sich auf Ihren Auftrag konzentrieren. Das wird die Erfahrung Ihres Lebens werden. Und vor allem dürfen Sie sich nur Gedanken über die Dinge machen, die Sie beeinflussen können.« Wilson zeigte auf die Transportkapsel. »Sie werden da hineinsteigen wie in ein Auto und eine kurze Zeit unterwegs sein. Wenn Sie angekommen sind, werden Sie tun, worauf Sie vorbereitet wurden. Sie werden die Anweisungen des Auftragstextes wortgetreu befolgen und mit Klugheit, Geschick und Kenntnis der Zukunft den Lauf der Geschichte nach Ihrem Willen verändern. Und wenn Sie dieses Abenteuer abgeschlossen haben, werden Sie hierher zurückkehren, und wir werden uns fröhlich darüber unterhalten, wie Sie Ihr Ziel erreicht haben. Ich werde alles ganz genau wissen wollen, jede Einzelheit.«

Randall nickte. »Danke für Ihre Unterstützung«, sagte er ernst.

»Nur um es mal deutlich zu sagen: Ich weiß genau, was Sie durchmachen«, versicherte Wilson. »Aber es ist ein prächtiger Tag. Gehen Sie doch einfach nach Hause und ruhen sich ein bisschen aus. Morgen sind wir dann wieder im Simulator. Professor Author hat sich ein paar Kampfszenen mit Tataren ausgedacht, die Sie sich ansehen müssen. Ich finde sie sehr eindrucksvoll. Wir wollen, dass Sie selbstsichere Entscheidungen fällen, wenn rings um Sie die Schlacht tobt.«

»Danke.« Randall rang sich ein Lächeln ab. »Wir sehen uns dann morgen.« Er schüttelte Wilson die Hand und ging.

Die Minuten verstrichen, und Wilson sah sich noch immer auf die Kristallkugel starren und überlegen, wie sein Leben wohl aussähe, wenn er damit reisen könnte, wohin er wollte. Er könnte an jedem bedeutenden Weltereignis der Geschichte teilnehmen: bei der Entstehung der Unabhängigkeitserklärung, beim Ausbruch des Vesuv, bei der Amtseinführung von Obama dabei sein. Er könnte den römischen Senat zur Zeit Vespasians besuchen. Seltsamerweise machte ihn die Vorstellung, solche Macht zu haben, melancholisch. Es wäre schwierig, zu verzichten und die Vergangenheit sein zu lassen, wie sie war, dachte er. Man würde viele Untaten ungeschehen machen wollen, die sich bis auf die Gegenwart auswirkten. Bedeutende Leute könnten gerettet, Unschuldige beschützt werden. Schwer zu sagen, wie man sich vor solchen Eingriffen hüten sollte, wenn man die Macht dazu hatte.

Dafür gibt es den Auftragstext, erkannte Wilson, als wäre das die Offenbarung schlechthin. Er verhinderte ein unvernünftiges Eingreifen in die Vergangenheit – was in vielerlei Hinsicht die schlimmste Auswirkung wäre. Der Auftragstext war das Regelwerk, und wenn man daran festhielt, blieb alles im Gleichgewicht; der Wille des Volkes lenkte Tag für Tag die Welt und die Zukunft. Denn traurigerweise, dachte er, hatten einige der größten Tragödien auch zu den größten Triumphen der Menschheit geführt: die Ermordung Martin Luther Kings zur Gleichberechtigung. Hiroshima und Nagasaki hatten zur Folge, dass nie wieder im Zorn eine Atombombe abgeworfen wurde. Es war bedrückend, doch die Redensart, wonach es kurz vor der Dämmerung am dunkelsten war, fand er jetzt vollkommen einleuchtend.

Jemand tippte ihm auf die Schulter und riss ihn aus seinen Gedanken. Davin stand neben ihm.

»Ich habe Ihrem Gespräch mit Randall zugehört«, sagte er. »Ich finde, Sie machen das ganz ausgezeichnet.«

Davin war seit drei Jahren Teamleiter und wurde von allen respektiert. Er hatte chinesische Vorfahren und arbeitete seit zwanzig Jahren für Enterprise Corporation. Er hatte ein ruhiges Gesicht und lange schwarze Haare mit ein paar grauen Strähnen darin. Er war ein hagerer Typ, und seit er die Leitung übernommen hatte, war er noch dünner geworden. »Ich brauche mehr« war ein häufiger Ausspruch von ihm, über den viel gewitzelt wurde. Wilson konnte ihn gut leiden; er war ein guter Kollege, der immer versuchte, das Richtige zu tun.

»Danke, Davin, das freut mich«, sagte Wilson.

»Andre und ich finden es ungeheuer beeindruckend, wie Sie unseren jungen Aufseher auf dem richtigen Kurs halten.« Er zögerte einen Moment. »Barton wäre bestimmt stolz auf Sie.«

Bei der Bemerkung stieg die alte Trauer wieder in Wilson hoch.

»Ich wusste immer, dass er eine ausgezeichnete Menschenkenntnis hatte, und darum kann ich mich heute freuen, dass Sie hier sind«, meinte Davin. »Er würde sich im Grabe umdrehen, wenn er wüsste, was GM und Jasper jetzt mit uns anstellen. Die ganze Geheimhaltung, die durchkreuzten Absichten, die Änderung des Zeitplans. So sollte es eigentlich nicht laufen.«

»Da bin ich anderer Ansicht«, widersprach Wilson. »Barton würde sagen, es ist alles wie gehabt.«

Davin zog die Augenbrauen hoch. »Vielleicht haben Sie recht, Wilson. Vielleicht haben Sie recht.«

»Tun Sie mir einen Gefallen«, bat er ernst. »Wenn das hier alles vorbei ist, sorgen Sie dafür, dass ich aus dem Vertrag entlassen werde. Hier zu sein und zusehen zu müssen, wie andere durch die Zeit geschickt werden, ist mehr, als ich ertragen kann. Ich will ein für alle Mal von hier weg. Ich möchte auch nach vorn blicken, mich um meine Zukunft kümmern. Aber hier klammere ich mich bloß an die Vergangenheit.«

»Ich gebe Ihnen mein Wort«, sagte Davin. »Wir haben nur noch fünf Tage, um alles zu schaffen. Meine einzige Sorge ist: Wird Randall ausreichend vorbereitet sein?«

»Wird er«, versicherte Wilson. »Nach allem, was ich sehe, hängen mehr Gefahren an einer Verzögerung als an allem anderen. Wenn Sie ihn morgen schon starten lassen könnten, würde ich es tun.«

37.

Peking, China
Verbotene Stadt
Halle der Ahnenverehrung
5. Oktober 1860
Ortszeit: 11.55 Uhr
Unternehmen Esra – Tag 216

Die Sonne war in einen wolkigen Himmel aufgestiegen. Es war der Geburtstag des Kaisers. Wie üblich trat Cixi in der Halle der Ahnenverehrung gleich nach ihrer Morgenmeditation in Erscheinung. Dort waren tausend weiße Kerzen aufgestellt, doch solange die Türen offen standen, verhinderte der starke Nordwind, dass alle gleichzeitig brannten. So eilten in einem fort Eunuchen mit Streichholzschachteln umher, um die Huldigungsflammen neu zu entzünden.

Vier Stunden lang repräsentierten Cixi und Prinz Kung die kaiserliche Familie, indem sie nebeneinander in der großen Halle standen, während Mandarine und Adlige zu Hunderten an ihnen vorbeizogen, um dem Himmlischen Prinzen ihren Respekt zu erweisen. Cixi empfand einen bitteren Zynismus, weil Hsien Feng an seinem eigenen Geburtstag abwesend war. Sie verstand seine Gründe und nahm es ihm dennoch übel, dass er und sein Hofstaat die Verbotene Stadt verlassen hatten wie die Ratten ein sinkendes Schiff.

Von Jehol war eine Nachricht gekommen, wonach seine Gesundheit sich in der kalten Gebirgsluft weiter verschlechtert hatte. Das bestätigte Cixi nur in ihrem Urteil, dass die Entscheidung zur Abreise unklug und der Kaiser schlecht beraten gewesen war. Wenn er stürbe, ehe sie ihn wiedersah, wären ihre

Chancen, den Titel der Regentin zu erlangen, gering. Die Ehre würde dann wohl an Su Shun gehen.

Scheinbar endlos schritten die adligen Würdenträger an ihr vorbei und sprachen das »Lob und Preis dem Sohn des Himmels«, dabei war die Angst in ihren Augen unübersehbar. Sie alle wussten, dass das Heer der Invasoren vor der Stadtmauer lagerte. Doch Cixi und Prinz Kung gaben sich unerschütterlich, um das Gesicht des Kaisers zu wahren.

Cixi wandte den Blick von den Vorbeischreitenden ab und sah zu Randall Chen am anderen Ende der Halle, wo die kaiserliche Garde aufmarschiert war. Es wäre nicht klug, ihn in aller Öffentlichkeit an ihrer Seite stehen zu lassen, da seine Augenfarbe zu viel Aufmerksamkeit erregte. So aber hatte sie ihn im Blickfeld, und vor allem konnte er ihr zusehen, wie sie ihren Pflichten nachkam. Die adligen Würdenträger waren gehalten, ausschließlich nach links zu schauen, solange sie die Halle passierten, sodass sie den auffälligen Eunuchen nicht bemerken würden.

Randall taten die Beine weh; er stand schon seit drei Stunden in ein und derselben Haltung da. Und ihm schwirrte der Kopf von dem ununterbrochenen Gemurmel der Verehrung. Dies war eine Welt der Traditionen und Rituale, in der fast jeder Tag des Jahres eine spezielle Bedeutung hatte. Alles wurde vom Kaiser mit Pomp zelebriert. Und selbst wenn er nicht anwesend war, fanden die Zeremonien statt. Die Qing feierten die Geburtstage und Todestage jedes ihrer Herrscher, besonders von Kangxi und Qianlong. Deren Verehrung war konkurrenzlos. Die Qing würdigten auch jeden Jahreszeitenwechsel, die Sommer- und die Wintersonnenwende, das Saatfest und das Erntefest, den Neumond, den Vollmond und eine Unzahl heiliger Tage des Taoismus, desgleichen die bestandenen Prüfungen der Mandarine sowie die Auszeichnung der Besten. Dazu kamen noch die Zeremonien zur Ernennung von Konkubinen, die Geburtstage, Hochzeiten und Begräbnisse der Höflinge und die

Geburten der kaiserlichen Kinder. Am wichtigsten war jedoch das Neujahrsfest. Es begann am ersten Neumondtag des neuen Jahres und endete fünfzehn Tage darauf mit der Vollmondnacht und dem Laternenfest. Diese Zeit war mit viel Aberglauben behaftet und die Feiern darum eine stark regulierte Angelegenheit, denn die Chinesen glaubten, dass das Tun des Himmelssohnes direkten Einfluss auf das Glück des ganzen Landes habe.

So diente auch jedes Gebäude der Verbotenen Stadt einem bestimmten Zweck. Die großen Harmoniehallen waren den wichtigsten Feiern vorbehalten, andere den geringeren Huldigungen und Opferungen, den Mandarinexamen und den Ernennungen der Generäle. Einige dienten lediglich zum Schlafen und zum Arbeiten. Nichts blieb dem Zufall überlassen, alles hatte einen Zweck, mit dem eine festgefügte Tradition verbunden war.

Randall betrachtete Cixi, die in scharlachrotem Chaofu und mit aufgesteckten Haaren den Vorbeischreitenden freundlich zunickte. Sie war schön, anmutig und weiblich. Erinnerungen an ihren nackten Körper spielten mit seinen Sinnen. In den vergangenen zehn Tagen hatte sie ihm jeden Kontakt verweigert und immer dafür gesorgt, dass sie keinen Moment lang allein waren.

Ich werde bald nicht mehr hier sein, sagte er sich immer wieder.

Die Position der Qing wurde jeden Tag besser. Und obwohl der Lauf der Geschichte an einem bestimmten Punkt aus der Bahn geraten war, hatte die Zeit die Verwerfungen anscheinend ausgeglichen. Es war offenbar der Lauf der Dinge, schloss Randall, das Schicksal sozusagen, demzufolge die Angelegenheit wohl wieder unter Kontrolle war. Die britischen und französischen Gefangenen waren schon fast so weit, dass man sie zurückschicken konnte. Die Alliierten lagerten vor der Stadtmauer und hatten noch nicht angegriffen, obwohl sie es hätten tun können. Der Brief von Parkes mit den düsteren Warnungen und die Bitten Prinz Kungs um Verhandlungen hatten Lord Elgin offenbar überzeugt, auf der sicheren Seite zu bleiben. Senggerinchin, der eigentlich im Kampf um die Festungen hätte fallen sollen, hatte sich aus dem Staub gemacht und schien in den Ablauf der jüngsten Ereignisse nicht einbezogen zu sein. Wie die Geschichte zeigte, würden bald friedvolle Verhandlungen stattfinden und die eindrucksvollste Niederlage der Geschichte endlich ausgeglichen werden.

Plötzlich fühlte er sich niedergeschlagen, als er Cixi betrachtete. Er würde bald fort sein und für den Rest seines Lebens mit der Schuld der Vergewaltigung leben müssen.

Seine Gedanken wanderten zu dem Transportportal, und einen Moment lang fragte er sich, ob es fehlerfrei funktionieren werde. Allerdings war es beruhigend zu wissen, dass Wilson durch ein viel älteres Tor zurückgekehrt war.

Die letzten Adligen und Würdenträger waren endlich aus dem Palast in den windigen Nachmittag verschwunden. Die vielen Glastüren wurden wieder geschlossen, und die Kerzen blieben zum ersten Mal brennen. Zu Dutzenden reinigten nun die Diener den Boden mit weichen weißen Tüchern und entfernten sich dann durch die Hintertür. Schließlich marschierte auch die kaiserliche Garde ab. Nur Prinz Kung, Cixi und Randall genossen nun den gelben Schein der Kerzen.

Prinz Kung verbeugte sich. »Lob und Preis dem Sohn des Himmels.«

»Lob und Preis dem Sohn des Himmels«, wiederholte Randall.

»Euer Plan scheint so weit aufzugehen«, sagte Cixi auf ihre betörende Art. »Der Waffenstillstand hält, die roten Teufel bleiben unter sich.«

»Wir sind hier geschützt«, bekräftigte Randall. »Aber es gibt noch viel zu tun. Die Gefangenen müssen in den kommenden Tagen freigelassen werden, und es ist ein neuer Vertrag aufzusetzen, den die Alliierten unterschreiben können.«

Cixi nickte. »Prinz Kung und ich sind mit Eurer Strategie zufrieden.«

»Und wenn die Formalitäten erledigt sind«, sagte Randall, »müsst Ihr sofort nach Jehol zu Eurem Gemahl reisen.«

»Werde ich willkommen sein?«, fragte Cixi.

Randall sah ihr in die Augen. »Wenn Ihr Regentin des Reiches werden und die Thronnachfolge Eures Sohnes sichern wollt, müsst Ihr reisen.«

»Prinz Kung wird uns nun allein lassen«, kündigte Cixi an. »Und Ihr werdet mir mehr über mein Schicksal erzählen.« Sie wollte ihren Schwager hinauswinken, doch in dem Moment öffnete sich die Tür und ein Eunuch kam vom Hof herein. Der kurze Luftzug blies wenigstens fünfzig Kerzen aus.

Cixi flüsterte Randall zu: »Das ist Yang, der ergebene Diener Su Shuns.«

»Ich hatte gehofft, Euch hier zu finden«, begann Yang und tappte heran.

»Wo sonst sollte ich an diesem großen Tag sein?«, erwiderte Cixi.

Yang entblößte lächelnd seine Zähne. »Ihr tut Eure Pflicht wie immer, Edle Kaiserliche Gemahlin.«

Sowie er Randalls Augen sah, hielt er wie gebannt inne. Randall wollte sich zurückziehen, doch Yang sprach ihn leidenschaftlich an. »Woher stammt Ihr, Krieger?«

Randall schaute Rat suchend zu Cixi, und sie antwortete an seiner Stelle. »Dieses aufsehenerregende Geschöpf hat keine Stimme«, sagte sie.

»Was für eine schöne Erscheinung«, murmelte Yang und musterte ihn wie eine Krähe ein gefundenes Fressen. »Wirklich eine Schönheit.«

»Wenn du seine Augen meinst, so hast du recht«, bemerkte Cixi gnädig. »Ein seltener Geburtsfehler, vergleichbar einem Albino. Doch mit den schönen Augen kommt auch die Unfähigkeit zu sprechen.«

»Er ist so groß«, stellte Yang voller Ehrfurcht fest.

»Genug jetzt!«, sagte Cixi barsch. »Warum bist du hier?«

»Ich komme auf Geheiß des Himmlischen Prinzen«, sagte Yang mit belegter Stimme und näherte sich, als wollte er sich verbeugen. Stattdessen griff er behände nach Randalls Lendengegend. Doch ohne Erfolg, denn Randall fing seine Hand, drehte sie aufwärts und zog das Schwert, bereit, den Arm am Ellbogen abzutrennen.

Yang wimmerte wie eine verwundete Katze. »Loslassen! Loslassen!«

»Lass ihn los«, befahl Cixi, und Randall warf ihn zu Boden. Sie maß den Diener mit einem flüchtigen Blick. »Du solltest klüger sein, als mir solche Nichtachtung entgegenzubringen.«

Yang kam auf die Knie und hielt sich das schmerzende Handgelenk. »Das war nicht meine Absicht. Ich wollte nur wissen, ob der schöne Krieger entmannt ist«, stöhnte er.

»Keine Ausflüchte!«, erwiderte Cixi streng. »Ich hätte dir den Arm abschlagen lassen sollen. Es ist erst dreißig Tage her, dass dem Wachsoldaten Penis und Hodensack entfernt wurden, und die Wunde ist noch nicht verheilt. Du hättest ihm starke Schmerzen zugefügt.« Cixi schritt auf und ab. »Warum bist du hier?«

»Ich komme im Auftrag des Kaisers«, antwortete Yang ängstlich, die Stimme rauer denn je. »Mit einem direkten Befehl. Es kam die Nachricht nach Jehol, dass die Gefangenen gesund gepflegt werden und ihre Wunden verheilen. Der Sohn des Himmels verlangt, dass sie bei Sonnenuntergang hingerichtet werden.«

»Und wo ist das Schreiben mit dem Befehl?«

Yang langte in sein Gewand und brachte einen zinnoberroten Umschlag zum Vorschein, den er auf Knien übergab. Dann hielt er sich wieder das schmerzende Handgelenk. Der Anblick des quadratischen Briefes trieb Randalls Puls in die Höhe.

Yang beugte unterwürfig den Kopf. »Ich bin zehn Stunden lang geritten, um Euch diesen Brief zu bringen, Edle Kaiserliche Gemahlin. Ich bitte um Erlaubnis, mich entfernen zu dürfen, damit ich mich erholen kann.«

Cixi zeigte zum Hof. »Du wirst auf der Stelle nach Jehol zurückreiten und dem Sohn des Himmels ausrichten, dass seine Forderung erfüllt wurde.«

»Aber ich brauche Schlaf, Edle Kaiserliche Gemahlin. Ich war die ganze Nacht im Sattel –«

»Du wirst tun, was ich dir befehle!«, unterbrach Cixi ihn barsch.

Der Eunuch drückte ehrerbietig die Stirn an den Boden. »Mir wurde befohlen, der Hinrichtung beizuwohnen –«

»Kein Wort mehr! Kung, ich bitte Euch, diesen Wurm zu den Ställen zu bringen, damit er sofort aufbricht.«

»Wie Ihr wünscht«, sagte der Prinz.

Yang stand langsam mit schmerzverzerrtem Gesicht auf und folgte Kung, den Blick an den Boden geheftet, zur Tür. Als sie hinausgingen, wehte ein kräftiger Wind herein und löschte noch einmal etliche Kerzen.

Cixi sah Randall in die Augen. »Su Shuns Diener darf nicht nach Jehol zurückkehren«, sagte sie ohne Umschweife. »Ihr werdet ihm das Genick brechen und die Leiche in den Brunnen werfen.« Sie zeigte mit ausgestrecktem Arm zum Hof.

Ihre kühl kalkulierte Forderung machte Randall sprachlos.

Cixi steckte sich den Brief ihres Gemahls in die Weste. »Ihr müsst rasch handeln. Sobald Yang diesen Hof verlassen hat, wird er herumerzählen, dass er einen Befehl des Kaisers überbracht hat.«

Randall stand nur wie erstarrt da.

Cixi fasste ihn bei den Schultern und schüttelte ihn. »Wir werden gezwungen sein, die Gefangenen hinzurichten, wenn Ihr nicht handelt!«

Endlich drang sie zu ihm durch. Randall drehte sich um,

rannte durch die Halle und stieß die Tür auf. Der Wind fegte ihm ins Gesicht. Fünf Methoden zu töten schossen Randall durch den Kopf, während er die Stufen hinunter und lautlos wie ein Geist über den gepflasterten Hof jagte. Yang und Prinz Kung waren fast am Tor angelangt, und Randall musste die Lautlosigkeit zugunsten der Schnelligkeit opfern.

Als Yang die Hand nach der Klinke ausstreckte, warf sich Randall auf den Eunuchen, nahm ihn in den Schwitzkasten und drehte ihm gewaltsam den Kopf zur Seite. Es klang, als bräche ein Ast entzwei. Randall ließ den Toten fallen.

Da er spürte, dass der schreckensbleiche Kung zum Schrei ansetzte, drückte er ihm die Hand auf den Mund. Der Prinz zitterte unkontrolliert. »Ihr werdet still sein«, flüsterte Randall. »Sonst werden wir alle entdeckt.«

Cixi kam mit gelassener Miene aus dem Palast und zeigte mit der einen Hand wortlos auf den Brunnen, mit der anderen neben sich auf den Boden. Die Botschaft war klar: Die Leiche sollte in den Brunnen geworfen werden und der Prinz zu ihr kommen.

Randall flüsterte: »Geht zu ihr, sofort. Seid stark, und alles wird gut.« Randall hob den Toten auf und rannte damit zu dem Ziegelbrunnen, wo er ihn in die Tiefe fallen ließ. Einen Augenblick später hörte er ihn ins Wasser klatschen. Darauf rannte er in den Palast zurück und schloss die Tür hinter sich. Cixi und Prinz Kung zündeten hastig die verloschenen Kerzen an. Randall half ihnen, bis alle brannten.

Nachdem sie ihren Platz in der Mitte der Halle wieder eingenommen hatten, flüsterte Cixi ihrem Schwager ins Ohr: »Ihr werdet ausrufen, dass ein Diener in den Brunnen gefallen ist. Aber denkt daran, dass Ihr nicht wisst, wer er ist, weil wir gar nicht mit ihm gesprochen haben.«

Prinz Kung war noch immer blass, doch er riss sich zusammen, eilte ans Fenster und schrie: »Ein Diener ist in den Brunnen gefallen! Ein Diener ist in den Brunnen gefallen!« Er blieb am Fenster stehen und zeigte auf den Brunnen, während nach und nach ein gutes Dutzend Diener angelaufen kamen.

»Gebt Acht, wenn Ihr die Tür öffnet!«, rief Cixi ihm zu. »Ich möchte nicht, dass die Kerzen des Kaisers ausgeblasen werden.«

Schließlich schwang das schwere Hoftor auf, und zwanzig Palastwächter kamen den Dienern zu Hilfe, um den Gestürzten zu retten.

»Fast wäre es zu spät gewesen«, sagte Cixi leise.

»Aber es ist getan«, flüsterte Randall zurück.

»Wenn Ihr noch einen Moment länger gezögert hättet, würden wir jetzt die Hinrichtung in die Wege leiten.« Sie beobachtete, wie man draußen Seile in den Brunnen herabließ. »Yang hätte seinem Herrn von Euch erzählt, und der hätte eine Untersuchung veranlasst. Er war schon misstrauisch geworden – aber das wisst Ihr.«

Randall konnte nicht anders, er war bestürzt über den Vorfall.

»Ich werde den Brief verbrennen«, fuhr Cixi fort, »und es wird wenigstens drei Tage dauern, bis Su Shun begreift, dass wir ihn nicht haben.«

»Es ist zu gefährlich, wenn ich in der Verbotenen Stadt bleibe«, stellte Randall fest.

»Unsinn«, widersprach Cixi ruhig. »Euer Platz ist hier bei mir.« Sie sah ihn an. »Ihr seid dem Reich noch einmal zu Hilfe gekommen, Randall Chen, in einem Augenblick größter Not. Dafür stehe ich in Eurer Schuld.« Sie holte tief Luft. »Ich kann Euch aufrichtig versichern, Eure Tat macht es mir möglich, Euch zu vergeben, was Ihr mir neulich angetan habt. Ich wünschte, es stünde nichts zwischen uns. Dann könnte ich Euch auf unterhaltsamere Weise danken.«

Draußen im Hof wurde die Leiche aus dem Brunnen gezogen. Inzwischen hatte sich ein Menschenauflauf gebildet, vor dem Prinz Kung erzählte, wie der Eunuch durch das Tor gekommen und sofort zum Wasser gelaufen sei. Eben habe er ihn noch auf dem Brunnenrand sitzen sehen, dann sei er plötzlich verschwunden gewesen.

»Welch ein Unglück!«, sagte er bedauernd. »Weiß jemand, was er hier wollte?«

38.

Britisches Feldlager
3 Kilometer östlich von Peking, China
8. Oktober 1860
Ortszeit: 11.21 Uhr
Unternehmen Esra – Tag 219

Harry Parkes ritt an der Spitze seiner Begleiter, genau wie damals vor knapp drei Wochen, als er das britische Feldlager verlassen hatte. Auf den ersten Blick war nicht zu erkennen, dass sie bis vor Kurzem noch Gefangene gewesen waren. Von weitem sahen sie gesund aus. Ihre Gesichter waren rasiert, die Uniformen gebügelt, die Stiefel geputzt, die Pferde gestriegelt. Bei näherem Hinsehen hätte man freilich die schrecklichen Spuren der Folter an den Handgelenken und im Gesicht gesehen; die Wunden waren gerade erst zugewachsen. Mit einundvierzig Mann waren sie fortgeritten, mit sechsundzwanzig kehrten sie zurück. Hinter der Kolonne rumpelte ein ungefederter Karren einher mit den Leichen derer, die die Gefangenschaft nicht überlebt hatten.

Sie waren von tausend Tataren zum Pekinger Stadttor gebracht worden, und Parkes war sich seiner Freilassung erst sicher gewesen, als sich die großen Flügel öffneten und er ungehindert hinaus in den Sonnenschein reiten durfte. Begleitet vom Hufgetrappel strebten sie nun von der Stadt fort, die leicht ihr letzter Ruheplatz hätte werden können.

In der Ferne sah er die Zelte der Verbündeten auf den gemähten Hirsefeldern. Nach der Position ihrer Truppen zu urteilen, musste Lord Elgin äußerst zuversichtlich sein. Sie lagen so nah vor der Stadt, dass sie sich unmöglich verteidigen könnten, wenn ein Tatarenheer herausströmen und das Lager angreifen würde.

Je näher Parkes dem Feldlager kam und je deutlicher er die vielen Kanonen und Haubitzen sah, die auf die Stadtmauer zeigten, desto selbstsicherer wurde er. Es schien, als ob alle von den Chinesen erbeuteten Geschütze samt denen der Alliierten dort in Stellung gebracht waren. Es mussten über dreihundert sein.

Über die Ebene pfiff ein kalter Wind und straffte die gut zwanzig britischen Flaggen, die in der Mitte der akkurat gebauten Zeltstadt an weißen Masten gehisst waren. Dort befanden sich zweifellos Lord Elgin und der Kommandostab.

Die Sikh-Soldaten, die den Eingang bewachten, traten zur Seite und grüßten knapp, als Parkes mit seinen Begleitern wortlos vorbeitrabte. Von nun an säumten Hunderte britischer Soldaten die Straße, und alle klatschten Beifall, als sie die vermissten Gesandten kommen sahen.

Parkes drehte sich zu Loch um und sagte: »Es ist, als wären wir von den Toten zurückgekehrt.«

»Wir *sind* von den Toten zurückgekehrt«, war Lochs trauervolle Antwort.

Danach beschäftigte Parkes nur noch das Problem, wie er Elgin die Tortur ihrer Gefangenschaft schildern sollte und welche Vergeltungsmaßnahmen das auslösen könnte. Dabei hatte er zwei ernste Sorgen. Erstens musste er einen Angriff auf Peking verhindern. Chens Warnung klang ihm noch in den Ohren, und wenn der entschlossen war, sie wahr zu machen, durfte es zu dem Angriff nicht kommen. Zweitens wollte er selbst in der ganzen Geschichte gut dastehen. Wie würde seine Rolle gesehen werden? Würde sein Ansehen durch die Gefangenschaft steigen oder sinken?

Nachdem sie das Hauptkarree des Lagers in flottem Trab erreicht hatten, wurden sie von einem Begrüßungskommando willkommen geheißen, das jeden Offizier über dem Rang des

Captains einschloss, mindestens fünfundzwanzig Mann in Reih und Glied. Lord Elgin stand in seinem dicken schwarzen Mantel samt Orden in der Mitte und klatschte lächelnd in die Hände. Sir Hope war da, desgleichen Major-General Sir Robert Napier, Major Probyn und Major Fane. Parkes zog die Zügel an, saß ab und übergab sein Pferd einem Sikh-Soldaten, der es wegbrachte.

»Ich bin so froh, dass Sie heil zurückkommen!«, rief Elgin herzlich und griff nach Parkes' Hand, um sie energisch zu schütteln.

»Nichts kann mich abhalten, Königin und Vaterland zu dienen«, sagte Parkes darauf.

Hinter ihm stiegen die anderen vom Pferd, und von allen Seiten kam Applaus, dann plötzlich Gesang – »For they are jolly good fellows« –, als wären die britischen Expeditionsverbände ein gut eingestimmter Chor.

Das Lied wurde ein zweites und drittes Mal wiederholt, während man den Zurückgekehrten die Hände schüttelte und auf die Schulter klopfte und ihnen Gläser mit frischem Wasser bringen ließ. Stühle wurden für sie hingestellt, damit sie in der Sonne sitzen und von der Gefangenschaft berichten konnten. Erst als der Eselskarren mit den vielen Särgen heranrollte, verebbten die Stimmen zunächst zum Flüstern und verstummten schließlich.

Mit hochrotem Gesicht stampfte Lord Elgin durch die Umstehenden, die ihm Platz machten, und zog den Arm weg, als Parkes ihn zurückhalten wollte. Der hatte in seinem Brief unmissverständlich geschrieben, dass etliche seiner Begleiter nicht mehr am Leben waren – es hätte Elgin also nicht so in Rage bringen sollen, außer diese Reaktion gehörte zu seiner Strategie, den Zorn der Soldaten anzufachen.

Elgin fuhr zu seinem Chefunterhändler herum. »Die Qing haben es gewagt, unsere Leute zu töten?«, brüllte er.

»Und zu foltern«, ergänzte Parkes, drehte sich zu seinen Kameraden um und wies sie an, ihre heilenden Verletzungen zu zeigen. »Man hat uns an Händen und Füßen gefesselt«, gab er laut bekannt. »Die Schnur war nass und schrumpfte beim Trocknen auf die Hälfte zusammen, sodass sie die Durchblutung abschnitt. Uns schwollen die Hände und Füße an, bis die Haut unter dem Druck platzte. Nägel und Finger rissen auf und bluteten. Doch das war noch nicht das Schlimmste. In die ungeschützten Wunden legten Hunderte Schmeißfliegen ihre Eier, und wir konnten sie nicht abstreifen, da wir gefesselt waren. Die Maden wuchsen zu Tausenden heran und fraßen vom lebenden Fleisch. Sie können mir glauben, liebe Landsleute, diese Männer haben unaussprechliche Qualen durchlitten. Und für viele waren sie der Tod. Wer nicht an Blutvergiftung starb, ging im Wahnsinn an den Schmerzen zugrunde.«

Das ganze Lager war still, wie gelähmt von der drastischen Schilderung.

»Unsere Leute wurden geschlagen, obwohl sie schon mit aufplatzenden Händen am Boden lagen«, berichtete Parkes weiter. »Wenn sie um Essen oder Wasser baten, stopften ihnen die Wärter Erde und Kot in den Mund, bis keiner mehr zu bitten wagte.« Mit teuflischem Blick trat er zu Lord Elgin. »Ich habe noch nie jemanden so gehasst wie die, die diese Verbrechen begangen haben.« Dann deutete er auf seine Begleiter. »Diese Männer sind in der Hölle gewesen, und jeder, der sie überlebt hat, ist ein Held. Viele von uns starben in den ersten drei Tagen. Thomas Bowlby, Captain Brabazon und Lieutenant Anderson, um nur ein paar zu nennen. Und gemessen an unserer Behandlung sollten wir jetzt alle tot sein.«

»Ihre Tapferkeit wurde zur Kenntnis genommen!«, sagte Lord Elgin, noch immer stark errötet. »Und es ist Zeit, Rache zu nehmen! Diese Verbrecher niederzumetzeln! Es ist Zeit, im Namen der Königin alle auszurotten, die es wagen, britische Soldaten zu foltern und zu töten. Erst recht wenn sie unter der weißen Flagge geritten sind.«

Ein hasserfülltes Gemurmel erhob sich ringsherum, eine mörderische Stimmung breitete sich aus.

»Wir wären jetzt tot, meine Männer und ich!«, rief Parkes dagegen an, als stünde er auf einer Bühne im Westend. »Doch wir leben noch, weil maßgebende Mitglieder der Kaiserfamilie Barmherzigkeit walten ließen. Ohne sie wären wir heute nicht hier.« Seine Worte wirkten augenblicklich dämpfend, und er sah Elgin an, dass ihn die Anerkennung der Milde völlig aus dem Tritt brachte.

»Meine Männer haben dem Tod ins Auge geblickt«, fuhr Parkes fort. »Sie haben Unmenschliches durchgemacht. Aber als ich schon glaubte, mein Schicksal sei besiegelt, zeigte sich ein Hoffnungsschimmer. Wie von der Hand Gottes berührt, fühlte ich mich plötzlich neu belebt. Das Schicksal wollte es, dass unsere alliierten Verbände an der Acht-Li-Brücke einen monumentalen Sieg erringen. Damit haben Sie mich und meine Begleiter gerettet, denn deswegen floh der Kaiser mit seinem Hofstaat aus der Verbotenen Stadt und übertrug die Verantwortung seinem jüngeren Bruder, dem vernünftigen, freundlichen Prinzen Kung, dem die kaiserliche Gemahlin Cixi beratend zur Seite steht.«

»Wir müssen die Qing dafür bezahlen lassen, was sie Ihnen angetan haben«, schäumte Lord Elgin.

»Unsere Ziele, deretwegen wir hier sind, haben wir fast erreicht«, rief Parkes. »Wir dürfen Peking nicht angreifen, denn wenn wir die Stadt vernichten, vernichten wir auch unsere größten Unterstützer für die weitere Zukunft und genau die Menschen, denen wir unser Überleben verdanken.« Er drehte sich einmal im Kreis. »Ich meine auch, dass wir für die Gräueltaten Rache nehmen müssen. Wir müssen unsere Toten rächen. Die Qing haben sich mit der bedeutendsten Macht der Welt angelegt! Ich sage, wir holen uns von China mehr, als wir zu Anfang gefordert haben.« Er zeigte nach Norden. »Dort liegen unvorstellbare Reichtümer, und die werden uns gehören.«

»Was schlagen Sie da vor?«, fragte Lord Elgin.

»Es gibt nur einen Ort in ganz China, der größeren Reichtum hat als die Verbotene Stadt, der mehr als jeder andere in diesem mittelalterlichen Land für seine Schönheit berühmt ist. Das ist der Sommerpalast, das Lustschloss der Qing-Kaiser, das sie fast sechs Monate im Jahr bewohnen. Die Verbotene Stadt ist das zeremonielle Zentrum, der Sommerpalast die Wohnstätte. Nichts verkörpert stärker die Macht und Vornehmheit der Qing-Kaiser. Lord Macartney ist dem Kaiser Qianlong dort 1793 begegnet und hat gesagt, das sei der eindrucksvollste Platz auf Erden. Ein Märchenland voller Gold und Juwelen.« Parkes drehte sich ein zweites Mal nach allen Seiten. »Dort werden wir unsere Toten rächen! Dort werden wir China plündern und ihnen für immer die Illusion rauben, dass die Qing die Welt regieren.«

Parkes ging an Elgins Seite und raunte ihm ins Ohr: »Wir dürfen es nicht riskieren, Peking anzugreifen und Chen zu verärgern. Er warnt ausdrücklich, dass dies Mandschu und Chinesen einen würde. Wenn wir den Sommerpalast zerstören, wird das die Chinesen nicht kümmern. Er wurde von den Mandschu-Kaisern errichtet.«

Die Entschlossenheit, mit der Parkes die Plünderung vorschlug, machte Elgin sprachlos. Er selbst hatte das gar nicht erst in Erwägung gezogen, da er fürchtete, dass Senggerinchins Kavallerie noch in den Wäldern auf der anderen Seite Pekings lauern könnte.

»Auf diese Weise brechen wir nicht die Vereinbarung mit Mr. Chen«, flüsterte Parkes.

»Könnten wir in eine Falle laufen?«

»Das ist keine Falle«, sagte Parkes entschieden. »Die verbliebenen Streitkräfte der Qing haben sich hinter die Stadtmauern verkrochen. Ich habe sie selbst gesehen.«

In Elgins Kopf schnurrten die Rädchen: Der Reichtum dieses Sommersitzes war angeblich unvorstellbar; damit ließe sich der

Krieg finanzieren, ohne dass man auf die Reparationen angewiesen wäre, die die Verhandlungen erst noch zu erbringen hatten. Und, wie Harry ausgeführt hatte, hieße das vor allem, dass er die Abmachung mit Mr. Chen wortwörtlich einhielt. Der Sommerpalast lag acht Kilometer von Pekings Stadtmauer entfernt. Also könnte er behaupten, nicht wortbrüchig geworden zu sein.

»Rache muss schnell sein!«, brüllte er.

»Der Sommerpalast muss ausgeräumt werden!«, stimmte Parkes ein. »Jeder kostbare Zierrat, jedes Kunstwerk wird eingesammelt und mitgenommen!«

Sir Hope fügte genüsslich hinzu: »Jeder Mann und jeder Eunuch wird da drinnen niedergemacht!«

Das dumpfe Gemurmel des Hasses griff erneut um sich. Die Stimmung lud sich immer mehr auf. Parkes sah es in sämtlichen Gesichtern. Selbst seine Mitgefangenen, die erst vor einer halben Stunde die Freiheit erlangt hatten, ließen sich anstecken von der Vorfreude auf Zerstörung und Beute. Die Rache würde süß sein.

»Wir entreißen ihnen ihren Reichtum!«, brüllte Lord Elgin. »Wir lassen nichts zurück! Jeder Soldat wird seinen Anteil bekommen.«

Im Lager erhob sich fröhliches Gejohle.

»Das ist der Augenblick, in dem sich der zweite Opiumkrieg auszahlen wird!«, brüllte Elgin. »Für Königin und Vaterland, der Sommerpalast muss brennen. General Napier, Sir Hope – lassen Sie Ihre Männer antreten.«

39.

Peking, China
Verbotene Stadt
Palast der Gesammelten Eleganz
8. Oktober 1860
Ortszeit: 19.00 Uhr
Unternehmen Esra – Tag 219

Im Kamin prasselte ein lebhaftes Feuer, die Flammen leckten in den eisernen Rauchfang. Es verströmte eine starke Hitze und sandte ein goldenes Licht auf die Wände des großen säulengestützten Raumes.

Allein in Cixis Schlafgemach, schritt Randall wartend auf und ab. Sie hatte ihn vor einer halben Stunde herbestellt, und das erfüllte ihn mit bösen Vorahnungen.

In vier Tagen schon würde er ein für alle Mal von hier verschwinden. Sein Eingreifen würde im Stolz der Sieger untergehen und bei den Besiegten vergessen werden. Die Geschichte würde sagen, dass Randall Chen nie existiert hatte. Dafür würden Lord Elgin und Harry Parkes als erfolgreiche Invasoren dastehen, und Cixi wäre für immer die Frau, die im Alleingang das Reich der Mitte vor der Selbstzerstörung bewahrt hatte. Nur der Esra-Aufseher würde die Wahrheit kennen. Er fragte sich, ob er wohl weiterhin die unzähligen Toten betrauern werde, die es wegen seines Eingreifens gegeben hatte, doch er bezweifelte es. Die Geschichte war grausam, schon immer, und sie würde es immer sein. Wäre er nicht gewesen, hätten die taktischen Möglichkeiten, die er zum Vorteil der Alliierten genutzt hatte, sicher zu etwas anderem geführt. Der Vorteil hätte an anderer Stelle gewirkt, genauso brutal, genauso schrecklich.

Er ging an Cixis Bett und beugte sich über eines ihrer bestickten Kissen, um den Duft einzuatmen. Augenblicklich wurde er weich in den Knien. Der Duft brachte ihm den Abend zurück, als er ihren nackten Körper berührt hatte. Er fühlte es wieder, wie sie ihre Haare über sein Gesicht und seine Brust gleiten ließ. Er schloss die Augen und seufzte.

Am Vormittag hatte man den Gesandten ihre Pferde und Waffen zurückgegeben und sie von einer großen Ehrengarde zur äußeren Stadtmauer eskortieren lassen; alle verfügbaren Kavalleristen und Fußsoldaten, über dreitausend Mann, waren dazu angetreten. Cixi hatte entschieden, die letzte Erinnerung, die Parkes aus der Hauptstadt mitnehmen sollte, sei die an eine tapfere, wiedererstarkte Streitmacht, nicht an eine besiegte Nation, die der Gnade der roten Teufel ausgeliefert war.

Randall hatte zugestimmt, obwohl davon nichts in den Auftragstexten stand. Viele Ereignisse waren vom ursprünglichen Plan abgewichen, doch im Großen und Ganzen war es, wie es sein sollte. Er dachte an sein letztes Gespräch mit Parkes, bei dem ein ausgezehrter Henry Loch im Hintergrund gestanden hatte.

»Sie sind frei und können zu Lord Elgin zurückkehren.« Mit diesen Worten hatte er sie zur Tür geleitet. »Ihre Gefangennahme war ein überaus unglücklicher Zwischenfall in diesem Krieg.«

»Ich danke Ihnen für Ihre Hilfe«, sagte Parkes darauf.

»Das ist nicht nötig. Mein Anteil an Ihrer Freilassung ist gering. Die anderen warten draußen, die Pferde sind gesattelt. Ihre Toten wurden leider nur in schlichte Särge gelegt und auf einen Karren gepackt, der mit Ihnen fährt. Bedauerlicherweise werden zwei Männer noch vermisst. Ich entschuldige mich im Namen der Qing für das sinnlose Ableben Ihrer Leute. Es ist viele Tage her, dass sie gestorben sind, und die Leichen wurden eingekalkt, um die Ausbreitung von Krankheiten zu verhindern, sodass sie keinen schönen Anblick bieten.« Randall deutete zur Tür. »Ich hoffe sehr, dass Sie zugunsten eines besseren

Verhältnisses zwischen den Qing und den Mächten des Abendlandes über ihr Schicksal hinwegsehen können.« Er schwieg für einen Moment. »Wenn nicht, sollten Sie Ihr Handeln sorgfältig abwägen und bedenken, dass ich auf Seiten der Qing über die Ereignisse wachen werde, um zu gewährleisten, dass Sie Ihren Teil unserer Abmachung einhalten.«

Parkes blieb vollkommen ruhig. »Sie haben mein Wort, dass wir die Mauern Pekings unzerstört lassen. Und Sie haben mein Wort, dass die Qing nicht gestürzt werden. Aber eines will ich sagen ...« Er schluckte mehrmals nervös, ehe er fortfuhr. »Das Britische Empire ist die mächtigste Nation der Welt. Das hat sich bei der Schlacht an der Acht-Li-Brücke im Jahre des Herrn 1860 wieder einmal gezeigt. Wir hätten auch ohne Ihre Hilfe gesiegt, Randall Chen.«

Randall warf ihm einen strengen Blick zu. »Ohne mich wären Sie niedergemetzelt worden. Lassen Sie sich Ihr Urteilsvermögen nicht durch Hochmut trüben, der Preis könnte bitter sein.«

»Ich habe keinen Zweifel, dass wir uns noch einmal wiedersehen werden«, meinte Parkes.

»Wenn, dann nur weil Sie die Abmachung gebrochen haben«, widersprach Randall sofort. »Und das hieße, Sie tun Ihren letzten Atemzug.« Augenblicklich trat ein feiner Schweißfilm auf Parkes' Stirn. Die Drohung hatte gewirkt.

Parkes nickte, gab Loch einen Wink und ging mit ihm durch die Tür. »Dann hoffe ich, Sie nie wieder zu sehen«, sagte er gerade so leise, dass Randall es noch verstehen konnte.

Nun stand er also in Cixis Schlafzimmer und schaute wieder einmal sinnend den Rauchfäden nach, die aus den Räucherschalen in die stille Nachtluft aufstiegen. Wie er so an Parkes zurückdachte, beschlich ihn der Eindruck, dass sein Benehmen etwas Berechnendes gehabt hatte. Er hatte immer die passenden Sätze gesprochen und Zusagen gemacht, aber so, als hätte er Hintergedanken, als plante er etwas.

Plötzlich flog die Tür auf, und Cixi kam mit wehenden Kleidern herein. Sie sah wütend und verzweifelt aus. In der Hand hielt sie einen zinnoberroten Brief und zeigte damit auf Randall. »Keine drei Stunden nachdem die Gefangenen im Feldlager der Alliierten angekommen waren, ließ Lord Elgin seine Soldaten antreten!«, berichtete sie gereizt. »Er hat tausend Männer zurückgelassen, die die Kanonen und das Lager bewachen. Alle anderen marschieren nach Norden.«

Randall dachte als Erstes an Jehol, doch das lag eigentlich zu weit im Gebirge, und der Winter näherte sich schnell. »Wohin wollen sie?«, fragte er. »Einen Angriff auf Peking werden sie nicht wagen.«

Cixi stampfte mit dem Fuß auf wie ein bockiges Kind. »Sie ziehen zum Sommerpalast, Yuan Min Yuan!«

Sowie sie es ausgesprochen hatte, war Randall klar, dass Parkes genau das im Sinn gehabt hatte. Er und Elgin würden die größten Schätze des Reiches an sich reißen, und weil der Palast nicht innerhalb der Stadtmauer Pekings lag, hätten sie sich dennoch an die Vereinbarung gehalten.

»Ihr habt Euch getäuscht!«, sagte Cixi beißend. »Ich sehe es Eurem Gesicht an. Ihr habt diesen verräterischen Gesandten laufen lassen, und wie es scheint, hat sich Euer Mitgefühl in unverhohlene Nichtachtung verwandelt.«

»Was für eine Befestigung hat der Palast?«, fragte er.

»So gut wie keine«, antwortete Cixi frustriert. »Dort leben tausend Diener und zweihundert Palastwachen. Kaum genug, um einen Angriff abzuwehren. Sie können von allen Seiten mühelos überrannt werden.« Mit schmalen Augen sah sie Randall an. »Ihr habt versagt.«

Zorn flammte in ihm auf. »Wie könnt Ihr es wagen, so mit mir zu reden!«, knurrte er. »Ich bin gekommen, um die Verbotene Stadt zu schützen – und geschützt habe ich sie. Elgin wird Peking nicht angreifen, weil er meine Rache fürchtet. Dass der Sommerpalast außerhalb der Mauern liegt ist bedauerlich. Aber die Verbotene Stadt ist sicher, und damit seid auch Ihr und Euer

Sohn es, das ist das Wichtigste. Nur so wird die Herrschaft der Qing fortbestehen.«

»Aber der Sommerpalast ist mir der liebste Platz auf Erden«, beharrte Cixi in weichem Ton. Randalls Wutausbruch schien sie besänftigt zu haben. »Es muss ein Mittel geben, um ihn zu bewahren.«

Randall dachte darüber nach, doch die Zeit und seine Unkenntnis der Zukunft waren gegen ihn. Nach der Geschichte, wie er sie gelernt hatte, war Lord Elgin nicht zum Sommerpalast gezogen. Schließlich sagte er: »Wenn Ihr die Wahl zwischen der Verbotenen Stadt und dem Sommerpalast hättet, was würdet Ihr schützen wollen?«

»Beide.«

»Beides geht nicht.«

Cixi rang die Hände. »Yuan Min Yuan ist von erlesener Pracht. Dort stehen auch drei abendländische Paläste, die schöner und erhabener sind, als man sie in Europa findet.«

»Ich kann nichts versprechen«, erwiderte Randall. »Nur hoffen, dass Elgin und Parkes die Schönheit, die Qianlong da erschaffen hat, anerkennen und sich mit dem Plündern begnügen werden.«

»Ihr müsst mehr tun, als auf ihre Einsicht hoffen!«, fauchte Cixi. »Sie sind in unser Land eingedrungen, und nun wollen sie die größten Schätze des Reiches rauben!«

Randall schaute in ihre zornigen Augen. Sie waren kalt und loderten dennoch vor Feindseligkeit. »Es gibt nichts, das ich tun kann«, sagte er.

Cixi ging mit heftigen Schritten zum Kamin, ihr Schatten streckte sich über den glänzenden Boden und die Wand an der Gartenseite. »Es muss einen Weg geben!«

»Was steht in dem Brief?«, fragte Randall. Cixi hatte ihn nicht aus der Hand gelegt.

Sie drehte sich nicht um, sondern hielt ihm das Schreiben mit ausgestrecktem Arm hin. »Der zweite Befehl, die Gefangenen hinzurichten. Er kam eine Viertelstunde, nachdem sie Peking verlassen hatten.« Sie wandte sich ihm zu. »Es scheint, dass Eure Taktik, sie freizulassen, ehe dieser Brief eintrifft, erfolgreich war. Doch ich fürchte, sie war dennoch ein Fehler. Wir haben nun kein Druckmittel mehr.«

»Wir hätten spätestens jetzt, da der Brief eingetroffen ist, kein Druckmittel mehr«, gab Randall zu bedenken. »Wären die Gefangenen exekutiert worden, hätten wir die Vergeltungsmaßnahmen der Invasoren unmöglich eindämmen können. Ihr Ziel wäre dann nicht der Sommerpalast, sondern die Verbotene Stadt gewesen.«

Cixi stand wie versteinert da und strahlte doch Erhabenheit aus. »Aber wir müssen doch etwas tun können«, sagte sie mit zitternder Stimme. Dann, als hätte sich ihre Entschlossenheit aufgelöst, fing sie leise an zu wimmern.

Randall legte die Arme um ihre Schultern. Er sah ihre Traurigkeit und fühlte das sanfte Heben und Senken ihrer Brust, doch es erregte eher sein Begehren, als dass es eine mitfühlende Saite anschlug.

Cixi wand sich in seinen Armen wie ein Aal in der Hand des Anglers. »Können wir denn gar nichts tun?«

Als Randall in ihr schönes, trauriges Gesicht sah, fühlte er plötzlich ungeheuren Mut in sich. »Wir riskieren viel, wenn wir darauf reagieren.«

Sie legte die Hand an seine Brust und griff mit der anderen um seine Taille. »Ihr seid ein Held, der viel über die Zukunft weiß. Ich weiß, Ihr könnt sie aufhalten. Sie fürchten Eure Macht.«

»Wir können uns weitere Verluste auf dem Schlachtfeld nicht leisten; damit würden wir die Verbotene Stadt entblößen.«

Cixi lockerte das Band seiner Hose und schob die Hand hinein. Er stöhnte unwillkürlich.

»Wir müssen Yuan Min Yuan vor den roten Teufeln schützen«, flüsterte sie.

Es gab nur eine Möglichkeit, erkannte Randall. Er müsste selbst hinreiten und vor den Alliierten ankommen.

Cixi zog sein Obergewand auseinander und küsste seine nackte Brust. »Ich tue alles, um ihn zu retten. Alles«, hauchte sie.

Um Elgin aufzuhalten, brauchte es eine blutige Warnung – das war die einzige Sprache, die die Invasoren verstanden. Als ihre Zunge über seinen Bauch leckte, entfuhr ihm ein neuerliches Stöhnen. »Ich kann den Sommerpalast retten«, sagte er heftig atmend.

Cixi schob die Hände um seinen Hintern. »Ich weiß«, erwiderte sie. »Aber wird Euch auch nichts zustoßen? Ich will Euch nicht in Gefahr bringen.«

»Mir wird nichts passieren«, versprach er.

Darauf ging sie auf die Knie, zog ihm die Hose herunter und streichelte seine nackten Schenkel. Kurz schaute sie zu ihm hoch. »Für mich steht viel auf dem Spiel«, sagte sie. »Die Lust, die ich Euch nun bereiten werde, ist nur ein Vorgeschmack auf die unvorstellbaren Freuden, die ich noch für Euch bereithalte, falls Ihr meinen Lieblingsplatz auf Erden rettet.«

40.

KALIFORNIEN, NORDAMERIKA
23 SEEMEILEN SÜDLICH VON CRESCENT CITY
25. JULI 2084
ORTSZEIT: 16.27 UHR
3 TAGE VOR DEM ESRA-TRANSPORT

Die rote Beech Baron sank unter eine dunkle Wolkenmasse, die viel schneller als vermutet von Norden herangezogen war. Die strahlende Sonne, die eben noch das Cockpit wärmte, war verschwunden, und das ganze Flugzeug schien förmlich zu schaudern.

Wilson setzte die Sonnenbrille ab und schob sie in die Halterung an seinem Sitz. Er saß am Steuer seiner altmodischen Turbopropmaschine, neben ihm Randall Chen. Sie machten einen Rundflug über den Redwood National Forest und waren seit einer Stunde in der Luft. Wilson hatte es für eine gute Idee gehalten, Randall an diesem Nachmittag vom Simulator und seiner Lernerei wegzuholen. Ein Flug schien ihm die ideale Ablenkung zu sein.

Wilson drückte auf den Knopf an seinem Headset. »Der Ausblick ist fantastisch, finden Sie nicht?«

Das Flugzeug erzitterte.

»Ja, unglaublich«, hörte er Randall antworten, und kurzzeitig drang der Motorenlärm an seine Ohren.

Sie flogen nach Norden entlang der unbebauten Küste. Links lag der strahlend blaue Pazifik, rechts waren bewaldete Berghänge zu sehen. Unter ihnen wechselten sich Flussmündungen und dunkle Sandstrände ab. Die Turbulenzen wurden mit jeder Minute heftiger.

»Das Gebirge da drüben verläuft durch ganz Washington bis zur Küste von Oregon und stößt an die Rocky Mountains«, sagte Wilson.

Randall blickte zu den schaumgekrönten Wellen hinab, dann zu den drohenden schwarzen Wolken hinauf. »Hören Sie, ich bin kein Experte, aber das Wetter scheint sich rapide zu verschlechtern.«

Ihre Flugroute sollte parallel zu den Salmon Mountains nach Südosten verlaufen, dann nach Westen zur Klamath-Mündung und über Enterprise Corporation hinweg. Dabei bekämen sie auch den National Forest und das Wasserkraftwerk zu sehen, das die Gezeitenströmung in der Mündung ausnutzte. Jetzt flogen sie bereits wieder nach Norden auf den Flugplatz von Crescent City zu, wo Wilson sein Flugzeug die meiste Zeit des Jahres stehen hatte.

Er tippte auf den Touchscreen seines MacAir, und wie Randall schon bemerkt hatte, braute sich mit alarmierender Schnelle ein Unwetter zusammen. Es war Zeit zu entscheiden, ob er nach einem anderen Landeplatz suchen oder mit erhöhter Geschwindigkeit das ursprüngliche Ziel ansteuern wollte.

»Sie haben doch nichts gegen einen holprigen Flug, oder?«, fragte er.

Randall drehte den Kopf. »Nein, dagegen habe ich nichts. Aber ich bin nicht in der Stimmung für eine Bruchlandung, falls Sie das im Sinn haben. Um die Wahrheit zu sagen, ich kann nicht glauben, dass Sie mich in dieser Blechkiste hier raufgeschleppt haben.«

»Das ist ein erstklassiges Flugzeug«, widersprach Wilson, dann drückte er den Gashebel durch.

»Ich hoffe, Sie wissen, was Sie tun«, war Randalls gedämpfte Antwort.

Wilson warf noch einen Blick auf den MacAir. »Keine Sorge, in knapp zehn Minuten habe ich Sie wieder am Boden.« Er ermittelte einen direkten Kurs auf Landebahn 35 und gab schlechtes Wetter an, um vorrangige Landeerlaubnis zu erhalten. Eine Computerstimme bestätigte sofort seinen Anflug. Wilson schnallte sich an, und im selben Moment zuckte ein Blitz aus den Wolken. »Das könnte lustig werden«, meinte er.

Randall zog seinen Gurt fest. »Ich habe Ihnen mal gesagt, dass ich fürs Fliegen nichts übrighabe.«

»In solchen Momenten ist kein Platz für Furcht«, erwiderte Wilson. »Das habe ich Ihnen auch mal gesagt.«

Das Flugzeug begann zu hüpfen und zu schaukeln.

Mit knappen Steuerbewegungen brachte Wilson die Beech Baron auf neunzig Meter runter und flog über die windgepeitschte Bucht, ohne Landeklappen, direkt ausgerichtet auf die Landebahn. Die Geschwindigkeit betrug 230 Knoten, zum Landen unvernünftig hoch. Bei alldem schaute er zu den Bäumen in der Ferne und dem grauen Regenschleier, der sich aus anderer Richtung näherte.

»Windscherung … Windscherung!«, tönte es aus dem Bordcomputer.

Die Schnauze des Flugzeugs kippte nach unten, und Wilson zog sie hoch. Die linke Tragfläche sackte zur Seite, und er riss das Steuer nach rechts, worauf sie sich gegen den plötzlichen Luftwiderstand zögernd hob. Der Rumpf ruckte und ächzte, die Spanten knarrten als Reaktion auf die Bewegung der Flügel. Dennoch behielt das Flugzeug den korrekten Anstellwinkel.

Sie waren jetzt noch dreißig Meter über dem Boden, und die Turbulenzen waren schlimmer denn je. Das Fahrwerk war ausgefahren. Wilson nahm Schub zurück, als sie das erste Stück der Landebahn überflogen. Das Ende verschwand bereits hinter dichten Regenschleiern. Die Sicht war grau verhangen.

Wilson redete weiter. »Wie Le Dan gesagt hat: Die Situation einzuschätzen ist wichtig.« Sie wurden so heftig durchgerüttelt, dass sein Satz zum Stakkato wurde. »Aber Angst ist Zeitverschwendung. Die beeinträchtigt nur das klare Denken, während es am wichtigsten ist –«

»Windscherung ... Windscherung!«, tönte der Bordcomputer noch einmal.

Die Beech Baron kippte für eine Sekunde heftig zur linken Seite. Wilson zog den Steuerknüppel nach rechts und trat mit dem Fuß gegen das rechte Seitenruder, er brauchte seine ganze Kraft, um beides in seiner Gewalt zu behalten.

Plötzlich streifte die linke Flügelspitze den Asphalt, und sprühende Funken erhellten das Cockpit. Der Rumpf vibrierte und spannte sich, das Flugzeug gierte, und einen Moment lang schien es, als wäre es außer Kontrolle. Wilson drückte den Steuerknüppel nach vorn, die Tragflächen kamen in die Horizontale, die Räder setzten laut knirschend auf. Der Motorenlärm ging unter in dem prasselnden Regen, der mit Riesentropfen gegen die Glaskanzel klatschte. Der rechte Flügel hob sich wieder, als die Geschwindigkeit abnahm, doch Wilson korrigierte das mühelos. Wie aus Eimern goss es gegen die Scheiben, und heftige Windböen verwehten den Wasserschleier zu bizarren Mustern.

Wilson drückte auf den Mikroknopf am Headset. »Alpha Bravo Delta ist auf Landebahn 35 gelandet«, sagte er ruhig. »Rolle zum Hangar 42.«

Eine Computerstimme antwortete: »Roger, Alpha Bravo Delta.«

Während er den Gashebel sacht nach vorn drückte, ließ er sich vom MacAir durch die graue Waschküche zum Hangar leiten. »Wissen Sie, inzwischen mache ich keine Bruchlandungen mehr«, meinte er lächelnd, »aber diesmal war es knapp.«

Randall hatte noch kein Wort gesprochen, seit sie gelandet waren. Nach einem langen Seufzer sagte er: »Mag sein, dass Sie sich gern in Lebensgefahr bringen, aber mich hätten Sie auf keinen Fall gefährden dürfen.«

»Das Unwetter kam ein bisschen schneller als erwartet, mehr nicht.«

»Ich bin der Aufseher der Esra-Mission«, erwiderte Randall heftig. »Ich darf nicht in Gefahr gebracht werden.«

Der Regen verstummte, und man hörte wieder das Dröhnen der Motoren, als sie durch die Hangartore rollten. Das dunkle Grau der Sturmwand wurde abgelöst vom harten Schein der Neonröhren. Wilson schaltete die Motoren ab, und in der Kabine war es still. Nur oben auf dem Hangardach trommelte der Regen weiter.

»Sie sind ein Idiot.« Zornig riss sich Randall das Headset vom Kopf.

»Überlegen Sie mal, wie Sie reagieren«, sagte Wilson. »Es ist doch gar nichts passiert.«

Randall löste die Türverriegelung und schnallte sich ab. »Ein seltsamer Augenblick für weise Sprüche, nach dem, was Sie sich gerade geleistet haben.«

»Vorsicht auf der Tragfläche«, riet Wilson. »Da kann es sehr rutschig sein.« Randall schoss ihm bloß einen sengenden Blick zu.

Wilson seufzte, dann öffnete er seine Tür. Er trat auf die Tragfläche, machte zwei Schritte und sprang auf den glatten Betonboden. Außerhalb des Flugzeugs hörte man den Regen noch lauter auf das Wellblechdach trommeln.

Plötzlich wurde Wilsons Blick von der linken Tragfläche angezogen. Er stellte fest, dass sich von den Nieten einige gehoben hatten. Er strich mit den Fingern über die nass glänzende Fläche bis zu dem zerschrammten Ende – die Spitze fehlte völlig.

Randall ging mit hochgezogenen Schultern und ernstem Gesicht hinten um das Flugzeug herum, und Wilson sah ihm an, dass er noch aufgebracht war. Er machte sich auf die nächste Beleidigung gefasst, als er aus den Augenwinkeln zwei Gestalten vor dem Hangartor wahrnahm. Sie näherten sich unter einem gemeinsamen Regenschirm.

Ein Blitz erleuchtete kurz den dunklen Himmel und gewährte Wilson einen Anblick, der hoffentlich nur böse Einbildung war. Es war GM im langen weißen Trenchcoat, auf seinen

Stock gestützt. Neben ihm ging Minerva in einem knöchellangen roten Mantel und hielt den Schirm über sie beide.

Randall, der Wilsons Blick sah, drehte sich um.

»Herrgott! Das ist das Letzte, was wir jetzt brauchen«, entfuhr es ihm unwillkürlich. Er fasste Randall beim Ärmel und zog ihn zu sich heran. »Hören Sie mir gut zu, das ist jetzt wichtig«, sagte er todernst. »GM weiß nichts von dem vorgezogenen Transport. Und das soll auch so bleiben.« Er ließ ihn los und legte die Hand wie beiläufig an den Tragflügel. »Kein Wort über unsere Zeitplanung, und lassen Sie sich bloß nichts anmerken. Richten Sie sich genau nach mir, egal was GM sagt.«

Randall nickte kaum merklich, und Wilson blieb nichts anderes übrig, als anzunehmen, dass er den Ernst der Lage begriffen hatte. Wilson musste unbedingt verhindern, dass GM in Randalls Beisein das Lebenselixier erwähnte. Minervas Anwesenheit war allerdings die größte Überraschung – sie war Jaspers Assistentin, nicht GMs.

Sobald die beiden unter das trockene Dach traten, breitete Wilson überrascht die Arme aus. »Was führt Sie denn hierher, GM?«

Die alte Mann zeigte mit dem Stock auf ihn. »Sie sollten klüger sein, als bei diesem unberechenbaren Wetter hier zu landen, Mr. Dowling.«

»Das hat Mr. Chen mir auch gerade gesagt«, entgegnete er.

Minerva drückte am Schirm auf einen Knopf, worauf er sich zufaltete und auf handliche Größe zusammenschnurrte.

»Stellen Sie sich vor, wenn meine beiden Gen-EPs zur selben Zeit verletzt würden oder sogar ums Leben kämen – das wäre eine Katastrophe«, sagte GM.

»Ist Jasper auch mitgekommen?«, fragte Wilson und spähte hinaus in den Regen.

»Nur Minerva«, antwortete GM. »Sie ist ein viel erfreulicherer Anblick, finden Sie nicht?« Er schwieg für einen Moment. »Meine Assistentin hat sich nicht gut gefühlt, darum war Minerva so freundlich, mich zu begleiten.«

Wilson wich ihrem Blick aus und hielt sich an GM. Dessen Zustand hatte sich augenscheinlich noch weiter verschlechtert. Er sah genauso alt aus, wie er war, das Gesicht schrecklich abgezehrt und runzlig, die Augen deutlich gelber. Dennoch fuhr GM nicht auf seinem Segway, sondern trug die bionischen Beinschienen, die ihm Kraft zum Laufen gaben.

Es war genau vier Tage her, seit Wilson und Minerva sich im Sitzungsraum geküsst hatten, und seitdem hatte er sie nicht mehr gesehen. Schließlich sah Wilson sie doch an. Sie war ein Bild jugendlicher Vitalität. Das Rot ihres Mantels unterstrich ihr fülliges Haar und den gesunden Teint. Neben ihr wirkte GM noch älter und klappriger.

»Sie haben tatsächlich die gleichen verblüffend blauen Augen«, meinte GM. »Ich sehe Sie zum ersten Mal nebeneinander.«

»Was ist der Grund für Ihren Überraschungsbesuch?«, fragte Wilson. »Wollen Sie mit mir fliegen?«

GM schürzte die Lippen. »Nicht für alles Geld der Welt würde ich in so ein altmodisches Flugzeug steigen.« Dabei glitt sein Blick darüber, als wäre es das jämmerlichste Gerät, das er je gesehen hatte. »Und nach dem Schaden an der Tragfläche zu urteilen, sollten Sie es auch nicht fliegen. Finden Sie nicht auch, Mr. Chen?«

Randall nickte. »Ich würde lieber kilometerweit laufen, als noch einmal mit ihm in eine Propellermaschine zu steigen.«

»Aber was das Unternehmen Esra angeht, vertrauen Sie ihm?«, fragte GM.

»Ja, das tue ich. Über das Zeitreisen weiß er mehr als jeder andere. Da kann ich mich voll und ganz auf ihn verlassen.«

Für ein paar Augenblicke herrschte Schweigen, und GM forschte in Randalls Gesicht. »Das ist wohl das Wichtigste«, meinte er dann und wandte sich Wilson zu. »Sind Sie zufrieden mit seiner Vorbereitung?«

»Ja, sehr zufrieden«, antwortete Wilson.

»Wie lange dauert es noch bis zum Transport?«

Das war genau die Frage, von der Wilson gehofft hatte, dass sie an ihm vorübergehen würde. »Vier Wochen und einen Tag.«

»Das ist wesentlich mehr Zeit, als Sie gehabt haben, nicht wahr, Mr. Dowling?«

»Ja, GM. Bei mir war alles furchtbar eilig.«

»Das sollten wir mit keinem Aufseher mehr tun. Die Missionen sind viel zu bedeutsam, um sie durch Hast zu gefährden.« Er hielt Wilsons Blick fest und fragte: »Was glauben Sie, warum ich hergekommen bin?«

»Sie fürchten, dass ich unsere Abmachung vergessen habe«, antwortete Wilson unverblümt.

GMs Augen funkelten. »Und haben Sie?«

»Nein.«

»Ist über meine Forderung gesprochen worden?«

»Ich habe geprüft, was zu tun ist«, sagte Wilson.

»Ist das Ergebnis befriedigend?«

»Wie ich schon sagte, GM: Der Zeitpunkt ist heikel.«

GM klopfte mit dem Daumen auf den Griff seines Stocks, dabei verriet sein Gesicht, was für Bilder ihm durch den Kopf gingen. Wenn Wilson sich nicht enorm täuschte, würde er gleich etwas Wichtiges zu hören bekommen. Als er ihn zuletzt so gesehen hatte, erzählte GM ihm kurz darauf, dass er sterben werde.

»Wären Sie so freundlich, uns kurz allein zu lassen?«, sagte er zu Minerva gewandt.

Sobald sie allein wären, stiege die Wahrscheinlichkeit, dass GM die Existenz des Elixiers enthüllte, sprunghaft an. Wilson trat hastig an ihn heran und flüsterte: »Sie müssen es mir überlassen, Mr. Chen einzuweihen«, sagte er so ruhig es ging. »Ich kann ihn am sichersten überzeugen.«

GM wartete, bis Minerva den Schirm aufgespannt hatte und ins Freie gegangen war. »Ich entscheide, was wann mitgeteilt wird«, sagte er dann.

»Wir sollten aber nicht hier darüber reden«, flüsterte Wilson. »Sie müssen bedenken, dass Minervas Loyalität Jasper gilt.«

»Und?«

»Ich wollte das eigentlich nicht sagen, GM, aber ich vermute, dass Jasper unsere Absichten kennt und Ihnen einen Strich durch die Rechnung machen will.«

GM sah augenblicklich zu Minerva hinüber, die im strömenden Regen wartete. »Sind Sie sicher?«

»Sowohl Jasper als auch Minerva haben mir Fragen gestellt, die mich darauf gebracht haben«, erklärte Wilson. »Ich fürchte, Jasper hat es herausgefunden und will verhindern, dass der Transport überhaupt stattfindet.«

Ein paar Sekunden vergingen, dann fing GM unerwartet an zu lächeln. »Sie denken wahrscheinlich, dass ich jetzt auf ihn wütend sein müsste, und auf das Mädchen da drüben«, er zeigte mit dem Stock auf sie. »Jasper tut, was er für richtig hält, und darum bin ich stolz auf ihn. Ich habe ihm beigebracht, rücksichtslos zu sein, wenn es um die Interessen der Firma geht, und die glaubt er nun zu schützen. Als Angehöriger bin ich ein bisschen enttäuscht, doch das verblasst verglichen mit dem Stolz, den ich empfinde.«

»Lassen Sie mich mit Randall sprechen«, beharrte Wilson. »Ich werde den richtigen Zeitpunkt wählen, und einen Ort, wo uns niemand belauschen kann.«

GM bedeutete Wilson, drei Schritte Abstand zu nehmen, und wandte sich Randall zu. »Ich werde Ihnen einen Rat geben, junger Mann, wenn Sie erlauben.«

Wilsons Puls beschleunigte sich.

»Bedenken Sie immer, dass dieses Projekt nur vorangehen kann, wenn Sie meine Unterstützung haben«, sagte GM. »Jasper und ich haben Sie gemeinsam dafür ausgesucht. Doch Ihre Loyalität muss allein mir gelten, Mr. Chen. Es gibt etwas, was Sie in der Vergangenheit für mich tun müssen, und darüber gibt es keine Diskussion. Ich bin das Firmenoberhaupt, und das werden Sie bitte berücksichtigen.« GM schwieg für einen Moment. »Sie müssen immer auf Wilson hören und tun, was er sagt. Haben Sie verstanden?«

»Ja, Mr. Tredwell«, antwortete Randall.

»Mr. Dowling, bitte halten Sie sich nächsten Donnerstag für eine Besprechung frei. Wir werden dann unser Vorhaben durchgehen.« GMs Beinschienen zischten, als er sich zum Gehen wandte. »Ich habe es sehr positiv vermerkt, dass Sie meine Interessen an oberste Stelle setzen, Mr. Dowling. Das war ein sehr aufschlussreicher Tag heute.« Damit ging er auf das Hangartor zu, und Minerva beeilte sich, ihm mit dem Schirm entgegenzukommen.

Als die beiden im Regen verschwunden waren, fühlte sich Wilson mächtig erleichtert. Er hatte es geschafft, GM von der Enthüllung abzubringen und eine mögliche Katastrophe zu verhindern.

»Ich hoffe doch, Sie wissen, was Sie tun«, sagte Randall, »denn dieses ganze Geflüster zwischen Ihnen finde ich beunruhigend.«

»Nichts, worüber Sie sich Sorgen machen müssten«, versicherte Wilson glatt. »An meiner Stelle hätten Sie dasselbe getan.«

»Und worin besteht das große Geheimnis?«, fragte Randall.

»Jetzt ist nicht der passende Augenblick dafür«, erwiderte Wilson. »Aber ich verspreche Ihnen, ich werde Ihnen alles erzählen, was Sie wissen müssen, damit Sie den Auftrag erfüllen können. Alles. Und ich werde nichts auslassen, das Sie nicht absolut brauchen, um zum Erfolg zu kommen.«

»Sie meinen, Sie werden die Informationen, die ich erhalte, genau abwägen?«

»Manche stellen einfach eine Ablenkung dar.«

»GM hat offenbar einen Sonderauftrag für mich.«

»Randall, in drei Tagen werden Sie in die Vergangenheit geschickt, mit einem Auftrag, der in den Qumran-Rollen angeordnet wurde, in Schriften, die vom Architekten unseres Universums stammen. Diese allein entscheiden, was Sie wissen müssen, und ich setze absolutes Vertrauen darein. Ihre Informationen stehen im Auftragstext, ohne Ausnahme.«

»Aber was ist mit –«

»Stopp, Randall. Einer der größten Vorteile meiner Mission und der Grund für meinen Erfolg war, dass gar keine Zeit für Ablenkungen blieb.«

»Ich tappe nicht gern im Dunkeln«, murmelte Randall.

»Sie müssen mir vertrauen«, verlangte Wilson. »GM hat das auch gesagt.«

Er sah sich noch einmal die beschädigte Tragfläche an. Aber sie war offenbar sein geringstes Problem. Gott sei Dank war das Elixier ein Geheimnis geblieben und die Besprechung mit GM erst für Donnerstag angesetzt, vier Tage nach Randalls Transport.

41.

KALIFORNIEN, NORDAMERIKA
DEL NORTE STATE PARK
HUNTINGDALE PASS
26. JULI 2084
ORTSZEIT: 8.35 UHR
2 TAGE VOR DEM ESRA-TRANSPORT

Nachdem Wilson sich kaltes Wasser ins Gesicht geklatscht hatte, nahm er ein warmes Handtuch von der beheizten Stange und drückte sich das weiche Frottee auf die Haut. Als er sich abgetrocknet hatte, faltete er es wieder zusammen und hängte es ordentlich an seinen Platz zurück. »Die nächsten zwei Tage werden die anstrengendsten«, sagte er, während er sich kritisch im Spiegel musterte.

Der Druck des nahenden Transports unterwanderte nun doch seine Gedanken und sein Tun. Gegen die unablässige Anspannung, die ihm GMs und Jaspers gegensätzliche Absichten verursachten, war er machtlos. Er wollte schreien und konnte nicht mal dazu die Energie aufbringen. Sein Mund war trocken, Arme und Beine schienen kraftlos.

Bleib optimistisch und auf den Augenblick konzentriert, sagte er sich.

Noch zwei Tage bis zum Transport und zwei Nächte. Zwei schlaflose Nächte, genauer gesagt. Nachdem er vom Flugplatz zurückgekehrt war, hatte er bis spät in die Nacht gelesen, drei Bücher über China im 19. Jahrhundert. Aufgrund seiner Omega-Kräfte konnte er eine beliebige Menge an Informationen aufnehmen, ohne zu ermüden. Und seine Gedächtnisleistung lag bei fast hundert Prozent. Das hatte er normalen Menschen voraus.

Nur noch zwei Tage, dachte er wieder. Dann habe ich das alles hinter mir.

Er lächelte sein Spiegelbild an, um die gedrückte Stimmung zu durchbrechen, dann wandte er sich von der Spiegelwand ab. Klarer Sonnenschein strömte in das große weiße Marmorbad und fühlte sich gut an auf seiner Haut. Als er zurück ins Schlafzimmer ging, sah er kurz auf das Bild über dem Bett. Es war bemerkenswert, wie stark es ihn an den Augenblick des Transports erinnerte. Er schüttelte den Kopf und dachte, dass sein Großvater jetzt enorm stolz auf ihn wäre. Das ernüchterte ihn sofort; er hatte keinen Menschen in seinem Leben, der ihm wirklich etwas bedeutete. Nicht mehr jedenfalls. Das war gut und schlecht zugleich, befand er. Niemand tröstete ihn, wenn er niedergeschlagen war, dafür brauchte er aber auch keinen Erwartungen zu entsprechen, was vermutlich der größere Vorteil war.

Wilson blickte auf das Pazifikpanorama. Das Unwetter, das noch die ganze Nacht getobt hatte, war ein gutes Stück aufs Meer hinausgezogen. Der Gedanke daran brachte ihn auf Minerva Hathaway. Er begehrte sie, wollte vielleicht sogar mehr von ihr; das war ihm inzwischen klar. Doch sie stellte eine Komplikation dar, für die in seinem Leben momentan einfach kein Platz war. Wahrscheinlich würde GM es ohnehin zu verhindern wissen, dass sie sich sahen, und das war sicher ganz gut so. Wilson war nichts anderes übrig geblieben, als ihm Jaspers Widerstand gegen seine Absicht zu verraten. Sonst hätte GM von dem Lebenselixier angefangen. Wilson konnte nur hoffen, dass Jasper für seine Entscheidung Verständnis aufbrächte.

Ein melodisches Klingeln schallte durch die Wohnung, gefolgt von einer sanften elektronischen Frauenstimme: »Ein Besucher kommt durch das vordere Tor.«

»Wer ist es?«, fragte Wilson.

»Die Personenkennung wurde unterdrückt«, antwortete die Stimme. Ein holografisches Bild baute sich vor ihm auf: ein

Elektrowagen, ein neues Kompaktmodell mit schwarz getönten Scheiben, das die Auffahrt heraufrollte.

Wilson ging in sein Ankleidezimmer und schlüpfte in ein Paar Schuhe, dann zog er den Reißverschluss seiner Mercury-Jacke zu. Nachdem er sich mit den Fingern durch die Haare gekämmt hatte, um den Anschein von Ordentlichkeit zu erwecken, ging er zielstrebig durch den Flur, wo seine Ledersohlen auf den Fliesen knallten.

Als er die breite Tür aufzog, stand Minerva vor ihm in einem schlichten schwarzen Kleid und Sandalen und mit rotgeweinten, verquollenen Augen. »Ihretwegen wurde ich gefeuert!«, sagte sie heftig. »Ich hoffe, Sie sind jetzt zufrieden, Wilson!«

Er stöhnte. »Das kann ich jetzt gerade gar nicht gebrauchen, Minerva.«

»Was haben Sie zu GM gesagt?«

»Sie spielen ein gefährliches Spiel«, gab er zur Antwort.

»Der Einzige, der ein gefährliches Spiel spielt, sind Sie, Wilson! Sie sind derjenige mit den Geheimnissen. Sie sind es, der zwischen GM und Jasper steht, nicht ich!«

»Sie haben kein Recht, in meine Privatwohnung zu kommen«, sagte Wilson und spähte an ihr vorbei die Auffahrt entlang, ob sie jemanden mitgebracht hatte.

»Sie haben meine Arbeit bei Enterprise Corporation kompromittiert, ohne Rücksicht darauf, welche Konsequenzen das für mich hat.«

Er stand mitten in der Tür, wie um ihr den Zutritt zu verwehren. »Ich habe nichts gesagt, weshalb man sie entlassen könnte.« Er klang gestresst, aber das war ihm egal. »Ich habe getan, was ich für richtig hielt – mehr nicht. Entweder sind Sie in eine Situation geraten, die Sie nicht verstehen – und das täte mir leid –, oder Sie wissen über alles Bescheid und haben sich mit mächtigen Männern verbündet. So oder so müssen Sie die Folgen akzeptieren.«

Minerva wirkte bitter enttäuscht. »Ich bin immer ehrlich zu Ihnen gewesen.«

Wilson forschte in ihrem Gesicht. Sie hatte offenbar geweint und war blass. Sie war ungeschminkt, die Haare ein bisschen durcheinander. Er gab sich Mühe, nicht auf ihren Körper zu achten, doch ohne es zu wollen, nahm er ihn wahr. Das Kleid war auf Figur geschnitten und betonte ihre schmale Taille. Ihre Beine waren lang und gebräunt, und selbst mit flachen Sandalen war sie sehr groß. Es war unmöglich, sich nicht zu ihr hingezogen zu fühlen. Wilson hielt es für das Beste, das wenigstens vor sich selbst zuzugeben.

»Warum sind Sie hier, Minerva?«

»Ich will, dass Sie wissen, was Sie getan haben.«

Wilson sah sie forschend an, doch ihr Gesicht war unergründlich. Log sie oder nicht? Und je mehr er sie ansah, desto weniger konnte er sich von ihrem Anblick losreißen.

»Ich wollte in Ihrer Nähe sein«, bekannte sie leise, »sonst nichts. Und Sie verdrehen das zu einer Verschwörung. Aber das liegt nur an Ihnen. Sie haben mit Dämonen zu kämpfen, Wilson, ich kenne Sie. Ich weiß, was Sie durchgemacht haben – soweit es archiviert ist, jedenfalls.« Einen Moment lang sagte sie nichts. »Sie haben erstaunliche Dinge getan, und sie haben für diese Erfahrungen einen Preis gezahlt. Aber Sie sind kein Mann ohne Gefühle oder Bedürfnisse.«

Seine Logik verlangte lautstark, sie mit harschen Worten wegzuschicken, stattdessen trat er zur Seite und winkte sie herein. Er war so erschöpft von den ständigen Konflikten. Er konnte nicht mehr ständig standhalten. »Es ist zwar dumm, Sie hereinzulassen«, sagte er, als sie an ihm vorbeiging und dabei eine Spur ihres Parfüms hinter sich ließ.

»Und es ist auch dumm von mir herzukommen, das weiß ich«, sagte sie.

Sie ging den verglasten Flur hinunter auf Wilsons Schlafzimmer zu, als wüsste sie genau, wo es lag. Wilson konnte nur bewundernd zusehen, wie sich ihre Hüften in dem dünnen schwarzen Kleid bewegten und ihre Silhouette sich vor dem Meeresblau hinter den Glasscheiben abhob.

Sie betrat das Schlafzimmer und drehte sich einmal im Kreis, um alles in sich aufzunehmen: die Aussicht aufs Meer, den Pool draußen neben der Anlegestelle, den Blick über die Berge. Kurz verweilten ihre Augen auf dem düsteren Gemälde über dem ungemachten Bett. Dann sah sie Wilson an, als wüsste sie genau, was es ihm bedeutete. »Sie haben mein Leben verändert«, sagte sie. »Dass es so weit kommt, wusste ich gleich, als ich Sie zum ersten Mal sah.«

Wilson wurde plötzlich klar, dass er es leid war, allein zu sein. Der Druck, den er empfand, war kalt, hässlich und unlebendig, und nun stand eine Frau vor ihm, die so lebendig und schön war, dass er gar nicht anders konnte, als sich von ihr anziehen zu lassen. Minerva legte die flache Hand an seine Brust. Er spürte ihre Wärme durch den Jackenstoff. »Das ist ein Fehler«, sagte er.

»Ich habe Ihretwegen schon meinen Job verloren«, erwiderte sie sanft.

»Ich weiß nicht, ob ich Ihnen das glaube.«

Sie kam näher, neigte leicht den Kopf zur Seite und drückte ihre vollen Lippen auf seinen Mund.

Wilson war klar, dass er das nicht zulassen sollte, aber er fühlte sich machtlos. Als er ihre Zunge spürte, erwiderte er die Umarmung und fühlte das Gewicht ihres Körpers. Mit wachsender Intensität wogte die Lust durch seine Muskeln, während seine Hände über ihre Kurven fuhren, die das dünne Sommerkleid kaum zu verhüllen schienen. Das war Himmel und Hölle zugleich. Die Frau, die bei ihm war, war wahrscheinlich eine Spionin. Nur für wen? Doch Wilson hatte bereits entschieden, die Situation zu nehmen, wie sie war, um sich zu verschaffen, was er so dringend brauchte.

Aus den Augenwinkeln sah er das Gemälde. Die Lichtpunkte

im Zentrum schienen vor Energie zu pulsieren. In dem Moment war Wilson genau da, wo er sein wollte, wie schräg die Geschichte auch war. Denn eines war sicher: Er fühlte sich am wohlsten von Gefahr umgeben, wenn um ihn herum alles auf der Kippe stand. Und genau danach sah die Sache aus.

42.

Ebene bei Peking, China
3 Kilometer südlich des Sommerpalastes
9. Oktober 1860
Ortszeit: 6.05 Uhr
Unternehmen Esra – Tag 220

Randall hatte ein brennendes Gefühl im Magen, während er auf die weißen Mauern des Sommerpalastes zugaloppierte. Dahinter ragten die Yanshan-Berge über den wogenden Hirsefeldern der Ebene auf. Die Sonne war noch nicht über den Horizont gestiegen, und das Licht war dunstig grau. Die Nächte wurden immer kälter, der Winter nahte, und an diesem Morgen war es besonders kalt. Die Nüstern seines Ponys bliesen weißen Nebel in die Luft. Randall war in Begleitung von zwei Eunuchen der kaiserlichen Garde, die rechts und links neben ihm die Schieferstraße entlangritten.

Über seiner grünen Uniform trug er eine eng geschnürte Weste mit Wollfutter, die zu seinen kniehohen wollegefütterten Stiefeln passte. Beides schützte ausgezeichnet gegen die Kälte, viel besser als sein heimischer Anzug und die Lederjacke, die er zuletzt ständig getragen hatte. Auf dem Kopf trug er eine schwarze Samtkappe mit Ohrenklappen, auf dem Rücken ein Kurzschwert, dessen lederumwickeltes Heft über die rechte Schulter ragte.

Es war keine zwei Stunden her, seit er sich von Cixis wunderbarer Nacktheit gelöst hatte, um durch das Nordtor zu den Außenvierteln Pekings zu eilen und schließlich die Stadt zu verlassen. Später als erwartet hatte er die Stadtmauer hinter sich gelassen, und jetzt kam alles darauf an, vor den alliierten

Truppen den Sommerpalast zu erreichen. Elgin hatte sicherlich Spähtrupps ausgeschickt, um nicht in einen Hinterhalt zu tappen, und Randall zählte auf die Tatsache, dass er bei allen höheren Offizieren bekannt war und die Spähtrupps von jemandem geführt wurden, der mindestens Major war.

Er hatte vor, den Alliierten allein entgegenzutreten und die Plünderung zu vereiteln. Da ihn bereits eine Legende umgab, war er sicher, dass Lord Elgin es nicht wagen würde, mit ihm die Klinge zu kreuzen. Er hatte nur zwei Palastwachen bei sich und würde daher äußerst selbstbewusst vorgehen müssen. Ein Angriff auf den Sommerpalast stand nicht in den Geschichtsbüchern, und Randall hatte beschlossen, die Entwicklung in ihre vorgesehenen Bahnen zu lenken.

Er stellte sich in die Steigbügel, um die Umgebung besser überblicken zu können, und spähte nach Osten in den Sonnenaufgang. Doch gegen das Licht war es schwierig zu unterscheiden, ob er auf holpriges Gelände oder auf den Heerwurm der Alliierten schaute. So oder so schienen sie es bis zum Sommerpalast noch nicht geschafft zu haben, sonst würde er die schweren Geschütze und Munitionswagen, die sie sicher bei sich hatten, schon sehen. Er hätte darüber erleichtert sein müssen, doch das Brennen im Magen wurde nur heftiger. Ich hätte länger bei ihr bleiben können, dachte er, und zugleich erfüllte ihn der Gedanke an den vergangenen Abend mit widerstreitenden Gefühlen. Sie hatte sich ihm erneut verweigert. Sicher verstand sie es meisterlich, einen Mann zu erregen, aber noch geschickter war sie darin, ihm vorzuenthalten, was er sich am meisten wünschte – ihre uneingeschränkte Hingabe. Wieder hatte sie ihn in eine Lage manövriert, in der er keine andere Wahl hatte, als sie mit Gewalt zu nehmen, nachdem sie ihn mit oralen Finessen verrückt gemacht hatte. Völlig abrupt hatte sie sich abgewendet und erklärt, er habe ihre Liebe noch nicht im vollen Umfang verdient und darum könne sie nicht mit reinem Gewissen weitermachen.

In seiner aufgewühlten Leidenschaft hatte er nicht anders gekonnt, als sie gegen ihren Willen zu nehmen.

Die Wut, die in den Eingeweiden brannte, speiste sich halb aus Reue und halb aus dem heißen Wunsch, sie möge mehr tun, als sich bloß seinem Zwang zu fügen. Sah sie denn nicht, dass er der Grund war, weshalb die Verbotene Stadt noch stand? Begriff sie nicht, dass er der Mann war, der das erforderliche Wissen besaß, um ihr den Thron zu sichern? Sie brauchte ihn und wies ihn dennoch zurück. Sie verwehrte ihm, was er sich am meisten wünschte, und stachelte damit seine Sehnsucht umso mehr an.

Er war wütend auf sich selbst und darum voller Hass auf Elgin und die Alliierten. Nur weil sie den Sommerpalast zerstören wollten, hatte Cixi ihn in ihr Schlafzimmer gerufen. Folglich war Lord Elgin der Grund für sein Elend, entschied Randall, der fette Mann und seine niederen Absichten waren der Auslöser gewesen. Und sowohl er als auch Parkes würden den Zorn des Aufsehers zu spüren bekommen.

Die Straße überquerte einen der zahllosen Kanäle, die die Hirsefelder durchzogen. Die flache Steinbrücke war nur noch anderthalb Kilometer von der Einfriedung des Palastgeländes entfernt. Beim Getrappel der Hufe, das in der morgendlichen Stille umso lauter schallte, sagte sich Randall, dass er der einzige Mann sei, der allein gegen Tausende antreten konnte und wollte. Seine beiden Begleiter, auf denen Cixi bestanden hatte, würden nur für seinen Einlass im Palast sorgen und sich für seine Befugnis verbürgen. Sobald er dort angekommen wäre, würde er ihnen Befehl geben, sich zu verbergen; denn er hatte weder die Zeit noch die Neigung, ihr Leben zu schützen.

Die Straße wurde breiter, als sie sich den weißen Mauern näherten, und ging in eine Weidenallee über. Ein schmaler Kanal verlief parallel, und über dem Wasser hingen Nebelschwaden.

Das Haupttor kam rasch näher. Randall stellte sich bereits vor, was er dahinter sehen würde: fünfzig Quadratkilometer Parks, Seen und Wald, zwischen denen zweihundert prächtige

Bauten standen, die schönsten der Welt. Zwanzig davon waren Paläste in chinesischem, mongolischem, tibetischem oder europäischem Stil, deren Herrlichkeit allenfalls von Versailles übertroffen wurde. Diese Anlage war ein Märchenland voller Gold und Juwelen, mit Wäldern, in denen das Wild umherstreifte, und Flüssen und Seen, die von Fischen wimmelten. Tausend Eunuchen kümmerten sich um Gärten und Gebäude und bewachten das Erbe von Kangxi und Quianlong, ein Wunderland, das auf einer baumlosen Ebene geschaffen worden war. Erde war aufgeschüttet worden, um sanfte Hügel und steile Täler zu bilden; hundert Kanäle verbanden sich mit Seen und ruhigen Flüssen. Über klare Gewässer führten bucklige Brücken mit marmornem Geländer, und wie bei allen Gebäuden und Hügeln, die sich die bedeutendsten Architekten des Reiches ausgedacht hatten, waren auch bei ihrer Erstellung alle Aspekte wie Sonne, Blickwinkel, Symmetrie, Hintergrund und Himmel berücksichtigt worden.

Randall schaute staunend zu den zwei goldenen Wachtürmen hoch. Dazwischen leuchtete das scharlachrote Haupttor, das mit zehn Meter Höhe und zehn Meter Breite beeindruckend war. Überraschenderweise schien es unbewacht zu sein, auch auf den Türmen ließ sich keiner blicken. Randalls Herz schlug schneller, während er darauf zugaloppierte. War das Palastgelände bereits überrannt worden, oder waren die Wachen geflohen, nachdem sie gesehen hatten, dass sich das Heer der Feinde näherte?

Im leichten Galopp lenkte er sein schnaubendes Tier durch den Torspalt und drang wachsam in eine Welt ein, die nur wenige Männer je zu Gesicht bekommen hatten.

Der südliche Eingang führte in den Garten der Vollkommenheit und des Lichts. Doch es war nicht die Schönheit und Erhabenheit der Palastbauten oder der Parklandschaft, die seine Aufmerksamkeit auf sich zog, sondern die gut zwanzig Leichen, die überall im Vorhof in ihrem Blut lagen.

Alle waren Wachen, denn sie trugen die rotviolette Uniform der Garde des Sommerpalastes. Viele waren aus nächster Nähe erschossen worden; die Eintrittswunden trugen die typischen Verbrennungen durch das Mündungsfeuer.

Randall nahm die Samtkappe ab und sah sich nach allen Seiten um, doch nirgends war jemand. Er untersuchte das schwere Holztor; es war nicht gewaltsam geöffnet worden.

Er wandte sich seinen Begleitern zu und deutete mit dem Kopf zum Wald hinüber. »Du verbirgst dich sofort zwischen den Bäumen!«, befahl er einem. »Ich will nicht, dass jemand auf dich aufmerksam wird. Wenn die Feinde anrücken, fliehe durch das Westtor und melde der Edlen Kaiserlichen Gemahlin, was hier passiert ist.« Zu dem anderen sagte er: »Steig auf den Turm, und sag mir, was du siehst!«

Der Eunuch sprang vom Pferd, zog das Schwert und verschwand im Wachturm. Kurz darauf erschien er am höchsten Punkt und spähte nach Südosten. Der Wandel, der sich auf seinem Gesicht vollzog, bestätigte Randalls Vermutung.

»Da kommen Tausende Soldaten«, rief er mit hoher Stimme herab. »Sie sind nur noch drei Kilometer entfernt!«

Mit dem Sonnenaufgang kamen also auch die roten Teufel.

Randall nickte und zeigte dann auf ein anderes Stück Wald. »Geh dort in Deckung!«, rief er dem Eunuchen zu. »Wenn sie das Tor erreichen, ehe ich fertig bin, reite durch das Nordtor zur Verbotenen Stadt.«

Er gab seinem Pferd die Sporen und raste im gestreckten Galopp auf eines der Barockschlösser zu, das er von weitem sah, einen dreistöckigen Koloss mit vielen Hundert Zimmern und noch mehr Fenstern und hübsch geschwungenen Giebeln. Ringsherum blühten Blumen in bunten Rabatten. Aus einem langen, rechteckigen Becken in der Mitte des Gartens stiegen Dutzende Fontänen auf. Sicher würden die gierigen Invasoren hier mit den Plünderungen beginnen.

Er folgte der Spur von Leichen, viele Gärtner und ein paar

Wachen. Es dauerte nicht lange, da stieß er vor einem Schlosseingang auf einige Pferde der Franzosen. Es waren acht.

Als ihm einfiel, dass sie ihn wahrscheinlich durch die Fenster kommen sahen, zog er das Schwert und sprang noch im Galopp aus dem Sattel. Er rannte auf die offene Flügeltür zu und hechtete mit einer Rolle vorwärts in die Eingangshalle. Dort standen wenige vergoldete Barockmöbel. Die Decke wölbte sich in Ehrfurcht gebietender Höhe. Möbel, Vorhänge, Kronleuchter, alles passte bis ins Detail ins Europa des 17. Jahrhunderts. Gebaut und ausgestattet hatten das Schloss die Jesuiten Giuseppe Castiglione und Michel Benoît vor über hundert Jahren. Sie waren von Kaiser Qianlong mit großzügigen Vollmachten ausgestattet worden, um seine Vorliebe für exotische europäische Bauten zu befriedigen.

Da Randall keine Franzosen sah, blieb er lauschend stehen. Er brauchte nur ein paar Sekunden zu warten, da hörte er aus der oberen Etage Glas klirren. Leise stieg er die geschwungene Marmortreppe hinauf, um dem Plünderungsgeschehen einen ersten Riegel vorzuschieben.

Raues Gelächter hallte ihm entgegen. Plötzlich fiel ein Schuss, und wieder klirrten Scherben, begleitet von lautem Lachen. Ein zweiter Schuss knallte durchs Treppenhaus; das Gelächter folgte sogleich. Die Franzosen schienen sich gut zu amüsieren. Randalls Zorn wuchs, während er lautlos wie ein Phantom nach oben schlich. Er wusste, er würde nicht die Zeit haben, den Saal zu überblicken.

Er rannte in den ersten Raum, eine gut gefüllte Bibliothek, und schnitt einem französischen Seesoldaten die Kehle durch, drehte sich im Sprung herum und stach einem anderen in die Brust, köpfte einen dritten, dann einen vierten. Das Gefühl, mit der Klinge durch Fleisch und Knochen zu hauen, war berauschend, und Randalls Verstand war so klar wie ein wolkenloser Himmel. Randall war allein aufs Töten konzentriert, tat es mit präzisen, effektiven Bewegungen. Mit einem gedrehten

Rückwärtstritt flog er durch den Raum, brach einem Plünderer das Genick, während er gleichzeitig einem anderen mit dem Schwert in die Brust hieb, um dem nächsten den Bauch aufzuschlitzen und die Klinge aufwärts ins Herz zu stoßen.

Als er auf den Füßen landete, sah er den verbliebenen Franzosen, einen Major, nach seiner Pistole greifen. »Sprechen Sie Englisch?«, fragte Randall, während er auf ihn zuging.

Vor lauter Furcht bekam der Major den Derringer nicht aus dem Holster. Über dem Griff baumelten eine gestohlene Taschenuhr und zwei Perlenketten, die sich hoffnungslos damit verhedderten.

»Sprechen Sie Englisch?«, fragte Randall noch einmal, doch die Angst des Offiziers und sein jämmerliches Bemühen, die Waffe zu ziehen, sagten ihm, dass dieser nicht der geeignete Bote für ihn war. Während das Blut von seinem Schwert tropfte, fällte er die Entscheidung. Dann köpfte er den Mann mit einem brutalen Streich. Der Kopf fiel auf den Marmorboden, ehe der Rumpf, vom Blut der durchgetrennten Arterien überströmt, vornüber kippte.

Randall betrachtete die Szene. Die Taschen der Toten beulten sich von erbeutetem Schmuck, manche hatten sich die Ketten sogar um den Hals gehängt. Nach dem zerbrochenen Wandspiegel und dem durchlöcherten Porträt Qianlongs zu urteilen, hatten die Franzosen herumgealbert – und mit dem Leben bezahlt. Randall lief vorsichtig ans Fenster und spähte in den Hof an der Rückseite des Gebäudeflügels. Zu seiner Überraschung standen dort wenigstens achtzig Pferde – britische und französische –, die aus einem Brunnenbassin Wasser soffen. Wachen waren keine zurückgelassen worden. Offenbar hatte jeder Soldat den Vorteil, dass sie die Ersten am Schloss waren, gehörig nutzen wollen, um sich das Schönste auszusuchen.

Randall rannte zur Hintertreppe. Er musste der Plünderung ein Ende machen, ehe sie in Raserei ausartete. Er würde töten müssen, bis er einen fand, der geeignet wäre, die Nachricht an Lord Elgin zu überbringen, und zwar auf eine Art, die den größtmöglichen Eindruck machte.

Aus dem Ostflügel drangen Stimmen herüber. Das blutige Schwert in der Hand, lief Randall ihnen still entgegen.

Captain Charles Gordon von den königlichen Pionieren hatte Befehl erhalten, Major Probyn und fünfzig seiner besten Männer, die als Spähtrupp dienten, zu begleiten. Das war nötig für den Fall, dass die Qing Brücken zerstört oder Hinterhalte gelegt hatten. Zu seiner großen Erleichterung war der Weg zum Sommerpalast frei und passierbar gewesen. Anscheinend waren die chinesischen Adligen geflohen, ohne an den Schutz der Anlage zu denken, von den hilflosen Dienern und den wenigen Wachen, die sie zurückgelassen hatten, einmal abgesehen.

Auf Lord Elgins Befehl hatten die Franzosen ebenfalls fünfzig Männer, geführt von Général Montauban, ausgeschickt, und gemeinsam waren sie kurz vor Sonnenaufgang eingetroffen. Die kleinliche Missgunst zwischen Briten und Franzosen hatte aus dem Ritt nicht weniger als ein Pferderennen gemacht, bei dem es darum ging, wer dem anderen um eine Nasenlänge voraus sein würde. Dementsprechend waren die Pferde fast lahmgeritten worden. Bei ihrer Ankunft hatte ein Franzose einem Wachposten aus nächster Nähe ins Gesicht geschossen, obwohl sich die Garde vollständig ergeben hatte. Um nicht zurückzustehen, erschossen die Briten prompt die übrigen Wachen, um keine Zweifel aufkommen zu lassen, dass sie die Brutaleren waren. Sie benahmen sich wie Schulhofrowdys, die, um ihre Überlegenheit zu beweisen, vor nichts haltmachen.

Laut Befehl von Lord Elgin sollten sie die Schlösser nicht anrühren, bis die gemeinsamen Verbände eingetroffen wären, doch die Anweisung wurde sofort ignoriert. Man konnte sich ja später gegenseitig die Schuld zuschieben.

Was die Soldaten vorfanden, überstieg die kühnsten Erwartungen, und es juckte ihnen in den Fingern bei dem Gedanken, welches Vermögen sie ergattern würden. Captain Gordon hatte jedenfalls in seinem ganzen Leben noch nicht solche Schönheit und Pracht gesehen, weder natürlicher noch künstlicher Art. Als er in dem großen Saal stand, staunte er ehrfurchtsvoll mit offenem Mund. Allein die bemalten Decken waren unglaublich, ganz zu schweigen von allem anderen. Er kannte sich mit Handwerkskunst aus, und diese war vom Allerfeinsten. Er stand umgeben von unvergleichlicher Erhabenheit, und es bedrückte ihn zutiefst, was die anrückenden Verbände damit machen würden.

Soldaten aller Dienstgrade durchwühlten Schubladen, Schränke und Truhen und steckten sich das Wertvollste ein. Was ihnen selbst nicht gefiel, wurde rücksichtslos zerstört.

Captain Gordon fand auch, dass für die Entführung und Ermordung der Gesandten eine gewisse Vergeltung nötig war. Es sollte ein Exempel statuiert werden. Doch als er zusehen musste, wie zwei Dragoner eine große Jadeplastik vom Sockel stoßen wollten, nur um dieses Meisterstück zu vernichten, wurde ihm die Sinnlosigkeit ihres Tuns vollends bewusst.

»Wir sollten warten, bis Lord Elgin eintrifft!«, brüllte er. »Lassen Sie die Statue stehen!« Die beiden Soldaten hielten kurz inne, dann hörten sie im Nachbarraum etwas zu Bruch gehen.

»Keiner mag einen guten Samariter, Captain. Sehen Sie sich um. Selbst Major Probyn tut es.« Damit kippten sie die hohe Landschaftsplastik um, sodass sie zersplitterte.

»Ihr Hohlköpfe«, zischte Gordon leise durch die Zähne und hastete um die Ecke, um Major Probyn zu suchen. Der schob sich soeben zwei Goldbarren in seine schon gut gefüllten Taschen. »Wir müssen warten, bis Lord Elgin eintrifft«, sagte Captain Gordon, wurde aber von niemandem beachtet, auch nicht von Probyn, der durch eine Tür verschwand.

Aus der anderen Richtung hörte Gordon einen Schrei und schrieb ihn einem scherzenden Soldaten zu. Als dann kurz hintereinander drei Schüsse fielen und ein Knochen knackte, stockte ihm das Blut in den Adern.

Sein Herz klopfte so heftig, dass ihm fast schwindlig wurde. Er zog seinen Colt und bewegte sich zu dem gewölbten Durchgang. Was er dahinter sah, war schier unglaublich. Ein einzelner chinesischer Soldat in smaragdgrüner Seidenuniform machte einen über mannshohen Sprung durch die Luft und köpfte, als er am Boden aufkam, einen der beiden Dragoner, die Gordon eben noch gemaßregelt hatte. Der andere lag bereits mit blutigem Halsstumpf da.

In einer Ecke des vornehmen Wohnraums hatten zwei Sergeants ihre Waffen auf den Chinesen angelegt, doch zu spät für die Behändigkeit des Gegners. Ihre Kugeln schlugen in die Wand ein, während dieser im Zickzack auf sie zusprang, und Sekunden später waren die Sergeants ebenfalls tot.

Gordon zielte, doch der Fremde bewegte sich so schnell, dass es unmöglich war, ihn lange genug im Visier zu behalten. Der Chinese kam mit furchterregender Geschwindigkeit auf ihn zu. Gordon ging auf ein Knie nieder und hoffte, genauer zielen zu können, während sein Gegner bereits durch die Luft sauste.

Randall machte einen Satz auf den britischen Captain zu und trat ihm den Colt aus der Hand, schnellte herum und versetzte ihm einen harten Schlag gegen den Kopf. Dann drückte er den Zeigefinger an der Wirbelsäule tief in den Rücken und klemmte einen Nervenstrang ab, um sein Opfer von den Schultern abwärts zu lähmen.

»Wie heißen Sie?«, fragte Randall keuchend. Dabei spähte er durch den Raum und in die angrenzenden Flure, ob sich auch niemand näherte.

»Ich kann mich nicht bewegen«, antwortete der Captain erschrocken.

»Beantworten Sie meine Frage!«

»Captain Gordon«, gab er ordnungsgemäß an.

Randall lächelte unwillkürlich. »Der berühmte Charles Gordon?«

»Wir sind uns noch nicht begegnet«, brachte Gordon hervor, »aber ich weiß trotzdem, wer Sie sind. Ihre Augenfarbe verrät Sie.«

Randall zog den kraftlosen Offizier näher zu sich heran und sagte in sehr ernstem Ton: »Merken Sie sich meine Worte, Charles Gordon. Eines Tages werden Sie berühmt sein. Man wird Sie in der ganzen Welt als heldenhaften Anführer kennen. Wie gut, dass ich Ihnen nicht versehentlich den Kopf abgeschlagen habe.« Randall wusste, dass der Mann eines Tages Major-General und Generalgouverneur des türkisch-ägyptischen Sudans werden und man ihn schließlich im Belfry Tower der Westminster Abbey beisetzen würde. Es war ihm nicht bestimmt, hier zu sterben, sondern er würde erst in fünfundzwanzig Jahren bei der Belagerung von Khartoum von Zulus getötet werden.

Captain Gordon schaute umso verwirrter. »Was … wie …?«

»Keine Zeit für Fragen!«, sagte Randall barsch und legte seine blutige Klinge an Gordons linke Schulter. »Sie werden sofort zu Lord Elgin reiten und ihm persönlich melden, dass Randall Chen im Sommerpalast ist. Wenn er sich entschließt, einzudringen, wird er das mit dem Leben bezahlen und mit dem Leben zahlloser Männer.« In dem Moment hörte er hinter sich einen schwachen Laut und sah sich rasch nach allen Seiten um. »Werden Sie das tun?«

»Ja«, antwortete Gordon nach kurzem Überlegen. »Aber warum sagen Sie, dass ich berühmt werde?«

Randall gab den Nervenstrang frei und strich mit dem Fingerknöchel über den Lendenmeridian. »Sie werden gleich wieder Gefühl in den Gliedern haben«, kündigte er an. »Sie werden berühmt sein, Charles Gordon – Könige und Königinnen werden Ihren Namen kennen, aber mehr verrate ich Ihnen nicht. Jetzt müssen Sie die Nachricht überbringen. Sagen Sie Lord Elgin, dass seine Soldaten nur der Tod erwartet, wenn er sich mir entgegenstellt.«

Plötzlich knallte ein Gewehrschuss.

Randall spürte einen reißenden Schmerz in Rücken und Bauch. Er sah an sich hinab. Da war eine große Wunde unterhalb der Rippen, und überall war Blut. Man hatte ihn von hinten angeschossen! Sein Blick verschwamm. Wie gelähmt brach er in die Knie.

Captain Gordon hielt ihn bei den Schultern aufrecht, dann eilten zwei Dragoner herbei, zogen ihn weg und warfen ihn zu Boden. Randall wurde immer wieder schwarz vor Augen, die Schmerzen legten sein Nervensystem lahm. Er konnte nur daliegen und spüren, wie das Leben aus ihm heraussickerte.

Ein Bild von Cixi im goldenen Drachengewand stieg ihm ins Bewusstsein, und er erinnerte sich, wie sie ihn angesehen hatte, als sie ihn bat, vorsichtig zu sein. Er war so dumm gewesen, sich für unbesiegbar zu halten, und das war ein Fehler, der ihm nicht hätte unterlaufen dürfen.

43.

KALIFORNIEN, NORDAMERIKA
ENTERPRISE CORPORATION
MERCURY BUILDING, 2. ETAGE
26. JULI 2084
ORTSZEIT: 12.05 UHR
2 TAGE VOR DEM ESRA-TRANSPORT

Randall schaltete den holografischen Bildschirm aus, und das gigantische Bild verschwand. Er holte seinen Handheld aus der Tasche, um zum hundertsten Mal nach der Uhrzeit zu sehen. Er hatte wummernde Kopfschmerzen und spürte Druck hinter den Augen. Er trank einen Schluck aus seiner Wasserflasche.

Er fluchte. Wilson war schon eine Stunde überfällig. Randall war ernsthaft besorgt, dass ihm etwas zugestoßen sein könnte. Wilsons GPS-Tracker war auf »privat« geschaltet, sodass man unmöglich feststellen konnte, wo er war.

Randall ging eine Verschwörungstheorie nach der anderen durch den Kopf; es konnte alles Mögliche passiert sein, einschließlich Entführung und Mord, glaubte er. Sie steckten mitten in einem riskanten Unternehmen, und nach dem gestrigen Gespräch zwischen Wilson und GM zu urteilen und den Andeutungen über Jasper gab es viele Heimlichkeiten und Konflikte. Wut stieg in ihm hoch; das war nicht die ruhige, unterstützende Atmosphäre, die er vor dem Transport brauchte.

Während der vergangenen halben Stunde hatte er noch einmal die Stelle im Auftragstext gelesen, die sich mit Cixis Aufstieg zur Regentin befasste und erklärte, was dafür zu tun war. Bei Machtverlagerungen reagierten die Qing rücksichtslos; schon geringfügige Änderungen an der Spitze konnten sich auf die unteren Stufen der Hackordnung massiv auswirken. Aufgrund der Laune eines Einzelnen fanden andere den Tod, Vermögen wurden gewonnen oder verloren, und wenn sich der Staub gelegt hatte, wurde die Wahrheit zugunsten des Siegers gebeugt.

Randall drehte seinen Handheld auf der Tischplatte wie einen Kreisel und überlegte, ob er die ECTU anrufen und Wilson vermisst melden sollte. Sein Mentor konnte auch mit dem Wagen verunglückt sein, besonders wenn man bedachte, wie er immer diese Bergstraße zu seinem Haus entlangraste. Es konnte alles Mögliche passiert sein. Der Esra-Auftrag war so wichtig! Es ärgerte Randall, dass jetzt nicht er den Mittelpunkt der Aufmerksamkeit bildete. Alles sollte sich auf seine Vorbereitung konzentrieren. Stattdessen saß er hier allein herum.

Die Rotation des Handhelds wurde langsamer, und Randall schnappte sich das Gerät, tippte ECTU ein und drückte auf »send«. In dem Augenblick stürmte Wilson herein. »Ich bin so froh, dass Sie noch da sind!«, keuchte er atemlos.

»Ich hoffe, Sie haben einen wirklich guten Grund für die ...«, er brach den Anruf ab und sah auf die Uhr, »vierundsiebzig Minuten Verspätung.«

»Junge, es tut mir leid«, war die Antwort. »Dieser Vormittag war verrückt, und ich kam einfach nicht weg.« Wilson schob sich einen Besucherstuhl an den Schreibtisch und setzte sich. Er seufzte.

Randall legte seinen Handheld wieder hin. »Ist Ihnen klar, dass ich mir Sorgen gemacht habe?«

»Ich habe Ihre Nachricht erhalten, Randall. Es tut mir leid.« Wilson sah, dass der Computer abgeschaltet war. »Und, wie weit sind Sie mit den Simulationen?«

»Cixi ist eine kalte, berechnende Schlange«, antwortete Randall.

Wilson grinste. »Ja, bewundernswert, nicht? Sie verliert nie ihr Ziel aus den Augen.«

»Davon könnten Sie sich eine Scheibe abschneiden«, brummte Randall.

»Ich weiß, Sie sind sauer«, sagte Wilson. »Aber ich hatte keine Wahl. Ich war mit einer Situation konfrontiert, die absolute Aufmerksamkeit verlangte – und es war zum Wohle aller.«

»Und was für eine Situation war das?«

»Das möchte ich lieber nicht sagen. Tatsache ist jedenfalls, dass das erledigt werden musste. Und für unser Team ist es auch gut.«

Wilson hatte ein auffälliges Funkeln in den Augen, dazu war er unrasiert und ungekämmt. Das machte Randall umso neugieriger. »Warum benehmen Sie sich so sonderbar?«

Wilson holte tief Luft. »Randall, Sie werden in Kürze mit einem Auftrag in die Vergangenheit geschickt, in eine Welt mit Kaisern und Feldherren, Eroberungen und blutigen Niederlagen. Es darf Sie nicht kümmern, was hier passiert. Sie sind bestens vorbereitet. Sie haben sich alles angeeignet, was es zu lernen gab. Sie haben trainiert und sind auf der Höhe Ihrer Leistungskraft. Jetzt können Sie höchstens noch an Ihrer Gefühlslage arbeiten.«

»Sie hätten hier bei mir sein sollen«, sagte Randall verdrossen.

Wilson rutschte unbehaglich auf seinem Stuhl herum. Randalls Reaktion beschäftigte ihn sichtlich. »Stellen Sie sich innerlich auf das ein, worauf man Sie vorbereitet hat, und bleiben Sie optimistisch.«

»Sie hätten hier sein sollen«, wiederholte Randall ein bisschen aggressiver. »Meine Gefühlslage sollte für Sie Vorrang haben.«

Wilson rutschte an die Stuhlkante. »Ich erwarte mehr von Ihnen«, erwiderte er unfreundlich. »Wenn Sie sich in der letzten Stunde allein gefühlt haben, dann warten Sie ab, bis Sie in der Vergangenheit sind. Da gibt es gar keine Unterstützung. Sie werden nur noch Widersacher haben, die Sie wegen Ihres Wissens fürchten und wegen Ihrer Herkunft verachten. Aber Ihr Wissen ist wertlos, wenn Sie nicht auch eine unerschütterliche Überzeugung aufrechterhalten. Sie sind der Aufseher, Randall Chen. In Ihren Adern muss Eiswasser fließen. Sie müssen jeder Herausforderung mit gezügelten Emotionen und scharfem Verstand begegnen. Da bleibt kein Platz für Torheiten wie die, die ich gerade an Ihnen beobachten kann.«

Wilsons Blick bohrte sich in Randalls blaue Augen.

»Ihnen zuliebe sage ich es noch einmal«, fuhr er energisch fort. »Sie sind in jeder Hinsicht besser geeignet als ich. Aber um Erfolg zu haben, müssen Sie optimistisch und konzentriert sein. Immer optimistisch. Niemals das Ziel aus den Augen verlieren. Denken Sie nicht daran, was vorbei ist – sei es gut oder schlecht. Konzentrieren Sie sich auf das, was Sie beeinflussen können.«

Wilson unterbrach den eindringlichen Blickkontakt und schaute zum Wald hinüber. Er schüttelte den Kopf, dann milderte er seinen Ton. »Ich habe damals ungefähr wie Sie reagiert, Randall. Vor lauter Gefühlen verlor ich völlig aus dem Blick, was ich tat, und Barton Ingerson musste mich mit harschen Worten zurück in die Spur bringen.« Er seufzte tief. »Ich kann nur hoffen, dass ich Ihnen begreiflich machen kann, was Barton mir damals erklärt hat.« Es folgte eine lange Pause. »Sie werden immer allein sein, Randall. Ganz zwangsläufig.«

Randall starrte auf seinen Handheld auf dem Schreibtisch und fand keine Worte, so durcheinander war er. Wilson hatte recht. Er musste an seinen Auftrag denken und seine Gefühle beiseiteschieben.

Wilson stand auf und ging zur Glaswand. Nachdem er ein paar Minuten lang suchend in die Bäume gesehen hatte, drehte er sich zu Randall um. »Ich bin zu spät gekommen, weil ich mit Minerva zusammen war. Sie kam, um mit mir zu reden.« Er rieb sich das Kinn. »Wegen meiner Bemerkungen gestern ist sie entlassen worden.«

»Tatsächlich entlassen?«, fragte Randall.

Wilson schüttelte den Kopf. »Ich bezweifle das ernsthaft. Ich vermute, dass sie an dem Versuch beteiligt ist, Ihre Mission zu stören. Das habe ich von Anfang an vermutet.«

»Warum geben Sie sich dann überhaupt mit ihr ab?«

»Es ist immer besser, den Feind im Blickfeld zu haben«, antwortete Wilson. »Nur so können wir den Anschein aufrechterhalten, dass Ihr Transport erst in vier Wochen stattfindet. Ob sie nun für GM oder Jasper arbeitet, wenn die Sache nicht rauskommen soll, muss ich den Eindruck erwecken, als hätte ich alle Zeit der Welt.«

»Das verstehe ich«, meinte Randall, der deutlich mit der Situation zu kämpfen hatte. »Aber wenn Sie –«

»Gehen Sie einfach beiden Chefs aus dem Weg«, fiel Wilson ihm ins Wort. »Bloß für die nächsten zwei Tage. Es ist schon alles kompliziert genug.«

Randall wollte einwenden, dass Wilson keine Erfahrung mit solchen Männern habe, doch jetzt war kaum der geeignete Moment dafür.

»Sie müssen mir vertrauen«, verlangte Wilson. »Wissen Sie noch, was Le Dan neulich morgens beim Training gesagt hat? Der wahre Zweck muss bestimmt werden – es darf keine Verwirrung über die Aufgabe geben.« Wilson schwieg für einen Moment. »Ich will hören, dass Sie Ihre Aufgabe genau kennen. Kennen Sie sie?«

Randall stand auf und ging ebenfalls ans Fenster. »Ich weiß, worin sie besteht.«

Wilsons Ton war milde, aber seine Worte waren unmissverständlich. »Ihre einzige Aufgabe ist es, die Verbotene Stadt zu schützen. Alles andere – die Schlachten, die Politik, Cixis Aufstieg zur Regentin – dient ebenfalls nur einem Ziel: die unbekannte Lebenskraft, die dort residiert, zu schützen. Sie müssen sich die Dinge genau vorstellen, die Sie tun müssen, um zum Erfolg zu kommen, und Sie dürfen niemals schwanken. Situationen und Umstände werden sich ändern – auf vieles werden Sie keinen Einfluss haben. Doch Sie dürfen nie vergessen, warum Sie dort sind. Verstehen Sie?«

Randall starrte mit ausdruckslosem Gesicht in den Wald. »Ja, Wilson, ich verstehe.«

44.

8 Kilometer nördlich von Peking, China
Sommerpalast, Barockschloss
9. Oktober 1860
Ortszeit: 8.21 Uhr
Unternehmen Esra – Tag 220

Randall bekam einen heftigen Tritt an den Kopf und sah nur noch Sterne. Hilflos lag er auf dem kalten Marmorboden und blutete. Neben ihm hatte sich bereits eine Pfütze gebildet. Unerwartet fiel ihm ein, was Wilson zu ihm gesagt hatte. »Sie dürfen niemals schwanken«, hallte es ihm durch den Kopf.

Der Dragoner versetzte ihm den nächsten Tritt, diesmal gegen die Rippen, dass Randall die Luft wegblieb. Seine Schmerzen waren so stark, dass ihm kurz schwarz vor Augen wurde. Dann bekam er einen Gewehrkolben ins Gesicht, und der Soldat, der das tat, brüllte vor Wut wegen seiner toten Kameraden. Ein zweiter Dragoner trat Randall mit solcher Wucht, dass er auf dem glatten Boden ein Stück rutschte, doch jetzt spürte Randall überhaupt nichts. Es schien, als wären seine Nerven überlastet. Hilflos sah er sich um, während ihm das Blut aus dem Mund sickerte, und entdeckte Captain Gordon in seiner roten Uniform mit dem Abzeichen der königlichen Pioniere am Kragen.

»Helfen Sie mir«, keuchte er. Der bestürzte Gesichtsausdruck des Captains sagte ihm jedoch, dass es wenig gab, was er für ihn tun konnte oder wollte.

Der Corporal der Dragoner spannte den Hahn seines Gewehrs und drückte Randall die Mündung auf die Stirn.

»Dieser Mann war Lord Elgins Berater«, wandte Gordon ein.

»Ist mir scheißegal!«, knurrte der Corporal. »Und wenn er der Kaiser von China ist – er wird dafür bezahlen, was er Jarman angetan hat.«

So fühlt man sich also, wenn man stirbt?, dachte Randall. Unzählige Erinnerungen blitzten in ihm auf, und die Gesichter von Leuten, die etwas zu ihm sagten.

Sie dürfen niemals schwanken.

Tao ... Tien ... Dee ... Gian ... Far.

Da ist kein Platz für Angst.

Plötzlich kehrte Randalls Empfinden zurück. Er spürte den kalten Stahl der Gewehrmündung an der Stirn. Und damit kam wunderbarerweise auch seine Kraft zurück. Mit beiden Händen packte er den Lauf und entriss dem Soldaten entschlossen die Waffe.

Eine neue Stärke durchdrang ihn. Er knallte dem Corporal den Kolben an den Kopf, dass es knackte. Der Mann kippte langsam zur Seite und landete bewusstlos am Boden, während Randall auf die Beine kam, das Gewehr herumschnellen ließ und abdrückte. Die Kugel riss den anderen Dragoner von den Füßen und ließ sein Blut an die Wand spritzen.

Mühelos trat Randall Captain Gordon um und griff zugleich sein Schwert vom Boden auf, setzte ihm die Klingenspitze an die Kehle und sagte: »Bringen Sie Lord Elgin meine Nachricht!« Dann spuckte er das Blut aus, das ihm in den Mund gestiegen war.

Die Hand an seine blutende Wunde gedrückt, rannte er zum Fenster. Am anderen Ende des Saales knallte ein Schuss. Die Kugel pfiff an seinem linken Ohr vorbei, als er sich gegen das Fenster warf. Er krümmte sich im Sprung zusammen und brach mit dem Rücken durch Holzstreben und Glas ins Freie.

Mit dem Scherbenregen landete er schwer in einem Rosenbeet und schnellte auf die Füße. Die knorrigen Dornenzweige zerrissen ihm die Uniform. Er durchquerte den Garten und setzte im Hechtsprung über eine niedrige Mauer, tauchte in eines der vielen Bassins, die hüfttief mit eiskaltem Wasser gefüllt waren, rutschte kurz aus, als er hochkam, und watete zum anderen Ende. Inzwischen lief ihm das Blut aus etlichen Schnittwunden an den Händen und im Gesicht.

Hinter sich hörte er Schreie, und jemand schoss. Die Kugel streifte zischend das Wasser. Er erreichte den Beckenrand, rollte sich hinüber auf die weiße Marmorstufe dahinter. Zusammengekrümmt vor Schmerzen lief er auf die dichten Bäume zu, während weiter auf ihn geschossen wurde. Dann, wie aus dem Nichts, näherte sich Hufschlag. Randall schaute nicht einmal, wer da auf ihn zugaloppierte, sondern strebte dem schützenden Wald entgegen.

Zu spät – gleich würde der Reiter bei ihm sein.

Doch kein Bajonett stach ihm ins Fleisch, keine Kugel beendete seine Flucht. Stattdessen wurde er von einem Arm gepackt und mit geübtem Schwung vom Boden hochgerissen. Er sah nur einen grünseidenen Ärmel, während der Reiter ihn in gestrecktem Galopp zum Wald brachte.

Randall konnte sich nicht bezwingen, er schrie vor Schmerzen unter den ständigen Erschütterungen, während die Schüsse hinter ihnen herpfiffen. Der Arm seines Retters drückte ihm auf die Schusswunde, wodurch ihm der Dünndarm eingeklemmt wurde. Randall delirierte fast, als der Reiter endlich hielt und ihn auf den Boden fallen ließ.

Sein Retter, einer seiner Begleiter von der kaiserlichen Garde, sprang vom Pferd, half ihm auf die Beine und hob ihn in den Sattel. »Schnell!«, sagte er mit kratziger Stimme. »Flieht durch das Westtor!« Und mit einem Blick auf Randalls Schusswunde: »Drückt die Hand darauf. Beeilt Euch!«

Randall konnte keinen klaren Gedanken fassen, und so war der Eunuch gezwungen, dem Pferd einen Schlag aufs Hinterteil zu versetzen, damit es davongaloppierte. Dann zog er sein Schwert und lauerte im Unterholz auf Verfolger.

Das Schlachtpony fand auch ohne Randalls Führung mühelos durch den Wald und galoppierte schließlich auf eine weite Ebene. In der Ferne erhoben sich die Yanshan-Berge in ihrer grünen Pracht.

Wie im Traum sah Randall sich über die Große Mauer fliegen, hierhin und dorthin schweben, in Wolken tauchen und wieder hervorkommen und der Großen Mauer folgen, die nach beiden Richtungen Hunderte Kilometer über die Hügelkuppen verlief. Die Mauer wurde gebaut, um die Mongolenhorden fernzuhalten, erinnerte er sich. Hätte sie ihre Aufgabe erfüllt, wäre ich jetzt nicht hier.

Als er wieder richtig zu sich kam, sah er den Sattel vor sich. Seine Hosen waren bis zu den Knien blutgetränkt. Seine Hände waren zerschnitten und von Dornen aufgerissen. Ihm wurde schlecht, und er spuckte Blut. Dabei fragte er sich, ob er es überhaupt bis zur Verbotenen Stadt schaffen würde.

45.

Kalifornien, Nordamerika
Enterprise Corporation
Mercury-Labor, Untergeschoss A 5
28. Juli 2084
Ortszeit: 9.45 Uhr
Esra-Transport

Das Display zeigte vierzehn Minuten und sechsundzwanzig Sekunden an, danach würde der Esra-Transport endlich erfolgen.

Seit zwei Nächten hatte Wilson nicht mehr richtig geschlafen, und es war nur das Adrenalin, was ihn noch auf den Beinen hielt. Um die Illusion aufrechtzuerhalten, es handle sich noch um Wochen bis zum Transporttag, lud er Minerva zu sich ein. Die nahm die Einladung glücklich an, und das Ergebnis war, dass Wilson von den langen Nächten und dem frühen Aufstehen völlig ausgelaugt war, ganz zu schweigen von dem Zeitdruck, unter dem er in Wirklichkeit stand.

Lächelnd musste er daran denken, wie er sich vor zwei Stunden mit einem Kuss – sie nackt in seinem Bett – von ihr verabschiedet und gesagt hatte, er werde am frühen Nachmittag zurück sein.

Wieder warf er einen Blick auf die Zeitanzeige an der Laborwand. In dreizehn Minuten wäre Randall weg. Der bisher beste Aufseher würde seine Mission antreten. Er würde die Herrschaft der Qing sichern und dadurch den Baum des Lebens schützen – eine ehrfurchterregende Herausforderung angesichts komplizierter Verhältnisse und Intrigen. Obwohl Randall ein wenig verunsichert wirkte, blieb Wilson nichts anderes übrig, als zu glauben, dass er der Aufgabe gewachsen war.

Eine tiefe Zufriedenheit überkam ihn, als er mit Randall zur Transportkapsel ging, denn sein Part in der ganzen Sache würde gleich beendet sein. Allmählich fand er, dass er seine Rolle als Beschützer einer integren Mission gut gespielt hatte. Genauso musste sich Barton gefühlt haben, dachte er. Sein alter Mentor war sicher noch viel erleichterter gewesen, als er ihn zur Abreise in das Labor begleitet hatte.

Wilson legte Randall eine Hand auf die Schulter. »Ich beneide Sie, mein Freund.«

Der Esra-Aufseher trug die Kleidung eines chinesischen Bettlers über seinem Anzug, damit er später in den dicht belebten Straßen Pekings nicht auffiel. Das Material war eigens modifiziert worden, damit es sich durch die Zeit transportieren ließ, würde aber danach schnell zerschleißen, weil es bei der Rekonstruktion litt. Bis Hongkong würden die Sachen aber wohl halten, und dort würde Randall sich einen neuen Anzug machen lassen.

»Ich möchte Ihnen für die Mühe danken, die Sie auf sich genommen haben, um mich so weit zu bringen«, sagte Randall. »Ich habe keine Zweifel, dass wir uns wiedersehen.«

»Und ich freue mich schon darauf«, erwiderte Wilson. »Wie Sie wissen, werden Sie am 3. März 1860 im Palast Friedvoller Langlebigkeit rekonstruiert, ungefähr zwei Stunden nach Mitternacht. Es wird sternenklar sein und ziemlich kalt. Es wird eine schmale Mondsichel am Himmel stehen, sodass Sie einigermaßen sehen können, wo Sie hinlaufen, selbst aber nicht so leicht zu entdecken sind.«

»Ja, ja, ich weiß das alles«, sagte Randall.

»Ich war damals nach meinem Transport eine halbe Stunde lang groggy. Ich schlage vor, dass Sie sich, kurz bevor die Laser anfangen zu feuern, die wichtigsten Dinge vor Augen halten. Nach meiner Erfahrung erinnert man sich daran als Erstes, wenn man angekommen ist. Alles andere braucht länger, bis man es wieder parat hat«, riet Wilson. »Verschwinden Sie schnellstmöglich aus der Verbotenen Stadt. In ganz China gibt es nicht so viele Wachen wie dort. Sie müssen also vorsichtig sein. Anfangs sind Sie noch schwach und sollten einen Kampf vermeiden, auch wenn Sie glauben, ihn gewinnen zu können. Sie durchqueren den Hof der Höchsten Harmonie und gehen durch das entfernte rechte Tor. Der Schlüssel steckt in der linken Innentasche Ihrer Anzugjacke. Wenn Sie durch sind, schließen Sie von der anderen Seite wieder ab und verlassen die Verbotene Stadt durch das Blumentor. Das liegt etwa dreihundert Meter entfernt in westlicher Richtung. Es wird nur von zwei Männern bewacht. Sie müssen ein kleines Feuer in den Ställen legen, um sie abzulenken. Das machen Sie, indem Sie eine Öllaterne ins Heu werfen. Wenn die Wächter mit Löschen beschäftigt sind, sollten Sie unbemerkt durchs Tor gelangen können.« Wilson hielt kurz inne. »Machen Sie die Augen zu, und prägen Sie sich die Einzelheiten ein.«

Randall tat es.

»Das sollte auf jeden Fall das Letzte sein, woran Sie vor dem Transport denken«, schärfte Wilson ihm ein. »Ich könnte mir vorstellen, dass es für Aufregung sorgt, wenn sich das Portal auf der anderen Seite öffnet. Meiner Erfahrung nach haben Sie nicht viel Zeit, um sich darauf einzustellen.«

»Ich verstehe«, sagte Randall.

Wilson wandte sich der Transportkapsel zu und legte die Hand an sie. Die leise Vibration rief ihm in Erinnerung, wie er damals hineingestiegen war. Er holte scharf Luft bei der Vorstellung, wie sich die Inflatorspulen beschleunigten, bis sie nur noch als verwischter Fleck zu sehen waren, und er die Laser feuern sah.

»Sie haben wirklich Glück«, sagte er. »Sie werden einige der aufregendsten Ereignisse der Geschichte miterleben. Ich beneide Sie.« Er sah auf die Anzeige des Countdowns, dann zu der bombensicheren Glasscheibe hinauf. Dahinter sah er die Gesichter aller zwölf Teammitglieder, mit einer bemerkenswerten Ausnahme: Professor Author fehlte.

»Ein bisschen Zeit bleibt noch«, sagte Wilson. »Bei aller ausgefeilten Technik kann ich Sie noch nicht in die Kapsel setzen. Ihnen würde die Luft ausgehen.« Einen Moment lang schwiegen sie. »Wissen Sie, Professor Author hat mal zu mir gesagt, der menschliche Körper besteht nur aus ein paar Chemikalien, die man für 89 Cent kaufen kann, und aus ganz viel Wasser«, plauderte Wilson weiter.

»Wir sollten es hinter uns bringen«, unterbrach ihn Randall.

»Es gibt keinen Grund zur Sorge.«

Randall seufzte ungeduldig. »Ich weiß! Alles wird gut.« Er sah Wilson in die Augen. »Sie haben einmal zu mir gesagt, dass alle Informationen, die ich benötige, im Auftragstext stehen.«

»Das ist absolut richtig. Dem müssen Sie bedingungslos vertrauen«, bestätigte Wilson.

»Was ist, wenn ich mich aus irgendeinem Grund mal nicht danach richten kann? Was passiert dann?« Ein nervöses Lächeln zuckte um seine Lippen. Das war ein Gesichtsausdruck, den Wilson noch nicht an ihm kannte.

Wilson rieb sich die Stirn und versuchte zu ergründen, was Randall ihm in Wirklichkeit damit sagen wollte. Schließlich antwortete er: »Wahrscheinlich werden Sie sowieso an irgendeinem Punkt vom Auftragstext abweichen – ich musste das auch. Und wenn das passiert, sollten Sie meiner Überzeugung nach alles tun, um das weitgehend zu korrigieren.« Wilson überlegte. »Aber philosophisch betrachtet, glaube ich, dass das Schicksal bei allem seine Hand im Spiel hat, hier und in der Vergangenheit. Wenn jemand sterben soll, dann stirbt er. Und wenn jemand Erfolg haben soll, wird er ihn haben. Sie werden dorthin transportiert, damit Sie zuerst gegen die Mongolen und später gegen die Briten und Franzosen agieren. Mit Ihrem Wissen haben Sie dramatischen Einfluss auf den Ausgang des Krieges. Halten Sie sich einfach an Ihren Auftrag, und alles ist bestens.«

Randalls Augen wurden immer größer, und einen Moment

lang schien er große Angst zu haben. »Sie haben gesagt, der Auftrag hat Priorität um jeden Preis. Das haben Sie bestimmt ein Dutzend Mal wiederholt. Ich möchte Ihnen nur sagen, dass er diese Priorität für mich immer gehabt hat.«

»Das weiß ich«, versicherte Wilson. »Und darum sind Sie der perfekte Aufseher. Sie sind besser ausgebildet und besonnener als alle anderen. Ich habe vollstes Vertrauen, dass Sie die Aufgabe bewältigen werden.«

»Besser als Sie an meiner Stelle?«

Wilson sah zur Countdownanzeige. Noch sieben Minuten. »Unbedingt«, versicherte er und nickte ihm beruhigend zu. »Ich beneide Sie zwar, möchte aber nicht an Ihrer Stelle sein.«

»Haben Sie sich mal gefragt, was diese Lebenskraft eigentlich ist?«

Für einen Moment war Wilson sprachlos. »Ja ... habe ich«, meinte er dann zögernd. »Aber wie es scheint, weiß das keiner so richtig.«

Randall lächelte. »Ja, das ist eigenartig, nicht wahr? Vielleicht werden wir es eines Tages herausfinden.« Dann sah auch er zur Countdownanzeige. »Ich glaube, jetzt haben wir lange genug gewartet. Es ist Zeit, sich zu verabschieden.«

Wilson gab ihm die Hand. »Viel Glück, Randall.«

»Danke, Wilson.«

Der Händedruck war auf beiden Seiten herzlich.

»Vergessen Sie nicht: Nur an die Dinge denken, die Sie bei der Ankunft brauchen«, wiederholte Wilson. »Das kann ich nicht oft genug sagen.«

Randall duckte sich durch den Einstieg der Kapsel. Wilson verschloss sie und vergewisserte sich, dass das Luk dicht war. Dann ging er an die Steuerkonsole und drückte auf den Startknopf. Die drei Titanringe begannen langsam zu schwingen, die Umrisse der Einstiegsluke verschwammen. Wilson drehte sich noch einmal zu Randall um, nickte knapp und gab sich Mühe, ein zuversichtliches Gesicht zu machen, bevor er zum Ausgang lief.

Als er die innere und die äußere Labortür verriegelte, war ihm unwohl wegen dieser letzten Sätze, die er mit Randall gewechselt hatte.

Er schritt den weißen Korridor hinunter, in dem seine Schritte hallten, dann die alte weiße Treppe hinauf, die zum Kontrollraum führte. Sofern keiner den Countdown abbrechen ließ, war seine Arbeit mit Randall nun erledigt. Er hatte ihn nach besten Kräften auf die Sache vorbereitet, mehr konnte er nicht von sich verlangen. Das Wichtigste war, dass er Randall von GMs Ansinnen abgeschirmt hatte und die Mission nun nicht verfälscht wurde. Der Aufseher kannte den Lebensbaum nicht. Außerdem hatte Wilson ihm die Gewissheit gegeben, dass alles, was von ihm verlangt wurde, möglich war – weil es schon zuvor getan worden war. Das war ein Luxus, den Wilson nicht gehabt hatte, als er gebeten wurde, seinen Auftrag in der Vergangenheit zu erfüllen.

»Ich habe meinen Teil getan«, sagte er zu sich.

Die Tür des Kontrollraums glitt auf, und Wilson spürte sofort die geistige Anspannung und Konzentration der Kollegen, die gleich die Zeitreise auslösen würden. Nur noch drei Minuten, dann würden Randalls Körper und Seele in Moleküle zersprengt.

Davin sah Wilson hereinkommen und sagte: »Gute Arbeit.«

Andre riss sich widerstrebend von seinem Bildschirm los. »Ja, finde ich auch«, sagte er. Doch dabei huschte ein feines spöttisches Grinsen über sein Gesicht, das Wilson an seiner Ehrlichkeit zweifeln ließ.

Einige Kollegen gratulierten ihm im Vorbeigehen, doch ihre Bemerkungen steigerten nur seine Wachsamkeit. Das waren keine Leute, die leicht Komplimente verteilten.

Wilson ging zur Glaswand und schaute ins Labor hinunter. Der riesige Raum war in Dämmerlicht getaucht, nur die Transportkapsel und ihre unmittelbaren Umgebungen waren beleuchtet. Randall stand noch da, und die Titanringe, die sich um die Kristallkugel drehten, waren nur noch ein dunstiger Fleck. Es war ein ungewöhnlicher Anblick, wie Randall in der Kleidung eines Bettlers da drinnen stand und auf den Inflator starrte, der am Ende der Halle an der Wand befestigt war. Dort entstünde ein Spalt im Magnetfeld der Erde, und Randall wusste ganz genau, dass seine Moleküle, aufgespalten in Quark-Gluonen-Plasma, mit Lichtgeschwindigkeit darauf zufliegen würden. Durch diesen Spalt würde er in eine andere Welt transportiert werden, wo das Wissen, das er mitbrachte, ihn zum mächtigsten Mann der Welt machte.

Wilson beobachtete Randalls Körpersprache – er hätte gern auch sein Gesicht gesehen, doch das war auf die Entfernung nicht möglich.

»Neunzig Sekunden bis zum Start«, gab Andre an und durchbrach damit die Stille im Kontrollraum.

Wilson dachte über seine letzte Unterhaltung mit Randall nach und wurde nervös. Randall war nicht der Typ, der etwas dem Zufall überließ. Er war der methodischste Mensch, dem Wilson je begegnet war. Und dennoch hatte er diese Frage über den Ursprung der Lebenskraft erst gestellt, als er schon im Begriff war, in die Kapsel zu steigen. *Warum?*

»Sind wir startklar?«, fragte Davin.

»Alle Systeme startklar«, antwortete Andre.

Nacheinander gaben die Wissenschaftler ihre Zustimmung. Davin drückte den grünen Knopf, der Transportprozess begann.

Jetzt gab es kein Zurück mehr.

Kurz flackerten die Lichter im Labor.

Ein dumpfes Wummern brandete gegen die Glaswand, als gewaltige Elektrizitätsmengen aus den Elektromagneten zur Imploderkugel strömten. Mit einem goldenen Lichtblitz begann der erste Laser zu feuern, dann der nächste. Einer nach dem anderen feuerten sie aus allen Richtungen in aufeinander abgestimmten Sequenzen. Wilson war von dem Schauspiel so gefesselt, dass er nicht hörte, wie hinter ihm die Türen des Kontrollraums aufgingen.

Drei Männer kamen herein, einer auf einem roten Segway.

»Sechzig Sekunden bis zum Start!«, rief Andre.

Wilson sah Randall zucken und wusste, welche Schmerzen er durchmachte. Sie waren furchtbar, als ob sich bei jedem Schuss lange eisige Nadeln ins Fleisch bohrten. Die Lichtblitze wurden greller, während die Laser auf volle Leistung gingen. Wilson stieß einen langen Seufzer aus, als er erkannte, dass dies der Augenblick war, in dem er damals das Bewusstsein verloren hatte.

»Dreißig Sekunden bis zum Start«, sagte Andre ruhig.

Die Energiekurven auf dem holografischen Bildschirm stiegen an. Im Kontrollraum begann alles zu zittern wie bei einem Erdbeben. Die Konduktorenbänke steigerten ihre Leistung, und der Raum bebte noch heftiger.

»EF-Vorgang einleiten!«, rief Davin.

Andre drückte einen gelben Knopf auf der Hauptkonsole, um dem rautenförmigen Inflator Energie zuzuführen und die Öffnung des Spalts im Magnetfeld zu bewirken.

Die Laser im Labor feuerten nun gleichzeitig und begannen unter blendenden Lichtblitzen Randalls Körper zu zerlegen. Wilson schnappte erschrocken nach Luft und fragte sich, ob der Transport glücken würde oder ob er soeben Zeuge von Randalls Tod wurde.

»Fünfzehn Sekunden«, gab Andre an.

Die Laser verloschen plötzlich, das Beben stoppte.

Alles war still.

In der Transportkapsel war nur noch schimmerndes Plasma zu sehen, das gegen die Innenwand spritzte wie Gischt an eine felsige Meeresküste. Es schwappte hin und her, als ob das ganze Gebäude schwankte.

Andres entschlossene Stimme durchbrach die Stille. »Zehn … neun … acht … sieben …«

Das rautenförmige Gerüst begann schwach zu glühen. Dann,

mit einem blendenden Lichtblitz, jagten die Partikel aus der Imploderkugel durch den Raum. Wilson wandte sich ab, so grausam fand er den Transfer.

Das Innere der Raute schimmert wie Quecksilber. Ein Netz feiner Blitze zuckte über das Plasma und die magnetisch geladenen Titanstangen entlang.

»Drei ... zwei ... eins ... Zündung.«

Die Konduktorenbänke gingen auf volle Leistung. Fünf Petawatt. Zehn Petawatt. Fünfzehn Petawatt. Die Zeit verformte sich.

Wumm.

Das Magnetfeld öffnete sich, und das Quark-Gluonen-Plasma wurde aus dem Inflator gesaugt und verschwand. Das Labor war in Dunkelheit gehüllt.

Plötzlich flammte die Notbeleuchtung auf, und man sah, wie die Titanringe um den Transportbehälter schwerfällig zum Stehen kamen. Wilson stand an der Beobachtungswand und staunte mit offenem Mund. Randall ist weg, dachte er, und ich habe alles Menschenmögliche getan, um den Erfolg des Unternehmens zu sichern.

»Hat alles geklappt?«, fragte er und drehte sich zur Hauptkonsole um. Erst in diesem Moment sah er die drei Besucher im Hintergrund stehen, GM, Jasper und Minerva. Wilson spürte, wie er blass wurde, und seine Beine wurden schwach.

Davin wich seinem Blick verlegen aus und sah hilfesuchend zu GM.

»Sie dürfen die Frage beantworten«, sagte GM.

»Ja, es hat alles funktioniert«, sagte Davin und starrte die Kurven auf seinem Bildschirm an.

Wilson drehte den Kopf zum Labor, um sich zu vergewissern, dass Randall wirklich weg war. Dann sah er sein verstörtes Gesicht in der Scheibe. Unwillkürlich begann er zu zittern, als er begriff, dass alles ein abgekartetes Spiel gewesen war. Nur einer hatte möglicherweise nicht mitgemacht: Professor Author.

In der reflektierenden Scheibe sah er, wie GM seinen Segway zur Hauptkonsole lenkte und neben Davin anhielt, um sich die Transportkurven anzusehen. So würdevoll wie möglich drehte sich Wilson in ihre Richtung. »Sie haben einen törichten Fehler begangen, GM.« Seine Stimme klang ein bisschen zittrig. Dann sah er nacheinander Jasper, Davin und Andre an. »Sie alle.«

»Welchen Sinn haben Regeln, wenn man nicht dagegen verstößt?«, erwiderte GM.

»Sie haben mich mit Ihrem Plan getäuscht. Das war einfach«, sagte Wilson. »Aber ich fürchte, dass Sie damit auch den Stift aus der Handgranate gezogen haben, und nichts kann die Explosion mehr verhindern.«

»Ich brauche das Elixier, Mr. Dowling«, hielt GM ihm ganz offen entgegen. »Egal um welchen Preis. Unglücklicherweise geht es mit meiner Gesundheit schneller bergab als vermutet. Darum musste der Transport früher erfolgen. Jasper und ich haben überlegt, wie wir gewährleisten können, dass wirklich jeder mitmacht. Ich brauchte Ihre Unterstützung – ob freiwillig oder nicht.«

Wilson hätte ihn am liebsten bei den Schultern gepackt und geschüttelt, um ihn zur Vernunft zu bringen, doch es war natürlich zu spät. Er zwang sich, Minerva anzusehen. Misstrauisch verengte er die Augen zu Schlitzen. »Ich hatte nie eine Chance, hm?«

GM stieg behutsam von seinem Roller; die bionischen Beinschienen zischten, als er einen Fuß auf den Boden setzte. Der alte Mann zeigte mit einem knochigen Finger auf Wilson. »Sie hätten das Unternehmen Esra bestimmt nicht unterstützt, wenn Sie gewusst hätten, dass Mr. Chen mir den Gefallen tun will.«

Wilson blickte in die gelblichen Augen des Firmenchefs. »Sie haben einen Mann in die Vergangenheit geschickt, zu einer Tötungsorgie, die etliche Monate dauern wird, denn das ist seine

Mission in Wirklichkeit. Randall muss rücksichtslos Tausende in den Tod schicken, um die Qing-Herrschaft aufrechtzuerhalten, und dennoch erwarten Sie, dass er loyal bleibt?«

»Ich erwarte von ihm, dass er tut, worum ich ihn gebeten habe.«

»Wenn Menschen zum Töten gezwungen werden, verändert sie das fürs ganze Leben«, sagte Wilson zähneknirschend. »Meine Prognose ist, dass Mr. Chen nicht mehr zurückkehrt. Jedenfalls nicht jetzt. Sie haben seinen Auftrag pervertiert, und er wird unweigerlich versagen. Und darum werden Sie nicht bekommen, was Sie so dringend haben wollen.«

»Und warum glauben Sie, dass er nicht zurückkommt?«, fragte GM.

»Weil Sie ihm die Schlüssel zur Unsterblichkeit in die Hand gegeben haben. Wenn er einen Grund findet, den Saft des Baumes selbst zu benutzen, wird er ihn nachher vielleicht nicht wieder aufgeben wollen.«

»Aber Mr. Dowling, Sie müssen bedenken, dass ich ohne eine, wie Sie es nennen, Pervertierung des Auftrags, sicher sterbe. Auf diese Weise habe ich wenigstens eine Chance.«

»Ihre Chance hätte sich erhöht, wenn wir zusammengearbeitet hätten.«

»Ich gab Ihnen die Möglichkeit, sich auf meine Seite zu stellen, Mr. Dowling. Sie haben sich entschieden, gegen mich zu arbeiten.«

»Nur weil Sie mir die Gelegenheit dazu gaben. Sie und Jasper haben sich ein ausgefeiltes Tableau ausgedacht und mir einen Ausweg gelassen.«

»Nur so war festzustellen, ob Sie auf meiner Seite stehen, und das war nicht der Fall.«

»Ohne diese Option hätte ich Sie unterstützt«, sagte Wilson. »Eben *weil* ich keine andere Wahl gehabt hätte! Das müssen Sie einsehen. Sie haben sich selbst einen Streich gespielt, GM.« Wilson sah reihum in die ausdruckslosen Gesichter der Teamkollegen. »Sie haben Randall die Vorteile des Verrats gezeigt – und das ist eine Lektion, die ihm schadet.«

»Ich bin kein Mann, der sich gern auf sein Glück verlässt«, erklärte GM. »Sie waren nicht bedingungslos auf meiner Seite, also war ich gezwungen, einen anderen Kurs einzuschlagen. Ihr Verrat ist es, der hier zur Debatte steht.«

»Ich wollte nur das Esra-Unternehmen schützen.«

»Ihre Aufgabe ist es, zuallererst mich zu schützen.«

»Und jetzt ist alles gefährdet, das Unternehmen und Ihr kostbares Elixier.« Wilson rieb sich die Augen. »Randalls Erfolgschancen sind in den Keller gesunken, weil Sie seine Prioritäten durcheinandergebracht haben.«

»Er ist nicht durcheinander, nur weil Sie das nicht mit ihm diskutiert haben«, fuhr Andre dazwischen. »Ich habe ihm erklärt, was er wissen muss.«

Wilson warf frustriert die Arme hoch. »GM, hören Sie sich diesen Jungen an! Seine Weisheit steht zwischen Ihnen und dem sicheren Misserfolg. Andre ist intelligent, das steht fest. Aber er hat nicht die geringste Ahnung, was Menschen antreibt und warum. Und er weiß nicht, wie es ist, durch die Zeit geschickt zu werden.«

Einen Moment lang betrachtete GM den jungen Mitarbeiter mit grimmiger Miene. »Was geschehen ist, ist geschehen«, sagte er. »Ich bin fest überzeugt, dass Mr. Chen sich an die Abmachung halten wird.«

Wilson sah zu Davin. »Von allen Leuten hier waren Sie der Einzige, dem ich glaubte, vertrauen zu können. Wie dumm von mir.«

»Ich habe getan, was ich für richtig hielt«, verteidigte sich Davin.

Wilson schüttelte den Kopf. »Sie haben getan, was Ihnen gesagt wurde, Davin. Was Sie für richtig halten, hat überhaupt keine Rolle gespielt.«

»Jetzt ist es aber genug!«, platzte Jasper dazwischen.

Aber Wilson stemmte die Hände in die Seiten und fügte hinzu: »Sie wissen nicht einmal, ob das Elixier den Transport übersteht.«

»Wir sind ziemlich sicher«, widersprach Andre. »Seine Zusammensetzung ist nicht von dieser Welt und sollte standhalten. Wir haben Randall eine Phiole mitgegeben, die mit einer Gen-EP-Verbindung hergestellt wurde. Damit sollte das Transportproblem gelöst sein.«

»Die Phiole wird ihn überstehen, die Flüssigkeit vielleicht nicht«, beharrte Wilson.

»Das ist ein Risiko, das wir eingehen müssen«, stellte GM fest.

Wilson wollte sich ein Lächeln abringen, brachte die Mundwinkel aber kaum in die Höhe. »Dann schlage ich vor, Sie machen sich auf eine lange Wartezeit gefasst.«

»Sie sind bloß streitlustig, weil ich Sie reingelegt habe«, höhnte GM. »Und wenn Mr. Chen mit dem Elixier zurückkehrt, wird sich wieder einmal zeigen, dass ich recht hatte.« Nach kurzem Schweigen meinte er: »Sie sind ein Außenseiter, Mr. Dowling, und als solchen habe ich Sie behandelt. Ihr Vertrag mit Enterprise Corporation ist erfüllt, und Sie können jetzt gehen.«

Diesen Augenblick der Entlassung hatte Wilson seit über zwei Jahren herbeigesehnt, doch die Hochstimmung blieb aus. Da er merkte, dass er nichts weiter sagen konnte, ging er wortlos zur Tür, blieb aber vor Minerva kurz stehen. Er konnte ihr ansehen, dass sie mit einer verletzenden Bemerkung rechnete. »Ich will ehrlich sein«, sagte er leise. »Ich habe gelernt, von diesen Machtmenschen stets das Schlimmste zu erwarten. Darum ist es wohl dumm von mir, überrascht zu sein. Doch im tiefsten Innern habe ich mir gewünscht, dass du auf meiner Seite stehst.« Er sah in ihr schönes Gesicht. »Schade.«

Minerva schob sich ein paar Haarsträhnen hinters Ohr. »Ich habe meine Arbeit gemacht, Wilson … aber du sollst wissen, dass meine Gefühle immer echt gewesen sind.«

»Und trotzdem stehen wir jetzt hier«, erwiderte er.

Er ging zur Tür und hörte, wie GM dem Team zu der guten Arbeit gratulierte.

»Sie haben sich alle etwas Urlaub verdient«, sagte er überzeugt. »Ich bin sehr stolz, dass Sie alle zu mir gehalten haben.«

Wilson wollte glauben, dass Randall alles hatte, was er zum Erfolg brauchte. Der Esra-Aufseher war ein erstaunlicher Mann. Doch nun sah er sich einer viel schwierigeren Situation gegenüber. Wilson konnte nur hoffen, dass er sich nach besten Kräften an den Auftragstext hielt. Und er betete, dass Randall keinen Grund bekam, das Elixier selbst zu benutzen. Wenn doch, war die Wahrscheinlichkeit groß, dass er nicht zurückkam, denn nach Wilsons Ansicht war Unbesiegbarkeit viel zu verlockend, als dass jemand darauf verzichten würde.

46.

5 Kilometer nördlich von Peking, China
9. Oktober 1860
Ortszeit: 9.33 Uhr
Unternehmen Esra – Tag 220

Randall hielt sich mit letzter Kraft im Sattel, während sein Pferd auf Peking zugaloppierte. Er delirierte vor Schmerzen und schrie mal auf Englisch, mal auf Chinesisch, Gott solle ihn doch holen, wenn er unbedingt wollte. Um zu verhindern, dass ihm die Därme aus der klaffenden Wunde quollen, hatte er sich ein Stück weiches Leder zwischen die Bauchmuskeln geklemmt.

Keine achthundert Meter hinter ihm ritten seine Verfolger. Zwanzig Briten und Franzosen waren durch das Südtor gesprengt, sobald er vom Wachturm aus entdeckt worden war. Doch sie holten nicht auf. Schon beim Ritt zum Sommerpalast hatten sie ihre Tiere überanstrengt, sodass diese jetzt erschöpft waren.

Randall hörte einen Schuss hinter sich, doch das Pfeifen einer vorbeifliegenden Kugel blieb aus. Es hatte zahlreiche Augenblicke gegeben, in denen er aus dem Sattel fallen wollte, so stark waren seine Schmerzen, doch irgendwie gelang es ihm durchzuhalten.

»Ihr hättet mich gar nicht treffen dürfen!«, delirierte er laut. »Ich bin der Aufseher, nicht irgendein hergelaufener Eunuch!« Er lachte hysterisch, bis er sich vor Schmerzen krümmte.

Sein Pferd trat fehl, und Randall kam kurz aus dem Gleichgewicht, konnte sich aber im Sattel halten. In dem Moment wurde der Hufschlag dumpfer; das Tier galoppierte über eine Holzbrücke, die einen der zahlreichen Entwässerungsgräben überquerte. Randall liefen die Tränen übers Gesicht. Zuerst wusste er gar nicht, warum er weinte. Dann kam ihm die Erinnerung an den Tag, als seine Mutter gestorben und er nicht bei ihr gewesen war. Für den Rest seines Lebens würde er beim Klingeln seines Handhelds an diesen traurigen Tag denken. Er hätte bei ihr sein sollen, doch das Schicksal und Gott hatten sich gegen ihn verbündet.

Seine Gedanken schwenkten zu Wilson.

Der Jesaja-Aufseher hatte sich so leicht überlisten lassen. Die Tredwells hielten alle Trümpfe in der Hand, wurde ihm klar. Vom ersten bis zum letzten. Es war eine Qual gewesen, mitanzusehen, wie Wilson versuchte, das Unbeeinflussbare zu beeinflussen. Bei bestimmt zwanzig Gelegenheiten hätte Randall ihm gern ins Ohr geflüstert, dass er über den Baum des Lebens Bescheid wusste. Doch das hatte er nicht tun dürfen.

»Wenn du jetzt hier wärst, würde ich's tun!«, schrie er auf Chinesisch.

Plötzlich stieg die Wut in ihm hoch. *Das war nicht anständig von mir!* Wilson hatte bei seinem Jesaja-Auftrag so viel aufgegeben; er hatte eine bessere Behandlung verdient. Von ihnen allen.

»Jetzt würde ich's dir verraten!«, schrie er wieder.

Randall lächelte mit blutigen Zähnen. Er dachte daran, wie Wilson das kleine Flugzeug durch den Sturm gesteuert und überhaupt keine Angst gehabt hatte. Zweifellos war er mit Dämonen in der Brust aus der Vergangenheit zurückgekehrt. Seine Todessehnsucht war in der ganzen Firma bekannt. Er verhielt sich, als wollte er Gott herausfordern. Und genauso hatte Randall sich gefühlt, als er zum Sommerpalast geritten war. Er war sich unbesiegbar vorgekommen.

Und jetzt sieh mich an.

»Es tut mir leid, Wilson!«, schrie er.

Eine Kugel verfehlte ihn, und das Geräusch riss ihn aus dem Delirium. Er sah die dunklen Mauern Pekings vor sich aufragen; die Stadt war nah. Er drehte sich im Sattel um. Die Verfolger hatten aufgeholt. Ihre größeren Pferde kamen auf der Schieferstraße offenbar besser voran als sein kleines Schlachtpony. Ein zweiter Schuss pfiff dicht an ihm vorbei, und Randall bückte sich instinktiv. Doch sein Tier machte einen Satz, und er verlor den Halt und stieß mit der Wunde gegen den Sattelknauf.

Er wurde sofort bewusstlos.

Als er zu sich kam, lag er mit dem Gesicht am Boden. Der Staub legte sich gerade. Während ihm die Sicht immer wieder vor den Augen verschwamm, setzte er sich auf und sah sich suchend nach seinen Verfolgern um.

Keine fünfzig Schritte entfernt standen sie nebeneinander – Briten und Franzosen in roten und blauen Uniformjacken, auf die die Sonne schien. Ihre Pferde ließen erschöpft die Köpfe hängen, und weißer Schaum tropfte ihnen vom Maul.

»Erschießt mich«, brummte Randall kaum hörbar. Mühsam hob er ein Stück die Arme hoch. »Erschießt mich.« Doch zu seiner Verblüffung wendeten die Soldaten ihre Pferde und ritten in einer Staubwolke davon.

Randall drehte den Kopf. Hinter ihm standen Tataren aufgereiht, Hunderte Reiter und Fußsoldaten, die vor der Stadtmauer ausgeschwärmt waren, sogar leichte Artillerie hatten sie mitgebracht. Es war wie ein lebhafter Traum; Fahnen, Jacken, Hemden aller Farben, darüber Hunderte schwarz-gelber Tigerflaggen, die im kalten sibirischen Wind wehten.

Eine Gruppe Reiter preschte heran, doch Randall konnte sich nicht mehr aufrecht halten. Schwer atmend sackte er zur Seite und konnte nur noch verwundert zu den Wolkenfetzen aufschauen, die über den chinesischen Himmel zogen.

47.

Peking, China
Verbotene Stadt
Palast der Gesammelten Eleganz
9. Oktober 1860
Ortszeit: 10.47 Uhr
Unternehmen Esra – Tag 220

Voller Angst schritt Cixi durch die offenen Türen in ihren privaten Hof. Wenn der Blauäugige stürbe, wäre es mit ihren Plänen vorbei. Nach dem Hinscheiden ihres Gemahls würde Su Shun Regent werden und ihr Sohn niemals auf den Thron steigen. Ebenso gut könnte sie gleich mit Randall Chen sterben.

Sie holte tief Luft und befahl sich, nicht fatalistisch zu sein. Schließlich tat sie, was sie konnte, trug sogar ein schwarzes Chang-Pao-Kleid mit einem Saphirhalsband als Glücksbringer. Ihre besten Ärzte standen bereit, um Randall Chen durchzubringen. Er würde die beste Wundversorgung erhalten, und Akupunktur und Kräuter würden seine Schmerzen lindern und die Heilung fördern.

Plötzlich wurde das Hoftor aufgestoßen. Zwanzig Eunuchen eilten in den großen Hof. Beim Anblick ihrer besorgten Gesichter setzte Cixis Herz für einen Schlag aus. Mit vereinten Kräften und kurzen hastigen Schritten trugen sie den Verwundeten auf die offene Tür des Krankenzimmers zu, das in Cixis Vortragsraum behelfsmäßig eingerichtet worden war.

»Holt die Ärzte!«, befahl sie energisch und lief hinein, um sich den Zustand des Blauäugigen selbst anzusehen. Die Eunuchen setzten die Trage behutsam neben das Bett, und zwanzig

Paar Hände hoben den Bewusstlosen auf das weiße Baumwolllaken. »Geht alle hinaus!«, befahl sie, bevor sie zu ihm hinsah.

Als die Gruppe auseinanderging, traf es Cixi wie ein Schlag.

Sie hatte noch nie eine so entsetzliche Wunde gesehen. Sie blickte auf den aufgerissenen, blutigen Bauch eines Mannes, der sicher nur noch wenige Minuten zu leben hatte. Sein Gesicht war kaum wiederzuerkennen vor lauter Blut. Cixi wollte weinen, doch sie atmete scharf ein, um die Maske der Stärke zu behalten, und sank auf die Knie, halb aus Kraftlosigkeit, halb aus Reue.

»Was haben sie mit Euch gemacht?«, flüsterte sie.

Randalls Augen waren halb geöffnet, seine Pupillen aber nicht zu sehen.

»Ich habe Euch Vorsicht geboten«, flüsterte sie weiter. Sie wollte ihm über die Stirn streichen, doch es gab keine Stelle, die nicht zerschnitten oder zerkratzt war. Genauso sahen auch seine Hände und Arme aus, und die Uniform war überall zerrissen.

Drei Ärzte mit der für sie typischen Samtkappe drängten sich durch die draußen stehenden Diener und Wachen und eilten an das Bett des Patienten. Einer kniete sich hin und nahm die Wunde unterhalb des Brustkorbs in Augenschein, während der zweite einen Finger an Randalls Handgelenk legte und den Puls fühlte. Der dritte zog Randall die Stiefel aus und drückte die Finger tief in die Mitte seiner Fußsohlen, um seine Meridiane freizumachen.

»Edle Kaiserliche Gemahlin«, sagte Gengjun mit heiserer Stimme. »Sein Puls ist sehr schwach.«

Cixi bedachte ihn mit einem sengenden Blick. »Euer Leben hängt an seinem.«

Gengjun riss erschrocken die Augen auf. Noch einmal legte er den Finger an Randalls blutiges Handgelenk. »Er ist schwer verwundet, Edle Kaiserliche Gemahlin. Milz und Därme übel zugerichtet. Er hat viel Blut verloren, und damit viel von seinem Qi. Ich weiß, das ist nicht, was Ihr hören wollt, doch hier können wir nichts weiter tun, als ihm die Reise zu seinen Ahnen möglichst angenehm zu machen.«

Cixi wollte ihm schon zehn Peitschenhiebe versetzen lassen, als der Verletzte leise stöhnte und sie ablenkte. Er schlug die blauen Augen auf und suchte sie unter den Gesichtern.

»Tut, was ich sage«, verlangte er leise mit klebrigen Lippen.

Cixi beugte sich dicht über ihn und flüsterte: »Alles, was Ihr wollt.«

Seine Worte waren kaum zu hören. »Fragt nicht. Versprecht es.«

»Ich verspreche es.« Alle, die das Bett umstanden, staunten fasziniert, dass der Verwundete noch sprechen konnte.

»Findet die Zypresse … namens Knotenbaum. Sie steht beim Pavillon ewigen Sonnenscheins.«

»Ich kenne den Baum«, sagte Cixi. »Aber warum soll ich –«

Randall zuckte zusammen, ein heftiger Schauder durchlief seinen Körper. »Still«, murmelte er und biss die Zähne zusammen, um nicht aufzuschreien. »Keine Fragen. Nehmt eine Schale, einen Hammer, einen dünnen Meißel.« Wieder zuckte er zusammen. »Stecht die Rinde an. Heraus läuft ein Saft …« Randall fasste den Ärmel ihres Kleides, sein furchtsamer Blick irrte durch den Raum, als wäre er von schrecklichen Geistern umgeben. »Lasst keinen Tropfen danebenfallen.« Er verzog das Gesicht vor Schmerzen. »Zehn Tropfen, dann verschließt die Öffnung mit Teer.«

»Ich werde tun, worum Ihr bittet«, versprach Cixi. »Aber was geschieht mit dem Saft?«

Randall atmete schneller, verdrehte die Augen und zitterte heftig. »Einen Tropfen in meinen Mund. Einen Tropfen auf die Schusswunde.« Er stieß ein Wimmern aus. »Der Saft ist äußerst kostbar …«

Cixi wartete, ob er noch etwas sagen würde, doch er hatte wieder das Bewusstsein verloren. Einen Moment lang kniete sie da und wunderte sich über seinen letzten Wunsch. Doch sie wusste genug über diesen Mann, um zu glauben, dass der Saft wichtig war.

»Ihr Ärzte bleibt bei ihm«, befahl Cixi. »Wenn er diese Welt verlässt, ehe ich zurück bin, folgt Ihr ihm auf dem Fuße.« Sie wandte sich zu ihrem neuen Großeunuchen Li-Zhang um. »Du hast es gehört. Eine Schale, einen Meißel, einen Hammer. Wir treffen uns in fünf Minuten an der Zypresse! Bis ich komme, wird auch der Teer geschmolzen sein.«

»Gewiss, Edle Kaiserliche Gemahlin.«

Während Cixi durch die Gärten eilte, plagten sie Zweifel. Warum sollte der Blauäugige etwas so Sonderbares verlangen? Sollte der Baum etwa magische Kräfte besitzen? Sie wusste genau, welche Zypresse er meinte. Die Gärtner nannten sie Knotenbaum, weil sie einige ungewöhnliche Wucherungen am Stamm hatte. Cixi hätte das alte Gewächs längst fällen lassen, denn er war furchtbar hässlich. Doch es hieß, er sei der Lieblingsbaum des mächtigen Qianlong gewesen und davor schon des mächtigen Ming-Kaisers Yongle. Yongle war der Erbauer der Verbotenen Stadt gewesen; er hatte die Hauptstadt 1421 von Nanking nach Peking verlegt und die größte Palastfestung der Welt an eben jener Stelle errichtet, wo bis 1267 Kublai Khans Winterhauptstadt lag, Khanbalik. Es hieß, er habe die Pläne von einem Priester erhalten, der eigens dazu vom Himmel herabgestiegen sei.

Inzwischen stand die Sonne hoch am Himmel, und Cixi bemerkte die Schatten der Bäume auf den makellosen Steinplatten. Der Knotenbaum stand bei der Halle Kaiserlichen Friedens, die auf der Mittelachse der Verbotenen Stadt stand. Li-Zhang rannte mit Trippelschritten an ihr vorbei, um vor ihr bei der Zypresse anzukommen. Er trug die Werkzeuge in einem Beutel, wo sie klimpernd aneinanderstießen.

Als Cixi die taoistische Pagode im Westviertel umrundete,

sah sie den Knotenbaum vor den roten Wänden des Pavillons. Bei seinem Anblick bekam sie eine Gänsehaut. Zielstrebig lief sie darauf zu und betrachtete das alte Gewächs, den dicken, knotigen Stamm mit den Wucherungen, die Äste, die fast kein Grün mehr hervorbrachten. Der Baum war in der Tat hässlich, besonders verglichen mit den gesunden, jungen Zypressen und Pinien ringsherum, deren grüne Zweige in den Himmel zu streben schienen.

Was will er mit dem Saft des alten Baumes?

Li-Zhang stand schon mit Hammer und Meißel bereit. Ein anderer Eunuch hielt einen Kupfertopf mit Teer, während zwei weitere sich beeilten, auf den Steinplatten ein Feuer anzuzünden, um den Teer zu verflüssigen.

»Nun? Treib den Meißel in die Rinde!«, befahl sie ungeduldig.

Die Rinde erschien auf den ersten Blick steinhart. Li-Zhang setzte den Meißel an und holte mit dem Hammer aus, hielt jedoch inne, weil eine Windbö in den Garten fuhr. Sie wirbelte Laub und Sand in die Luft und blies beinahe das Feuer aus, das die Eunuchen gerade erst entfacht hatten.

Li-Zhang senkte die Werkzeuge, und der Wind legte sich. Dieser absonderliche Vorgang machte Cixi noch nachdenklicher.

»Stich den Baum an!«, verlangte sie.

Als Li-Zhang den Meißel in die alte Rinde stieß, erhob sich der Wind erneut, als käme er aus allen Richtungen gleichzeitig. Der Eunuch wollte den Meißel herausziehen, aber Cixi befahl umso lauter: »Stich den Baum an!«

Li-Zhang schlug mit dem Hammer zu. Der Wind wurde stürmisch.

»Weiter!«, verlangte Cixi, der die Haare um das Gesicht wehten.

Während Li-Zhang den Meißel weiter in das harte Holz trieb, ballten sich wie aus dem Nichts dunkle Wolken zusammen und verdeckten die Sonne. Cixi schaute um sich; die Bäume bogen sich in dem plötzlichen Sturm. Gelbe Dachziegel lösten sich vom Pavillon und zerschellten neben ihr am Boden. Laub und Sand wurden hoch in den düsteren Himmel aufgewirbelt. Cixi war sprachlos angesichts des Wetters und sah ihren Eunuchen zu, wie sie vergeblich versuchten, das Feuer wieder anzufachen.

Li-Zhang schlug so fest er konnte mit dem Hammer zu, und endlich drang die Meißelspitze durch die Rinde ins Holz. Mit großer Mühe zog er den Meißel wieder heraus und trat zurück. Der Wind legte sich augenblicklich, das aufgewirbelte Laub fiel zu Boden.

»Reich mir die Schale«, sagte Cixi, stellte sich auf Zehenspitzen und spähte in das kleine dunkle Loch. Staunend sah sie einen goldenen Saft langsam aus der Vertiefung treten. Sie hielt die weiße Porzellanschale unter die Wunde und fing die goldenen Tropfen, die durch eine Rindenfurche herabliefen, auf.

Als sie zehn gezählt hatte, zeigte sie auf Li-Zhang. »Drücke den Finger auf das Loch, damit kein Tropfen verloren geht. Ihr da schmelzt den Teer, und verschließt damit das Loch.«

Sie deckte die Schale mit der Hand ab, damit kein Schmutz hineinfiel, und rannte so schnell sie konnte zurück. Der Baum war magisch, dessen war sie sicher.

Auch der sonst so saubere Hof vor ihren Wohnräumen lag nun voller Blätter und Piniennadeln, die der stürmische Wind herübergetragen hatte. Der Himmel hellte sich bereits wieder auf, die dunklen Wolken, die wie aus dem Nichts gekommen waren, verschwanden.

Als sie durch die rote Tür getreten war, schlug sie die Etikette in den Wind und rannte zum Bett des Sterbenden, um ihm den Trank zu verabreichen.

»Ist er am Leben?«, fragte sie.

Gengjun hielt Randalls Handgelenk und maß den Puls. »Er

entgleitet jeden Augenblick«, antwortete er besorgt. Der Blauäugige war bleich wie Alabaster, sein Gesicht ausdruckslos, die Atmung kaum noch wahrnehmbar.

»Geht zur Seite«, sagte Cixi energisch. »Legt die Bauchwunde bloß, sodass ich sie sehen kann.«

Der Arzt schlug den blutigen Verband auf. Cixi kniete sich hin, nahm die Hand von der Porzellanschale und sah zum ersten Mal hinein. Die kleine Menge goldener Flüssigkeit kreiste um sich selbst, das war im Morgenlicht klar zu sehen. Cixis Herz schlug schneller – der Trank war wirklich magisch. Sie barg die Schale am Körper, damit kein anderer es sah.

Gengjun ging auf die andere Seite des Bettes und prüfte noch einmal den Puls. »Sein Herz hat aufgehört zu schlagen«, stellte er unglücklich fest.

Cixi fuhr augenblicklich auf. »Alle hinaus, außer meinen Ärzten!«, schrie sie. »Sofort!«

Innerhalb von Sekunden war die Schar Eunuchen hinausgehuscht. Cixi hielt die Schale an Randalls Lippen, neigte sie behutsam und wartete, bis der träge Saft zum Rand geflossen war.

»Ich fürchte, der Mann ist tot«, krächzte Gengjun leise. »Wir können nichts mehr tun.«

Cixi reagierte nicht darauf, sondern hielt konzentriert die Schale schräg, um einen einzelnen Tropfen in Randalls Mund fließen zu lassen. Er bildete sich am Rand, rutschte über die Kante, löste sich und landete auf der schwarz gewordenen Zunge. Dann hielt Cixi die Schale über die Bauchwunde und riss das verkrustete Stück Leder heraus. Langsam löste sich ein Tropfen, der leise zischend in der Wunde landete.

Gengjun setzte sich auf die Unterschenkel und senkte den Kopf. »Nichts kann diesen Mann retten«, sagte er bedauernd. »Schon gar nicht das Harz einer Zypresse.«

Cixi setzte sich ebenfalls auf die Waden, stellte die Schale neben sich und deckte sie mit einem weißen Tuch ab. Dann betrachtete sie den Mann auf dem Bett. Er regte sich nicht im

Mindesten und atmete auch nicht mehr. Offenbar war sie mit dem Trank zu spät gekommen.

Sekunden verstrichen.

Cixi spielte nervös mit ihrer Saphirkette. Der Tod des Blauäugigen würde alles zunichtemachen. Die Augen auf sein blutiges Profil gerichtet, wartete sie geduldig auf ein Wunder. Aber nichts geschah.

Draußen im Hof sah sie die Palastdiener eifrig das angewehte Laub zu ordentlichen Häuflein zusammenkehren und auf kleine Schubkarren schaufeln. Minuten vergingen, in denen sie das Schlimmste fürchtete. Vor Wut und Enttäuschung hätte sie am liebsten laut geschrien, doch das ziemte sich für eine kaiserliche Gemahlin nicht. Stattdessen stand sie auf, strich ihr Kleid glatt und wandte sich ab. »Entfernt den Toten«, sagte sie. »Ich will, dass er bei Sonnenuntergang verbrannt wird.«

Als sie in das sonnige Wetter hinaustrat, fühlte sie sich wie betäubt. All ihre Pläne waren zerstoben – alles, worauf sie sich verlassen hatte, war zerstört. Es war Zeit, sich neu zu besinnen; Zeit, mit Prinz Kung zu sprechen, um zu retten, was zu retten war.

Plötzlich hörte sie Gengjuns aufgeregte Stimme. »Edle Kaiserliche Gemahlin, kommt schnell!« Ein Lächeln breitete sich über ihr Gesicht aus, bevor sie sich herumdrehte. »Der Patient bewegt sich. Ich kann es nicht glauben. Er atmet wieder!«

Cixi eilte an das Bett des Totgeglaubten. »Ich wusste, Ihr würdet mich nicht im Stich lassen«, flüsterte sie an seinem Ohr. Sie drückte sanft die Wange an seine und spürte seine gekräftigte Atmung.

Mit blutverkrusteten Fingern tastete er nach ihrer Hand. Die Schnittwunden schlossen sich bereits. Wie es schien, war der Blauäugige von den Toten zurückgekehrt.

48.

PEKING, CHINA
VERBOTENE STADT
PALAST DER GESAMMELTEN ELEGANZ
13. OKTOBER 1860
ORTSZEIT: 11.55 UHR
UNTERNEHMEN ESRA – TAG 224

Es dauerte vier Tage, bis Randall wieder gesund war. Den ersten halben Tag musste er noch im Bett liegen bleiben. Die kaiserlichen Ärzte entfernten Schmutz und Steinchen aus der Wunde, um eine Entzündung zu verhindern und die Narbenbildung zu verringern.

Cixi hatte den gnadenlosen Schritt unternommen und jeden Eunuchen, der das Wort »Knotenbaum« gehört hatte, töten lassen, auch ihren Großeunuchen Li-Zhang und den Arzt Gengjung. Sechsundzwanzig Eunuchen wurden noch vor Sonnenuntergang am selben Tag von der Kaiserlichen Garde hingerichtet. Wenn sich die unglaublichen Kräfte des Baumes herumsprächen, wäre innerhalb kürzester Zeit der Teufel los. Cixi begriff, was das bedeutete, und musste dafür sorgen, dass die geheimnisvolle Macht in ihren und des Blauäugigen Händen blieb.

In der herbstlichen Luft hing ein Rauchschleier, der vom Sommerpalast herüberzog. Die Späher hatten berichtet, dass die kaiserlichen Residenzen und Wälder seit drei Tagen brannten. Jedes Mal, wenn Cixi in ihren Hof ging und den dunklen Rauch sah, den der kalte Wind nach Süden trieb, packte sie die Wut. Manchmal bekam sie sogar den Brandgeruch in die Nase.

Am zweiten Tag konnte Randall schon aufstehen, und die

Schnittverletzungen waren zugeheilt. Die Schusswunde an Bauch und Rücken hatte sich geschlossen, seine Körperfunktionen waren normal. Er nahm jeden Tag einen Tropfen vom Saft der Zypresse ein. Das Ergebnis war übernatürlich. In den letzten acht Stunden hatte er seine ganze Kraft und Schnelligkeit zurückgewonnen.

Cixi begriff sehr gut, was diese unglaubliche Heilung bedeutete. Die Machtverhältnisse ihrer Welt hatten sich dramatisch verändert. Der wundersame Baumsaft spendete Leben – die Kranken konnten geheilt werden, Unsterblichkeit schien möglich. Sie könnte sicherlich Hsien Fengs Leben retten, wenn sie es wünschte. Oder ihr eigenes, falls nötig.

Den Blick auf seinen nackten Oberkörper geheftet, sah sie zu, wie Randall seine aufreibenden Übungen abschloss. Sie waren allein in ihrem Palast. Allen anderen hatte sie den Zutritt verboten, die Wachen vor dem Hoftor verdreifacht. Randall legte sein Kurzschwert auf eine der Stufen, wischte sich das Gesicht mit einem Tuch trocken und ging zu ihr hinüber.

»Lord Elgin hat den Sommerpalast zerstört, weil er glaubt, ich sei tot und er könne sich nun alles erlauben«, sagte er und schaute zu den großen Rauchschwaden, die über der Verbotenen Stadt hingen.

»Die wunderbaren Paläste liegen in Schutt und Asche«, sagte Cixi zornig. »Diese Teufel haben sogar die Wälder niedergebrannt und Öl in die Teiche gegossen, damit die Fische sterben.« Sie zog eine wütende Grimasse. »Ich kann ehrlich behaupten, dass die Zerstörung Yuan Min Yuans die größte Tragödie meines Lebens ist. Die roten Teufel haben eine mystische Welt unwiederbringlich vernichtet.«

»Sie kann wiederaufgebaut werden«, versicherte Randall.

Cixi schaute zum Himmel auf. »Nicht wegen der Bauten oder der Gärten war sie mir so teuer. Diese Schöpfung war das Vermächtnis meiner Ahnen. Die Seele von Kangxi und Qianlong ist für immer dahin.« Plötzlich sah sie lächelnd zu Randall.

»Doch mein Trost ist, dass Ihr am Leben seid, dank des Drachengottes. Das genügt mir vollauf.«

Auch Randall dachte nicht daran, sein Lächeln zurückzuhalten. Er freute sich über seine Rettung und erlaubte sich nicht einmal die Überlegung, ob er korrekt gehandelt hatte, als er das Elixier für sich benutzte. Er war am Leben, und mehr war nicht wichtig.

»Ihr seid bemerkenswert schnell genesen«, sagte Cixi, während sie mit dem Zeigefinger seinen Arm entlangstrich. »Wenn ich es nicht selbst gesehen hätte, ich hätte es nicht geglaubt.«

Randall dachte an den Moment zurück, als er den Tropfen auf die Zunge bekommen hatte – als hätte er Millionen Schmetterlinge im Körper, so hatte es sich angefühlt. »Die Zypresse ist der Baum des Lebens«, sagte er leise, als könnte sie jemand belauschen. »Und so sehr es mich bedrückt, dass Ihr die Eunuchen alle habt töten lassen, es blieb keine andere Wahl. Das ist eine lebenspendende Kraft von großer Bedeutung.«

Cixi neigte den Kopf zur Seite und sah ihn forschend an. »Werdet Ihr genötigt sein, mich zu töten, Blauäugiger? Jetzt, da ich Euer Geheimnis kenne?«

Randall sah in ihr schönes Gesicht. »Ich sollte vielleicht eher in Betracht ziehen, dass Ihr mich nun töten wollt.«

Sie hielt seinem Blick stand. »Ihr habt von mir nichts zu fürchten. Ich kann eine hervorragende Verbündete sein, wenn man mir die Wahrheit sagt. Doch ich muss alles verstehen, damit ich uns beide … und die Zypresse schützen kann.«

»Die Wahrheit hat viele Seiten«, erwiderte Randall.

»Gehören zu dieser Wahrheit auch die Gründe, weshalb ich nach Jehol reisen soll?«

Randall überlegte einen Moment, ehe er antwortete. »Ja.«

»Und was muss ich tun, um mich für dieses unglaubliche Wissen zu qualifizieren?«

»Gehen wir nach drinnen, dann können wir darüber sprechen.« Randalls Blick wanderte über ihren Körper. »Es ist Zeit, dass wir unsere Partnerschaft angemessen vollziehen.«

»Zuerst werdet Ihr mit mir über die Reise nach Jehol sprechen«, verlangte Cixi. »Dann sollt Ihr belohnt werden.«

»Ihr müsst in genau vierzehn Tagen aufbrechen«, erklärte Randall. »Am Tag nach Eurer Ankunft wird Euch eine Audienz bei Hsien Feng gewährt. Er wird sehr schwach sein und unter Magenkrämpfen und Gelbsucht leiden.« Er trank einen Schluck Wasser aus einem der Kristallgläser, die auf einem Rosenholztablett standen. »Der Sohn des Himmels wird Euch nicht mit offenen Armen empfangen. Er wird sogar feindselig sein. Sein Gefühl für Euch wird so sauer sein wie vier Tage alte Milch. Man wird Euch rügen, weil Ihr die roten Teufel nicht aufgehalten habt und weil der Sommerpalast zerstört wurde.«

»Warum soll ich dann überhaupt zu ihm reisen?«

»Weil Ihr die Regentschaft nur erlangen könnt, wenn Ihr einen bestimmten Gegenstand aus seinem Besitz an Euch bringt.«

»Welchen?«

Randall rieb sich mit dem Tuch den Schweiß von Brust und Schultern. »Was bekomme ich, wenn ich Euch das verrate?«

Cixi stand still da. »Ihr seid von den Toten zu mir zurückgekommen. Ihr verdient alles, was ich geben kann.« Langsam knöpfte sie sich die Weste auf. »Kommt herein, und lasst mich für Eure Bedürfnisse sorgen. Aber vorher erzählt Ihr zu Ende.«

Randall schaute auf ihren Körper. Sie standen noch immer draußen unter dem dunstigen Himmel. »Wenn Ihr in Jehol seid, müsst Ihr zur Erlangung Eures Ziels Hsien Fengs kranken, hinfälligen Körper erfreuen.«

Cixi dachte an den Schweißgeruch des Himmlischen Prinzen. Mit fortschreitender Krankheit hatte er immer ranziger gerochen, desgleichen sein Atem. »Das wird mir kein Vergnügen bereiten, aber er ist mein Gemahl, und ich werde tun, worum er mich bittet«, sagte sie.

»Gebt Ihr Euch mir ebenfalls aus Pflichtgefühl hin?«

Cixi lächelte. »Wir sind nun Partner, Randall Chen. Das ist wie ein Bund der Ehe, aber wir teilen etwas noch Bedeutenderes: das Geheimnis des Lebensbaumes und seiner Kräfte. Das macht mich in dieser höchst schwierigen Lage zu Eurer Frau – und so habe ich Euch zu erfreuen.«

Randall stellte sich vor, was sie zu ertragen haben würde, wenn sie nach Jehol reiste. Der Kaiser war sicher nur noch Haut und Knochen, sein Sexualtrieb aber noch vorhanden.

»Ihr braucht nur noch einmal zu Hsien Feng zu gehen. Dann seid Ihr von ihm befreit, denn in zweiunddreißig Tagen wird er tot sein.«

»Und wie oft muss ich Euch lieben?«, fragte sie. Seine Vorhersage schien sie nicht im Mindesten zu überraschen.

»Während der nächsten vierzehn Tage achtundzwanzig Mal«, antwortete er, als hätte er sich die Zahl reiflich überlegt.

Cixi machte eine ausholende Geste. »Und was ist mit den roten Teufeln, die vor der Stadt auf der Lauer liegen? Werden sie die Verbotene Stadt angreifen, während ich Euch erfreue?«

Randall zögerte einen Moment lang. »Nein, das werden sie nicht, obwohl sie mich für tot halten.«

»Ihr habt schon den Sommerpalast nicht vor ihnen bewahren können. Warum sollte es hiermit anders sein?«

»Auf das eine hatte ich keinen Einfluss; hierauf jedoch sehr wohl.«

»Und was ist hier anders?«

»Ich kenne die Zukunft Pekings, Edle Kaiserliche Gemahlin.« Randall sah ihr in die Augen, damit sie das Ausmaß seiner Zuversicht erkennen konnte. »Diese Residenz wird unangetastet und der Baum des Lebens geschützt bleiben. Ihr solltet Prinz Kung anweisen, ein letztes Treffen mit Lord Elgin in die Wege zu leiten, in der Zeremonienhalle in der Chinesenstadt – dort wird die Pekinger Konvention zustande kommen.«

»Nicht in der Verbotenen Stadt?«

»Wir wollen nicht, dass Lord Elgin sie sieht«, erklärte Randall. »Er würde nur neidisch werden. Gier ist seine große Schwäche, wie schon bei seinem Vater. Die Chinesenstadt ist für Menschen wie ihn genau der richtige Treffpunkt. Er wird mit all seinen Offizieren kommen, und mit Harry Parkes natürlich, um sich als Sieger darzustellen. Ich finde es nur passend, wenn das an einem unwichtigen Ort geschieht.«

»Müssen wir auf ihre Bedingungen eingehen?«, fragte Cixi.

»Es gibt keine andere Wahl«, antwortete Randall mit Nachdruck. »Der Vertrag von Tientsin muss erfüllt und die Reparationen geleistet werden. Dafür wird die Herrschaft der Qing nicht angetastet – das ist die Abmachung. Jetzt ist nicht der Augenblick für Hochmut oder große Worte, Edle Kaiserliche Gemahlin. Der Baum des Lebens kann sich nicht selbst beschützen; das müssen wir tun. Darum werden ausländische Gesandte demnächst in Peking residieren, und zwar unter Eurem Schutz.« Er hielt inne, da er ihre Unzufriedenheit spürte. »Das ist nicht schlecht, Edle Kaiserliche Gemahlin. Die Welt wird kleiner. Da ist es von Vorteil und keine Bedrohung, mit den ausländischen Mächten sprechen zu können.«

»Ich werde tun, was Ihr verlangt«, versprach sie.

»Um Prinz Kung zu unterstützen, werden wir bei der Unterzeichnung des Vertrages beide hinter einem Vorhang sitzen. Nach der Unterzeichnung werden Lord Elgin und seine Leute zur Stadt hinausmarschieren und niemals wiederkehren.«

Cixi nickte langsam. »So soll es sein.«

»Und danach reist Ihr nach Jehol.«

»Welchen Gegenstand muss ich an mich bringen?«

»Das kaiserliche Siegel«, antwortete Randall. Das einzigartige Jadesiegel der Qing-Kaiser, das er um den Hals trug und mit dem alle offiziellen Dokumente gesiegelt werden mussten. »Ihr müsst seinen hinfälligen Körper nach besten Kräften erfreuen. Und wenn er nach dem Genuss ermattet daliegt, wird er nicht bemerken, dass Ihr es ihm weggenommen habt.«

Cixi sah ihn fragend an. »Und wenn ich es habe? Ohne seine Unterschrift bringt es mir nichts ein.«

Randall schob die Hände in ihre offene Weste. »Nachdem Ihr Jehol verlassen habt, wird Hsien Feng ein Abschiedsdekret unterzeichnen, auf dem Sterbebett, und wird Su Shun zum Regenten des Reiches bestimmen. Ohne das rote Siegel ist das Dokument ungültig. Bei Eurer Rückkehr führe ich Euch zu einem bereits unterzeichneten Schriftstück, das das kaiserliche Siegel trägt und das Euch zur Regentin des Reiches macht, bis Euer Sohn achtzehn Jahre alt wird.«

»Solch ein Schriftstück existiert schon?«, fragte sie verblüfft.

»Es befindet sich sicher verwahrt in der Verbotenen Stadt.«

Cixi entwand sich seinen Händen und drehte sich voller Freude im Kreis, dass ihr die schwarzen Haare um das Gesicht flogen. »Mir scheint, Ihr habt für alles eine Lösung, Blauäugiger.« Noch einmal drehte sie sich. »Und dafür verdient Ihr alles, was ich zu geben habe. Kommt mit hinein, damit ich Euren Geist und Euren Körper erfreuen kann, mein Partner. Ihr werdet sehen: Das Warten hat sich gelohnt.«

49.

Peking, China
Chinesenviertel, Zeremonienhalle
24. Oktober 1860
Ortszeit: 14.59 Uhr
Unternehmen Esra – Tag 235

Lord Elgin näherte sich der Zeremonienhalle mit großem Pomp. Er hatte sogar zwei Regimentskapellen bei sich, die den ganzen Weg über »God Save the Queen« spielten. Umgeben von vielen Reitern saß er in einer rot überdachten Sänfte, die von sechzehn Chinesen getragen wurde. Er trug wie immer seinen schwarzen pelzverbrämten Mantel, die Orden glänzten an seiner Brust. Hinter ihm ritten Harry Parkes und Sir Hope Grant, umgeben von nicht weniger als fünfzig britischen und französischen Offizieren in Ausgehuniform. Davor und dahinter liefen zweitausend britische und französische Soldaten mit schussbereitem Gewehr und aufgepflanztem Bajonett.

General Napier und der Großteil der Verbände, die ihr zorniges Werk am Sommerpalast zu Ende geführt hatten, warteten für den Fall eines Verrats mit geladenen Kanonen vor der Stadt.

Direkt vor Lord Elgin, auf einer Sänfte mit nur zwölf Trägern, saß Prinz Kung in rotvioletter Robe mit goldenen, vierklauigen Drachen auf Brust, Schultern und Rücken. Auf dem Kopf trug er eine runde Samtkappe und um den Hals eine Jadekette. Der Prinz war gebeten worden, zum Stadttor zu kommen und Lord Elgin in die Stadt zu geleiten. Als weitere Beleidigung war von ihm verlangt worden, dass seine Sänfte vier Träger weniger hatte. Schließlich seien die Briten und Franzosen die Eroberer.

Die Reste des Sommerpalastes rauchten noch, und die Schätze, die die großen Hallen im Überfluss geschmückt hatten, wurden nun von hundert Lastkähnen den Peiho hinunter bis nach Taku gefahren. Von dort würde die Beute vom britischen Geschwader nach Europa gebracht und zwischen Königin Victoria und Kaiser Napoleon III. aufgeteilt werden.

Prinz Kung hatten sie zwei Stunden vor dem Stadttor warten lassen, erst dann hatte Lord Elgin seine Leute antreten lassen. Es bereitete ihm großes Vergnügen zu wissen, dass ein Prinz der Qing in der Sonne schmorte, und er bemerkte hochmütig nach allen Seiten: »Das haben die Chinesen verdient!«

Randall stand auf dem südwestlichen Wachturm der Verbotenen Stadt und schaute zu den Yanshan-Bergen. Die höheren Gipfel waren jetzt schneebedeckt, und ihm wurde klar, dass der nahende Winter das Ende der Invasion ankündigte. Das Expeditionskorps konnte sich nicht erlauben, länger zu bleiben. Die Alliierten hatten nicht mehr viel Munition und weder warme Kleidung noch Winterzelte, um der Kälte zu trotzen.

Bei dem Gedanken an die sexuellen Genüsse mit Cixi wurden ihm die Knie weich. Gestern Abend zum Beispiel zog sie ihn aus und wies ihn an, sich in der kalten Luft auf ein eigens errichtetes Podest zu legen. Mit großer Geschicklichkeit nahm sie heißes Wasser in den Mund und spritzte es ihm in verführerischer Weise auf die nackte Haut. Während der folgenden Stunde legte sie sich nackt auf ihn und leckte ihm das Wasser Zoll um Zoll vom ganzen Körper. Das Gefühl war geradezu erstaunlich, die Kombination von heiß und kalt ein Genuss für die Sinne. Dann schlang sie eine lange, weiche Seidenkordel um die Dachbalken über dem Podest und ihren nackten Oberkörper, hängte sich kopfüber hinein und nahm seine Männlichkeit in den nassen Mund. So hing sie im Lotussitz über ihm, schöner denn je. Mit einem Kniff begann sie die Kordel zu drehen und drehte sich mit ihr, ohne ihn aus dem Mund zu lassen. Er seufzte, wenn er nur daran dachte. Als sie sich ein Dutzend Mal gedreht hatte, ließ sie der kinetischen Energie freien Lauf, die in beiden Richtungen zu unzähligen Rotationen führte. Das Gefühl war unbeschreiblich gewesen.

Cixi war wirklich die beste Geliebte der Welt, fand er. An nur einem Tag mit ihr hatte er mehr sexuellen Spaß gehabt als bei seinen früheren Geliebten zusammengenommen. Er sah noch einmal zu den schneebedeckten Berggipfeln, dann unter sich auf den Wassergraben, wo der kalte Wind kräuselnde Wellen erzeugte. Randall fühlte sich wie im Himmel. Der Lebensbaum hatte ihn von den Toten zurückgeholt, aber noch verblüffender waren seine körperlichen Erfahrungen mit Cixi. Er glaubte nicht, dass ihm je eine andere Frau mehr Lust verschaffen und mehr geistige Anregung bieten könnte.

Er fasste über die rechte Schulter nach dem Griff seines Schwertes, zog es aber nicht aus der Scheide. Er hatte seinen Transport in die Zukunft bereits hinausgezögert und beschloss nun, ihn in Kürze nachzuholen – an dem Tag, an dem Cixi nach Jehol abreiste. Es war ihm unerträglich, dass sie mit Hsien Feng schlafen musste, um das kaiserliche Siegel zu bekommen. Randalls Gefühle für Cixi wurden ständig stärker, und er wusste, dass ihn die Eifersucht überwältigen würde.

Da er die Phiole schon mit dem Baumsaft gefüllt hatte, war er so gut wie reisefertig. In ein paar Stunden würde die Pekinger Konvention unterzeichnet. Cixi bekäme das Siegel, was ihr die Regentschaft über das Reich verschaffte. Und vor allem würden die Briten und Franzosen endlich mit ihren Expeditionstruppen abziehen und niemals wiederkommen. Erforderlich war nur noch, Cixi davon zu überzeugen, dass sie den Baum des Lebens nicht mehr antasten durfte. Aber sie war für ihre Eitelkeit bekannt, und wenn er sie glauben machen konnte, dass ihre Schönheit vom Erhalt des Baumes abhing, wäre dessen Schutz gesichert.

Randalls Sinne waren beträchtlich geschärft, nachdem er

von dem Saft getrunken hatte. Er konnte klarer denken, höher springen und kräftiger zuschlagen als je zuvor; er kam sogar mit wenigen Stunden Schlaf aus. Es war jammerschade, auf den Saft verzichten zu müssen, doch er wusste, dass das Anzapfen von Nachteil war. An der Stelle, wo Li-Zhang die Rinde angebohrt hatte, war eine große knotige Verdickung entstanden.

Ein Palastwächter näherte sich von hinten. Randall hörte seine Schritte schon von weitem, als ginge er über ein Reisigbett.

»Was gibt es?«, fragte er, ohne sich umzudrehen.

»Lord Elgin wird die Zeremonienhalle bald erreichen«, antwortete der Eunuch. »Die Edle Kaiserliche Gemahlin verlangt, dass wir sofort aufbrechen.«

Sie saßen in bequemen Rosenholzsesseln hinter einem Vorhang am Ende der Zeremonienhalle. Cixis elegante Hand ruhte in Randalls Schoß. Es war recht dunkel in ihrem Versteck, sodass sie in das weite, offene Gebäude blicken, man umgekehrt aber nicht durch den Vorhang sehen konnte.

Auf dessen anderer Seite saß Prinz Kung in einem ähnlichen Stuhl, vor sich die zahllosen roten Tische, an denen die britischen und französischen Offiziere der Vertragsunterzeichnung beiwohnen würden. Die Halle stand im südlichen Viertel der Chinesenstadt und war ein heruntergekommener Säulenbau, der sich zu einem weiten Hof öffnete. Im Vergleich zur Verbotenen Stadt fehlte ihm jegliche Pracht. Und selbst der große Wandteppich, der aufgespannt war, um Schatten zu spenden, bestand aus minderwertiger Seide und war ausgebleicht und an einigen Stellen löchrig.

Wieder ließ Lord Elgin den Prinzen warten, während seine Leute das Gelände nach einem Hinterhalt und Sprengfallen absuchten. Erst als ihm versichert wurde, es sei alles in Ordnung, hielt er pompös Einzug. Im Gleichschritt marschierte das Kontingent Soldaten in den Hof und stellte sich zu beiden Seiten auf, sodass Lord Elgin, Sir Hope Grant und – deutlich hinkend – Harry Parkes durch die Mitte gingen, und die ganze Zeit über tönte »God Save the Queen« über die Mauern.

Randall packte die kalte Wut, als er den arroganten Briten mit stolz gereckter Brust auf die offene Halle zukommen sah. Der Blick des aufgeblasenen Kerls wurde von den schmutzigen Säulen angezogen und wanderte dann über die zahllosen Reihen der Mandarine, die an einer Wand standen. Als er an den mittleren Tisch herantrat, besah er kurz die ordentlich ausgelegten Schriftstücke, dann richtete er seinen geringschätzigen Blick auf Prinz Kung. »Ein besseres Gebäude könnt Ihr für die Unterzeichnung eines so wichtigen Vertrages nicht erübrigen?«, schnauzte er.

Prinz Kung stand sichtlich nervös von seinem Stuhl auf. Er hatte nicht nur Angst, die Fremden gegen sich aufzubringen, er hatte auch noch nie so viele von ihnen auf einmal gesehen, und ihre bärtigen Gesichter fand er zum Fürchten.

»Wichtig ist nur, dass er unterzeichnet wird«, flüsterte Cixi durch den Vorhang. Prinz Kung wiederholte den Satz.

»Wer ist hinter dem Vorhang?«, fragte Lord Elgin aufgebracht, der das Zischeln gehört hatte.

»Mein Ratgeber«, antwortete Prinz Kung.

»Ich will wissen, wer das ist!«

»Das kann ich Euch nicht sagen«, erwiderte Prinz Kung sanftmütig.

Lord Elgin stampfte mit dem Fuß auf. »Meine Truppen haben dieses Gebiet erobert«, schäumte er. »Ich habe jetzt hier die Befehlsgewalt, und Sie werden gehorchen!« Er drehte sich zu Sir Hope Grant um. »Reißen Sie den Vorhang herunter!«

»Ich rate davon ab«, sagte Parkes leise. »Da sitzt sicherlich Cixi. Wir müssen Respekt zeigen und den Vorhang hängen lassen.«

Elgin verdrehte seinen dicken Hals, um seinen Chefunterhändler anzusehen. »Die Zeit für solche Höflichkeiten ist vorbei. Entfernen Sie den Vorhang!«

»Ihr dürft dahinterschauen«, sagte Prinz Kung schüchtern, »ihn aber nicht entfernen.« Das waren die Worte, die Randall ihm zugeflüstert hatte.

»Und woher soll ich wissen, ob das keine Falle ist?«, meinte Elgin in arrogantem Ton.

»Ihr dürft einen Eurer Männer schicken«, flüsterte Randall. »Harry Parkes.« Prinz Kung wiederholte es Wort für Wort.

Parkes war klar, wie wichtig es war, die vorgefundenen Umstände zu respektieren, und drang in einer kurzen Auseinandersetzung auf Elgin ein. Der setzte sich behäbig in seinen Stuhl und verkündete: »Mr. Parkes wird jetzt hinter den Vorhang sehen. Und merken Sie sich eins: Wenn ich mit dem Fortschritt der Verhandlungen an irgendeinem Punkt nicht zufrieden bin, wird der Vorhang fallen.«

Parkes richtete seine Jacke, hob das Kinn und schritt zielstrebig auf Prinz Kung zu. Er war neugierig auf die kaiserliche Gemahlin, die angeblich eine wahre Schönheit war. Er verbeugte sich vor dem Prinzen, dann schob er den Vorhang ein wenig zur Seite. Doch er blickte in ein völlig unerwartetes Gesicht. Randall Chens saphirblaue Augen sahen ihn an.

»Schön, Sie wiederzusehen«, sagte Randall leise.

Parkes fuhr taumelnd zurück, so heftig erschrak er. Nachdem er tief Luft geholt hatte, zog er den Vorhang ein zweites Mal beiseite. »Ich dachte, Ihr seid tot.«

Randall verstellte ihm den Blick auf Cixi. »Es braucht schon mehr als Ihre Kugeln, um mich umzubringen«, flüsterte er. »Ich schlage vor, Sie gehen zu Lord Elgin und schärfen ihm ein, den Vertrag einzuhalten, jeden einzelnen Artikel. Sie glauben, hier die Macht zu haben, aber das ist nicht so. Wenn Sie den Vorhang entfernen, wird die Geschichte mehr von meiner Rolle bei diesen Ereignissen handeln als von Ihrer.« Er schwieg einen Moment, damit Parkes das Gesagte verarbeiten konnte. »Gehen Sie jetzt … und lassen Sie es keinen Augenblick an Respekt mangeln.«

Parkes ließ den Vorhang fallen. Mit dem Ausdruck eines Mannes, der soeben einen Geist gesehen hat, drehte er sich um und schritt durch die Halle zu Lord Elgin zurück, um ihm ins Ohr zu flüstern.

»Was soll das heißen, er lebt?«, schnauzte der. Ungläubig sprang er auf und fuhr sich an den Backenbart. »Er muss –«

Parkes konnte ihn gerade rechtzeitig unterbrechen und machte ihm begreiflich, was die Anwesenheit des Blauäugigen bedeutete.

»Er kann unmöglich der Mann sein, der im Sommerpalast angeschossen wurde«, beharrte Elgin leise. »Das ist unmöglich.«

Prinz Kung ließ sich vernehmen: »Ihr dürft Captain Charles Gordon hinter den Vorhang schicken.«

Das erzeugte Unruhe unter den Offizieren, doch Gordon wurde nach vorn gedrängt, wo Elgin und Parkes aufgeregt mit ihm flüsterten, während Sir Hope den Hals reckte und die Ohren spitzte, um zu belauschen, was vor sich ging.

Endlich begab sich Gordon zu dem Vorhang und lüftete ihn behutsam.

Randall Chen erwartete ihn. »Ich habe Ihnen aufgetragen zu sagen, dass der Sommerpalast nicht zerstört werden darf. Mir scheint, Sie haben das nicht ausgerichtet.«

»Aber – Sie hatten einen Bauchschuss«, hauchte Gordon nervös. »Wie kann das sein?«

»Was ich über Ihre Zukunft gesagt habe, ist wahr«, erwiderte Randall. »Könige und Königinnen werden Ihren Namen kennen, Charles Gordon. Jetzt gehen Sie zurück zu Lord Elgin und sagen ihm, dass ich derselbe Mann bin.«

Der Vorhang schloss sich, und Cixi drückte Randalls Schulter. »Ihr habt sie alle gehörig erschreckt«, meinte sie amüsiert.

Nachdem Captain Gordon die Sache bestätigt hatte, wechselten Elgin und Parkes einen skeptischen Blick. Ihre frustrierte

Frage, »Sind Sie absolut sicher?«, war trotz des allgemeinen Gemurmels zu verstehen.

»Ich verwette meinen Kopf darauf«, antwortete Captain Gordon, grüßte und trat weg.

Lord Elgin straffte sich. »Ich bitte um Erlaubnis, an den Vorhang treten zu dürfen«, sagte er höflich. Als diese erteilt wurde, folgte er seinen Vorgängern.

Randall empfing seinen einstigen Verbündeten mit strenger Miene. »Sie werden die Punkte unserer Abmachung einhalten«, sagte er energisch. »Sie werden den Vertrag unterzeichnen und das Land sofort verlassen. Nichts anderes werden Sie tun.«

»Aber Sie müssten doch tot sein«, flüsterte Elgin verblüfft.

»Sehe ich aus wie ein Geist?«, erwiderte Randall. »Gehen Sie zum Tisch und unterschreiben Sie. Dann wird die Geschichte Sie in ein günstiges Licht rücken – und nicht als bloßen Plünderer hinstellen. Ihrem Vater haftet die Plünderung des Parthenons ewig an. Ich empfehle Ihnen daher Wohlverhalten. Nach allem, was ich schon für Sie getan habe, erweise ich Ihnen auch noch diesen Gefallen, Lord Elgin. Wenn Sie meine Rolle hier aufdecken, werde ich, der rätselhafte, blauäugige Chinese, in die Geschichte eingehen und Sie bloß als meine Marionette genannt werden.«

Elgin liefen Schweißperlen übers Gesicht. »Aber wieso sind Sie noch am Leben?«

»Hier sind Kräfte am Werk, die Sie nicht verstehen, Lord Elgin. Die Macht, Leben zu geben und zu nehmen, ist auf meiner Seite. Sie haben auf dem Schlachtfeld gesiegt, weil ich da war und Sie geführt habe. Sie sind einen Pakt mit dem Teufel eingegangen, und ich verlange meinen Lohn. Seien Sie dankbar, dass ich nicht in der Stimmung bin, für Ihren elenden Überfall auf Yuan Min Yuan Rache zu nehmen.« Randall zeigte in die Halle. »Die Zeit für Fragen ist vorbei. Unterschreiben Sie umgehend, und verlassen Sie die Stadt.«

Lord Elgin trat zurück und ließ den Vorhang los.

Sichtlich verblüfft ging er langsam zu seinem Stuhl. »Geben Sie mir eine Feder«, sagte er schließlich. Sobald er sie in der Hand hielt, tauchte er die Spitze in die Tinte und setzte im Namen der Königin seine Unterschrift auf das Papier.

Der zweite Opiumkrieg war zu Ende.

50.

Kalifornien, Nordamerika
Hafen von San Diego
17. November 2084
Ortszeit: 14.30 Uhr
112 Tage nach dem Esra-Transport

Auf der Straße rings um den Hafen herrschte viel Verkehr, und Wilson musste eine volle Minute warten, ehe er auf die andere Seite laufen konnte, wo das Café lag. Der Uferstreifen war sehr belebt, und in den vielen Jachthäfen lagen die unterschiedlichsten Schiffe, Jachten jeder Größe, Vergnügungsdampfer und mindestens sechs Fregatten der Marine. Es gab sogar einen sehr alten Flugzeugträger, die USS *Midway*, die zum Museum umgebaut worden war.

Wilson war vier Monate lang segeln gewesen und fühlte sich ein bisschen eingeschüchtert von den vielen Leuten und den vielen Elektrowagen und Motorrollern, die durch die Straßen schwirrten. Verglichen mit der Einsamkeit auf See war das hier ein Tollhaus.

Am Tag nach Randalls Transport war er zu den Bermudas geflogen, wo seine zweiundzwanzig Meter lange Beneteau seit einem Jahr auf ihn wartete. Er hisste die Segel, lichtete den Anker und segelte nach Süden Richtung Kuba, allein durch die ganze Karibik. Er legte an, wo er wollte, um manchmal eine Woche oder länger zu bleiben. Er besuchte die Dominikanische Republik, war auf einer schönen kleinen Insel bei San Pedro de Macoris, dann in Puerto Rico in der Nähe von Ponce auf der Südseite der Insel. Irgendwann segelte er bis nach Montserrat, kehrte dort um und fuhr nach Cancún in Mexiko. Dort holten ihn Erinnerungen an die Zeit mit Helena ein, was ihm auch nicht aus seiner schlechten Laune heraushalf. Als ihm einfiel, dass er noch nie durch den Panamakanal gesegelt war, nahm er Kurs nach Südosten und geriet vor der Küste Costa Ricas in einen späten Wirbelsturm der Stufe drei. Das war eigentlich der größte Spaß auf der ganzen Reise, auch wenn seine Kevlarsegel hinterher ein bisschen mitgenommen aussahen. Dann fuhr er durch den Kanal und die Westküste Nordamerikas hinauf und machte nur in Acapulco für ein paar Stunden halt, um etwas Anständiges zu essen.

Sowie er in den Hafen von San Diego einlief, schaltete er seinen Handheld ein und löschte sämtliche Nachrichten, ohne sie abzuhören, einschließlich E-Mails und Hologrammen. Es war Zeit für einen neuen Anfang. Nach allem, was er in den letzten Monaten erlebt und getan, und nach allem, was er ganz sicher verpasst hatte, weil er einfach abgehauen war, sehnte er sich jetzt nur nach einem: einem Riesencappuccino. Er betrat das weitläufige Café und ging sofort zum Automaten, um seine Bestellung einzugeben, worauf seine Kreditkarte in der Hosentasche vibrierte.

Auf der gut besetzten Terrasse entdeckte er noch einen freien Tisch und ließ sich daran nieder. Die Sonne schien, es wehte ein warmer Wind, und ringsherum herrschte gute Laune. Als er den Deckel von seinem Kaffee entfernte, roch er an dem Schaum; der süße Duft von Milch und Schokolade stieg ihm in die Nase. Er trank einen Schluck, lehnte sich zurück und schloss die Augen.

In dem Moment hörte er hinter sich eine vertraute Stimme. »Ich finde immer noch, dass Sie der blödeste Kerl sind, den ich kenne.«

Wilson erstarrte für einen Moment, schaffte es aber, die Augen zuzulassen. »Da werde ich Ihnen nicht widersprechen«, erwiderte er und trank den nächsten Schluck.

»Sie scheinen sich nicht zu freuen, meine Stimme zu hören«,

stellte Professor Author fest. Er zog sich einen Stuhl heran und setzte sich. »Sie könnten mich wenigstens ansehen.«

Widerstrebend machte Wilson die Augen auf. Authors krause Haare waren kurz geschnitten, geradezu militärisch kurz, und er hatte beträchtlich abgenommen. Wilson hätte ihn nicht wiedererkannt, wenn er ihm woanders über den Weg gelaufen wäre. »Sieh mal da, Sie sehen ja blendend aus.«

»Ich bin quasi ein neuer Mensch«, bekräftigte der Professor. »Ich habe jetzt an drei Tagen in der Woche einen Personal Trainer.« Er sah an sich hinab. »Sehe dünner aus, hm?«

Wilson zog eine Augenbraue hoch. »Die Klamotten sind noch dieselben.«

»Ich mag sie eben – so ist es einfacher. Hab sie aber in der Taille enger machen lassen. Doch reden wir von was anderem. Sie sind nicht gerade leicht zu finden gewesen.« Ehe Wilson darauf etwas sagen konnte, stand Author abrupt auf. »Ich hole mir schnell einen koffeinfreien Magermilchkaffee. Möchten Sie auch noch was?«

Wilson schüttelte den Kopf. »Nein, danke.«

Als der Professor nach drinnen verschwunden war, überlegte Wilson träge, einfach aufzustehen und abzuhauen. Aber der Cappuccino schmeckte gut, die Sonne schien ihm warm ins Gesicht, und er war neugierig, warum der Professor seinetwegen den ganzen Weg nach San Diego gekommen war.

»Ich hatte schon befürchtet, Sie würden versuchen zu türmen«, sagte dieser, als er zurückkam. »Aber ich bin jetzt so fit, ich hätte Sie sowieso eingeholt.« Er schlürfte an seinem Kaffee.

»Der Gedanke ist mir gar nicht gekommen«, erwiderte Wilson.

»Dem Bart und Ihrer Bräune nach zu urteilen sind Sie wohl um die ganze Welt gesegelt.«

»Nur durch die Karibik.«

»Das erklärt, wieso wir Sie nicht über die Kreditkarte lokalisieren konnten«, erzählte der Professor, als wäre das eine selbstverständliche Bemerkung. »Da unten gibt es noch kein Automatensystem, oder? Jedenfalls haben wir Sie erst ausfindig gemacht, als Sie in Acapulco waren.«

»Wer ist eigentlich wir?«, fragte Wilson.

»Als Erstes will ich Ihnen sagen, dass ich Ihnen die Minerva-Sache verzeihe.« Er schlürfte weiter seinen Kaffee. »Sie hatten gar keine Chance, ihr zu widerstehen. Das ist mir inzwischen klar geworden. GM hatte ihr Anweisung gegeben, sich an Sie ranzumachen … Sie Ärmster.«

»Wer ist wir?«

»Sie ist intelligent und schön, und sie wollte mit Ihnen ins Bett – weiß der Geier warum. Aber schließlich sind Sie auch nur ein Mensch und ein Mann dazu. Also verzeihe ich Ihnen. Diese Episode liegt hinter uns. Kommen wir also zur Zukunft –«

»Wer ist wir?«, fragte Wilson zum dritten Mal.

Der Professor verzog das Gesicht. »Beim Segeln griesgrämig geworden, wie?« Er lächelte. »Aber Sie sind zu Recht misstrauisch. Und jetzt wird's interessant. Wissen Sie, ich arbeite nämlich jetzt für GM.«

»Das meinen Sie nicht ernst!«

»Sehe ich etwa aus wie ein Spaßvogel? Nein, antworten Sie nicht. Jedenfalls scheint es, als hätten wir ein kleines Problem mit Randall.«

»Interessiert mich nicht«, sagte Wilson und sah in eine andere Richtung. »Das habe ich hinter mir.«

»Sie müssen sich das anhören, Wilson. Und Sie müssen mal überlegen, warum ich wohl für einen so verdorbenen Egomanen wie GM arbeite. Sie kennen mich, ich bin nicht gerade der Vertrauensseligste. Sie haben mich sogar mal als krankhaften Zyniker bezeichnet. Ich muss also einen guten Grund haben, hierherzukommen, hm?«

»Man kann jeden Menschen kaufen.«

Author fing an zu lachen, als wäre das der Witz des Jahrhunderts. »Nein, nein, das hat nichts mit Geld zu tun, glauben Sie mir.« Dann wurde er plötzlich ernst. »Es hat mit den Qumran-Rollen zu tun. Sie verändern sich, Wilson. Aber das wollen Sie ja nicht hören, also was soll's«, sagte Author und sah in die Ferne.

»Was heißt, sie verändern sich?«

»Nein, nein. Genießen Sie Ihren Kaffee.«

»Kommen Sie, Professor. Machen Sie es nicht schwerer, als es ist.«

Author lehnte sich nach vorn, sein Gesicht wurde ernst. »Und es sind nicht nur die Schriftrollen, auch die Geschichte ändert sich. Besonders die chinesische Geschichte. Das Unternehmen Esra ist aus dem Ruder gelaufen, und Randall kommt nicht zurück, zumindest nicht zu unseren Lebzeiten.«

»Woher wissen Sie das?«

»Na ja … wir haben ein Foto von ihm entdeckt.«

»Na und?«

»Es wurde neununddreißig Jahre nach seinem Transport aufgenommen.«

Wilson lief es eiskalt über den Rücken.

»Randall Chen ist an einem Aufstand beteiligt, dem sogenannten Boxeraufstand«, erklärte Author.

»Ich habe alles über China gelesen und nie etwas von einem Boxeraufstand gehört.«

»Weil sich die Geschichte geändert hat, Wilson – während der vergangenen zwei Wochen. Randall Chen ändert sie, weil er vom Auftragstext abweicht.« Sein drängender Ton war aufrichtig. »Das Foto von ihm stammt von 1899; man erkennt sogar die blauen Augen.«

»Woher wollen Sie wissen, ob es echt ist?«, fragte Wilson. »Es könnte manipuliert sein. Außerdem wäre er darauf siebzig Jahre alt.« Wilson verschränkte die Arme.

»Glauben Sie, ich weiß das nicht?«, erwiderte Author kopfschüttelnd. »Hören Sie mir jetzt zu Ende zu, oder was?«

In seinem Blick lag ein Ernst, den Wilson von ihm gar nicht kannte. »Also gut, erzählen Sie weiter.«

»Das Foto wurde von einem Journalisten aufgenommen, bei einer eigenartigen Kampfsportzeremonie in der Provinz Hebei, südwestlich von Peking. Der Mann auf dem Bild nannte sich der Meister und führte China in einen Krieg, wie die Welt ihn noch nicht erlebt hatte. Sein einziges Ziel war es, jeden Ausländer in China zu töten, wirklich jeden, und er nahm eine Million chinesische Bauern in seine Boxer-Armee auf. Der Meister gab darauf den Befehl, die Gesandtschaften in Peking zu belagern. Daraufhin machten die Großmächte mobil – die Briten, Franzosen, Deutschen, Russen, Italiener, Österreicher, Japaner und die Amerikaner –, um ihre Bürger zu retten. Mit 55 000 Mann und über vierhundert Schiffen wird China erbarmungslos angegriffen. Und in diesem Augenblick erklärt Kaiserin Cixi dem Rest der Welt den Krieg.«

»Das soll wohl ein Witz sein«, sagte Wilson.

»Das ist wahr. Die Boxer glauben außerdem, dass ihnen die Kugeln und Säbel der ausländischen Teufel nichts anhaben können. Sie halten sich für unverwundbar. Überlegen Sie mal, was das heißt.«

Wilson rieb sich die Schläfen. »Das darf nicht wahr sein.«

»Während der letzten vierzehn Tage haben sich die Einträge in Data-Tran in einem fort geändert. Die Informationen ergeben einen neuen Ablauf der Geschichte. Sie verändert sich. Wir haben ein Team zusammengestellt, das die Sache verfolgt. Es ist eindeutig wahr.«

»Was ist mit Büchern? Mit gedruckten Texten? Verändern die sich auch?«

»Ja, alles. Nur unsere Erinnerung ändert sich nicht. Sie können das selbst nachprüfen.«

Der Ernst der Lage stand in krassem Gegensatz zu der entspannten Atmosphäre in dem Café. Wilson hatte sich nie überlegt, wie es wäre, wenn ein Aufseher in der Vergangenheit die

Weichen anders stellte. Doch da alle Zeit simultan existierte, musste es möglich sein, vergangene Taten und Ereignisse umzuwerfen. »Erzählen Sie mir von diesem Boxeraufstand.«

Der Professor schob seinen Kaffeebecher beiseite. »1898 behauptete eine obskure Sekte in Shantung, die sich die Gesellschaft der Großen Schwerter nannte, übernatürliche Kräfte zu besitzen. Angeblich konnten sie Kugeln mit den bloßen Händen auffangen. Das Gerücht von ihrer Unverwundbarkeit verbreitete sich wie ein Lauffeuer in den Nordprovinzen, und sie hielten Massenveranstaltungen mit Besessenheitstrancen ab, um Mitglieder zu gewinnen. Ihre Stärke sprach die hungernden chinesischen Bauern an, denn die waren wegen der Dürren und Heuschreckenplagen, die zwischen 1880 und 1900 das Land heimsuchten, entrechtet worden.«

»Es gab Dürren?«, fragte Wilson völlig perplex.

»Ja, zwanzig Jahre lang, und dazwischen immer wieder Überschwemmungen. Die Chinesen gaben den Ausländern die Schuld daran. Die Lebensmittel waren knapp, und die Bauern, die einen Sündenbock suchten, schlossen sich zu Tausenden den Boxern an. Diese waren streng monarchistisch und schworen, jeden Ausländer und jeden zum Christentum konvertierten Chinesen zu töten, der es wagte, auf chinesischem Boden zu stehen. Sie wurden Boxer genannt, weil die Art ihrer Kampfkunst an das Boxen erinnerte.«

»Waren sie wirklich unverwundbar?«, fragte Wilson.

»Von manchen wurde das behauptet, andererseits wurden Boxer hingerichtet, die von Ausländern verwundet worden waren, mit der Begründung, sie hätten nicht fest genug an ihre Aufgabe geglaubt – es hieß, der mangelnde Glaube habe ihren Schutz geschwächt. Das Boxerheer war im Januar 1900 auf eine Million angewachsen. Dann begannen sie, die Ausländer und Konvertiten systematisch zu ermorden. Die Überlebenden waren schließlich gezwungen, sich in den Gesandtschaften in Peking zu verschanzen. Männer, Frauen und Kinder wurden in

Stücke gehackt, lebendig gehäutet oder verbrannt. Etwas Grausameres kann man sich nicht vorstellen.«

»Wie können Sie sicher sein, dass Randall dahintersteckt?«

Author blickte Wilson durchdringend an. »Weil er auf dem Foto keinen Tag älter aussieht als bei seinem Transport. Er müsste aussehen wie siebzig, tut er aber nicht.« Er redete leise, damit ihn am Nachbartisch niemand verstehen konnte. »Randall Chen trinkt zweifelsohne vom Baum des Lebens. Und Cixi auch, vermuten wir. Wir sind auf einen obskuren Mandarin-Text gestoßen, der von 1873 stammt. Darin steht, die Kaiserinwitwe habe nie Grund gehabt, die Macht an ihren Sohn Tung Chi weiterzugeben. Durch einen unglaublichen Zauber habe sie sich ihre Jugend und Lebensfrische erhalten, als wäre sie noch eine Frau von zwanzig Jahren.«

»Darum die Dürren«, dachte Wilson laut.

»Genau«, bestätigte der Professor. »Sie schröpfen den Baum.«

Wilson hatte ein hohles Gefühl im Magen.

Author beugte sich dicht zu ihm heran. »Und alles hat sich nur so schlimm entwickelt, weil Randall Chen nicht der Esra-Aufseher ist. Sie sind es, Wilson. Ich habe das in der Schriftrolle selbst gelesen. Ich arbeite für GM, weil es meine Aufgabe ist, Sie noch mal in die Vergangenheit zu schicken und die Sache geradebiegen zu lassen. Ich habe den Esra-Text übersetzt; Sie sind von jeher gemeint gewesen.«

Wilson war plötzlich tieftraurig. Randall hatte einen Auftrag bekommen, den er gar nicht erfüllen konnte, selbst wenn er gewollt hätte. Randall war ein guter Mensch, so hatte Wilson ihn kennengelernt. Er war intelligent, tüchtig und begabt. Doch er war verdorben worden, weil er auf Schritt und Tritt von Leuten umgeben gewesen war, die ihre egoistischen Interessen verfolgten. Wilson schüttelte den Kopf angesichts der ganzen Sauerei.

»Andre und Jasper haben den Auftragstext manipuliert«, sagte der Professor, »auf GMs Verlangen hin. Sie hatten Angst, keinen Einfluss auf Sie zu haben. Darum haben sie den falschen Mann in die Vergangenheit geschickt … und die Geschichte löst sich auf.«

»Ich hätte meinen Handheld ausgeschaltet lassen sollen«, sagte Wilson und schaute zum Jachthafen.

»Witzeleien sind jetzt unangebracht.«

»Begreifen Sie, was das heißt?«, sagte Wilson erschüttert. »Randall besitzt die Schlüssel zur Unsterblichkeit«, sprudelte er hervor. »Und seine Verbündete in der Vergangenheit ist eine Frau, die in der ganzen Welt für ihre Rücksichtslosigkeit und Gerissenheit berüchtigt ist.«

»Das weiß ich, Wilson. Darum bin ich hier. Und da wir gerade bei den schlechten Neuigkeiten sind, informiere ich Sie auch gleich, dass Sie nicht ins Jahr 1860 reisen können. Das Portal der Verbotenen Stadt kann nur einmal benutzt werden, und das hat Randall getan.«

»Wie komme ich dann hin?«

»Ein anderes Portal öffnet sich Anfang 1900 in Machu Picchu in Peru. Das ist nach dem Esra-Text der einzige Weg in diese Periode.«

»Aber Sie sagen, 1900 hat Randall ein Heer von einer Million Soldaten!«

»Und jeder Einzelne hält sich für unsterblich«, fügte der Professor hinzu.

»Das ist nicht zu schaffen«, murmelte Wilson und bekam vor Sorge glasige Augen. »Selbst mit meinen Omega-Kräften. Das Problem ist uns schon über den Kopf gewachsen.« Man hörte ihm an, dass er Angst hatte. »Kann ich nicht *vor* Randall dort eintreffen und die Sache von Anfang an aufhalten?«

»Der Auftragstext verändert sich ebenfalls, Wilson. Durch einen übernatürlichen Vorgang schreibt er jetzt vor, dass Sie – der wahre Esra-Aufseher – durch das Machu-Picchu-Portal im Jahr 1900 reisen. Es wird genau ausgeführt, was Sie zu tun haben, um den Boxeraufstand niederzuschlagen.«

»Der verändert sich auch?«

»Jeden Tag. Erstaunlich, nicht?«

Wilson saß vollkommen sprachlos da.

»Sie sind der Aufseher, Wilson. Das können Sie nicht ändern.«

Wilson sah ihn an. »Wir beide wissen, dass Sie nur hier sind, weil GM begriffen hat, dass er sein Lebenselixier nicht bekommt. Darum will er, dass ich reise – ich soll es jetzt für ihn holen.«

»Nur Sie werden entscheiden, ob Sie es mitbringen oder nicht. Kein anderer. Doch bedenken Sie eines: Wenn Sie nicht reisen, kann Randall die Geschichte so weit aus dem Gleis bringen, dass sich alles auflöst und all das hier«, er deutete auf ihre Umgebung, »zum Verschwinden bringt. Einschließlich Ihnen und mir.«

»GM und Jasper sollen in der Hölle brennen. Das haben sie verdient«, erklärte Wilson.

»Ich bin ganz Ihrer Meinung. Aber Sie müssen trotzdem reisen, Wilson. Das ist unsere einzige Option.«

51.

Kalifornien, Nordamerika
Hafen von San Diego
19. November 2084
Ortszeit: 15.30 Uhr
114 Tage nach dem Esra-Transport

Zum Zeichen seiner Kapitulation war GM an Bord seiner atombetriebenen Motorjacht Enterprise Corporation nach San Diego gekommen. Verglichen mit den anderen Booten im Hafen ähnelte der hundertfünfzig Meter lange Koloss eher einem Ozeandampfer, und Wilsons Beneteau sähe daneben wie ein Spielzeug aus. Nicht einmal seine Mastspitze reichte bis an ihre Brücke.

Professor Author drängte Wilson den Korridor entlang zu GMs Suite. »Na, kommen Sie schon, bringen wir's hinter uns.«

Wilson sah ihn aufmüpfig an. »Wir sehen ihn noch früh genug. Ich werde wahrscheinlich etwas wirklich Beleidigendes sagen.«

»Umso besser!«, meinte der Professor lächelnd und drückte die Türflügel auf.

Der luxuriöse Salon war in Sonnenschein getaucht, der durch die Glaswände hereinströmte. Draußen funkelte der Hafen in Hellblau. Die Aussicht von diesem erhöhten Punkt war völlig anders als an Deck von Wilsons Boot.

Während der vergangenen vierundzwanzig Stunden hatte Wilson den Auftragstext der Esra-Rolle gelesen, der sich tatsächlich verändert hatte. Aber erst als er in die Stadtbibliothek ging und in einer Geschichte Chinas etwas über den Boxeraufstand fand, glaubte er so ganz, dass die Geschichte von ihrem ursprünglichen Verlauf abgewichen war. Auf Authors Vorschlag suchte Wilson auch nach Informationen über Senggerinchin und Charles Gordon. Der Mongole war nicht bei den Taku-Festungen gefallen, und Gordon hatte nach Unterzeichnung der Pekinger Konvention China nicht verlassen. Beide Männer waren wundersamerweise in den Dienst der Kaiserin getreten und zu Generälen ernannt worden, sodass sie zwei Jahre später bei der Niederschlagung des Taiping-Aufstands eine entscheidende Rolle spielten.

Wie es schien, kämpften sie schließlich Seite an Seite mit Randall Chen. Der Mongole diente den Qing treu ergeben fünf Jahre lang und bekam die dreiäugige Pfauenfeder zurück. Er starb 1865 bei einem Hinterhalt der Nian-Rebellen in Shantung. Gordon erhielt für seine Heldentaten in Ostasien den Spitznamen »China Gordon«. Später stieg er zum Lieblingsgeneral der Königin auf, wurde Gouverneur des Sudan und 1885 in Khartoum von Zulus getötet, wie es ihm ursprünglich bestimmt gewesen war. Offenbar hatte seine Rolle in der neuen Geschichte Chinas seinen wahren Lebensweg nicht beeinflusst.

Nachdem Wilson das Foto von Chen aus dem Jahre 1899 gesehen hatte, zweifelte er nicht mehr, dass dieser Mann Randall war. Obwohl neununddreißig Jahre vergangen waren, sah er genauso aus wie vor dem Transport, nur seine Haare waren beträchtlich länger und zum Pferdeschwanz gebunden. Wilson erkannte auch den Gesichtsausdruck wieder: den passiven, entschlossenen Blick, der von äußerster Konzentration zeugte.

GM saß aufrecht in einem motorisierten Bett, hinter sich das Firmenlogo an der Wand. Er war blass und eingefallen, die Augen milchig gelb. Er trug einen rotvioletten Morgenrock und ein bauschiges Halstuch. Die weiße Bettdecke war ordentlich unter die Matratze gesteckt, sodass man die Schläuche der Bluttransfusion sah, die von seinem Oberschenkel zum Dialysegerät führten. Als Wilson ihn in diesem schlechten Zustand sah, ließ sein Ärger nach. Es fiel ihm schwer, auf jemanden wütend zu sein, der vom Tod gezeichnet war.

Neben dem Bett stand Jasper in schwarzem Anzug und mit roter Krawatte – dem gleichen Rot wie das Halstuch seines Großvaters. Auf der anderen Seite des Bettes stand Minerva Hathaway in einem züchtigen cremefarbenen Kleid, mit ordentlichem Haarknoten und ausdruckslosem Gesicht. Sie sah so umwerfend aus, dass es unmöglich war, nicht beeindruckt zu sein. Neben ihr spielte Davin Chang nervös mit einem Knopf seines Mercury-Anzugs.

Wilson hatte nicht ausschließen können, sie alle anzubrüllen und Tamtam zu machen, doch jetzt, da er die Gelegenheit hatte, durchquerte er bloß ruhig das Zimmer und blieb, die Hände auf dem Rücken verschränkt, am Bettende stehen.

»Wie geht es Ihnen, GM?«, fragte er höflich.

Ein ehrliches Lächeln ging über das Gesicht des alten Mannes. »Ich habe allen gesagt, Sie würden nicht hereinkommen und toben wie ein Verrückter.«

»Das würde schließlich nichts ändern, nicht wahr?«, meinte Wilson in gelassenem Ton. »Wir haben jetzt ein gemeinsames Problem.«

GM nickte. »Zunächst möchte ich sagen, dass es mir leid tut, Ihnen nicht die Wahrheit anvertraut zu haben. Ich sehe jetzt, welche bitteren Konsequenzen das für uns alle hat.« Er deutete mit schwacher Hand auf seine Beine. »Nicht, dass ich noch viel davon erleben werde.«

Wilson, der unrasiert, in abgenutzten Jeans und knittrigem T-Shirt dastand, fühlte sich fehl am Platz. »Man bekommt nicht immer, was man will, aber dafür Erfahrung.«

GM zog die Augenbrauen hoch. »Oder wie in meinem Fall den Tod.«

»Manchmal bekommen wir, was wir verdienen.«

»Und manchmal auch nicht«, erwiderte GM.

»Sie hätten auf mich hören sollen.«

»Es gibt vieles, bei dem ich mir wünsche, ich hätte anders gehandelt.«

»In meinen Augen ist Randall Chen ein Held«, stellte Wilson fest. »Er hat seine Rolle erfolgreich gespielt, als er den zweiten Opiumkrieg unter Kontrolle bekam. Und dazu wurde er schließlich hingeschickt.«

»Er ist bloß nicht zurückgekommen«, ergänzte Jasper.

»Randall ist ein guter Mensch, den man in eine Situation gestellt hat, die ihn charakterlich gefährdete. Das haben Sie ihm angetan. Ihn trifft keine Schuld, sondern Sie – Sie alle hier.«

»Randalls vornehmliche Aufgabe war es, den Baum des Lebens zu schützen«, wandte Davin ein. »Das haben wir unmissverständlich klargemacht. Und am Ende hat er doch nur seinen Vorteil gesehen.«

Eine bleierne Stille hing im Raum.

»Mich interessiert nur, was wir jetzt tun müssen«, sagte Wilson schließlich.

Davin warf GM einen Blick zu und sagte dann: »Sie müssen den Auftragstext lesen; der ist darin sehr präzise. Dann werden Sie verstehen, dass wir Sie möglichst bald transportieren müssen. Wenn nicht, wird die Geschichte immer weiter abweichen, bis ein Transport generell unmöglich ist.«

»Ich habe den Text bereits gelesen«, sagte Wilson. »Wir sitzen ganz schön in der Tinte.«

»Das sind über tausend Seiten Informationen, und wir haben Sie erst vor zwei Tagen aufgespürt«, wandte Davin zweifelnd ein. »Wie können Sie die schon gelesen haben?«

»Er hat sie gelesen«, bestätigte Professor Author in einem Ton, der das Ende der Diskussion verkündete.

»Ich weiß, was ich zu tun habe«, sagte Wilson. »Doch angesichts der Zerstörung und des Elends, die diese Mission für China bedeutet, wird mir schwer ums Herz, das muss ich zugeben. Es ist eine bittere Ironie, dass die Dinge sich so entwickelt haben.«

GM strich seine Decke glatt. »Ich will Ihnen eine wichtige Frage stellen, Mr. Dowling: Worauf sind Sie vorbereitet, wenn Sie Mr. Chen gegenüberstehen werden?«

»Der Auftragstext gibt genau an, was ich tun muss.«

»Sie können Mr. Chen nicht im Zweikampf besiegen.«

»Das ist mir klar«, sagte Wilson.

»Was wollen Sie tun, wenn er Sie angreift?«

»Mich an den Auftragstext halten«, antwortete er schlicht.

»Mr. Chen verfügt über unglaubliche Fähigkeiten«, gab GM zu bedenken. »Und seine Unverwundbarkeit kommt noch dazu.«

»Das habe ich alles schon einkalkuliert«, sagte Wilson. Sein Blick schweifte ab zu Minerva. »Randall wird ganz bestimmt gut vorbereitet sein. Er ist dann bereits vierzig Jahre in China und hat die ganze Zeit weiter trainiert. Seine Loyalität mir gegenüber wird nur eine blasse Erinnerung sein. Ich erwarte also keine Gnade.«

»Jasper glaubt nicht, dass Sie Erfolg haben können«, sagte GM.

»Zum Gewinnen braucht man mehr als bloß die Fähigkeit zu kämpfen«, hielt Wilson ihm entgegen.

»Ich kann Ihnen die jüngsten Datenänderungen zeigen«, warf Davin ein, »damit Sie sehen, wie ernst die Lage schon ist. Es scheint, dass unsere Realität und die seine stark zusammenhängen. Je eher wir –«

Wilson fiel ihm ins Wort. »Davin, bitte hören Sie auf. Ich weiß noch nicht, wann ich so weit sein werde.«

»Das müssen Sie uns schon genauer sagen«, verlangte GM.

»Ich muss mich vorbereiten und bin mir nicht sicher, wie lange das dauern wird«, beharrte Wilson.

»Denken Sie an Tage oder an Wochen?«, fragte Jasper.

»Weiß ich nicht. Es hat keinen Zweck, mich zu transportieren, solange die Erfolgschancen gering sind. Randall hatte vier Jahrzehnte Zeit zu trainieren – ich habe nur ganz wenig. Umso intelligenter müssen wir vorgehen.«

»Meine Gesundheit verschlechtert sich täglich«, sagte GM.

»Wenn der Auftrag misslingt, komme ich nicht zurück. Und dann haben Sie gar nichts.«

»Er ist nur wieder schwierig«, warf Jasper verächtlich ein. »Es ist ihm egal, ob du lebst oder stirbst. Das ist offensichtlich. Wir sollten einen anderen Weg finden. Mr. Dowling ist nicht loyal –«

GM hob die Hand. »Still, Jasper. Mr. Dowling weiß, was er tut.« Er sah Wilson eindringlich an. »Ich nehme an, Sie wollen mit Meister Le Dan trainieren?«

Wilson nickte. »Ja. Das habe ich schon organisiert.«

»Ein kluger Schachzug, denke ich. Wie Sie sagen, die Erfolgschancen dürfen nicht zu gering sein.« GM nickte Minerva zu, die daraufhin vortrat. »Wenn Sie die Geschichte korrigiert haben, was Ihnen sicherlich gelingen wird, habe ich eine Bitte an Sie, über die Sie nachdenken mögen. Das ist eine transporttaugliche Kristallphiole.«

Minerva hielt Wilson das zylindrische Gefäß hin. Wilson war sich des kurzen Hautkontakts bewusst, als sie es ihm in die Hand legte.

»Wenn es möglich ist und Sie es für richtig halten«, fuhr GM fort, »so bringen Sie sie bitte wieder mit, gefüllt mit Saft vom Baum des Lebens.«

»Ich will ehrlich sein«, sagte Wilson nach einigem Zögern, »und das ist nicht feindselig gemeint, GM, aber ich weiß nicht, ob ich dazu imstande sein werde.«

GM strich erneut seine Decke glatt. »Ich möchte nur, dass Sie meine Bitte sorgfältig erwägen. Mir ist klar, dass ich hierbei machtlos bin; und Sie können sich vorstellen, dass es mir schwerfällt, das zu akzeptieren. Aber ich sage Ihnen eines: Ich vertraue darauf, dass Sie die richtige Entscheidung treffen, und werde sie so oder so unterstützen.«

Wilson sah auf die Phiole. Sie war sehr leicht und wirkte trotzdem robust, als würde sie nicht zerbrechen, wenn man sie fallen ließ. Sie hatte eine klappbare Kanüle und eine Kappe.

»Sie hat ein Level-5-Vakuum«, sagte Davin mit dunkler Stimme. »Wenn Sie den Baum anstechen, füllt sie sich automatisch.«

Wilson steckte den Behälter in die Hosentasche. »Damit ist die Besprechung wohl zu Ende. Ich werde Sie informieren, sobald ich genügend vorbereitet bin. Keine Sorge, GM, mir ist völlig klar, welche Bedeutung eine Verzögerung hat.«

»Danke«, sagte dieser.

»Möchten Sie über einen Vertrag sprechen?«, fragte Jasper.

»Ich mache es diesmal umsonst«, sagte Wilson. »Für mich und für Randall.«

»Darf ich mitkommen?«, fragte Minerva völlig unerwartet. »Ich kann dir beim Training helfen.« Auch die anderen wirkten überrascht, doch Wilson hielt das bloß für ein auftragsgemäßes Schauspiel. Minerva strich sich den Pony zur Seite. »Bitte gib mir eine Chance. Was ich im Labor gesagt habe, war mir ernst; ich habe nicht gelogen, was meine Gefühle angeht.«

Wilson starrte in ihr schönes Gesicht. »So sehr mir das gefallen würde, ich muss das Angebot leider ablehnen. Der Esra-Auftrag ist jetzt das Wichtigste.«

China im Mai 1900

52.

Peking, China
Verbotene Stadt
Hof der Höchsten Harmonie
31. Mai 1900
Ortszeit: 20.45 Uhr

Die Hände hinter dem Rücken verschränkt, stand Randall Chen im Kriegergewand mit dem fauchenden fünfklauigen Drachen vor der Halle der Höchsten Harmonie und betrachtete den Sonnenuntergang. Es war der letzte Frühlingstag, ein klarer Abend, und es war heiß. Am Himmel waren die hellsten Sterne schon zu sehen.

Cixi stand neben Randall, eine Hand auf seiner Schulter. »Es sind nur dreihundertfünfzig«, sagte sie beruhigend. »Das wird für den Kampf nicht von Bedeutung sein.«

»Es überrascht mich, dass die Briten oder die Amerikaner nicht telegraphisch über das bevorstehende Eintreffen ihrer Truppen informiert wurden«, hielt Randall ihr entgegen. »Das sieht ihnen gar nicht ähnlich.«

»Ob dreihundertfünfzig Männer mehr oder weniger, das wird das Schicksal eines einzelnen Abendländers in Peking nicht ändern«, meinte Cixi. »Wir müssen uns an unseren Plan halten und so viele Boxer heranbringen wie möglich. Dann, wenn wir bereit sind, werden wir jeden Eindringling und Kollaborateur in Peking vernichten, endgültig.«

Randall drehte sich zu seiner Kaiserin hin und betrachtete ihr Profil in der Dämmerung. Sie war noch genauso jung und schön wie am ersten Tag. Ihr schwarzes Haar glänzte, ihre Haut war wie Porzellan. Wie ihre Seidenkleider ihren Körper umschmeichelten, war ein wunderbarer Anblick. Sie war noch genauso unwiderstehlich wie vor vierzig Jahren – in mancher Hinsicht sogar begehrenswerter.

»Wir werden den Kampf gegen das Böse ein für alle Mal gewinnen«, bekräftigte sie und betastete das kaiserliche Siegel an ihrer Brust.

Randall schaute über den leeren Hof durch die zahllosen, mit Drachen verzierten Marmorsäulen, die die drei Ebenen von Treppen und Balustraden säumten. »Es gelangen immer neue Gerüchte zu mir, dass mehr und mehr Kriegsschiffe vor der Südwestküste ankern«, sagte Randall leise. »So viel Voraussicht sollten sie nicht haben. Ich gestehe, ich hege die Sorge, dass alles anders ist, als es scheint.«

»Das tut Ihr schon länger, als ich mich erinnern kann«, sagte Cixi ungeduldig. »Wir haben alle Trümpfe in der Hand, mein Geliebter. Ihr habt in unserem Volk ein Feuer entfacht, und sie sind Eurem Ruf millionenfach gefolgt. Die Boxer werden alles beherrschen – ihre Zahl ist so groß, sie sind unaufhaltsam. Wie ich haben sie es über, dass diese fremden Teufel unser Land vergiften, unserem Volk Gewalt antun, unseren Reichtum stehlen.« Sie rang die Hände. »Sie werden wenigstens dafür bezahlen, dass sie den Sommerpalast zerstört haben.«

Randall seufzte tief. Ihm war ein eigentümlicher Gedanke gekommen, den er nicht mehr loswurde. »Dass die Briten von diesen dreihundertfünfzig Männern nichts gewusst haben, sagt mir, dass da etwas im Gange ist. Seit vier Jahren hören wir ihre Kommunikation schon ab, und so etwas ist noch nicht vorgekommen.«

Ein warmer Wind wehte über den weiten, verlassenen Hof, und Cixi drehte ihre Haare zu einem Strang und steckte ihn unter die Schulter ihres Kleides. »Wir werden uns an den Plan halten«, sagte sie energisch. »Seht Ihr zu, dass Eure Boxer bereitstehen. Enttäuscht mich nicht!«

Randall versteifte sich, als hätte sie ihm ins Gesicht geschlagen. »Ihr solltet Euch über die Fehler Eurer eigenen Soldaten ärgern«, schäumte er. »Sie haben das ausländische Kontingent widerstandslos in Peking einmarschieren lassen.«

Cixi blickte ihn trotzig an. »Ich versichere Euch, sie werden dafür bezahlen. Untüchtigkeit kann nicht geduldet werden.«

»Wenn Ihr vor fünf Jahren auf mich gehört hättet, hätten wir Korea nicht an die Japaner verloren«, stellte Randall heraus. »Woran liegt es wohl, dass wir die Taiping-Rebellion so leicht niederschlagen konnten, als ich die Befehle gegeben habe?«

»Es war dumm, den Rat meiner Generäle anzunehmen«, räumte sie zähneknirschend ein. »Ich konnte nicht wissen, dass diese kleinen Banditen unsere Streitkräfte besiegen würden.«

Randall drehte sich zu ihr um. »Ich habe Euch damals gesagt, dass die Soldaten schlecht ernährt, schlecht bewaffnet und schlecht gedrillt sind. Und das Schlimmste von allem: Sie waren schlecht geführt.«

Cixis Gesicht war in der Dunkelheit nicht gut zu sehen, doch Randall spürte ihren wütenden Blick. »Und wo wart Ihr, als sich das ereignete? Bei meinen Konkubinen!«

»Das war Euer Vorschlag«, erwiderte Randall zornig. »Ich wollte keine einzige dieser Frauen. Ich habe immer nur Euch begehrt!«

Cixi schnaubte und wandte sich heftig ab. »Ihr wart von ihren ausgefeilten Künsten abgelenkt. Das verzeihe ich Euch – aber ich nehme nicht die ganze Schuld am Verlust Koreas auf mich.« Sie sah zu den funkelnden Sternen auf. »Es gab einmal eine Zeit, als Ihr in die Zukunft sehen konntet, Blauäugiger. Doch diese Tage sind leider vorüber.«

»Ich habe es Euch gesagt«, verteidigte sich Randall. »Jahrzehnte sind vergangen, und vieles hat sich geändert. Ich kenne nicht mehr alle Aspekte der Zukunft. Wir haben den Lauf der Geschichte nach unserem Gutdünken verändert, und das schränkt meine Kräfte ein.«

»Könnte der Saft vom Baum des Lebens Eure Voraussicht

getrübt haben? Wenn Ihr nicht mehr davon trinkt, mag sich das wieder ändern.«

»Ich sage es nur noch einmal: Wir haben die Geschichte geändert. Die Zukunft ist nun unbekannt … Das ist der einzige Grund.«

»Aber Ihr habt andere Fähigkeiten«, sagte Cixi und schaute in die Ferne. »Was Euer Glück ist.«

Randall stand kurz vor einem Wutausbruch, doch er riss sich zusammen. »Ich möchte nicht länger mit Euch streiten, Kaiserin. Zu vieles steht jetzt auf dem Spiel. Als Meister habe ich Euch das größte Heer gebracht, das es je gegeben hat.« Er straffte stolz die Schultern. »*Ich* habe das erreicht! *Meinetwegen* glauben die Boxer, dass sie unbesiegbar sind! Meinetwegen hassen sie die Ausländer – meine Propaganda hat Wunder gewirkt. Ich empfehle, das nicht zu vergessen, Kaiserin. Durch meine Weisheit werden die Boxer nicht vor diesem Kampf davonlaufen, im Gegensatz zu den kaiserlichen Soldaten in Korea.«

Cixi drehte den Kopf und musterte ihn. »Ihr seid in der Tat ein schöner und kraftvoller Mann, mein Geliebter. Und Ihr habt recht – streiten ist töricht. Wir werden unsere Kräfte bündeln und das Land für immer von den Invasoren befreien. Und wenn unsere Heere sie vernichtet haben, werden die Qing als unbestrittene Herren der Welt betrachtet werden, wie es ihnen gebührt.«

»Um dieses ehrenhafte Ziel zu erreichen, müsst Ihr auf meine Befürchtungen hören. Wir müssen uns rüsten, Tientsin einzunehmen, und unsere Truppen verstärken, um die Route vom Meer zu schützen. Ich sehe, Ihr haltet das für übereifrig, doch auf diese Weise können wir nie wieder von einem Expeditionskorps überrascht werden.« Randall seufzte. »Doch ich befürchte nach wie vor, dass die Dinge nicht sind, wie sie sein sollten.«

In dem Moment kam über den Dächern im Süden der Mond

hinter einem Wolkenstreifen hervor und legte einen Schleier aus Licht über den Hof.

»Ich werde Euren Rat annehmen, mein Geliebter«, sagte Cixi. »Wir sind stark an Geist und stark an Zahl; jedoch sollten wir uns nicht erlauben, selbstgefällig zu werden – keinesfalls.« Sie strich Randall mit flacher Hand über die Wange. »Nun … kommt mit hinein, und lasst mich Eure Last erleichtern. Das ist das Mindeste, was ich für den Ersten Boxer tun kann.«

53.

Peking, China
Tatarenstadt
Britische Botschaft
31. Mai 1900
Ortszeit: 20.46 Uhr

Da ihm bewusst wurde, dass dies die beste Gelegenheit war, die Gesandten zu treffen, klopfte Wilson sich den Staub aus dem Anzug und zog ein frisches Hemd an. Die chinesischen Diener hatten seine Reitstiefel so blank poliert, dass er sein Gesicht darin sehen konnte. Er war müde von der langen Reise, gab sich aber dennoch Mühe mit der weißen Fliege, die die Diener ihm gegeben hatten, und kämmte sich die Haare nach hinten. Es war so drückend heiß, dass er sich wehrte, das Jackett anzuziehen; das wollte er erst tun, wenn es nicht mehr anders ging. Darum nahm er es über den Arm und ging zur Tür.

Er trat auf die Veranda des zweiten Stocks und blickte über das Botschaftsgelände und die hohe Mauer ringsherum. Von allen Botschaften war die britische am besten geschützt. Nach Westen zu lag der kaiserliche Wagenpark, ein großes, freies Gelände mit wenigen Gebäuden. Und hinter der Ostmauer floss der stinkende Jadekanal, der so voller Krankheitskeime und Abfälle war, dass sicher niemand hineinspringen würde. Wilson schnupperte und tatsächlich drang der widerliche Gestank bis zu ihm herauf.

Als der Vollmond hinter einem Wolkenstreifen hervorkam, hörte Wilson schwach das Spiel eines Streichquartetts.

Es war schwer zu glauben, dass er im Jahre 1900 in Peking stand. Als er sich nach Nordwesten drehte, schlug sein Herz schneller, denn er dachte an Randall Chen hinter den zinnoberroten Mauern der Verbotenen Stadt. Er wusste, dass Randall beunruhigt war, weil man ihm berichtet haben dürfte, dass dreihundertfünfzig bewaffnete Soldaten aus sechs Nationen im Laufschritt durch das unbemannte Chienmen-Tor gekommen waren.

Wilson dachte daran, wie er zwischen den US-Marines durch die Straßen gehastet war, begleitet vom Geheul Tausender Pekinger, die sich am Straßenrand drängten und ihnen Schimpfwörter zuriefen, mit denen sie die Vorfahren der Soldaten beleidigten. Er hatte um sein Leben gefürchtet, obwohl er Bewaffnete zu seinem Schutz bei sich gehabt hatte, und war heilfroh gewesen, als Captain McCalla Laufschritt befahl, sowie sie sich dem Gesandtschaftsviertel näherten. Wilson hatte gelegentlich einen Boxer in der Menge gesehen, in weißer Tracht mit roten Bändern an Hand- und Fußgelenken. Um den Kopf trugen sie einen roten Schal und auf der Brust das chinesische Zeichen für Glück.

Welche Ironie, dachte er.

Der Hass, den sie ausstrahlten, war enorm. Selbst jetzt in der Gesandtschaft, auf britischem Boden, spürte er ihn, als würde die Aggression wie eine Schwingung durch die warme Nachtluft übertragen.

Er griff in die Hosentasche und zog die Phiole heraus, die Minerva ihm gegeben hatte – sie hatte den Transport unbeschadet überstanden und schien nicht zu zerfallen. Er überlegte, sie einfach über die Mauer in den Jadekanal zu werfen, doch er wurde abgelenkt, als ihn aus dem Garten jemand rief.

»Kommen Sie, Wilson, das Dinner wartet!«

Es war Captain McCalla.

Wilson ließ die Phiole wieder in die Tasche gleiten, zog sich das Jackett an und eilte die Treppe hinab.

Die Residenz des Botschafters war ein prächtiges chinesisches Bauwerk mit drei Etagen und grünen Dachziegeln, die bedeuteten, dass es von einem hochrangigen Beamten bewohnt wurde. Auf der Säulenveranda saß ein Streichquartett, drei Herren und eine Dame, die Beethoven spielten, und das sehr gut. Vom Ballsaal führten große Flügeltüren nach draußen, wo wenigstens vierzig männliche Gäste aller Nationalitäten im Smoking oder in Galauniform standen. Die Damen zählten etwa fünfundzwanzig und trugen üppige, farbenprächtige Abendkleider, viele hielten auch Fächer in der Hand, um sich das Gesicht zu kühlen. Chinesische Diener in weißen Anzügen gingen mit Silbertabletts herum, auf denen sie kühlen Champagner und Kanapees anboten. Es brannten hundert oder mehr Petroleumlampen, die mit ihrem flackernden Licht die luftige Höhe der Decken unterstrichen. Draußen im Garten hingen noch einmal ebenso viele rosafarbene Papierlaternen in den Bäumen.

Was Wilson am meisten überraschte, war die heitere, entspannte Haltung der Gäste; sie schienen die Lage jenseits der Grundstücksmauer überhaupt nicht zu beachten.

Captain McCalla führte ihn zu Sir Claude MacDonald, dem britischen Botschafter. Wilson kannte seinen Ruf. Neben diesem stand der amerikanische Botschafter, Edwin Conger, ein imposanter, bärtiger Bürgerkriegsveteran und ehemaliger Kongressabgeordneter, dem Captain McCalla unterstellt war.

»Wie ich höre«, sagte Sir Claude bei der Begrüßung, »sind Sie der Grund, dass so viele unserer Soldaten hier sind, um uns zu schützen.« Er war ein glatt rasierter, soldatisch wirkender Mann von fünfunddreißig mit einem gezwirbelten Schnurrbart, der seitlich über die Ohren hinausragte. An der Brust hatte er nicht weniger als sechs Orden, einschließlich der Egypt Medal, und Königin Victorias Auszeichnung, die ihn als Botschafter auswies.

»Wir hatten Glück, dass wir durchgekommen sind«, erklärte Wilson beim Händeschütteln.

»Offenbar waren die Sandstürme um Tientsin abscheulich«, erzählte Sir Claude. »Ich hörte einen der Offiziere sagen, er werde noch eine Woche lang husten.«

»Der Sand war meine geringste Sorge«, erwiderte Wilson.

»Sie hätten sich bei uns ankündigen können«, meinte Conger, der mit seinem Yankee-Akzent völlig aus dem Rahmen fiel. Er gab Wilson einen sehr kräftigen Handschlag. »Dann hätten wir eine Riesenfeier für unsere Soldaten abhalten können.«

»Das ist kein Augenblick zum Feiern«, widersprach Wilson ernst.

»In den Briefen, die wir von General Gaselee und Admiral Seymour erhalten haben, werden Sie für Ihre Führung und Tüchtigkeit mit Lob überhäuft«, fügte Sir Claude hinzu. »Sie seien ein Geschenk des Himmels, nichts weniger.«

»Sie sind bescheiden«, erwiderte Wilson. »Wie alle Führer der Acht-Nationen-Allianz erkennen sie die Gefahr, die hier in der Luft liegt.«

»Und Sie teilen ihre Befürchtungen?«

»Für uns ist es in Peking jetzt gefährlicher als je zuvor«, erklärte Wilson. »Gefährlicher als an jedem anderen Ort der Welt, schätze ich.«

»Was hoffentlich stark übertrieben ist, doch wir sind zweifellos dankbar, dass Sie uns heute so viele Soldaten mitgebracht haben«, sagte Conger. »Ich gebe zu, es hat mich überrascht, dass Sie ungehindert nach Peking hineingelangen konnten. Das chinesische Außenministerium hat uns mitgeteilt, dass keine weiteren Truppen zugelassen werden.«

»Aber wir werden sie nicht wieder hergeben«, meinte Sir Claude lachend, »selbst wenn das Außenministerium es verlangen sollte, nicht wahr!«

Wilson ging auf seine Heiterkeit nicht ein. »Ich habe General Gaselee geraten, von jetzt an nicht mehr den Telegrafen zu benutzen, um vertrauliche Informationen zu übermitteln. Besonders nicht, wenn es um Truppenbewegungen geht.«

Conger rückte näher heran. »Sie vermuten falsches Spiel?«

»Vorsicht ist unbedingt geboten«, antwortete Wilson.

»Unsere Nachrichten können unmöglich abgefangen werden«, meinte Sir Claude abfällig. »Wir haben die weltbeste Technik hier in Peking. Die Chinesen sind ein rückständiges Volk. Wie die Boxer halten sie mehr von Aberglauben und Tamtam als von allem anderen. Sie glauben sogar, sie könnten Kugeln mit bloßen Händen auffangen, du lieber Himmel!«

»Sie haben von diesen Gerüchten gehört?«, fragte Wilson.

»Das weiß ganz Peking«, erzählte Conger. »Da gibt es einen Mann, den die Boxer den Meister nennen, und es heißt, dass viele diese unglaubliche Fähigkeit bei ihm bezeugen können. Einer meiner Hausdiener behauptet, es mit eigenen Augen gesehen zu haben.«

»Chinesische Taschenspielertricks«, meinte Sir Claude.

»Wie dem auch sei«, sagte Wilson, »die Pekinger sind unruhig. General Gaselee rät Ihnen, unverzüglich alle Ausländer in die Gesandtschaften zu bringen und außerdem alle unbedeutenden Tore des Gesandtschaftsviertels anständig zu blockieren und die militärische Verteidigung zu verstärken.«

Sir Claude hob seine Bruyèrepfeife an die Lippen, und ein Diener riss augenblicklich ein Streichholz an und zündete sie ihm an. Durch die aufsteigenden Rauchwölkchen sagte er: »Ich werde das mit den übrigen Botschaftern besprechen. Wissen Sie, das amüsanteste Ereignis heute war, dass die Russen – fünfundsiebzig haben Sie mitgebracht, wie ich höre – versehentlich ihren Neunpfünder in Tientsin gelassen haben, diese Idioten! Es freut mich aber, dass sie wenigstens an die Munition gedacht haben. Sie haben die Kisten den ganzen Weg hierher geschleppt. Doch leider haben wir jetzt kein einziges Geschütz für die Granaten! Das ist wirklich ein Witz!«

Conger musste unwillkürlich grinsen und verkniff es sich erst, als er Wilsons ernstes Gesicht sah. »Ich habe fünfundzwanzig zusätzliche Männer abgestellt, die unsere Botschaft Tag und Nacht bewachen. Ich habe auch die Gatling im Vorhof aufstellen lassen, die die Seesoldaten mitgebracht haben.«

»Ich bitte Sie, meine Herren!«, rief Sir Claude gut gelaunt aus. »Unsere Sorgen sind beseitigt! Die Krise ist abgewendet, und weitere Hilfe ist unterwegs. Dem Brief zufolge marschiert Admiral Seymour in diesem Moment mit zweitausend Mann und Nachschub gegen Peking, um unsere Lage zu verbessern. Die Chinesen wissen das und werden es nicht wagen, uns anzugreifen. Und Sie müssen bedenken, Mr. Dowling, die kaiserliche Garde ist auch hier, um uns zu schützen.«

»Die werden uns nicht verteidigen kommen«, widersprach Wilson nachdenklich. »Kaiser Kuang Hsu wurde abgesetzt, und die Kaiserinwitwe ist wieder an der Macht.«

»Sie wurde seit über zwanzig Jahren nicht gesehen!«, erwiderte Sir Claude selbstgefällig. »Sie versteckt sich hinter dem gelben Seidenvorhang. Die alte Frau würde es nicht wagen, uns die Stirn zu bieten.«

»Hören Sie auf mich, Exzellenz«, sagte Wilson. »Die Kaiserinwitwe wird uns keine Hilfe gewähren, wenn die Boxer angreifen. Das Außenministerium hat dieselbe Haltung zu verstehen gegeben. Wir sind auf uns allein gestellt und müssen wachsam sein. Wenn die Boxer die Mauer dieses Viertels durchbrechen, werden Sie Ihre Familie sterben sehen.«

»Machen Sie sich nicht lächerlich!«, schnaubte der Botschafter.

»Die Lage wird immer brisanter«, warnte Wilson. »Sie müssen auf alles gefasst sein. Bis Morgen vor Sonnenuntergang werden alle Bediensteten, die für westliche Ausländer arbeiten, kleine schwarz-rote Kärtchen bekommen haben, die ihnen sagen, dass sie Folter und Tod erwarten, wenn sie weiter für die fremden Teufel arbeiten.«

»Woher wollen Sie das wissen?«, fragte Conger.

Da Wilson die Frage erwartet hatte, antwortete er ohne Zögern: »Weil ich von meinen Spitzeln in China Nachricht erhalten habe. Die Lage spitzt sich zu.«

Sir Claude stieß eine Rauchwolke aus. »Ich glaube, das Schlimmste haben wir hinter uns«, beharrte er zuversichtlich. »Wie Conger schon sagte: Sie übertreiben. Unsere militärische Position ist so stark wie nie. Und wie Admiral Seymour schreibt, ist er in knapp zwei Wochen hier mit den neuesten Geschützen und den bestausgebildeten Soldaten, um die Souveränität der Gesandtschaften zu schützen.«

»Der Hass der Boxer ist nicht zu unterschätzen«, hielt Wilson ihm entgegen. »Und auch nicht die Größe ihrer Streitmacht. Sie haben zwanzig Jahre mit Dürren, Überschwemmungen, Hunger und Seuchen hinter sich – und uns geben sie die Schuld daran. In der ganzen Stadt, in ganz China hängen Plakate, auf denen steht, dass die Abendländer das Blut der Chinesen trinken und dass ihre Eisenbahnen die Geister der Erde beleidigt haben. Darum gebe es die Dürren, und darum sei ihr Lebensunterhalt vernichtet worden.«

»Aber das ist doch gar nicht wahr!«, dröhnte Sir Claude. »Diese Leute sind dumm. Wissen Sie, ich lebe hier schon über fünf Jahre und bin noch keinem Chinesen begegnet, der sich mit einem Briten vergleichen ließe.«

»Sie sollten Ihre Haltung ändern«, riet Wilson mit durchdringendem Blick. »Ihr Hass ist zügellos, ihre Zerstörungswut grenzenlos. Tag für Tag werden sie zum Aufruhr angestachelt, und wenn der Funke einmal übergesprungen ist, geht alles in die Luft.« Wilson hielt inne. Die besänftigenden Melodien von Strauß klangen im Hintergrund. »Wenn die britische Botschaft fällt, fallen alle. Sie könnten ein Held werden, wenn Sie die Verteidigung verstärken und alle britischen Bürger auf das Gelände rufen; wenn Sie aber gar nichts tun, setzen Sie alles aufs Spiel. In dieser Stunde werden in Shantung Missionare gefoltert und getötet, sogar Frauen und Kinder. Die chinesischen Christen teilen ihr Schicksal zu Tausenden. Bis zum Ende dieser Woche wird es in den Straßen Pekings zu ausländerfeindlichen Unruhen kommen. Aber Sie schwelgen in Selbstzufriedenheit. Sie müssen handeln, Exzellenz! Und zwar umgehend!«

Sir Claude war wie vom Donner gerührt. »Sie wagen es, so mit mir zu reden?«, empörte er sich dann. »Sie stehen in meinem Haus, Sir!«

Captain McCalla war von Wilsons Ausbruch sprachlos.

»Ich möchte Sie gern mit meiner Frau bekannt machen«, sagte Conger und schob Wilson hastig auf eine größere Gruppe in einer Ecke zu. »Sie möchte Ihnen persönlich danken, weil Sie uns zu Hilfe gekommen sind. Ah, gut, Baron von Ketteler ist auch dort, der deutsche Botschafter. Es lohnt sich, ihn kennenzulernen – ein toller Bursche, auf den man sich im Kampf verlassen kann.«

Wilson wusste genau, wer er war und was ihm in Kürze zustoßen würde. »Freut mich sehr, Baron«, sagte Wilson und gab ihm die Hand.

»Ihre Anwesenheit wird hier sehr begrüßt!«, meinte der Baron mit starkem deutschem Akzent. »Meine Leute setzen großes Vertrauen in Sie. Das ist ungewöhnlich – sie trauen sonst nur Deutschen!« Er lachte schallend.

Während sie so weiterscherzten, wanderten Wilsons Gedanken zu Randall Chen. Er stellte sich vor, wie es sein würde, ihn wiederzusehen. Der Boxeraufstand würde zusammenbrechen, sobald der Meister in der Gleichung fehlte. Leider dauerte es noch eine Weile, bis er sich mit seinem einstigen Schützling befassen konnte. Und die Gelegenheit ergäbe sich erst, wenn die Botschaften einem grimmigen, pausenlosen Ansturm standgehalten hätten.

»Das ist Polly Smith«, sagte Conger und stellte ihm eine hübsche junge Frau im blauen Ballkleid vor. »Sie ist die Nichte des Präsidenten des Obersten Bundesgerichts der Vereinigten Staaten.«

Sie wäre besser nicht hier, dachte Wilson.

»Das ist Wilson Dowling«, fuhr Conger fort. »Ein Australier und wie George Morrison ein Mann, der keine Angst hat, seine Meinung zu äußern. Er ist der oberste Berater von General Gaselee.«

»Freut mich, Sie kennenzulernen«, sagte Wilson und verbeugte sich höflich. »Was bringt Sie nach Peking, Miss Smith?«

»Das Abenteuer natürlich«, antwortete sie mit einem Funkeln in den Augen.

Wilson war nicht überrascht. Offenbar hatten diese behüteten Ausländer keine Ahnung, in welcher Gefahr sie schwebten. Es kam ihnen nicht in den Sinn, dass ihnen eine blutige Belagerung bevorstand. Die würde so sicher folgen wie die Nacht auf den Tag.

54.

Peking, China
Tatarenstadt
Britische Botschaft
20. Juni 1900
Ortszeit: 9.05 Uhr

Kurz nach neun Uhr machte sich Baron von Ketteler furchtlos mit einer Sänfte auf den Weg zum Außenministerium, um seine Beschwerden dem Minister persönlich vorzutragen. Er war vollkommen aufgebracht über das Treiben der Boxer und wollte das sofortige Einschreiten von höchster Stelle fordern. Wie Wilson wusste, würde er leider zehn Minuten, nachdem er die Sicherheit des Gesandtschaftsviertels verlassen hätte, von einem chinesischen Soldaten aus nächster Nähe erschossen werden. Das wäre der Beginn der Belagerung.

Wilson hatte in den letzten drei Wochen viele Stunden mit dem Baron verbracht, und darum fiel es ihm schwer, wortlos zuzusehen, wie er das Gelände verließ. Doch Wilson hatte keine andere Wahl, als die Geschichte ihren Lauf nehmen zu lassen. Der deutsche Botschafter wusste nicht viel von den chinesischen Sitten und behandelte die Einheimischen nach Wilsons Meinung wie Hunde, doch er war ein aufrechter Patriot und verdiente es nicht, auf diese Weise zu sterben.

Vor seiner Ankunft in Peking – bei seinen vielen Gesprächen mit Lieutenant-General Gaselee – hatte Wilson die Ereignisse genau vorausgesagt, auch die Ermordung des deutschen Botschafters. Damit hatte er eine bemerkenswerte Kenntnis der Zukunft bewiesen. Nachdem er Gaselee einen detaillierten Schlachtplan in einem versiegelten Umschlag überreicht hatte, informierte er den Kommandeur der alliierten Verbände, dass der Brief erst geöffnet werden dürfe, wenn die Nachricht vom tragischen Tod des Barons eingetroffen sei.

Mit der Erfüllung seines Schicksals wäre die Geschichte wieder im rechten Gleis. Wilson war stark beunruhigt, da Seymours Einsatztruppen entgegen den Angaben im Auftragstext Peking in der Woche zuvor nicht erreicht hatten. Boxerverbände hatten die Eisenbahnlinie zwischen Tientsin und Peking unterbrochen und Seymours Vormarsch aufgehalten. Mit der Lokomotive im Rückwärtsgang hatte er den Rückzug versucht, doch die Boxer sprengten hinter ihm die Schienen. Später erfuhr man, dass Seymour unter schweren Angriffen der gut bewaffneten Boxer gezwungen gewesen war, zu Fuß bis zum Peiho zu fliehen. Er bekam darauf den Spitznamen Admiral Seen-no-more, was so viel hieß wie: Wurde-nicht-mehr-gesehen.

Nach dem Auftragstext, den Wilson gelesen hatte, sollte Seymour dringend benötigte Soldaten und Nachschub bringen; insofern waren die Ereignisse alarmierend abgewichen. Wilson forschte nach und erfuhr, dass Sir Claude sich Seymours Truppenzahlen und seine Ankunftszeit hatte telegrafieren lassen, damit er für Unterkunft und Verpflegung sorgen könne. Die Nachricht musste von den Boxern abgehört worden sein.

Diese unverforene Missachtung seiner Empfehlungen trübte seine Beziehung zu dem Botschafter. Als Konsequenz ließ Wilson den Telegrafen entfernen und Edwin Conger zur Aufbewahrung geben. Der Amerikaner verstand wenigstens den Ernst der Lage und schwor, ihn nur strategisch zur Irreführung des Gegners zu benutzen.

Sir Claude tobte, als er feststellte, was Wilson getan hatte, und es kam zu einem lautstarken Streit, der von Edwin Conger und George Morrison, einem australischen Journalisten der *Times*, geschlichtet werden musste.

Von dem scharfsinnigen Morrison war Wilson besonders angetan. Sein Landsmann war siebenunddreißig Jahre alt, sprach fließend Mandarin, kannte jeden und schien mehr um das Wohlergehen der christlichen Chinesen besorgt zu sein als um alle anderen, denn er benutzte seinen ganzen Einfluss, damit sie im Gesandtschaftsviertel Zuflucht erhielten. Sein lebhafter Verstand war eine Wohltat, und Wilson musste zugeben, dass er seine Gesellschaft selbst unter diesen düsteren Umständen genoss.

Seit über einer Woche konnte man die Boxer nachts »Sha! Sha! Sha!« schreien hören – »Töte! Töte! Töte!«. Unnötig zu sagen, dass dies für jeden zermürbend war. Dennoch war mit dem Ausbau der Verteidigungsanlagen erst vor vier Tagen begonnen worden, als furchtbare Schreie durch die Tatarenstadt gellten. Die Boxer jagten und erschlugen jeden Chinesen, der mit den Ausländern in Verbindung stand, metzelten sie auf der Straße nieder, hackten sie brutal in Stücke. Was von ihnen übrig war, warfen sie in die Gesandtschaftsstraße, damit sie in der Sonne verwesten und von den Mauern der Botschaften von allen gesehen wurden.

Vor drei Tagen hatten die Boxer angefangen, Häuser und Läden in Brand zu stecken, die mit den Abendländern in Verbindung gebracht werden konnten. Über der Stadt konnte man Hunderte Brände lodern sehen, die gelbroten Flammen züngelten in den Nachthimmel. Auch die amerikanischen Missionen und Waisenhäuser brannten, desgleichen die Kirchen. Alle Waisen und die Nonnen, die die Kinder zu schützen versuchten, wurden gnadenlos niedergestochen.

George Morrison schilderte voller Entsetzen, was er gesehen hatte, während er mit einigen Royal Marines unterwegs gewesen war, um ein paar verstreute chinesische Christen zu retten. »Frauen und Kinder wurden in Stücke gehauen, Männer aufgehängt wie Federvieh, nachdem man ihnen Nase und Ohren abgeschnitten und die Augen ausgestochen hatte. Es war grauenvoll.«

Wilson schämte sich, zur Menschheit zu gehören, als er sich anhörte, was die Boxer ihren Landsleuten antaten, ganz zu schweigen von den Gräueln gegen Frauen und Kinder.

Das hat Randall zu verantworten, wurde Wilson klar, während er die Schreie der Vergewaltigten und Gefolterten mit anhörte. Er wurde jeden Augenblick wütender, so sehr er sich auch zwang, ruhig zu bleiben.

Zwei Tage zuvor hatte das Außenministerium an jeden Botschafter einen roten Umschlag geschickt. Darin hieß es, allen Ausländern werde sicheres Geleit nach Taku gewährt, wenn sie die Waffen abgeben und Peking innerhalb von vierundzwanzig Stunden verlassen würden. Wilson hatte die Botschafter schon auf dieses Angebot vorbereitet und eindringlich gewarnt, darauf einzugehen; sie würden auf offener Straße massakriert werden. Folglich lehnten sie ab.

Daraufhin erklärte Cixi den acht Großmächten den Krieg. »Mit Tränen in den Augen verkünden wir in den Heiligtümern unserer Ahnen den Ausbruch des Krieges«, hieß es in der kaiserlichen Verlautbarung.

Fast fünftausend Menschen aus achtzehn Nationen saßen hinter den Mauern des Botschaftsviertels fest: knapp fünfhundert Zivilisten, gut vierhundert Angehörige des Militärs und über viertausend chinesische Christen. Unter den Zivilisten befanden sich 149 Frauen und 79 Kinder. Es gab fünf Brunnen, die ausreichend Wasser hergaben, und Nahrungsmittel, die fürs Erste reichen würden, darunter einen guten Vorrat an Weizen, Mais und Reis, außerdem zahlreiche Pferde, die geschlachtet werden konnten. Munition dagegen würde eventuell knapp werden, denn die acht Gesandtschaften benutzten unterschiedliche Waffen, sodass man sich nicht gegenseitig aushelfen konnte. Sie hatten nur eine Kanone, einen italienischen Einpfünder und drei Maschinengewehre. Dagegen standen dem Feind zahllose russische Geschütze und Tausende chinesischer Raketen zur Verfügung.

Kaiserin Cixi gebot über 300 000 Soldaten in und um Peking, denn die Boxer waren inzwischen per Dekret den Regierungstruppen angegliedert worden. Sie erhielten seitdem Sold und Verpflegung.

Nachdem Baron von Ketteler erschossen worden war, griffen die Boxer in Wellen die Haupttore der Gesandtschaften an. Die Verteidiger mussten so schnell hintereinander feuern, dass ihre Läufe glühten und die Schützen sich ernsthafte Verbrennungen zuzogen. Doch die Zahl der Toten außerhalb der Mauer stieg an, Millionen von Schmeißfliegen surrten herum.

Die erhöhten Punkte des Geländes wurden rund um die Uhr von Soldaten bemannt. Die höchsten Gebäude, einschließlich der Residenz des Botschafters, waren von innen mit Sandsäcken verstärkt worden, und man hatte dort Geschütze in Stellung gebracht. Die Frau des britischen Botschafters und zwei hübsche Töchter, die erst sieben und fünf Jahre alt waren, wurden zu ihrem Schutz in den Keller geschickt.

Zusammen mit George Morrison war Wilson imstande, Sir Claude, der von den übrigen Botschaftern zum Kommandeur bestimmt worden war, diskret die Hand zu führen, denn sein Landsmann verstand sich darauf, bei anderen Vertrauen zu erzeugen. Zwar hielt er Sir Claude für einen, wie er sich ausdrückte, Mann mit Halbbildung und ohne Verstand, Gedächtnis oder Urteilskraft, meinte aber, dass es bei ihm zum Kommandeur wohl reichen werde.

Trotz dieser Ansicht gelang ihm ein freundschaftlicher Umgang mit dem Botschafter, der infolgedessen Wilsons Verteidigungsstrategie nicht mehr behinderte. Auf den Straßen und Gassen waren Barrikaden aus Ziegelsteinen errichtet und mit Soldaten besetzt worden, die ihr Bestes taten, um die Boxer aufzuhalten.

Der Kampf würde pausenlos geführt werden, das wusste Wilson, und selbst er staunte über das Ausmaß. Es hatte den Anschein, als würden die Boxer nicht eher aufhören, bis der letzte Christ und Ausländer in Peking niedergemetzelt und alle Botschaften zerstört wären.

55.

PEKING, CHINA
TATARENSTADT
FRANZÖSISCHE BOTSCHAFT
22. JUNI 1900
ORTSZEIT: 8.45 UHR

Während der ersten achtundvierzig Stunden griffen die Boxer zu Tausenden an, ohne Rücksicht auf das eigene Leben. Ihre Verluste waren kolossal, doch im Lauf der Nacht konnten sie an Boden gewinnen. Auch die Verluste der Verteidiger stiegen an, hauptsächlich durch den pausenlosen Artilleriebeschuss und die Raketenangriffe. Gott sei Dank war es den Chinesen wegen der engen Straßen nicht möglich, Granaten und Raketen direkt in die Botschaften zu schießen, sodass sie sich zumeist begnügen mussten, auf die Außenmauern zu zielen. Und so schnell, wie sie Löcher hineinschossen, so schnell zogen ihre christlichen Landsleute von innen mit Ziegeln und Mörtel ein neues Mauerstück hoch.

Wilson stand mit Sir Claude und Morrison auf der Südostmauer der französischen Botschaft und schaute über das Gelände der Italiener, das in Flammen stand. Nach Norden zu sah man eine Feuerwand; dort brannten die Zollgebäude.

»Wenigstens muss ich keinen Zoll mehr für die Möbel bezahlen, die für mich von Hongkong gekommen sind«, murmelte Morrison. »Welche Erleichterung.«

Wilson blickte ringsherum zu den Verteidigern; sie wirkten panisch: Erwachsene Männer weinten, rannten ziellos umher und hatten allen Sinn für Disziplin verloren.

»Die französische Botschaft wird nicht standhalten«, sagte

Wilson schließlich. »Wir müssen die überlebenden Italiener und die Franzosen dort an dieser Mauer entlang verteilen.« Er zeigte hinter sich zur deutschen Gesandtschaft. »Sonst haben wir keine Chance.«

»Das wird den Franzosen nicht gefallen«, meinte Sir Claude. »Das ist französischer Boden.«

»Dann bleibt ihnen nur übrig, hier zu sterben«, erwiderte Wilson. »Sobald das Feuer heruntergebrannt ist, werden die Boxer in noch größerer Zahl angreifen. Die Gatling sollte von der amerikanischen Botschaft zur deutschen gebracht und auf der Mauer postiert werden.« Er zeigte auf eine erhöhte Kanzel, die wegen des steilen Winkels von der Artillerie nicht leicht zu treffen sein würde. »Wenn wir das Gelände im Südosten halten wollen, müssen wir uns ein Stück zurückziehen.«

»Sind Sie sicher, dass wir die Mauer nicht halten können?«, fragte Morrison.

»Wir müssen uns zurückziehen«, bekräftige Wilson. »Die deutsche Botschaft ist höher und stärker – und das französische Grundstück ist übersichtlicher, das wird unser Vorteil sein. Wenn wir hierbleiben, verlieren wir Leute bei einem nutzlosen Kampf, die uns dann bei der Verteidigung der deutschen Botschaft fehlen.«

Von weitem drang das skandierende »Sha! Sha! Sha!« durch das Fauchen und Prasseln des Feuers. Wilson beobachtete, wie die vielen Rauchwolken in der heißen Luft wogten. Der auffrischende Wind trieb sie über die Stadt.

»Das wird ein schrecklicher Tag, und die Nacht nicht minder«, meinte er.

»Ich habe Sie das zwar schon einmal gefragt«, sagte Morrison, »aber wieso sind Sie sich bei allem so sicher? Sie klingen immer, als könnten Sie in die Zukunft sehen.«

»Ja«, bekräftigte Sir Claude. »Woher haben Sie eigentlich Ihr Wissen?«

»Ich berate Sie genau nach den Anweisungen von General

Gaselee«, antwortete Wilson. »Das ist nicht meine Weisheit, sondern seine.«

»Aber dann würde er doch hier stehen und den Ruhm selbst einstreichen«, scherzte Morrison. »Nun ja, offensichtlich ist er viel zu beschäftigt damit, Admiral Seymour zu beraten.«

Wilson ließ sich auf Witzeleien nicht ein. »Die Situation ist grausig, und wir müssen auf das Wesentliche konzentriert bleiben. Das Wichtigste ist, die Kampfmoral der Verteidigung zu stärken. Für Angst ist kein Platz in solch einer Lage. Sorgen Sie für eine angemessene Ablösung, damit die Leute frisch bleiben, und uns darf nirgendwo die Munition ausgehen. Denn wenn das passiert, werden wir mühelos überrannt.«

»Ich habe schon Befehl gegeben, dass Männer und Waffen jederzeit in der Lage sein müssen, den Standort zu wechseln«, sagte Sir Claude. »Alle wissen, wie ernst es steht.«

In der Ferne feuerten schwere Geschütze, dann folgte das typische Pfeifen von Granaten. Sie flogen auf die französische Botschaft zu. Sir Claude und Morrison warfen sich zu Boden, ebenso alle anderen Männer auf der Mauer – nur Wilson blieb stehen, um die Flugbahn des Geschosses zu verfolgen. Er konnte sich von dem Anblick nicht losreißen. Der Luftzug der Granate zerzauste ihm die Haare, als sie nur knapp entfernt an ihm vorbeisauste.

Morrison griff nach oben und zerrte Wilson auf die Steine. In dem Moment landete das Geschoss auf dem Grundstück neben ihnen und explodierte mit donnerndem Knall.

»Sind Sie verrückt?«, brüllte Sir Claude.

Wilson stand auf und klopfte sich den Staub ab. »Das Nachbargrundstück ist groß und kann ohne Schwierigkeiten bombardiert werden. Noch ein Grund, den Standort zu wechseln.«

»Möchten Sie gern sterben?«, fragte Sir Claude aufgebracht. »Sie haben zugeguckt, wie die Granate auf Sie zuflog! Sie hätte schon im Flug explodieren können, müssen Sie wissen!«

»Wir waren nicht in Gefahr«, widersprach Wilson ruhig.

»Woher wollen Sie das denn wissen?«, schrie der Botschafter erbost.

Die Boxer sammelten sich bereits zu einem Angriff auf das Haupttor, als der Beschuss abflaute. »Kommen Sie«, sagte Morrison auf die Leiter zeigend, »wir sollten weg, bevor wir hier womöglich gleich festsitzen.« Und er schrie in Französisch den Soldaten zu: »Rückzug! Alle Mann zur Mauer der deutschen Botschaft!«

Wilson sah zu, wie Sir Claude und die französischen Soldaten hastig die Leitern herunterrutschten, und überquerte dann rennend das Botschaftsgelände. Die erste Schar von Boxern stürmte auf das Haupttor zu, ihre weißen Anzüge und roten Kopfbänder sorgten für ein buntes Bild. Mit Macheten und Speeren bewaffnet liefen sie aus vollem Halse schreiend durch die verkohlten Reste der italienischen Botschaft, die der französischen vorgelagert war. Die Kanonen feuerten weiter, und Wilson konnte den Rauchschweif der Geschosse sehen, die auf die Gesandtschaften zuflogen.

Er stand da voller Wut und Frustration über die Situation. So viele Menschen starben für nichts und wieder nichts.

Eine unregelmäßig geformte Granate sauste in kurviger Flugbahn heran. Wilson beobachtete sie wachsam. Plötzlich explodierte das Ding mitten in der Luft. Die Hitze traf Wilson im Gesicht, die Druckwelle katapultierte ihn von der fünf Meter hohen Mauer.

In diesem Augenblick erinnerte sich Wilson, wie er in der Transportkapsel und das Mercury-Team hinter der bombensicheren Scheibe des Kontrollraums standen. Jasper war da gewesen und Minerva auch. GM hatte gefehlt, weil er vermutlich zu schwach gewesen war.

Fast sechs Wochen hatte Wilson mit dem Transport gewartet. In dieser Zeit hatte er mit Le Dan gelernt, meditiert, trainiert, bis er sich bereit fühlte. Am Schluss war er noch aufgeregter gewesen als beim ersten Mal; er wusste genau, was er durchzustehen hatte, wenn die Laser auf ihn feuerten. Die Schmerzen waren unerträglich und verhießen zugleich eine perverse Freude, weil er wusste, dass er seinem prosaischen, gequälten Leben entkommen würde. Dann folgte das eigentümliche Gefühl, durch die Zeit geschmiert zu werden, und dann wurde er bei gleißender Helligkeit und überhitztem Rauch in den Ruinen von Machu Picchu rekonstruiert.

Wilson landete auf der anderen Seite der Mauer flach auf dem Rücken. Der Aufprall trieb ihm die Luft aus der Lunge, doch er blieb bei Bewusstsein und japste nach Atem. Es fühlte sich an, als wären sämtliche Rippen gebrochen. Er hustete abgehackt und bekam kaum Luft.

Sekunden später beugte sich Morrison über ihn, um festzustellen, ob er noch lebte. Wilsons Gesicht war verbrannt, seine Kleidung rauchte. Der Journalist redete mit ihm, doch Wilson konnte kein Wort hören.

»Aktiviere Nachtigall«, flüsterte Wilson, und der Heilungsprozess setzte ein. Sofort ließen die Schmerzen nach, er konnte normal atmen, und der Kampflärm füllte von Neuem seine Ohren. Er drehte sich auf die Seite und wollte aufstehen, doch Morrison hielt ihn fest.

»Bleiben Sie liegen!«, sagte er aufgeregt. »Ich rufe nach einer Trage!«

Wilson schob seinen Arm weg. »Ist nicht nötig«, brummte er und richtete sich langsam auf. Sein Blick wanderte die hohe Mauer hinauf. »Mann, Scheiße«, sagte er. »Das war ein langer Weg nach unten.« Behutsam und ein wenig desorientiert kam er auf die Füße.

»Ein Wunder, dass Sie das überlebt haben«, sagte Morrison noch völlig entsetzt und stützte ihn unter den Achseln, um mit ihm auf das Botschaftsgelände der Deutschen zurückzukehren.

Augenblicke darauf drangen die Boxer schreiend durch das Tor auf das französische Gelände vor. In ihrer Raserei wandte sich die Meute einem toten französischen Soldaten zu, der in der Nähe des Tores lag. Mit den Speeren und Macheten hackten sie ihn in kleinste Stücke, dass das Blut nach allen Seiten spritzte.

Auf den deutschen Mauern waren die Schützen bereit, ebenso am Tor, für den Fall, dass die Boxer durchbrachen. Die ersten Schüsse gingen über die Köpfe von Wilson und Morrison hinweg, die auf den Spalt der Torflügel zurannten. Eine Reihe Boxer fiel, doch sie rückten zu Hunderten nach. Eine zweite Gewehrsalve wurde abgefeuert, und weitere fünfzig Boxer stürzten tot oder verwundet zu Boden.

Morrison zog Wilson durch den Spalt, der sofort hinter ihnen geschlossen wurde. Hunderte der Konvertiten machten sich schleunigst daran, eine Ziegelmauer hochzuziehen, um das Tor gegen Granatbeschuss zu verstärken.

Wilson setzte sich mit Morrisons Hilfe an der Mauer nieder und ließ ihn seine Verbrennungen im Gesicht begutachten. »Wie haben Sie das bloß überlebt?«, fragte Morrison. »Allein die Explosion hätte Sie umbringen müssen.«

Wilson lehnte den Kopf an die Mauer. »Es sah schlimmer aus, als es war.«

»Es sah entsetzlich aus«, erwiderte Morrison. »Sie wurden mehr als drei Meter weit durch die Luft geschleudert, ehe Sie überhaupt wieder in Bodennähe kamen!«

Wilson rang sich ein Grinsen ab. »Bin offenbar ein Glückspilz, hm?«

»Das können Sie laut sagen.«

»Sorgen Sie einfach dafür, dass uns die Munition nicht ausgeht, George. Das passiert leicht«, sagte Wilson und schloss die Augen. »Sagen Sie Sir Claude, er soll permanent Wache halten lassen. Und kein einziger Schuss darf vergeudet werden.«

»Werden Sie hier zurechtkommen?«, fragte Morrison.

Wilson hielt zitternd den Daumen hoch. »Lassen Sie mir einen Moment Zeit, dann geht's mir schon wieder besser.«

56.

Peking, China
Tatarenstadt
Russische Botschaft
10. Juli 1900
Ortszeit: 11.04 Uhr

Als Wilson sah, dass der Himmel über den Yanshan-Bergen dunkler wurde, war er erleichtert und bekam zugleich Angst. Der Zeitpunkt, an dem er Randall gegenübertreten würde, rückte näher. Es war jetzt wichtig, bis zum frühen Abend positiv zu denken und konzentriert zu bleiben.

Seit drei Wochen und rund um die Uhr hielt nun der Kampf um die Pekinger Botschaften bereits an. Während der ersten Woche rückten die Boxer ein beträchtliches Stück vor, indem sie permanent die Haupttore und Straßeneingänge angriffen, doch sie wurden durchweg aufgehalten, weil die Verteidiger ausgezeichnete Schützen waren und weil sich auf den Straßen die Leichen türmten. Zum Äußersten entschlossen, steckten die Boxer schließlich den Mongolenmarkt und die Hanlin-Bibliothek in Brand, die beide an die deutsche Botschaft grenzten. Die Feuer gerieten außer Kontrolle, der Rauch war quälend, doch die Flammen griffen nicht auf das Botschaftsgelände über.

In der zweiten Woche gelangte das Gerücht zu ihnen, der Meister persönlich streife draußen umher und sei an einem Angriff auf das westliche Ende der Gesandtschaftsstraße beteiligt gewesen. Zum Glück für die Verteidiger war dort die Gatling, das amerikanische Maschinengewehr, postiert, und der Vormarsch der Boxer konnte damit gestoppt werden. Am Tag nach diesem missglückten Angriff wurden die Boxer plötzlich erfinderisch. Sie fingen an, die Grundstücksmauern zu untergraben und mit Dynamit zu füllen. Die schweren Explosionen erzeugten große Angst bei den Alliierten. Doch die eigentliche Gefahr drohte von den Boxerhorden auf den Straßen, die das Gelände stürmen würden, sobald die erste Bresche gesprengt war. Mit Wilsons Hilfe verstanden sich die Alliierten immer besser darauf, die Truppenbewegungen der Boxer zu deuten, verlegten ihre Verteidigungsposten und schlugen jeden Angriff zurück.

In der letzten Woche wechselten die Boxer erneut die Taktik und kämpften wieder konservativ. Sie bauten hölzerne Schützenstellungen und stellten sie am Ende jeder Straße auf. So rückten sie mit ihren Barrikaden Stück für Stück vor, manchmal nur wenige Meter, indem sie sie mit unermüdlicher Energie zerlegten und wieder zusammensetzten. Die langsame Einschnürung des Gesandtschaftsviertels und die Zahlenstärke der Boxer kam schließlich zum Tragen, und sie gewannen die Oberhand.

Selbst Wilson machte sich allmählich Sorgen, doch zum Glück verbesserten sich die Chancen der Verteidiger, als sie eine halb verschüttete britische Kanone in einer verwahrlosten Gießerei entdeckten. Sie war während des zweiten Opiumkrieges dorthin gebracht worden, vierzig Jahre zuvor. Sie wurde von zwei Seesoldaten der Amerikaner gereinigt und auf eine italienische Lafette gebunden. Zufällig passten die russischen Granaten, die sie von Tientsin mitgebracht hatten, perfekt in den Lauf, und damit besaßen die Alliierten endlich eine Waffe, die die heranrückenden Boxerbarrikaden mühelos dezimieren konnte. Die »internationale Kanone«, wie sie später genannt wurde, war der Stolz der Verteidiger und richtete furchtbare Verwüstungen an, wenn man damit auf kurze Entfernung feuerte.

Wilson drückte sich mit dem Rücken gegen den Wall von Sandsäcken, bevor er einen raschen Blick zu den Boxerstellungen am Straßenende wagte. In der stickigen Luft hing ein widerwärtiger Leichengestank, und Wilson schätzte, dass mindestens hundert tote Chinesen in der Sonne lagen.

Morrison lud sein Gewehr und blickte über den Lauf die Straße entlang. Neben ihm kauerten zehn Soldaten und zwei Zivilisten, jeder mit einem Gewehr. Alle paar Sekunden hörte man gedämpften Kanonendonner. Chinesische Kinder flitzten zwischen den Linien der Verteidiger hin und her und brachten Patronen. Die Männer waren müde und schmutzig, viele blutverschmiert, einige bandagiert. Die Augen waren eingesunken vom Schlafmangel, und zu allem Überfluss hatte sich die Ruhr unter ihnen ausgebreitet.

Wilson legte Morrison eine Hand auf die Schulter. »Es wird heute Nachmittag heftig regnen«, sagte er.

»Das wäre fantastisch«, meinte der Journalist und wischte sich den Schweiß von der Stirn. »Die Hitze ist erdrückend.«

»Es wird gießen wie aus Eimern. Der Jadekanal wird sich in einen Strom verwandeln und die Straßen in ein Schlammbad. Ich denke, solange der Sturm über der Stadt hängt, werden die Boxer nicht angreifen.«

Morrison blickte nach Norden, wo der Himmel dunkel geworden war. »Ein bisschen Abkühlung wäre eine willkommene Überraschung.«

»Die Botschaften werden standhalten, George, egal, was die Boxer auf uns schleudern«, sagte Wilson. »Wir müssen nur wachsam und optimistisch bleiben.«

»Manchmal frage ich mich, ob dieser Wahnsinn jemals aufhört. Aber bisher ist alles so gekommen, wie Sie gesagt haben. Warum also widersprechen?«

»Die Entsatztruppen werden kommen. Wir brauchen nur so lange auszuhalten.« Wilson wollte ihm zu gern erzählen, dass er das Gesandtschaftsviertel am frühen Abend verlassen würde, doch ihm war klar, dass das unklug wäre – George würde es auch gar nicht verstehen. »Ich werde mal aufs deutsche Gelände gehen«, sagte Wilson. »Die haben sich dort Sorgen gemacht, dass die Grundstücksmauer schwächer wird. Ich komme sofort zurück und melde meine Erkenntnisse Sir Claude.«

In der Nähe wurden Kanonen abgefeuert, und er hörte die Granaten durch die Luft pfeifen.

Morrison nickte. »Ich bin hier, wenn Sie mich brauchen.« Er visierte erneut und fügte dann leise lachend hinzu: »Und sorge dafür, dass wir die Oberhand behalten.«

»Wir können und werden standhalten, bis Verstärkung kommt«, versprach Wilson noch einmal. »Also nie den Mut verlieren, egal, was kommt.«

»Und Sie verhalten sich vorsichtig«, befahl Morrison, ohne aufzublicken. »Keine Heldentaten mehr, klar? Und wenn die Verstärkung endlich da ist, werden wir uns einen wohlverdienten Schluck genehmigen.«

57.

Peking, China
Tatarenstadt
Britische Botschaft
10. Juli 1900
Ortszeit: 18.04 Uhr

Bei strömendem Regen und dem grellen Licht ständiger Blitze zog sich Wilson an der Nordmauer der britischen Gesandtschaft hinauf. Der Wind wirbelte durch die Baumkronen und brach den Ast einer großen Pinie ab, der knackend neben ihm auf die Mauer schlug. In dem prasselnden Regen konnte Wilson nur ein paar Schritte weit sehen. Er lief auf der Mauer entlang, warf sein Seil auf der anderen Seite hinab und landete schließlich in knöcheltiefem Morast.

Es donnerte, und Wilson überlief ein Schauder.

Er zog sich die Kapuze seines Regenmantels über den Kopf und stapfte durch den klebrigen Matsch auf die Boxerbarrikade zu, die bislang nur als ferner Schatten erschien. In seiner Hose steckte ein Colt, den Captain McCalla ihm gegeben hatte, auf dem Rücken trug er ein chinesisches Kurzschwert aus Sir Claudes Sammlung von Geschenken, die er von chinesischen Würdenträgern bekommen hatte. An seinem Griff hing ein aufgerolltes Seil, an dem ein Haken befestigt war. Wilson ging an einem Leichenhaufen vorbei; es waren mindestens zwanzig Tote, die mitten auf der Gasse lagen. Ob es Boxer oder chinesische Konvertiten waren, konnte er nicht erkennen. Dann stieg er durch die verlassene Barrikade, die aus zwei umgekippten Karren und Sandsäcken bestand, und lief weiter durch die Gasse.

Er passierte eine leere Seitenstraße und gelangte zur Mauer der Kaiserstadt. Dort schleuderte er das Seil mit dem Haken in die Höhe, während ihm der Regen ins Gesicht schlug. Beim siebten Versuch gelang es endlich, und der Haken verfing sich. Wilson zog sich mühelos auf die Mauer, um sich auf der anderen Seite hinunterzulassen.

Jetzt war er seinem Ziel einen Schritt näher.

Es war unwahrscheinlich, hier einer Boxerpatrouille in die Arme zu laufen, trotzdem eilte er geduckt durch die Gasse, die hinter den chinesischen Prachtbauten und Gärten verlief. Der Himmel war fast schwarz, sodass wenig zu erkennen war, und der brausende Sturm machte es unmöglich, etwas anderes zu hören.

Es waren noch etwa achthundert Meter bis zur Mauer der Verbotenen Stadt. Als es blitzte, glaubte er, die Umrisse der imposanten Bauten zu erkennen, doch wahrscheinlich hatte er sich getäuscht. Nachdem er sich kurz verlaufen hatte, fand er schließlich den Weg zum breiten Graben, der die Verbotene Stadt umgab. Der Regen peitschte das Wasser auf. Wilson sah auf die Uhr; es blieb nicht mehr viel Zeit. Er versteckte sich neben der Zufahrt und wartete. Gleich würden die Wagen vom Schlachthaus aus dem Regen auftauchen.

Es herrschte so düsteres Licht und der Regen war so laut, dass Wilson den ersten Wagen erst bemerkte, als er fast neben ihm war. Als der zweite Wagen vorbeirollte, kroch er aus dem Gebüsch hervor unter das Fahrgestell und hielt sich mit steifem Körper an den beiden Achsen fest. Einen Moment lang erleuchtete ein Blitz die ganze Szene, und Wilson betete, es möge ihn niemand entdecken.

Blut und Wasser sammelte sich auf der Ladefläche zwischen den toten Rindern und sickerte bei jedem Schaukeln durch die Bretterritzen. Alle paar Augenblicke tropfte ihm die Brühe ins Gesicht und auf die Kleidung.

Die Fleischkarren überquerten die Brücke, die den Graben

überspannte, und rumpelten in das Östliche Blütentor. Genau gegenüber lag das Westliche Blütentor, durch das Randall Chen vor vierzig Jahren geflüchtet war. Der Lieferant beschwerte sich bei einem der Wächter lautstark über das Wetter, die Antwort war kurzes Gelächter.

Ein paar Donnerschläge krachten, während die Karren durch den Torweg fuhren. Wilson sah die Beine von Eunuchen und Palastwachen, die dort vor dem Wetter Zuflucht gesucht hatten. Dann begannen Eunuchen, die Blutspur aufzuwischen, die die Wagen auf dem Granitpflaster hinterließen. Wilson wagte kaum zu atmen; ihre Wischmopps kamen ihm gefährlich nahe.

Die Pferde trappelten langsam durch den langen Torweg und gelangten wieder ins Freie und den strömenden Regen, passierten eine schmale Brücke und einen weiteren Torweg, der in den östlichen Bezirk der Verbotenen Stadt führte.

Alles lief genau nach Plan.

Während Wilson über den Hof rannte, sah er erfreut, dass die imposante rote Tür mit den einundachtzig goldenen Beschlägen nur angelehnt war. Dem Auftragstext zufolge hatte dieser eine Türrahmen die Angewohnheit, bei feuchtem Wetter zu klemmen, weshalb die Palastdiener die Tür dann offen ließen. Wenn sie es nicht taten, konnte sie mitunter eine Woche lang nicht geöffnet werden, so stark quoll das Holz auf.

Dahinter lag der Hof der Höchsten Harmonie, der heiligste aller zeremoniellen Plätze der Verbotenen Stadt.

Als Wilson den Kopf durch den Spalt steckte, blickte er in die Gesichter von zwei Palastwachen, die vor dem Regen unter das Vordach geflüchtet waren. Sie kippten vor Schreck fast um.

Wilson schoss die Erinnerung an sein Training mit Le Dan durch den Kopf. Der Shaolin-Meister hatte die bizarre Geschichte vom geheimen Auftrag des Esra-Buches gelassen aufgenommen. »Ich wusste, Sie haben etwas an sich, das für mich schwer zu durchschauen war«, hatte Le Dan ruhig lächelnd gesagt. »Dass Sie ein Zeitreisender sind, hätte ich nicht erwartet. Aber ich bin froh, dass mein Verstand nicht getrübt ist.«

Wilson hatte zehn Stunden pro Tag trainiert – und am Abend den Selbstheilungsprozess in Gang gesetzt. Unter Le Dans fachmännischer Anleitung hatte er in der Kampfkunst enorme Fortschritte gemacht. Aber natürlich hatte er nicht alle hundertacht Bewegungen der Holzpuppe schaffen können. Das würde viele Jahre erfordern, selbst mit seinem außerordentlichen Lernvermögen.

»Um eine Herausforderung zu bestehen, muss ein Mann Einschätzungen vornehmen«, hatte Le Dan erklärt. »Der Besiegte ist der Mann, der nicht alles bedacht hat. Alles bedacht zu haben bringt den Sieg. Wer etwas nicht bedenkt, unterliegt.«

Wilson riss das Schwert aus der Scheide und flog auf die zwei Wachen zu, ehe sie selbst blankziehen konnten. Ihn überkam ein Gefühl der totalen Aggression. Mit einem gedämpften Schrei hieb er die Klinge durch den Hals des einen, um sie dem anderen dann in die Brust zu stoßen. Als er sie herauszog, zitterte er und fühlte sich von seinen Emotionen abgekoppelt.

Er drückte die knarrende Tür zu, legte den Riegel vor und rannte durch den Regen über den überfluteten Platz. Er befand sich jetzt am heiligsten Ort von ganz China, dem Zentrum chinesischer Herrschaft seit fünfhundert Jahren.

Als es blitzte, wurde Wilson ein erstaunlicher Anblick zuteil: Von drei gestuften Terrassen ergossen sich zahllose Sturzbäche aus den Mäulern Hunderter marmorner Drachenköpfe, die die Balustraden zierten. Wilson zog sich die Kapuze herunter und schlich die Marmorrampe hinauf.

Der schwache Umriss der Halle der Höchsten Harmonie schälte sich aus dem Regendunst. Wilson staunte über die Kunstfertigkeit und lebendige Ausstrahlung der kaiserlichen Bauten. Durch die hohen Fenster drang Lichtschein, und Wilson meinte zu spüren, dass Randall Chen dort drinnen war.

Während er auf den mittleren Eingang zuhielt, steckte er das Schwert in die Scheide und zog den Revolver aus dem Gürtel. Mit dem Fuß stieß er die Tür auf. Er trat aus dem prasselnden Regen in die Stille der Halle und stand fünfzehn Meter von Randall Chen entfernt. Ein wenig weiter weg sah er Kaiserin Cixi.

Randall wirkte nicht überrascht, er schien den Besucher erwartet zu haben. Die Kaiserin dagegen war sichtlich erschrocken von seinem Eindringen und wich einen Schritt zurück.

»Mein Weg hierher war nervenaufreibend und gefährlich«, sagte Wilson vor Nässe triefend und zielte auf Randalls Brust.

»Wir haben uns lange nicht gesehen«, stellte Randall fest. Behutsam legte er den Stadtplan auf den großen roten Tisch und verschränkte die Arme, wobei er die Hände in die weiten Ärmel seines goldenen Gewands schob.

»Wer ist der Mann?«, fragte Cixi herrisch.

»Ich bin ein Freund«, antwortete Wilson auf Chinesisch. Dann sprach er wieder Englisch. »Randall, Sie haben die Zukunft verändert und für uns beide ein Problem erzeugt.«

»Sie sehen noch genauso aus wie damals«, meinte Randall melancholisch.

»Sie auch.«

»Als ich hörte, dass dreihundertfünfzig zusätzliche Soldaten in Peking angekommen sind, dachte ich mir gleich, dass Sie dahinterstecken«, sagte Randall und nickte. »Und jetzt wird mir auch klar, dass Sie für die standhafte Verteidigung des Gesandtschaftsviertels verantwortlich sind. Ich will ehrlich sein: Es ist kein Tag vergangen, an dem ich nicht an Sie gedacht habe. Wenn sich irgendwo ein Schatten bewegte oder der Wind eine Tür zuschlug, habe ich immer erwartet, Sie dort stehen zu sehen.«

Wilson ging nicht darauf ein. »Sie haben den Baum des Lebens nicht geschützt und damit unermessliches Elend über die Bevölkerung gebracht.«

Randall zog ein saures Gesicht. »Ich bin Chinas Retter.«

Er war bei dem prasselnden Regen schwer zu verstehen, und Wilson machte unwillkürlich einen Schritt auf ihn zu. Gleichzeitig ließ er den Blick durch die Halle schweifen, um sich zu vergewissern, dass sonst niemand da war.

In der Mitte zwischen vier massiv goldenen Säulen, die sich zwanzig Meter in die Höhe reckten, sah er den funkelnden Drachenthron auf sieben zinnoberroten Stufen, dahinter einen Wandschirm mit Drachenschnitzereien. Der Sitz der Macht, der aussah wie eine goldene Truhe, hatte ein bequemes Kissen. Rechts und links befanden sich je zwei Sockel mit Bronzeelefanten darauf, die jeder eine Petroleumlampe auf dem Rücken trugen.

Cixi stand zwischen drei Sofas und einem breiten, erhöhten Bett auf einem dicken, leuchtend blauen Seidenteppich mit Symbolen der Qing. Offenbar hatten sie und Randall ihr Wohnquartier in dem höchstrangigen Gebäude der Kaiserstadt aufgeschlagen. Am anderen Ende der Halle gab es drei riesige Spiegel, die rechtwinklig zueinander aufgestellt waren, und in einem Halbkreis zahllose rote Tische, auf denen Karten mit den Truppenbewegungen der chinesischen Streitkräfte ausgebreitet lagen.

»Sie wurden als Aufseher hierhergeschickt«, erwiderte Wilson. »Nicht als Chinas Retter. Als Ratgeber, mehr nicht. Wir sind nur Beobachter der Ereignisse, und das wissen Sie! Sie haben den Baum des Lebens angezapft und das Land in den Krieg geführt. Beides muss aufhören, mein Freund.«

Randall lachte leise. »Ich bin der Erste Boxer … der Meister … ein Führer meines Volkes und Mitherrscher der Kaiserin. Sehen Sie mich an, Wilson. Ich bin ein Imperator!«

»Durch Ihr Handeln führen Sie China in den Untergang.«

»Meine Boxer sind unverwundbar, die Säbel und Kugeln der fremden Teufel können ihnen nichts anhaben! Zusammen werden wir die Invasoren aus dem Land treiben, ein für alle Mal, und der Herrschaft der Qing neue Geltung verschaffen. Und wenn Sie nicht hier wären, wäre das wahrscheinlich schon gelungen.«

»Ich habe Ihre Boxer zu Tausenden sterben sehen, Randall. Sie sind ganz bestimmt nicht unverwundbar. Wie können Sie dabeistehen und das geschehen lassen?«

»Sie sterben, weil sie nicht genug an ihre Kräfte glauben.«

»Sie sterben, weil sie nicht vom Saft des Lebensbaumes getrunken haben!«, widersprach Wilson aufgebracht.

»Sie haben die gleichen Augen«, stellte Cixi in fehlerfreiem Englisch fest und kam fasziniert näher. »Ja ... es ist genau die gleiche Farbe.«

»Bleiben Sie da stehen!«, warnte Wilson.

»Und Sie wissen vom Baum des Lebens, wie es scheint. Randall hat gesagt, dass nur er und ich das große Geheimnis kennen, niemand sonst.«

»Sagen Sie ihr, sie soll da stehen bleiben«, forderte Wilson von Randall.

Randall tat es.

Vor den Stufen des Drachenthrons blieb sie stehen und starrte ihren Besucher an. »Auch Sie haben Kenntnis von der Zukunft?« Als sie keine Antwort bekam, zog sie die Brauen hoch. »Sie wissen nicht, wen Sie vor sich haben!«

»Das weiß ich ganz genau, Kaiserin«, widersprach Wilson. Sein Revolver blieb auf Randalls Brust gerichtet, sein Finger lag am Abzug. »Sie tragen das kaiserliche Siegel um den Hals, wie ich sehe.«

Cixi schenkte ihm ein strahlendes Lächeln. »Ich bin dieser Tage oft so gelangweilt, aber Sie sind sehr unterhaltsam. Sie kennen sich ein wenig mit der Geschichte aus?«

»Ich weiß, dass Sie das Siegel in den letzten Lebenstagen Hsien Fengs an sich gebracht haben«, sagte Wilson. »Wenn Su Shun das gewusst hätte.«

»Su Shun starb ehrenvoll«, erwiderte Cixi freiheraus. »Ebenso wie ich, wären die Rollen vertauscht gewesen. Doch das ist lange her.« Sie zog die Augenbrauen hoch. »Was wissen Sie noch, Blauäugiger?«

»Ich weiß, dass Sie Ihren Sohn vergiftet haben, den rechtmäßigen Herrscher. Ihm einen Waschlappen zu geben, der mit Pocken kontaminiert war, war ziemlich gerissen.« Wilson schüttelte den Kopf. »Was für ein furchtbarer Tod.« Er sah Randall an. »Haben Sie gewusst, dass sie ihr eigen Fleisch und Blut getötet hat?«

»Er lügt!«, rief Cixi in Mandarin.

»Und dann haben Sie Ihren Neffen, den kleinen Kuang Hsu, auf den Thron gesetzt.«

»Der Tod meines Sohnes war der traurigste Tag in meinem ganzen Leben«, klagte Cixi. »Ob Kaiser oder nicht, er war mein Sohn.«

»Sehen wir doch mal, wie es um Ihre Geschichtskenntnisse steht, Kaiserin«, sagte Wilson. »Wissen Sie, warum China seit zwanzig Jahren in Aufruhr ist? Warum es andauernd Dürren und Überschwemmungen gegeben hat? Warum die Menschen an Hunger und Krankheiten sterben?«

»Weil die fremden Teufel hier sind«, antwortete sie. »Die haben das Land entweiht und werden für die Gräuel bezahlen, die sie begangen haben.«

»Können Sie wirklich so dumm sein?«, erwiderte Wilson in beißendem Ton. »Damit Sie Ihre Schönheit behalten, hat Ihr Volk einen hohen Preis bezahlt.« Er wandte sich wieder an Randall. »Das Land ist in Aufruhr, weil Sie den Baum des Lebens anzapfen. Begreifen Sie das denn nicht?«

Mit drei energischen Schritten stand Cixi vor ihrem Geliebten. Wilson konnte ihr Gesicht nicht sehen, aber Randall nickte wortlos und zog die Hände aus den Ärmeln.

»Sie sind ungebeten in mein Haus gekommen«, sagte Randall dann. »Sie richten eine Waffe auf mich und beschuldigen meine Kaiserin. Wir standen einmal auf freundschaftlichem Fuße, Wilson. Doch meine Loyalität gilt jetzt China, seinem

Volk, den Qing und meiner Kaiserin.« Randall machte ein paar Schritte nach vorn, so schnell, dass Wilson unbehaglich wurde.

»Das Land verdorrt Ihretwegen!«, wiederholte Wilson und wich hastig zurück. »Reisen Sie mit mir zurück zu Enterprise Corporation. Lassen Sie alles hinter sich –«

Doch Randall kam ihm hinterher.

Wilson schoss. Es gab einen donnernden Knall, und Rauch stieg auf, den er beiseitewedelte. Doch keine Leiche lag auf dem Palastboden, stattdessen bückte sich Randall und hob gelassen eine deformierte Kugel auf, die er Wilson zuwarf. Dann sprang er geschmeidig und wie mit übermenschlichen Kräften in die Höhe, trat Wilson vor die Brust und schlug ihm mit der Faust seitlich an den Kopf. Wilson fiel benommen hin.

»Sie sind in mein Haus eingedrungen und haben mich beleidigt!«, sagte Randall, während er ihn mit einem Griff am Rücken paralysierte. »Wie dumm Sie doch sind.«

Wilson lag mit dem Gesicht nach unten da. Immer wieder schwanden ihm die Sinne. Er wollte die Arme bewegen, um sich aufzurichten, doch er hatte vom Hals abwärts kein Gefühl im Körper.

»Das ist eine Nervenblockade«, erklärte Randall. »Sie brauchen sich nicht weiter anzustrengen.«

Wilson grinste ihn mit blutigen Zähnen an. »Das hat Le Dan Ihnen beigebracht.«

Das brachte Randall ein bisschen aus der Fassung. »Den Namen habe ich nicht mehr gehört seit – ich weiß nicht, wie lange.«

»Sie können eine Kugel abfangen«, murmelte Wilson, dann stieß er ein kurzes Lachen aus.

»Der Baum des Lebens verleiht mehr Macht, als Sie sich vorstellen können«, sagte Randall, der rittlings über Wilsons Beinen kniete. »Man wird schneller und stärker; unglaublich stark sogar. Wenn man sich konzentriert, vergeht die Zeit so langsam, dass man fast allem zuvorkommen kann. Und man bleibt ewig jung.«

»Unverwundbar auch?« Wilson hatte den Mund voll Blut.

»Niemand ist unverwundbar«, antwortete Randall und gab Wilson einen Klaps auf die Wange wie einem unartigen Kind. »Ich werde es Ihnen verraten, denn ich bin jetzt der Meister, und Sie sind mein Schüler.«

»Tötet ihn endlich und Schluss damit!«, forderte Cixi energisch und stieg gelassen die Stufen zum Thron hinauf.

»Ich nehme einen Tropfen Saft pro Woche«, fuhr Randall fort, »und massiere ihn mir in die Handfläche. Eine Hautpartie, die so behandelt wird, kann von einer Kugel nicht durchdrungen werden.« Er schob dem bewegungsunfähigen Wilson eine verschwitzte Strähne aus der Stirn. »Damals drückte Li-Zhang den Finger in das Bohrloch, damit kein Saft heraustropfen konnte. Am selben Nachmittag wurde er enthauptet und seine Leiche verbrannt. Als man die Asche aufkehrte, fand man die Fingerspitze. Nicht einmal Feuer hatte ihr etwas anhaben können.«

»Warum sind Sie nicht zurückgekommen?«, fragte Wilson.

»Drehen Sie den Kopf! Sehen Sie sie an!« Randall zeigte zum Thron. »Die Antwort ist offensichtlich. Mein Auftrag war erfüllt, der Baum des Lebens geschützt, und es wurde Zeit, dass ich mein eigenes Leben lebte. Und ganz bestimmt wollte ich nicht enden wie Sie: desillusioniert, ziellos und unglücklich.«

»Sie haben dem Lebensbaum eine fatale Menge Saft entzogen«, hielt Wilson ihm entgegen.

»Es ist alles, wie es sein sollte«, widersprach Randall. »Der Baum steht da, um mir und den Qing zu dienen.« Er lachte leise. »Unglaublich, dass Sie nach so langer Zeit hierherkommen und mich überreden wollen, mit Ihnen zurückzureisen. Ich habe hier so viel Macht! Ich lebe schon vierzig Jahre länger als Sie und bin noch immer ein junger Mann. Überlegen Sie nur mal, welche Möglichkeiten das birgt.«

»Eine Schande, dass es so endet«, flüsterte Wilson. »Ich habe Sie immer sehr geschätzt.«

Blitze zuckten über den Himmel, und Randalls Gesichtsausdruck wurde milder. »Erinnern Sie sich noch an den Tag, als Sie mich in Ihrem schrecklichen Flugzeug mitgenommen haben?«, fragte er und schaute in den strömenden Regen hinaus. »Sie hatten eine heimliche Todessehnsucht, mein Freund. Und wenn man den Tod lang genug sucht, findet man ihn schließlich.« Er stemmte sich hoch, als lastete das Gewicht der Welt auf seinen Schultern, und blickte sinnend in die Ferne. »Sie haben mich immer gut beraten, Wilson. Dafür muss ich Ihnen danken.«

»Aktiviere Nachtigall«, flüsterte Wilson kaum hörbar.

»Ihr sollt ihn töten, habe ich gesagt!«, rief Cixi vom Thron herunter.

Randall breitete die Arme aus und sah an die kunstvoll verzierte Decke, wo bei jedem Blitz Hunderte goldener Drachen aufleuchteten. »Sie haben recht, Wilson, es ist eine Schande, dass es so endet. Der Augenblick ist gekommen, wo Ihr Todeswunsch in Erfüllung geht.«

Als er sich zu Wilson umdrehte, schnappte er verblüfft nach Luft. Der scheinbar Hilflose stand hinter ihm, das Schwert sauste bereits herab. Randall konnte nicht mehr reagieren, ehe der kalte Stahl ihm durch Hals und Brust fuhr.

Wilson hob noch einmal das Schwert, als Randall Blut spuckend und mit aufgerissenen Augen in die Knie brach.

»Sie haben nicht alles bedacht«, erklärte Wilson.

Dann hieb er Randall den Kopf ab.

Cixi schrie nicht, als der Kopf ihres Geliebten mit dumpfem Schlag zu Boden fiel. Sie saß nur in perfekter Pose und mit ausdruckslosem Blick auf dem Drachenthron. »Sie haben meinen Lebenspartner getötet«, sagte sie schließlich. »Und nun bin ich allein.«

Wilson hob den Revolver auf und steckte ihn in seinen Gürtel. »Mit diesem Mann bin ich mal befreundet gewesen«, sagte er, dann spuckte er einen Klumpen Blut aus. »Doch die Mächte haben sich gegen uns verschworen und unsere Freundschaft in das Gegenteil verwandelt.«

»Wie konnten Sie ihn töten, wenn er Ihr Freund war?«, fragte Cixi.

»Gestern habe ich ein verstümmeltes chinesisches Mädchen gesehen. Es kann nicht älter als drei gewesen sein. Es klammerte sich an seine enthauptete Mutter und starb Minuten später an seinen entsetzlichen Wunden. Und da fragen Sie mich, wie ich das tun konnte?«, fuhr Wilson sie an und zeigte mit der blutigen Klinge auf sie. »Ich habe es getan, um diesen Wahnsinn zu stoppen! Unschuldige sterben, und alles ist aus dem Gleichgewicht! Sie haben den Lauf der Geschichte geändert, wie es Ihnen gefiel, und Ihr Volk bezahlt mit dem Leben und mit seiner Würde.«

»Ihr Volk hat das unsere unterdrückt!«

»Nein, Kaiserin. Auf Ihr Geheiß steckt China im Krieg. Im Krieg mit sich selbst und dem Rest der Welt. Und Sie waren so dumm, das schlimmste Übel anzuziehen: die Kolonialmächte. Dieser Albtraum wird die nächsten hundert Jahre anhalten.« Wilson sah auf Randalls kopflose Leiche. »Mit ihm haben Sie alle Vorteile verloren.«

»Ich möchte gern wissen, wie Sie so schnell vom Boden aufstehen konnten.«

»Randall und ich hatten denselben Meister«, sagte Wilson.

Cixi reckte das Kinn und nickte. »Mir scheint, Randall war hochmütig geworden.«

Eine Weile schwiegen beide.

»Und was wird aus mir?«, fragte Cixi schließlich.

»Sie werden Ihren Vorrat an Lebenssaft herausgeben«, sagte Wilson und stieg die Stufen zum Thron hinauf. »Oder Sie sterben auf der Stelle.« Wilson hielt ihr die blutige Klingenspitze unters Kinn.

Cixi erhob sich anmutig, zog das Kissen beiseite und klappte den Scharnierdeckel hoch. Darunter lagen zehn versiegelte Fläschchen mit dem goldenen Saft.

»Der Baum gibt nicht mehr so viel Saft wie früher«, räumte sie ein und betrachtete das Elixier, als bewunderte sie einen prächtigen Säugling. »Darum ist das ein kostbarer Vorrat.«

»Der Knotenbaum wird noch für hundert Jahre die Lebenskraft Asiens sein«, erklärte Wilson. »Und Sie haben ihn leergezapft, um Ihre persönlichen Bedürfnisse zu befriedigen. Dieses Land und sein Volk werden sich erst wieder erholen, wenn der Staffelstab an den nächsten Baum des Lebens weitergereicht wurde.«

Cixi befeuchtete sich die Lippen und sah Wilson in die Augen. »Gibt es keinen Spielraum zum Verhandeln? Bedenken Sie, welche Macht der Saft gewährt.« Sie fasste die Klingenspitze mit zwei Fingern und drückte das Schwert hinunter, sodass es die Front ihres Kleides teilte und ihre Brüste entblößte. »Sie sind jetzt der Eroberer und sollten sich nehmen, was Ihnen gehört.«

Wilson sah in ihre verführerischen Augen. Ihn durchlief ein Schauder. Er stand vor einer Frau, die angeblich ungeahnte sexuelle Genüsse bereithielt. Und wenn er sie so ansah, fand er das einleuchtend.

»Ich schlage eine neue Allianz vor«, sagte sie zuckersüß. »Zwischen dem Osten und dem Westen. Meine kaiserliche Autorität verbunden mit Ihrer Fähigkeit, Voraussicht und Klugheit.«

Wilsons Blick wanderte zur Biegung ihres Halses, über die makellose Haut. Ihre Selbstsicherheit, die sie sogar in dieser trostlosen Lage zeigte, wirkte sehr anziehend. Diese schwarzen Haare auf ihrer Nacktheit waren ein wundervoller Anblick. Nur einmal ihre Lippen zu küssen, das wäre eine Erinnerung fürs ganze Leben. In dem Moment kam ihm Minervas Gesicht in den Sinn.

»Wie lautet Ihre Entscheidung?«, fragte Cixi. »Wollen Sie der

Herr der Welt sein und alle Freuden genießen, die damit einhergehen?«

Wilson stand da wie gelähmt. Dann riss er plötzlich eine der Petroleumlampen von ihrem Elefantenpodest und warf sie auf die Glasfläschchen.

Es gab einen mächtigen Knall. Er und Cixi wurden die Stufen hinabgeschleudert, und aus dem Thronsitz des Reiches der Mitte schoss eine Stichflamme bis unter das Dach hoch.

Cixi kam sofort auf die Beine. Mit entsetztem Gesicht hob sie schützend die Arme gegen das lodernde Feuer. »Wie konnten Sie das tun?«, schrie sie. »Sie hätten die Welt regieren können! Sie Narr!«

Wilson setzte die Schwertklinge auf ihre Schulter. »Ich verlange nur zwei Dinge, Kaiserin«, sagte er ernst. »Erstens, dass Sie Kuang Hsu sofort freilassen und wieder als Kaiser einsetzen. Zweitens, dass Sie den Baum des Lebens nie wieder anfassen.«

Cixi blickte ihn überrascht an. »Das ist alles?«

Wilson zog das Schwert zurück und senkte die Klinge. Das Feuer brannte bereits herunter. »Ja. Aber eines sollten Sie wissen: Wenn Sie auch nur eine der Forderungen nicht erfüllen, komme ich wieder und töte Sie.«

Der Blauäugige hätte leicht Schlimmeres verlangen können, fand Cixi. »Sie haben mein Wort als Herrscherin.«

Wilson ging zur Tür und ließ die Kaiserin allein, die auf Knien neben dem Enthaupteten lag. Zwischen den hohen Säulen war der Drachenthron zu einem Häufchen Metall geschmolzen, von dem noch die Hitze in die kühle Halle ausstrahlte.

Wilson öffnete die Türflügel und ging wie betäubt durch den Regen auf die Terrasse.

»Was ist aus mir geworden?«, fragte er sich.

Er hielt das Schwert von sich weg und sah zu, wie der Regen Randalls Blut abwusch. Dabei wurde ihm vollends bewusst, was er getan hatte.

Er griff in die Hosentasche und zog langsam GMs Kristallphiole heraus. Dann ließ er sie fallen.

»Tut mir leid, GM«, rief er. »Ich kann Ihrer Bitte nicht nachkommen.« Er zerstampfte sie mit dem Stiefelabsatz in tausend Splitter.

Der Esra-Auftrag war erfüllt.

Epilog

Ohne den Saft vom Baum des Lebens alterte Cixi in den nächsten vier Wochen um vierzig Jahre.

Wie verlangt, setzte sie ihren Neffen Kuang Hsu erneut als Kaiser auf den Thron. Zusammen flohen sie mit dem ganzen Hof aus der Verbotenen Stadt nach Xian in der Provinz Shensi und kehrten erst im Januar 1902 wieder zurück.

Die Belagerung der Pekinger Gesandtschaften dauerte insgesamt 55 Tage. Am 14. August 1900 marschierte Lieutenant-General Gaselee mit 20.000 Soldaten der acht Verbündeten durch die Tore von Peking, um die Belagerten zu befreien. Doch es wurde eine unrühmliche Rettung. Das mächtigste Heer der Welt mordete, vergewaltigte und plünderte in einem Ausmaß, dass es zugleich als das brutalste in die Annalen der Geschichte einging.

Als Strafe für den Boxeraufstand mussten die Chinesen Reparationen in Höhe von 450 Millionen Tael in Silber an die Alliierten entrichten, zahlbar über 31 Jahre zu vier Prozent Zinsen. Das entsprach einem Silber-Tael pro Kopf der Bevölkerung.

Der Boxeraufstand kostete das Leben von 730 Missionaren und Waisen und 20.000 zum Christentum konvertierten Chinesen. Bei der Verteidigung der Gesandtschaften wurden nur 66 Zivilisten und 231 Soldaten getötet. Bei den Entsatztruppen gab es 2279 Tote. Im Vergleich dazu fielen auf Seiten der Boxer und des kaiserlichen Heeres schätzungsweise 150 000 Soldaten.

Am 14. November 1908 ließ Cixi Kaiser Kuang Hsu vergiften. Am nächsten Tag ernannte sie den zweijährigen Pu Yi zum neuen Sohn des Himmels. Innerhalb der nächsten zwölf Stunden wurde Cixi vergiftet – sie war dreiundsiebzig Jahre alt. Die Ernennung Pu Yis sollte ihr letztes kaiserliches Edikt sein. Das

Schicksal wollte es, dass er, der letzte Kaiser des Reiches der Mitte, nur drei Jahre später bei einer militärischen Machtübernahme abgesetzt wurde.

Zu guter Letzt

Die alte Zypresse mit Namen Knotenbaum kann im Garten der Verbotenen Stadt beim Pavillon Ewigen Sonnenscheins besichtigt werden. Man erkennt sie leicht an den Wucherungen des Stammes und den vielen mit Teer bestrichenen Stellen. Wenn man die Hand an die Rinde legt, spürt man noch die unglaublichen Kräfte, die der Baum einst besessen hat.

Quellen

Mein aufrichtiger Dank gilt den Autoren und Verlagen der folgenden Bücher, die für die historische Genauigkeit dieses Romans gesorgt haben:

China, Alison Baily, Ronald G. Knapp, Peter Neville-Hadley, Dorling Kindersley, 2007
The Chinese Opium Wars, Jack Beeching, Harcourt Brace Jovanovich, 1975
The Boxer Rebellion, Lynn E. Bodin, Osprey, 1979
The Forbidden City, May Holdsworth, Caroline Courtauld, Odyssey, 2004
Sun Tzu, Donald G. Krause, Nicholas Brealey Publishing, 1995
The Last Empress, Keith Laidler, John Wiley and Sons, 2003
The Boxer Rebellion, Diana Preston, Berkley Books, 1999
Narrative of the North China Campaign of 1860, Robert Swinhoe, Adamant Media, 2005

„Ein absoluter Geniestreich. Richard Doetsch ist zweifellos einer der besten Thriller-Autoren aller Zeiten!“ BOOKLIST

Richard Doetsch
DER DUNKLE
PFAD GOTTES
Thriller
Aus dem amerikanischen
Englisch von
Karin Meddekis
464 Seiten
ISBN 978-3-404-16532-2

Michael St. Pierre war einmal der beste Dieb aller Zeiten. Er wollte für immer aufhören. Doch als seine Frau erkrankt, kann nur eine kostspielige Operation ihr Leben retten: Michael muss innerhalb einer Woche 250.000 Dollar beschaffen.
Ein mysteriöser Auftraggeber verspricht ihm genau diese Summe, wenn Michael zwei antike Schlüssel stiehlt. Das Problem: Die Reliquien befinden sich im bestbewachten Museum der Welt, dem Vatikan. Michael macht sich bereit für den größten Raub der Geschichte. Und er ahnt nicht, dass er damit die Welt an den Rand des Abgrunds bringt. Denn er will etwas stehlen, das nicht für menschliche Augen bestimmt ist ...

Bastei Lübbe Taschenbuch

»Geniale Mischung aus Dan Brown, Michael Crichton und Indiana Jones« THE AUSTRALIAN

Christopher Ride
DIE FREQUENZ
Thriller
Aus dem australischen Englisch von Angela Koonen
528 Seiten
ISBN 978-3-404-16382-3

2012. Die Welt steht am Abgrund. Irgendetwas verwandelt normale Menschen in kaltblütige Killer. Überall kommt es zu wahllosen Morden und Verbrechen.
Wissenschaftler entdecken elektromagnetische Frequenzen, die scheinbar das Verhalten der Menschen beeinflussen.
Eine Prophezeiung der Maya kündet vom Ende aller Zeiten und von einem verborgenen Mechanismus, der den Untergang aufhalten kann.
Er existiert tatsächlich. Und er müsste jetzt aktiviert werden.
Es gibt jemanden, der das könnte.
Aber er wird erst Jahre in der Zukunft geboren ...

Bastei Lübbe Taschenbuch

Werden Sie Teil der Bastei Lübbe Familie

- Lernen Sie Autoren, Verlagsmitarbeiter und andere Leser/innen kennen
- Lesen, hören und rezensieren Sie unter www.lesejury.de Bücher und Hörbücher noch vor Erscheinen
- Nehmen Sie an exklusiven Verlosungen teil und gewinnen Sie Buchpakete, signierte Exemplare oder ein Meet & Greet mit unseren Autoren

Willkommen in unserer Welt:
www.lesejury.de